Canción
de la Alondra

Parte 1. Amigos de la Infancia

Dr. Howard archie acababa de llegar de una partida de billar con el pañero judío y dos viajantes que pasaban la noche en moonstone. Sus oficinas estaban en duke block, sobre la farmacia. Larry, el médico, había encendido la luz del techo de la sala de espera y la lámpara doble de estudiante en el escritorio del estudio. Los lados de cola de pescado del quemador de carbón estaban encendidos y el aire en el estudio estaba tan caliente que cuando entró, el médico abrió la puerta de su pequeño quirófano, donde no había estufa. La sala de espera estaba alfombrada y amueblada con rigidez, algo así como un salón de campo. El estudio tenía suelos gastados y sin pintar, pero tenía un aire de comodidad invernal. El escritorio del médico era grande y estaba bien hecho; los papeles estaban en pilas ordenadas, bajo pesas de vidrio. Detrás de la estufa, una amplia librería, con puertas de doble vidrio, llegaba desde el piso hasta el techo. Estaba lleno de libros de medicina de todos los grosores y colores. En el estante superior había una larga hilera de treinta o cuarenta volúmenes, todos encuadernados por igual con cubiertas de tablero moteado oscuro, con respaldos de cuero sintético.

Así como el médico de los pueblos de nueva inglaterra es proverbialmente viejo, el médico de las pequeñas ciudades de colorado hace veinticinco años era generalmente joven. Dr. Archie tenía apenas treinta años. Era alto, con hombros macizos que sostenía rígidamente y una cabeza grande y bien formada. Era un hombre de aspecto distinguido, al menos para esa parte del mundo.

Había algo de individual en la forma en que su cabello castaño rojizo, con una raya limpia a un lado, se arremolinaba sobre su frente alta. Su nariz era recta y gruesa, y sus ojos eran inteligentes. Llevaba un bigote rizado, rojizo y un imperial, recortado, que le hacía parecerse un poco a los dibujos de napoleón iii. Sus manos eran grandes y bien cuidadas, pero de forma áspera, y la espalda estaba sombreada por el pelo rojizo y rizado. Vestía un traje azul de sarga lanosa de anchas paredes; los viajeros habían sabido de un vistazo que fue hecho por un sastre de denver. El médico siempre iba bien vestido.

Dr. Archie encendió la lámpara del estudiante y se sentó en la silla giratoria frente a su escritorio. Se sentó inquieto, se hizo un tatuaje en las rodillas con los dedos y miró a su alrededor como si estuviera aburrido. Miró su reloj, luego extrajo distraídamente de su bolsillo un manojo de llaves pequeñas, seleccionó una y la miró. Una sonrisa de desprecio, apenas perceptible, jugaba en sus labios, pero sus ojos seguían meditando. Detrás de la puerta que conducía al vestíbulo, bajo su chaqueta de conducción de piel de búfalo, había un armario cerrado con llave. Éste lo abrió mecánicamente, apartando a un lado un montón de chanclos embarrados. Dentro, en los estantes, había vasos y licores de whisky, limones, azúcar y amargos. Al oír un paso en el pasillo vacío y resonante, el médico volvió a cerrar el armario y abrió la cerradura de yale. Se abrió la puerta de la sala de espera, entró un hombre y entró en el consultorio.

"buenas noches, señor kronborg", dijo el médico con descuido. "siéntate."

Su visitante era un hombre alto, de complexión holgada, con una fina barba castaña, veteada de gris. Vestía levita, sombrero negro de ala ancha, corbata blanca y anteojos con montura de acero. En conjunto había un aire pretencioso e importante en él, mientras se levantaba las faldas de su abrigo y se sentaba.

"buenas noches, doctor. ¿puede pasar a la casa conmigo? Creo que la sra. Kronborg lo necesitará esta noche". Esto fue dicho con profunda gravedad y, curiosamente, con un poco de vergüenza.

"¿alguna prisa?" preguntó el médico por encima del hombro mientras entraba en su quirófano.

Señor. Kronborg tosió detrás de su mano y frunció el ceño. Su rostro amenazaba en todo momento con una sonrisa de estúpida emoción. Sólo lo controlaba recurriendo a su habitual estilo de púlpito. "bueno, creo que sería mejor que se fuera de inmediato. La sra. Kronborg se sentirá más cómoda si usted está allí. Ha estado sufriendo durante algún tiempo".

El médico regresó y arrojó una bolsa negra sobre su escritorio. Escribió algunas instrucciones para su hombre en un talonario de recetas y luego se puso el abrigo. "todo listo", anunció, apagando su lámpara. Señor. Kronborg se levantó y atravesaron el pasillo vacío y bajaron las escaleras hasta la calle. La farmacia de abajo estaba a oscuras y el salón de al lado estaba cerrando. Todas las demás luces de la calle principal estaban apagadas.

A ambos lados de la carretera y en el borde exterior de la acera de tablas, la nieve había sido palada en parapetos. La ciudad parecía pequeña y negra, aplastada en la nieve, amortiguada y casi apagada. En lo alto, las estrellas brillaban gloriosamente. Era imposible no notarlos. El aire estaba tan claro que las colinas de arena blanca al este de la piedra lunar brillaban suavemente. Siguiendo al reverendo sr. Kronborg a lo largo del camino estrecho, pasando las casitas oscuras y dormidas, el médico miró hacia la noche centelleante y silbó suavemente. Parecía que la gente era más estúpida de lo necesario; como si en una noche como ésta debería haber algo mejor que hacer que dormir nueve horas, o ayudar a la sra. Kronborg en funciones que ella podría haber realizado admirablemente sin ayuda. Deseaba haber ido a denver para escuchar a fay templeton cantar "balancín". Luego recordó que tenía un interés personal en esta familia, después de todo. Doblaron por otra calle y vieron ante ellos ventanas iluminadas; una casa baja de un piso y medio, con un ala construida a la derecha y una cocina adicional en la parte posterior, todo un poco inclinado: techos, ventanas y puertas. A medida que se acercaban a la puerta, el paso de peter kronborg se aceleró. Su tos nerviosa y ministerial molestó al médico. "exactamente como si fuera a dar un mensaje de texto", pensó. Se quitó el guante y palpó el bolsillo del chaleco. "ten un troche, kronborg", dijo, sacando algunos. "me envió por muestras. Muy bueno para una garganta áspera".

"ah, gracias, gracias. Tenía algo de prisa. Olvidé ponerme los chanclos. Aquí estamos, doctor". Kronborg abrió la puerta de su casa, parecía encantado de estar de nuevo en casa.

El vestíbulo estaba oscuro y frío; el hatrack estaba adornado con una asombrosa cantidad de sombreros, gorras y capas para niños. Incluso estaban apilados sobre la mesa debajo del perchero. Debajo de la mesa había un montón de gomas y chanclos. Mientras el médico colgaba el abrigo y el sombrero, peter kronborg abrió la puerta del salón. Un resplandor de luz los recibió y una ráfaga de aire caliente y viciado, con olor a franelas calientes.

A las tres de la mañana dr. Archie estaba en el salón poniéndose los puños y el abrigo; no había dormitorio libre en esa casa. El séptimo hijo de peter kronborg, un niño, estaba siendo calmado y mimado por su tía, la sra. Kronborg estaba dormido y el médico se iba a casa. Pero primero quería hablar con kronborg, quien, sin abrigo y revoloteando, estaba vertiendo carbón en la estufa de la cocina. Cuando el médico cruzó el comedor se detuvo y escuchó. Desde una de las habitaciones del ala, a la izquierda, escuchó una respiración rápida y angustiada. Se dirigió a la puerta de la cocina.

"¿uno de los niños está enfermo allí?" preguntó, señalando con la cabeza hacia la partición.

Kronborg colgó el elevador de hornillos y se limpió los dedos. "debe ser thea. Quería pedirle que la mirara. Tiene un resfriado cruppy. Pero en mi emoción, la sra. Kronborg está muy bien, ¿eh, doctor? No muchos de sus pacientes con tal constitución, supongo" . "

"oh, sí. Es una buena madre". El médico cogió la lámpara de la mesa de la cocina y entró sin ceremonias en la habitación del ala. Dos niños regordetes dormían en una cama de matrimonio, con los cubreobjetos sobre la nariz y los pies recogidos. En una cama individual, junto a la de ellos, yacía una niña de once años, completamente despierta, con dos trenzas amarillas pegadas a la almohada detrás de ella. Su rostro estaba escarlata y sus ojos ardían.

El doctor cerró la puerta detrás de él. "¿te sientes bastante enfermo, thea?" preguntó mientras sacaba su termómetro. "¿por qué no llamaste a alguien?"

Ella lo miró con codicioso afecto. "pensé que estabas aquí", dijo entre respiraciones rápidas. "hay un nuevo bebé, ¿no? ¿cuál?"

"¿cuales?" repitió el doctor.

"¿hermano o hermana?"

Sonrió y se sentó en el borde de la cama. "hermano", dijo, tomando su mano. "abierto."

"bien. Los hermanos son mejores", murmuró mientras él ponía el tubo de vidrio debajo de su lengua.

"ahora, quédate quieto, quiero contar". Dr. Archie tomó su mano y sacó su reloj. Cuando volvió a poner la mano debajo de la colcha, se acercó a una de las ventanas (ambas estaban bien cerradas) y la levantó un poco. Extendió la mano y la pasó por la fría pared sin papel. "guárdate bajo las sábanas, volveré contigo en un momento", dijo, inclinándose sobre la lámpara de vidrio con su termómetro. Le guiñó un ojo desde la puerta antes de cerrarla.

Peter kronborg estaba sentado en la habitación de su esposa, sosteniendo el paquete que contenía a su hijo. Su aire de alegre importancia, su barba y sus anteojos, incluso sus mangas de camisa, molestaban al médico. Hizo una seña a kronborg para que pasara a la sala y dijo con severidad:

"tienes una niña muy enferma ahí. ¿por qué no me llamaste antes? Es neumonía, y debe haber estado enferma por varios días. Deja al bebé en algún lado, por favor, y ayúdame a hacer la cama- descansa aquí en el salón. Ella tiene que estar en una habitación cálida, y debe estar callada. Debes mantener a los otros niños afuera. Aquí, esto se abre, ya veo ", balanceando la parte superior de la alfombra del salón. "podemos levantar su colchón y cargarla tal como está. No quiero molestarla más de lo necesario".

Kronborg fue toda preocupación de inmediato. Los dos hombres tomaron el colchón y llevaron al niño enfermo al salón. "tendré que ir a mi oficina para conseguir un medicamento, kronborg. La farmacia no estará abierta. Mantén las mantas encima. No tardaré mucho. Agita la estufa y ponte un poco carbón, pero no demasiado; para que se prenda rápidamente, quiero decir. Búscame una sábana vieja y déjala calentar allí ".

El médico tomó su abrigo y se apresuró a salir a la calle oscura. Nadie se movía todavía y el frío era amargo. Estaba cansado, hambriento y no de buen humor. "¡la idea!" él murmuró; "¡ser tan imbécil a su edad, como el séptimo! Y no sentir ninguna responsabilidad por la niña. ¡vieja cabra tonta! El bebé habría llegado al mundo de alguna manera; siempre lo hacen. Pero una niña tan agradable como esa ..." ella vale toda la camada. De donde la haya sacado alguna vez… "dobló hacia el bloque duke y corrió escaleras arriba hacia su oficina.

Thea kronborg, mientras tanto, se preguntaba por qué estaba en el salón, donde nadie más que la compañía, generalmente predicadores visitantes, dormía. Tuvo momentos de estupor cuando no vio nada, y momentos de excitación cuando sintió que algo inusual y agradable estaba a punto de suceder, cuando vio todo claramente en la luz roja de los lados de la cola de pescado del quemador de carbón duro: el adornos de níquel en la propia estufa, los cuadros en la pared, que le parecieron muy hermosos, las flores en la alfombra de bruselas, los "estudios diarios" de czerny que estaban abiertos en el piano vertical. Se olvidó, por el momento, del nuevo bebé.

Cuando escuchó abrirse la puerta principal, se le ocurrió que lo agradable que iba a pasar era el dr. Archie mismo. Entró y se calentó las manos en la estufa. Cuando él se volvió hacia ella, ella se arrojó con cansancio hacia él, medio fuera de la cama. Ella se habría caído al suelo si él no la hubiera atrapado. Le dio un medicamento y fue a la cocina por algo que necesitaba. Ella se adormeció y perdió la sensación de que él estaba allí. Cuando volvió a abrir los ojos, él estaba arrodillado ante la estufa, esparciendo algo oscuro y pegajoso sobre un paño blanco, con una cuchara grande; masa, tal vez. Luego sintió que él le quitaba el camisón. Envolvió el yeso caliente alrededor de su pecho. Parecía haber correas que él sujetaba sobre sus hombros. Luego sacó un hilo y una aguja y comenzó a coserla. Eso, pensó, era demasiado extraño; de todos modos debe estar soñando, así que sucumbió a su somnolencia.

Thea había estado gimiendo con cada respiración desde que el médico regresó, pero ella no lo sabía. No se dio cuenta de que estaba sufriendo dolor. Cuando estaba consciente, parecía estar separada de su cuerpo; estar sentada encima del piano, o en la lámpara colgante, mirando al doctor coserla. Era desconcertante e insatisfactorio, como soñar. Deseaba poder despertarse y ver lo que estaba pasando.

El médico agradeció a dios por haber persuadido a peter kronborg para que se mantuviera fuera del camino. Podría hacerlo mejor con la niña si la tuviera para él solo. No tenía hijos propios. Su matrimonio fue muy infeliz. Mientras levantaba y desnudaba thea, pensó para sí mismo lo hermoso que era el cuerpo de una niña, como una flor. Estaba tan pulcra y delicadamente modelada, tan suave y tan blanca como la leche. Thea debió haberse quitado el pelo y la piel sedosa de su madre. Ella era un poco sueca, de principio a fin. Dr. Archie no pudo evitar pensar en cómo apreciaría a una pequeña criatura como esta si fuera suya. Sus manos, tan pequeñas y calientes, tan inteligentes, también —miró el libro de ejercicios abierto en el piano. Cuando hubo cosido la chaqueta de linaza, la limpió cuidadosamente por los bordes, donde la pasta se había formado en la piel. Le puso el camisón limpio que había calentado antes del fuego y la envolvió con las mantas. Mientras le echaba hacia atrás el cabello que se le había caído sobre las cejas, sintió su cabeza pensativamente con la punta de los dedos. No, no podía decir que fuera diferente a la cabeza de cualquier otro niño, aunque creía que había algo muy diferente en ella. Miró intensamente su cara ancha y sonrojada, su nariz pecosa, su boquita feroz y su barbilla delicada y tierna, el único toque suave en su cara dura escandinava, como si un hada madrina la hubiera acariciado allí y le hubiera dejado una promesa críptica. Sus cejas generalmente se juntaban desafiantes, pero nunca cuando estaba con el dr. Archie. Su afecto por él era más bonito que la mayoría de las cosas que componían la vida del médico en moonstone.

Las ventanas se volvieron grises. Oyó unos pisadas en el piso del ático, en las escaleras traseras, luego gritó: "¡dame mi camisa!" "¿dónde está mi otra media?"

"tendré que quedarme hasta que se vayan a la escuela", reflexionó, "o estarán aquí atormentándola, todos ellos".

Ii

Durante los siguientes cuatro días pareció dr. Archie para que su paciente se le escape de las manos, haga lo que pueda. Pero ella no lo hizo. Al contrario, después de eso se recuperó muy rápidamente. Como señaló su padre, ella debió haber heredado la "constitución" que él nunca se cansó de admirar en su madre.

Una tarde, cuando su nuevo hermano tenía una semana, la doctora la encontró muy cómoda y feliz en su cama del salón. La luz del sol caía a raudales sobre sus hombros, el bebé dormía sobre una almohada en una gran mecedora junto a ella. Cada vez que él se movía, ella extendía la mano y lo mecía. No se veía nada de él, salvo una frente enrojecida e hinchada y un cráneo calvo inflexiblemente grande. La puerta de la habitación de su madre estaba abierta, y la sra. Kronborg estaba sentado en la cama zurciendo medias. Era una mujer baja, robusta, de cuello corto y cabeza de aspecto decidido. Su piel era muy clara, su rostro tranquilo y sin arrugas, y su cabello amarillo, trenzado por la espalda mientras yacía en la cama, todavía parecía el de una niña. Ella era una mujer a quien el dr. Archie respetado; activo, práctico, sereno; de buen humor, pero decidido. Exactamente el tipo de mujer para cuidar de un predicador frívolo. También le había traído a su esposo algunas propiedades, una cuarta parte de los amplios acres de su padre en nebraska, pero la conservaba a su propio nombre. Tenía un profundo respeto por la erudición y elocuencia de su marido. Se sentó bajo su predicación con profunda humildad, y quedó tan cautivada por su camisa rígida y sus corbatas blancas como si no las hubiera planchado ella misma a la luz de la lámpara la noche antes de que parecieran correctas e impecables en el púlpito. Pero a pesar de todo esto, ella no confiaba en su administración de los asuntos mundanos. Ella lo miró en busca de oraciones matutinas y gracia en la mesa; esperaba que él nombrara a los bebés y supliera cualquier sentimiento paterno que hubiera en la casa, que recordara cumpleaños y aniversarios, que indicara a los niños ideales morales y patrióticos. Era su trabajo mantener sus cuerpos, sus ropas y su conducta en algún tipo de orden, y esto lo logró con un éxito que fue motivo de asombro para sus vecinos. Como solía comentar, y su marido repitió con admiración, "nunca había perdido uno". Con toda su frivolidad, peter kronborg apreciaba la forma concreta y puntual en que su esposa llevaba a sus hijos al mundo y lo acompañaba. Él creía, y tenía razón al creer, que el estado soberano de colorado estaba muy en deuda con la sra. Kronborg y mujeres como ella.

Señora. Kronborg creía que el tamaño de cada familia se decidía en el cielo. Visiones más modernas no la habrían asustado; simplemente habrían parecido tontos, charlatanería, como los alardes de los hombres que construyeron la torre de babel, o como el plan de axel de criar avestruces en el gallinero. De qué evidencia la sra. Kronborg formó sus opiniones sobre este y otros asuntos, habría sido difícil decirlo, pero una vez formadas, eran inmutables. Ella no habría cuestionado sus convicciones más de lo que hubiera cuestionado la revelación. Tranquila y equilibrada, amable por naturaleza, era capaz de tener fuertes prejuicios y nunca perdonaba.

Cuando el médico vino a verla, la sra. Kronborg estaba pensando que el lavado se había retrasado una semana y estaba decidiendo qué era mejor que hiciera al respecto. La llegada de un nuevo bebé significó una revisión de todo su horario doméstico, y mientras conducía su aguja, había estado trabajando en nuevos arreglos para dormir y días de limpieza. El médico había entrado a la casa sin llamar, después de hacer suficiente ruido en el pasillo para preparar a sus pacientes. Thea estaba leyendo, su libro apoyado ante ella a la luz del sol.

"no debes hacer eso; es malo para tus ojos", dijo, mientras thea cerraba el libro rápidamente y lo deslizaba bajo las sábanas.

Señora. Kronborg llamó desde su cama: "traiga al bebé aquí, doctor, y tenga esa silla. Ella lo quería allí como compañía".

Antes de que el médico recogiera al bebé, puso una bolsa de papel amarilla sobre la tapa de la colcha y le guiñó un ojo. Tenían un código de guiños y muecas. Cuando entró a charlar con su madre, ella abrió la bolsa con cautela, tratando de evitar que crujiera. Sacó un largo racimo de uvas blancas, con un poco del aserrín en el que habían sido empaquetadas todavía adherido a ellas. Se llamaban uvas de málaga en piedra lunar, y una o dos veces durante el invierno el principal tendero consiguió un barril de ellas. Se utilizaban principalmente para la decoración de mesas, en época navideña. Thea nunca antes había comido más de una uva a la vez. Cuando el médico regresó, sostenía la fruta casi transparente a la luz del sol, sintiendo suavemente las pieles de color verde pálido con la punta de los dedos. Ella no le dio las gracias; ella solo le miró bruscamente con los ojos de una manera especial que él entendió, y, cuando él le dio la mano, se la puso rápida y tímidamente bajo la mejilla, como si intentara hacerlo sin saberlo, y sin que él lo supiera. .

Dr. Archie se sentó en la mecedora. "¿y cómo se siente hoy?"

Era tan tímido como su paciente, especialmente cuando una tercera persona escuchó su conversación. Grande y guapo y superior a sus conciudadanos como el dr. Archie estaba, rara vez se sentía a gusto y, como peter kronborg, a menudo eludía su actitud profesional. A veces sentía una contracción de la vergüenza y la timidez en todo su gran cuerpo, lo que lo hacía sentir incómodo, probablemente tropezaría, patearía alfombras o derribaría sillas. Si alguien estaba muy enfermo, se olvidaba de sí mismo, pero tenía un toque torpe en los chismes de convalecientes.

Thea se acurrucó a su lado y lo miró con placer. "está bien. Me gusta estar enfermo. Me divierto más que otras veces."

"¿como es que?"

"no tengo que ir a la escuela, y no tengo que practicar. Puedo leer todo lo que quiero y tener cosas buenas", - palmeó las uvas. "me divertí mucho esa vez que aplasté mi dedo y no permitiste que el profesor wunsch me hiciera practicar. Solo que tenía que hacerlo con la mano izquierda, incluso entonces. Creo que eso fue malo".

El médico le tomó la mano y examinó el índice, donde la uña había vuelto a crecer un poco torcida. "no debes recortarlo en la esquina de allí, y luego crecerá recto. No querrás que se tuerza cuando seas una niña grande y uses anillos y tengas novios".

Ella le hizo una mueca burlona y miró su nuevo alfiler. "ese es el más bonito que has tenido. Desearía que te quedaras un rato y me dejes verlo. ¿qué es?"

Dr. Archie se rió. "es un ópalo. El español johnny me lo trajo de chihuahua en su zapato. Lo tenía colocado en denver, y lo usé hoy para tu beneficio".

Thea tenía una curiosa pasión por la joyería. Quería cada piedra brillante que veía, y en verano siempre salía a las colinas de arena en busca de cristales, ágatas y trozos de calcedonia rosa. Tenía dos cajas de puros llenas de piedras que había encontrado o intercambiado, y se imaginaba que eran de enorme valor. Ella siempre estaba planeando cómo los tendría.

"¿qué estás leyendo?" el médico metió la mano debajo de las mantas y sacó un libro de poemas de byron. "¿te gusta este?"

Ella pareció confundida, pasó unas cuantas páginas rápidamente y señaló "mi tierra natal, buenas noches". "eso", dijo tímidamente.

"¿qué tal 'dama de atenas'?"

Ella se sonrojó y lo miró con recelo. "me gusta 'hubo un sonido de juerga'", murmuró.

El doctor se rió y cerró el libro. Estaba torpemente encuadernado en cuero acolchado y había sido presentado al reverendo peter kronborg por su clase de la escuela dominical como adorno para su mesa de salón.

"ven a la oficina algún día y te prestaré un buen libro. Puedes saltarte las partes que no entiendas. Puedes leerlo en vacaciones. Quizás puedas entenderlo todo para entonces. "

Thea frunció el ceño y miró con inquietud hacia el piano. "en vacaciones tengo que practicar cuatro horas todos los días, y luego habrá thor que cuidar". Ella lo pronunció "tor".

"¿thor? Oh, ¿has llamado al bebé thor?" exclamó el doctor.

Thea frunció el ceño de nuevo, aún más ferozmente, y dijo rápidamente, "ese es un lindo nombre, solo que tal vez sea un poco - anticuado". Era muy sensible a que la pensaran extranjera y estaba orgullosa de que en la ciudad su padre siempre

My guess: preached in english, in english bookseller learne from books

predicaba en inglés; un inglés muy librero, además, se podría añadir.

add

Nacido en una antigua colonia escandinava en minnesota, peter kronborg había sido enviado a una pequeña escuela de teología en indiana por las mujeres de una misión evangélica sueca, que estaban convencidas de sus dones y que escatimaron y pidieron y dieron cenas en la iglesia para conseguir el largo, jóvenes perezosos a través del seminario. Todavía podía hablar suficiente sueco para exhortar y enterrar a los miembros de la iglesia de su país en el agujero de cobre, y esgrimía en su púlpito de piedra lunar un vocabulario en inglés algo pomposo que había aprendido de los libros en la universidad. Siempre hablaba del "salvador infantil", "nuestro padre celestial", etc. El pobre no tenía un habla humana natural y espontánea. Si tuvo sus momentos sinceros, fueron forzosamente inarticulados. Probablemente gran parte de su pretensión se debió al hecho de que habitualmente se expresaba en un lenguaje aprendido en libros, totalmente alejado de cualquier cosa personal, nativa o hogareña. Señora. Kronborg hablaba sueco con sus propias hermanas y con su cuñada tillie, e inglés coloquial con sus vecinos. Thea, que tenía un oído bastante sensible, hasta que fue a la escuela nunca hablaba en absoluto, excepto en monosílabos, y su madre estaba convencida de que tenía la lengua trabada. Todavía era inepta en el habla para un niño tan inteligente. Sus ideas solían ser claras, pero rara vez intentaba explicarlas, incluso en la escuela, donde sobresalía en el "trabajo escrito" y nunca hacía más que murmurar una respuesta.

"tu profesor de música me paró hoy en la calle y me preguntó cómo estabas", dijo el médico levantándose. "él mismo estará enfermo, trotando en este fango sin abrigo ni chanclos".

much

"él es pobre", dijo thea simplemente.

galoshes
clogs
overshoes
rubber boots

El doctor suspiró. "me temo que es peor que eso. ¿siempre está bien cuando tomas tus lecciones? ¿nunca actúa como si hubiera estado bebiendo?"

Thea parecía enojada y habló con entusiasmo. "él sabe mucho. Más que nadie. No me importa si bebe; es viejo y pobre". Su voz tembló un poco.

Señora. Kronborg habló desde la habitación contigua. "es un buen maestro, doctor. Es bueno para nosotros que beba. Nunca estaría en un lugar pequeño como este si no tuviera alguna debilidad. Estas mujeres que enseñan música por aquí no saben nada." no permitiría que mi hijo perdiera el tiempo con ellos. Si el profesor wunsch se va, no habrá nadie de quien quitarle. Es cuidadoso con sus estudiantes; no usa malas palabras. La sra. Kohler siempre está presente cuando thea la lleva lección. Está bien ". Señora. Kronborg habló tranquila y judicialmente. Uno podía ver que ella había pensado en el asunto antes.

"me alegra escuchar eso, sra. Kronborg. Ojalá pudiéramos sacar al anciano de su botella y mantenerlo ordenado. ¿crees que si te doy un abrigo viejo podrías hacer que se lo use?" el médico fue a la puerta del dormitorio y la sra. Kronborg levantó la vista de su zurcido.

sewing, darning mending

"bueno, sí, supongo que se alegrará. Me quitará casi cualquier cosa. No comprará ropa, pero supongo que se las pondría si las tuviera. Nunca he tenía ropa para darle, y tenía tantas para hacer."

I'll have Larry bring the coat tonight

"haré que larry traiga el abrigo esta noche. ¿no estás enfadado conmigo, thea?" tomando su mano.

Thea sonrió cálidamente. "no si le das un abrigo al profesor wunsch, y esas cosas", dio unos golpecitos significativos a las uvas. El médico se inclinó y la besó.

Iii

Estar enferma estaba muy bien, pero thea sabía por experiencia
que volver a la escuela iba acompañado de dificultades
deprimentes. Un lunes por la mañana se levantó temprano con
axel y gunner, que compartían su habitación del ala, y se
apresuró a entrar en la sala de atrás, entre el comedor y la cocina.
Allí, junto a una estufa de carbón suave, los niños más pequeños
de la familia se desnudaban por la noche y se vestían por la
mañana. La hija mayor, anna, y los dos grandes dormían arriba,
donde teóricamente las habitaciones se calentaban con tubos de
estufa desde abajo. Lo primero (¡y lo peor!) A lo que se enfrentó
fue un traje de franela roja limpia y espinosa, recién lavado. Por
lo general, el tormento de romperse en un traje limpio de franela
llegaba el domingo, pero ayer, mientras se quedaba en la casa,
había rogado. Su ropa interior de invierno fue una prueba para
todos los niños, pero fue más amarga para thea porque ella tenía
la piel más sensible. Mientras se lo ponía, su tía tillie trajo agua
tibia de la caldera y llenó la jarra de hojalata. Thea se lavó la
cara, cepilló y trenzó su cabello, y se puso su vestido de
cachemira azul. Sobre esto se abrochó un delantal largo, con
mangas, que no se quitaba hasta que se ponía la capa para ir a la
escuela. El artillero y el axel, en la caja de jabón detrás de la
estufa, tenían su habitual disputa sobre quién debía llevar las
medias más ajustadas, pero intercambiaban reproches en voz
baja, porque le tenían un gran miedo a la señora. Látigo de cuero
crudo de kronborg. No reprendió a sus hijos a menudo, pero lo
hizo concienzudamente. Sólo un sistema de disciplina algo
severo podría haber mantenido algún grado de orden y
tranquilidad en esa casa abarrotada.

Señora. Todos los niños de kronborg fueron entrenados para vestirse a la edad más temprana posible, para hacer sus propias camas, tanto los niños como las niñas, para cuidar su ropa, comer lo que se les da y mantenerse fuera de los camino. Señora. Kronborg habría sido un buen jugador de ajedrez; tenía cabeza para los movimientos y las posiciones.

Anna, la hija mayor, era la lugarteniente de su madre. Todos los niños sabían que debían obedecer a anna, quien era una tenaz competidora por las decoro y no siempre era justa. Ver a los jóvenes kronborgs dirigirse a la escuela dominical era como ver un ejercicio militar. Señora. Kronborg dejó en paz las mentes de sus hijos. Ella no fisgoneó en sus pensamientos ni los fastidió. Los respetaba como individuos y fuera de la casa tenían mucha libertad. Pero su vida comunitaria estaba definitivamente ordenada.

En invierno los niños desayunaban en la cocina; gus y charley y anna primero, mientras los niños más pequeños se vestían. Gus tenía diecinueve años y era empleado de una tienda de productos secos. Charley, dieciocho meses más joven, trabajaba en una tienda de piensos. Salieron de la casa por la puerta de la cocina a las siete en punto, y luego anna ayudó a su tía tillie a preparar el desayuno para los más pequeños. Sin la ayuda de esta cuñada, tillie kronborg, la sra. La vida de kronborg habría sido dura. Señora. Kronborg solía recordarle a anna que "ningún ayudante contratado habría mostrado el mismo interés".

Señor. Kronborg procedía de un linaje más pobre que su esposa; de una familia humilde e ignorante que había vivido en una parte pobre de suecia. Su bisabuelo se había ido a noruega a trabajar como jornalero y se había casado con una chica noruega. Esta cepa de sangre noruega surgió en algún lugar de cada generación de los kronborgs. La intemperancia de uno de los tíos de peter kronborg y la manía religiosa de otro habían sido igualmente imputadas a la abuela noruega. Tanto peter kronborg como su hermana tillie se parecían más a la raíz noruega de la familia que a la sueca, y esta misma cepa noruega era fuerte en thea, aunque en ella adquirió un carácter muy diferente.

Tillie era una persona extraña y confusa, tan frívola como una chica de treinta y cinco años, y desmesuradamente aficionada a la ropa alegre, que sabe, como la señora. Kronborg dijo filosóficamente, nadie hizo daño. Tillie siempre estaba alegre, y su lengua estaba quieta apenas un minuto durante el día. Había tenido un exceso de trabajo cruel en la granja de minnesota de su padre cuando era una niña, y nunca había sido tan feliz como ahora; nunca antes, como ella dijo, había tenido tales ventajas sociales. Pensaba que su hermano era el hombre más importante de moonstone. Nunca se perdía un servicio religioso y, para gran vergüenza de los niños, siempre "hablaba un poco" en los conciertos de la escuela dominical. Tenía un juego completo de "recitaciones estándar", que estafaba los domingos. Esta mañana, cuando thea y sus dos hermanos menores se sentaron a desayunar, tillie estaba protestando con gunner porque no había aprendido una de las recitaciones que le habían asignado para el día de george washington en la escuela. El texto no memorizado pesaba sobre la conciencia del artillero mientras atacaba sus tortas de trigo sarraceno y sus salchichas. Sabía que tillie tenía razón y que "cuando llegara el día se avergonzaría de sí mismo".

"no me importa", murmuró, revolviendo su café; "no deberían hacer hablar a los niños. Está bien para las niñas. Les gusta presumir".

"no presumas. A los chicos les debería gustar hablar por su país. ¿y de qué te sirvió que tu padre te comprara un traje nuevo, si no vas a participar en nada?"

"eso fue para la escuela dominical. Preferiría usar mi viejo, de todos modos. ¿por qué no le dieron la pieza a thea?" refunfuñó el artillero.

Tillie estaba girando tortas de trigo sarraceno en la plancha. "thea puede tocar y cantar, no necesita hablar. Pero tienes que saber cómo hacer algo, artillero, que tienes. ¿qué vas a hacer cuando seas grande y quieras entrar en la sociedad? Si no puedes hacer nada, todo el mundo dirá, "¿puedes cantar? ¿puedes tocar? ¿puedes hablar? Y luego sal de la sociedad". Y eso es lo que le dirán, señor artillero ".

Gunner y alex le sonrieron a anna, que estaba preparando el desayuno de su madre. Nunca se burlaban de tillie, pero entendían bastante bien que había temas sobre los que sus ideas eran bastante tontas. Cuando tillie llegaba a los bajíos, thea solía ser rápido en cambiar la conversación.

"¿axel y tú me dejarán tener tu trineo en el recreo?" ella preguntó.

"¿todo el tiempo?" preguntó el artillero dubitativo.

"trabajaré sus ejemplos para usted esta noche, si lo hace".

"oh, está bien. Habrá muchos".

"no me importa, puedo trabajarlos rápido. ¿qué tal el tuyo, axel?"

Axel era un niño gordo de siete años, con bonitos y perezosos ojos azules. "no me importa", murmuró, untando con mantequilla su último pastel de trigo sarraceno sin ambición; "demasiado problema para copiarlos. Jenny smiley me dejará tener el suyo".

Los muchachos debían llevar a thea a la escuela en su trineo, ya que la nieve era profunda. Los tres partieron juntos. Anna estaba ahora en la escuela secundaria, y ya no iba con la fiesta familiar, sino que caminaba a la escuela con algunas de las niñas mayores que eran sus amigas y usaba un sombrero, no una capucha como thea.

Iv

"¡y era verano, hermoso verano!" esas fueron las palabras finales del cuento de hadas favorito de thea, y pensó en ellas mientras salía corriendo al mundo un sábado por la mañana, con su libro de música bajo el brazo. Iba a ir a casa de los kohlers a tomar su lección, pero no tenía prisa.

Era en verano cuando se vivía de verdad. Luego todas las casitas superpobladas se abrieron de par en par y el viento sopló a través de ellas con un dulce y terroso olor a plantación de jardines. El pueblo parecía recién lavado. La gente estaba pintando sus vallas. Los álamos parpadeaban con pequeñas hojas amarillas y pegajosas, y los tamariscos plumosos tenían capullos rosados. Con el clima cálido llegó la libertad para todos. La gente fue desenterrada, por así decirlo. Los muy viejos, a quienes no se había visto en todo el invierno, salieron y tomaron el sol en el patio. Se quitaron las ventanas dobles de las casas, se guardaron en cajas las atormentadoras franelas en las que los niños habían estado encerrados durante todo el invierno, y los jóvenes sintieron un placer en las cosas frescas de algodón junto a su piel.

Thea tuvo que caminar más de una milla para llegar a la casa de los kohlers, una milla muy agradable fuera de la ciudad hacia las colinas de arena brillante, amarillo esta mañana, con líneas de violeta oscuro donde estaban las hendiduras y los valles. Siguió la acera hasta el depósito en el extremo sur de la ciudad; luego tomó el camino hacia el este hasta el pequeño grupo de casas de adobe donde vivían los mexicanos, luego cayó a un profundo barranco; un arroyo de arena seca, a través del cual corría la vía del tren sobre un caballete. Más allá de ese barranco, en una pequeña elevación del terreno que daba a la llanura arenosa abierta, estaba la casa de los kohlers, donde vivía el profesor wunsch. Fritz kohler fue el sastre de la ciudad, uno de los primeros colonos. Se había mudado allí, había construido una casita y había hecho un jardín, cuando la piedra lunar se marcó por primera vez en el mapa. Tenía tres hijos, pero ahora trabajaban en el ferrocarril y estaban estacionados en ciudades distantes. Uno de ellos se había ido a trabajar para la santa fe y vivía en nuevo méxico.

Señora. Kohler rara vez cruzaba el barranco y entraba en la ciudad excepto en navidad, cuando tenía que comprar regalos y tarjetas de navidad para enviar a sus viejos amigos en freeport, illinois. Como no iba a la iglesia, no poseía nada parecido a un sombrero. Año tras año llevaba la misma capucha roja en invierno y una gorra negra en verano. Ella hizo sus propios vestidos; las faldas le llegaban apenas hasta la parte superior de los zapatos, y estaban fruncidas lo más que podían hasta la cintura. Prefería los zapatos de hombre y, por lo general, usaba los de uno de sus hijos. Nunca había aprendido mucho inglés y sus plantas y arbustos eran sus compañeros. Vivía para sus hombres y su jardín. Junto a ese barranco de arena, había intentado reproducir un poco de su propia aldea en el valle del rin. Se escondía detrás del crecimiento que había fomentado, vivía a la sombra de lo que había plantado, regado y podado. En el resplandor de la llanura abierta era estúpida y ciega como un búho. Sombra, sombra; eso era lo que ella siempre estaba planeando y haciendo. Detrás del alto seto de tamariscos, su jardín era una jungla de verdor en verano. Por encima de los cerezos y melocotoneros y ciruelas doradas se alzaba el molino de viento, con su depósito sobre pilotes, que mantenía vivo todo este verdor. Afuera, la salvia crecía hasta el borde mismo del jardín, y la arena siempre llegaba a los tamariscos.

Todos en moonstone se sorprendieron cuando los kohlers llevaron al profesor de música errante a vivir con ellos. A los diecisiete años, fritz nunca había tenido un compinche, excepto el arnés y el johnny español. Esta bruja venía de dios sabe dónde —siguió a johnny español a la ciudad cuando ese vagabundo regresó de uno de sus vagabundos. Wunsch tocaba en la orquesta de baile, afinaba pianos y daba lecciones. Cuando la sra. Kohler lo rescató, estaba durmiendo en una habitación sucia y sin muebles sobre uno de los salones, y solo tenía dos camisas en el mundo. Una vez que estuvo bajo su techo, la anciana lo atacó como lo hizo en su jardín. Ella cosía, lavaba y remendaba para él, y lo hacía tan limpio y respetable que pudo conseguir una gran clase de alumnos y alquilar un piano. Tan pronto como tuvo dinero por delante, mandó a la pensión de vía estrecha, en denver, a buscar un baúl lleno de música que se había guardado allí por concepto de comida no pagada. Con lágrimas en los ojos, el anciano —no tenía más de cincuenta años, pero estaba tristemente maltratado— le dijo a la sra. Kohler que no le pidió nada mejor a dios que terminar sus días con ella y ser enterrado en el jardín, bajo sus tilos. No eran tilo americano, sino tilo europeo, que tiene flores color miel en verano, con una fragancia que sobrepasa a todos los árboles y flores y enloquece de alegría a los jóvenes.

Thea estaba reflexionando mientras caminaba que si no hubiera sido por el profesor wunsch, podría haber vivido durante años en la piedra lunar sin conocer a los kohlers, sin ver su jardín o el interior de su casa. Además del reloj de cuco, que era bastante maravilloso y que la sra. Kohler dijo que buscaba "compañía cuando estaba sola", los kohler tenían en su casa la cosa más maravillosa que thea había visto en su vida, pero de eso más tarde.

El profesor wunsch fue a las casas de sus otros alumnos para darles sus lecciones, pero una mañana le dijo a la sra. Kronborg que thea tenía talento, y que si acudía a él podría enseñarle en zapatillas, y eso sería mejor. Señora. Kronborg era una mujer extraña. Esa palabra "talento", que nadie más en moonstone, ni siquiera el dr. Archie, habría entendido, comprendió perfectamente. Para cualquier otra mujer allí, habría significado que una niña debe tener su cabello rizado todos los días y debe jugar en público. Señora. Kronborg sabía que eso significaba que thea debía practicar cuatro horas al día. Un niño con talento debe mantenerse al piano, al igual que un niño con sarampión debe mantenerse debajo de las mantas. Señora. Kronborg y sus tres hermanas habían estudiado piano y cantaban bien, pero ninguna tenía talento. Su padre había tocado el oboe en una orquesta en suecia, antes de venir a estados unidos para mejorar su fortuna. Incluso había conocido a jenny lind. Había que mantener a un niño con talento al piano; así que dos veces por semana en verano y una vez por semana en invierno iban por el barranco a casa de los kohlers, aunque la sociedad de ayuda a las damas pensaba que no era apropiado que la hija de su predicador fuera "donde había tanta bebida". No es que los hijos de kohler ni siquiera miraran un vaso de cerveza. Se avergonzaron de sus viejos y salieron al mundo lo más rápido posible; hizo que un sastre de denver les hiciera la ropa y les afeitaran el cuello bajo el pelo y se olvidaron del pasado. El viejo fritz y el wunsch, sin embargo, se complacían con una botella amistosa con bastante frecuencia. Los dos hombres eran como camaradas; quizás el vínculo entre ellos fue el vaso donde se encuentran las esperanzas perdidas; quizás eran recuerdos comunes de otro país; tal vez fue la vid en el jardín, arbusto nudoso y fibroso, lleno de nostalgia y sentimiento, que los alemanes han llevado consigo por todo el mundo.

Mientras thea se acercaba a la casa, se asomó entre las flores rosas del seto de tamariscos y vio al profesor ya la sra. Kohler en el jardín, palas y rastrillos. El jardín parecía ahora un mapa en relieve y no daba ninguna indicación de lo que sería en agosto; ¡qué jungla! Frijoles, patatas, maíz, puerros, col rizada y lombarda; incluso habría verduras para las que no existe un nombre americano. Señora. Kohler siempre recibía por correo paquetes de semillas del puerto franco y del viejo país. ¡luego las flores! Había grandes girasoles para el canario, lirios tigre y phlox y zinnias y zapatillas de dama y portulaca y malvas, malvas gigantes. Junto a los árboles frutales había una gran catalpa en forma de paraguas, y un bálsamo de galaad, dos tilos y hasta una ginka, un árbol rígido y puntiagudo con hojas en forma de mariposas, que se estremecían, pero nunca se doblaban al viento. .

Esta mañana, thea vio con alegría que los dos árboles de adelfa, uno blanco y otro rojo, habían sido sacados de sus aposentos de invierno en el sótano. Casi no hay una familia alemana en las partes más áridas de utah, nuevo méxico, arizona, pero tiene sus adelfas. Por muy groseros que puedan ser los hijos de la familia nacidos en estados unidos, nunca hubo uno que se negara a dedicar su fuerza a la ardua tarea de llevar esos árboles entubados al sótano en el otoño y a la luz del sol en la primavera. Puede que se esfuercen por evitar el día, pero por fin se enfrentan a la bañera.

Cuando thea entró por la puerta, su profesor apoyó la pala contra el poste blanco que sostenía el palomar con torreones y le secó la cara con la manga de la camisa; de alguna manera nunca logró tener un pañuelo sobre él. Wunsch era bajo y fornido, con algo áspero y parecido a un oso sobre los hombros. Su rostro era de un color rojo ladrillo oscuro, profundamente arrugado en lugar de arrugado, y la piel era como cuero suelto sobre la banda del cuello; usaba un botón de bronce en el cuello, pero no tenía cuello. Su cabello estaba muy corto; cerdas de color gris hierro en una cabeza con forma de bala. Sus ojos siempre estaban empapados e inyectados en sangre. Tenía una boca tosca y desdeñosa, y dientes amarillos e irregulares, muy gastados en los bordes. Sus manos eran cuadradas y rojas, rara vez limpias, pero siempre vivas, impacientes, incluso comprensivas.

"morgen", saludó a su alumna de manera formal, se puso un abrigo de alpaca negra y la condujo de inmediato al piano en mrs. Sala de estar de kohler. Hizo girar el taburete a la altura adecuada, lo señaló y se sentó en una silla de madera junto a thea.

"la escala de si bemol mayor", dirigió, y luego adoptó una actitud de profunda atención. Sin una palabra, su alumno se puso a trabajar.

A la sra. Kohler, en el jardín, llegó el alegre sonido del esfuerzo, de un esfuerzo vigoroso. Inconscientemente, manejó su rastrillo con más ligereza. De vez en cuando escuchaba la voz de la maestra. "escala de mi menor ... Weiter, weiter! ... Immer oigo el pulgar, como un pie cojo. Weiter ... Weiter, once ... Schon! Los acordes, rápido!"

La pupila no abrió la boca hasta que comenzaron el segundo movimiento de la sonata clementi, cuando protestó en voz baja por la forma en que había marcado la digitación de un pasaje.

"no importa lo que pienses", respondió su maestra con frialdad. "sólo hay una forma correcta. El pulgar allí. Ein, zwei, drei, vier", etc. Luego, durante una hora, no hubo más interrupciones.

Al final de la lección, thea giró en su taburete y apoyó el brazo en el teclado. Normalmente tenían una pequeña charla después de la lección.

Herr wunsch sonrió. "¿qué tan pronto estarás libre de la escuela? Entonces avanzamos más rápido, ¿eh?"

"primera semana de junio. ¿entonces me darás la 'invitación al baile'?"

Se encogió de hombros. "no importa. Si lo quieres, lo juegas fuera de las horas de clase".

"todo bien." thea rebuscó en su bolsillo y sacó un papel arrugado. "¿qué significa esto, por favor? Supongo que es latín".

Wunsch parpadeó al ver la línea escrita a lápiz en el papel. "¿de dónde sacaste esto?" preguntó con brusquedad.

"de un libro que el dr. Archie me dio para leer. Es todo en inglés pero eso. ¿lo habías visto antes?" preguntó, mirando su rostro.

"sí. Hace mucho tiempo", murmuró, frunciendo el ceño. "¡ovidius!" sacó un trozo de lápiz de mina del bolsillo de su chaleco, estabilizó su mano con un esfuerzo visible, y debajo de las palabras:

"lente currite, lente currite, noctis equi", escribió con una letra gótica clara y elegante.

"id despacio, id despacio, caballos de la noche".

Volvió a guardarse el lápiz en el bolsillo y siguió mirando el latín. Recordaba el poema, que había leído cuando era estudiante y que le parecía muy bien. Había tesoros de la memoria que ningún dueño de una posada podía adjuntar. Uno llevaba cosas en la cabeza, mucho después de que la ropa de cama pudiera ser sacada de contrabando en una bolsa de tuning. Le devolvió el papel a thea. "ahí está el inglés, bastante elegante", dijo, levantándose.

Señora. Kohler asomó la cabeza por la puerta y thea se bajó del taburete. "entre, sra. Kohler", dijo, "y enséñeme la imagen de la pieza".

Aprendiz
Aprendices

La anciana se rió, se quitó los grandes guantes de jardinería y empujó a thea al salón ante el objeto de su deleite. El "cuadro", que colgaba de la pared y cubría casi todo un extremo de la habitación, era obra de fritz kohler. Había aprendido su oficio con un sastre a la antigua en magdeburgo que requería de cada uno de sus aprendices una tesis: es decir, antes de que salieran de su taller, cada aprendiz tenía que copiar en tela alguna pintura alemana muy conocida, cosiendo trozos de material de colores juntos sobre un fondo de lino; una especie de mosaico. Al alumno se le permitió seleccionar su tema, y fritz kohler había elegido una pintura popular de la retirada de napoleón de moscú. El sombrío emperador y su personal estaban representados cruzando un puente de piedra, y detrás de ellos estaba la ciudad en llamas, las murallas y fortalezas revestidas de tela gris con lenguas de fuego anaranjadas que recorrían las cúpulas y minaretes. Napoleón montaba su caballo blanco; murat, en traje oriental, un cargador de bahía. Thea nunca se cansaba de examinar este trabajo, de escuchar cuánto tiempo había tardado fritz en realizarlo, cuánto había sido admirado y qué estrechas escapatorias había tenido de las polillas y el fuego. Seda, señora. Kohler explicó, habría sido mucho más fácil de manejar que la tela de lana, en la que a menudo era difícil conseguir los tonos adecuados. Las riendas de los caballos, las ruedas de las espuelas, las cejas inquietas del emperador, los feroces bigotes de murat, los grandes shakos de la guardia, todo fue elaborado con la más mínima fidelidad. La admiración de thea por esta imagen la había hecho querer por la sra. Kohler. Han pasado muchos años desde que solía señalar sus maravillas a sus propios niños pequeños. Como la sra. Kohler no iba a la iglesia, nunca escuchó ningún canto, excepto las canciones que llegaban flotando desde el pueblo mexicano, y thea solía cantar para ella después de que terminaba la lección. Esta mañana, wunsch señaló el piano.

"el domingo, cuando voy por la iglesia, te escucho cantar algo".

Thea se sentó obedientemente en el taburete de nuevo y comenzó: "venid, desconsolados". Wunsch escuchó pensativo, con las manos en las rodillas. ¡qué hermosa voz de niño! Vieja señora. El rostro de kohler se relajó en una sonrisa de felicidad; entrecerró los ojos. Una mosca grande entraba y salía por la ventana; la luz del sol formaba un charco dorado sobre la alfombra de trapo y bañaba los cojines de cretona descoloridos del salón, debajo del cuadro. "la tierra no tiene dolor que el cielo no pueda curar", la canción se apagó.

"eso es algo bueno para recordar", se sacudió wunsch. "¿crees eso?" mirando con curiosidad a thea.

Se confundió y picoteó nerviosamente una tecla negra con el dedo medio. "no lo sé. Supongo que sí", murmuró.

Su maestra se levantó abruptamente. "recuerda, para la próxima vez, tercios. Deberías levantarte más temprano".

Esa noche el aire era tan cálido que fritz y herr wunsch tenían su pipa de sobremesa en la parra, fumando en silencio mientras el sonido de violines y guitarras llegaba por el barranco del pueblo mexicano. Mucho después de que fritz y su vieja paulina se hubieran acostado, wunsch se sentó inmóvil en el cenador, mirando a través de las hojas lanudas de la vid a la brillante maquinaria del cielo.

"lente currite, noctis equi".

Esa línea despertó muchos recuerdos. Estaba pensando en la juventud; el suyo, hace tanto tiempo, y el de su alumno, que apenas comienza. Incluso habría albergado esperanzas para ella, de no ser porque se había vuelto supersticioso. Creía que todo lo que esperaba estaba destinado a no serlo; que su cariño traía mala suerte, especialmente a los jóvenes; que si tenía algo en sus pensamientos, lo dañaba. Había enseñado en escuelas de música en st. Louis y kansas city, donde la superficialidad y la complacencia de las jóvenes señoritas lo habían enloquecido. Se había encontrado con los malos modales y la mala fe, había sido víctima de agudos de todo tipo, le perseguía la mala suerte. Había tocado en orquestas a las que nunca se les pagaba y en compañías de ópera errantes que se disolvieron sin un centavo. Y siempre estaba el viejo enemigo, más implacable que los demás. Hacía mucho que no deseaba nada o deseaba algo más allá de las necesidades del cuerpo. Ahora que estaba tentado a esperar otro, se alarmó y negó con la cabeza.

Era el poder de aplicación de su pupila, su fuerte voluntad, lo que le interesaba. Había vivido tanto tiempo entre personas cuya única ambición era conseguir algo a cambio de nada que había aprendido a no buscar seriedad en nada. Ahora que lo encontró por casualidad, recordó estándares, ambiciones, una sociedad olvidada hace mucho tiempo. ¿a qué le recordaba ella? Una flor amarilla, tal vez llena de luz solar. No; un vaso delgado lleno de vino espumoso de mosela de olor dulce. Parecía ver un vaso así ante él en el cenador, ver las burbujas que se elevaban y se rompían, como la descarga silenciosa de energía en los nervios y el cerebro, el rápido florecimiento de la sangre joven; el mozo se sintió avergonzado y arrastró sus zapatillas por el camino a la cocina, con los ojos en el suelo.

V

A los niños de primaria se les pedía a veces que hicieran mapas en relieve de piedra lunar en arena. Si hubieran usado arenas de colores, como hacen los curanderos navajos en sus mosaicos de arena, podrían haber indicado fácilmente las clasificaciones sociales de la piedra lunar, ya que estas se ajustaban a ciertos límites topográficos, y todos los niños las entendían perfectamente.

La calle comercial principal atravesaba, por supuesto, el centro de la ciudad. Al oeste de esta calle vivía toda la gente que estaba, como decía tillie kronborg, "en sociedad". La calle sylvester, la tercera paralela con la calle principal al oeste, era la más larga de la ciudad, ya lo largo de ella se construyeron las mejores viviendas. Muy lejos, en el extremo norte, a casi una milla del palacio de justicia y su bosque de álamos, estaba el dr. La casa de archie, su gran patio y jardín rodeado por una valla blanca pálida. La iglesia metodista estaba en el centro de la ciudad, frente a la plaza del palacio de justicia. Los kronborgs vivían a un kilómetro al sur de la iglesia, en la larga calle que se extendía como un brazo hacia el asentamiento del depósito. Esta era la primera calle al oeste de la principal y estaba construida solo en un lado. La casa del predicador daba a la parte trasera de los edificios de la tienda de ladrillo y estructura y un cajón lleno de girasoles y trozos de hierro viejo. La acera que corría frente a la casa de los kronborgs era la única acera continua hasta la estación, y todos los hombres del tren y los empleados de la rotonda pasaban por la puerta principal cada vez que llegaban a la zona residencial. Thea y la sra. Kronborg tenía muchos amigos entre los ferroviarios, que a menudo se detenían a charlar al otro lado de la valla, y de uno de ellos tendremos más que decir.

En la parte de piedra lunar que quedaba al este de la calle principal, hacia el profundo barranco que, más al sur, serpenteado por el pueblo mexicano, vivían todos los ciudadanos más humildes, la gente que votaba pero no se postulaba. Las casas eran casitas de un piso y medio, sin ninguno de los exigentes esfuerzos arquitectónicos que caracterizaban a las de sylvester street. Se acurrucaron modestamente detrás de sus álamos y enredaderas de virginia; sus ocupantes no tenían pretensiones sociales que mantener. No había puertas de entrada de medio cristal con timbres, ni salones formidables detrás de las contraventanas cerradas. Aquí las ancianas se lavaban en el patio trasero y los hombres se sentaban en la puerta principal y fumaban en pipa. La gente de la calle sylvester apenas sabía que existía esta parte de la ciudad. A thea le gustaba tomar a thor y su vagón expreso y explorar estas calles tranquilas y sombreadas, donde la gente nunca intentó tener césped o cultivar olmos y pinos, sino que dejaba que la madera nativa se saliera con la suya y se extendiera con exuberancia. Tenía muchos amigos allí, ancianas que le regalaban una rosa amarilla o un ramo de enredadera de trompeta y apaciguaban a thor con una cocinera o una rosquilla. Llamaron a thea "la muchacha del predicador", pero el demostrativo estaba fuera de lugar, porque cuando hablaban del sr. Kronborg lo llamaron "el predicador metodista".

Dr. Archie estaba muy orgulloso de su patio y jardín, que trabajaba él mismo. Era el único hombre en piedra lunar que tuvo éxito en el cultivo de rosas rambler, y sus fresas eran famosas. Una mañana, cuando thea estaba en el centro de la ciudad haciendo un recado, el médico la detuvo, la tomó de la mano y la miró con curiosidad, como casi siempre hacía cuando se conocían.

"no has subido a mi casa para comprar fresas todavía, thea. Están en su mejor momento ahora. La sra. Archie no sabe qué hacer con todas. Ven esta tarde. Solo dile a la sra." archie te envié. Trae una canasta grande y recoge hasta que estés cansado ".

Cuando llegó a casa, le dijo a su madre que no quería ir porque no le gustaba la sra. Archie.

"ciertamente es una mujer rara", dijo la sra. Kronborg asintió, "pero te lo ha pedido tan a menudo, supongo que tendrás que irte esta vez. Ella no te morderá".

Después de la cena, thea tomó una canasta, puso a thor en su cochecito de bebé y se dirigió al dr. La casa de archie en el otro extremo de la ciudad. Tan pronto como estuvo a la vista de la casa, aminoró el paso. Se acercó a él muy lentamente, deteniéndose a menudo para recoger dientes de león y arvejas para que thor los aplastara en su puño.

Era costumbre de su esposa, tan pronto como el dr. Archie salió de la casa por la mañana, para cerrar todas las puertas y ventanas para evitar que entre el polvo y para bajar las cortinas para evitar que el sol decolore las alfombras. También pensaba que era menos probable que los vecinos vinieran si la casa estaba cerrada. Era una de esas personas tacañas sin motivo ni razón, incluso cuando no pueden ganar nada con ello. Debió haber sabido que escatimar al médico en celo y comida lo hacía más extravagante de lo que hubiera sido si ella lo hubiera hecho sentir cómodo. Él nunca regresó a casa para almorzar, porque ella le dio miserables sobras y jirones de comida. No importa cuánta leche compró, nunca podría obtener una crema espesa para sus fresas. Incluso cuando vio a su esposa levantarlo de la leche en suaves mantas de color marfil, logró, mediante un juego de manos, diluirlo antes de que llegara a la mesa del desayuno. La broma favorita del carnicero era sobre el tipo de carne que vendía a la señora. Archie. Ella misma no sentía ningún interés en la comida y odiaba prepararla. Nada le gustaba más que tener dr. Archie se iba a denver por unos días (a menudo iba principalmente porque tenía hambre) y se quedaba solo para comer salmón enlatado y mantener la casa cerrada desde la mañana hasta la noche.

Señora. Archie no tenía sirvienta porque, dijo, "comieron demasiado y rompieron demasiado"; incluso dijo que sabían demasiado. Usó la mente que tenía para idear turnos para minimizar sus tareas domésticas. Solía decirle a sus vecinos que si no hubiera hombres, no habría tareas domésticas. Cuando la sra. Archie se casó por primera vez, siempre había estado en pánico por temor a tener hijos. Ahora que sus temores sobre ese tema habían palidecido, tenía tanto miedo de tener polvo en la casa como antes de tener hijos en ella. Si no entraba polvo, no era necesario sacarlo, dijo. Se tomaría cualquier molestia para evitar problemas. Por qué, nadie lo sabía. Ciertamente su marido nunca había podido distinguirla. Naturalezas tan pequeñas y mezquinas se encuentran entre las cosas creadas más oscuras y desconcertantes. No hay ninguna ley por la que puedan explicarse. Los incentivos ordinarios del dolor y el placer no explican su comportamiento. Viven como insectos, absortos en pequeñas actividades que no parecen tener nada que ver con ningún aspecto genial de la vida humana.

Señora. Archie, como la sra. Kronborg dijo, "le gustaba gad." le gustaba tener su casa limpia, vacía, oscura, cerrada con llave y estar fuera de ella, en cualquier lugar. Una reunión social en la iglesia, una reunión de oración, un espectáculo de diez centavos; ella parecía no tener ninguna preferencia. Cuando no había ningún otro lugar a donde ir, solía sentarse durante horas en mrs. Smiley, sombrerería y tienda de nociones, escuchando la charla de las mujeres que entraban, mirándolas mientras se probaban sombreros, parpadeando desde su rincón con sus ojillos agudos e inquietos. Ella nunca hablaba mucho, pero conocía todos los chismes de la ciudad y tenía un buen oído para las anécdotas picantes: "historias de hombres viajeros", solían llamarse en piedra lunar. Su risa chasqueante sonaba como una máquina de escribir en acción y, para historias muy puntiagudas, soltó un pequeño chillido.

Señora. Archie había sido la sra. Archie durante sólo seis años, y cuando era belle white era una de las chicas "bonitas" de lansing, michigan. Ella tenía entonces una fila de pretendientes. Realmente podía recordarle a archie que "los chicos la rodeaban". Lo hicieron. Pensaban que era muy animada y siempre decían: "¡oh, esa belle white, es un caso!" solía gastar bromas pesadas que los jóvenes consideraban muy ingeniosas. Archie era considerado el joven más prometedor de "la multitud joven", por lo que belle lo eligió. Ella le dejó ver, le hizo plenamente consciente, que ella lo había elegido, y archie era el tipo de chico que no puede soportar tal iluminación. La familia de belle se compadeció de él. El día de su boda, sus hermanas miraron al chico grande y guapo, tenía veinticuatro años, mientras caminaba por el pasillo con su novia, y luego se miraron. Su confianza embrutecida, su rostro sobrio y radiante, su brazo amable y protector, los hacían sentir incómodos. Bueno, se alegraron de que se dirigiera al oeste de inmediato, para cumplir su condena donde no serían espectadores. De todos modos, se consolaban a sí mismos, se habían quitado de encima a belle.

Más que eso, belle parecía haberse librado de sus manos. Su supuesta hermosura debió ser fruto enteramente de la determinación, de una feroz y pequeña ambición. Una vez que se hubo casado, se sujetó a alguien, llegó a puerto, se desvaneció como el plumaje ornamental que cae de los pájaros después de la época de apareamiento. La única acción agresiva de su vida había terminado. Ella comenzó a encogerse de rostro y estatura. De su espíritu harum-scarum no quedó nada más que un pequeño chillido. A los pocos años parecía tan pequeña y mezquina como era.

El carro de thor avanzaba sigilosamente. Thea se acercó a la casa de mala gana. De todos modos, a ella no le importaban las fresas. Ella había venido solo porque no quería lastimar al dr. Los sentimientos de archie. A ella no sólo le desagradaba la señora. Archie, le tenía un poco de miedo. Mientras thea pasaba el pesado cochecito de bebé por la puerta de hierro, oyó que alguien llamaba: "¡espera un minuto!" y la sra. Archie entró corriendo por la casa desde la puerta trasera, con el delantal sobre la cabeza. Vino a ayudar con el cochecito, porque temía que las ruedas pudieran rayar la pintura de los postes de la puerta. Era una mujercita delgada con un gran mechón de cabello claro y rizado en una cabeza pequeña.

"el dr. Archie me dijo que viniera a recoger algunas fresas", murmuró thea, deseando haberse quedado en casa.

Señora. Archie abrió el camino hacia la puerta trasera, entrecerrando los ojos y tapándose los ojos con la mano. "espera un minuto", dijo de nuevo, cuando thea explicó por qué había venido.

Fue a la cocina y se sentó en el escalón del porche. Cuando la sra. Archie reapareció. Llevaba en la mano una pequeña canasta de mantequilla de madera adornada con papel de seda con flecos, que debió haber traído a casa de alguna cena en la iglesia. "tendrás que tener algo para ponerlos", dijo, ignorando la enorme canasta de sauce que estaba vacía a los pies de thor. "puedes quedarte con esto, y no tienes por qué preocuparte por devolverlo. Sabes cómo no pisotear las enredaderas, ¿no?"

climbing plants

Señora. Archie regresó a la casa y thea se inclinó en la arena y recogió algunas fresas. Tan pronto como estuvo segura de que no iba a llorar, arrojó la canasta pequeña en la grande y corrió el carruaje de thor por el camino de grava y salió por la puerta tan rápido como pudo empujarlo. Ella estaba enojada y avergonzada por el dr. Archie. No pudo evitar pensar en lo incómodo que se sentiría si alguna vez se enterara. Pequeñas cosas como esas eran las que más lo cortaban. Se escabulló a casa por el camino de atrás y de nuevo casi lloró cuando se lo contó a su madre.

Señora. Kronborg estaba friendo rosquillas para la cena de su marido. Se rió mientras dejaba caer un lote nuevo en la grasa caliente. "es maravilloso, la forma en que se hacen algunas personas", declaró. "pero no dejaría que eso me molestara si fuera tú. Piensa en lo que sería vivir con eso todo el tiempo. Miras en el bolsillo negro dentro de mi bolso y tomas un centavo y vas al centro a comprar un helado refresco. Eso te hará sentir mejor. Thor puede tomar un poco de helado si se lo das con una cuchara. A él le gusta, ¿no a ti, hijo? " ella se inclinó para

but I wouldn't let this bother me if I were you

limpiarle la barbilla. Thor tenía sólo seis meses y era
inarticulado, pero era cierto que le gustaban los helados.

Vi balloon Moonstone

Vista desde un globo, la piedra lunar habría parecido la ciudad
de un arca de noé asentada en la arena y ligeramente sombreada
por tamariscos verde grisáceo y álamos. Algunas personas
estaban tratando de hacer crecer arces suaves en sus céspedes,
pero la moda de plantar árboles incongruentes de los estados del
atlántico norte no se había generalizado en ese entonces, y la
frágil ciudad desértica pintada de brillantes colores estaba
sombreada por el viento que reflejaba la luz. -árboles amorosos
del desierto, cuyas raíces siempre buscan agua y cuyas hojas
siempre hablan de ella, haciendo el sonido de la lluvia. Las
raíces largas y porosas del álamo son incontenibles. Irrumpen en
los pozos como las ratas en los graneros y roban el agua.

La larga calle que conectaba la piedra lunar con el asentamiento
del depósito atravesaba en su curso una extensión considerable
de campo abierto y accidentado, delimitado en lotes pero sin
construir en absoluto, una pausa llena de maleza entre la ciudad
y el ferrocarril. Cuando saliste por esta calle para ir a la estación,
te diste cuenta de que las casas se iban haciendo más pequeñas y
más alejadas, hasta cesar por completo, y la acera de tablones
seguía su disparejo recorrido a través de parches de girasoles,
hasta llegar al solitario y nuevo ladrillo católico. Iglesia. La
iglesia estaba allí porque la tierra fue entregada a la parroquia
por el dueño de los lotes de desechos contiguos, con la esperanza
de hacerlos más vendibles — "adición del herrador", se llamaba
este trozo de pradera en la oficina del secretario. Un octavo de
milla más allá de la iglesia había un deslave, un profundo

barranco de arena, donde la acera de madera se convertía en un puente de unos quince metros. Un poco más allá del barranco estaba la arboleda del viejo tío billy beemer, doce lotes de la ciudad colocados en finos álamos bien crecidos, encantadores de ver o escuchar mientras se balanceaban y ondulaban con el viento. El tío billy había sido uno de los viejos borrachos más inútiles que jamás se sentó en una caja de la tienda y contó historias sucias. Una noche jugó al escondite con un motor de conmutación y le dejaron sin aliento. Pero su arboleda, la única cosa digna de crédito que había hecho en su vida, continuó. Más allá de esta arboleda comenzaban las casas del asentamiento de depósitos, y el camino de tablas desnudas, que había salido de los girasoles, se convirtió nuevamente en un vínculo entre las viviendas humanas.

Una tarde, al final del verano, el dr. Howard archie estaba luchando por regresar a la ciudad a lo largo de este paseo a través de una tormenta de arena cegadora, con un pañuelo de seda atado sobre la boca. Había ido a ver a una mujer enferma en el asentamiento del depósito, y estaba caminando porque sus ponis habían estado sin un disco duro esa mañana.

Al pasar por la iglesia católica se encontró con thea y thor. Thea estaba sentada en un vagón expreso para niños, con los pies hacia atrás, dando patadas al vagón y guiándolo con la lengua. Thor estaba en su regazo y ella lo sostenía con un brazo. Se había convertido en un gran cachorro de bebé, con un agravio constitucional, y tenía que divertirse continuamente. Thea lo tomó filosóficamente, y tiró de él y tiró de él, divirtiéndose tanto como pudo bajo su estorbo. Su cabello estaba ondeando alrededor de su cara, y sus ojos estaban entrecerrados tan intensamente en la acera de tablas desiguales frente a ella que no vio al médico hasta que él le habló.

"cuidado, thea. Tú llevarás a ese joven a la zanja".

El carro se detuvo. Thea soltó la lengua, se secó la cara caliente y arenosa y se echó el pelo hacia atrás. "¡oh, no, no lo haré! Nunca me escapé sino una vez, y luego él no recibió nada más que un golpe. A él le gusta más esto que un cochecito de bebé, y yo también".

"¿vas a patear ese carro todo el camino a casa?"

"por supuesto. Hacemos viajes largos; donde sea que haya una acera. No es bueno en la carretera".

"me parece que trabaja muy duro para divertirse. ¿estarás ocupada esta noche? ¿quieres hacer una llamada conmigo? El español johnny ha vuelto a casa, todo agotado. Su esposa me envió un mensaje esta mañana, y yo dije que iría a verlo esta noche. Es un viejo amigo suyo, ¿no?

"oh, me alegro. Ella ha estado llorando. ¿cuándo vino?"

"anoche, en el número seis. Pagó su pasaje, me dicen. Demasiado enfermo para superarlo. Llegará un momento en que ese chico no regresará, me temo. Ven a mi oficina alrededor de las ocho reloj, ¡y no necesitas traer eso!

Thor pareció entender que lo habían insultado, porque frunció el ceño y comenzó a patear el costado del carro, gritando: "¡ve, ve, ve!" thea se inclinó hacia adelante y agarró la lengüeta del carro. Dr. Archie se paró frente a ella y bloqueó el camino. "¿por qué no le haces esperar? ¿por qué le dejas mandarte así?"

"si se enoja, se lanza, y luego no puedo hacer nada con él. Cuando está enojado, es mucho más fuerte que yo, ¿no es así, thor?" thea habló con orgullo, y el ídolo se apaciguó. Gruñó con aprobación cuando su hermana empezó a patear rápidamente detrás de ella, y el carro traqueteó y pronto desapareció en las corrientes de arena.

Esa noche el dr. Archie estaba sentado en su oficina, la silla de su escritorio inclinada hacia atrás, leyendo a la luz de una lámpara de aceite de carbón caliente. Todas las ventanas estaban abiertas, pero la noche era sin aliento después de la tormenta de arena, y su cabello estaba húmedo donde le caía sobre la frente. Estaba profundamente absorto en su libro y, a veces, sonreía pensativo mientras leía. Cuando thea kronborg entró silenciosamente y se sentó en un asiento, asintió, terminó el párrafo, insertó un marcador y se levantó para volver a guardar el libro en el estuche. Era uno de la larga fila de volúmenes uniformes del estante superior.

"casi cada vez que entro, cuando estás solo, estás leyendo uno de esos libros", comentó thea pensativamente. "deben ser muy agradables".

El médico se dejó caer en su silla giratoria, con el volumen jaspeado todavía en la mano. "no son exactamente libros, thea", dijo con seriedad. "son una ciudad".

"¿una historia, quieres decir?"

"sí y no. Son la historia de una ciudad viva, no muerta. Un francés se comprometió a escribir sobre toda una ciudad llena de gente, de todos los tipos que conocía. Y los metió a casi todos, supongo. Sí, es muy interesante. Te gustará leerlo algún día, cuando seas mayor ".

Thea se inclinó hacia delante y distinguió el título en la parte de atrás, "un distinguido provincial en parís".

"no suena muy interesante".

"quizás no, pero lo es". La doctora escrutó su rostro ancho, lo suficientemente bajo como para estar bajo la luz directa de debajo de la pantalla verde de la lámpara. "sí", prosiguió con cierta satisfacción, "creo que algún día te gustarán. Siempre sientes curiosidad por la gente, y espero que este hombre supiera más sobre la gente que nadie que haya vivido".

"gente de la ciudad o gente del campo?"

"ambos. Las personas son prácticamente iguales en todas partes".

"oh, no, no lo son. Las personas que pasan en el vagón restaurante no son como nosotros".

"¿qué te hace pensar que no lo son, mi niña? ¿su ropa?"

Thea negó con la cabeza. "no, es otra cosa. No lo sé". Sus ojos se movieron bajo la mirada escrutadora del doctor y miró hacia la fila de libros. "¿qué tan pronto tendré la edad suficiente para leerlos?"

"muy pronto, muy pronto, niña". El médico le dio unas palmaditas en la mano y miró su dedo índice. "el clavo está saliendo bien, ¿no? Pero creo que ese hombre te hace practicar demasiado. Lo tienes en tu mente todo el tiempo". Había notado que cuando ella hablaba con él siempre abría y cerraba las manos. "te pone nervioso".

"no, no lo hace", respondió thea obstinadamente, mirando al dr. Archie devuelve el libro a su nicho.

Tomó un estuche de cuero negro, se puso el sombrero y bajaron las escaleras oscuras hacia la calle. La luna de verano colgaba de lleno en el cielo. Por el momento, era el gran hecho del mundo. Más allá del límite de la ciudad, la llanura era tan blanca que cada grupo de salvia se distinguía de la arena, y las dunas parecían un lago reluciente. El médico se quitó el sombrero de paja y lo llevó en la mano mientras caminaban hacia el pueblo mexicano, cruzando la arena.

Al norte del pueblo, los asentamientos mexicanos eran raros en colorado entonces. Éste había ocurrido accidentalmente. El español johnny fue el primer mexicano que llegó a moonstone. Era pintor y decorador, y había estado trabajando en trinidad, cuando ray kennedy le dijo que había un "boom" en moonstone y que se estaban construyendo muchos edificios nuevos. Un año después de que johnny se instalara en moonstone, su primo, famosos serrenos, llegó a trabajar en la ladrillera; luego vinieron los primos de serrenos a ayudarlo. Durante la huelga, el maestro mecánico puso a trabajar a una cuadrilla de mexicanos en la rotonda. Los mexicanos habían llegado tan callados, con sus mantas e instrumentos musicales, que antes de que moonstone se diera cuenta del hecho, había un barrio mexicano; una docena de familias o más.

Cuando thea y el doctor se acercaron a las casas de los dobe, escucharon una guitarra y una voz rica en baritono, la de los famosos serrenos, cantando "la golandrina". Todas las casas mexicanas tenían lindos patios, con setos de tamariscos y flores, y paseos bordeados de conchas o piedras encaladas. La casa de johnny estaba a oscuras. Su esposa, la sra. Tellamantez, estaba sentada en el umbral de la puerta, peinando su largo cabello negro azulado. (las mujeres mexicanas son como las espartanas; cuando están en problemas, enamoradas, bajo estrés de cualquier tipo, se peinan y peinan). Se levantó sin vergüenza ni disculpa, peine en mano, y saludó al médico.

"buenas noches, ¿quieres entrar?" preguntó en voz baja y musical. "está en el cuarto de atrás. Haré una luz". Los siguió al interior, encendió una vela y se la entregó al médico, señalando hacia el dormitorio. Luego volvió y se sentó en su puerta.

Dr. Archie y thea entraron en el dormitorio, que estaba oscuro y silencioso. Había una cama en la esquina y un hombre yacía sobre las sábanas limpias. En la mesa junto a él había una jarra de vidrio, medio llena de agua. El español johnny parecía más joven que su esposa, y cuando estaba sano era muy guapo: delgado, de color dorado, con el pelo negro ondulado, una garganta redonda y suave, dientes blancos y ojos negros ardientes. Su perfil era fuerte y severo, como el de un indio. Lo que se llamó su "salvaje" se manifestó sólo en sus ojos febriles y en el color que ardía en sus mejillas leonadas. Esa noche era de un verde cobrizo, y sus ojos eran como agujeros negros. Los abrió cuando el médico sostuvo la vela frente a su rostro.

"¡mi testa!" murmuró, "mi testa", doctor. "la fiebre!" al ver al acompañante del médico a los pies de la cama, intentó sonreír. "¡muchacha!" exclamó con desprecio.

Dr. Archie se metió un termómetro en la boca. "ahora, thea, puedes correr afuera y esperarme".

Thea se deslizó silenciosamente por la casa oscura y se unió a la sra. Tellamantez. La sombría mujer mexicana no parecía inclinada a hablar, pero asintió amistosamente. Thea se sentó en la arena tibia, de espaldas a la luna, frente a la sra. Tellamantez en su puerta, y comenzó a contar las flores de la luna en la vid que corría sobre la casa. Señora. Tellamantez siempre fue considerada una mujer muy hogareña. Su rostro era de un tipo fuertemente marcado que no simpatizaba con los estadounidenses. Caras tan alargadas, ovaladas, de mentón amplio, boca grande y móvil, nariz alta, no son infrecuentes en españa. Señora. Tellamantez no sabía escribir su nombre y sabía leer poco. Su fuerte naturaleza vivía sobre sí misma. Ella era principalmente conocida en piedra lunar por su paciencia con su incorregible marido.

Siempre se las arreglaba para
He always managed to

Nadie sabía exactamente qué le pasaba a johnny y le agradaba a todo el mundo. Su popularidad habría sido inusual para un hombre blanco, para un mexicano no tenía precedentes. Sus talentos fueron su perdición. Tenía una voz de tenor aguda e incierta y tocaba la mandolina con una habilidad excepcional. Periódicamente se volvía loco. No había otra forma de explicar su comportamiento. Era un hábil obrero y, cuando trabajaba, tan regular y fiel como un burro. Luego, una noche, se juntaba con la multitud en el salón y comenzaba a cantar. Continuaría hasta que no le quedara voz, hasta que jadeara y jadeara. Luego tocaba su mandolina con furia y bebía hasta que sus ojos se hundían de nuevo en su cabeza. Por fin, cuando lo sacaban de la taberna a la hora de cerrar y no conseguía que nadie lo escuchara, huía por la vía del tren, cruzando el desierto directamente. Siempre se las arreglaba para subir a bordo de un cargamento en alguna parte. Una vez más allá de denver, se abrió camino hacia el sur de salón en salón hasta que cruzó la frontera. Nunca le escribió a su esposa; pero pronto empezaría a recibir periódicos de la junta, albuquerque, chihuahua, con párrafos marcados anunciando que juan tellamantez y su maravillosa mandolina se oían en el asador jack rabbit, o el salón de la perla de cádiz. Señora. Tellamantez esperó y lloró y se peinó. Cuando estaba completamente exprimido y quemado, casi destruido, su juan siempre regresaba a ella para que lo cuidaran, una vez con una fea herida de cuchillo en el cuello, una vez con un dedo que le faltaba en la mano derecha, —pero jugaba tan bien con tres dedos como con cuatro.

El sentimiento público fue indulgente con johnny, pero todos estaban disgustados con la sra. Tellamantez por aguantarlo. Debería disciplinarlo, decía la gente; ella debería dejarlo; ella no tenía respeto por sí misma. En resumen, la sra. Tellamantez tiene toda la culpa. Incluso thea pensó que era demasiado humilde. Esta noche, mientras estaba sentada de espaldas a la luna, mirando las flores de la luna y la sra. El rostro sombrío de tellamantez, pensaba que no hay nada más triste en el mundo que

dismal
C looorlos
No sé cómo, pero me las he arreglado durante estos años.

esa especie de paciencia y resignación. Era mucho peor que la locura de johnny. Incluso se preguntó si no ayudaría a volver loco a johnny. La gente no tenía derecho a ser tan pasiva y resignada. Le gustaría rodar una y otra vez en la arena y chillar a la sra. Tellamantez. Se alegró cuando salió el médico.

La mexicana se levantó y se quedó respetuosa y expectante. El médico sostuvo su sombrero en la mano y la miró amablemente.

"lo mismo de siempre, sra. Tellamantez. No está peor que antes. Le dejé algo de medicina. No le dé nada más que agua tostada hasta que lo vea de nuevo. Es una buena enfermera; él fuera." dr. Archie sonrió alentadoramente. Echó un vistazo al pequeño jardín y frunció el ceño. "no veo qué lo hace comportarse así. Se está suicidando, y no es un tipo alborotador. ¿no puedes atarlo de alguna manera? ¿no puedes saber cuándo van a ocurrir estos ataques?"

Señora. Tellamantez se llevó la mano a la frente. "el salón, doctor, la emoción; eso es lo que lo hace. La gente lo escucha, y eso lo emociona".

El doctor negó con la cabeza. "tal vez. Es demasiado para mis cálculos. No veo qué sacará de eso".

"siempre lo engañan", dijo la mexicana rápida y trémula, con su largo labio bajo tembloroso.

"es bueno de corazón, pero no tiene cabeza. Se engaña a sí mismo. No entiendes en este país, eres progresista. Pero él no tiene juicio, y está engañado". Se agachó rápidamente, tomó una de las caracolas blancas que bordeaban el camino y, con una inclinación de cabeza de disculpa, la acercó al dr. La oreja de archie. "escuche, doctor. ¿oye algo allí? Oye el mar; y sin embargo, el mar está muy lejos de aquí. Tiene juicio, y lo sabe. Pero él está engañado. Para él, es el mar mismo. Lo pequeño es grande para él ". Se inclinó y colocó la concha en la fila blanca, con sus compañeros. Thea lo tomó suavemente y lo presionó contra su propia oreja. El sonido en él la sobresaltó; era como si alguien llamara a uno. Por eso johnny se escapó. Había algo sobrecogedor en la señora. Tellamantez y su caparazón.

Thea atrapó al dr. La mano de archie y la apretó con fuerza mientras ella saltaba a su lado hacia la piedra lunar. Ella se fue a casa, y el doctor volvió a su lámpara y su libro. Nunca salió de su oficina hasta pasada la medianoche. Si no jugaba al whist o al billar por la noche, leía. Se había convertido en un hábito para él perderse.

Vii

El duodécimo cumpleaños de thea había pasado unas semanas antes de su memorable visita a la sra. Tellamantez. Había un hombre digno en piedra lunar que ya estaba planeando casarse con thea tan pronto como ella tuviera la edad suficiente. Se llamaba ray kennedy, tenía treinta años y era conductor de un tren de carga, su recorrido iba de moonstone a denver. Ray era un tipo grande, con una cara americana cuadrada y abierta, un mentón rocoso y rasgos que uno nunca recordaría. Era un idealista agresivo, un librepensador y, como la mayoría de los ferroviarios, profundamente sentimental. A thea le gustaba por razones que tenían que ver con la vida aventurera que había llevado en méxico y el suroeste, más que por algo muy personal. A ella también le agradaba, porque era el único de sus amigos que la había llevado a las colinas de arena. Las colinas de arena eran una tentación constante; los amaba más que a nada cercano a la piedra lunar y, sin embargo, rara vez podía llegar a ellos. Las primeras dunas eran bastante accesibles; estaban sólo a unos pocos kilómetros más allá de los kohlers, y podía salir corriendo cualquier día cuando pudiera practicar por la mañana y quitarse el toro de las manos por una tarde. Pero los cerros reales —los cerros turquesas, los llamaban los mexicanos— estaban a diez buenas millas de distancia y se llegaba a ellos por un camino pesado y arenoso. Dr. Archie a veces llevaba a thea en sus largos viajes, pero como nadie vivía en las colinas de arena, nunca tuvo que hacer llamadas en esa dirección. Ray kennedy era su única esperanza de llegar allí.

Este verano thea no había estado ni una vez en las colinas, aunque ray había planeado varias expediciones dominicales. Una vez thor se enfermó, y una vez el organista de la iglesia de su padre estaba fuera y thea tuvo que tocar el órgano durante los tres servicios dominicales. Pero el primer domingo de septiembre, ray condujo hasta la puerta de entrada de los kronborgs a las nueve de la mañana y la fiesta se puso en marcha. Gunner y axel fueron con thea, y ray le había pedido a johnny español que viniera y trajera a la sra. Tellamantez y su mandolina. Ray era un aficionado ingenioso a la música, especialmente a la música mexicana. Él y la sra. Tellamantez había preparado el almuerzo entre ellos e iban a hacer café en el desierto.

Cuando salieron de la ciudad mexicana, thea estaba en el asiento delantero con ray y johnny, y gunner y axel se sentaron detrás con la sra. Tellamantez. Ellos se opusieron a esto, por supuesto, pero había algunas cosas en las que ella se saldría con la suya. "tan terco como un finlandés", la sra. Kronborg a veces decía de ella, citando un viejo dicho sueco. Cuando pasaron por la casa de los kohlers, el viejo fritz y wunsch estaban cortando uvas en el cenador. Thea les dio un asentimiento serio. Wunsch se acercó a la puerta y los cuidó. Adivinó las esperanzas de ray kennedy y desconfió de todas las expediciones que se alejaban del piano. Inconscientemente hizo pagar a los thea por frívolas de este tipo.

sage brush

Mientras el grupo de ray kennedy seguía el débil camino a través de la artemisa, escucharon detrás de ellos el sonido de las campanas de la iglesia, lo que les dio una sensación de escape y libertad sin límites. Cada conejo que cruzaba el camino disparado, cada gallina sabia que volaba por el sendero, era como un pensamiento fugitivo, un mensaje que uno enviaba al desierto. A medida que avanzaban, la ilusión del espejismo se hacía más convincente en lugar de menos; un lago plateado poco profundo que se extendía por muchas millas, un poco brumoso a la luz del sol. Aquí y allá se reflejaba la imagen de una novilla suelta para vivir sobre la escasa hierba de arena. Fueron magnificados a una altura absurda y parecían mamuts, bestias prehistóricas que permanecían solitarias en las aguas que durante muchos miles de años en realidad bañaron ese desierto; el espejismo mismo puede ser el fantasma de ese mar desaparecido hace mucho tiempo. Más allá del lago fantasma se extendía la línea de colinas multicolores; amarillo intenso, cocido al sol, turquesa brillante, lavanda, violeta; todos los colores pastel abiertos del desierto.

Después de las primeras cinco millas, el camino se hizo más pesado. Los caballos tuvieron que reducir la velocidad para caminar y las ruedas se hundieron profundamente en la arena, que ahora formaba largas crestas, como olas, donde el último viento fuerte la había arrastrado. Dos horas llevaron a la fiesta a la copa de pedro, llamada así por un desesperado mexicano que una vez había mantenido a raya al sheriff allí. La copa era un gran anfiteatro, tallado en las colinas, con el suelo liso y duro, salpicado de artemisa y madera grasa.

A ambos lados de la copa, las colinas amarillas corrían de norte a sur, con serpenteantes barrancos entre ellas, llenas de arena blanda que se escurría de los desmoronados bancos. En la superficie de esta arena fluida, se podían encontrar trozos de piedra brillante, cristales y ágatas y ónix, y madera petrificada tan roja como la sangre. Allí también se encontraban sapos y lagartos secos. Los pájaros, que se descomponían más rápidamente, dejaron solo esqueletos emplumados.

Despúes de un pequeño reconocimiento, la sra. Tellamantez declaró que era hora de almorzar, y ray tomó su hacha y comenzó a cortar leña, que arde ferozmente en su estado verde. Los niños arrastraron los arbustos hasta el lugar que la sra. Tellamantez había elegido para su fuego. A las mujeres mexicanas les gusta cocinar al aire libre.

Despúes del almuerzo, thea envió al artillero y al axel a buscar ágatas. "si ves una serpiente de cascabel, corre. No intentes matarla", ordenó.

Artillero vaciló. "si ray me deja tomar el hacha, podría matar a uno."

Señora. Tellamantez sonrió y le dijo algo a johnny en español.

"sí", respondió su esposo, traduciendo, "dicen en méxico, maten una serpiente pero nunca hieran sus sentimientos. Allá en el país caluroso, muchacha," volviéndose hacia thea ", la gente tiene una serpiente como mascota en la casa para matar ratas y ratones. Lo llaman la culebra de la casa. Le guardan un tapete junto al fuego, y por la noche se acurruca allí y se sienta con la familia, ¡igual de amigable!

El artillero resopló con disgusto. "bueno, creo que es una forma mexicana sucia de mantener la casa, ¡así que ahí!"

Johnny se encogió de hombros. "tal vez", murmuró. Un mexicano aprende a sumergirse por debajo de los insultos o volar por encima de ellos, despúes de cruzar la frontera.

Para entonces, la pared sur del anfiteatro proyectaba una estrecha plataforma de sombra, y el grupo se retiró a este refugio. Ray y johnny comenzaron a hablar sobre el gran cañón y el valle de la muerte, dos lugares muy envueltos en misterio en aquellos días, y thea escuchó con atención. Señora. Tellamantez sacó su trabajo dibujado y se lo sujetó a la rodilla. Ray podía hablar bien de la gran parte del continente por la que había sido golpeado, y johnny estaba agradecido.

"has estado por todas partes, bastante cerca. Como un chico español", comentó respetuosamente.

Ray, que se había quitado el abrigo, afiló pensativamente su navaja en la suela del zapato. "comencé a curiosear temprano. Tenía la intención de ver algo de este mundo, y me escapé de casa antes de cumplir los doce. Desde entonces, me moví por mí mismo".

"¿huyó?" johnny parecía esperanzado. "¿para qué?"

"no podía hacerlo con mi padre y no me gustaba la agricultura. Había muchos niños en casa. No me echaron de menos".

Thea se deslizó por la arena caliente y apoyó la barbilla en el brazo. "¡cuéntale a johnny sobre los melones, ray, por favor hazlo!"

Las mejillas sólidas y quemadas por el sol de ray se volvieron un poco más rojas, y la miró con reproche. "estás atrapado en esa historia, chico. Te gusta hacerme reír, ¿no? Esa fue la ruptura final que tuve con mi viejo, john. Él tenía un derecho a lo largo del arroyo, no lejos de denver, y preparó algunas cosas de jardín para el mercado. Un día tenía un montón de melones y decidió llevarlos al pueblo y venderlos en la calle, y me hizo ir y conducir para él. Denver no estaba la ciudad reina es ahora, de cualquier manera, pero me parecía un lugar terrible y grande; y cuando llegamos allí, ¡si él no me hacía conducir hasta capitol hill! Pap salió y se detuvo en las casas de la gente para pregunté si no querían comprar melones, y yo tenía que conducir despacio. Cuanto más lejos iba, más loco me ponía, pero estaba tratando de parecer inconsciente, cuando la compuerta final se soltó y uno de los melones se cayó fuera y aplastado. En ese momento, una chica estupenda, bien vestida, sale de una de las grandes casas y grita: "¡hola, chico, estás perdiendo los melones!" algunos tipos al otro lado de la calle se quitaron el sombrero y se echaron a reír. No pude soportarlo más. Agarré el látigo y me encendí en ese equipo, y se precipitaron colina arriba como conejos, esos malditos melones rebotando por la espalda en cada salto, el viejo maldiciendo y gritando detrás y todos riendo. Nunca miré hacia atrás, pero todo capitol hill debió haber sido un desastre con esos melones aplastados. Detuve al equipo hasta que me perdí de vista de la ciudad. Luego paré y los dejé con un ranchero que conocía, y nunca volví a casa a buscar la lamida que me estaba esperando. Supongo que está esperando 'para mí todavía ".

Thea rodó sobre la arena. "¡oh, desearía haber visto volar esos melones, ray! Nunca veré nada tan gracioso como eso. Ahora, cuéntale a johnny sobre tu primer trabajo".

Ray tenía una colección de buenas historias. Era observador, veraz y bondadoso, tal vez el requisito principal de un buen narrador. De vez en cuando usaba frases de periódicos, aprendidas concienzudamente en sus esfuerzos por aprender a sí mismo, pero cuando hablaba con naturalidad siempre valía la pena escucharlo. Como nunca había tenido una educación de la que hablar, casi desde el momento en que se escapó, había intentado reparar su pérdida. Como pastor de ovejas, había convertido en jirones una vieja gramática y había leído libros instructivos con la ayuda de un diccionario de bolsillo. A la luz de muchas fogatas, había reflexionado sobre la historia de prescott y las obras de washington irving, que compró a un alto precio a un agente de libros. Las matemáticas y la física le resultaban fáciles, pero la cultura general le resultaba difícil y estaba decidido a conseguirla. Ray era un librepensador y, de manera inconsistente, se creía condenado por serlo. Cuando frenaba, en el santa fe, al final de su carrera solía subirse a la litera superior del furgón de cola, mientras una ruidosa pandilla jugaba al póquer en la estufa debajo de él, y junto a la lámpara del techo leía el libro de robert ingersoll. Discursos y "la edad de la razón".

Ray era un tipo de corazón leal, y le había costado mucho renunciar a su dios. Era uno de los hijastros de la fortuna y tenía muy poco que mostrar a pesar de su arduo trabajo; el otro siempre sacaba lo mejor de ella. Había llegado demasiado tarde, o demasiado temprano, en varios planes que habían hecho dinero. Trajo consigo de todas sus andanzas una gran cantidad de información (más o menos correcta en sí misma, pero no relacionada y, por lo tanto, engañosa), un alto nivel de honor personal, una veneración sentimental por todas las mujeres, tanto malas como buenas, y un odio amargo hacia los ingleses. Thea a menudo pensaba que lo mejor de ray era su amor por méxico y los mexicanos, que habían sido amables con él cuando cruzó la frontera, un niño sin hogar. En méxico, ray era el señor ken-ay-dy, y cuando respondió a ese nombre era de alguna manera un tipo diferente. Hablaba español con fluidez, y la calidez soleada de esa lengua le impedía ser tan duro como su barbilla, o tan estrecho como su ciencia popular.

Mientras ray fumaba su cigarro, él y johnny empezaron a hablar de las grandes fortunas que se habían hecho en el suroeste y de los tipos que conocían que se habían "hecho ricos".

"¿supongo que has estado involucrado en grandes negocios allí?" johnny preguntó con confianza.

Ray sonrió y negó con la cabeza. "he salido con algunos, john. Nunca he estado exactamente en ninguno. Hasta ahora, he aguantado demasiado o me he soltado demasiado pronto. Pero el mío está llegando a mí, está bien". Ray parecía reflexivo. Se reclinó en la sombra y buscó un descanso para su codo en la arena. "el escape más estrecho que he tenido, fue en la cámara nupcial. Si no me hubiera dejado ir allí, me habría hecho rico. Eso estuvo cerca".

Johnny parecía encantado. "¡no dices! Ella era mía plateada, ¿supongo?"

"¡supongo que estaba! En lake valley. Puse unos cientos para el buscador, y él me dio un montón de acciones. Antes de que obtuviéramos algo, mi cuñado murió de fiebre en cuba. Mi hermana estaba fuera de sí para llevar su cuerpo de regreso a colorado para enterrarlo. Me pareció una tontería, pero ella es la única hermana que tengo. Es caro para los muertos viajar, y tuve que vender mis acciones en la mina para reunir el dinero para poner a elmer en movimiento. Dos meses después, los muchachos golpearon ese gran bolsillo en la roca, lleno de plata virgen. La llamaron la cámara nupcial. No era mineral, ¿recuerdas? Era puro, metal blando que podrías haber derretido en dólares. Los chicos lo cortaron con cinceles. Si el viejo elmer no me hubiera jugado esa mala pasada, habría estado en unos cincuenta mil. Eso estuvo cerca, español. "

"lo recuerdo. Cuando el bolsillo desapareció, la ciudad estalló".

"puedes apostar. Más alto que una cometa. No había vena, solo un hueco en la roca que en algún momento u otro se había llenado de plata fundida. Uno pensaría que habría más en algún lugar, pero nada. Hay tontos cavando agujeros en esa montaña todavía ".

Cuando ray terminó su cigarro, johnny tomó su mandolina y comenzó el favorito de kennedy, "ultimo amor". Ahora eran las tres de la tarde, la hora más calurosa del día. La estrecha plataforma de sombra se había ensanchado hasta que el suelo del

anfiteatro quedó delimitado en dos mitades, una amarilla
reluciente y la otra violeta. Los niños habían vuelto y estaban
haciendo una cueva de ladrones para representar las hazañas de
pedro el bandido. Johnny, estirado graciosamente en la arena,
pasó de "ultimo amor" a "fluvia de oro", y luego a "noches de
argelia", tocando lánguidamente.

Cada uno estaba ocupado con sus propios pensamientos. Señora.
Tellamantez pensaba en la plaza del pueblito en el que nació; de
los escalones blancos de la iglesia, con la gente haciendo una
genuflexión al pasar, y las acacias de copa redonda, y la banda
tocando en la plaza. Ray kennedy estaba pensando en el futuro,
soñando el gran sueño occidental de dinero fácil, de una fortuna
levantada en algún lugar de las colinas, un pozo de petróleo, una
mina de oro, una cornisa de cobre. Siempre se decía a sí mismo,
cuando aceptaba un cigarro de un ferroviario recién casado, que
sabía lo suficiente como para no casarse hasta que encontrara su
ideal y pudiera mantenerla como una reina. Creía que en la
cabeza amarilla allá en la arena había encontrado su ideal, y que
cuando ella tuviera la edad suficiente para casarse, podría
mantenerla como una reina. Lo patearía desde algún lugar,
cuando se soltara del ferrocarril.

Thea, conmovida por cuentos de aventuras, del gran cañón y el
valle de la muerte, estaba recordando una gran aventura propia.
A principios del verano, invitaron a su padre a llevar a cabo una
reunión de antiguos hombres de la frontera en wyoming, cerca
de laramie, y se llevó a thea para tocar el órgano y cantar
canciones patrióticas. Allí se quedaron en casa de un viejo
ranchero que les habló de una llanura en las colinas llamada
llanura de laramie, donde todavía se veían los caminos de los
carromatos de los cuarenta y nueve y los mormones. El anciano
incluso se ofreció como voluntario para llevar al sr. Kronborg
hasta las colinas para ver este lugar, aunque fue un viaje muy
largo para hacer en un día. Thea había suplicado frenéticamente

que la acompañara, y el viejo ranchero, halagado por su atención absorta a sus historias, había intercedido por ella.

Partieron de laramie antes del amanecer, detrás de un fuerte equipo de mulas. Durante todo el camino se habló mucho de los cuarenta y nueve. El viejo ranchero había sido un camionero en un tren de carga que solía arrastrarse de un lado a otro por las llanuras entre omaha y cherry creek, como se llamaba entonces a denver, y había conocido muchos vagones con destino a california. Habló de indios y búfalos, sed y matanzas, vagabundeos en tormentas de nieve y tumbas solitarias en el desierto.

El camino que siguieron era salvaje y hermoso. Subía y subía, junto a rocas de granito y pinos achaparrados, alrededor de profundos barrancos y desfiladeros resonantes. La cima de la cresta, cuando la alcanzaron, era una gran llanura, sembrada de rocas blancas, con el viento aullando sobre ella. No había un solo rastro, como había esperado thea; hubo una partitura; surcos profundos, cortados en la tierra por pesadas ruedas de carretas, y ahora cubiertos de hierba seca y blanquecina. Los surcos corrían uno al lado del otro; cuando un rastro se había desgastado demasiado profundo, el siguiente grupo lo había abandonado y había hecho un nuevo rastro a la derecha oa la izquierda. Eran, de hecho, sólo viejos caminos de carromatos, que corrían de este a oeste y estaban cubiertos de hierba. Pero mientras thea corría entre las piedras blancas, sus faldas soplar de un lado a otro, el viento hizo que sus ojos se llenaran de lágrimas. El viejo ranchero cogió una herradura de hierro de uno de los surcos y se la dio como recuerdo. Al oeste se podía ver una cadena tras otra de montañas azules, y por fin la cadena nevada, con sus picos blancos y ventosos, las nubes atrapadas aquí y allá en sus espolones. Una y otra vez thea tuvo que esconder su rostro del frío por un momento. El viento nunca durmió en esta llanura, dijo el anciano. Cada rato volaban águilas.

Viniendo de laramie, el anciano les había dicho que estaba en brownsville, nebraska, cuando se colocaron los primeros cables telegráficos a través del río missouri, y que el primer mensaje que cruzó el río fue "hacia el oeste el curso del imperio toma su camino." estaba en la habitación cuando el instrumento empezó a hacer clic, y todos los hombres allí, sin pensar en lo que estaban haciendo, se habían quitado el sombrero, esperando con la cabeza descubierta para escuchar la traducción del mensaje. Thea recordó ese mensaje cuando avistó las vías del carro hacia las montañas azules. Se dijo a sí misma que nunca, nunca lo olvidaría. El espíritu de la valentía humana parecía convivir con las águilas. Mucho tiempo después, cuando la conmovía una oración del cuatro de julio, una banda o un desfile de circo, era propensa a recordar aquella ventosa cresta.

Hoy se fue a dormir mientras pensaba en ello. Cuando ray la despertó, los caballos estaban enganchados al carro y el artillero y axel estaban pidiendo un lugar en el asiento delantero. El aire se había enfriado, el sol se estaba poniendo y el desierto estaba en llamas. Thea tomó el asiento trasero con satisfacción con la sra. Tellamantez. Mientras conducían de regreso a casa, las estrellas comenzaron a salir, amarillo pálido en un cielo amarillo, y ray y johnny comenzaron a cantar una de esas cancioncillas de ferrocarril que generalmente nacen en el pacífico sur y corren a lo largo de santa fe y la "q "sistema antes de que mueran para dar lugar a uno nuevo. Esta era una canción sobre un baile de grasa, el estribillo era algo como esto:

"pedro, pedro, swing alto, swing bajo,

y está todo y se fue de nuevo;

porque hay chicos que son audaces y hay algunos que son fríos

pero los chicos de oro vienen de españa,

oh, los chicos de oro vienen de españa! "

Viii

El invierno tardó en llegar ese año. Durante todo el mes de octubre los días estuvieron bañados por la luz del sol y el aire estaba claro como el cristal. El pueblo conservaba su alegre aspecto veraniego, el desierto relucía de luz, los cerros de arena pasaban todos los días por mágicos cambios de color. La salvia escarlata floreció tarde en los patios delanteros, las hojas de álamo eran de un dorado brillante mucho antes de caer, y no fue hasta noviembre que el verde de los tamariscos comenzó a nublarse y desvanecerse. Hubo una ráfaga de nieve sobre el día de acción de gracias, y luego llegó diciembre cálido y claro.

Thea tenía ahora tres alumnos de música, niñas cuyas madres declararon que el profesor wunsch era "demasiado severo". Tomaban sus lecciones el sábado y esto, por supuesto, reducía su tiempo para jugar. En realidad no le importaba esto porque se le permitió usar el dinero —sus alumnos le pagaban veinticinco centavos por lección— para instalar un pequeño espacio para ella arriba en el medio piso. Era el cuarto del final del ala y no estaba enlucido, pero estaba perfectamente alineado con pino suave. El techo era tan bajo que una persona adulta podía alcanzarlo con la palma de la mano y se inclinaba hacia abajo a ambos lados. Solo había una ventana, pero era doble y se iba al suelo. En octubre, mientras los días aún eran cálidos, thea y tillie empapelaron la habitación, las paredes y el techo con el mismo papel, pequeñas rosas rojas y marrones sobre un fondo amarillento. Thea compró una alfombra de algodón marrón y su hermano mayor, gus, se la dejó un domingo. Hizo cortinas de

cheesecloth → muslin thin linen cloth

squat + chubby

slip

estopilla blanca y las colgó en una cinta. Su madre le regaló una cómoda vieja de nogal con un espejo roto, y ella tenía su propia cama rechoncha de nogal, y una palangana y una jarra azules que había sacado en la lotería de una feria de la iglesia. En la cabecera de su cama tenía un cajón alto y redondo de madera, de la tienda de ropa. Ésta, erguida y envuelta en cretona, hacía una mesa bastante estable para su linterna. No se le permitió llevar una lámpara al piso de arriba, así que ray kennedy le dio una linterna de ferrocarril con la que podía leer por la noche.

En invierno, esta habitación tipo loft de thea estaba muy fría, pero en contra de los consejos de su madre —y de tillie— siempre dejaba la ventana un poco abierta. Señora. Kronborg declaró que ella "no tenía paciencia con la fisiología estadounidense", aunque las lecciones sobre los efectos nocivos del alcohol y el tabaco fueron suficientemente buenas para los niños. Thea preguntó al dr. Archie sobre la ventana, y le dijo que una chica que cantaba siempre debía tener mucho aire fresco, o su voz se volvería ronca y que el frío le endurecería la garganta. Lo importante, dijo, era mantener los pies calientes. En las noches muy frías siempre ponía un ladrillo en el horno después de la cena, y cuando subía las escaleras lo envolvía en una vieja enagua de franela y lo ponía en su cama. Los muchachos, que nunca calentarían ladrillos por sí mismos, a veces se llevaban thea's y pensaban que era una buena broma adelantarse a ella.

Cuando la primera se sumergió entre sus mantas rojas, el frío a veces la mantenía despierta durante un buen rato, y se consoló recordando todo lo que pudo de "exploraciones polares", un volumen gordo y encuadernado que su padre había comprado de un libro. -agente, y pensando en los miembros del grupo de greely: cómo yacían en sus sacos de dormir congelados, cada hombre atesorando el calor de su propio cuerpo y tratando de hacerlo durar el mayor tiempo posible contra el frío que se avecinaba. Sea eterno. Después de media hora más o menos, una ola cálida se deslizó por su cuerpo y piernas redondas y robustas;

resplandecía como una pequeña estufa con el calor de su propia sangre, y los pesados edredones y las mantas rojas se calentaban dondequiera que la tocaban, aunque a veces se le congelaba el aliento en la tapa. Antes del amanecer, sus fuegos internos disminuyeron un poco y, a menudo, se despertaba y se encontraba atrapada en una bola apretada, algo rígida en las piernas. Pero eso hizo que levantarse fuera más fácil.

La adquisición de esta sala fue el comienzo de una nueva era en la vida de thea. Fue una de las cosas más importantes que le pasó. Hasta entonces, excepto en verano, cuando podía estar al aire libre, había vivido en constante agitación; la familia, la escuela diurna, la escuela dominical. El clamor a su alrededor ahogaba la voz dentro de ella. Al final del ala, separada de los otros dormitorios del piso superior por un trastero largo, frío y sin terminar, su mente trabajaba mejor. Pensó las cosas con más claridad. Se le ocurrieron planes e ideas agradables que nunca antes le habían llegado. Tenía ciertos pensamientos que eran como compañeros, ideas que eran como amigos mayores y más sabios. Los dejaba allí por la mañana, cuando terminó de vestirse con el frío, y por la noche, cuando subió con su linterna y cerró la puerta después de un día ajetreado, los encontró esperándola. No había forma posible de calentar la habitación, pero eso fue una suerte, porque de lo contrario habría estado ocupada por uno de sus hermanos mayores.

Desde el momento en que se trasladó al ala, thea comenzó a vivir una doble vida. Durante el día, cuando las horas estaban llenas de tareas, ella era una de las niñas de kronborg, pero por la noche era una persona diferente. Los viernes y sábados por la noche siempre leía mucho tiempo después de acostarse. No tenía reloj y no había nadie que la regañara.

Ray kennedy, en su camino del depósito a su pensión, a menudo miraba hacia arriba y veía la luz de thea encendida cuando el resto de la casa estaba a oscuras, y se sentía animado como por un saludo amistoso. Era un alma fiel y muchas decepciones no habían cambiado su naturaleza. Seguía siendo, en el fondo, el mismo chico que, cuando tenía dieciséis años, se había sentado a congelar con sus ovejas en una ventisca de wyoming, y había sido rescatado sólo para jugar el juego perdedor de la fidelidad a otros cargos.

Ray no tenía una idea muy clara de lo que podría estar pasando en la cabeza de thea, pero sabía que algo estaba pasando. Solía comentarle al español johnny, "esa chica está desarrollando algo bueno". Thea fue paciente con ray, incluso en lo que respecta a las libertades que se tomó con su nombre. Fuera de la familia, todos en moonstone, excepto wunsch y dr. Archie, la llamó "tú-a", pero esto le pareció frío y distante a ray, así que la llamó "tú". Una vez, en un momento de exasperación, thea le preguntó por qué hacía esto, y él explicó que una vez tuvo un amigo, theodore, cuyo nombre siempre se abreviaba así, y que desde que fue asesinado en la santa fe, parecía natural. Llamar a alguien "tú". Thea suspiró y se sometió. Ella siempre estaba indefensa ante el sentimiento hogareño y generalmente cambiaba de tema.

Cada una de las diferentes escuelas dominicales de moonstone tenía la costumbre de dar un concierto en nochebuena. Pero este año todas las iglesias debían unirse y dar, como se anunció desde los púlpitos, "un concierto semi-sagrado de talentos escogidos" en el teatro de la ópera. La orquesta de piedra lunar, bajo la dirección del profesor wunsch, iba a tocar, y los miembros más talentosos de cada escuela dominical iban a participar en el programa. Thea fue rechazada por el comité "por instrumental". Esto la indignó, porque los números vocales eran siempre más populares. Thea se acercó al presidente del comité y le preguntó con vehemencia si su rival, lily fisher, iba a cantar. El presidente era una mujer corpulenta, florida y empolvada, una trabajadora feroz, uno de los enemigos naturales de thea. Su nombre era johnson; su marido mantuvo estable la librea, y la llamaron sra. Livery johnson, para distinguirla de otras familias del mismo apellido. Señora. Johnson fue un bautista prominente, y lily fisher fue el prodigio bautista. Había una rivalidad poco cristiana entre la iglesia bautista y el sr. La iglesia de kronborg.

Cuando thea le preguntó a la sra. Johnson si se le permitiría cantar a su rival, la sra. Johnson, con un entusiasmo que contaba cuánto había esperado este momento, respondió que "lily iba a recitar para ser amable y para dar la oportunidad de cantar a otros niños". Mientras lanzaba esta estocada, sus ojos brillaban más que los del antiguo marinero, pensó thea. Señora. Johnson desaprobó la forma en que se estaba criando a thea, de un niño cuyos socios elegidos eran mexicanos y pecadores, y que era, como ella expresó deliberadamente, "valiente con los hombres". Disfrutó tanto de la oportunidad de reprender a thea, que, a pesar de estar muy encorsetada, apenas podía controlar su respiración, y su encaje y la cadena de su reloj de oro subían y bajaban "con un movimiento corto e inquietante". Thea frunció el ceño y se volvió y caminó lentamente hacia su casa. Sospechaba astucia. Lily fisher era la muñeca más engreída del mundo, y ciertamente no era propio de ella recitar para ser complaciente. Nadie que supiera cantar jamás recitó, porque el aplauso más cálido siempre fue para los cantantes.

Sin embargo, cuando el programa se imprimió en el brillo de la piedra lunar, ahí estaba: "solo instrumental, thea kronborg. Recitation, lily fisher".

Porque su orquesta iba a tocar en el concierto, el sr. Wunsch se imaginó que lo habían puesto a cargo de la música y se volvió arrogante. Insistió en que thea debería tocar una "balada" de reinecke. Cuando thea consultó a su madre, la sra. Kronborg estuvo de acuerdo con ella en que la "balada" "nunca tomaría" con una audiencia de piedra lunar. Le aconsejó a thea que tocara "algo con variaciones" o, al menos, "la invitación al baile".

"no importa lo que les guste", respondió wunsch a las súplicas de thea. "ya es hora de que aprendan algo".

Los poderes de lucha de thea se habían visto afectados por un diente ulcerado y la consiguiente pérdida de sueño, así que cedió. Finalmente le sacaron el molar, aunque era un segundo diente y debería haberse salvado. El dentista era un chico de campo torpe e ignorante, y el sr. Kronborg no quiso oír hablar del dr. Archie lleva a thea a un dentista en denver, aunque ray kennedy dijo que podría conseguirle un pase. Con el dolor de muelas y las discusiones familiares al respecto, con tratar de hacer regalos de navidad y continuar con su trabajo escolar y practicar, y dar lecciones los sábados, thea estaba bastante agotada.

La víspera de navidad estaba nerviosa y emocionada. Era la primera vez que actuaba en el teatro de la ópera y nunca antes había tenido que enfrentarse a tanta gente. Wunsch no la dejaba tocar con sus notas y tenía miedo de olvidar. Antes de que comenzara el concierto, todos los participantes tenían que reunirse en el escenario y sentarse allí para ser mirados. Thea llevaba su vestido blanco de verano y una faja azul, pero lily fisher tenía una nueva seda rosa, adornada con plumón de cisne blanco.

El pasillo estaba lleno. Parecía como si todos en la piedra lunar estuvieran allí, incluso la sra. Kohler, con su capucha, y el viejo fritz. Los asientos eran sillas de cocina de madera, numeradas y clavadas a largas tablas que las mantenían juntas en filas. Como el suelo no estaba elevado, las sillas estaban todas al mismo nivel. Las personas más interesadas del público miraban por encima de las cabezas de las personas que tenían frente a ellos para tener una buena vista del escenario. Desde la plataforma thea distinguió muchas caras amistosas. Estaba el dr. Archie, que nunca asistía a los entretenimientos de la iglesia; estaba el simpático joyero que le encargaba su música, vendía acordeones y guitarras además de relojes, y el boticario que solía prestarle libros, y su maestra favorita de la escuela. Estaba ray kennedy, con un grupo de ferroviarios recién asados que había traído consigo. Estaba la sra. Kronborg con todos los niños, incluso thor, que habían salido con un nuevo abrigo blanco de felpa. Al fondo del salón estaba sentado un pequeño grupo de mexicanos, y entre ellos thea captó el brillo de los dientes blancos de johnny español y de la sra. El cabello negro brillante y suavemente enrollado de tellamantez.

Después de que la orquesta tocó "selecciones de erminie" y el predicador bautista hizo una larga oración, tillie kronborg entró con una recitación muy colorida, "el niño polaco". Cuando terminó, todos respiraron más libremente. Ningún comité tuvo el valor de dejar a nadie fuera de un programa. Fue aceptada como una característica de prueba de todos los entretenimientos. El club progresista euchre fue la única organización social de la ciudad que escapó por completo a tillie. Después de que tillie se sentara, el cuarteto de damas cantó "amado, es de noche", y luego fue el turno de thea.

La "balada" duró diez minutos, cinco minutos más. El público se inquietó y empezó a susurrar. Thea pudo escuchar a la sra. Los brazaletes de librea johnson tintineaban mientras se abanicaba, y podía oír la tos nerviosa y ministerial de su padre. Thor se comportó mejor que nadie. Cuando thea hizo una reverencia y regresó a su asiento en el fondo del escenario hubo el aplauso habitual, pero fue vigoroso sólo desde la parte trasera de la casa donde se sentaban los mexicanos, y de los claqueurs de ray kennedys. Cualquiera podía ver que un público afable se había aburrido.

Porque mr. La hermana de kronborg estaba en el programa, también había sido necesario pedirle a la prima de la esposa del predicador bautista que cantara. Ella era un "alto profundo" de mccook, y cantaba, "tu centinela soy yo". Después de ella vino lily fisher. La rival de thea también era rubia, pero su cabello era mucho más pesado que el de thea y caía en largos rizos redondos sobre sus hombros. Ella era la niña ángel de los bautistas, y se veía exactamente como los hermosos niños en los calendarios de jabón. Su rostro rosado y blanco, su sonrisa fija de inocencia, seguramente nacieron de una prensa de color. Tenía las pestañas largas y caídas, la boca pequeña fruncida y dientes estrechos y puntiagudos, como los de una ardilla.

Lily comenzó:

"roca de las edades, hendida para mí, cantó descuidadamente la doncella".

Thea respiró hondo. Ese era el juego; era una recitación y una canción en uno. Lily siguió el himno a través de media docena de versos con gran efecto. El predicador bautista había anunciado al comienzo del concierto que "debido a la duración del programa, no habría bises". Pero los aplausos que siguieron a lily hasta su asiento fueron una expresión de entusiasmo tan inconfundible que tuvo que admitir que lily tenía motivos para volver. Ella fue atendida esta vez por la sra. La propia livery johnson, carmesí de triunfo y de ojos brillantes, enrollando y desenrollando nerviosamente una partitura. Se quitó los brazaletes y tocó el acompañamiento de lily. Lily tuvo el descaro de salir con "ella cantó la canción del hogar, dulce hogar, la canción que tocó mi corazón". Pero esto no los sorprendió; como dijo ray más tarde en la noche, "las cartas habían estado en su contra desde el principio". El siguiente número de the gleam decía correctamente que "sin duda alguna, los honores de la noche deben concederse a la señorita lily fisher". Los bautistas hicieron todo a su manera.

Después del concierto, ray kennedy se unió a la fiesta de los kronborgs y caminó a casa con ellos. Thea estaba agradecida por su silenciosa simpatía, incluso cuando la irritaba. Internamente juró que nunca más aprendería otra lección de la vieja bruja.

Deseaba que su padre no siguiera cantando alegremente "cuando los pastores miraban", mientras marchaba adelante, llevando a thor. Sintió que el silencio se convertiría en los kronborgs por un tiempo. Como familia, de alguna manera parecían un poco ridículos, avanzando a la luz de las estrellas. Había tantos, para empezar. Entonces tildie era tan absurdo. Se estaba riendo y hablando con anna como si no lo hubiera hecho, como incluso la sra. Kronborg admitió, una exhibición de sí misma.

Cuando llegaron a casa, ray sacó una caja del bolsillo de su abrigo y la deslizó en la mano de thea mientras le decía buenas noches. Todos se apresuraron a entrar en la estufa encendida del salón. Los niños somnolientos fueron enviados a la cama. Señora. Kronborg y anna se quedaron despiertas para llenar las medias.

"supongo que estás cansado, thea. No necesitas quedarte despierto." señora. El ojo claro y aparentemente indiferente de kronborg generalmente medía thea con bastante precisión.

Thea vaciló. Echó un vistazo a los regalos dispuestos en la mesa del comedor, pero no parecían atractivos. Incluso el mono marrón de peluche que le había comprado a thor con tanto entusiasmo parecía haber perdido su expresión sabia y divertida. Le murmuró "está bien" a su madre, encendió la linterna y subió las escaleras.

La caja de ray contenía un abanico de satén blanco pintado a mano, con lirios de estanque, un desafortunado recordatorio. Thea sonrió sombríamente y la arrojó en su cajón superior. Ella no debía ser consolada por juguetes. Se desnudó rápidamente y permaneció un rato en el frío, frunciendo el ceño en el espejo roto, mirando sus trenzas rubias, su cuello y brazos blancos. Su propio rostro amplio y resuelto posó la barbilla en ella, sus ojos brillaron en los suyos desafiantes. Lily fisher era bonita, y estaba dispuesta a ser tan tonta como la gente quería que fuera. Muy bien; thea kronborg no lo era. Ella preferiría ser odiada que ser estúpida, cualquier día. Se metió en la cama y leyó obstinadamente un extraño libro de papel que el hombre de la farmacia le había dado porque no podía venderlo. Se había entrenado a sí misma para poner su mente en lo que estaba haciendo, de lo contrario habría llegado al dolor de su complicado horario diario. Leyó, tan intensamente como si no se hubiera enrojecido de ira, los extraños "recuerdos musicales" del reverendo hr haweis. Por fin apagó la linterna y se durmió. Tuvo muchos sueños curiosos esa noche. En uno de ellos la sra. Tellamantez acercó su caparazón a la oreja de thea, y ella escuchó el rugido, como antes, y voces distantes que gritaban: "¡lirio pescador! ¡lirio pescador!"

lilly Fisherman

Ix

Señor. Kronborg consideraba a thea como una niña extraordinaria; pero también lo eran todos sus hijos. Si uno de los hombres de negocios del centro le comentaba que "tenía una niña muy brillante, allí", lo admitía, y de inmediato comenzaba a explicar qué "cabeza larga para los negocios" tenía su hijo gus, o que charley era "un electricista natural", y había puesto un teléfono desde la casa hasta el estudio del predicador detrás de la iglesia.

Señora. Kronborg miró pensativo a su hija. La encontraba más interesante que sus otros hijos y la tomaba más en serio, sin pensar mucho en por qué lo hacía. Los otros niños tenían que ser guiados, dirigidos, evitados que entraran en conflicto entre sí. Charley y gus probablemente querrían lo mismo y discutirían por ello. Anna a menudo exigía un servicio irrazonable de sus hermanos mayores; que se sentaran hasta pasada la medianoche para traerla a casa de las fiestas cuando no le agradaba el joven que se había ofrecido como escolta; o que debían conducir doce millas hacia el campo, en una noche de invierno, para llevarla a un baile en el rancho, después de haber estado trabajando duro todo el día. El artillero a menudo se aburría con su propia ropa, zancos o trineos, y quería axel. Pero thea, desde que era una cosita, tuvo su propia rutina. Se mantenía fuera del camino de todos y era difícil de manejar solo cuando los otros niños interferían con ella. Luego hubo un verdadero problema: estallidos de mal genio que solían alarmar a la señora. Kronborg. "debes saber lo suficiente para dejarla en paz. Ella te deja sola", solía decir a los otros niños.

Uno puede tener amigos incondicionales en la propia familia, pero rara vez tiene admiradores. Thea, sin embargo, tenía uno en la persona de su tía trastornada, tillie kronborg. En los países más antiguos, donde la vestimenta, las opiniones y los modales no están tan completamente estandarizados como en nuestro propio oeste, existe la creencia de que las personas que son tontas acerca de las cosas más obvias de la vida tienden a tener una percepción peculiar de lo que está más allá de lo obvio. La anciana que nunca puede aprender a no poner la lata de queroseno en la estufa, puede que aún sea capaz de adivinar el futuro, de persuadir a un niño atrasado para que crezca, de curar verrugas o de decirle a la gente qué hacer con una niña que ha ido melancolía. La mente de tillie era una máquina curiosa; cuando estaba despierta giraba como una rueda cuando el cinturón se resbalaba y cuando dormía soñaba locuras. Pero ella tenía intuiciones. Sabía, por ejemplo, que thea era diferente de los otros kronborgs, aunque todos fueran dignos. Su imaginación romántica encontró posibilidades en su sobrina. Cuando estaba barriendo o planchando, o girando el congelador de helados a un ritmo vertiginoso, a menudo construía un futuro brillante para thea, adaptando libremente la última novela que había leído.

Tillie le hizo enemigos a su sobrina entre la gente de la iglesia porque, en las sociedades de costura y las cenas de la iglesia, a veces hablaba con jactancia, con un movimiento de cabeza, como si la "maravilla" de thea fuera un hecho aceptado en la piedra lunar, como la sra. La tacañería de archie, o la sra. Duplicidad de livery johnson. La gente declaró que, sobre este tema, tillie los cansaba.

Tillie pertenecía a un club dramático que una vez al año representaba en el teatro de la ópera moonstone obras como "entre los rompedores" y "el veterano de 1812". Tillie interpretó papeles de personajes, la solterona coqueta o el intrigante rencoroso. Solía estudiar sus partes en el ático de su casa. Mientras escribía las líneas, consiguió que gunner o anna le sostuvieran el libro, pero cuando empezó a "resaltar la expresión", como decía, solía pedirle, muy tímidamente, a thea que sostuviera el libro. Thea solía ser —no siempre— agradable al respecto. Su madre le había dicho que, dado que tenía cierta influencia con tillie, sería bueno para todos si pudiera atenuarla un poco y "evitar que se enfrentara a algo peor de lo necesario". Thea se sentaba a los pies de la cama de tillie, con los pies metidos debajo de ella, y miraba el tonto texto. "no haría tanto escándalo, tal vez, tillie", comentaba de vez en cuando; "no veo el sentido en eso"; o, "¿por qué pones tu voz tan alto? No lleva la mitad de bien".

"no veo cómo es que thea es tan paciente con tillie", dijo la sra. Kronborg comentó más de una vez a su marido. "ella no es paciente con la mayoría de la gente, pero parece que tiene una paciencia peculiar con tillie".

Tillie siempre convencía a thea para que la acompañara "detrás de escena" cuando el club presentaba una obra de teatro y la ayudara a maquillarse. Thea lo odiaba, pero siempre iba. Sintió como si tuviera que hacerlo. Había algo en la adoración de tildie que la impulsaba. No había ninguna irregularidad familiar de la que thea estuviera tan avergonzada como la "actuación" de tillie y, sin embargo, siempre la arrastraban para ayudarla. Tillie simplemente la tenía allí. No sabía por qué, pero era así. Había una cuerda en ella en alguna parte que tillie podía tirar; un sentido de obligación con las aspiraciones equivocadas de tiltie. Los taberneros tenían un sentimiento de responsabilidad hacia johnny español.

El club dramático era el orgullo del corazón de tillie, y su entusiasmo era el factor principal para mantenerlo unido. Enfermo o sano, tillie siempre asistía a los ensayos y siempre instaba a los jóvenes, que se tomaban los ensayos a la ligera, a "dejar de hacer tonterías y empezar ahora". Los jóvenes, empleados de banco, dependientes de abarrotes, agentes de seguros, se engañaban, se reían de tillie y "se burlaban" de verla en casa; pero a menudo iban a ensayos tediosos sólo para complacerla. Eran jóvenes de buen carácter. Su entrenador y director de escena era joven, el joyero que encargó la música de thea para ella.

Aunque apenas tenía treinta años, había seguido media docena de profesiones y una vez había sido violinista en la orquesta de la compañía de ópera andrews, entonces muy conocida en pequeños pueblos de colorado y nebraska.

Por una asombrosa indiscreción, tillie estuvo a punto de perder el control del club de teatro moonstone. El club había decidido montar "el chico baterista de shiloh", una empresa muy ambiciosa debido a los muchos supers necesarios y las dificultades escénicas del acto que tuvo lugar en la prisión de andersonville. Los miembros del club consultaron juntos en ausencia de tildie sobre quién debía interpretar el papel del baterista. Debe ser tomado por una persona muy joven, y los muchachos del pueblo de esa edad son cohibidos y no son aptos para memorizar. El papel era largo y claramente debía dársele a una niña. Algunos miembros del club sugirieron thea kronborg, otros abogaron por lily fisher. Los partidarios de lily insistieron en que era mucho más bonita que thea y tenía una "disposición mucho más dulce". Nadie negó estos hechos. Pero no había nada de juvenil en lily, y cantaba todas las canciones y tocaba todas las partes por igual. La sonrisa de lily era popular, pero no parecía lo correcto para el heroico baterista.

Upping, el entrenador, habló con uno y otro: "lily está bien para las partes de chica", insistió, "pero tienes que conseguir una chica con algo de jengibre para esto. Thea también tiene la voz. Canta, 'justo antes de la batalla, madre', ella derribará la casa ".

Cuando todos los miembros del club fueron consultados en privado, anunciaron su decisión a tillie en la primera reunión ordinaria que se convocó para emitir los papeles. Esperaban que tillie se sintiera abrumado por la alegría, pero, por el contrario, parecía avergonzada. "me temo que thea no tiene tiempo para eso", dijo bruscamente. "ella siempre está tan ocupada con su música. Supongo que tendrás que conseguir a alguien más".

El club enarcó las cejas. Varios de los amigos de lily fisher tosieron. Señor. Upping enrojecido. La mujer corpulenta que siempre hacía el papel de esposa herida llamó la atención de tillie sobre el hecho de que ésta sería una excelente oportunidad para que su sobrina demostrara lo que podía hacer. Su tono era condescendiente.

Tillie levantó la cabeza y se rió; había algo agudo y salvaje en la risa de tillie, cuando no era una risita. "oh, supongo que thea no ha tenido tiempo de lucirse. Su tiempo de lucirse aún no ha llegado. Espero que nos haga sentar a todos cuando lo haga. No sirve de nada pedirle que tome el papel . Ella levantaría la nariz ante eso. Supongo que estarían encantados de tenerla en el drama de denver, si pudieran ".

La empresa se dividió en grupos y expresó su asombro. Por supuesto, todos los suecos eran presuntuosos, pero nunca hubieran creído que la presunción de todos los suecos juntos llegaría a tal punto. Se confiaron el uno al otro que tillie estaba "un poco fuera de lugar, en el tema de su sobrina", y estuvieron de acuerdo en que sería mejor no excitarla más. Tillie tuvo una fría recepción en los ensayos durante mucho tiempo después, y thea tuvo una cosecha de nuevos enemigos sin siquiera saberlo.

X

Wunsch, old fritz y spanish johnny celebraron la navidad juntos, tan desenfrenadamente que wunsch no pudo darle la lección a thea al día siguiente. En medio de la semana de vacaciones, thea fue a casa de los kohler a través de una suave y hermosa tormenta de nieve. El aire era de un tierno gris azulado, como el color de las palomas que entraban y salían del palomar blanco del poste del jardín de los kohlers. Las colinas de arena parecían oscuras y soñolientas. El seto de tamariscos estaba lleno de nieve, como una espuma de flores flotando sobre él. Cuando thea abrió la puerta, la anciana sra. Kohler acababa de llegar del gallinero, con cinco huevos frescos en el delantal y un par de botas viejas en los pies. Llamó a thea para que viniera y mirara un huevo de gallo, que levantó con orgullo. Sus gallinas bantam eran negligentes en el celo, y ella siempre estaba encantada cuando lograban algo. Llevó a thea al salón, muy caliente y con olor a comida, y le llevó un plato de tartas navideñas, hechas según fórmulas antiguas y sagradas, y se las puso delante mientras se calentaba los pies. Luego fue a la puerta de las escaleras de la cocina y gritó: "¡herr wunsch, herr wunsch!"

El wunsch bajó con una vieja chaqueta acolchada, con cuello de terciopelo. La seda marrón estaba tan gastada que la guata sobresalía por casi todas partes. Evitó los ojos de thea cuando entró, asintió sin hablar y señaló directamente al taburete del piano. Él no insistía tanto en las escalas como de costumbre, y durante la pequeña sonata de mozart que ella estaba estudiando, permaneció lánguido y distraído. Sus ojos parecían muy pesados, y seguía secándolos con uno de los nuevos pañuelos de seda de la señora. Kohler le había regalado por navidad. Cuando terminó la lección, no parecía dispuesto a hablar. Thea, holgazaneando en el taburete, alcanzó un libro andrajoso que había quitado del atril cuando se sentó. Era una edición leíptica muy antigua de la partitura para piano del "orfeo" de gluck. Pasó las páginas con curiosidad.

"¿es agradable?" ella preguntó.

"es la ópera más hermosa jamás realizada", declaró wunsch solemnemente. "¿conoces la historia, eh? ¿cómo, cuando ella murió, orfeo bajó a buscar a su esposa?"

"oh, sí, lo sé. Aunque no sabía que había una ópera al respecto. ¿la gente canta esto ahora?"

"aber ja! ¿qué más? ¿te gustaría probar? Ver." la sacó del taburete y se sentó al piano. Entregando las hojas al tercer acto, entregó la partitura a thea. "escucha, lo toco y obtienes el ritmo. Eins, zwei, drei, vier". Tocó el lamento de orfeo, luego se quitó las esposas con interés que despertó y asintió con la cabeza. "ahora, vom blatt, mit mir".

"ach, ich habe sie verloren, all 'mein gluck ist nun dahin".

Wunsch cantó el aria con mucho sentimiento. Evidentemente era uno que le era muy querido.

"noch einmal, solo, tú mismo". Tocó los compases introductorios, luego asintió con la cabeza con vehemencia y ella comenzó:

"ach, ich habe sie verloren".

Cuando terminó, wunsch asintió de nuevo. "schon", murmuró mientras terminaba el acompañamiento suavemente. Dejó caer las manos sobre las rodillas y miró hacia arriba. "eso está muy bien, ¿eh? No hay una melodía tan hermosa en el mundo. Puedes tomar el libro durante una semana y aprender algo, para pasar el tiempo. Es bueno saber, siempre. Euridice, eu-ri-di —¡e, weh dass ich auf erden bin! " cantó suavemente, tocando la melodía con la mano derecha.

Thea, que estaba pasando las páginas del tercer acto, se detuvo y frunció el ceño ante un pasaje. Los ojos borrosos del viejo alemán la miraron con curiosidad.

"¿por qué te ves así, immer?" arrugando su propia cara. "ves algo un poco difícil, tal vez, y haces esa cara como si fuera un enemigo".

Thea rió, desconcertada. "bueno, las cosas difíciles son enemigas, ¿no? ¿cuando tienes que conseguirlas?"

Wunsch bajó la cabeza y la tiró como si estuviera chocando con algo. "¡de ninguna manera! De ninguna manera". Le quitó el libro y lo miró. "sí, eso no es tan fácil, ahí. Este es un libro viejo. No lo imprimen, así que ahora, creo. Lo dejan afuera, tal vez. Solo una mujer podría cantar tan bien".

Thea lo miró con perplejidad.

Prosiguió wunsch. "está escrito para alto, ya ves. Una mujer canta la parte, y solo había una para cantar tan bien allí.

¿entiendes? ¡solo una!" él la miró rápidamente y levantó su dedo índice rojo ante sus ojos.

Thea miró el dedo como si estuviera hipnotizada. "¿solo uno?" preguntó sin aliento; sus manos, colgando a los costados, se abrían y cerraban rápidamente.

Wunsch asintió y todavía levantó ese dedo convincente. Cuando dejó caer las manos, había una expresión de satisfacción en su rostro.

"¿fue ella muy grande?"

Wunsch asintió.

"¿era hermosa?"

"¡aber gar nicht! Para nada. Era fea; boca grande, dientes grandes, sin figura, nada en absoluto", indicando un busto exuberante al pasar las manos por el pecho. "¡un poste, un poste! Pero por la voz ... ¡ah! Tiene algo ahí, detrás de los ojos", golpeando sus sienes.

Thea siguió todas sus gesticulaciones con atención. "¿era alemana?"

"no, spanisch." miró hacia abajo y frunció el ceño por un momento. "ah, te digo, se parece a la frau tellamantez, algo. Cara larga, mentón largo y fea también".

"¿murió hace mucho tiempo?"

"¿morir? Creo que no. De todos modos, nunca la escucho. Supongo que está viva en algún lugar del mundo; parís, tal vez. Pero vieja, por supuesto. La escuché cuando era joven. Es demasiado mayor para cantar ahora más ".

"¿era la mejor cantante que hayas escuchado?"

Wunsch asintió con gravedad. "bastante. Ella era la más-" buscó una palabra en inglés, levantó la mano sobre su cabeza y chasqueó los dedos sin hacer ruido en el aire, enunciando ferozmente, "¡kunst-ler-isch!" la palabra parecía brillar en su mano levantada, su voz estaba tan llena de emoción.

Wunsch se levantó del taburete y comenzó a abrocharse la chaqueta acolchada, preparándose para regresar a su habitación a medio calentar en el desván. Thea se puso la capa y la capucha con pesar y se dirigió a casa.

Cuando wunsch buscó su puntuación a última hora de la tarde, descubrió que thea no se había olvidado de llevársela. Sonrió con su sonrisa suelta y sarcástica y, pensativo, se frotó la barbilla sin afeitar con los dedos rojos. Cuando fritz llegó a casa en el crepúsculo azul temprano, la nieve volaba más rápido, la sra. Kohler estaba cocinando hasenpfeffer en la cocina, y el profesor estaba sentado al piano, tocando el gluck, que se sabía de memoria. El viejo fritz se quitó los zapatos silenciosamente detrás de la estufa y se acostó en el salón frente a su obra maestra, donde la luz del fuego jugaba sobre las paredes de moscú. Escuchó mientras la habitación se oscurecía y las ventanas se volvían más opacas. Wunsch siempre volvía a lo mismo: -

"ach, ich habe sie verloren, ... Euridice, euridice!"

De vez en cuando, fritz suspiró suavemente. Él también había perdido una eurídice.

Xi

Un sábado, a fines de junio, llegó temprano para su lección.
Mientras se sentaba en el taburete del piano —una cosa
tambaleante y anticuada que funcionaba con un tornillo
chirriante—, miró de reojo a wunsch, sonriendo. "no debes
enfadarte conmigo hoy. Este es mi cumpleaños".

"¿entonces?" señaló el teclado.

Después de la lección salieron para unirse a la sra. Kohler, quien
le había pedido a thea que viniera temprano para que pudiera
quedarse y oler la flor de tilo. Era uno de esos días tranquilos de
intensa luz, cuando cada partícula de mica en el suelo brillaba
como un pequeño espejo, y el resplandor de la llanura de abajo
parecía más intenso que los rayos de arriba. Las crestas de arena
corrían de un dorado reluciente hasta donde el espejismo las
lamía, brillando y humeando como un lago en los trópicos. El
cielo parecía lava azul, eternamente incapaz de nubes, un cuenco
turquesa que era la tapa del desierto. Y sin embargo dentro de la
sra. En la mancha verde de kohler, el agua goteaba, todas las
camas habían sido regadas con mangueras y el aire era fresco y
la humedad se evaporaba rápidamente.

Los dos tilos simétricos eran lo más orgulloso del jardín. Su
dulzura embalsamaba todo el aire. En cada recodo de los
senderos, ya sea que uno fuera a ver las malvas o el corazón
sangrante, o a las glorias de la mañana púrpura que corrían sobre
los postes de frijoles, dondequiera que uno iba, la dulzura de los
tilos golpeaba de nuevo. Y uno siempre volvía a ellos. Bajo las
hojas redondas, donde colgaban las flores amarillas de cera,
zumbaban grupos de abejas silvestres. Los tamariscos todavía
estaban rosados y los macizos de flores hacían todo lo posible en
honor a la fiesta del tilo. El palomar blanco brillaba con una
nueva capa de pintura, y las palomas cantaban contentas,

volando a menudo para beber del goteo del tanque de agua.
Señora. Kohler, que estaba trasplantando pensamientos, se
acercó con su paleta y le dijo a thea que era una suerte tener tu
cumpleaños cuando los tilos estaban en flor, y que debía ir a ver
los guisantes de olor. Wunsch la acompañó y, mientras
caminaban entre los macizos de flores, tomó la mano de thea.

"es flustern und sprechen die blumen", murmuró. "¿sabes que
von heine? Im leuchtenden sommermorgen?" él miró a thea y
suavemente apretó su mano.

"no, no lo sé. ¿qué significa flustern?"

"¿nervioso? - susurrar. Debes empezar ahora a saber esas cosas.
Eso es necesario. ¿cuántos cumpleaños?"

"trece. Estoy en mi adolescencia ahora. ¿pero cómo puedo saber
palabras así? Solo sé lo que dices en mis lecciones. No enseñan
alemán en la escuela. ¿cómo puedo aprender?"

"siempre es posible aprender cuando uno quiere", dijo wunsch.
Sus palabras fueron perentorias, como de costumbre, pero su
tono fue suave, incluso confidencial. "siempre hay una manera.
Y si algún día vas a cantar, es necesario que conozcas bien el
idioma alemán".

Thea se inclinó para recoger una hoja de romero. ¿cómo sabía
eso wunsch, cuando las mismas rosas en su papel de pared nunca
lo habían escuchado? "¿pero voy a hacerlo?" preguntó, todavía
agachándose.

"eso es para que lo digas", respondió wunsch con frialdad. Será
mejor que te cases con un jacob de aquí y le guardes la casa,
¿acaso? Eso es lo que uno desea.

Thea le lanzó una mirada clara y risueña. "no, no quiero hacer eso. Ya sabes", le rozó rápidamente la manga del abrigo con su cabeza amarilla. "¿sólo cómo puedo aprender algo aquí? Está tan lejos de denver".

El labio inferior suelto de wunsch se curvó divertido. Luego, como si de repente recordara algo, habló con seriedad. "nada está lejos y nada está cerca, si uno desea. El mundo es pequeño, la gente es pequeña, la vida humana es pequeña. Sólo hay una gran cosa: el deseo. Y antes, cuando es grande, todo es pequeño. Trajo a colón a través del mar en un pequeño bote, y así fue más ". Wunsch hizo una mueca, tomó la mano de su alumno y la atrajo hacia la parra. "de ahora en adelante hablaré más contigo en alemán. Ahora, siéntate y te enseñaré esa pequeña canción para tu cumpleaños. Pregúntame las palabras que aún no conoces. Ahora: im leuchtenden sommermorgen".

Thea memorizó rápidamente porque tenía el poder de escuchar con atención. En unos momentos podría repetirle las ocho líneas. Wunsch asintió alentadoramente y salieron de la glorieta a la luz del sol de nuevo. Mientras subían y bajaban por los senderos de grava entre los parterres de flores, las mariposas blancas y amarillas seguían lanzándose ante ellos, y las palomas se lavaban las patas rosadas con el goteo y cantaban con su ronca ronca. Una y otra vez wunsch la hizo decirle las líneas. "ves que no es nada. Si aprendes mucho del lieder, ya sabrás el idioma alemán. Weiter, nun." inclinaba la cabeza con gravedad y escuchaba.

"im leuchtenden sommermorgen

geh 'ich im garten herum;

es flustern und sprechen die blumen,

ich aber, ich wandte stumm.

"es flustern und sprechen die blumen

und schau'n mitleidig mich an:

'sei unserer schwester nicht bose,

du trauriger, blasser mann! '"

(En la suave y resplandeciente mañana de verano

vagué por el jardín interior.

las flores que susurraban y murmuraban,

pero yo, yo vagaba tonto.

las flores susurran y murmuran,

y yo con compasión escanean:

"oh, no seas duro con nuestra hermana,

¡tú, hombre pálido como la muerte! ")

Wunsch había notado antes que cuando su alumna leía algo en verso, el carácter de su voz cambiaba por completo; ya no era la voz la que pronunciaba el discurso de la piedra lunar. Era una contralto suave y rica, y leyó en voz baja; el sentimiento estaba en la voz misma, no indicado por el énfasis o el cambio de tono. Repitió musicalmente los versos, como una canción, y la súplica de las flores fue aún más suave que el resto, como podría ser el tímido discurso de las flores, y terminó con la voz suspendida, casi con inflexión ascendente. Era una voz de la naturaleza, se dijo wunsch, respirada por la criatura y aparte del lenguaje, como el sonido del viento en los árboles o el murmullo del agua.

"¿qué significan las flores cuando le piden que no sea duro con su hermana, eh?" preguntó, mirándola con curiosidad y arrugando su frente roja opaca.

Thea lo miró con sorpresa. "supongo que cree que le están pidiendo que no sea duro con su amada, o con alguna chica a la que le recuerdan".

"¿y por qué trauriger, blasser mann?"

Habían vuelto a la parra, y thea escogió un lugar soleado en el banco, donde un gato con caparazón de tortuga estaba tendido en toda su longitud. Ella se sentó, inclinándose sobre el gato y jugueteando con sus bigotes. "porque había estado despierto toda la noche, pensando en ella, ¿no? Tal vez por eso se había levantado tan temprano".

Wunsch se encogió de hombros. "si ya piensa en ella toda la noche, ¿por qué dices que las flores se lo recuerdan?"

Thea lo miró con perplejidad. Un destello de comprensión iluminó su rostro y sonrió con entusiasmo. "¡oh, no quise decir 'recordar' de esa manera! ¡no quise decir que la trajeron a su mente! Quise decir que fue solo cuando él salió por la mañana, que ella le pareció así, —como una de las flores ".

"y antes de que él saliera, ¿cómo se veía ella?"

Esta vez fue thea quien se encogió de hombros. La cálida sonrisa abandonó su rostro. Enarcó las cejas molesta y miró hacia las colinas de arena.

Persistió wunsch. "¿por que no me respondes?"

"porque sería una tontería. Sólo estás tratando de hacerme decir cosas. Hacer preguntas estropea las cosas".

Wunsch hizo una reverencia burlona; su sonrisa era desagradable. De repente, su rostro se puso serio, en verdad feroz. Se levantó de su torpe porche y se cruzó de brazos. "pero es necesario saber si sabes algunas cosas. Algunas cosas no se pueden enseñar. Si no sabes al principio, no sabes al final. Para un cantante debe haber algo en el interior desde el principio. No estarás mucho tiempo en este lugar, tal vez, y me gustaría saberlo. Sí "- apretó el talón en la grava, -" sí, cuando tienes apenas seis años, debes saber eso ya. Ese es el comienzo de todas las cosas; der geist, die phantasie. Debe estar en el bebé, cuando hace su primer llanto, como der rhythmus, o no debe ser. Ya tienes algo de voz, y si al principio, cuando estás con cosas para jugar, sabes que lo que no me dirás, entonces puedes aprender a cantar, tal vez ".

Wunsch comenzó a pasear por el cenador, frotándose las manos. El rubor oscuro de su rostro se había extendido bajo las cerdas gris hierro de su cabeza. Estaba hablando consigo mismo, no con thea. Insidioso poder de la flor de tilo! "¡oh, mucho puedes aprender! Aber nicht die americanischen fraulein. No tienen nada dentro", golpeó su pecho con ambos puños. "son como los del marchen, una cara sonriente y con el interior vacío. Algo que pueden aprender, ¡oh, sí, puede ser! Pero el secreto: qué hace que la rosa se vuelva roja, el cielo azul, el hombre amar - in der brust, in der brust is, und ohne dieses giebt es keine kunst, giebt es keine kunst! " levantó su mano cuadrada y la estrechó, con todos los dedos separados y meneando. Púrpura y sin aliento salió de la glorieta y entró en la casa, sin despedirse. Estos arrebatos asustaban a wunsch. Siempre fueron presagios de males.

Thea tomó su libro de música y salió sigilosamente del jardín. No regresó a su casa, sino que se adentró en las dunas de arena, donde la tuna estaba en flor y las lagartijas verdes corrían entre sí bajo la luz brillante. La sacudió una excitación apasionada. No entendía del todo de qué estaba hablando wunsch; y sin embargo, de una manera que ella sabía. Ella sabía, por supuesto, que había algo en ella que era diferente. Pero se parecía más a un espíritu amistoso que a cualquier cosa que fuera parte de ella misma. Ella lo pensó todo, y le respondió; la felicidad consistía en ese movimiento hacia atrás y hacia adelante de ella misma. El algo vino y se fue, nunca supo cómo. A veces lo buscaba y no lo encontraba; de nuevo, levantaba los ojos de un libro, o salía a la calle, o se despertaba por la mañana, y estaba allí, —bajo la mejilla, por lo general, o sobre el pecho—, una especie de cálida seguridad. Y cuando estaba allí, todo era más interesante y hermoso, incluso las personas. Cuando este compañero estaba con ella, podía sacar las cosas más maravillosas del español johnny, o wunsch, o dr. Archie.

En su decimotercer cumpleaños vagó un buen rato por las crestas de arena, recogiendo cristales y mirando las flores amarillas de tuna con sus mil estambres. Miró las colinas de arena hasta que deseó ser una colina de arena. Y, sin embargo, sabía que algún día los dejaría a todos atrás. Cambiarían todo el día, amarillo, violeta y lavanda, y ella no estaría allí. A partir de ese día, sintió que había un secreto entre ella y la bruja. Juntos levantaron una tapa, sacaron un cajón y miraron algo. Lo escondieron y nunca hablaron de lo que habían visto; pero ninguno lo olvidó.

Xii   *He carried*

Una noche de julio, cuando la luna estaba llena, el dr. Archie
venía del depósito, inquieto y descontento, deseando que hubiera
algo que hacer. Llevaba su sombrero de paja en la mano y seguía
apartándose el pelo de la frente con un gesto insatisfecho y sin
propósito. Después de pasar por el bosquecillo de álamos del tío
billy beemer, la acera salió de la sombra hacia la luz blanca de la
luna y cruzó el barranco de arena sobre postes altos, como un
puente. Cuando el médico se acercó a este caballete, vio una
figura blanca y reconoció a la kronborg. Aceleró el paso y ella
fue a su encuentro.

"¿qué haces fuera tan tarde, mi niña?" preguntó mientras tomaba
su mano.

"oh, no sé. ¿para qué se acuesta la gente tan temprano? Me
gustaría correr delante de las casas y gritarles. ¿no es glorioso
aquí afuera?"

La joven doctora soltó una risa melancólica y le apretó la mano.

"piénsalo", resopló thea con impaciencia. "¡nadie más que
nosotros y los conejos! He puesto en marcha media docena de
ellos. Mira a ese pequeño de ahí abajo ahora" - se inclinó y
señaló. En el barranco debajo de ellos había, de hecho, un
conejito con una mancha blanca de cola, agachado en la arena,
bastante inmóvil. Parecía estar lamiendo la luz de la luna como
crema. Al otro lado del camino, abajo en la zanja, había un
parche de girasoles altos y rancios, sus hojas peludas blancas de
polvo. La luna se alzaba sobre el bosque de álamos. No había
viento ni sonido, salvo el silbido de un motor en las vías.

"bueno, también podemos vigilar a los conejos." dr. Archie se
sentó en la acera y dejó que sus pies colgaran sobre el borde.

Wunsch

Sacó un suave pañuelo de lino que olía a agua de colonia
alemana. "bueno, ¿cómo te va? ¿trabajar duro? Debes saber todo
lo que las mujeres pueden enseñarte en este momento." He is

Thea negó con la cabeza. "oh, no, no lo sé, dr. Archie. Es difícil
de encontrar, pero ha sido un verdadero músico en su época. Su
madre dice que cree que ha olvidado más de lo que los
profesores de música de denver supieron". ¿Por qué? Su

"me temo que no estará por aquí por mucho más tiempo", dijo el
dr. Archie. "últimamente ha estado haciendo un tanque de sí
mismo. Va a estar tirando de su carga uno de estos días. Así es
como lo hacen, ya sabes. Lo lamentaré por tu cuenta". Hizo una
pausa y se pasó el pañuelo nuevo por la cara. "¿para qué diablos
estamos todos aquí de todos modos, thea?" dijo abruptamente.

"en la tierra, quieres decir?" preguntó thea en voz baja.

"bueno, principalmente, sí. Pero en segundo lugar, ¿por qué
estamos en la piedra lunar? No es como si hubiéramos nacido
aquí. Tú lo eras, pero wunsch no lo era, y yo no. Supongo que
estoy aquí. Porque me casé tan pronto como salí de la escuela de
medicina y tuve que practicar rápido. Si apresuras las cosas,
siempre te quedas al final. No aprendo nada aquí, y en cuanto a
la gente, en la mía ciudad de michigan, ahora, había gente a la
que le agradaba por mi padre, que incluso conocía a mi abuelo.
Eso significaba algo. Pero aquí todo es como la arena: sopla
hacia el norte un día y hacia el sur al siguiente. Muchos
apostadores sin mucho valor, jugando por pequeñas apuestas. El
ferrocarril es el único hecho real en este país. Eso tiene que ser;
el mundo tiene que moverse de un lado a otro. Pero el resto de
nosotros estamos aquí solo porque es el final de una carrera y el
motor tiene que tomar un trago. Algún día me levantaré y
encontraré que mi cabello se pone gris, y no tendré nada que
mostrar ".

Thea se acercó a él y lo agarró del brazo. "no, no. No dejaré que te pongas gris. Tienes que mantenerte joven para mí. Yo también me estoy volviendo joven".

Archie se rió. "¿consiguiendo?"

"sí. La gente no es joven cuando son niños. Mire a thor, ahora; es solo un viejito. ¡pero gus tiene un amor y es joven!"

"algo en eso!" dr. Archie le dio unas palmaditas en la cabeza y luego sintió la forma de su cráneo con suavidad, con la punta de los dedos. "cuando eras pequeña, thea, siempre sentía curiosidad por la forma de tu cabeza. Parecía tener más en su interior que la mayoría de los jóvenes. No la he examinado durante mucho tiempo. Parece tener la forma habitual, pero excepcionalmente difícil, de alguna manera. ¿qué vas a hacer contigo mismo, de todos modos? "

"no lo sé."

"honesto, ahora?" le levantó la barbilla y la miró a los ojos.

Thea se rió y se alejó de él.

"tienes algo bajo la manga, ¿no? Cualquier cosa que te guste; sólo que no te cases y te establezcas aquí sin darte una oportunidad, ¿verdad?"

"no mucho. ¡mira, hay otro conejo!"

"eso está bien con los conejos, pero no quiero que te ates. Recuerda eso". I don't want you to get tied-up

Thea asintió. "sería bueno irme, entonces. No sé qué haría si se fuera".

"tienes amigos más viejos que wunsch aquí, thea."

"lo sé." thea habló con seriedad y miró a la luna, apoyando la barbilla en la mano. "pero wunsch es el único que puede enseñarme lo que quiero saber. Tengo que aprender a hacer algo bien, y eso es lo que puedo hacer mejor".

"¿quieres ser profesor de música?"

"tal vez, pero quiero ser una buena persona. Me gustaría ir a alemania a estudiar algún día. Wunsch dice que es el mejor lugar, el único lugar donde realmente puedes aprender". Thea vaciló y luego continuó nerviosamente: "tengo un libro que también lo dice. Se llama" mis recuerdos musicales ". Me dio ganas de ir a alemania incluso antes de que wunsch dijera algo. Por supuesto que es un secreto. Tú eres el primero que te lo cuento ".

Dr. Archie sonrió con indulgencia. "eso es un largo camino. ¿es eso lo que tienes en tu cabeza dura?" le puso la mano en el pelo, pero esta vez ella se apartó de él.

"no, no pienso mucho en eso. ¡pero tú hablas de ir, y un cuerpo tiene que tener algo a lo que ir!"

"eso es tan." dr. Archie suspiró. "tienes suerte si lo has hecho. Pobre mozo, ahora no lo ha hecho. ¿para qué vienen esos tipos aquí? Me ha estado preguntando sobre mis acciones mineras y sobre pueblos mineros. ¿qué haría en un pueblo minero?" "no reconocería un pedazo de mineral si viera uno. No tiene nada que vender que un pueblo minero quiera comprar. ¿por qué esos viejos tipos no se quedan en casa? No los necesitaremos durante otros cien años". Un limpiaparabrisas puede conseguir un trabajo, ¡pero un pianista! Esa gente no puede hacer nada ".

"mi abuelo alstrom era músico y lo hizo bien".

Dr. Archie se rió entre dientes. "¡oh, un sueco puede hacerlo bien en cualquier lugar, en cualquier cosa! Lo tiene a su favor, señorita. Venga, debe estar llegando a casa".

Thea rose. "sí, solía avergonzarme de ser sueco, pero ya no lo soy. Los suecos son algo común, pero creo que es mejor ser algo".

"¡seguramente lo es! Lo alto que estás alcanzando. Ahora vienes por encima de mi hombro".

"seguiré creciendo, ¿no crees? En particular, quiero ser alto. Sí, supongo que debo irme a casa. Ojalá hubiera un incendio".

"¿un incendio?"

"sí, entonces sonaría la campana de fuego y sonaría el silbato de la casa circular, y todos saldrían corriendo. En algún momento voy a hacer sonar la campana de fuego yo mismo y los despertaré a todos".

"serías arrestado".

"bueno, eso sería mejor que irse a la cama."

"tendré que prestarte algunos libros más".

Thea se sacudió con impaciencia. "no puedo leer todas las noches".

Dr. Archie soltó una de sus risas bajas y comprensivas mientras le abría la puerta. "estás comenzando a crecer, eso es lo que te pasa. Te tendré que vigilar. Ahora tendrás que decirle buenas noches a la luna".

"no, no lo haré. Ahora duermo en el suelo, justo a la luz de la luna. Mi ventana llega hasta el suelo y puedo mirar al cielo toda la noche".

Recorrió la casa hasta la puerta de la cocina y el dr. Archie la vio desaparecer con un suspiro. Pensó en la mujercita dura, mezquina y encrespada que le guardaba la casa; una vez la belleza de una ciudad de michigan, ahora seca y marchita a los treinta. "si tuviera una hija como thea para ver", reflexionó, "no me importaría nada. Me pregunto si toda mi vida será un error solo porque cometí una grande, entonces, no parece justo".

Howard archie era más "respetado" que popular en moonstone. Todo el mundo reconoció que era un buen médico, ya un pueblo occidental progresista le gusta poder señalar a un hombre apuesto, bien arreglado y bien vestido entre sus ciudadanos. Pero mucha gente pensaba que archie era "distante", y tenían razón. Tenía los modales inquietos de un hombre que no está entre los de su propia especie y que no ha visto suficiente mundo como para sentir que todas las personas son en cierto sentido de su propia especie. Sabía que todo el mundo sentía curiosidad por su esposa, que ella desempeñaba una especie de papel de personaje en moonstone y que la gente se burlaba de ella, sin mucha delicadeza. A sus propias amigas, la mayoría de ellas mujeres que le desagradaban a archie, les gustaba pedirle que contribuyera a organizaciones benéficas de la iglesia, solo para ver qué tan mala podía ser. El pastel pequeño y torcido en la cena de la iglesia, el alfiletero más barato, el delantal más escaso en el bazar, siempre fueron la sra. Contribución de archie.

Todo esto hirió el orgullo del médico. Pero si había algo que había aprendido, era que no podía cambiar la naturaleza de belle. Se había casado con una mujer mala; y debe aceptar las consecuencias. Incluso en colorado no habría tenido pretexto para el divorcio y, para hacerle justicia, nunca había pensado en tal cosa. Los principios de la iglesia presbiteriana en la que se había criado, aunque hacía mucho que había dejado de creer en ellos, todavía influían en su conducta y en su concepción del decoro. Para él había algo vulgar en el divorcio. Un hombre divorciado era un hombre deshonrado; al menos, había exhibido su dolor y lo había convertido en un tema de cotilleo común. La respetabilidad era tan necesaria para archie que estaba dispuesto a pagar un alto precio por ella. Mientras pudiera mantener un exterior decente, podría arreglárselas para seguir adelante; y si hubiera podido ocultar la pequeñez de su esposa a todos sus amigos, apenas se habría quejado. Tenía más miedo a la piedad que a la infelicidad. Si hubiera habido otra mujer por la que se preocupara mucho, podría haber tenido mucho valor; pero no era probable que conociera a una mujer así en piedra lunar.

Había una desconcertante timidez en el maquillaje de archie. Lo que le mantenía rígidos los hombros, que le hacía recurrir a una risita triste cuando hablaba con gente aburrida, que le hacía tropezar a veces con alfombras y alfombras, tenía su contraparte en la mente. No tuvo el valor de ser un pensador honesto. Podía consolarse con evasivas y compromisos. Se consoló de su propio matrimonio diciéndose a sí mismo que los demás no eran mucho mejores. En su trabajo vio bastante profundamente las relaciones maritales en moonstone, y podía decir honestamente que no había muchos de sus amigos a quienes envidiaba. Sus esposas parecían adaptarse bastante bien a ellos, pero nunca le habrían convenido a él.

Aunque el dr. Archie no se atrevía a considerar el matrimonio simplemente como un contrato social, sino que lo consideraba sagrado de alguna manera por una iglesia en la que no creía; como médico, sabía que un joven cuyo matrimonio es meramente nominal aún debe irse. Sobre vivir su vida. Cuando iba a denver o chicago, andaba a la deriva en una compañía descuidada donde se puede comprar alegría y buen humor, no porque le gustara esa sociedad, sino porque creía honestamente que cualquier cosa era mejor que el divorcio. A menudo se decía a sí mismo que "ahorcarse y casarse dependen del destino". Si a un hombre le iba mal el matrimonio —y más a menudo le iba mal—, entonces debe hacer lo mejor que pueda para mantener las apariencias y ayudar a la tradición de la felicidad doméstica. Los chismes de la piedra lunar, reunidos en la sra. Sombrerería de smiley y tienda de nociones, a menudo discutido el dr. La cortesía de archie hacia su esposa y su manera agradable de hablar de ella. "nadie ha sacado nada de él todavía", coincidieron. Y ciertamente no fue porque nadie lo hubiera intentado.

Cuando estaba en denver, sintiéndose un poco alegre, archie podía olvidar lo infeliz que estaba en casa, e incluso podía convencerse de que extrañaba a su esposa. Siempre le compraba regalos y le hubiera gustado enviarle flores si ella no le hubiera dicho repetidamente que nunca le enviara nada más que bulbos, lo que no le atraía en sus momentos expansivos. En los banquetes del club atlético de denver, o en la cena con sus colegas en el hotel brown palace, a veces hablaba sentimentalmente de "la pequeña señorita archie" y siempre brindaba "por nuestras esposas, que dios las bendiga". Con gusto.

El factor determinante sobre el dr. Archie era que era romántico. Se había casado con belle white porque era romántico, demasiado romántico para saber algo de mujeres, excepto lo que él deseaba que fueran, o para repulsar a una chica bonita que se había puesto el sombrero por él. En la facultad de medicina, aunque era un chico bastante salvaje en su comportamiento, siempre le habían disgustado las bromas groseras y las historias vulgares. En la fisiología de su viejo pedernal todavía había un poema que había pegado allí cuando era estudiante; algunos versos del dr. Oliver wendell holmes sobre los ideales de la profesión médica. Después de tanta y tan desilusionante experiencia con él, todavía tenía un sentimiento romántico sobre el cuerpo humano; una sensación de que en él habitaban cosas más bellas de las que podría explicar la anatomía. Nunca bromeaba sobre el nacimiento, la muerte o el matrimonio, y no le gustaba que otros médicos lo hicieran. Era un buen enfermero y sentía reverencia por los cuerpos de mujeres y niños. Cuando los estaba atendiendo, uno lo veía en su mejor momento. Entonces su coacción y timidez se desvanecieron. Era fácil, amable, competente, dueño de sí mismo y de los demás. Entonces el idealista que había en él no temía ser descubierto y ridiculizado.

También en sus gustos, el médico era romántico. Aunque leyó balzac durante todo el año, seguía disfrutando de las novelas de waverley tanto como cuando las encontró por primera vez, en gruesos volúmenes encuadernados en piel, en la biblioteca de su abuelo. Casi siempre leía a scott en navidad y vacaciones, porque le recordaba los placeres de su niñez de manera muy vívida. Le gustaban las mujeres de scott. Constance de beverley y la juglar de "la bella doncella de perth", no la duquesa de langeais, eran sus heroínas. Pero más que nada que haya pasado del corazón de un hombre a la tinta de la imprenta, amaba la poesía de robert burns. "la muerte y el dr. Hornbook" y "los mendigos alegres", la respuesta de burns a su sastre ", solía leerse en voz alta en su oficina, a altas horas de la noche, después de una copa de ponche caliente. Solía leer "tam o'shanter" a la kronborg, y le consiguió algunas de las canciones, ambientadas en los viejos aires para los que fueron escritas. Le encantaba escucharla cantarlos. A veces, cuando cantaba, "oh, estabas en la explosión de caldera", el doctor e incluso el sr. Kronborg se unió. A thea nunca le importaba que la gente no supiera cantar; los dirigió con la cabeza y de alguna manera los llevó consigo. Cuando su padre se bajó del terreno de juego, ella soltó su propia voz y lo tapó.

Xiii

A principios de junio, cuando cerró la escuela, thea le había dicho a wunsch que no sabía cuánta práctica podría conseguir este verano porque thor tenía sus peores dientes aún por cortar.

"¡dios mío! ¡todo el verano pasado estuvo haciendo eso!" wunsch exclamó furiosamente.

"lo sé, pero les lleva dos años, y thor es lento", respondió thea con reprobación.

Sin embargo, el verano fue mucho más allá de sus esperanzas. Se dijo a sí misma que era el mejor verano de su vida, hasta ahora. Nadie estaba enfermo en casa y sus lecciones eran ininterrumpidas. Ahora que tenía cuatro alumnos propios y ganaba un dólar a la semana, su práctica era considerada más seriamente por la familia. Su madre siempre había arreglado las cosas para que pudiera tener el salón cuatro horas al día en verano. Thor resultó ser un aliado amistoso. Se comportaba maravillosamente con sus molares y nunca se opuso a que lo llevaran a lugares remotos en su carro. Cuando thea lo arrastraba por la colina e instalaba un campamento bajo la sombra de un arbusto o un banco, se paseaba y jugaba con sus bloques, o enterraba a su mono en la arena y lo volvía a desenterrar. A veces se metía en el cactus y soltaba un aullido, pero por lo general dejaba que su hermana leyera tranquilamente, mientras se cubría las manos y la cara, primero con una ventosa para todo el día y luego con grava.

La vida fue placentera y sin incidentes hasta el primero de septiembre, cuando wunsch comenzó a beber tan fuerte que no pudo aparecer cuando thea fue a tomar su lección de mitad de semana, y la sra. Kohler tuvo que enviarla a casa después de una disculpa entre lágrimas. El sábado por la mañana se dirigió de nuevo a la casa de los kohlers, pero en su camino, cuando cruzaba el barranco, vio a una mujer sentada al pie del barranco, bajo el caballete del ferrocarril. Se apartó de su camino y vio que era la sra. Tellamantez, y parecía estar haciendo un dibujo. Entonces thea notó que había algo a su lado, cubierto con una manta mexicana púrpura y amarilla. Corrió por el barranco y llamó a la sra. Tellamantez. La mexicana levantó un dedo de advertencia. Thea miró la manta y reconoció una mano roja cuadrada que sobresalía. El dedo medio se movió levemente.

"¿está herido?" ella jadeó.

Señora. Tellamantez negó con la cabeza. "no; muy enfermo. No sabe nada", dijo en voz baja, cruzando las manos sobre su trabajo dibujado.

Thea se enteró de que wunsch había estado fuera toda la noche, que esta mañana la sra. Kohler fue a buscarlo y lo encontró debajo del caballete cubierto de tierra y cenizas. Probablemente había estado tratando de llegar a casa y se había perdido. Señora. Tellamantez estaba mirando al lado del hombre inconsciente mientras la sra. Kohler y johnny fueron a buscar ayuda.

"creo que será mejor que te vayas a casa ahora", dijo la sra. Tellamantez, al cerrar su narración.

Thea bajó la cabeza y miró con nostalgia hacia la manta.

"¿no podría quedarme hasta que vengan?" ella preguntó. "me gustaría saber si está muy mal".

"bastante malo", suspiró la sra. Tellamantez, retomando su trabajo.

Thea se sentó bajo la sombra estrecha de uno de los postes de caballete y escuchó las langostas raspando la arena caliente mientras observaba a la sra. Tellamantez dibuja uniformemente sus hilos. La manta parecía estar sobre un montón de ladrillos.

"no lo veo respirando", dijo con ansiedad.

"sí, respira", dijo la sra. Tellamantez, sin levantar los ojos.

A thea le pareció que esperaban durante horas. Por fin oyeron voces, y un grupo de hombres bajó la colina y subió por la quebrada. Dr. Archie y fritz kohler fueron los primeros; detrás iban johnny y ray, y varios hombres de la casa circular. Ray tenía la litera de lona que se guardaba en el depósito para accidentes en la carretera. Detrás de ellos seguía media docena de muchachos que habían estado rondando el depósito.

Cuando ray vio thea, dejó caer su rollo de lona y se apresuró hacia adelante. Será mejor que vayas a casa, tú. Este es un asunto feo. Ray estaba indignado de que cualquiera que diera lecciones de música se comportara de esa manera.

Thea estaba resentida tanto por su tono propietario como por su virtud superior. "no lo haré. Quiero saber qué tan malo es. ¡no soy un bebé!" exclamó indignada, golpeando la arena con el pie.

Dr. Archie, que estaba arrodillado junto a la manta, se levantó y se acercó a thea, sacudiéndose las rodillas. Sonrió y asintió confidencialmente. "se pondrá bien cuando lo llevemos a casa. ¡pero no querría que lo vieras así, pobre viejo! ¿entiendes? ¡ahora, salta!"

Thea corrió por el barranco y miró hacia atrás solo una vez, para verlos levantando la litera de lona con la bruja encima, todavía cubierta con la manta.

Los hombres llevaron a wunsch colina arriba y por el camino hacia la casa de los kohlers. Señora. Kohler se había ido a casa y había hecho una cama en la sala de estar, ya que sabía que la litera no podía moverse en la curva de la estrecha escalera.

Wunsch era como un hombre muerto. Estuvo inconsciente todo el día. Ray kennedy se quedó con él hasta las dos de la tarde, cuando tuvo que salir a correr. Era la primera vez que entraba en la casa de los kohler, y napoleón lo impresionó tanto que el cuadro formó un nuevo vínculo entre él y thea.

Dr. Archie regresó a las seis en punto y encontró a la sra. Kohler y la española johnny con wunsch, que tenía mucha fiebre, murmurando y gimiendo.

"debería haber alguien aquí para cuidarlo esta noche, sra. Kohler", dijo. "estoy en un caso de confinamiento, y no puedo estar aquí, pero debería haber alguien. Puede ponerse violento".

Señora. Kohler insistió en que siempre podía hacer cualquier cosa con wunsch, pero el médico negó con la cabeza y el español johnny sonrió. Dijo que se quedaría. El médico se rió de él. "diez tipos como tú no podrían retenerlo, español, si se pusiera ruidoso; un irlandés estaría lleno de manos. Supongo que será mejor que pise el pedal". Sacó su hipodérmica.

Johnny español se quedó, sin embargo, y los kohler se fueron a la cama. Hacia las dos de la madrugada, wunsch se levantó de su ignominioso catre. Johnny, que dormitaba en el salón, se despertó y encontró al alemán de pie en medio de la habitación en camiseta y calzoncillos, con los brazos desnudos y su pesado cuerpo que parecía el doble de su circunferencia natural. Su rostro estaba gruñón y salvaje, y sus ojos estaban locos. Se había levantado para vengarse, borrar su vergüenza, destruir a su enemigo. Una mirada fue suficiente para johnny. Wunsch levantó una silla amenazadoramente, y johnny, con la ligereza de un picador, se lanzó bajo el misil y salió por la ventana abierta. Se disparó a través del barranco en busca de ayuda, mientras dejaba a los kohlers a su suerte.

Fritz, arriba, escuchó la silla estrellarse contra la estufa. Luego oyó puertas abriéndose y cerrándose, y alguien dando tumbos entre los arbustos del jardín. Paulina y él se sentaron en la cama y celebraron una consulta. Fritz se deslizó de debajo de las mantas y, acercándose cautelosamente a la ventana, asomó la cabeza. Luego corrió hacia la puerta y echó el cerrojo.

"mein gott, paulina", jadeó, "tiene el hacha, ¡nos matará!"

"la cómoda", gritó la sra. Kohler; "empuja la cómoda antes de la puerta. ¡ay, si tuvieras tu pistola de conejo, ahora!"

"está en el granero", dijo fritz con tristeza. "no serviría de nada; ya no le tendría miedo a nada. Quédate en la cama, paulina". El tocador había perdido sus ruedas hace años, pero logró arrastrarlo frente a la puerta. "está en el jardín. No hace nada. Puede que se enferme de nuevo".

Fritz volvió a la cama y su esposa lo tapó con la manta y lo hizo acostarse. Volvieron a oír tropezar en el jardín, y luego un golpe de vidrio.

"¡ach, das mistbeet!" paulina jadeó al oír que su hervidero se estremecía. "el pobrecito, fritz, se cortará. ¡aj! ¿qué es eso?" ambos se sentaron en la cama. "wieder! Ach, ¿qué está haciendo?"

El ruido llegó de manera constante, un sonido de picar. Paulina se quitó el gorro de dormir. "¡die baume, die baume! ¡está cortando nuestros árboles, fritz!" antes de que su marido pudiera impedírselo, se había levantado de la cama y se había precipitado hacia la ventana. "der taubenschlag! Gerechter himmel, está cortando el palomar!"

Fritz llegó a su lado antes de que recuperara el aliento y asomó la cabeza junto a la de ella. Allí, a la tenue luz de las estrellas, vieron a un hombre corpulento, descalzo, a medio vestir, cortando el poste blanco que formaba el pedestal del palomar. Las palomas asustadas croaban y volaban sobre su cabeza, incluso batiéndole las alas en la cara, de modo que las golpeaba furiosamente con el hacha. En unos segundos hubo un estrépito, y wunsch había derribado el palomar.

"¡oh, si tan solo no fueran los árboles los siguientes!" rezó paulina. "el palomar se puede hacer nuevo de nuevo, pero no morir baume".

Miraban sin aliento. En el jardín de abajo, wunsch estaba de pie con la actitud de un leñador, contemplando la cota caída. De repente se echó el hacha por encima del hombro y salió por la puerta principal hacia el pueblo.

"¡pobre alma, encontrará la muerte!" señora. Kohler se lamentó. Corrió de regreso a su colchón de plumas y escondió su rostro en la almohada.

Fritz vigilaba desde la ventana. "no, no, paulina", gritó en seguida; "veo linternas viniendo. Johnny debe haber ido por alguien. Sí, cuatro linternas, viniendo por el barranco. Se detienen; deben haberlo visto ya. Ahora están debajo de la colina y no puedo verlos, pero creo que sí. Él. Lo traerán de vuelta. Debo vestirme y bajar ". Se agarró los pantalones y empezó a ponérselos junto a la ventana. "sí, aquí vienen, media docena de hombres. ¡y lo han atado con una cuerda, paulina!"

"¡ay, el pobre! Para ser llevado como una vaca", gimió la sra. Kohler. "¡oh, es bueno que no tenga esposa!" ella se reprochaba a sí misma por fastidiarlo cuando él se emborrachaba con tontas bromas o apaciguaciones, y sentía que nunca antes había apreciado sus bendiciones.

Wunsch estuvo en la cama durante diez días, durante los cuales se murmuró sobre él e incluso se predicó en piedra lunar. El predicador bautista disparó contra el hombre caído desde su púlpito, la sra. Livery johnson asintiendo con aprobación desde su banco. Las madres de los alumnos de wunsch le enviaron notas informándole que sus hijas interrumpirían sus lecciones de música. La solterona que le había alquilado su piano envió al carro del pueblo a buscar su instrumento contaminado, y siempre declaró que wunsch había arruinado su tono y dejado cicatrices en su acabado brillante. Los kohlers fueron incansables en su amabilidad hacia su amigo. Señora. Kohler le hizo sopas y caldos sin escatimar, y fritz reparó el palomar y lo montó en un nuevo poste, no fuera a ser un triste recordatorio.

Tan pronto como wunsch estuvo lo suficientemente fuerte como para sentarse en sus pantuflas y su chaqueta acolchada, le dijo a fritz que le trajera un hilo grueso de la tienda. Cuando fritz preguntó qué iba a coser, sacó la partitura hecha jirones de "orfeo" y dijo que le gustaría arreglarlo para un pequeño regalo. Fritz lo llevó a la tienda y lo cosió en cartulinas, cubierto con un traje oscuro. Sobre las puntadas pegó una tira de cuero rojo fino que le dio su amigo, el arnés. Después de que paulina había limpiado las páginas con pan recién hecho, wunsch se asombró al ver el buen libro que tenía. Se abrió rígidamente, pero eso no importaba.

Sentado en el cenador una mañana, bajo las uvas maduras y el marrón,

Hojas rizadas, con un bolígrafo y tinta en el banco junto a él y el gluck

Puntuación en su rodilla, wunsch reflexionó durante un largo rato. Varias veces él

Sumergió el bolígrafo en la tinta y luego volvió a colocarlo en la caja de puros

En el que la sra. Kohler guardó sus utensilios de escritura. Sus pensamientos vagaron

Sobre un amplio territorio; en muchos países y muchos años. No hubo

Orden o secuencia lógica en sus ideas. Las fotos iban y venían sin

Razón. Caras, montañas, ríos, días de otoño en otros viñedos lejanos

Lejos. Pensó en un fuszreise que había hecho a través de las montañas hartz

En sus días de estudiante; de la linda hija del posadero que había encendido

Su pipa para él en el jardín una tarde de verano, del bosque arriba

Wiesbaden, haymakers en una isla en el río. El silbato de la rotonda

Lo despertó de sus ensoñaciones. Ah, sí, estaba en moonstone, colorado. Él

Frunció el ceño por un momento y miró el libro en su rodilla. El había pensado

De muchas cosas apropiadas para escribir en él, pero de repente

Los rechazó a todos, abrió el libro y en la parte superior de la

Página de título muy grabada que escribió rápidamente en tinta púrpura:

¡einst, oh maravilla!

a. Wunsch.

piedra de luna, colo.

30 de septiembre, 18—

Nadie en moonstone encontró nunca el nombre de pila de wunsch. Que "a" puede haber representado a adán, o augusto, o incluso amadeo; se enojaba mucho si alguien le preguntaba.

Permaneció a. Wunsch hasta el final de su capítulo allí. Cuando le presentó esta partitura a thea, le dijo que en diez años ella sabría lo que significaba la inscripción, o no tendría la menor idea, en cuyo caso no importaría.

Cuando wunsch comenzó a empacar su baúl, ambos kohlers estaban muy descontentos. Dijo que algún día volvería, pero que por el momento, como había perdido a todos sus alumnos, sería mejor para él probar en una "nueva ciudad". Señora. Kohler zurció y remendó toda su ropa y le dio dos camisas nuevas que ella había hecho para fritz. Fritz le hizo un nuevo par de pantalones y le habría hecho un abrigo si no fuera por el hecho de que los abrigos eran tan fáciles de empeñar.

Wunsch no cruzaría el barranco hacia la ciudad hasta que fuera a tomar el tren de la mañana hacia denver. Dijo que después de llegar a denver "miraría alrededor". Dejó la piedra lunar una luminosa mañana de octubre, sin despedirse de nadie. Compró su billete y entró directamente en el coche para fumadores. Cuando el tren comenzaba a arrancar, oyó que lo llamaban frenéticamente y, mirando por la ventana, vio al kronborg de pie en la vía muerta, con la cabeza descubierta y jadeando. Algunos niños habían traído la noticia a la escuela de que vieron el baúl de wunsch yendo a la estación, y thea se había escapado de la escuela. Estaba al final del andén de la estación, con el pelo recogido en dos trenzas y el vestido azul de cuadros vichy mojado hasta las rodillas porque había atravesado muchos terrenos entre la maleza. Había llovido durante la noche, y los altos girasoles detrás de ella estaban frescos y brillantes.

"¡adiós, herr wunsch, adiós!" llamó ella saludándolo.

Asomó la cabeza por la ventanilla del coche y gritó: "¡leben sie wohl, leben sie wohl, mein kind!" la observó hasta que el tren dobló la curva más allá de la casa circular, y luego se hundió en su asiento, murmurando: "ella había estado corriendo. Ah, correrá un largo camino; ¡no pueden detenerla!"

¿qué pasaba con el niño en el que uno creía? ¿era su tenaz industria, tan inusual en este país libre y fácil? ¿fue su imaginación? Lo más probable es que fuera porque tenía imaginación y una voluntad obstinada, curiosamente equilibrándose e interpenetrando entre sí. Había algo inconsciente e inconsciente en ella, que tentaba la curiosidad. Ella tenía una clase de seriedad que él no había encontrado antes en un alumno. Odiaba las cosas difíciles y, sin embargo, nunca podía pasar por alto. Parecían desafiarla; no tuvo paz hasta que los dominó. Tenía el poder de hacer un gran esfuerzo, de levantar un peso más pesado que ella. Wunsch esperaba que siempre la recordara mientras estaba junto a la pista, mirándolo; su rostro ancho y ansioso, de color tan claro, con sus pómulos altos, cejas amarillas y ojos verdosos. Era un rostro lleno de luz y energía, de la esperanza incondicional de la primera juventud. Sí, ella era como una flor llena de sol, pero no las suaves flores alemanas de su infancia. La tenía ahora, la comparación que había buscado distraídamente antes: ella era como las flores amarillas de la tuna que se abren en el desierto; más espinosas y resistentes que las flores de doncella que recordaba; no tan dulce, pero maravilloso.

Esa noche la señora. Kohler se enjugó muchas lágrimas mientras cenaba y ponía la mesa para dos. Cuando se sentaron, fritz estaba más silencioso que de costumbre. Las personas que han vivido mucho tiempo juntas necesitan un tercero en la mesa: conocen tan bien los pensamientos de los demás que no tienen nada más que decir. Señora. Kohler removió y removió su café y repiqueteó la cuchara, pero no tuvo ánimo para la cena. Sintió, por primera vez en años, que estaba cansada de su propia cocina. Miró a su marido a través de la lámpara de cristal y le preguntó si al carnicero le gustaba su nuevo abrigo y si se había puesto bien los hombros con un traje confeccionado que estaba remendando para ray kennedy. Después de la cena, fritz se ofreció a limpiarle los platos, pero ella le dijo que se ocupara de sus asuntos y que no actuara como si estuviera enferma o desamparada.

Cuando terminó su trabajo en la cocina, salió a tapar las adelfas contra las heladas y a echar un último vistazo a sus gallinas. Al volver del gallinero, se detuvo junto a uno de los tilos y se quedó apoyando la mano en el tronco. No volvería jamás, el pobre; ella lo sabía. Iría a la deriva de una ciudad nueva a otra, de una catástrofe en otra. Difícilmente volvería a encontrar un buen hogar para él. Por fin moriría en algún lugar accidentado y sería enterrado en el desierto o en la pradera salvaje, lo suficientemente lejos de cualquier tilo.

Fritz, fumando su pipa en la puerta de la cocina, miró a su paulina y adivinó sus pensamientos. Él también lamentaba perder a su amigo.

Pero fritz estaba envejeciendo; había vivido mucho tiempo y había aprendido a perder sin luchar.

Xiv

"madre", dijo peter kronborg a su esposa una mañana, unas dos semanas después de la partida de wunsch, "¿cómo te gustaría conducir conmigo hasta el agujero de cobre hoy?"

Señora. Kronborg dijo que pensaba que le gustaría conducir. Se puso su vestido de cachemira gris y su reloj y cadena de oro, como correspondía a la esposa de un ministro, y mientras su esposo se vestía, empacó una cartera de hule negro con la ropa que ella y thor necesitarían durante la noche.

Copper hole era un asentamiento a quince millas al noroeste de moonstone donde el sr. Kronborg predicaba todos los viernes por la noche. Allí había un gran manantial y un arroyo y algunas acequias de riego. Era una comunidad de agricultores desanimados que habían experimentado desastrosamente con la agricultura de secano. Señor. Kronborg siempre conducía un día y regresaba al siguiente, pasando la noche con uno de sus feligreses. A menudo, cuando hacía buen tiempo, su esposa lo acompañaba. Hoy salieron de casa después de la comida del mediodía, dejando a tillie a cargo de la casa. Señora. El sentimiento maternal de kronborg siempre se acumulaba en el bebé, quienquiera que fuera el bebé. Si tenía al bebé con ella, los demás podrían cuidar de sí mismos. Thor, por supuesto, ya no era, hablando con precisión, un bebé. En materia de alimentación era bastante independiente de su madre, aunque esta independencia no se había ganado sin lucha. Thor era conservador en todo, y toda la familia se había angustiado con él cuando lo estaban destetando. Siendo el más joven, todavía era el bebé de la sra. Kronborg, aunque tenía casi cuatro años y se sentó audazmente en su regazo esta tarde, agarrándose a los extremos de las líneas y gritando "'mup,' mup, caballito". Su padre lo miraba cariñosamente y tarareaba himnos de la manera jovial que a veces era una prueba para el.

Señora. Kronborg disfrutaba del sol y del cielo brillante y de todos los rasgos levemente marcados del deslumbrante y monótono paisaje. Tenía una capacidad bastante inusual para captar el sabor de los lugares y de las personas. Aunque estaba tan enredada en las preocupaciones familiares la mayor parte del tiempo, podía emerger serena cuando estaba lejos de ellos. Para ser madre de siete hijos, tenía un punto de vista singularmente imparcial. Era, además, una fatalista y, como no intentó dirigir las cosas fuera de su control, encontró mucho tiempo para disfrutar de los caminos del hombre y la naturaleza.

Cuando estaban bien en su camino, donde comenzaban las primeras tierras de pastos magros y la hierba de arena se asomaba débilmente entre las artemisas, el sr. Kronborg bajó la melodía y se volvió hacia su esposa. "madre, he estado pensando en algo".

"supuse que tenías. ¿qué es?" ella movió a thor a su rodilla izquierda, donde estaría más apartado.

"bueno, se trata de thea. El señor follansbee vino a mi estudio en la iglesia el otro día y dijo que les gustaría que sus dos hijas tomaran lecciones de thea. Entonces soné señorita meyers" (la señorita meyers fue la organista en mr. Kronborg's church) "y dijo que se habló mucho sobre si thea no se haría cargo de los alumnos de wunsch. Sobre todo lo que wunsch podría enseñar ".

Señora. Kronborg pareció pensativo. "¿crees que deberíamos sacarla de la escuela tan joven?"

"es joven, pero el año que viene será su último año de todos modos. Está muy avanzada para su edad. Y no puede aprender mucho con el director que tenemos ahora, ¿verdad?"

"no, me temo que no puede", admitió su esposa. "ella se preocupa mucho y dice que el hombre siempre tiene que buscar las respuestas en la parte de atrás del libro. Ella odia todos esos diagramas que tienen que hacer, y yo creo que es una pérdida de tiempo".

Señor. Kronborg se recostó en el asiento y detuvo a la yegua a caminar. "verá, se me ocurre que podríamos subir los precios de thea, por lo que valdría la pena. Setenta y cinco centavos por lecciones de una hora, cincuenta centavos por lecciones de media hora. Si ella obtuviera, digamos dos tercios de la clase de wunsch, eso le reportaría más de diez dólares a la semana. Mejor paga que enseñar una escuela en el campo, y habría más trabajo en vacaciones que en invierno. Trabajo estable doce meses al año; eso es una ventaja. Y ella estaría viviendo en casa, sin gastos ".

"se hablaría si aumentara sus precios", dijo la sra. Kronborg dubitativo.

"al principio lo habría hecho. Pero thea es tanto el mejor músico de la ciudad que todos se unieron después de un tiempo. Un buen número de personas en moonstone han estado ganando dinero últimamente y han comprado pianos nuevos. Había diez nuevos pianos enviados aquí desde denver en el último año. La gente no los va a dejar inactivos; demasiado dinero invertido. Creo que thea puede tener tantos eruditos como pueda manejar, si la ayudamos un poco ".

"¿cómo la engañó, quieres decir?" señora. Kronborg sintió cierta renuencia a aceptar este plan, aunque todavía no había tenido tiempo de pensar en sus razones.

"bueno, he estado pensando durante algún tiempo que podríamos hacer un buen uso de otra habitación. No podríamos cederle el salón todo el tiempo. Si construyéramos otra habitación en el pasillo y pusiéramos el piano allí, ella podría dar lecciones durante todo el día y no nos molestaría. Podríamos construir una plancha de ropa en él, y poner un dormitorio y un tocador y dejar que anna lo tenga para su dormitorio. Ella necesita un lugar para la suya, ahora que está empezando a lucir elegante ".

"parece que thea debería tener la elección de la habitación, ella misma", dijo la sra. Kronborg.

"pero, querida, ella no lo quiere. No lo permitirá. La hice sonar cuando regresaba de la iglesia el domingo; le pregunté si le gustaría dormir en una habitación nueva, si seguíamos construyendo. Como un gato montés y dijo que ella misma había hecho su propia habitación y que no creía que nadie debiera quitársela ".

"ella no tiene la intención de ser impertinente, padre. Ella ha decidido de esa manera, como mi padre". Señora. Kronborg habló cálidamente. "nunca tengo ningún problema con la niña. Recuerdo las costumbres de mi padre y la ataco con cuidado. Thea está bien".

Señor. Kronborg se rió con indulgencia y pellizcó la mejilla de thor. "¡oh, no quise decir nada en contra de tu chica, madre! Ella está bien, pero es una gatita salvaje, de todos modos. Creo que ray kennedy está planeando malcriar a una solterona nativa".

"¡eh! Ella obtendrá algo mejor que ray kennedy, ya ves! Thea es una chica tremendamente inteligente. He visto a muchas chicas tomar lecciones de música en mi tiempo, pero no he visto una es así. Wunsch también lo dijo. Ella tiene la creación de algo en ella ".

"no lo niego, y cuanto antes lo haga de una manera profesional, mejor. Ella es del tipo que asume la responsabilidad, y será bueno para ella".

Señora. Kronborg estaba pensativo. "de alguna manera lo hará, tal vez. Pero hay una gran tensión acerca de enseñar a los jóvenes, y ella siempre ha trabajado tan duro con los académicos que tiene. A menudo la he escuchado machacándolos. No quiero trabajarla demasiado. Ella es tan seria que nunca ha tenido lo que podríamos llamar una infancia real. Parece que debería tener los próximos años libres y fáciles. Pronto estará atada a responsabilidades ".

Señor. Kronborg palmeó el brazo de su esposa. "no lo creas, madre. Thea no es de los que se casan. Los he visto. Anna se casará en poco tiempo y será una buena esposa, pero no veo a thea criando una familia. Ella tiene un mucho de su madre en ella, pero no tiene todo. Es demasiado picante y le gusta salirse con la suya. Entonces siempre tiene que estar a la vanguardia en todo. Ese tipo de buenos trabajadores de la iglesia, misioneros y maestros de escuela , pero no son buenas esposas. Gastan toda su energía, como potros, y se cortan en el alambre ".

Señora. Kronborg se rió. "dame las galletas graham que puse en tu bolsillo para thor. Tiene hambre. Eres un hombre divertido, peter. Un cuerpo no pensaría, escucharte, estabas hablando de tus propias hijas.

Aún así, incluso si ella no es apta para tener hijos propios, no lo sé, ya que esa es una buena razón por la que debería agotarse con los demás ".

"ese es el punto, madre. Una niña con toda esa energía tiene que hacer algo, al igual que un niño, para evitar que haga travesuras. Si no quieres que se case con ray, déjala hacer algo para hacerse a sí misma independiente."

"bueno, no estoy en contra. Podría ser lo mejor para ella. Desearía estar seguro de que no se preocuparía. Se toma las cosas con dificultad. Casi lloró asqueada por la partida de wunsch. Es la niña más inteligente de todos, peter, por un largo camino.

Peter kronborg sonrió. "ahí tienes, anna. Esa eres tú otra vez. Ahora, no tengo favoritos; todos tienen sus puntos buenos. Pero tú", con un guiño, "siempre buscas cerebro".

Señora. Kronborg se rió entre dientes mientras limpiaba las migas de galleta de la barbilla y los puños de thor. "bueno, ¡eres muy engreído, peter! Pero no sé si alguna vez me arrepentí. Prefiero tener mi propia familia a preocuparme por los hijos de otras personas, esa es la verdad".

Antes de que los kronborgs llegaran al agujero de cobre, el destino de thea estaba bastante bien trazado para ella. Señor. Kronborg siempre estuvo encantado de tener una excusa para ampliar la casa.

Señora. Kronborg tenía razón en su conjetura de que habría comentarios poco amistosos en moonstone cuando thea subiera los precios de las lecciones de música. La gente decía que se estaba volviendo demasiado engreída para cualquier cosa. Señora. Livery johnson se puso un sombrero nuevo y pagó todas sus llamadas para tener el placer de anunciar en cada salón en el que entraba que sus hijas, al menos, "nunca pagarían precios profesionales a la kronborg".

Thea no puso ninguna objeción a dejar la escuela. Ella estaba ahora en la "habitación alta", como se llamaba, al lado de la clase más alta, y estaba estudiando geometría y comenzando césar. Ya no recitaba sus lecciones al maestro que le gustaba, sino al director, un hombre que pertenecía, como la sra. Livery johnson, al campo de los enemigos naturales de thea. Enseñaba en la escuela porque era demasiado perezoso para trabajar entre personas mayores, y lo hizo fácil. Abandonó el trabajo real inventando actividades inútiles para sus alumnos, como el "sistema de diagramación de árboles". Thea había pasado horas haciendo árboles con "tanatopsis", el soliloquio de la aldea, cato sobre "inmortalidad". Ella agonizaba bajo esta pérdida de tiempo, y estaba muy contenta de aceptar la oferta de libertad de su padre.

Así que thea dejó la escuela el primero de noviembre. El primero de enero tenía ocho alumnos de una hora y diez de media hora, y habría más en verano. Ella gastó sus ganancias generosamente. Compró una alfombra nueva de bruselas para el salón, y un rifle para artillero y axel, y un abrigo y una gorra de imitación de piel de tigre para thor. Disfrutaba poder aumentar las posesiones familiares y pensaba que thor se veía tan guapo en sus lugares como los niños ricos que había visto en denver. Thor era muy complaciente con su llamativo atuendo. En ese momento podía caminar a cualquier parte, aunque siempre prefería sentarse o que lo llevaran en su carrito. Era un niño felizmente perezoso y tenía una serie de juegos largos y aburridos, como hacer nidos para su pato de porcelana y esperar a que ella le pusiera un huevo. Thea pensaba que era muy inteligente y estaba orgullosa de que fuera tan grande y fornido. Lo encontraba tranquilo, le encantaba oírle llamarla "niñera" y realmente le gustaba su compañía, especialmente cuando estaba cansada. El sábado, por ejemplo, cuando enseñaba desde las nueve de la mañana hasta las cinco de la tarde, le gustaba irse a un rincón con thor después de la cena, lejos de todos los bañistas, vestirse, bromas y charlas que se hacían en la casa. Y pregúntele sobre su pato, o escúchelo contar una de sus historias.

Xv

Cuando llegó el decimoquinto cumpleaños de thea, ya estaba establecida como profesora de música en moonstone. La nueva habitación se había agregado a la casa a principios de la primavera, y thea había estado dando sus lecciones allí desde mediados de mayo. Le gustaba la independencia personal que se le concedía como asalariada.

La familia cuestionaba muy poco sus idas y venidas. Podría montar en buggy con ray kennedy, por ejemplo, sin necesidad de gunner o axel. Podía ir al johnny's español y cantar algunas canciones con los mexicanos, y nadie se opuso.

Thea estaba todavía bajo la primera excitación de la enseñanza, y estaba terriblemente seria al respecto. Si una alumna no se llevaba bien, echaba humo y se inquietaba. Contó hasta quedarse ronca. Escuchaba las escalas en sueños. Wunsch sólo había enseñado en serio a un alumno, pero thea enseñó a veinte. Cuanto más aburridos estaban, más furiosamente los empujaba y los empujaba. Con las niñas era casi siempre paciente, pero con alumnos mayores que ella, a veces perdía los estribos. Uno de sus errores fue dejarse llevar por una llamada de la sra. Librea johnson. Esa dama apareció en casa de los kronborgs una mañana y anunció que no permitiría que ninguna niña golpeara a su hija grace. Añadió que en toda la ciudad se hablaba de los malos modales de thea con las chicas mayores, y que si su temperamento no mejoraba rápidamente, perdería todas sus pupilas avanzadas. Thea estaba asustada. Sintió que nunca podría soportar la desgracia, si tal cosa sucediera. Además, ¿qué diría su padre, después de haberse hecho los gastos de construir una adición a la casa? Señora. Johnson exigió una disculpa a grace. Thea dijo que estaba dispuesta a hacerlo. Señora. Johnson dijo que de ahora en adelante, dado que había tomado lecciones del mejor profesor de piano en grinnell, iowa, ella misma decidiría qué piezas debería estudiar grace. Thea accedió fácilmente a eso, y la sra. Johnson se alejó rápidamente para decirle a una vecina que thea kronborg podría ser lo suficientemente mansa cuando fueras a su derecha.

Thea le estaba contando a ray sobre este desagradable encuentro mientras conducían hacia las colinas de arena el domingo siguiente.

"ella te estaba atiborrando, está bien, tú", la tranquilizó ray. "no hay una insatisfacción generalizada entre sus estudiantes. Ella solo quería entrar en un golpe. Hablé con el afinador de pianos la última vez que estuvo aquí, y dijo que todas las personas que sintonizó se expresaron muy favorablemente sobre su enseñanza. No te tomaste tantas molestias con ellos ".

"pero tengo que hacerlo, ray. Son todos tan tontos. No tienen ambición", exclamó thea con irritación. "jenny smiley es la única que no es estúpida. Puede leer bastante bien y tiene tan buenas manos. Pero no le importa un comino. No tiene orgullo".

El rostro de ray estaba lleno de satisfacción complaciente mientras miraba de reojo a thea, pero ella estaba mirando fijamente al espejismo, a uno de esos gigantescos animales que casi siempre se reflejan allí. "¿te resulta más fácil enseñar en tu nueva habitación?" preguntó.

"sí, no me interrumpen tanto. Por supuesto, si alguna vez quiero practicar por la noche, esa es siempre la noche que anna elige irse a la cama temprano".

"es una maldita vergüenza, tú, no has copiado esa habitación para ti. Estoy enojado con el padre por eso. Debería darte esa habitación. Podrías arreglarlo tan bonito".

"no lo quería, honestamente, no lo quería. Mi padre me lo habría dejado. Me gusta más mi propia habitación. De alguna manera puedo pensar mejor en una habitación pequeña. Además, allá arriba estoy lejos de todos, y puedo leer tan tarde como me plazca y nadie me regaña ".

"una niña en crecimiento necesita dormir mucho", remarcó providencialmente ray.

Thea se movía inquieta sobre los cojines del cochecito. "ellos necesitan otras cosas más", murmuró. "oh, lo olvidé. Traje algo para mostrarte. Mira, llegó en mi cumpleaños. ¿no fue amable de su parte recordarlo?" sacó de su bolsillo una postal, la dobló por la mitad y la dobló, y se la entregó a ray. En él había una paloma blanca, encaramada sobre una corona de nomeolvides muy azules y "felicitaciones de cumpleaños" en letras doradas. Debajo de esto estaba escrito, "de a. Wunsch".

Ray dio la vuelta a la tarjeta, examinó el matasellos y luego se echó a reír.

"concord, kansas. ¡tiene mi simpatía!"

"¿por qué, es un pueblo pobre?"

"es el lugar de partida, no hay ciudad en absoluto. Algunas casas tiradas en medio de un campo de maíz. Te pierdes en el maíz. Ni siquiera un salón para mantener las cosas en marcha; vende whisky sin licencia en la carnicería, cerveza con hielo con hígado y bistec. No me quedaría allí el domingo por un billete de diez dólares ".

"¡oh, querido! ¿qué crees que está haciendo allí? Tal vez se detuvo allí unos días para afinar pianos", sugirió thea esperanzada.

Ray le devolvió la tarjeta. "va en la dirección equivocada. ¿para qué quiere volver a un país de pasto? Ahora, hay muchos pueblos buenos en vivo en santa fe, y todos son músicos. Él siempre podría conseguir un trabajo tocando en las tabernas si estaba arruinado. Me di cuenta de que no tengo años de mi vida que perder en un país metodista donde crían carne de cerdo ".

"debemos detenernos en nuestro camino de regreso y mostrarle esta tarjeta a la sra. Kohler. Ella lo extraña mucho".

"por cierto, escuché que la anciana va a la iglesia todos los domingos para oírte cantar. Fritz me dice que tiene que esperar hasta las dos en punto para la cena del domingo en estos días. La gente de la iglesia debería darte crédito por eso, cuando vayan por ti ".

Thea negó con la cabeza y habló con un tono de resignación. "siempre irán por mí, como lo hicieron por wunsch. No fue porque él bebiera, fueron por él; no realmente. Fue otra cosa".

"quieres ahorrar dinero, ir a chicago y tomar algunas lecciones. Luego regresas, usas una pluma larga y tacones altos y te pones algunos aires, y eso los arreglará. Eso es lo que les gusta."

"nunca tendré suficiente dinero para ir a chicago. Mi madre tenía la intención de prestarme un poco, creo, pero ahora tienen tiempos difíciles en nebraska, y su granja no le trae nada. Se lleva todo el inquilino puede subir para pagar los impuestos. No hablemos de eso. Prometiste contarme sobre la obra que fuiste a ver en denver ".

A cualquiera le hubiera gustado escuchar el relato simple y claro de ray sobre la actuación que había visto en la gran ópera de tabor —maggie mitchell en poco descalza— y cualquiera hubiera querido ver su amable rostro. Ray lucía lo mejor posible al aire libre, cuando sus gruesas manos rojas estaban cubiertas por guantes, y el rojo apagado de su rostro quemado por el sol de alguna manera parecía correcto en la luz y el viento. También lucía mejor con el sombrero puesto; su cabello era fino y seco, sin ningún color o carácter en particular, "cabello normal de chico willy", como él mismo lo describió. Sus ojos estaban pálidos al lado del bronce rojizo de su piel. Tenían el aspecto desvaído que a menudo se ve en los ojos de los hombres que han vivido mucho al sol y al viento y que están acostumbrados a enfocar su visión en objetos distantes.

Ray se dio cuenta de que la vida de thea era aburrida y exigente, y que extrañaba a wunsch. Sabía que trabajaba duro, que aguantaba muchas pequeñas molestias y que sus deberes como maestra la separaban más que nunca de los niños y niñas de su edad. Hizo todo lo que pudo para brindarle recreación. Le trajo dulces, revistas y piñas, que le gustaban mucho, de denver, y mantuvo los ojos y los oídos abiertos a cualquier cosa que pudiera interesarla. Estaba, por supuesto, viviendo para thea. Lo había pensado todo cuidadosamente y había decidido cuándo hablaría con ella. Cuando ella tuviera diecisiete años, él le diría su plan y le pediría que se casara con él. Él estaría dispuesto a esperar dos, o incluso tres años, hasta que ella cumpliera los veinte, si lo consideraba mejor. Para ese momento seguramente se habría metido en algo: cobre, aceite, oro, plata, ovejas, algo.

Mientras tanto, era suficiente placer sentir que ella dependía cada vez más de él, que se apoyaba en su firme bondad. Nunca rompió la fe consigo mismo acerca de ella; nunca le insinuó sus esperanzas para el futuro, nunca sugirió que ella podría ser más íntimamente confidencial con él, ni le habló de las cosas en las que él pensaba tan constantemente. Tenía la caballerosidad que es quizás la posesión más orgullosa de su raza. Nunca la había avergonzado ni con una mirada. A veces, cuando se dirigían a las colinas de arena, dejaba que su brazo izquierdo descansara a lo largo del respaldo del asiento del cochecito, pero nunca se acercaba más que eso, nunca la tocaba. A menudo se volvía hacia ella con un rostro lleno de orgullo y franca admiración, pero su mirada nunca fue tan íntima ni tan penetrante como la del dr.

Archie. Sus ojos azules eran claros y superficiales, amistosos, sin preguntas. Descansó thea porque era muy diferente; porque, aunque a menudo le decía cosas interesantes, nunca le hacía entrar en la cabeza fantasías animadas; ¡porque nunca la malinterpretó, y porque nunca, por casualidad, ni por un instante, la entendió! Sí, con ray estaba a salvo; por él nunca sería descubierta!

Xvi

La experiencia más agradable que tuvo thea ese verano fue un viaje que ella y su madre hicieron a denver en el furgón de cola de ray kennedy. Señora. Kronborg había estado esperando esta excursión durante mucho tiempo, pero como ray nunca supo a qué hora saldría su carga de moonstone, fue difícil de arreglar. Era más probable que el cartero lo llamara para que comenzara a correr a las doce de la noche y a las doce del mediodía. La primera semana de junio comenzó con todos los trenes programados funcionando a tiempo y un negocio de carga ligera. Martes por la tarde ray, después de consultar con el despachador, se detuvo en la puerta principal de kronborgs para decirle a la sra. Kronborg, que estaba ayudando a tillie a regar las flores, dijo que si ella y thea podían estar en el depósito a las ocho de la mañana siguiente, pensaba que podía prometerles un agradable paseo y llevarlas a denver antes de las nueve de la mañana. Noche. Señora. Kronborg le dijo alegremente, al otro lado de la cerca, que ella "lo llevaría encima", y ray se apresuró a regresar a los patios para limpiar su coche.

La única queja que los guardafrenos de ray tuvieron que hacer de él fue que era demasiado quisquilloso con su furgón de cola. Su ex guardafrenos había pedido ser transferido porque, dijo, "kennedy era tan quisquilloso con su auto como una solterona con su jaula de pájaros". Joe giddy, que ahora frenaba con ray, lo llamó "la novia", porque mantenía el furgón de cola y las literas muy limpias.

Era responsabilidad del guardafrenos mantener limpio el coche, pero cuando ray regresó al depósito, no se veía a mareado por ninguna parte. Murmurando que todos sus guardafrenos parecían considerarlo "fácil", ray bajó solo a su coche. Encendió fuego en la estufa y puso agua a calentar mientras se ponía el mono y el jersey. Luego se puso a trabajar con un cepillo y mucho jabón y "limpiador". Frotó el piso y los asientos, ennegreció la estufa, puso sábanas limpias en las literas y luego comenzó a demoler la galería de cuadros de giddy. Ray descubrió que era probable que sus guardafrenos tuvieran lo que él llamaba "gusto por el desnudo en el arte", y mareado no fue la excepción. Ray derribó a media docena de chicas en mallas y faldas de ballet —premios por cupones de cigarrillos— y algunos calendarios picantes que anunciaban salones y clubes deportivos, que habían costado vertiginosamente tanto tiempo como problemas; incluso se quitó la mascota particular de giddy, una chica desnuda acostada en un sofá con la rodilla descuidadamente levantada en el aire. Debajo de la imagen estaba impreso el título, "la odalisca". Mareado estaba bajo la feliz ilusión de que este título significaba algo perverso, había una mirada perversa en las consonantes, pero ray, por supuesto, lo había buscado, y mareado estaba en deuda con el diccionario por el privilegio de quedarse con su dama. Si "odalisca" hubiera sido lo que ray llamó una palabra objetable, habría descartado la imagen en primer lugar. Ray incluso tomó una foto de la sra. Langtry en traje de noche, porque se titulaba el "lirio de jersey", y porque había una pequeña cabeza de eduardo vii, entonces príncipe de gales, en una esquina. La conducta de albert edward era un tema de discusión popular entre los ferroviarios de aquellos días, y cuando ray arrancó las tachuelas de esta litografía, se sintió más indignado que nunca con los ingleses. Depositó todos estos cuadros debajo del colchón de la litera de giddy y se quedó admirando su limpio coche a la luz de la lámpara; las paredes ahora exhibían sólo un campo de trigo, publicidad de implementos agrícolas, un mapa de colorado y algunas imágenes de caballos de carreras y perros de caza. En ese momento, aturdido, recién afeitado y lavado con champú, su camisa brillando con el mayor brillo conocido por los lavanderos chinos, su sombrero de paja inclinado sobre su ojo derecho, asomó la cabeza por la puerta.

"¿qué demonios—" dijo furioso. Su rostro de buen humor y bronceado por el sol pareció hincharse de asombro y rabia.

"está bien, vertiginoso", dijo ray en tono conciliador. No hay nada herido. Los volveré a poner todos como los encontré. Mañana llevaré a algunas damas en el coche.

Mareado frunció el ceño. No cuestionó la idoneidad de las medidas de ray, si hubiera mujeres a bordo, pero se sintió herido. "supongo que esperarás que me comporte como una secretaria ymca", gruñó. "no puedo hacer mi trabajo y servir té al mismo tiempo".

"no hay necesidad de tener una fiesta de té", dijo ray con determinada alegría. La sra. Kronborg traerá el almuerzo, y será muy bueno.

Mareado se recostó contra el coche, sosteniendo su cigarro entre dos dedos gruesos. "entonces supongo que lo entenderá", observó con conocimiento. "no creo que tu amiga musical esté muy en la caja de comida. Tiene que mantener las manos blancas para hacerle cosquillas a los marfiles". Mareado no tenía nada en contra de thea, pero se sentía cascarrabias y quería conseguir un aumento de kennedy.

"cada hombre a su propio trabajo", respondió ray amablemente, poniéndose la camisa blanca por la cabeza.

Mareado emitió humo con desdén. "supongo que sí. El hombre que la atrape tendrá que usar un delantal y hornear los panqueques. Bueno, a algunos hombres les gusta meterse en la cocina". Hizo una pausa, pero ray estaba decidido a ponerse la ropa lo más rápido posible. Mareado pensó que podía ir un poco más lejos. "por supuesto, no disputo su derecho de transportar mujeres en este automóvil si lo desea; pero personalmente, en lo que a mí respecta, preferiría beber una lata de tomates y prescindir de las mujeres y su almuerzo. De todos modos, nunca estuve muy esclavizado por los huevos duros ".

"te las comerás mañana, de todos modos". El tono de ray tenía un brillo acerado mientras saltaba del auto, y mareado se hizo a un lado para dejarlo pasar. Sabía que la próxima respuesta de kennedy se entregaría en mano. Una vez había visto a ray golpear a un tipo desagradable por insultar a una mujer mexicana que ayudaba con el vagón de carga en el tren de trabajo, y sus puños habían trabajado como dos martillos de acero. Mareado no estaba buscando problemas.

A las ocho de la mañana siguiente, ray saludó a sus damas y las ayudó a subir al coche. Mareado se había puesto una camisa limpia y guantes amarillos de piel de cerdo y estaba silbando lo mejor que podía. Él consideraba a kennedy como una casualidad como un mujeriego, y si iba a haber una fiesta, los honores tenían que hacerlos alguien que no fuera un herrero en una pequeña charla. Mareado tenía, como ray sarcásticamente admitió, "una reputación local como un alegre", y era fluido en discursos galante de naturaleza no demasiado velada. Insistió en que thea se sentara en la cúpula, frente a la de ray, desde donde pudiera contemplar el campo. Thea le dijo, mientras trepaba, que le importaba mucho más montar en ese asiento que ir a denver. Ray nunca fue tan afable y afable como cuando se sentaba a charlar en el mirador de su casita sobre ruedas. Le llegaron buenas historias y recuerdos interesantes. Thea tenía un gran respeto por los informes que tenía que redactar y por los telegramas que le entregaban en las estaciones; a pesar de todo el conocimiento y la experiencia que se necesitan para operar un tren de mercancías.

Mareado, abajo en el coche, en las pausas de su trabajo, se hizo agradable a la señora. Kronborg.

"es un gran descanso estar donde mi familia no puede alcanzarme, señor mareado", le dijo. "pensé que tú y ray podrían tener algunas tareas domésticas aquí para que las cuide, pero no pude mejorar ninguna en este auto".

"oh, nos gusta mantenerla ordenada", respondió alegremente, guiñando un ojo a la expresiva espalda de ray. "si quieres ver una hielera limpia, mira esta. Sí, kennedy siempre lleva crema fresca para comer en su avena. Yo no soy particular. La vaca de hojalata es lo suficientemente buena para mí".

"la mayoría de ustedes, muchachos, fuman tanto que todos los alimentos les saben igual", dijo la sra. Kronborg. "no tengo escrúpulos religiosos en contra de fumar, pero no podría interesarme tanto cocinar por un hombre que usa tabaco. Supongo que está bien para los solteros que tienen que comer redondo".

Señora. Kronborg se quitó el sombrero y el velo y se puso cómoda. Rara vez tenía la oportunidad de estar ociosa y lo disfrutaba. Podía sentarse durante horas y ver volar a las salvia y los conejos alejarse de la pista sin aburrirse. Llevaba un vestido de bombazine color canela, muy sencillo, y llevaba un bolso de mano de madre de familia amplio y gastado.

Ray kennedy siempre insistió en que la sra. Kronborg era "una dama de buen aspecto", pero esta no era la opinión común en moonstone. Ray había vivido lo suficiente entre los mexicanos como para que no le gustara la irritabilidad, para sentir que había algo más atractivo en la facilidad de los modales que en la distraída preocupación por las horquillas y los toques de encaje. Había aprendido a pensar que la forma en que una mujer se paraba, se movía, se sentaba en su silla, te miraba, era más importante que la ausencia de arrugas en su falda. Ray tenía, de hecho, percepciones tan inusuales en algunas direcciones, que uno no podía evitar preguntarse qué habría sido si alguna vez, como él dijo, hubiera tenido "la mitad de una oportunidad".

Él estaba en lo correcto; señora. Kronborg era una mujer de buen aspecto. Era baja y cuadrada, pero su cabeza era una cabeza real, no una mera terminación entrecortada del cuerpo. Tenía algo de individualidad aparte de los sombreros y las horquillas. Su cabello, admitieron las mujeres de piedra lunar, habría sido muy bonito "para cualquier otra persona". Entonces se usaban flequillos muy rizados, pero la sra. Kronborg siempre se vestía el cabello de la misma manera, con raya en el medio, peinado hacia atrás con suavidad desde su frente baja y blanca, sujetado holgadamente en la parte posterior de la cabeza con dos trenzas gruesas. Las sienes se estaban volviendo grises, pero, a semejanza del cabello amarillo, parecía que sólo se había vuelto más pálido allí y había adquirido un color como el de las prímulas inglesas. Sus ojos estaban claros y tranquilos; su rostro suave y tranquilo, y, como dijo ray, "fuerte".

Thea y ray, en la soleada cúpula, reían y hablaban. Ray tuvo un gran placer al ver su rostro en la cajita donde tantas veces se lo imaginaba. Estaban cruzando una meseta donde se extendían grandes rocas de arenisca roja, la mayoría de ellas mucho más anchas en la parte superior que en la base, de modo que parecían grandes hongos venenosos.

"la arena ha estado soplando contra ellos durante muchos cientos de años", explicó ray, dirigiendo los ojos de thea con su mano enguantada. "ves que la arena sopla bajo, siendo tan pesada, y los corta por debajo.

El viento y la arena son arquitectos de clase alta. Ese es el principio de que la mayoría de los habitantes de los acantilados permanecen en el cañón de chelly. Las tormentas de arena habían cavado grandes depresiones en la cara de un acantilado, y los indios construyeron sus casas en esa depresión ".

"me lo dijiste antes, ray, y por supuesto que lo sabes. Pero la geografía dice que sus casas fueron cortadas de la cara de la roca viva, y eso me gusta más".

Ray inhaló. "¡qué tontería se imprime! Es suficiente para faltarle el respeto a un hombre por aprender. ¿cómo pudieron esos indios tallar casas en la roca viva, cuando no sabían nada sobre el arte de forjar metales?" ray se reclinó en su silla, balanceó el pie y pareció pensativo y feliz. Estaba en uno de sus campos favoritos de especulación y nada le producía más placer que hablar de estas cosas con thea kronborg. "te diré, tú, si esos viejos tipos hubieran aprendido a trabajar metales una vez, tus antiguos egipcios y asirios no los habrían golpeado mucho. Hicieron lo que hicieran, lo hicieron bien. Su albañilería está allí hoy. , las esquinas tan verdaderas como el capitolio de denver. Eran inteligentes en casi todo menos en metales; y esa falla les impidió cruzar. Fueron las arenas movedizas las que se los tragaron, como raza. Supongo que la civilización propiamente dicha comenzó cuando los hombres dominar los metales ".

Ray no era vanidoso con sus frases librescas. No los utilizó para lucirse, sino porque le parecían más adecuados que el habla coloquial. Se sentía fuertemente acerca de estas cosas, y buscó a tientas las palabras, como dijo, "para expresarse". Tenía la lamentable creencia estadounidense de que la "expresión" es obligatoria. Todavía llevaba en su baúl, entre las posesiones no relacionadas de un ferroviario, un cuaderno en cuya portada estaba escrito "impresiones sobre la primera vista del gran cañón, ray h. Kennedy". Las páginas de ese libro eran como un campo de batalla; el laborioso autor había retrocedido de metáfora tras metáfora, abandonado posición tras posición. Habría admitido que el arte de forjar metales no era nada comparado con este traicionero negocio de registrar impresiones, en el que el material del que estabas tan lleno se desvanecía misteriosamente bajo tu mano esforzada. "escape de vapor!" se había dicho a sí mismo, la última vez que intentó leer ese cuaderno.

A thea no le importaron las expresiones de conferencia de viaje de ray. Los esquivó, inconscientemente, como hacía con la palabrería profesional de su padre. La luz en los ojos azul pálido de ray y el sentimiento en su voz compensaron con creces la rigidez de su lenguaje.

"¿los habitantes de los acantilados eran realmente inteligentes con sus manos, ray, o siempre tienes que hacer concesiones y decir, 'eso fue bastante bueno para un indio'?" ella preguntó.

Ray bajó al coche para darle unas instrucciones a mareado. "bueno", dijo cuando regresó, "sobre los aborígenes: una o dos veces he estado con algunos tipos que estaban rompiendo túmulos funerarios. Siempre me sentí un poco avergonzado de ello, pero sacamos algunas cosas notables. Algo de cerámica entera; me pareció bastante bueno. Supongo que sus mujeres eran sus artistas. Encontramos muchos zapatos viejos y sandalias hechas de fibra de yuca, pulcras y fuertes; y mantas de plumas también ".

"¿mantas de plumas? Nunca me hablaste de ellas".

Los viejos, o las indias, tejieron una red estrecha de fibra de yuca y luego ataron pequeños manojos de plumas, superpuestas, tal como crecen las plumas en un pájaro. Algunas de ellas tenían plumas en ambos lados. No puedes conseguir nada más cálido que eso, ¿verdad? - o más bonito. Lo que me gusta de esos viejos aborígenes es que obtuvieron todas sus ideas de la naturaleza ".

Thea se rió. "eso significa que vas a decir algo sobre el uso de corsés de las niñas. Pero algunos de tus indios aplanaron la cabeza de sus bebés, y eso es peor que usar corsés".

"dame la figura de una niña india por belleza", insistió ray. "y una chica con una voz como la tuya debería tener mucha acción pulmonar. Pero ya conoces mis sentimientos sobre ese tema. Iba a contarte acerca de la cosa más hermosa que hemos saqueado de esos túmulos funerarios. Mujer, también, lamento decirlo. Se conservó tan perfecta como cualquier momia que haya salido de las pirámides. Tenía un gran hilo de turquesas alrededor del cuello, y estaba envuelta en una capa de piel de zorro, forrada con pequeñas plumas amarillas que deben haber salido de canarios salvajes. ¿puedes vencer eso, ahora? El tipo que afirmó que se lo vendió a un hombre de boston por ciento cincuenta dólares ".

Thea lo miró con admiración. "oh, ray, ¿y no sacaste nada de ella, incluso para recordarla? Debe haber sido una princesa."

Ray sacó una billetera del bolsillo del abrigo que colgaba a su lado y sacó de ella un pequeño bulto envuelto en papel de seda gastado. En un momento, una piedra, suave y azul como un huevo de petirrojo, reposó en la dura palma de su mano. Era de un turquesa, pulido suavemente con el acabado indio, que es mucho más hermoso que el incongruente brillo que el hombre blanco le da a esa piedra tierna. "saqué esto de su collar. ¿ves el agujero por donde pasó la cuerda? ¿sabes cómo los perforan los indios? Trabajan el taladro con los dientes. Te gusta, ¿no? Son perfectos para ti. Azul y el amarillo son los colores suecos ". Ray miró fijamente su cabeza, se inclinó sobre su mano y luego le dedicó toda su atención a la pista.

"te lo diré", comenzó después de una pausa, "voy a formar una fiesta de campamento uno de estos días y convenceré a tu padre de que te lleve a ti y a tu madre a ese país, y viviremos en las casas de piedra, son tan cómodas como pueden ser, y encienden los fuegos de cocina en ellas una vez más. Iré a los túmulos y te traeré más recuerdos que cualquier chica antes ". Ray había planeado una expedición de este tipo para el viaje de su boda, y le dio un vuelco el corazón al ver cómo los ojos de thea se encendían cuando hablaba de ello. "he aprendido más allá abajo sobre lo que hace la historia", prosiguió, "que en todos los libros que he leído. Cuando te sientas al sol y dejas que tus talones cuelguen de una puerta que cae mil pies" , las ideas te vienen. Empiezas a sentir lo que la raza humana se ha enfrentado desde el principio. Hay algo muy inspirador en esas viejas habitaciones. Sientes que depende de ti hacer lo mejor que puedas, debido a que esos tipos lo tienen tan difícil. Sientes que les debes algo ".

En wassiwappa, ray recibió instrucciones de desviarse hasta que pasaran treinta y seis. Después de leer el mensaje, se volvió hacia sus invitados. "me temo que esto nos demorará unas dos horas, sra. Kronborg, y no llegaremos a denver hasta cerca de la medianoche".

"eso no me molestará", dijo la sra. Kronborg contento. "me conocen en la ywca, y me dejan entrar a cualquier hora de la noche. Vine a ver el país, no a hacer tiempo. Siempre quise salir a este lugar blanco y mirar alrededor, y ahora tendré una oportunidad. ¿qué lo hace tan blanco? "

"una especie de piedra calcárea". Ray saltó al suelo y le dio a la sra. Kronborg su mano. "puedes obtener tierra de cualquier color en colorado; combina con la mayoría de las cintas".

Mientras ray estaba poniendo su tren en una vía lateral, la sra. Kronborg se alejó para examinar la oficina de correos y la comisaría; estos, con el tanque de agua, componían el pueblo. El agente de la estación "preparó" y crió pollos. Salió corriendo para encontrarse con la sra. Kronborg, la abrazó febrilmente y comenzó a decirle de inmediato lo solo que estaba y la mala suerte que estaba teniendo con sus aves de corral. Fue a su gallinero con él y le recetó para los boquetes.

Wassiwappa parecía un lugar bastante triste para la gente que buscaba verdor, un lugar brillante para la gente a la que le gustaba el color. Al lado de la casa de la estación había una parcela de pasto azul, protegida por una cerca de tablones rojos, y seis saúcos picados por las moscas, no mucho más grandes que los arbustos, se mantenían vivos con frecuentes mangueras del tapón de agua. Sobre las ventanas, algunas enredaderas polvorientas de la gloria de la mañana se amarraban con cuerdas. Todo el país estaba dividido en colinas bajas y calcáreas, que eran tan intensamente blancas y estaban tan manchadas de salvia que parecían leopardos blancos agachados. El polvo blanco lo empolvaba todo y la luz era tan intensa que el agente de la estación solía llevar gafas azules. Detrás de la estación había un curso de agua, que rugía en tiempo de inundación, y una cuenca en la blanda roca blanca donde un charco de agua alcalina brillaba al sol como un espejo. El agente parecía casi tan enfermo como sus gallinas, y la señora. Kronborg lo invitó de inmediato a almorzar con su grupo. Confesó que le disgustaba su propia cocina y vivía principalmente de galletas saladas y carne enlatada. Se rió disculpándose cuando la sra. Kronborg dijo que supuso que buscaría un lugar con sombra para almorzar.

Caminó por la pista hasta el tanque de agua, y allí, en las estrechas sombras proyectadas por los montantes sobre los que estaba el tanque, encontró dos vagabundos. Se sentaron y la miraron, pesados por el sueño. Cuando les preguntó adónde iban, le dijeron "a la costa". Descansaron de día y viajaron de noche; caminaron por las corbatas a menos que pudieran robar un viaje, dijeron; y agregó que "estas carreteras occidentales se estaban volviendo estrictas". Sus rostros estaban llenos de ampollas, sus ojos inyectados en sangre y sus zapatos parecían aptos sólo para el montón de basura.

"¿supongo que tienes hambre?" señora. Preguntó kronborg. "¿supongo que ambos beben?" prosiguió pensativa, no censurando.

El más fornido de los dos vagabundos, un tipo tupido y barbudo, puso los ojos en blanco y dijo: "¿me pregunto?" pero el otro, viejo y enjuto, de nariz afilada y ojos llorosos, suspiró. "algunos tienen una aflicción, otros otra", dijo.

Señora. Kronborg reflexionó. "bueno", dijo al fin, "no puedes conseguir licor aquí, de todos modos. Voy a pedirte que te vayas, porque quiero hacer un pequeño picnic debajo de este tanque para la tripulación de carga que me trajo." ojalá almorzara lo suficiente para proporcionarte, pero no lo es. El agente de la estación dice que compra sus provisiones allí, en la tienda de la oficina de correos, y que si tienes hambre, puedes conseguir algunas cosas enlatadas allí ". Abrió su bolso y le dio a cada uno de los vagabundos medio dólar.

El anciano se secó los ojos con el dedo índice. "gracias, señora. Una lata de macarrones me sabrá muy bien. No siempre fui corbata; tenía un buen trabajo en cleveland antes ..."

El vagabundo peludo se volvió hacia él con fiereza. "¡oh, cállate abuelo! ¿no tienes gratitud? ¿qué quieres darle a la dama ese pelaje?"

El anciano bajó la cabeza y se volvió. Mientras se alejaba, su camarada lo miró y le dijo a la sra. Kronborg: "es cierto, lo que dice. Tenía un trabajo en los talleres de automóviles, pero tuvo mala suerte". Ambos se alejaron cojeando hacia la tienda, y la sra. Kronborg suspiró. Ella no tenía miedo de los vagabundos. Ella siempre hablaba con ellos y nunca rechazaba a uno. Odiaba pensar en cuántos de ellos había, arrastrándose por las vías de ese vasto país.

Sus reflexiones fueron interrumpidas por ray and giddy y thea, quienes llegaron trayendo la lonchera y las botellas de agua. Aunque no había suficiente sombra para acomodar a todo el grupo a la vez, el aire debajo del tanque era claramente más frío que el aire circundante, y el goteo emitía un sonido agradable en ese mediodía sin aliento. El agente de la estación comía como si nunca antes lo hubieran alimentado, disculpándose cada vez que tomaba otro trozo de pollo frito. Mareado se mostró descarado ante los huevos diabólicos de los que había hablado con tanta desdén anoche. Después del almuerzo, los hombres encendieron sus pipas y se recostaron contra los montantes que sostenían el tanque.

"este es el lado soleado de los ferrocarriles, de acuerdo", arrastraba las palabras con fastidio.

"ustedes se quejan demasiado", dijo la sra. Kronborg mientras tapaba el tarro de pepinillos. "tu trabajo tiene sus inconvenientes, pero no te ata. Por supuesto que existe el riesgo; pero creo que un hombre está vigilado y no puede resultar herido en el ferrocarril o en cualquier otro lugar si se pretende que no deba hacerlo. Ser."

Mareado se rió. "entonces los trenes deben ser operados por tipos en los que el señor lo tiene, sra. Kronborg. Ellos se dan cuenta de que un ferroviario solo durará once años; entonces es su turno de ser aplastado".

"esa es una providencia oscura, no lo niego", dijo la sra. Admitió kronborg. "pero hay muchas cosas en la vida que son difíciles de entender".

"¡supongo!" murmuró aturdido, mirando las colinas blancas manchadas.

Ray fumaba en silencio, mirando a thea y su madre recoger el almuerzo. Estaba pensando que la sra. Kronborg tenía en su rostro la misma mirada seria que tenía thea; sólo la de ella estaba tranquila y satisfecha, y la de ella era intensa y cuestionadora. Pero en ambos había una especie de mirada amplia, que no siempre estaba rota y convulsionada por cosas triviales. Ambas llevaban la cabeza como indias, con una especie de noble inconsciencia. Se cansó tanto de las mujeres que siempre asentían y se sacudían; disculparse, reprobar, persuadir, insinuar con la cabeza.

Cuando la fiesta de ray partió de nuevo esa tarde, el sol golpeó ferozmente en la cúpula, y thea se acurrucó en uno de los asientos de la parte trasera del automóvil y tomó una siesta.

Cuando llegó el breve crepúsculo, mareado dio un giro en la cúpula, y ray bajó y se sentó con thea en la plataforma trasera del furgón de cola y observó cómo la oscuridad llegaba en suaves olas sobre la llanura. Ahora estaban a unas treinta millas de denver, y las montañas parecían muy cercanas. La gran pared dentada detrás de la cual se había puesto el sol ahora dividida en cuatro rangos distintos, uno detrás del otro. Eran de un azul muy pálido, un color apenas más fuerte que el humo de la leña, y la puesta de sol había dejado rayas brillantes en los desfiladeros nevados. En el cielo despejado con rayas amarillas aparecían las estrellas, parpadeando como lámparas recién encendidas, volviéndose más estables y más doradas a medida que el cielo se oscurecía y la tierra debajo de ellas caía en completa sombra. Era una oscuridad fresca y reparadora que no era negra ni imponente, sino abierta y libre de alguna manera; la noche de los altiplanos donde no hay humedad ni neblina en la atmósfera.

Ray encendió su pipa. "nunca me canso de esas viejas estrellas, tú. Las extraño en washington y oregón, donde hay niebla. Como ellas, mejor en madre méxico, donde tienen todo a su manera. No estoy para ningún país donde las estrellas son tenues ". Ray hizo una pausa y dio una calada a su pipa. "no sé si realmente los noté mucho hasta el primer año que pasé ovejas en wyoming. Ese fue el año en que la ventisca me atrapó".

"y perdiste todas tus ovejas, ¿no es así, rayo?" thea habló con simpatía. "¿fue amable el hombre que los poseía?"

"sí, fue un buen perdedor. Pero no lo superé durante mucho tiempo. Las ovejas están tan condenadamente resignadas. A veces, hasta el día de hoy, cuando estoy cansado de perro, trato de salvar a las ovejas toda la noche de largo. A un niño le resulta un poco difícil cuando descubre por primera vez lo pequeño que es y lo grande que es todo lo demás ".

Thea se movió inquieta hacia él y dejó caer la barbilla en su mano, mirando una estrella baja que parecía descansar justo en el borde de la tierra. "no veo cómo lo soportaste. No creo que yo pudiera. ¡no veo cómo la gente puede soportar que la noqueen, de todos modos!" habló con tanta fiereza que ray la miró con sorpresa. Estaba sentada en el suelo del coche, agachada como un animalito a punto de saltar.

"no hay ocasión para que lo veas", dijo cálidamente. "siempre habrá muchas otras personas que recibirán los golpes por ti".

"eso es una tontería, ray." thea habló con impaciencia y se inclinó aún más, frunciendo el ceño ante la estrella roja. "todos se enfrentan por sí mismos, triunfan o fracasan, él mismo".

"de alguna manera, sí", admitió ray, golpeando las chispas de su pipa hacia la suave oscuridad que parecía fluir como un río al lado del auto. "pero cuando lo miras de otra manera, hay muchas personas intermedias en este mundo que ayudan a los ganadores a ganar, y los fracasados fracasan. Si un hombre tropieza, hay mucha gente que lo empuja hacia abajo. Pero si él es como ' el joven que aburrió, 'esas mismas personas están predestinadas para ayudarlo. Pueden odiarlo, peor que las llamas, y pueden hacer muchas maldiciones al respecto, pero tienen que ayudar a los ganadores y no pueden esquivar es una ley natural, como lo que mantiene en marcha el gran reloj, ruedas pequeñas y grandes, sin confusión ". La mano de ray y su pipa se perfilaron repentinamente contra el cielo. "¿se te ha ocurrido alguna vez que tienen que llegar a tiempo lo suficientemente cerca para hacer tiempo? El despachador debe tener la cabeza larga". Complacido con su semejanza, ray volvió al mirador. Al entrar en denver, tuvo que vigilar atentamente.

Bajó vertiginoso, alegre ante la perspectiva de llegar a puerto, y cantando una nueva canción de actualidad que había subido desde la santa fe a través de la junta. Nadie sabe quién hace estas canciones; parecen seguir los eventos automáticamente. Señora. Kronborg hizo que mareado cantara los doce versos de este, y se rió hasta que se secó los ojos. La historia era la de katie casey, jefa de comedor en winslow, arizona, que fue despedida injustamente por el administrador de la casa harvey. Su pretendiente, el mayordomo, sacó a los guardabosques en huelga hasta que fue reinstalada. Los trenes de carga del este y el oeste se apilaron en winslow hasta que los patios parecieron un atasco de troncos. El superintendente de la división, que estaba en california, tuvo que enviar instrucciones por cable para la restauración de katie casey antes de que pudiera poner en marcha sus trenes. La canción de giddy contaba todo esto con mucho detalle, tanto tierno como técnico, y después de cada uno de los doce versos venía el estribillo:

"oh, ¿quién pensaría que katie casey era la dueña de santa fe?

pero realmente se ve así

el despachador se está volviendo gris,

todas las tripulaciones están fuera de su salario;

ella puede llevar el flete de albuquerq 'a las agujas cualquier día;

el superintendente de división, volvió a casa de monterey,

sólo para ver si las cosas le agradaban a katie ca — a — a — sey ".

Thea se rió con su madre y aplaudió vertiginosamente. Todo fue tan amable y cómodo; mareado y rayo, y su casita hospitalaria, y el país tranquilo, y las estrellas. Volvió a acurrucarse en el asiento con esa cálida y soñolienta sensación de la amabilidad del mundo, que nadie guarda mucho tiempo y que perderá pronto e irrevocablemente.

Xvii

El verano pasó volando. Thea se alegró cuando ray kennedy tuvo un domingo en la ciudad y pudo llevarla a conducir. Entre las colinas de arena podía olvidar la "nueva habitación" que era el escenario de un trabajo fatigoso e infructuoso. Dr. Archie estuvo fuera de casa mucho ese año. Había invertido todo su dinero en minas por encima de colorado springs y esperaba grandes beneficios de ellas.

En el otoño de ese año, el sr. Kronborg decidió que thea debería mostrar más interés en la obra de la iglesia. Se lo dijo con franqueza, una noche durante la cena, ante toda la familia. "¿cómo puedo insistir en que las otras chicas de la congregación sean activas en el trabajo, cuando una de mis propias hijas manifiesta tan poco interés?"

"pero yo canto todos los domingos por la mañana, y tengo que dejar una noche a la semana para practicar el coro", declaró thea con rebeldía, empujando su plato hacia atrás con una determinación enojada de no comer nada más.

"una noche a la semana no es suficiente para la hija del pastor", respondió su padre. "no harás nada en la sociedad de la costura, y no participarás en el esfuerzo cristiano ni en la banda de la esperanza. Muy bien, debes compensarlo de otras maneras. Quiero que alguien toque el órgano y dirigir el canto en la reunión de oración de este invierno. El diácono potter me dijo hace algún tiempo que pensaba que habría más interés en nuestras reuniones de oración si tuviéramos el órgano. Miss meyers no cree que pueda tocar los miércoles por la noche. Y debería haber alguien para comenzar los himnos. La sra. Potter está envejeciendo, y siempre los comienza demasiado alto. No le tomará mucho tiempo y evitará que la gente hable ".

Este argumento conquistó a thea, aunque ella abandonó la mesa hoscamente. El miedo a la lengua, ese terror a los pueblos pequeños, suele ser sentido más intensamente por la familia del ministro que por otras familias. Siempre que los kronborgs querían hacer algo, incluso comprar una alfombra nueva, tenían que consultar juntos sobre si la gente hablaría. Señora. Kronborg tenía su propia convicción de que las personas hablaban cuando les apetecía y decían lo que querían, sin importar cómo se comportara la familia del ministro. Pero no transmitió estas peligrosas ideas a sus hijos. Thea seguía creyendo que se podía aplacar a la opinión pública; que si cacareabas con suficiente frecuencia, las gallinas te confundirían con una de ellas.

Señora. Kronborg no tenía ningún entusiasmo especial por las reuniones de oración y se quedaba en casa siempre que tenía una excusa válida. Thor era demasiado mayor para proporcionar esa excusa ahora, así que todos los miércoles por la noche, a menos que uno de los niños estuviera enfermo, se alejaba con thea, detrás del sr. Kronborg. Al principio, thea estaba terriblemente aburrida. Pero se acostumbró a las reuniones de oración e incluso llegó a sentir un triste interés por ellas.

Los ejercicios eran siempre más o menos los mismos. Después del primer himno, su padre leyó un pasaje de la biblia, generalmente un salmo. Luego hubo otro himno, y luego su padre comentó el pasaje que había leído y, como él dijo, "aplicó la palabra a nuestras necesidades". Después de un tercer himno, se declaró abierta la reunión y los ancianos y las ancianas se turnaron para orar y conversar. Señora. Kronborg nunca habló en una reunión. Le decía a la gente con firmeza que la habían educado para que guardara silencio y dejara hablar a los hombres, pero les prestó una atención respetuosa a los demás, sentada con las manos cruzadas sobre el regazo.

La audiencia de la reunión de oración era siempre pequeña. Los miembros jóvenes y enérgicos de la congregación venían sólo una o dos veces al año, "para evitar que la gente hablara". La reunión habitual de los miércoles por la noche estaba formada por ancianas, quizás con seis u ocho ancianos, y algunas niñas enfermizas que no tenían mucho interés en la vida; dos de ellos, de hecho, ya se estaban preparando para morir. Thea aceptó la tristeza de las reuniones de oración como una especie de disciplina espiritual, como los funerales. Siempre leía tarde después de irse a casa y sentía un deseo más fuerte que de costumbre de vivir y ser feliz.

Las reuniones se llevaron a cabo en el salón de la escuela dominical, donde había sillas de madera en lugar de bancas; un viejo mapa de palestina colgaba de la pared y las lámparas de soporte emitían sólo una luz tenue. Las ancianas se sentaron inmóviles como indias con sus chales y sombreros; algunos de ellos llevaban largos velos de luto negros. Los viejos se inclinaron en sus sillas. Cada espalda, cada rostro, cada cabeza decía "resignación". A menudo había largos silencios, en los que no se oía nada más que el chisporroteo del carbón en la estufa y la tos ahogada de una de las niñas enfermas.

Había una anciana simpática, alta, erguida, respetuosa de sí misma, con un delicado rostro pálido y una voz suave. Nunca se quejaba y lo que decía siempre era alegre, aunque hablaba con tanto nerviosismo que sabían que temía levantarse y que hacía un verdadero sacrificio para, como dijo, "testificar de la bondad de su salvador". Ella era la madre de la niña que tosía y solía preguntarse cómo se explicaba las cosas. De hecho, solo había una mujer que hablaba porque lo era, como el sr. Kronborg dijo, "lenguado". Los otros eran de alguna manera impresionantes. Contaron los dulces pensamientos que les vinieron mientras estaban en su trabajo; cómo, en medio de sus tareas domésticas, se sintieron repentinamente levantados por la sensación de una presencia divina. A veces contaban de su primera conversión, de cómo en su juventud ese poder superior se les había dado a conocer. Viejo mr. Carsen, el carpintero, que prestó sus servicios como conserje de la iglesia, solía contar cómo, cuando era joven y burlón, empeñado en la destrucción de cuerpo y alma, su salvador había venido a él en michigan. Le pareció que había estado de pie junto al árbol que estaba talando; y cómo dejó caer su hacha y se arrodilló en oración "al que murió por nosotros en el madero". Thea siempre quiso preguntarle más al respecto; sobre su misteriosa maldad y sobre la visión.

A veces los ancianos pedían oraciones por sus hijos ausentes. A veces les pedían a sus hermanos y hermanas en cristo que oraran para poder ser más fuertes contra las tentaciones. Una de las niñas enfermas solía pedirles que oraran para tener más fe en los momentos de depresión que la sobrellevaban, "cuando todo el camino antes parecía oscuro". Repitió esa frase ronca con tanta frecuencia, que siempre la recordaba.

Una anciana, que nunca se perdía un miércoles por la noche, y que casi siempre participaba en la reunión, subió desde el asentamiento del depósito. Siempre llevaba un "tocado" de ganchillo negro sobre su fino cabello blanco, y rezaba largas y trémulas oraciones, llenas de terminología ferroviaria. Tenía seis hijos al servicio de diferentes ferrocarriles, y siempre rezaba "por los muchachos en el camino, que no saben en qué momento pueden ser cortados. Cuando, en tu divina sabiduría, su hora está sobre ellos, que puedan , oh nuestro padre celestial, ve solo luces blancas en el camino a la eternidad ". Solía hablar también de "los motores que corren con la muerte"; y aunque parecía tan vieja y pequeña cuando estaba de rodillas, y su voz era tan temblorosa, sus oraciones tenían una emoción de velocidad y peligro en ellas; hacían pensar en los profundos cañones negros, los esbeltos caballetes, los trenes golpeando. A thea le gustaba mirar sus ojos hundidos que parecían llenos de sabiduría, sus guantes de hilo negro, demasiado largos en los dedos y tan dócilmente doblados uno sobre el otro. Su rostro era moreno y gastado como las rocas se desgastan por el agua. Hay muchas formas de describir ese color de la edad, pero en realidad no es como un pergamino, ni como ninguna de las cosas que se dice que son. Ese moreno y esa textura de piel sólo se encuentran en los rostros de los viejos seres humanos, que han trabajado duro y que siempre han sido pobres.

Una noche muy fría de diciembre, la reunión de oración les pareció más larga de lo habitual. Las oraciones y las charlas seguían y seguían. Era como si los viejos tuvieran miedo de salir al frío, o estuvieran estupefactos por el aire caliente de la habitación. Había dejado un libro en casa que estaba impaciente por volver. Por fin se cantó la doxología, pero los ancianos se quedaron alrededor de la estufa para saludarse, y thea tomó a su madre del brazo y se apresuró a salir a la acera helada, antes de que su padre pudiera escapar. El viento silbaba calle arriba y azotaba los álamos desnudos contra los postes de telégrafo y los lados de las casas. Delgadas nubes de nieve volaban por encima, de modo que el cielo se veía gris, con una fosforescencia apagada. Las calles heladas y los techos de tejas de las casas también eran grises. A lo largo de la calle, las contraventanas golpeaban o las ventanas vibraban, o las puertas se tambaleaban, agarradas por el pestillo pero temblando por las bisagras sueltas. No había un gato o un perro en la piedra lunar esa noche que no tuviera un refugio cálido; los gatos debajo de la estufa de la cocina, los perros en graneros o cobertizos de carbón. Cuando thea y su madre llegaron a casa, sus bufandas estaban cubiertas de hielo, donde se les había congelado el aliento. Se apresuraron a entrar en la casa y corrieron hacia la sala y el quemador de carbón, detrás del cual estaba sentado el artillero en un taburete, leyendo su libro de julio verne. La puerta estaba abierta al comedor, que se calentaba desde el salón. Señor. Kronborg siempre almorzaba cuando volvía a casa de la reunión de oración, y su pastel de calabaza y su leche estaban colocados en la mesa del comedor. Señora. Kronborg dijo que pensaba que también tenía hambre y le preguntó a thea si no quería comer algo.

"no, no tengo hambre, madre. Supongo que iré arriba".

"espero que tenga algún libro allí", dijo la sra. Kronborg, sacando otro pastel. Será mejor que lo traigas aquí y lo leas. Nadie te molestará y hace un frío terrible en ese loft.

Thea siempre tuvo la seguridad de que nadie la molestaría si leía en la planta baja, pero los chicos hablaban cuando entraban, y su padre pronunció discursos de manera justa después de haber sido renovado por medio pastel y una jarra de leche.

"no me importa el frío. Me levantaré un ladrillo caliente para los pies. Pongo uno en la estufa antes de irme, si uno de los chicos no me lo ha robado. Buenas noches, mamá". Thea tomó su ladrillo y su linterna, y corrió escaleras arriba a través del loft ventoso. Se desnudó a toda velocidad y se metió en la cama con su ladrillo. Se puso un par de guantes de punto blancos en las manos y se tapó la cabeza con un trozo de franela suave que había sido una de las enaguas largas de thor cuando era un bebé. Así equipada, estaba lista para el negocio. Tomó de su mesa un grueso volumen con reverso de papel, uno de la "línea" de novelas de papel que el boticario guardaba para vender a los viajeros. Lo había comprado, apenas ayer, porque la primera frase le interesó mucho y porque vio, mientras hojeaba las páginas, los nombres mágicos de dos ciudades rusas. El libro era una mala traducción de "anna karenina". Thea la abrió por una marca y fijó los ojos intensamente en la letra pequeña. Los himnos, la enferma, las figuras negras resignadas fueron olvidados. Fue la noche del baile en moscú.

Thea se habría asombrado si hubiera sabido cómo, años después, cuando los necesitaba, esos viejos rostros volverían a ella, mucho después de que estuvieran escondidos bajo la tierra; que le parecerían entonces tan llenos de significado, tan misteriosamente marcados por el destino, como la gente que bailaba la mazurca bajo el elegante korsunsky.

Xviii

Señor. A kronborg le gustaba demasiado su facilidad y era demasiado sensato para preocupar mucho a sus hijos por la religión. Era más sincero que muchos predicadores, pero cuando hablaba con su familia sobre cuestiones de conducta, por lo general lo hacía con un respeto por mantener las apariencias. La iglesia y el trabajo de la iglesia se discutían en la familia como la rutina de cualquier otro negocio. El domingo era el día difícil de la semana para ellos, al igual que el sábado era el día ajetreado con los comerciantes en la calle principal. Los avivamientos eran temporadas de trabajo extra y presión, al igual que la época de la trilla en las granjas. Los ancianos visitantes tuvieron que ser alojados y cocinados, se bajó la cama plegable del salón y la sra. Kronborg tenía que trabajar en la cocina todo el día y asistir a las reuniones nocturnas.

Durante uno de estos avivamientos, la hermana de thea, anna, profesó religión con, como la sra. Kronborg dijo, "bastante nerviosa". Mientras anna subía al banco de los dolientes todas las noches y pedía las oraciones de la congregación, difundió la tristeza generalizada en toda la casa, y después de unirse a la iglesia tomó un aire de "apartamiento" que era extremadamente difícil sus hermanos y su hermana, aunque se dieron cuenta de que la mojigatería de anna era quizás algo bueno para su padre. Un predicador debería tener un hijo que hiciera más que simplemente consentir en las observancias religiosas, y thea y los muchachos estaban bastante contentos de que fuera anna y no uno de ellos quien asumiera esta obligación.

"anna, ella es americana", la sra. Kronborg solía decir. El molde escandinavo del semblante, más o menos marcado en cada uno de los otros niños, era apenas perceptible en ella, y se parecía lo suficiente a otras muchachas de piedra lunar como para ser considerada guapa. La naturaleza de anna era convencional, como su rostro. Su posición como hija mayor del ministro era importante para ella y trató de estar a la altura. Leyó libros de cuentos religiosos sentimentales y emuló las luchas espirituales y el comportamiento magnánimo de sus heroínas perseguidas. Todo tenía que ser interpretado por anna. Sus opiniones sobre las cosas más pequeñas y comunes se extrajeron de los periódicos de denver, los semanarios de la iglesia, los sermones y los discursos de la escuela dominical. Casi nada le resultaba atractivo en su estado natural; de hecho, casi nada era decente hasta que estaba revestido por la opinión de alguna autoridad. Sus ideas sobre el hábito, el carácter, el deber, el amor, el matrimonio, estaban agrupadas bajo títulos, como un libro de citas populares, y no tenían ninguna relación con las emergencias de la vida humana. Discutió todos estos temas con otras chicas metodistas de su edad. Por ejemplo, dedicaban horas a decidir qué tolerarían o no en un pretendiente o un marido, y las debilidades de la naturaleza masculina eran con demasiada frecuencia un tema de discusión entre ellos. En su comportamiento, anna era una muchacha inofensiva, suave excepto en lo que a sus prejuicios se referían, pulcra y trabajadora, sin falta más grave que la mojigatería; pero su mente tenía hábitos de clasificación realmente impactantes. La maldad de denver y de chicago, e incluso de moonstone, ocupaba demasiado sus pensamientos. No tenía nada de la delicadeza que acompaña a la naturaleza de los impulsos cálidos, sino el tipo de curiosidad a pescado que se justifica a sí misma con una expresión de horror.

Thea, y todos los caminos y amigos de thea, le parecían indecorosos a anna. No solo sintió una grave discriminación social contra los mexicanos; no podía olvidar que el español johnny era un borracho y que "nadie sabía lo que hacía cuando se escapó de casa". Thea fingió, por supuesto, que le gustaban los mexicanos porque les gustaba la música; pero todo el mundo sabía que la música no era nada muy real y que no importaba en las relaciones de una niña con la gente. ¿qué era real, entonces, y qué importaba? Pobre anna!

Anna aprobó a ray kennedy como un joven de hábitos firmes y una vida intachable, pero lamentó que fuera ateo y que no fuera un conductor de pasajeros con botones de latón en la chaqueta. En general, se preguntaba qué le gustaba a un joven tan ejemplar en thea. Dr. A archie la trataba con respeto por su posición en moonstone, pero sabía que había besado a la linda hija del mexicano baritone, y tenía todo un expediente de pruebas sobre su comportamiento en sus horas de relajación en denver. Era "rápido", y era porque era "rápido" por lo que a thea le gustaba. A thea siempre le gustó ese tipo de gente. Dr. Todo el trato de archie con thea, anna solía decirle a su madre, era demasiado libre. Siempre estaba poniendo su mano sobre la cabeza de thea, o sosteniendo su mano mientras se reía y la miraba. La manifestación más amable de la naturaleza humana (de la que anna cantaba y hablaba, en cuyo interés asistía a las convenciones y usaba lazos blancos) nunca fueron realidades para ella después de todo. Ella no creía en ellos. Sólo en actitudes de protesta o reproche, aferrados a la cruz, los seres humanos podían ser incluso temporalmente decentes.

Las convicciones secretas del predicador kronborg eran muy parecidas a las de anna. Creía que su esposa era absolutamente buena, pero no había un hombre o una mujer en su congregación en quien confiara en todo momento.

Señora. Kronborg, por otro lado, probablemente encontraría algo que admirar en casi cualquier conducta humana que fuera positiva y enérgica. Siempre podía dejarse engañar por las historias de vagabundos y chicos fugitivos. Fue al circo y admiró a los jinetes a pelo, que "probablemente eran mujeres bastante buenas a su manera". Admiraba al dr. El físico fino de archie y la ropa bien cortada tanto como thea, y dijo que "sentía que era un privilegio que un caballero la manipulara cuando estaba enferma".

Poco después de que anna se convirtió en miembro de la iglesia, comenzó a protestar con thea por practicar — tocar "música secular" — los domingos. Un domingo, la disputa en el salón se calentó y fue llevada a la sra. Kronborg en la cocina. Escuchó judicialmente y le dijo a anna que leyera el capítulo sobre cómo se le permitió a naamán el leproso postrarse en la casa de rimmon. Thea volvió al piano, y anna se demoró para decir que, como tenía razón, su madre debería haberla apoyado.

"no", dijo la sra. Kronborg, con bastante indiferencia, "no puedo verlo de esa manera, anna. Nunca te obligué a practicar, y no veo que deba evitar que thea lo haga. Me gusta escucharla, y supongo que tu padre sí. . Usted y thea probablemente seguirán líneas diferentes, y no veo que esté llamado a criarlos por igual ".

Anna parecía mansa y maltratada. "por supuesto que toda la gente de la iglesia debe escucharla. La nuestra es la única casa ruidosa en esta calle. Escuchas lo que está tocando ahora, ¿no?"

Señora. Kronborg se levantó de dorar su café. "sí; son los valses del danubio azul. Estoy familiarizado con ellos. Si alguien de la iglesia viene a por ti, simplemente mándamelos. No tengo miedo de hablar de vez en cuando, y no lo haría". "me importa un poco decirle al asistente de damas algunas cosas sobre los compositores estándar". Señora. Kronborg sonrió y añadió pensativo: "no, eso no me importaría ni un poco".

Anna anduvo con aire reservado y distante durante una semana, y la sra. Kronborg sospechaba que ocupaba un lugar más importante de lo habitual en las oraciones de su hija; pero eso era otra cosa que no le importaba.

Aunque los avivamientos eran simplemente una parte del trabajo del año, como la semana de exámenes en la escuela, y aunque la piedad de anna la impresionaba muy poco, llegó un momento en que ella estaba perpleja acerca de la religión. Una plaga de fiebre tifoidea estalló en la piedra lunar y varios de los compañeros de escuela de thea murieron a causa de ella. Fue a sus funerales, los vio enterrados y se preguntó mucho por ellos. Pero cierto incidente terrible, que causó la epidemia, la inquietó aún más que la muerte de sus amigos.

A principios de julio, poco después del decimoquinto cumpleaños de thea, una especie de vagabundo particularmente repugnante llegó a moonstone en un vagón vacío. Thea estaba sentada en la hamaca en el patio delantero cuando se arrastró por primera vez hasta la ciudad desde el depósito, llevando un bulto envuelto en tictac sucio debajo de un brazo, y debajo del otro una caja de madera con una malla oxidada clavada en un extremo. Tenía un rostro delgado y hambriento cubierto de cabello negro. Era poco antes de la hora de la cena cuando llegó, y la calle olía a patatas fritas, cebollas fritas y café. Thea lo vio oliendo el aire con avidez y caminando cada vez más lento. Miró por encima de la valla. Esperaba que no se detuviera en la puerta, porque su madre nunca rechazó a nadie, y este era el vagabundo más sucio y de aspecto más miserable que había visto en su vida. También había un olor terrible en él. La atrapó incluso a esa distancia y se llevó el pañuelo a la nariz. Un momento después se arrepintió, porque sabía que él lo había notado. Desvió la mirada y se movió un poco más rápido.

Unos días después, thea se enteró de que el vagabundo había acampado en una choza vacía en el extremo este de la ciudad, junto al barranco, y estaba tratando de dar una especie de espectáculo miserable allí. Les dijo a los muchachos que fueron a ver qué estaba haciendo, que había viajado con un circo. Su paquete contenía un sucio traje de payaso y su caja contenía media docena de serpientes de cascabel.

El sábado por la noche, cuando ella fue a la carnicería a buscar las gallinas para el domingo, escuchó el zumbido de un acordeón y vio una multitud frente a uno de los salones. Allí encontró al vagabundo, su cuerpo huesudo grotescamente ataviado con el traje de payaso, la cara afeitada y pintada de blanco, el sudor goteaba por la pintura y la lavaba, y sus ojos salvajes y febriles. Empujar el acordeón hacia adentro y hacia afuera parecía ser un esfuerzo casi demasiado grande para él, y jadeaba al ritmo de "marchando por georgia". Después de que se hubo reunido una multitud considerable, el vagabundo exhibió su caja de serpientes, anunció que ahora pasaría el sombrero y que cuando los espectadores hubieran aportado la suma de un dólar, se comería "uno de estos reptiles vivientes". La multitud empezó a toser y murmurar, y el tabernero corrió hacia el mariscal, quien arrestó al desgraciado por dar un espectáculo sin licencia y lo llevó apresuradamente al calabozo.

El calaboose estaba en un campo de girasoles, una vieja choza con una ventana enrejada y un candado en la puerta. El vagabundo estaba completamente sucio y no había forma de bañarlo. La ley no preveía nada para los vagabundos, así que después de que el alguacil detuviera al vagabundo durante veinticuatro horas, lo soltó y le dijo que "saliera de la ciudad y fuera rápido". Las serpientes de cascabel del tipo habían sido asesinadas por el tabernero. Se escondió en un vagón en el patio de carga, probablemente con la esperanza de que lo llevaran a la siguiente estación, pero lo encontraron y lo sacaron. Después de eso no fue visto más. Había desaparecido y no había dejado más rastro que una palabra fea y estúpida, escrita con tiza en la pintura negra del tubo vertical de setenta y cinco pies que era el depósito del suministro de agua de piedra lunar; la misma palabra, en otra lengua, que el soldado francés gritó en waterloo al oficial inglés que ordenó la rendición de la vieja guardia; un comentario sobre la vida que los derrotados, por los caminos duros del mundo, a veces gritan a los vencedores.

Una semana después de que pasó la excitación de los vagabundos, el agua de la ciudad empezó a oler y a saborear. Los kronborgs tenían un pozo en su patio trasero y no usaban agua de la ciudad, pero escucharon las quejas de sus vecinos. Al principio, la gente decía que el pozo de la ciudad estaba lleno de raíces de álamo podridas, pero el ingeniero de la estación de bombeo convenció al alcalde de que el agua no estaba contaminada. Los alcaldes razonan lentamente, pero, como se eliminó el bienestar, la mente oficial tuvo que viajar hacia el tubo vertical; no había otro camino por donde entrar. El tubo vertical recompensó ampliamente la investigación. El vagabundo se había emparejado con la piedra lunar. Se había subido a la fuente de agua por los asideros y se había sumergido en veinticinco metros de agua fría, con los zapatos, el sombrero y el tictac. El ayuntamiento tuvo un leve pánico y aprobó una nueva ordenanza sobre los vagabundos. Pero la fiebre ya había brotado, y varios adultos y media docena de niños murieron a causa de ella.

Thea siempre había encontrado emocionante todo lo que sucedía en la piedra lunar, especialmente los desastres. Fue gratificante leer artículos sensacionales sobre piedras lunares en el periódico de denver. Pero deseó no haber tenido la oportunidad de ver al vagabundo cuando llegó a la ciudad esa noche, oliendo el aire cargado de la cena. Su rostro permaneció desagradablemente claro en su memoria, y su mente luchó con el problema de su comportamiento como si fuera una página difícil de aritmética. Incluso cuando estaba practicando, el drama del vagabundo seguía en la parte de atrás de su cabeza, y constantemente trataba de darse cuenta de qué grado de odio o desesperación podía llevar a un hombre a hacer algo tan espantoso. Seguía viéndolo con su desaliñado traje de payaso, la pintura blanca en su rostro toscamente afeitado, tocando su acordeón ante el salón. Había notado su cuerpo delgado, su frente alta y calva que se inclinaba hacia atrás como una tapa metálica curva. ¿cómo podía la gente perder tanta fortuna? Trató de hablar con ray kennedy sobre su perplejidad, pero ray no quiso hablar de ese tipo de cosas con ella. Estaba en su concepción sentimental de las mujeres que debían ser profundamente religiosas, aunque los hombres tenían la libertad de dudar y finalmente negar. Una imagen llamada "el alma despierta", popular en los salones de piedra lunar, muy bien interpretada la idea de ray sobre la naturaleza espiritual de la mujer.

Una noche, cuando fue perseguida por la figura del vagabundo, thea subió al dr. Oficina de archie. Lo encontró cosiendo dos cortes en la cara de un niño que había sido pateado por una mula. Después de que el niño fue vendado y enviado con su padre, thea ayudó al médico a lavarse y guardar los instrumentos quirúrgicos. Luego se dejó caer en su acostumbrado asiento junto a su escritorio y comenzó a hablar sobre el vagabundo. Sus ojos estaban duros y verdes por la excitación, advirtió el médico.

"me parece, dr. Archie, que toda la ciudad tiene la culpa. Yo mismo tengo la culpa. Sé que me vio taparme la nariz cuando pasó. La culpa es de mi padre. Si él cree en la biblia, debería haber ido al calabozo, limpiar a ese hombre y cuidarlo. Eso es lo que no puedo entender; ¿la gente cree en la biblia, o no? Si la próxima vida es lo único que importa, y estamos poner aquí para prepararnos, entonces, ¿por qué intentamos ganar dinero, aprender cosas o pasar un buen rato? No hay una sola persona en la piedra lunar que realmente viva como dice el nuevo testamento. ¿importa o no? ¿verdad? "

Dr. Archie se giró en su silla y la miró, honesta e indulgente. "bueno, thea, me parece así. Cada pueblo ha tenido su religión. Todas las religiones son buenas y todas son muy parecidas. Pero no veo cómo podríamos estar a la altura de ellas en el sentido que tú quieres decir. Lo he pensado mucho, y no puedo evitar sentir que mientras estamos en este mundo tenemos que vivir para las mejores cosas de este mundo, y esas cosas son materiales y positivas. Ahora, la mayoría de las religiones son pasivas y nos dicen principalmente lo que no debemos hacer ". El médico se movía inquieto, y sus ojos buscaban algo a lo largo de la pared opuesta: "mira, niña mía, saca los años de la primera infancia y el tiempo que pasamos durmiendo y la vejez aburrida, y sólo tenemos unos veinte capaces, años de vigilia. Eso no es suficiente para familiarizarnos con la mitad de las cosas buenas que se han hecho en el mundo, y mucho menos para hacer algo por nosotros mismos. Creo que debemos guardar los mandamientos y ayudar a otras personas en todo lo que podamos; pero lo principal es vivir esos veinte años espléndidos; hacer todo lo que podamos y disfrutar todo lo que podamos ".

Dr. Archie encontró la mirada inquisitiva de su amiguito, la mirada de aguda indagación que siempre lo conmovía.

"pero pobres tipos como ese vagabundo ..." vaciló y arrugó la frente.

El médico se inclinó hacia delante y puso su mano sobre la de ella, que estaba apretada sobre la mesa de fieltro verde. "los accidentes horribles suceden, thea; siempre han sucedido y siempre sucederán. Pero los fracasos son arrastrados de nuevo al montón y olvidados. No dejan ninguna cicatriz duradera en el mundo, y no afectan el futuro. Las cosas que perduran son las cosas buenas. La gente que sigue adelante y hace algo, realmente cuenta ". Vio lágrimas en sus mejillas, y recordó que nunca la había visto llorar antes, ni siquiera cuando se aplastó el dedo cuando era pequeña. Se levantó y caminó hacia la ventana, volvió y se sentó en el borde de su silla.

"olvídate del vagabundo, thea. Este es un gran mundo, y quiero que te muevas y lo veas todo. Algún día irás a chicago y harás algo con esa hermosa voz tuya. Sé un músico número uno y haz que estemos orgullosos de ti. Lleva a mary anderson, ahora; incluso los vagabundos están orgullosos de ella. No hay un vagabundo en el sistema 'q' que no haya oído hablar de ella. A todos nos gusta la gente que hacen cosas, incluso si solo vemos sus caras en la tapa de una caja de puros ".

Tuvieron una larga charla. Thea sintió que el dr. Archie nunca antes se había abierto tanto a ella. Fue la conversación más adulta que había tenido con él. Ella salió de su oficina feliz, halagada y estimulada. Corrió largo rato por las calles blancas iluminadas por la luna, mirando las estrellas y la noche azulada, las casas silenciosas hundidas en la sombra negra, las colinas de arena reluciente. Amaba los árboles familiares y la gente de esas casitas, y amaba el mundo desconocido más allá de denver. Se sentía como si la estuvieran tirando en dos, entre el deseo de irse para siempre y el deseo de quedarse para siempre. Sólo tenía veinte años, no había tiempo que perder.

Muchas noches de ese verano dejó el dr. La oficina de archie con ganas de correr y correr por esas calles tranquilas hasta que se desgastara los zapatos o las mismas calles; cuando le dolía el pecho y parecía como si su corazón se extendiera por todo el desierto. Cuando se fue a casa, no fue para dormir. Solía arrastrar su colchón al lado de la ventana baja y permanecer despierta un buen rato, vibrando de emoción, como una máquina vibra por la velocidad. La vida se precipitó sobre ella a través de esa ventana, o eso parecía. En realidad, por supuesto, la vida se precipita desde dentro, no desde fuera. No hay obra de arte tan grande ni tan hermosa que no haya estado contenida una vez en un cuerpo juvenil, como este que yacía en el suelo a la luz de la luna, palpitando con ardor y anticipación. Fue en esas noches cuando thea kronborg aprendió lo que querían decir los viejos dumas cuando les dijo a los románticos que para hacer un drama solo necesitaba una pasión y cuatro paredes.

Xix

Es bueno para su tranquilidad que el público viajero dé tanto por sentado los ferrocarriles. Los únicos hombres que están incurablemente nerviosos por los viajes en tren son los operarios del ferrocarril. Un ferroviario nunca olvida que la próxima carrera puede ser su turno.

En una carretera de una sola vía, como aquella en la que trabajaba ray kennedy, los trenes de mercancías se abren paso lo mejor que pueden entre los trenes de pasajeros. Incluso cuando existe algo así como un calendario de fletes, es simplemente una forma. A lo largo de la única vía, docenas de trenes rápidos y lentos corren en ambas direcciones, evitados de la colisión solo por los cerebros de la oficina del despachador. Si un tren de pasajeros llega tarde, se debe revisar todo el horario en un instante; se debe advertir a los trenes que siguen, y se debe asignar nuevos lugares de encuentro a los que se muevan hacia el tren retrasado.

Entre los turnos y las modificaciones del horario de pasajeros, los trenes de mercancías juegan un juego propio. No tienen derecho a la vía en un momento dado, pero se supone que deben estar en ella cuando está libre y hacer el mejor tiempo posible entre trenes de pasajeros. Un tren de carga, en una carretera de una sola vía, llega a cualquier parte sólo robando bases.

Ray kennedy se había apegado al servicio de carga, aunque había tenido oportunidades de ingresar al servicio de pasajeros con un salario más alto. Siempre consideró el ferrocarril como una improvisación temporal, hasta que "se metió en algo" y no le gustaba el servicio de pasajeros. No hay botones de bronce para él, dijo; demasiado parecido a una librea. Mientras viajaba, usaba un suéter, ¡gracias!

El naufragio que "atrapó" el rayo era muy común; nada emocionante al respecto, y solo obtuvo seis líneas en los periódicos de denver. Sucedió al amanecer una mañana, a sólo treinta y dos millas de casa.

A las cuatro de la mañana, el tren de ray se había detenido para tomar agua en sajonia, y acababa de doblar la larga curva que se encuentra al sur de esa estación. Era asunto de joe giddy caminar de regreso a lo largo de la curva unas trescientas yardas y apagar torpedos para advertir a cualquier tren que pudiera estar viniendo por detrás; no se notifica al personal de carga de los trenes que lo siguen, y se supone que el guardafrenos debe proteger su tren . Ray era tan quisquilloso con la meticulosa observancia de las órdenes que casi cualquier guardafrenos se arriesgaba de vez en cuando por perversidad natural.

Cuando el tren se detuvo por agua esa mañana, ray estaba en el escritorio en su furgón de cola, redactando su informe. Mareado tomó sus torpedos, saltó de la plataforma trasera y miró hacia la curva. Decidió que no volvería a marcar esta vez. Si algo venía detrás, podía oírlo con bastante tiempo. Así que corrió hacia adelante para buscar un diario candente que lo había estado molestando. En general, el razonamiento de giddy era sólido. Si un tren de mercancías, o incluso un tren de pasajeros, se hubiera acercado detrás de ellos, podría haberlo oído a tiempo. Pero sucedió que venía una locomotora liviana, que no hacía ningún ruido, —ordenó para ayudar con la carga que se amontonaba en el otro extremo de la división. Este motor no recibió ninguna advertencia, dio la vuelta a la curva, golpeó el furgón de cola, lo atravesó y chocó contra el pesado automóvil de madera que tenía delante.

Los kronborgs se estaban sentando a desayunar cuando el operador del telégrafo nocturno entró corriendo en el patio y golpeó la puerta principal. El artillero respondió al golpe y el telegrafista le dijo que quería ver a su padre un minuto, rápido. Señor. Kronborg apareció en la puerta, servilleta en mano. El operador estaba pálido y jadeante.

"catorce fue destrozado en sajonia esta mañana", gritó, "y kennedy se rompió. Estamos enviando un motor con el médico, y el operador en sajonia dice que kennedy quiere que vengas con nosotros y traigas a tu chica . " se detuvo para respirar.

Señor. Kronborg se quitó las gafas y empezó a frotarlas con la servilleta.

"trae… no entiendo", murmuró. "¿cómo pasó esto?"

"no hay tiempo para eso, señor. Apague el motor ahora. Su chica, thea. Seguramente lo hará por el pobre tipo. Todo el mundo sabe que él piensa mucho en ella". Viendo que el sr. Kronborg no mostró indicios de haber tomado una decisión, el operador se volvió hacia el artillero. "llama a tu hermana, niña. Voy a preguntarle a la chica en persona", espetó.

"sí, sí, ciertamente. Hija", el sr. Llamó kronborg. Se había recuperado un poco y se acercó al perchero del vestíbulo para coger el sombrero.

Justo cuando thea salió al porche delantero, antes de que el operador tuviera tiempo de explicarle, el dr. Los ponis de archie se acercaron a la puerta a un trote rápido. Archie saltó en el momento en que su conductor detuvo al equipo y se acercó a la desconcertada chica sin siquiera decirle buenos días a nadie. Le tomó la mano con la seriedad comprensiva y tranquilizadora que la había ayudado en más de un momento difícil de su vida. "toma tu sombrero, mi niña. Kennedy está herido en el camino, y quiere que corras conmigo. Tendrán un auto para nosotros. Súbete a mi buggy, sr. Kronborg. Yo te llevaré, y larry puede venir por el equipo ".

El conductor saltó del buggy y el sr. Kronborg y el médico entraron. Thea, todavía desconcertada, se sentó en las rodillas de su padre. Dr. Archie le dio a sus ponis un corte inteligente con el látigo.

Cuando llegaron al depósito, el motor, con un automóvil adjunto, estaba parado en la vía principal. El maquinista había subido la presión y se inclinaba hacia fuera de la cabina con impaciencia. En un momento se fueron. La carrera a sajonia duró cuarenta minutos. Thea se sentó quieta en su asiento mientras el dr. Archie y su padre hablaron sobre el naufragio. Ella no tomó parte en la conversación y no hizo preguntas, pero ocasionalmente miraba al dr. Archie con una mirada asustada e inquisitiva, a la que respondió con un asentimiento alentador. Ni él ni su padre dijeron nada sobre la gravedad de las heridas de ray. Cuando el motor se detuvo cerca de sajonia, la pista principal ya estaba despejada. Cuando salieron del coche, el dr. Archie señaló un montón de corbatas.

"thea, será mejor que te sientes aquí y observes a la tripulación del naufragio mientras tu padre y yo subimos y miramos a kennedy. Volveré por ti cuando lo arregle".

Los dos hombres subieron por el barranco de arena, y thea se sentó y miró el montón de madera astillada y hierro retorcido que había sido últimamente el furgón de cola de ray. Estaba asustada y distraída. Sintió que debería estar pensando en ray, pero su mente seguía corriendo hacia todo tipo de cosas triviales e irrelevantes. Se preguntó si grace johnson se pondría furiosa cuando viniera a tomar su lección de música y no encontrara a nadie allí para dársela; si se había olvidado de cerrar el piano anoche y si thor entraría en la nueva habitación y estropearía las teclas con sus dedos pegajosos; si tildie subiría las escaleras y le haría la cama. Su mente trabajaba rápido, pero no podía concentrarse en nada. Los saltamontes, las lagartijas, distraían su atención y le parecían más reales que la pobre raya.

De camino al banco de arena donde se había llevado a ray, el dr. Archie y mr. Kronborg conoció al médico de sajonia. Les estrechó la mano.

"nada que pueda hacer, doctor. No podía contar las fracturas. Su espalda también está rota. No estaría vivo ahora si no fuera tan increíblemente fuerte, pobre amigo. No sirve de nada molestarlo. Él morfina, uno y medio, en octavos ".

Dr. Archie se apresuró a seguir. Ray estaba tendido sobre una litera de lona plana, al abrigo de un banco de estanterías, a la sombra de un delgado álamo. Cuando el médico y el predicador se acercaron, los miró intensamente.

"no…" cerró los ojos para ocultar su amarga decepción.

Dr. Archie sabía cuál era el problema. "thea está ahí, ray. La traeré tan pronto como te haya visto."

Ray miró hacia arriba. "podrías limpiarme un poco, doc. No te necesitará para nada más, gracias de todos modos".

Por poco que quedara de él, ese poco era ciertamente ray kennedy. Su personalidad era tan positiva como siempre, y la sangre y la suciedad de su rostro parecían meramente accidentales, sin tener nada que ver con el hombre mismo. Dr. Archie le dijo al sr. Kronborg para traer un balde de agua, y comenzó a limpiar con una esponja la cara y el cuello de ray. Señor. Kronborg se quedó parado, frotándose las manos nerviosamente y tratando de pensar en algo que decir. Las situaciones serias siempre lo avergonzaban y lo volvían formal, incluso cuando sentía verdadera simpatía.

—en momentos como este, ray —exclamó al fin, arrugando el pañuelo entre sus largos dedos—, en momentos como éste, no queremos olvidar al amigo que se pega más que a un hermano.

Ray lo miró; una sonrisa solitaria y desconsolada se dibujó en su boca y sus mejillas cuadradas. "no importa todo eso, padre", dijo en voz baja. "cristo y yo nos peleamos hace mucho tiempo".

Hubo un momento de silencio. Luego ray se apiadó del sr. La vergüenza de kronborg. "vuelve por la niña, padre. Quiero hablar con el doctor en privado."

Ray habló con el dr. Archie por unos momentos, luego se detuvo de repente, con una amplia sonrisa. Por encima del hombro del médico la vio subir por el barranco, con su vestido de cambray rosa, llevando su sombrero de sol por los cordones. ¡qué cabeza tan amarilla! A menudo se decía a sí mismo que "era absolutamente tonto con su cabello". La vista de ella, acercándose, lo atravesó suavemente, como la morfina. "ahí está", susurró. "saque a la vieja predicadora de en medio, doc. Quiero tener una pequeña charla con ella".

Dr. Archie miró hacia arriba. Thea se apresuraba y, sin embargo, se quedaba atrás. Estaba más asustada de lo que él había pensado que estaría. Había ido con él a ver a personas muy enfermas y siempre se había mostrado firme y tranquila. Cuando se acercó, miró al suelo y él pudo ver que había estado llorando.

Ray kennedy hizo un esfuerzo infructuoso por extender la mano. "hola, niño, no hay nada que temer. ¡maldita sea si no creo que se hayan ido y te hayan asustado! No hay nada de qué llorar. Soy lo mismo de siempre, solo un poco abollado. Siéntate en mi abrigo allí, y hazme compañía. Tengo que quedarme quieto un poco ".

Dr. Archie y mr. Kronborg desapareció. Thea les lanzó una mirada tímida, pero se sentó resueltamente y tomó la mano de ray.

"no tienes miedo ahora, ¿verdad?" preguntó cariñosamente. "fuiste un ladrillo normal por venir, ¿has desayunado?"

"no, ray, no tengo miedo. Solo que siento mucho que estés herido, y no puedo evitar llorar".

Su rostro amplio y serio, lánguido por el opio y sonriendo con tan simple felicidad, la tranquilizó. Ella se acercó a él y le llevó la mano a la rodilla. La miró con sus ojos azules claros y superficiales. ¡cómo amaba todo sobre esa cara y esa cabeza! Cuántas noches en su cúpula, mirando hacia arriba de la pista, había visto ese rostro en la oscuridad; a través del aguanieve y la nieve, o en el suave aire azul cuando la luz de la luna dormía en el desierto.

"no necesitas molestarte en hablar, tú. La medicina del doctor me pone un poco tonto. Pero es agradable tener compañía. Un poco acogedor, ¿no crees? Ponme más el abrigo debajo de ti. Es una maldita vergüenza que pueda te espero ".

"no, no, ray. Estoy bien. Sí, me gusta aquí. Y supongo que no deberías hablar mucho, ¿verdad? Si puedes dormir, me quedaré aquí y estaré terriblemente callado. Ahora me siento tan a gusto contigo como siempre ".

Ese algo simple, humilde y fiel en los ojos de ray fue directo al corazón de thea. Se sentía cómoda con él y feliz de darle tanta felicidad. Era la primera vez que había tenido conciencia de ese poder para otorgar una felicidad intensa simplemente estando cerca de alguien. Siempre recordó este día como el comienzo de ese conocimiento. Ella se inclinó sobre él y puso sus labios suavemente en su mejilla.

Los ojos de ray se llenaron de luz. "¡oh, haz eso de nuevo, chico!" dijo impulsivamente. Thea lo besó en la frente, sonrojándose levemente.

Ray le tomó la mano rápidamente y cerró los ojos con un profundo suspiro de felicidad. La morfina y la sensación de su cercanía lo llenaron de satisfacción. La mina de oro, el pozo de petróleo, la cornisa de cobre, todos sueños imposibles, reflexionó, y esto también era un sueño. Él podría haberlo sabido antes. Siempre había sido así; las cosas que admiraba siempre habían estado fuera de su alcance: una educación universitaria, modales de caballero, acento de inglés, cosas sobre su cabeza. Y thea estaba más lejos de su alcance que todos los demás juntos. Había sido un tonto al imaginarlo, pero se alegraba de haber sido un tonto. Ella le había dado un gran sueño. Cada milla de su carrera, desde la piedra lunar hasta denver, estaba pintada con los colores de esa esperanza. Todos los cactus lo sabían. Pero ahora que no iba a ser así, sabía la verdad. Thea nunca fue para un tipo rudo como él, ¿no lo había sabido realmente desde el principio, se preguntó? Ella no estaba destinada a los hombres comunes. Era como un pastel de bodas, algo con lo que soñar. Levantó un poco los párpados. Ella estaba acariciando su mano y mirando a lo lejos. Sintió en su rostro esa mirada de poder inconsciente que la bruja había visto allí. Sí, se dirigía a las grandes terminales del mundo; no hay estaciones de paso para ella. Sus párpados cayeron. En la oscuridad podía verla como sería después de un tiempo; en un palco en el tabor grand de denver, con diamantes en el cuello y una tiara en el pelo amarillo, con toda la gente mirándola a través de sus anteojos de ópera y un senador de los estados unidos, tal vez, hablando con ella. "¡entonces me recordarás!" abrió los ojos y se le llenaron de lágrimas.

Thea se inclinó más cerca. "¿qué dijiste, ray? No pude oír".

"entonces me recordarás", susurró.

La chispa en su ojo, que es el propio yo, captó la chispa en los de ella que era ella misma, y por un momento se miraron a la naturaleza del otro. Thea se dio cuenta de lo bueno y de lo generoso que era él, y se dio cuenta de muchas cosas sobre ella. Cuando esa escurridiza chispa de personalidad se retiró en cada uno de ellos, thea aún veía en sus ojos húmedos su propio rostro, muy pequeño, pero mucho más bonito de lo que jamás lo había mostrado el cristal roto de su casa. Era la primera vez que veía su rostro en el espejo más amable que una mujer pudiera encontrar.

Ray había sentido cosas en ese momento en que parecía estar mirando el alma misma de thea kronborg. Sí, la mina de oro, el pozo de petróleo, la repisa de cobre, todos se habían escapado de él, como las cosas; ¡pero había respaldado a un ganador una vez en su vida! Con todas sus fuerzas dio su fe a la manita ancha que sostenía. Deseaba poder dejarle la robusta fuerza de su cuerpo para ayudarla a superarlo todo. Le hubiera gustado contarle un poco sobre su viejo sueño —parece que ya había muchos años entre él y él—, pero contárselo ahora de alguna manera sería injusto; no sería la cosa más sencilla del mundo. Probablemente ella lo sabía, de todos modos. Miró hacia arriba rápidamente. "¿sabes, verdad, tú, que creo que eres lo mejor que he encontrado en este mundo?"

Las lágrimas corrieron por las mejillas de thea. "eres demasiado bueno para mí, ray. Eres demasiado bueno para mí", titubeó.

"¿por qué, chico?", murmuró, "¡todos en este mundo van a ser buenos contigo!"

Dr. Archie llegó al barranco y se detuvo junto a su paciente. "¿cómo te va?"

"¿no puede darme otro puñetazo con su chupete, doc? Será mejor que la niña corra ahora". Ray soltó la mano de thea. "hasta luego, tú".

Se levantó y se alejó sin rumbo fijo, llevando su sombrero por los hilos. Ray la miró con la exaltación que nace del dolor corporal y dijo entre dientes: "¡cuida siempre de esa niña, doc. Es una reina!"

Thea y su padre volvieron a moonstone en el pasajero de la una. Dr. Archie se quedó con ray kennedy hasta su muerte, a última hora de la tarde.

Xx

El lunes por la mañana, el día después del funeral de ray kennedy, el dr. Archie llamó al sr. Estudio de kronborg, una pequeña habitación detrás de la iglesia. Señor. Kronborg no escribió sus sermones, sino que habló con notas escritas en pequeños trozos de cartón en una especie de taquigrafía propia. Como dicen los sermones, no eran peores que la mayoría. Su retórica convencional agradó a la mayoría de su congregación, y el sr. Kronborg fue considerado generalmente como un predicador modelo. No fumaba, nunca tocaba los espíritus. Su complacencia en los placeres de la mesa era un vínculo entrañable entre él y las mujeres de su congregación. Comía en abundancia, con un entusiasmo que parecía incongruente con su cuerpo delgado.

Esta mañana el médico lo encontró abriendo su correo y leyendo un montón de circulares publicitarias con profunda atención.

"buenos días, señor kronborg", dijo el dr. Archie, sentándose. "vine a verte por negocios. El pobre kennedy me pidió que me ocupara de sus asuntos por él. Como la mayoría de los ferroviarios, se gastó su salario, excepto por algunas inversiones en minas que no me parecen muy prometedoras. Pero su vida estaba asegurado por seiscientos dólares a favor de thea ".

Señor. Kronborg movió sus pies sobre el nivel de su silla de escritorio. "se lo aseguro, doctor, esto es una completa sorpresa para mí".

"bueno, no me sorprende mucho", dijo el dr. Archie prosiguió. "me habló de eso el día que se lastimó. Dijo que quería que el dinero se usara de una manera particular y no de otra". Dr. Archie hizo una pausa significativa.

Señor. Kronborg se inquietó. "estoy seguro de que thea cumplirá sus deseos en todos los aspectos".

Sin duda, pero quería que me diera cuenta de que estabas de acuerdo con su plan. Parece que durante algún tiempo thea ha querido irse a estudiar música. Kennedy deseaba que tomara este dinero y se fuera a chicago este invierno. Él sintió que sería una ventaja para ella desde el punto de vista comercial: que incluso si ella regresaba aquí para enseñar, le daría más autoridad y haría que su posición aquí fuera más cómoda ".

Señor. Kronborg pareció un poco sorprendido. "ella es muy joven", vaciló; "ella tiene apenas diecisiete años. Chicago está muy lejos de casa. Tendríamos que considerarlo. Creo, dr. Archie, será mejor que consultemos a la sra. Kronborg".

"creo que puedo traer a la sra. Kronborg, si tengo su consentimiento. Siempre la he encontrado bastante sensata. Tengo varios viejos compañeros de clase practicando en chicago. Uno es especialista en garganta. Él tiene mucho que hacer con cantantes. Probablemente conozca a los mejores profesores de piano y podría recomendar una pensión donde se alojen los estudiantes de música. Creo que thea necesita estar entre muchos jóvenes que son inteligentes como ella. Aquí no tiene compañeros, pero viejos como yo. . No es una vida natural para una niña. Se deformará o se marchitará antes de tiempo. Si eso hace que usted y la sra. Kronborg se sientan más tranquilos, estaré encantado de llevar a thea a chicago y ver que ella comienza bien. Este hombre de garganta del que hablo es un gran tipo en su línea, y si puedo hacer que se interese, él puede ponerla en el camino de muchas cosas. En cualquier caso, él ' conoceré a los profesores adecuados. Por supuesto, seiscientos dólares no la llevarán muy lejos, pero incluso la mitad del invierno habría un gran avance. Tage. Creo que kennedy evaluó la situación exactamente ".

"quizás; no lo dudo. Es usted muy amable, dr. Archie." señor. Kronborg adornaba su secante de escritorio con jeroglíficos. "creo que denver podría ser mejor. Allí podríamos cuidarla. Es muy joven".

Dr. Archie rose. "kennedy no mencionó a denver. Dijo chicago, repetidamente. Dadas las circunstancias, me parece que deberíamos intentar cumplir sus deseos exactamente, si thea está dispuesta".

"ciertamente, ciertamente. Thea es concienzuda. No desperdiciaría sus oportunidades." señor. Kronborg hizo una pausa. "si thea fuera su propia hija, doctor, ¿consentiría en tal plan, a su edad actual?"

"ciertamente debería hacerlo. De hecho, si ella fuera mi hija, la habría despedido antes de esto. Es una niña muy inusual, y solo se está desperdiciando aquí. A su edad debería estar aprendiendo, no enseñando. Nunca aprenderá tan rápida y fácilmente como lo hará ahora ".

"bueno, doctor, es mejor que lo hable con la sra. Kronborg. Me aseguro de ceder a sus deseos en tales asuntos. Ella comprende a todos sus hijos perfectamente. Puedo decir que tiene toda la perspicacia de una madre, y más . "

Dr. Archie sonrió. "sí, y algo más. Me siento bastante seguro de la sra. Kronborg. Normalmente estamos de acuerdo. Buenos días".

Dr. Archie salió al cálido sol y caminó rápidamente hacia su oficina, con una mirada determinada en su rostro. Encontró su sala de espera llena de pacientes, y era la una antes de que hubiera despedido al último. Luego cerró la puerta y tomó un trago antes de ir al hotel para almorzar. Sonrió mientras cerraba su armario. "me siento casi tan alegre como si yo mismo fuera a pasar el invierno", pensó.

Después, thea nunca pudo recordar mucho sobre ese verano, o cómo vivió su impaciencia. Ella iba a partir con el dr. Archie el 15 de octubre, y dio lecciones hasta el primero de septiembre. Luego empezó a prepararse la ropa y se pasaba tardes enteras en el pequeño y mal ventilado cuarto de costura de la modista del pueblo. Thea y su madre viajaron a denver para comprar los materiales para sus vestidos. En aquellos días no se podía tener ropa confeccionada para niñas. La señorita spencer, la modista, declaró que podría hacerlo muy bien con thea si le permitieran llevar a cabo sus propias ideas. Pero la sra. Kronborg y thea sintieron que las producciones más atrevidas de miss spencer podrían parecer fuera de lugar en chicago, así que la sujetaron con mano firme. Tillie, quien siempre ayudó a la sra. Kronborg con la familia cosiendo, fue por dejar que miss spencer desafiara a chicago en la persona de thea. Desde la muerte de ray kennedy, thea se había convertido más que nunca en una de las heroínas de tillie. Tillie juró a cada uno de sus amigos guardar el secreto y, al volver a casa de la iglesia o inclinarse sobre la cerca, les contó las historias más conmovedoras sobre la devoción de ray y cómo thea "nunca lo superaría".

Las confidencias de tillie estimularon la discusión general sobre la aventura de thea. Esta discusión continuó, en los porches delanteros y en los patios traseros, prácticamente todo el verano. Algunas personas aprobaron que thea fuera a chicago, pero la mayoría no. Había otros que cambiaban de opinión al respecto todos los días.

Tillie dijo que quería que thea tuviera un vestido de baile "por encima de todas las cosas". Compró un libro de moda especialmente dedicado a la ropa de noche y miró con avidez los platos de colores, eligiendo disfraces que le quedarían bien a "una rubia". Quería que thea tuviera toda la ropa alegre que ella misma siempre había deseado; ropa que a menudo se decía a sí misma que necesitaba "para recitar".

"tillie", solía llorar thea con impaciencia, "¿no ves que si la señorita spencer intentara hacer una de esas cosas, me haría parecer una chica de circo? De todos modos, no conozco a nadie en chicago. No iré a fiestas ".

Tillie siempre respondía con un gesto de complicidad con la cabeza: "¡verás! Estarás en sociedad antes de darte cuenta. No hay muchas chicas tan hábiles como tú".

En la mañana del 15 de octubre, la familia kronborg, todos menos gus, que no podía salir de la tienda, partieron hacia la estación una hora antes de la hora del tren. Charley había llevado el baúl y el telescopio de thea al depósito en su vagón de reparto temprano esa mañana. Thea llevaba su nuevo vestido de viaje de sarga azul, elegido por sus cualidades útiles. Se había peinado con cuidado y se había puesto una cinta azul pálido alrededor del cuello, debajo de un pequeño collar de encaje que la señora. Kohler le había tejido a ganchillo. Al salir por la puerta, la sra. Kronborg la miró pensativo. Sí, esa cinta azul le iba muy bien al vestido, y a los ojos de thea. Thea tenía un toque bastante inusual en esas cosas, reflexionó cómodamente. Tillie siempre decía que thea era "tan indiferente a la ropa", pero su madre notó que por lo general se vestía bien. Se sentía más cómoda al dejar que thea se fuera de casa, porque tenía buen sentido de la ropa y nunca trató de vestirse demasiado. Su color era tan individual, era tan inusualmente hermosa, que con la ropa equivocada fácilmente podría haber sido "llamativa".

Era una hermosa mañana y la familia salió de la casa de buen humor. Thea estaba callada y tranquila. No había olvidado nada y se aferró con fuerza a su bolso, que contenía la llave del baúl y todo el dinero que no estaba en un sobre prendido a su camisola. Thea caminó detrás de los demás, sosteniendo a thor de la mano, y esta vez no sintió que la procesión fuera demasiado larga. Thor no se comunicaba esa mañana y solo hablaba de cómo preferiría tener una fresa de arena en el dedo del pie todos los días que usar zapatos y medias. Cuando pasaron por el bosquecillo de álamos donde los thea solían llevarlo en su carro, ella le preguntó quién lo llevaría a dar largos y agradables paseos después de que su hermana se fuera.

"oh, puedo caminar en nuestro jardín", respondió sin aprecio. "supongo que puedo hacer un estanque para mi pato".

Thea se inclinó y lo miró a la cara. "pero no te olvidarás de la hermana, ¿verdad?" thor negó con la cabeza. "¿y no te alegrarás cuando la hermana regrese y pueda llevarte a casa de la sra. Kohler para ver las palomas?"

"sí, me alegraré. Pero voy a tener una paloma yo mismo".

"pero no tienes una casita para una. Tal vez axel te haga una casita".

"oh, ella puede vivir en el granero, ella puede", dijo thor con indiferencia.

Thea se rió y le apretó la mano. A ella siempre le gustó su firmeza y sencillez. Los chicos deberían ser así, pensó.

Cuando llegaron al depósito, el sr. Kronborg se paseaba por la plataforma con cierta ceremonia con su hija. Cualquier miembro de su rebaño habría deducido que le estaba dando buenos consejos acerca de cómo enfrentar las tentaciones del mundo. De hecho, comenzó a advertirle que no olvidara que los talentos provienen de nuestro padre celestial y deben usarse para su gloria, pero interrumpió sus comentarios y miró su reloj. Él creía que thea era una niña religiosa, pero cuando ella lo miró con esa intención, esa mirada apasionadamente inquisitiva que solía conmover incluso a wunsch, sr. Kronborg de repente sintió que su elocuencia fallaba. Thea era como su madre, reflexionó; no se podía expresar mucho sentimiento con ella. Como de costumbre, le gustaba que las chicas fueran un poco más receptivas. Le gustaba que se sonrojaran ante sus cumplidos; como la sra. Kronborg dijo con franqueza: "el padre podría ser muy suave con las niñas". Pero esta mañana pensaba que la terquedad era una cualidad tranquilizadora en una hija que iba sola a chicago.

Señor. Kronborg creía que las grandes ciudades eran lugares donde la gente iba a perder su identidad y a ser malvada. Él mismo, cuando era estudiante en el seminario, tosió y volvió a abrir el reloj. Él sabía, por supuesto, que en chicago había una gran cantidad de negocios, que había una junta de comercio activa y que allí se sacrificaban cerdos y ganado. Pero cuando, de joven, hizo escala en chicago, no se interesó por las actividades comerciales de la ciudad. Lo recordaba como un lugar lleno de espectáculos baratos y salones de baile y muchachos del campo que se portaban de manera desagradable.

Dr. Archie condujo hasta la estación unos diez minutos antes de la salida del tren. Su hombre ató los ponis y se quedó de pie sosteniendo la bolsa de piel de cocodrilo del doctor, muy elegante, pensó thea. Señora. Kronborg no cargó al médico con advertencias y precauciones. Dijo de nuevo que esperaba que él pudiera conseguirle un lugar cómodo para quedarse, donde tuvieran buenas camas, y que la casera fuera una mujer que hubiera tenido sus propios hijos. "no me gustan mucho las solteronas que cuidan a las niñas", comentó mientras sacaba un alfiler de su propio sombrero y lo metía en el turbante azul de thea. "seguro que perderás tus alfileres en el tren, thea. Es mejor tener uno extra por si acaso". Metió un pequeño rizo que se había escapado del cuidadoso giro de thea. "no olvide cepillar su vestido con frecuencia y sujetarlo con alfileres a las cortinas de su litera esta noche para que no se arrugue. Si se moja, pida a un sastre que lo presione antes de que corra".

Le dio la vuelta a thea por los hombros y la miró por última vez. Sí, se veía muy bien. No era bonita, exactamente, su rostro era demasiado ancho y su nariz era demasiado grande. Pero tenía esa piel hermosa y se veía fresca y dulce. Ella siempre había sido una niña de olor agradable. A su madre siempre le había gustado besarla cuando pensaba en ello.

El tren silbó y el sr. Kronborg llevó el "telescopio" de lona al coche. Thea les dio un beso de despedida. Tillie lloró, pero ella fue la única que lo hizo. Todos gritaban cosas a la ventanilla cerrada del coche pullman, desde donde los miraban como desde un marco, con el rostro radiante de excitación, el turbante un poco inclinado a pesar de los tres pasadores. Ya se había quitado los guantes nuevos para salvarlos. Señora. Kronborg pensó que nunca volvería a ver la misma imagen, y cuando el auto de thea se deslizó por los rieles, se secó una lágrima del ojo. "ella no volverá como una niña", dijo la sra. Kronborg le dijo a su esposo mientras se giraban para irse a casa. "de todos modos, ella ha sido dulce".

Mientras la familia kronborg avanzaba lentamente hacia casa, thea estaba sentada en el pullman, su telescopio en el asiento junto a ella, su bolso firmemente agarrado entre sus dedos. Dr. Archie se había metido en el fumador. Pensó que ella podría estar un poco llorosa y que sería más amable dejarla sola un rato. Sus ojos se llenaron una vez, cuando vio la última de las colinas de arena y se dio cuenta de que las iba a dejar atrás por un largo tiempo. Siempre le hacían pensar en ray también. Lo había pasado tan bien con él ahí fuera.

Pero, por supuesto, era ella misma y su propia aventura lo que le importaba. Si la juventud no le importara tanto a sí misma, nunca tendría el corazón para seguir adelante. Thea se sorprendió de no sentir una sensación más profunda de pérdida al dejar atrás su antigua vida. Parecía, por el contrario, mientras miraba el desierto amarillo que pasaba a toda velocidad, que le quedaba muy poco. Todo lo que era esencial parecía estar allí mismo en el auto con ella. No le faltaba nada. Incluso se sentía más compacta y segura que de costumbre. Ella estaba allí, y también había algo más, en su corazón, ¿o debajo de su mejilla? De todos modos, se trataba de ella en alguna parte, de esa cálida seguridad, de ese robusto compañero con el que compartía un secreto.

Cuando el dr. Archie salió del fumador, estaba sentada quieta, mirando fijamente por la ventana y sonriendo, con los labios un poco separados y el cabello bajo un resplandor de sol. El médico pensó que era la cosa más bonita que había visto en su vida, y muy divertida, con su telescopio y su gran bolso. Ella lo hizo sentirse alegre y un poco triste también. Sabía que las cosas espléndidas de la vida son pocas, después de todo, y muy fáciles de pasar por alto.

Parte ii. El canto de la alondra

Yo

Thea y dr. Archie se había ido de la piedra lunar cuatro días. En la tarde del diecinueve de octubre estaban en un tranvía, atravesando los deprimentes y descuidados páramos del norte de chicago, de camino a visitar al reverendo lars larsen, un amigo a quien el sr. Kronborg había escrito. Thea todavía se alojaba en las habitaciones de la asociación cristiana de mujeres jóvenes, y allí se sentía miserable y nostálgica. El ama de llaves la miraba de una manera que la incomodaba. Las cosas no habían ido muy bien, hasta ahora. El ruido y la confusión de una gran ciudad la cansaron y desanimaron. No había enviado su baúl a las salas de la asociación cristiana porque no quería duplicar los gastos de transporte, y ahora estaba acumulando una factura por el almacenamiento en él. El contenido de su telescopio gris se estaba volviendo desordenado, y parecía imposible mantener la cara y las manos limpias en chicago. Se sentía como si todavía estuviera en el tren, viajando sin ropa suficiente para mantenerse limpia. Quería otro camisón y no se le ocurrió que podría comprar uno. Había otra ropa en su baúl que necesitaba mucho, y no parecía un lugar más cercano para quedarse que cuando llegó bajo la lluvia, esa primera mañana desilusionante.

Dr. Archie había acudido de inmediato a su amigo hartley evans, el especialista en garganta, y le había pedido que le hablara de un buen profesor de piano y le indicara una buena pensión. Dr. Evans dijo que podía decirle fácilmente quién era el mejor profesor de piano de chicago, pero que la mayoría de las pensiones de los estudiantes eran "lugares abominables, donde las niñas tenían mala comida para el cuerpo y la mente". Le dio al dr. Archie varias direcciones, sin embargo, y el médico fue a revisar los lugares. Dejó a thea en su habitación, porque parecía cansada y no se parecía en nada a ella. Su inspección de las pensiones no fue alentadora. El único lugar que le parecía deseable estaba lleno, y la dueña de la casa no podía darle una habitación en la que pudiera tener un piano. Ella dijo que thea podría usar el piano en su salón; pero cuando el dr. Archie fue a ver el salón y encontró a una chica hablando con un joven en uno de los sofás de la esquina. Al enterarse de que los huéspedes recibían allí a todos los que llamaban, también abandonó esa casa por considerarla desesperada.

Así que cuando se dispusieron a conocer al sr. Larsen en la tarde que había designado, la cuestión del alojamiento aún estaba indecisa. La iglesia reformada sueca estaba en un distrito lleno de maleza, cerca de un grupo de fábricas. La iglesia en sí era un pequeño edificio muy limpio. La casa parroquial, al lado, parecía limpia y cómoda, y había un jardín bien cuidado a su alrededor, con una valla de estacas. Thea vio a varios niños pequeños jugando debajo de un columpio y se preguntó por qué los ministros siempre tenían tantos. Cuando llamaron a la puerta de la casa parroquial, una sirvienta sueca de aspecto capaz respondió al timbre y les dijo que el sr. El estudio de larsen estaba en la iglesia, y los estaba esperando allí.

Señor. Larsen los recibió muy cordialmente. Los muebles de su estudio eran tan nuevos y los cuadros estaban tan enmarcados que thea pensó que se parecía más a la sala de espera del dentista de moda de denver a quien el dr. Archie la había tomado ese verano, que como el estudio de un predicador. Incluso había flores en un jarrón de cristal sobre el escritorio. Señor. Larsen era un hombre bajito y regordete, de barba corta y amarilla, dientes muy blancos y naricita respingona en la que llevaba gafas con montura dorada. Parecía tener unos treinta y cinco años, pero se estaba quedando calvo, y su fino cabello estaba separado por encima de la oreja izquierda y recogido sobre la parte desnuda de la parte superior de la cabeza. Parecía alegre y agradable. Vestía un abrigo azul y sin puños.

Después del dr. Archie y thea se sentaron en un sofá de cuero resbaladizo, el ministro pidió un resumen de los planes de thea. Dr. Archie explicó que tenía la intención de estudiar piano con andor harsanyi; que ya lo habían visto, que thea había jugado para él y él dijo que estaría encantado de enseñarle.

Señor. Larsen enarcó las cejas pálidas y se frotó las manos blancas regordetas. "pero ya es concertista de piano. Será muy caro".

"es por eso que la señorita kronborg quiere conseguir un puesto en la iglesia si es posible. No tiene dinero suficiente para pasar el invierno. No sirve de nada que venga desde colorado y estudie con una maestra de segunda categoría. Mis amigos aquí me dicen harsanyi es el mejor ".

"¡oh, muy probablemente! Lo he escuchado jugar con thomas. Ustedes los occidentales hacen cosas a gran escala. Hay media docena de maestros que debería pensar, sin embargo, ustedes saben lo que quieren". Señor. Larsen mostró su desprecio por estándares tan extravagantes encogiéndose de hombros. Sintió que el dr. Archie estaba tratando de impresionarlo. En efecto, había logrado sacar a relucir los modales más rígidos del médico. Señor. Larsen continuó explicando que él mismo manejaba la música en su iglesia y que perforaba su coro, aunque el tenor era el director oficial del coro. Lamentablemente no había vacantes en su coro en este momento. Tenía sus cuatro voces, muy buenas. Apartó la mirada del dr. Archie y miró a thea. Ella parecía preocupada, incluso un poco asustada cuando él dijo esto, y se frunció el labio inferior. Ella, ciertamente, no era pretenciosa, si es que lo era su protectora. Continuó estudiándola. Estaba sentada en el salón, con las rodillas muy separadas, las manos enguantadas sobre el regazo, rígidas, como una campesina. Su turbante, que parecía un poco grande para ella, se había inclinado con el viento —siempre hacía viento en esa parte de chicago— y parecía cansada. No llevaba velo, y su cabello también era peor por el viento y el polvo. Cuando dijo que tenía todas las voces que necesitaba, notó que sus manos enguantadas se cerraban con fuerza. Señor. Larsen reflexionó que, después de todo, ella no era responsable de la nobleza del médico de su padre; que ni siquiera era responsable de su padre, a quien recordaba como un tipo aburrido. Mientras observaba su rostro cansado y preocupado, sintió pena por ella.

"de todos modos, me gustaría probar tu voz", dijo, alejándose deliberadamente de su compañero. "me interesan las voces. ¿puedes cantar al violín?"

"supongo que sí", respondió thea con tristeza. "no lo sé. Nunca lo intenté".

Señor. Larsen sacó su violín del estuche y comenzó a apretar las teclas. "podríamos ir a la sala de conferencias y ver cómo va. No puedo decir mucho sobre una voz del órgano. El violín es realmente el instrumento adecuado para probar una voz". Abrió una puerta en la parte trasera de su estudio, la empujó suavemente a través de ella y miró por encima del hombro al dr. Archie dijo: "disculpe, señor. Volveremos pronto".

Dr. Archie se rió entre dientes. Todos los predicadores eran iguales, oficiosos y dignos; le gustaba tratar con mujeres y niñas, pero no con hombres. Tomó un delgado volumen del escritorio del ministro. Para su diversión, resultó ser un libro de "poemas devocionales y afines; de la sra. Aurelia s. Larsen". Los miró, pensando que el mundo cambiaba muy poco. Podía recordar cuando la esposa del ministro de su padre había publicado un volumen de versos, que todos los miembros de la iglesia tenían que comprar y se animaba a todos los niños a leer. Su abuelo había hecho una mueca al libro y dijo, "¡puir cuerpo!" ambas damas parecían haber elegido los mismos temas también: la hija de jefté, rizpá, el lamento de david por absalón, etc. El doctor encontró el libro muy divertido.

El reverendo lars larsen era un sueco reaccionario. Su padre llegó a iowa en los años sesenta, se casó con una chica sueca que era ambiciosa, como él, y se mudaron a kansas y tomaron tierras bajo la ley de homestead. Después de eso, compraron tierras y las alquilaron al gobierno, adquirieron tierras de todas las formas posibles. Trabajaron como caballos, ambos; de hecho, nunca habrían usado la carne de caballo que poseían como la usaron ellos mismos. Criaron una familia numerosa y trabajaron a sus hijos e hijas tan despiadadamente como a ellos mismos; todos menos lars. Lars fue el cuarto hijo y nació perezoso. Parecía tener la marca de un esfuerzo excesivo por parte de sus padres. Incluso en su cuna fue un ejemplo de inercia física; cualquier cosa para quedarse quieto. Cuando era un niño en crecimiento, su madre tenía que sacarlo de la cama a rastras todas las mañanas y tenía que llevarlo a sus tareas domésticas. En la escuela tenía un modelo de "registro de asistencia", porque descubrió que recibir sus lecciones era más fácil que el trabajo agrícola. Él era el único de la familia que pasó por el bachillerato, y cuando se graduó ya se había decidido a estudiar para el ministerio, porque le parecía el menos laborioso de todos los llamamientos. Hasta donde él podía ver, era el único negocio en el que prácticamente no había competencia, en el que un hombre no estaba todo el tiempo enfrentado a otros hombres que estaban dispuestos a trabajar hasta la muerte. Su padre se opuso obstinadamente al plan de lars, pero despúes de tener al niño en casa durante un año y descubrir lo inútil que era en la granja, lo envió a un seminario teológico, tanto para ocultar su pereza a los vecinos como porque no sabía qué más hacer con él.

Larsen, como peter kronborg, se llevaba bien en el ministerio porque se llevaba bien con las mujeres. Su inglés no era peor que el de la mayoría de los predicadores jóvenes de ascendencia estadounidense, y aprovechó al máximo su habilidad con el violín. Se suponía que ejercía una influencia muy deseable sobre los jóvenes y estimulaba su interés en la obra de la iglesia. Se casó con una chica americana y, cuando murió su padre, recibió su parte de la propiedad, que era muy considerable. Invirtió su dinero con cuidado y era una cosa rara, un predicador de medios independientes. Sus manos blancas y bien cuidadas fueron su resultado, la evidencia de que había trabajado con éxito su vida de la manera que le agradaba. Sus hermanos de kansas odiaban ver sus manos.

A larsen le gustaban todas las cosas más suaves de la vida, hasta donde él sabía de ellas. Dormía hasta tarde por la mañana, era quisquilloso con la comida y leía muchas novelas, prefiriendo las sentimentales. No fumaba, pero comía una gran cantidad de dulces "para la garganta" y siempre guardaba una caja de bombones en el cajón superior derecho de su escritorio. Siempre compraba abonos para los conciertos sinfónicos y tocaba el violín en los clubes de cultura femenina. No usaba esposas, excepto los domingos, porque creía que una muñeca libre le facilitaba la práctica del violín. Cuando perforaba su coro siempre sostenía su mano con los dedos meñique e índice curvados más altos que los otros dos, como un destacado director alemán que había visto. En general, el reverendo larsen no era un hombre insincero; simplemente se pasó la vida descansando y jugando, para compensar el tiempo que sus antepasados habían desperdiciado escarbando en la tierra. Era sencillo y amable; disfrutaba de sus dulces y de sus hijos y de sus cantatas sagradas. Podía trabajar con energía en casi cualquier forma de juego.

Dr. Archie estaba sumido en "el lamento de maría magdalena", cuando el sr. Larsen y thea volvieron al estudio. Por la expresión del ministro, juzgó que thea había logrado interesarlo.

Señor. Larsen parecía haber olvidado su hostilidad hacia él y se dirigió a él con franqueza tan pronto como entró. Se paró sosteniendo su violín, y cuando thea se sentó, la señaló con su arco:

"acabo de decirle a la señorita kronborg que aunque no puedo prometerle nada permanente, podría darle algo durante los próximos meses. Mi soprano es una joven casada y está temporalmente indispuesta. Estaría encantada de que la dispensen de sus deberes por un tiempo. Me gusta mucho el canto de la señorita kronborg, y creo que ella se beneficiaría con la instrucción en mi coro. Cantar aquí podría muy bien llevar a algo más. Pagamos a nuestra soprano sólo ocho dólares el domingo, pero siempre recibe diez dólares por cantar en los funerales. La señorita kronborg tiene una voz comprensiva, y creo que habría una gran demanda para ella en los funerales. Varias iglesias estadounidenses me solicitan un solista en tales ocasiones, y yo podría ayudarla a recoger bastante dinero de esa manera ".

Esto le sonó lúgubre al dr. Archie, que sentía aversión por los funerales a los médicos, pero trató de aceptar cordialmente la sugerencia.

"la señorita kronborg me dice que tiene problemas para localizarla", dijo el sr. Larsen prosiguió con animación, sin soltar el violín. "yo le aconsejaría que se alejara por completo de las pensiones. Entre mis feligreses hay dos mujeres alemanas, una madre y una hija. La hija es sueca por matrimonio y se aferra a la iglesia sueca. Viven cerca de aquí, y alquilan algunas de sus habitaciones. Ahora tienen una habitación grande vacía y me han pedido que les recomiende una. Nunca han aceptado huéspedes, pero la sra. Lorch, la madre, es una buena cocinera, al menos, siempre me alegro cenar con ella, y creo que podría persuadirla de que deje que esta joven participe de la mesa familiar. La hija, la sra. Andersen, también es musical y canta en la sociedad mozart. Creo que les gustaría tienes un estudiante de música en la casa. Hablas alemán, ¿supongo? " se volvió hacia thea.

"oh, no; algunas palabras. No conozco la gramática", murmuró.

Dr. Archie notó que sus ojos lucían vivos de nuevo, no congelados como habían estado toda la mañana. "si este tipo puede ayudarla, no me corresponde a mí ser distante", se dijo a sí mismo.

"¿crees que te gustaría estar en un lugar tan tranquilo, con gente anticuada?" señor. Preguntó larsen. "no creo que puedas encontrar un lugar mejor para trabajar, si eso es lo que quieres".

"creo que a mamá le gustaría tenerme con gente así", respondió thea. "y me alegraría establecerme en casi cualquier lugar. Estoy perdiendo el tiempo".

"muy bien, no hay mejor momento que el presente. Vayamos a ver a la sra. Lorch y la sra. Andersen".

El ministro puso su violín en su estuche y tomó una gorra de viaje a cuadros en blanco y negro que usaba cuando montaba su rueda de alta columbia. Los tres salieron juntos de la iglesia.

Ii

Así que thea no fue a una pensión después de todo. Cuando el dr. Archie salió de chicago estaba cómodamente instalada con la sra. Lorch, y su feliz reencuentro con su baúl la consoló un poco por su partida.

Señora. Lorch y su hija vivían a un kilómetro de la iglesia reformada sueca, en una vieja casa de estructura cuadrada, con un porche sostenido por frágiles pilares, en un patio húmedo lleno de grandes arbustos de lilas. La casa, que había quedado de la época del campo, necesitaba pintura con urgencia y se veía lúgubre y desanimada entre sus elegantes reina anne vecinas. Había un gran patio trasero con dos hileras de manzanos y una parra, y un camino deformado, de dos tablones de ancho, que conducía a los depósitos de carbón en la parte trasera del lote. La habitación de thea estaba en el segundo piso, con vistas a este patio trasero, y comprendió que en el invierno debía llevar su propio carbón y leña del cesto. No había horno en la casa, no había agua corriente excepto en la cocina, y por eso el alquiler de la habitación era pequeño. Todas las habitaciones se calentaban con estufas, y los inquilinos bombeaban el agua que necesitaban de la cisterna debajo del porche, o del pozo a la entrada de la parra. Vieja señora. Lorch nunca se atrevió a hacer costosas mejoras en su casa; de hecho, tenía muy poco dinero. Prefería conservar la casa tal como la construyó su marido, y pensaba que su forma de vida era bastante buena para la gente corriente.

La habitación de thea era lo suficientemente grande como para admitir un piano vertical alquilado sin hacinamiento. Era, dijo la hija viuda, "una habitación doble que siempre antes había estado ocupada por dos caballeros"; el piano tomó ahora el lugar de un segundo ocupante. Había una alfombra incrustada en el suelo, hojas de hiedra verde sobre un fondo rojo y muebles de nogal anticuados y toscos. La cama era muy ancha y el colchón fino y duro. Sobre las gruesas almohadas había "fundas" bordadas en rojo pavo, cada una con un pergamino con flores, una con "gute 'nacht" y la otra con "guten morgen". La cómoda era tan grande que thea se preguntó cómo había podido entrar en la casa y subir las estrechas escaleras. Además de un viejo sillón de crin, había dos bajos y afelpados "balancines" contra los enormes pedestales de los cuales uno siempre tropezaba en la oscuridad. Thea permaneció sentada en la oscuridad durante mucho tiempo durante las primeras semanas, ya veces un doloroso golpe contra uno de esos pedestales brutalmente inamovibles la despertaba y la sacaba de una hora difícil. El papel de la pared era de color amarillo parduzco, con flores azules. Cuando se colocó, la alfombra, ciertamente, no había sido consultada. Solo había una imagen en la pared cuando thea se mudó: una gran impresión en color de una iglesia brillantemente iluminada en una tormenta de nieve, en la víspera de navidad, con verdes colgando de la entrada de piedra y ventanas arqueadas. Había algo cálido y hogareño, como en esta imagen, y le tomó cariño. Un día, de camino a la ciudad para tomar su lección, se detuvo en una librería y compró una fotografía del busto de nápoles de julio césar. Esto lo había enmarcado y lo había colgado en la gran pared desnuda detrás de su estufa. Era una elección curiosa, pero estaba en la edad en que la gente hace cosas inexplicables. Le habían interesado los "comentarios" de césar cuando dejó la escuela para comenzar a enseñar, y le encantaba leer sobre los grandes generales; pero estos hechos difícilmente explicarían su deseo de que esa calva siniestra compartiera su existencia diaria. Parecía un fenómeno extraño, cuando compró tan pocas cosas, y cuando lo hizo, como la señora. Andersen dijo a la sra. Lorch, "no hay fotografías de los compositores".

Ambas viudas fueron amables con ella, pero a ella le agradó más la madre. Vieja señora. Lorch era gorda y alegre, con la cara colorada, siempre brillante como si acabara de salir de la estufa, ojitos brillantes y cabello de varios colores. Su propio cabello era de un tono gris hierro, su mechón de otro, y su frente falso todavía otro. Su ropa siempre olía a comida sabrosa, excepto cuando estaba vestida para la iglesia o kaffeeklatsch, y luego olía a ron de laurel o a la ramita de verbena de limón que se metía dentro de su guante negro hinchado. Su cocina justificaba todo ese sr. Larsen había dicho de ello, y thea nunca antes había estado tan bien alimentada.

La hija, la sra. Andersen —irene, la llamaba su madre— era un tipo de mujer completamente diferente. Tenía unos cuarenta años, era angulosa, de huesos grandes, rasgos grandes y delgados, ojos azul claro y cabello seco y amarillo, el flequillo muy encrespado. Estaba pálida, anémica y sentimental. Se había casado con el hijo menor de una familia sueca rica y arrogante que eran comerciantes de madera en st. Paul. Allí vivió durante su vida matrimonial. Oscar andersen era un tipo fuerte y de pura sangre que había contado con una larga vida y había sido bastante descuidado con sus asuntos comerciales. Lo mató la explosión de una caldera de vapor en los molinos, y sus hermanos lograron demostrar que tenía muy pocas acciones en el gran negocio. Habían desaprobado enérgicamente su matrimonio y estaban de acuerdo entre ellos en que estaban totalmente justificados en defraudar a su viuda, quien, decían, "sólo volvería a casarse y le daría algo bueno a algún compañero". Señora. Andersen no acudiría a la justicia con la familia que siempre la había desairado y herido: sentía la humillación de ser expulsada más de lo que sentía su empobrecimiento; así que volvió a chicago para vivir con su madre viuda con un ingreso de quinientos al año. Esta experiencia le había dado a su naturaleza sentimental un dolor incurable. Algo se marchitó en ella. Su cabeza tenía una inclinación hacia abajo; su paso era suave y de disculpa, incluso en la casa de su madre, y su sonrisa tenía ese parpadeo enfermizo e incierto que tan a menudo proviene de una humillación secreta. Era afable y, sin embargo, encogida, como quien ha bajado al mundo, quien ha conocido mejores ropas, mejores alfombras, mejores personas, más esperanzas. Su marido fue enterrado en el lote andersen en st. Paul, con una valla de hierro cerrada a su alrededor. Tuvo que ir a su hermano mayor por la llave cuando fue a despedirse de su tumba. Se aferró a la iglesia sueca porque había sido la iglesia de su esposo.

Como su madre no tenía espacio para sus pertenencias domésticas, la sra. Andersen se había llevado a casa con ella solo su juego de dormitorio, que ahora amueblaba su propia habitación en mrs. Lorch's. Allí pasó la mayor parte de su tiempo, haciendo trabajos de fantasía o escribiendo cartas a amigos alemanes comprensivos en st. Paul, rodeado de recuerdos y fotografías del corpulento oscar andersen. Thea, cuando fue admitida en esta habitación y le mostraron estas fotografías, se sorprendió preguntándose, como la familia andersen, por qué un tipo tan lujurioso y de aspecto alegre alguna vez pensó que quería a esta mujer pálida y de mejillas alargadas, cuyos modales eran siempre tan de retraerse, y que debió de ser bastante torpe incluso cuando era niña.

Señora. Sin duda, andersen era una persona deprimente. A veces a thea le molestaba mucho oírla insinuar golpeando la puerta, su rápida explicación de por qué había venido, mientras retrocedía hacia las escaleras. Señora. Andersen admiraba mucho a thea. Pensaba que era una distinción ser incluso una "soprano temporal" —thea se llamaba a sí misma tan seriamente— en la iglesia sueca. También pensó que se distinguía por ser alumno de harsanyi. Ella lo consideraba muy guapo, muy sueco, muy talentoso. Revoloteaba por el piso superior cuando thea estaba practicando. En resumen, trató de convertirla en una heroína, como siempre lo había hecho tillie kronborg, y thea era consciente de algo por el estilo. Cuando estaba trabajando y escuchó a la sra. Andersen, pasando de puntillas por delante de la puerta, solía encogerse de hombros y preguntarse si siempre iba a tener a un tillie buceando furtivamente sobre ella con un disfraz u otro.

En la sra de la modista. Andersen recordó a tillie aún más dolorosamente. Después de su primer domingo en mr. Coro de larsen, thea vio que debía tener un vestido adecuado para el servicio matutino. Su vestido de fiesta de piedra lunar podría ser usado por la noche, pero debe tener un vestido que pueda soportar la luz del día. Ella, por supuesto, no sabía nada sobre modistas de chicago, así que dejó que la sra. Andersen la llevó con una mujer alemana a quien recomendó calurosamente. La modista alemana era excitable y dramática. Los vestidos de concierto, dijo, eran su especialidad. En su probador había fotografías de cantantes en los vestidos que les había hecho para tal o cual fiesta de sanger. Ella y la sra. Andersen juntos lograron un disfraz que habría calentado el corazón de tillie kronborg. Estaba claramente destinado a una mujer de cuarenta años, con gustos violentos. Parecía haber un trozo de cada tejido conocido en alguna parte. Cuando llegó a casa, y estaba tendida en su enorme cama, la miró y se dijo con franqueza que era "un horror". Sin embargo, su dinero se había agotado y no había nada que hacer más que sacarle el máximo partido al vestido. Nunca lo usó excepto, como dijo, "para cantar", como si fuera un uniforme impropio. Cuando la sra. Lorch e irene le dijeron que "se veía como un pajarito del paraíso", thea cerró los dientes y se repitió las palabras que había aprendido de joe giddy y del español johnny.

En estas dos buenas mujeres thea encontró amigas fieles, y en su casa encontró la tranquilidad y la paz que la ayudaron a sostener las grandes experiencias de ese invierno.

Iii

Andor harsanyi nunca había tenido un alumno en lo más mínimo como thea kronborg. Nunca había tenido uno más inteligente, y nunca había tenido uno tan ignorante. Cuando thea se sentó para recibir su primera lección de él, nunca había escuchado una obra de beethoven o una composición de chopin. Conocía sus nombres vagamente. Wunsch había sido músico una vez, mucho antes de vagar por la piedra lunar, pero cuando thea despertó su interés, no quedaba mucho de él. De él, thea había aprendido algo sobre las obras de gluck y bach, y solía interpretarle algunas de las composiciones de schumann. En su baúl tenía una partitura mutilada de la sonata en fa sostenido menor, que había escuchado tocar a clara schumann en un festival en leipzig. Aunque sus poderes de ejecución estaban en un nivel tan bajo, solía tocar esta sonata para su alumno y logró darle una idea de su belleza. Cuando wunsch era joven, todavía se atrevía a gustarle schumann; el entusiasmo por su trabajo se consideraba una expresión de rebeldía juvenil. Quizás por eso wunsch lo recordaba mejor. Thea estudió algunos de los kinderszenen con él, así como algunas pequeñas sonatas de mozart y clementi. Pero en su mayor parte wunsch se apegó a czerny y hummel.

Harsanyi encontró en thea a un alumno de manos firmes y fuertes, que leía rápida e inteligentemente, que tenía, según él, una naturaleza ricamente dotada. Pero no le habían dado ninguna dirección y su ardor no había despertado. Nunca había escuchado una orquesta sinfónica. La literatura del piano era para ella un mundo por descubrir. Se preguntaba cómo había podido trabajar tan duro cuando sabía tan poco de lo que estaba haciendo. Le habían enseñado según el antiguo método de stuttgart; rigidez en la espalda, rigidez en los codos, una posición muy formal de las manos. Lo mejor de su preparación fue que había desarrollado un poder de trabajo inusual. Advirtió de inmediato su manera de arremeter contra las dificultades. Corrió a su encuentro como si fueran enemigos que había estado buscando durante mucho tiempo, los agarró como si estuvieran destinados a ella y ella a ellos. Todo lo que hacía bien, lo daba por sentado. Su entusiasmo despertó toda la caballerosidad del joven húngaro. Instintivamente uno iba al rescate de una criatura que tenía tanto que superar y que luchó tan duro. Solía decirle a su esposa que la hora de la señorita kronborg le quitó más que media docena de lecciones más. Por lo general la retuvo mucho tiempo; él cambiaba sus lecciones para poder hacerlo, y a menudo le daba tiempo al final del día, cuando podía hablar con ella después y tocar para ella un poco de lo que estaba estudiando. Siempre fue interesante jugar para ella. A veces ella estaba tan callada que él se preguntaba, cuando lo dejó, si había sacado algo de eso. Pero una semana más tarde, dos semanas después, ella le devolvería su idea de una manera que lo haría vibrar.

Todo esto estuvo muy bien para harsanyi; una variación interesante en la rutina de la enseñanza. Pero para thea kronborg, ese invierno fue casi insoportable. Siempre la recordó como la más feliz, salvaje y triste de su vida. Las cosas llegaron demasiado rápido para ella; no había tenido suficiente preparación. Había momentos en que volvía a casa de la lección y se echaba en la cama odiando a la bruja ya su familia, odiando un mundo que la había dejado crecer tan ignorante; cuando deseaba poder morir en ese mismo momento y volver a nacer para empezar de nuevo. Una vez le dijo algo así a su maestra, en medio de una amarga lucha. Harsanyi dirigió la luz de sus maravillosos ojos hacia ella —pobre hombre, sólo tenía uno, aunque estaba colocado en una cabeza tan hermosa— y dijo lentamente: "todo artista se hace nacer. Es mucho más difícil que la otra vez, y más. Tu madre no trajo

nada al mundo para tocar el piano. Que tú mismo debas traer al mundo
".

Esto la consoló temporalmente, ya que parecía darle una oportunidad.
Pero la mayor parte del tiempo no se sentía cómoda. Sus cartas al dr.
Archie fue breve y serio. No era propensa a charlar mucho, incluso en
la estimulante compañía de personas que le agradaban, y charlar sobre
el papel era simplemente imposible para ella. Si trataba de escribirle
algo definitivo sobre su trabajo, inmediatamente lo tachaba como
parcialmente cierto o no en absoluto. Nada de lo que pudiera decir
sobre sus estudios parecía absolutamente cierto, una vez que lo puso
por escrito.

Una tarde, cuando estaba completamente cansada y quería luchar en el
crepúsculo, harsanyi, también cansado, levantó las manos y se rió de
ella. "hoy no, señorita kronborg. Esa sonata se mantendrá; no se
escapará. Incluso si usted y yo no nos despertamos mañana, estará allí".

Thea se volvió hacia él con fiereza. "no, no está aquí a menos que yo lo
tenga, no para mí", gritó apasionadamente. "¡solo lo que tengo en mis
dos manos está ahí para mí!"

Harsanyi no respondió. Respiró hondo y volvió a sentarse. "el segundo
movimiento ahora, en silencio, con los hombros relajados".

También hubo horas de gran exaltación; cuando estaba en su mejor
momento y se convirtió en parte de lo que estaba haciendo y dejó de
existir en cualquier otro sentido. Había otras veces en las que estaba tan
destrozada por las ideas que no podía hacer nada que valiera la pena;
cuando la pisotearon como un ejército y ella sintió como si se estuviera
desangrando debajo de ellos. A veces volvía a casa de una lección
tardía tan agotada que no podía cenar. Si intentaba comer, se enfermaba
después. Solía arrojarse sobre la cama y quedarse allí en la oscuridad,
sin pensar, sin sentir, sino evaporándose. Esa misma noche, tal vez, se
despertaba descansada y tranquila, y mientras repasaba mentalmente su
trabajo, los pasajes parecían convertirse en algo de sí mismos, tomar
una especie de patrón en la oscuridad. Nunca había aprendido a trabajar
lejos del piano hasta que llegó al harsanyi, y eso la ayudó más de lo que
la había ayudado antes.

Casi nunca trabajaba ahora con la alegría alegre y feliz que había llenado las horas cuando trabajaba con wunsch, "como un caballo gordo haciendo girar un molino de sorgo", se dijo con amargura. Luego, si se apegaba a él, siempre podía hacer lo que se proponía hacer. Ahora, todo lo que ella realmente quería era imposible; un cantabile como el de harsanyi, por ejemplo, en lugar de su propio tono turbio. No sirve de nada decirle que podría tenerlo en diez años. Ella lo quería ahora. Se preguntaba cómo había encontrado alguna vez otras cosas interesantes: libros, "anna karenina", todo eso parecía tan irreal y fuera de las cosas. No nació músico, decidió; no había otra forma de explicarlo.

A veces se ponía tan nerviosa con el piano que lo dejaba, y agarrando su sombrero y su capa salía y caminaba, corriendo por las calles como cristianos huyendo de la ciudad de la destrucción. Y mientras caminaba lloraba. Apenas había una calle en el vecindario que no hubiera llorado de arriba abajo antes de que terminara el invierno. La cosa que solía estar debajo de su mejilla, que se sentó tan cálidamente sobre su corazón cuando se alejó de las colinas de arena esa mañana de otoño, estaba lejos de ella. Ella había venido a chicago para estar con él, y la había abandonado, dejando en su lugar un doloroso anhelo, una desesperación sin resignación.

Harsanyi sabía que su interesante alumna, "la rubia salvaje", la llamaba uno de sus estudiantes varones, a veces era muy infeliz. Vio en su descontento una curiosa definición de carácter. Hubiera dicho que una chica con tanto sentimiento musical, tan inteligente, con buena educación de ojo y mano, cuando de repente se le introdujo en la gran literatura del piano, habría encontrado una felicidad sin límites. Pero pronto supo que ella no podía olvidar su propia pobreza en la riqueza del mundo que él le abría. A menudo, cuando él jugaba con ella, su rostro era la imagen de una miseria inquieta. Ella se sentaba agachada hacia adelante, con los codos sobre las rodillas, las cejas juntas y los ojos gris verdosos más pequeños que nunca, reducidos a meros puntos de luz fría y penetrante. A veces, mientras escuchaba, tragaba saliva, dos o tres veces, y miraba nerviosamente de izquierda a derecha, juntando los hombros. "exactamente", pensó, "como si la estuvieran observando, o como si estuviera desnuda y oyera venir a alguien".

Por otro lado, cuando vino varias veces a ver a la sra. Harsanyi y los dos bebés, era como una niña, alegre y alegre y ansiosa por jugar con los niños, que la amaban. A la pequeña hija, tanya, le gustaba tocar el cabello amarillo de la señorita kronborg y darle unas palmaditas, diciendo "muñeca, muñeca", porque era de un color que se ve más a menudo en muñecas que en personas. Pero si harsanyi abría el piano y se sentaba a tocar, la señorita kronborg se alejaba gradualmente de los niños, se retiraba a un rincón y se volvía hosca o preocupada. Señora. Harsanyi también notó esto, y pensó que era un comportamiento muy extraño.

Otra cosa que desconcertó a harsanyi fue la aparente falta de curiosidad de thea. Varias veces le ofreció darle entradas para conciertos, pero ella dijo que estaba demasiado cansada o que "la dejaba inconsciente estar despierta hasta tarde". Harsanyi no sabía que ella estaba cantando en un coro, y tenía que cantar a menudo en los funerales, ni tampoco se dio cuenta de cuánto la conmovía y agotaba su trabajo con él. Una vez, justo cuando ella salía de su estudio, él la llamó y le dijo que podía darle unas entradas que le habían enviado para emma juch esa noche. Thea tocó la lana negra en el borde de su capa de felpa y respondió, "oh, gracias, señor harsanyi, pero tengo que lavarme el pelo esta noche".

Señora. A harsanyi le gustaba mucho la señorita kronborg. Vio en ella la formación de un alumno que reflejaría crédito sobre harsanyi. Sintió que se podía hacer que la chica se viera sorprendentemente hermosa y que tenía el tipo de personalidad que se apodera del público. Además, la señorita kronborg no era en absoluto sentimental con su marido. A veces de los alumnos del espectáculo había que soportar mucho. "me gusta esa chica", solía decir, cuando harsanyi le hablaba de una de las gaucheries de thea. "ella no suspira cada vez que sopla el viento. Con un trago no se hace verano".

Thea les dijo muy poco sobre ella. No era comunicativa por naturaleza y le resultaba difícil confiar en la gente nueva. No sabía por qué, pero no podía hablar con harsanyi como podía con el dr. Archie, oa johnny y la sra. Tellamantez. Con el sr. Larsen se sentía más como en casa y, cuando caminaba, a veces se detenía en su estudio para comer dulces con él o escuchar la trama de la novela que él estaba leyendo.

Una noche, hacia mediados de diciembre, thea iba a cenar con los harsanyis. Llegó temprano, para tener tiempo de jugar con los niños antes de irse a la cama. Señora. Harsanyi la llevó a su propia habitación y la ayudó a quitarse su "tocado" campestre y su torpe capa de felpa. Thea había comprado esta capa en una gran tienda por departamentos y había pagado $ 16,50 por ella. Como nunca antes había pagado más de diez dólares por un abrigo, le pareció un precio elevado. Era muy pesado y no muy cálido, adornado con un vistoso estampado de discos negros, y adornado alrededor del cuello y los bordes con una especie de lana negra que se "crocaba" mal con la nieve o la lluvia. Estaba forrado con una tela de algodón llamada "raso de granjero". Señora. Harsanyi era una mujer entre mil. Mientras levantaba esta capa de los hombros de thea y la colocaba sobre su cama blanca, deseó que su esposo no tuviera que cobrar a alumnos como éste por sus lecciones. Thea usó su vestido de fiesta de piedra lunar, organdía blanco, hecho con un cuello en "v" y mangas al codo, y una faja azul. Se veía muy bonita con él, y alrededor de su garganta tenía un hilo de coral rosado y pequeñas conchas blancas que un rayo la trajo una vez de los ángeles. Señora. Harsanyi notó que usaba zapatos altos y pesados que necesitaban ser negros. El coro en mr. La iglesia de larsen estaba detrás de una barandilla, por lo que thea no prestó mucha atención a sus zapatos.

"no tienes nada que hacer con tu cabello", dijo la sra. Harsanyi dijo amablemente, mientras thea se volvía hacia el espejo. "sea como sea que mienta, siempre es bonito. Lo admiro tanto como tanya".

Thea apartó la mirada torpemente de ella y se mostró severa, pero la sra. Harsanyi sabía que estaba complacida. Entraron en la sala de estar, detrás del estudio, donde los dos niños jugaban en la gran alfombra frente a la parrilla del carbón. Andor, el niño, tenía seis años, un niño robusto y guapo, y la niña tenía cuatro. Vino tropezando para encontrarse con thea, luciendo como una muñequita con su vestido de red blanco; su madre le hacía toda la ropa. Thea la levantó y la abrazó. Señora. Harsanyi se disculpó y fue al comedor. Solo tenía una sirvienta y ella misma hacía gran parte del trabajo de la casa, además de cocinarle los platos favoritos de su marido. Todavía tenía menos de treinta años, era una mujer esbelta y elegante, amable, inteligente y capaz. Se adaptó a las circunstancias con una facilidad bien educada que resolvió muchas de las dificultades de su marido y evitó que, como él decía, se sintiera barato y desanimado. Ningún músico ha tenido una esposa mejor. Desafortunadamente, su belleza era de un tipo muy frágil e impresionable, y estaba empezando a perderla. Su rostro estaba demasiado delgado ahora, y a menudo había círculos oscuros debajo de sus ojos.

A solas con los niños, thea se sentó en la sillita de tanya —preferiría haberse sentado en el suelo, pero tenía miedo de arrugar su vestido— y los ayudó a jugar a los "coches" con el tren de hierro de andor. Ella le mostró nuevas formas de dejar sus huellas y cómo hacer interruptores, instaló su aldea arca de noé para las estaciones y empacó a los animales en los carros de carbón abiertos para enviarlos a los corrales. Resolvieron su cargamento de manera tan realista que cuando andor metió a los dos pequeños renos en el vagón, tanya los sacó y comenzó a llorar, diciendo que no iba a hacer que mataran a todos sus animales.

Harsanyi entró, hastiado y cansado, y le pidió a thea que continuara con su juego, ya que no estaba a la altura de hablar mucho antes de la cena. Se sentó y fingió echar un vistazo al periódico vespertino, pero pronto lo dejó caer. Después de que el ferrocarril comenzó a cansarse, thea fue con los niños al salón de la esquina y jugó para ellos el juego con el que solía divertir a thor durante horas juntos detrás de la estufa de la sala en casa, haciendo dibujos de sombras contra la pared con sus manos. Sus dedos eran muy flexibles y podía hacer un pato, una vaca, una oveja, un zorro, un conejo e incluso un elefante. Harsanyi, desde su silla baja, los miró sonriendo. El chico estaba de rodillas, saltando arriba y abajo con la emoción de adivinar las bestias, y tanya se sentó con los pies metidos debajo de ella y aplaudió con sus frágiles manitas. El perfil de thea, a la luz de la lámpara, provocó su imaginación. ¿dónde había visto antes una cabeza como esa?

Cuando se anunció la cena, el pequeño andor tomó a thea de la mano y la acompañó al comedor. Los niños siempre cenaban con sus padres y se portaban muy bien en la mesa. "mamá", dijo andor seriamente mientras se subía a su silla y se metía la servilleta en el cuello de la blusa, "las manos de la señorita kronborg son todo tipo de animal".

Su padre se rió. "desearía que alguien dijera eso sobre mis manos y / o".

Cuando thea cenó en el harsanyis antes, notó que había un intenso suspenso desde el momento en que tomaron sus lugares en la mesa hasta que el dueño de la casa probó la sopa. Tenía la teoría de que si la sopa iba bien, la cena iría bien; pero si la sopa era pobre, todo estaba perdido. Esta noche probó su sopa y sonrió, y la sra. Harsanyi se sentó más fácilmente en su silla y volvió su atención a thea. A thea le encantaba su mesa de la cena, porque estaba iluminada por velas en candelabros de plata, y nunca había visto una mesa tan iluminada en ningún otro lugar. Siempre había flores también. Esta noche había un pequeño naranjo, con naranjas en él, que uno de los alumnos de harsanyi le había enviado en la época de acción de gracias. Después de que harsanyi hubo terminado su sopa y una copa de vino tinto húngaro, perdió su aspecto cansado y se volvió cordial e ingenioso. Convenció a thea para que bebiera un poco de vino esta noche. La primera vez que cenó con ellos, cuando él la instó a probar la copa de jerez junto a su plato, los sorprendió diciéndoles que "nunca bebió".

Harsanyi era entonces un hombre de treinta y dos años. Iba a tener una carrera muy brillante, pero entonces no lo sabía. Theodore thomas fue quizás el único hombre en chicago que sintió que harsanyi podría tener un gran futuro. Harsanyi pertenecía al tipo eslavo más suave, y se parecía más a un palo que a un húngaro. Era alto, delgado, activo, con hombros caídos y elegantes y brazos largos. Su cabeza era muy fina, modelada con fuerza y delicadeza, y, como decía thea, "tan independiente". Un mechón de su espeso cabello castaño generalmente le caía sobre la frente. Su ojo era maravilloso; lleno de luz y fuego cuando estaba interesado, suave y pensativo cuando estaba cansado o melancólico. El significado y el poder de dos ojos muy finos deben haber entrado todos en este: el correcto, afortunadamente, el que estaba junto a su audiencia cuando tocaba. Creía que el ojo de cristal que le daba a un lado de su rostro una mirada tan apagada y ciega, había arruinado su carrera, o más bien le había hecho imposible una carrera. Harsanyi perdió el ojo cuando tenía doce años, en un pueblo minero de pensilvania donde los explosivos se guardaban demasiado cerca de las chozas en las que la empresa apiñaba a las familias húngaras recién llegadas.

Su padre era músico y muy bueno, pero había trabajado demasiado con el niño; manteniéndolo al piano seis horas al día y haciéndolo tocar en cafés y salones de baile la mitad de la noche. Andor se escapó y cruzó el océano con un tío, quien lo pasó de contrabando por el puerto como uno de sus muchos hijos. La explosión en la que andor resultó herido mató a una veintena de personas, y se consideró afortunado de salir con un ojo. Todavía tenía un recorte de un periódico de pittsburg, con una lista de muertos y heridos. Apareció como "harsanyi, andor, ojo izquierdo y heridas leves en la cabeza". Ese fue su primer "aviso" americano; y lo guardó. No le guardaba rencor a la empresa del carbón; entendió que el accidente era simplemente una de las cosas que seguramente sucederán en la confusión general de la vida estadounidense, donde todos vienen a agarrar y se arriesgan.

Mientras comían el postre, thea le preguntó a harsanyi si podía cambiar la lección del martes de la tarde a la mañana. "tengo que estar en un ensayo del coro por la tarde, para prepararme para la música navideña, y espero que dure hasta tarde".

Harsanyi dejó su tenedor y miró hacia arriba. "¿un ensayo de coro? ¿cantas en una iglesia?"

"sí. Una pequeña iglesia sueca, en el lado norte".

"¿por qué no nos lo dijiste?"

"oh, solo soy temporal. La soprano normal no está bien".

"¿cuánto tiempo llevas cantando ahí?"

"desde que vine. Tuve que conseguir un puesto de algún tipo", explicó thea, ruborizada, "y el predicador me contrató. Él mismo dirige el coro. Él conocía a mi padre, y supongo que me llevó a complacer." "

Harsanyi golpeó el mantel con las puntas de los dedos. "¿pero por qué nunca nos lo dijiste? ¿por qué eres tan reticente con nosotros?"

Thea lo miró tímidamente desde debajo de sus cejas. "bueno, ciertamente no es muy interesante. Es solo una pequeña iglesia. Solo lo hago por razones comerciales".

"¿qué quieres decir? ¿no te gusta cantar? ¿no cantas bien?"

"me gusta bastante, pero, por supuesto, no sé nada de canto. Supongo que por eso nunca dije nada al respecto. Cualquiera que tenga voz puede cantar en una pequeña iglesia así".

Harsanyi se rió suavemente, un poco desdeñosa, pensó thea. "así que tienes voz, ¿verdad?"

Thea vaciló, miró fijamente a las velas y luego a harsanyi. "sí", dijo con firmeza; "tengo algunos, de todos modos."

"buena chica", dijo la sra. Harsanyi, asintiendo y sonriendo a thea. "debes dejar que te escuchemos cantar después de la cena".

Esta observación cerró aparentemente el tema, y cuando trajeron el café empezaron a hablar de otras cosas. Harsanyi le preguntó a thea cómo sabía ella tanto sobre la forma en que funcionan los trenes de carga, y trató de darle una idea de cómo la gente de los pequeños pueblos del desierto vive junto al ferrocarril y ordena sus vidas con el ir y venir de los trenes. Cuando salieron del comedor, los niños fueron enviados a la cama y la sra. Harsanyi llevó a thea al estudio. Ella y su marido solían sentarse allí por la noche.

Aunque su apartamento les parecía muy elegante, era pequeño y estrecho. El estudio era la única habitación espaciosa. Los harsanyis eran pobres, y se debía a la sra. Harsanyi ha sabido que sus vidas, incluso en tiempos difíciles, se movieron con dignidad y orden. Hacía mucho tiempo que se había enterado de que las facturas o deudas de cualquier tipo asustaban a su marido y paralizaban su capacidad de trabajo. Dijo que eran como rejas en las ventanas y cerraban el futuro; querían decir que el valor de tantos cientos de dólares de su vida estaba debilitado y agotado antes de llegar a eso. Así que la señora. Harsanyi se encargó de que nunca debieran nada. Harsanyi no era extravagante, aunque a veces se mostraba descuidado con el dinero. La tranquilidad y el orden y el buen gusto de su esposa eran las cosas que más significaban para él. Después de estos, buena comida, buenos puros, un poquito de buen vino. Usó su ropa hasta que estuvo raída, hasta que su esposa tuvo que pedirle al sastre que viniera a la casa y lo midiera por otras nuevas. Sus corbatas solía hacerse ella misma, y cuando estaba en las tiendas siempre estaba atento a las sedas en tonos muy apagados o pálidos, grises y aceitunas, negros cálidos y marrones.

Cuando entraron en el estudio la sra. Harsanyi tomó su bordado y thea se sentó a su lado en un taburete bajo, con las manos entrelazadas alrededor de sus rodillas. Mientras su esposa y su alumno hablaban, harsanyi se hundía en una tumbona en la que a veces tomaba unos momentos de descanso entre lecciones y fumaba. Se sentó bien fuera del círculo de la luz de la lámpara, con los pies en el fuego. Sus pies eran delgados y bien formados, siempre elegantemente calzados. Gran parte de la gracia de sus movimientos se debía al hecho de que sus pies eran casi tan seguros y flexibles como sus manos. Escuchó la conversación con diversión. Admiraba el tacto y la amabilidad de su esposa con los jóvenes toscos; les enseñó mucho sin que pareciera que los estaba instruyendo. Cuando el reloj dio las nueve, thea dijo que debía irse a casa.

Harsanyi se levantó y tiró su cigarrillo. "todavía no. Acabamos de comenzar la velada. Ahora vas a cantar para nosotros. He estado esperando a que te recuperes de la cena. Ven, ¿qué será?" se acercó al piano.

Thea se rió y sacudió la cabeza, apretando aún más los codos sobre las rodillas. "gracias, señor harsanyi, pero si realmente me hace cantar, me acompañaré. No podría soportar tocar el tipo de cosas que tengo que cantar".

Mientras harsanyi todavía apuntaba a la silla del piano, ella dejó su taburete y fue hacia él, mientras él regresaba a su chaise longue. Thea miró el teclado con inquietud por un momento, luego comenzó a "ven, desconsolados", el himno que siempre le había gustado escucharla cantar. Señora. Harsanyi miró inquisitivamente a su esposo, pero él estaba mirando fijamente las puntas de sus botas, protegiéndose la frente con su larga mano blanca. Cuando thea terminó el himno, no se dio la vuelta, sino que inmediatamente comenzó "las noventa y nueve". Señora. Harsanyi seguía intentando llamar la atención de su marido; pero su barbilla solo se hundió más en su cuello.

"había noventa y nueve que yacían a salvo al abrigo del redil, pero uno estaba en las colinas lejos, lejos de las puertas de oro".

Harsanyi la miró, luego volvió a mirar el fuego.

"alégrate, porque el pastor ha encontrado a sus ovejas".

Thea se volvió en la silla y sonrió. "eso es suficiente, ¿no? Esa canción me consiguió mi trabajo. El predicador dijo que era comprensivo", dijo entre dientes, recordando al sr. Modales de larsen.

Harsanyi se incorporó en su silla, apoyando los codos en los brazos bajos. "¿sí? Eso se adapta mejor a tu voz. Tus tonos superiores son buenos, por encima de g. Debo enseñarte algunas canciones. ¿no sabes nada? ¿agradable?"

Thea negó con la cabeza con pesar. "me temo que no. Déjame ver, tal vez", se volvió hacia el piano y puso las manos sobre las teclas. "solía cantar esto para el señor wunsch hace mucho tiempo. Es para contralto, pero lo intentaré". Frunció el ceño al teclado por un momento, tocó los pocos compases introductorios y comenzó:

"ach, ich habe sie verloren",

No la había cantado durante mucho tiempo y volvió como una vieja amistad. Cuando terminó, harsanyi saltó de su silla y se dejó caer suavemente sobre los dedos de los pies, una especie de charla entretenida que a veces ejecutaba cuando tomaba una resolución repentina, o cuando estaba a punto de seguir una intuición pura, contra la razón. Su esposa dijo que cuando le dio ese resorte le dispararon desde el arco de sus antepasados, y ahora cuando dejó su silla de esa manera ella supo que estaba intensamente interesado. Fue rápidamente al piano.

"canta eso de nuevo. No pasa nada con tu voz baja, mi niña. Tocaré para ti. Deja salir tu voz." sin mirarla inició el acompañamiento. Thea echó los hombros hacia atrás, los relajó instintivamente y cantó.

Cuando terminó el aria, harsanyi la hizo señas para que se acercara. "canta ah — ah para mí, como indico". Mantuvo su mano derecha en el teclado y puso la izquierda en su garganta, colocando las puntas de sus delicados dedos sobre su laringe. "otra vez, —hasta que se te acabe el aliento. —trino entre los dos tonos, siempre; ¡bien! ¡otra vez; excelente! —ahora arriba, — quédate ahí. Ey f. No tan bien, ¿verdad? F siempre es difícil . — ahora, prueba con el semitono. — eso es correcto, no tiene nada de difícil. — ahora, pianísimo, ah — ah. Ahora, hinchalo, ah — ah. — de nuevo, sigue mi mano. — ahora, bájalo ... ¿alguien te ha dicho alguna vez algo sobre tu respiración? "

"el sr. Larsen dice que tengo un aliento inusualmente largo", respondió thea con espíritu.

Harsanyi sonrió. "así que lo has hecho, lo has hecho. Eso fue lo que quise decir. Ahora, una vez más; llévalo hacia arriba y luego hacia abajo, ah — ah". Volvió a poner la mano en su garganta y se sentó con la cabeza inclinada y el único ojo cerrado. Le encantaba escuchar una gran voz palpitar en una garganta natural y relajada, y estaba pensando que nadie había sentido esta voz vibrar antes. ¡era como un pájaro salvaje que hubiera entrado volando en su estudio en middleton street desde dios sabe cuán lejos! Nadie sabía que había llegado, ni siquiera que existía; y mucho menos la chica extraña y tosca en cuya garganta batía sus alas apasionadas. Qué simple era, reflexionó; ¿por qué nunca lo había adivinado antes? Todo en ella lo indicaba: la boca grande, la mandíbula y el mentón anchos, los dientes blancos y fuertes, la risa profunda. La máquina era tan simple y fuerte, parecía ser tan fácil de operar. Cantó desde el fondo de sí misma. Su respiración venía de donde provenía su risa, la risa profunda que la sra. Harsanyi había llamado una vez "la risa de la gente". Una garganta relajada, una voz que descansaba en el aliento, que nunca había sido forzado a dejar de respirar; subía y bajaba en la columna de aire como las bolitas que se ponen a brillar en el chorro de una fuente. La voz no se debilitó mientras subía; los tonos superiores eran tan completos y ricos como los inferiores, producidos de la misma manera e inconscientemente, sólo que con una respiración más profunda.

Por fin, harsanyi echó la cabeza hacia atrás y se levantó. "debe estar cansada, señorita kronborg".

Cuando ella respondió, lo sorprendió; había olvidado lo dura y llena de irritaciones que era su voz al hablar. "no", dijo, "cantar nunca me cansa".

Harsanyi se echó el pelo hacia atrás con una mano nerviosa. "no sé mucho sobre la voz, pero me tomaré libertades y te enseñaré algunas buenas canciones. Creo que tienes una voz muy interesante".

"me alegro si le gusta. Buenas noches, señor harsanyi". Thea fue con la sra. Harsanyi para conseguir sus abrigos.

Cuando la sra. Harsanyi regresó con su esposo, lo encontró caminando inquieto arriba y abajo de la habitación.

"¿no crees que su voz es maravillosa, querida?" ella preguntó.

"apenas sé qué pensar. Todo lo que realmente sé sobre esa chica es que me cansa hasta la muerte. No debemos tenerla a menudo. Si no pudiera ganarme la vida, entonces ..." se dejó caer en una silla y cerró sus ojos. "qué cansado estoy. ¡qué voz!"

Iv

Después de esa noche, el trabajo de thea con harsanyi cambió un poco. Insistió en que ella debería estudiar algunas canciones con él y, después de casi cada lección, dedicó media hora de su tiempo a practicarlas con ella. Él no pretendía saber mucho sobre la producción de voz, pero hasta ahora, pensó, ella no había adquirido hábitos realmente dañinos. Un órgano sano y poderoso había encontrado su propio método, que no era malo. Deseaba averiguar mucho antes de recomendar un profesor de canto. Nunca le dijo a thea lo que pensaba de su voz, e hizo de su ignorancia general sobre cualquier cosa que valiera la pena cantar como pretexto para las molestias que se tomó. Eso fue al principio. Después de las primeras lecciones, su propio placer y el suyo eran pretexto suficiente. El canto llegó al final de la hora de la lección, y ambos lo trataron como una forma de relajación.

Harsanyi ni siquiera le dijo mucho a su esposa sobre su descubrimiento. Lo meditó de una manera curiosa. Descubrió que estas lecciones de canto poco científicas lo estimulaban en su propio estudio. Después de que la señorita kronborg lo dejara, a menudo se acostaba en su estudio durante una hora antes de la cena, con la cabeza llena de ideas musicales, con una efervescencia en el cerebro que a veces había perdido durante semanas juntos bajo la rutina de la enseñanza. Nunca había recuperado tanto de ningún alumno como de la señorita kronborg. Desde el principio ella lo había estimulado; algo en su personalidad lo afectaba invariablemente. Ahora que estaba sintiendo su camino hacia su voz, la encontraba más interesante que nunca. Ella le quitó el tedio del invierno, le dio curiosas fantasías y ensoñaciones. Musicalmente, ella simpatizaba con él. Por qué todo esto era cierto, nunca se preguntó. Había aprendido que uno debe tomar donde y cuando se pueda el misterioso irritante mental que despierta la imaginación; que no se puede conseguir por encargo. A menudo lo cansaba, pero nunca lo aburría. Bajo su crudeza y dureza brusca, sintió que había una naturaleza completamente diferente, de la que nunca captaba ni la más mínima insinuación, excepto cuando ella estaba al piano o cuando cantaba. Era hacia esta criatura oculta que estaba tratando, para su propio placer, de encontrar su camino. En resumen, harsanyi esperaba con ansias su hora con thea por la misma razón por la que el pobre brujo a veces temía la suya; porque ella lo conmovió más de lo que pudiera explicar adecuadamente.

Una tarde harsanyi, después de la lección, estaba de pie junto a la ventana poniéndose un poco de colodión en un dedo agrietado, y thea estaba en el piano probando "die lorelei" que él le había dado la semana pasada para que practicara. No era una canción que le hubiera dado un maestro de canto, pero tenía sus propias razones. Cómo lo cantaba sólo le importaba a él ya ella. Ahora estaba jugando a su propio juego, sin interferencias; sospechaba que no siempre podía hacerlo.

Cuando terminó la canción, lo miró por encima del hombro y habló pensativamente. "eso no estuvo bien, al final, ¿verdad?"

"no, ese debería ser un tono abierto y fluido, algo como esto" - agitó sus dedos rápidamente en el aire. "¿entiendes la idea?"

"no, no lo creo. Parece un final extraño, después del resto".

Harsanyi tapó su botellita y la metió en el bolsillo de su abrigo de terciopelo. "¿por qué? Los naufragios van y vienen, los marchen van y vienen, pero el río sigue su camino. Ahí tienes tu tono abierto y fluido".

Thea miró intensamente la música. "ya veo", dijo ella con tristeza. "¡oh ya veo!" repitió ella rápidamente y se volvió hacia él con un semblante radiante. "es el río. ¡oh, sí, lo entiendo ahora!" ella lo miró, pero lo suficiente para captar su mirada, luego se volvió hacia el piano de nuevo. Harsanyi nunca estuvo muy segura de dónde venía la luz cuando su rostro repentinamente lo miró de esa manera. Sus ojos eran demasiado pequeños para explicarlo, aunque brillaban como hielo verde al sol. En esos momentos su cabello era más amarillo, su piel más blanca, sus mejillas más rosadas, como si una lámpara se hubiera encendido repentinamente dentro de ella. Volvió a tocar la canción:

"ich weiss nicht, was soll es bedeuten, das ich so traurig bin".

Una especie de felicidad vibraba en su voz. Harsanyi notó cuánto y sin vacilar cambió su forma de pronunciar toda la canción, tanto la primera como la última. A menudo se había dado cuenta de que ella no podía pensar en nada en los pasajes. Hasta que lo vio como un todo, vagó como un ciego rodeado de tormentos. Una vez que tuvo su "revelación", después de que tuvo la idea de que a ella, no siempre a él, le explicaba todo, luego avanzó rápidamente. Pero no siempre fue fácil ayudar. A veces era insensible a las sugerencias; ella lo miraba como si fuera sorda e ignoraba todo lo que él le decía que hiciera. Luego, de repente, algo sucedería en su cerebro y empezaría a hacer todo lo que él le había estado diciendo durante semanas, sin darse cuenta de que él nunca se lo había dicho.

Esta noche thea olvidó harsanyi y su dedo. Terminó la canción sólo para comenzarla con nuevo entusiasmo.

"und das hat mit ihrem singen die lorelei gethan".

Se sentó allí cantándolo hasta que la habitación que se oscureció se inundó tanto con él que harsanyi abrió una ventana.

"realmente debe detenerlo, señorita kronborg. No podré sacármelo de la cabeza esta noche".

Thea se rió con tolerancia mientras comenzaba a reunir su música. "bueno, pensé que se había ido, señor harsanyi. Me gusta esa canción".

Esa noche, durante la cena, harsanyi se sentó a mirar fijamente un vaso de vino amarillo espeso; aburrido en él, de hecho, con su único ojo, cuando de repente su rostro se iluminó con una sonrisa.

"¿qué es y o?" preguntó su esposa.

Volvió a sonreír, esta vez a ella, y cogió los cascanueces y una nuez de brasil. "¿sabes?", dijo en un tono tan íntimo y confidencial que podría haber estado hablando solo, "¿sabes? Me gusta ver a la señorita kronborg hacerse con una idea. A pesar de ser tan talentosa, ella es no es rápido. Pero cuando tiene una idea, la llena hasta los ojos. Tenía mi habitación tan apestada a una canción esta tarde que no pude quedarme allí ".

Señora. Harsanyi miró hacia arriba rápidamente, "'die lorelei', ¿quieres decir? No se podía pensar en nada más en ninguna otra parte de la casa. Pensé que estaba poseída. ¿pero no crees que su voz es maravillosa a veces?"

Harsanyi probó su vino lentamente. "querida, ya te he dicho antes que no sé lo que pienso de la señorita kronborg, excepto que me alegro de que no haya dos de ella. A veces me pregunto si no está contenta. Tan fresca como está en todo, de vez en cuando me he imaginado que, si supiera cómo, le gustaría ... Disminuir ". Movió su mano izquierda en el aire como si estuviera sugiriendo un diminuendo a una orquesta.

V

Para el primero de febrero, thea había estado en chicago casi cuatro meses, y no sabía mucho más sobre la ciudad que si nunca hubiera abandonado moonstone. Ella era, como harsanyi dijo, indiferente. Su trabajo le tomaba la mayor parte de su tiempo y descubrió que tenía que dormir mucho. Nunca antes había sido tan difícil levantarse por la mañana. Tuvo la molestia de cuidar su habitación, y tuvo que encender su fuego y traer su carbón. Su rutina fue frecuentemente interrumpida por un mensaje del sr. Larsen la convocó a cantar en un funeral. Cada funeral duraba medio día y había que recuperar el tiempo. Cuando la sra. Harsanyi le preguntó si no la deprimía cantar en los funerales, ella respondió que "la habían educado para ir a los funerales y no le importaba".

Thea nunca iba a las tiendas a menos que tuviera que hacerlo, y no sentía ningún interés por ellas. De hecho, los rechazó, como lugares donde uno estaba seguro de ser separado de su dinero de alguna manera. Estaba nerviosa por contar su cambio y no podía acostumbrarse a que le enviaran sus compras a su dirección. Se sentía mucho más segura con los bultos bajo el brazo.

Durante este primer invierno, thea no tuvo conciencia de ciudad. Chicago era simplemente un desierto a través del cual uno tenía que encontrar su camino. No sintió ningún interés en la vivacidad general y el entusiasmo de la multitud. El estrépito y el revuelo de esa gran, rica y apetitosa ciudad occidental que ella no asimiló en absoluto, excepto para notar que el ruido de los camiones y tranvías la cansaba. Los escaparates brillantes, las espléndidas pieles y telas, las hermosas floristerías, las alegres tiendas de dulces, ella apenas se dio cuenta. En la época navideña sentía cierta curiosidad por las jugueterías, y deseaba tener el pequeño puño enguantado de thor en su mano mientras estaba de pie frente a las ventanas. Los escaparates de los joyeros también la atraían mucho; siempre le habían gustado las piedras brillantes. Cuando iba a la ciudad solía desafiar los fuertes vientos del lago y quedarse mirando las exhibiciones de diamantes, perlas y esmeraldas; las tiaras y collares y pendientes, sobre terciopelo blanco. A ella le parecían muy valiosas, cosas que valía la pena codiciar.

Señora. Lorch y la sra. Andersen se decía a menudo que era extraño que la señorita kronborg tuviera tan poca iniciativa sobre "visitar puntos de interés". Cuando thea vino a vivir con ellos, había expresado su deseo de ver dos lugares: montgomery ward y la gran tienda de pedidos por correo de la compañía, y las empacadoras, a las que estaban destinados todos los cerdos y ganado que pasaban por moonstone. Una de las sras. Los inquilinos de lorch trabajaban en una empacadora y la sra. Andersen trajo la palabra que le había hablado al sr. Eckman y él con mucho gusto la llevarían a la ciudad de empaque. Eckman era un joven sueco rudo y pensó que sería divertido llevar a una chica guapa a través de los mataderos. Pero estaba decepcionado. Thea no se desmayó ni se aferró al brazo que él le ofrecía. Ella hizo innumerables preguntas y estaba impaciente porque él sabía muy poco de lo que estaba pasando fuera de su propio departamento. Cuando se bajaron del tranvía y caminaron hacia la sra. En la casa de lorch en el crepúsculo, eckman se metió la mano en el bolsillo del abrigo (no tenía manguito) y siguió apretándola ardientemente hasta que dijo: "no hagas eso, mi anillo me corta". Esa noche le dijo a su compañera de cuarto que "podría haberla besado tan fácilmente como rodar de un tronco, pero ella no valía la pena". En cuanto a thea, había disfrutado mucho la tarde y le escribió a su padre un breve pero claro relato de lo que había visto.

Una noche en la cena mrs. Andersen estaba hablando de la exposición de trabajos de estudiantes que había visto en el instituto de arte esa tarde. Varios de sus amigos tenían bocetos en la exhibición. Thea, que siempre sintió que estaba atrasada en cortesía con la sra. Andersen, pensó que aquí tenía la oportunidad de mostrar interés sin comprometerse con nada. "¿dónde está ese, el instituto?" preguntó distraídamente.

Señora. Andersen apretó la servilleta con ambas manos. "¿el instituto de arte? ¿nuestro hermoso instituto de arte en michigan avenue? ¿quiere decir que nunca lo ha visitado?"

"oh, ¿es el lugar con los leones grandes al frente? Lo recuerdo; lo vi cuando fui a montgomery ward's. Sí, pensé que los leones eran hermosos".

"¡pero las fotos! ¿no visitaste las galerías?"

"no. El letrero de afuera decía que era un día de pago. Siempre tuve la intención de regresar, pero no he vuelto a caer de esa manera desde entonces".

Señora. Lorch y la sra. Andersen se miraron. Habló la anciana, clavando sus ojillos brillantes en thea al otro lado de la mesa. "¡ah, pero señorita kronborg, hay viejos maestros! Oh, muchos de ellos, como no podría ver en ningún lugar fuera de europa".

"y corots", suspiró la sra. Andersen, inclinando la cabeza con sentimiento. "¡tales ejemplos de la escuela de barbizon!" esto no tenía sentido para thea, que no leyó las columnas de arte del interoceánico dominical como la sra. Andersen hizo.

"oh, algún día iré allí", les aseguró. "me gusta mirar pinturas al óleo".

Un día sombrío de febrero, cuando el viento soplaba nubes de tierra como una tormenta de arena de piedra lunar, tierra que llenaba tus ojos, oídos y boca, thea se abrió camino a través del espacio desprotegido frente al instituto de arte y entró por las puertas del edificio. . No volvió a salir hasta la hora de cierre. En el tranvía, en el largo y frío viaje a casa, mientras estaba sentada mirando los botones del chaleco de una gruesa percha, tenía un serio ajuste de cuentas consigo misma. Rara vez pensaba en su forma de vida, en lo que debía o no debía hacer; por lo general, solo había una cosa obvia e importante por hacer. Pero esa tarde se recriminó severamente. Se dijo a sí misma que se estaba perdiendo mucho; que debería estar más dispuesta a aceptar consejos e ir a ver cosas. Lamentaba haber dejado pasar meses sin ir al instituto de arte. Después de esto, iría una vez a la semana.

El instituto resultó, de hecho, un lugar de retiro, como solían ser las colinas de arena o el jardín de los kohlers; un lugar donde podría olvidar a la sra. Las aburridas oberturas de amistad de andersen, la contundente contralto en el coro a quien tan irracionalmente odiaba, e incluso, por un momento, el tormento de su trabajo. Ese edificio era un lugar en el que podía relajarse y jugar, y ahora casi nunca podía jugar. En general, pasó más tiempo con los yesos que con las imágenes. Eran a la vez más simples y desconcertantes; y de alguna manera parecían más importantes, más difíciles de pasar por alto. Nunca se le ocurrió comprar un catálogo, por lo que llamó a la mayoría de los modelos por los nombres que inventó para ellos. Algunos de ellos los conocía; el gladiador moribundo del que había leído en "childe harold" casi desde que tenía memoria; estaba fuertemente asociado con el dr. Archie y enfermedades infantiles. La venus di milo la desconcertó; no podía ver por qué la gente pensaba que era tan hermosa. Se repetía una y otra vez que no pensaba que el apolo belvedere fuera "en absoluto guapo". Más que cualquier otra cosa le gustaba una gran estatua ecuestre de un general malvado y de aspecto cruel con un nombre impronunciable. Solía dar vueltas y vueltas alrededor de este hombre terrible y su terrible caballo, frunciendo el ceño, cavilando sobre él, como si tuviera que tomar una decisión trascendental sobre él.

Los moldes, cuando se demoraba mucho entre ellos, siempre la ponían triste. Fue con un alivio del corazón, un sentimiento de deshacerse de las viejas miserias y viejas penas del mundo, que corrió por la amplia escalera hacia los cuadros. Allí le gustaban más los que contaban historias. Había un cuadro de gerome llamado "el dolor del pasha" que siempre la hacía desear artillero y axel. El bajá estaba sentado sobre una alfombra, junto a una vela verde casi tan grande como un poste de telégrafo, y ante él estaba tendido su tigre muerto, una bestia espléndida, y rosas rosadas esparcidas a su alrededor. También le encantaba la imagen de unos niños que traían un ternero recién nacido en una camada, la vaca caminaba a su lado y la lamía. El corot que colgaba junto a este cuadro no le gustaba ni le desagradaba; ella nunca lo vio.

Pero en esa misma habitación había una imagen, ¡oh, eso fue lo que corrió escaleras arriba tan rápido para ver! Esa era su foto. Imaginaba que a nadie le importaba más que a ella, y que la esperaba. Esa era una imagen de hecho. Le gustó incluso su nombre, "el canto de la alondra". El campo llano, la luz de la mañana, los campos húmedos, la expresión en el rostro pesado de la niña, bueno, todos eran de ella, de todos modos, lo que fuera que hubiera allí. Se dijo a sí misma que esa foto era "correcta". Exactamente lo que quería decir con esto, se necesitaría una persona inteligente para explicarlo. Pero para ella la palabra cubría la satisfacción casi ilimitada que sentía cuando miraba la imagen.

Antes de que thea tuviera idea de lo rápido que volaban las semanas, antes de que el sr. La soprano "permanente" de larsen había vuelto a sus funciones, llegó la primavera; ventoso, polvoriento, estridente, estridente; una temporada casi más violenta en chicago que el invierno del que libera uno, o el calor al que finalmente lo entrega. Una mañana soleada los manzanos en la sra. El patio trasero de lorch floreció y, por primera vez en meses, thea se vistió sin encender fuego. La mañana brillaba como una festividad, y para ella iba a ser una festividad. Había en el aire esa suavidad repentina y traicionera que emborracha a los postes que trabajan en las empacadoras. En esos momentos la belleza es necesaria, y en la ciudad de empaque no hay lugar para conseguirla excepto en las tabernas, donde uno puede comprar por unas horas la ilusión de comodidad, esperanza, amor, lo que más anhele.

Harsanyi le había dado a thea una entrada para el concierto sinfónico de esa tarde, y cuando miró hacia los manzanos blancos, sus dudas sobre si debía ir se desvanecieron de inmediato. Ella haría su trabajo ligero esa mañana, se dijo. Iría al concierto llena de energía. Cuando partió, después de la cena, la sra. Lorch, que conocía el clima de chicago, la convenció para que se pusiera la capa. La anciana dijo que tan repentina suavidad, tan temprano en abril, presagiaba un brusco regreso del invierno, y estaba ansiosa por sus manzanos.

El concierto comenzaba a las dos y media, y thea estaba en su asiento del auditorio a las dos y diez, un hermoso asiento en la primera fila del balcón, al costado, desde donde podía ver la casa y la orquesta. Había estado en tan pocos conciertos que la gran casa, la multitud de gente y las luces tenían un efecto estimulante. Se sorprendió al ver tantos hombres en la audiencia y se preguntó cómo podían dejar sus asuntos por la tarde. Durante el primer número thea estaba tan interesada en la orquesta misma, en los hombres, los instrumentos, el volumen del sonido, que prestó poca atención a lo que tocaban. Su emoción afectó su capacidad de escuchar. Seguía diciéndose a sí misma, "ahora debo detener esta tontería y escuchar; puede que nunca vuelva a escuchar esto"; pero su mente era como un vaso difícil de enfocar. No estaba lista para escuchar hasta el segundo número, la sinfonía en mi menor de dvorak, llamado en el programa, "del nuevo mundo". El primer tema apenas se había dado a conocer cuando su mente se aclaró; la compostura instantánea cayó sobre ella, y con ella vino el poder de la concentración. Era música que ella podía entender, ¡música del nuevo mundo de hecho! Extraño cómo, a medida que avanzaba el primer movimiento, le devolvió esa alta meseta sobre laramie; los caminos de las carretas llenas de hierba, los picos lejanos de la cordillera nevada, el viento y las águilas, ese anciano y el primer mensaje telegráfico.

Cuando terminó el primer movimiento, las manos y los pies de thea estaban fríos como el hielo. Estaba demasiado emocionada para saber algo excepto que quería algo desesperadamente, y cuando los cuernos ingleses dieron a conocer el tema del largo, supo que lo que quería era exactamente eso. Aquí estaban las colinas de arena, los saltamontes y las langostas, todas las cosas que se despertaban y gorjeaban temprano en la mañana; el alcance y la extensión de las llanuras altas, el anhelo inconmensurable de todas las tierras planas. También había un hogar en él; primeros recuerdos, primeras mañanas hace mucho tiempo; el asombro de un alma nueva en un mundo nuevo; un alma nueva pero vieja, que había soñado algo desesperado, algo glorioso, en la oscuridad antes de nacer; un alma obsesionada por lo que no sabía, bajo la nube de un pasado que no podía recordar.

Si thea hubiera tenido mucha experiencia en la asistencia a conciertos y hubiera conocido su propia capacidad, habría abandonado la sala cuando terminara la sinfonía. Pero se quedó quieta, sin saber apenas dónde estaba, porque su mente había estado muy lejos y aún no había vuelto a ella. Se sobresaltó cuando la orquesta comenzó a tocar de nuevo: la entrada de los dioses en walhalla. Lo escuchó como la gente escucha cosas mientras duerme. Apenas sabía nada de las óperas de wagner. Tenía una vaga idea de que "rhinegold" trataba de la lucha entre dioses y hombres; ella había leído algo al respecto en mr. El libro de haweis hace mucho tiempo. Demasiado cansada para seguir a la orquesta con mucha comprensión, se agachó en su asiento y cerró los ojos. Los compases fríos y majestuosos de la música walhalla sonaban a lo lejos; el puente del arco iris palpitaba en el aire, bajo él el llanto de las hijas del rin y el canto del rin. Pero thea se hundió en el crepúsculo; todo estaba sucediendo en otro mundo. Así sucedió que con un oído apagado, casi apático, escuchó por primera vez esa música turbulenta, cada vez más oscura, cada vez más luminosa, que iba a fluir a lo largo de tantos años de su vida.

Cuando thea salió de la sala de conciertos, la sra. Las predicciones de lorch se habían cumplido. Un vendaval furioso azotaba la ciudad desde el lago michigan. Las calles estaban llenas de gente fría, apresurada, enojada, que corría hacia los tranvías y se ladraba unos a otros. El sol se estaba poniendo en un cielo despejado y ventoso, que resplandecía de rojo como si hubiera un gran fuego en algún lugar de las afueras de la ciudad. Por primera vez thea tuvo conciencia de la ciudad misma, de la congestión de la vida que la rodeaba, de la brutalidad y el poder de esos arroyos que fluían por las calles amenazando con hundirlo. La gente la empujaba, la chocaba, la empujaba a un lado con los codos, profiriendo exclamaciones airadas. Se subió al auto equivocado y el conductor la expulsó bruscamente en una esquina con viento, frente a un salón. Ella se quedó allí aturdida y temblando. Los autos pasaban, gritando mientras doblaban las curvas, pero o estaban llenos hasta las puertas o se dirigían a lugares donde ella no quería ir. Sus manos estaban tan frías que se quitó los apretados guantes de niño. Las luces de la calle empezaron a brillar en la oscuridad. Un joven salió del salón y se quedó mirándola inquisitivamente mientras encendía un cigarrillo. "¿buscas un amigo esta noche?" preguntó. Thea se subió el cuello de la capa y dio unos pasos. El joven se encogió de hombros y se alejó.

Thea regresó a la esquina y se quedó allí indecisa. Un anciano se acercó a ella. Él también parecía estar esperando un coche. Llevaba un abrigo con cuello de piel negro, su bigote gris estaba depilado en puntitos y sus ojos estaban llorosos. Siguió levantando su rostro cerca del de ella. Su sombrero estalló y él corrió tras él (un salto rígido y lastimoso que hizo) y se lo devolvió. Luego, mientras ella se abrochaba el sombrero, su capa estalló y él la sostuvo hacia abajo, mirándola intensamente. Su rostro se movía como si fuera a llorar o estuviera asustado. Se inclinó y le susurró algo. Le pareció curioso que él fuera realmente bastante tímido, como un viejo mendigo. "¡oh, déjame solo!" gritó miserablemente entre dientes. Desapareció, desapareció como el diablo en una obra de teatro. Pero mientras tanto, algo se le había escapado; no podía recordar cómo los violines iban detrás de los cuernos, allí mismo. Cuando su capa estalló, tal vez, ¿por qué estos hombres la atormentaron? Una nube de polvo sopló en su rostro y la cegó. Había algo de poder en el mundo que se empeñaba en quitarle ese sentimiento con el que había salido de la sala de conciertos. Todo parecía caer sobre ella para arrancarlo de debajo de la capa. Si uno tenía eso, el mundo se convertía en su enemigo; gente, edificios, carros, coches, se apresuraron hacia uno para aplastarlo, para hacer que uno lo soltara. Thea miró a su alrededor a la multitud, las calles espantosas y feas, las largas filas de luces, y ahora no lloraba. Sus ojos eran más brillantes de lo que incluso harsanyi los había visto. Todas estas cosas y personas ya no eran remotas e insignificantes; tenían que ser cumplidos, estaban alineados contra ella, estaban allí para quitarle algo. Muy bien; nunca deberían tenerlo. Podrían pisotearla hasta matarla, pero nunca deberían tenerlo. Mientras viviera, ese éxtasis sería suyo. Ella viviría por ello, trabajaría por ello, moriría por ello; pero lo iba a tener, una y otra vez, altura tras altura. Volvió a oír el estrépito de la orquesta y se levantó sobre los metales. Ella quería lo que cantaban las trompetas! Ella lo tendría, lo tendría, ¡lo tendría! Bajo la vieja capa se apretó las manos sobre el pecho agitado, que ya no era el de una niña.

Vi

Una tarde de abril, theodore thomas, el director de la orquesta sinfónica de chicago, había apagado la luz de su escritorio y estaba a punto de salir de su oficina en el auditorio, cuando apareció harsanyi en la puerta. El conductor le dio la bienvenida con un apretón de manos cordial y se quitó el abrigo que acababa de ponerse. Empujó a harsanyi en una silla y se sentó en su escritorio cargado, señalando los montones de papeles y carpetas de ferrocarril sobre él.

"otro recorrido, claro a la costa. Este viaje es la parte de mi trabajo que me muele, y o. Ya sabes lo que significa: mala comida, suciedad, ruido, cansancio para los hombres y para mí. No soy tan joven" como fui una vez. Es hora de que deje la autopista. ¡esta es la última gira, lo juro! "

"entonces lo siento por la 'autopista'. Recuerdo cuando te escuché por primera vez en pittsburg, hace mucho tiempo. Me lanzaste un salvavidas. Se trata de una de las personas a lo largo de tu carretera a la que vine a verte. ¿a quién consideras el mejor maestro para la voz? ¿en chicago?"

Señor. Thomas frunció el ceño y se tiró del pesado bigote. "déjame ver; supongo que en general madison bowers es el mejor. Es inteligente y tuvo un buen entrenamiento. No me agrada".

Harsanyi asintió. "pensé que no había nadie más. No me agrada tampoco, así que dudé. Pero supongo que debe hacerlo, por el momento".

"¿has encontrado algo prometedor? ¿uno de tus propios estudiantes?"

"sí, señor. Una joven sueca de algún lugar de colorado. Tiene mucho talento y me parece que tiene una voz extraordinaria".

"¿voz alta?"

"creo que lo será; aunque su voz baja tiene una hermosa cualidad, muy individual. No ha recibido ninguna instrucción en la voz, y me acojo en entregarla a nadie; su propio instinto al respecto ha sido tan bueno. Es una de esas voces que se maneja con facilidad, sin adelgazar a medida que sube; buena respiración y perfecta relajación. Pero debe tener un maestro, claro. Hay una pausa en la voz media, para que no funcione toda la voz. Juntos; un desnivel ".

Thomas miró hacia arriba. "¿tan? Curioso; esa fisura ocurre a menudo con los suecos. Algunos de sus mejores cantantes la han tenido. Siempre me recuerda el espacio que ves tan a menudo entre sus dientes frontales. ¿es ella fuerte físicamente?"

Los ojos de harsanyi brillaron. Levantó la mano ante él y la apretó. "¡como un caballo, como un árbol! Cada vez que le doy una lección, pierdo una libra. Ella persigue lo que quiere".

"¿inteligente, dices? ¿musicalmente inteligente?"

"sí, pero no cultivación alguna. Vino a mí como una hermosa joven salvaje, un libro sin nada escrito. Por eso siento la responsabilidad de dirigirla". Harsanyi hizo una pausa y aplastó su suave sombrero gris sobre su rodilla. "ella le interesaría, señor thomas", añadió lentamente. "tiene una cualidad: muy individual".

"sí; los escandinavos también pueden tener eso. Supongo que no puede ir a alemania".

"ahora no, en cualquier caso. Ella es pobre".

Thomas frunció el ceño de nuevo "no creo que bowers sea un hombre de primera clase. Es demasiado mezquino para ser de primera clase; en su naturaleza, quiero decir. Pero me atrevo a decir que es lo mejor que puedes hacer, si no puedes dale suficiente tiempo tú mismo ".

Harsanyi agitó la mano. "oh, el tiempo no es nada, puede que tenga todo lo que quiera, pero no puedo enseñarle a cantar".

"sin embargo, podría no estar mal si la convirtiera en músico", dijo el sr. Thomas secamente.

"hice lo mejor que pude. Pero solo puedo tocar con una voz, y esta no es una voz para jugar. Creo que será un músico, pase lo que pase. No es rápida, pero es sólida, real; no como estos otros. Mi mujer dice que con esa chica un trago no hace verano ".

Señor. Thomas se rió. "dígale a la sra. Harsanyi que su comentario me transmite algo. No se deje interesar demasiado. Las voces a menudo son decepcionantes; especialmente las voces de las mujeres. Tantas posibilidades al respecto, tantos factores".

"quizás por eso le interesan. Toda la inteligencia y el talento del mundo no pueden hacer un cantante. La voz es una cosa salvaje. No se puede criar en cautiverio. Es un deporte, como el zorro plateado". Sucede."

Señor. Thomas sonrió a los ojos brillantes de harsanyi. "¿por qué no la has traído para que cante para mí?"

"tuve la tentación de hacerlo, pero sabía que estabas conducido a la muerte, con esta gira enfrentándote".

"oh, siempre puedo encontrar tiempo para escuchar a una chica que tiene voz, si habla en serio. Lo siento, me voy tan pronto. Podría aconsejarte mejor si la hubiera escuchado. A veces puedo dar un sugerencias de cantantes. He trabajado mucho con ellos ".

"eres el único director que conozco que no es esnob con los cantantes". Harsanyi habló cálidamente.

"querida, ¿por qué debería serlo? Ellos han aprendido de mí y yo he aprendido de ellos". Mientras se levantaban, thomas tomó cariñosamente al joven del brazo. "háblame de esa esposa tuya. ¿está bien, y es tan hermosa como siempre? ¡y tan buenos niños! Venid a verme más a menudo, cuando regrese. Lo extraño cuando tú no".

Los dos hombres salieron juntos del edificio del auditorio. Harsanyi caminó a casa. Incluso una breve charla con thomas siempre lo estimulaba. Mientras caminaba, estaba recordando una noche que una vez pasaron juntos en cincinnati.

Harsanyi era el solista en uno de los conciertos de thomas allí, y después de la actuación, el director lo había llevado a un rathskeller donde había una excelente cocina alemana y donde el propietario se encargaba de que thomas tuviera los mejores vinos disponibles. Thomas había estado trabajando con el gran coro de la asociación del festival y hablaba de ello con entusiasmo cuando harsanyi le preguntó cómo era posible que sintiera tanto interés en la dirección coral y en las voces en general. Thomas rara vez hablaba de su juventud o de sus primeras luchas, pero esa noche volvió las páginas y le contó a harsanyi una larga historia.

Dijo que había pasado el verano de su decimoquinto año vagando solo por el sur, dando conciertos de violín en pueblos pequeños. Viajó a caballo. Cuando llegaba a una ciudad, se pasaba todo el día pegando carteles anunciando su concierto por la noche. Antes del concierto, se quedó en la puerta recibiendo el dinero de la entrada hasta que llegó su público, y luego subió a la plataforma y tocó. Era una existencia perezosa, precaria, y thomas dijo que debe haberle llegado a gustar esa forma de vida fácil y la relajante atmósfera sureña. En cualquier caso, cuando regresó a nueva york en el otoño, estaba bastante torpe; tal vez había estado creciendo demasiado rápido. De esta somnolencia adolescente, el muchacho fue despertado por dos voces, por dos mujeres que cantaban en nueva york en 1851: jenny lind y henrietta sontag. Fueron los primeros grandes artistas que había escuchado, y nunca olvidó su deuda con ellos.

Como él dijo, "no fue solo voz y ejecución. Había una grandeza en ellas. Eran grandes mujeres, grandes artistas. Me abrieron un mundo nuevo". Noche tras noche iba a escucharlos, esforzándose por reproducir la calidad de su tono en su violín. A partir de ese momento su idea sobre las cuerdas cambió por completo, y en su violín siempre probó el tono de canto, vibrante, en lugar del tono fuerte y algo áspero que prevalecía hasta entre los mejores violinistas alemanes. En años posteriores, a menudo aconsejaba a los violinistas que estudiaran canto y a los cantantes que estudiaran violín. Le dijo a harsanyi que obtuvo su primera concepción de la calidad del tono de jenny lind.

"pero, por supuesto", agregó, "lo mejor que obtuve de lind y sontag fue lo indefinido, no lo definitivo. Para un chico impresionable, su inspiración fue incalculable. Me dieron mi primer sentimiento por el estilo italiano —pero nunca podría decir cuánto me dieron. A esa edad, esas influencias son realmente creativas. Siempre pienso que mi conciencia artística comenzó entonces ".

Toda su vida, thomas hizo todo lo posible para devolver lo que sentía que le debía al arte del cantante. Ningún hombre podía obtener ese canto de los coros, y nadie se esforzó más por elevar el nivel del canto en las escuelas, las iglesias y las sociedades corales.

Vii

A lo largo de la lección, thea había sentido que harsanyi estaba inquieto y abstraído. Antes de que terminara la hora, echó la silla hacia atrás y dijo resueltamente: "no estoy de humor, señorita kronborg. Tengo algo en la cabeza y debo hablar con usted. ¿cuándo piensa volver a casa?"

Thea se volvió hacia él con sorpresa. "el primero de junio, aproximadamente. El sr. Larsen no me necesitará después de eso, y no tengo mucho dinero por delante. Sin embargo, trabajaré duro este verano".

"y hoy es primero de mayo; may-day". Harsanyi se inclinó hacia adelante, con los codos sobre las rodillas y las manos entrelazadas. "sí, debo hablarte de algo. Le pedí a madison bowers que me dejara llevarte con él el jueves, a la hora habitual de clase. Él es el mejor profesor de canto de chicago, y es hora de que empieces a trabajar. En serio con tu voz ".

La frente de thea se arrugó. "¿te refieres a tomar lecciones de bowers?"

Harsanyi asintió, sin levantar la cabeza.

—pero no puedo, señor harsanyi. No tengo tiempo y, además ... —se sonrojó y se encogió de hombros—, además, no puedo pagar a dos profesores. Thea sintió que había soltado esto de la peor manera posible, y se volvió hacia el teclado para ocultar su disgusto.

"lo sé. No quiero decir que pagarás a dos profesores. Después de que vayas a bowers no me necesitarás. No necesito decirte que no estaré feliz de perderte."

Thea se volvió hacia él, herida y enojada. "pero no quiero ir a bowers. No quiero dejarte. ¿qué pasa? ¿no trabajo lo suficientemente duro? Estoy seguro de que le enseñas a la gente que no se esfuerza ni la mitad".

Harsanyi se puso de pie. "no me malinterprete, señorita kronborg. Me interesa más que a cualquier alumno que tenga. He estado pensando durante meses en lo que debería hacer, desde la noche en que me cantó por primera vez". Se acercó a la ventana, se volvió y volvió a acercarse a ella. "creo que tu voz vale todo lo que puedas poner en ella. No he tomado esta decisión precipitadamente. Te he estudiado, y me he convencido cada vez más, en contra de mis propios deseos. No puedo hacer un cantante de tú, así que era asunto mío encontrar un hombre que pudiera. Incluso he consultado a theodore thomas al respecto ".

"pero supongamos que no quiero ser cantante. Quiero estudiar contigo. ¿qué te pasa? ¿de verdad crees que no tengo talento? ¿no puedo ser pianista?"

Harsanyi se paseaba arriba y abajo por la larga alfombra que tenía delante. "mi niña, tienes mucho talento. Podrías ser un pianista, uno bueno. Pero la formación temprana de un pianista, un pianista como te gustaría ser, debe ser algo tremendo. No debe haber tenido otra vida que la música. A tu edad debe ser el maestro de su instrumento. Nada podrá jamás ocupar el lugar de ese primer entrenamiento. Sabes muy bien que tu técnica es buena, pero no es notable. Nunca superará tu inteligencia. Un gran poder de trabajo, pero no eres por naturaleza un estudiante. No eres por naturaleza, creo, un pianista. Nunca te encontraras a ti mismo. En el esfuerzo de hacerlo, me temo que tu forma de tocar se deformaría, excéntrico." echó la cabeza hacia atrás y miró intensamente a su pupila con ese único ojo que a veces parecía ver más profundo que dos ojos cualesquiera, como si su singularidad le diera privilegios. "oh, la he observado con mucha atención, señorita kronborg. Debido a que había tenido tan poco y aún había hecho tanto por usted misma, tenía un gran deseo de ayudarla. Creo que la necesidad más fuerte de su naturaleza es encontrarse a sí misma. , para emerger como tú mismo. Hasta que te escuché cantar me preguntaba cómo ibas a hacer esto, pero se me ha vuelto más claro cada día ".

Thea miró hacia la ventana con ojos duros y entrecerrados. "quieres decir que puedo ser cantante porque no tengo suficiente cerebro para ser pianista".

"tienes suficiente cerebro y suficiente talento. Pero para hacer lo que quieres hacer, se necesita más que esto, se necesita vocación. Ahora, creo que tienes vocación, pero por la voz, no por el piano. Si supieras , "- se detuvo y suspiró, -" si supieras lo afortunado que a veces te creo. Con la voz el camino es mucho más corto, las recompensas se ganan más fácilmente. En tu voz creo que la naturaleza misma hizo por ti lo que haría te llevó muchos años tocar el piano. Quizás, después de todo, no naciste en el lugar equivocado. Hablemos con franqueza ahora. Nunca lo hemos hecho antes, y he respetado tu reticencia. Lo que quieres más que nada en el mundo es un artista, ¿es eso cierto? "

Ella apartó la cara de él y miró el teclado. Su respuesta llegó con voz espesa. "sí, supongo."

"¿cuándo sentiste por primera vez que querías ser artista?"

"no lo sé. Siempre había ... Algo".

"¿nunca pensaste que ibas a cantar?"

"si."

"¿hace cuánto tiempo fue eso?"

"siempre, hasta que vine a ti. Fuiste tú quien me hizo querer tocar el piano". Su voz temblaba. "antes, traté de pensar que sí, pero estaba fingiendo".

Harsanyi extendió la mano y tomó la mano que colgaba a su lado. Lo apretó como para darle algo. "¿no ves, querida niña, eso fue sólo porque yo fui el primer artista que has conocido? Si hubiera sido trombón, hubiera sido lo mismo; hubieras querido tocar el trombón. Pero todo el tiempo que has estado trabajando con tanta buena voluntad, algo ha estado luchando contra mí. Mira, aquí estábamos, tú y yo y este instrumento ", tocó el piano," tres buenos amigos, trabajando tan duro . Pero todo el tiempo había algo que luchaba contra nosotros: tu regalo y la mujer que debías ser. Cuando encuentres el camino hacia ese regalo y esa mujer, estarás en paz. Al principio era un artista que querías ser; bueno, puedes ser un artista, siempre ".

Thea respiró hondo. Sus manos cayeron en su regazo. "así que estoy donde comencé. Sin maestro, sin hacer nada. Sin dinero".

Harsanyi se volvió. "no sienta aprensión por el dinero, señorita kronborg. Vuelva en el otoño y nos las arreglaremos. Incluso iré con el sr. Thomas si es necesario. Este año no se perderá. Si supiera qué ventaja es el estudio de este invierno , todo tu estudio del piano, te entregará a la mayoría de los cantantes. Quizás las cosas te hayan salido mejor que si las hubiéramos planeado a sabiendas ".

"quieres decir que tienen si puedo cantar."

Thea habló con una ironía pesada, tan fuerte, en verdad, que fue grosera. Irritaba a harsanyi porque sentía que no era sincero, una afectación incómoda.

Giró hacia ella. "señorita kronborg, respóndame a esto. Usted sabe que puede cantar, ¿no es así? Siempre lo ha sabido. Mientras trabajábamos aquí juntos, a veces se decía a sí misma: 'tengo algo de lo que no sabes nada; podría sorprenderte. ' ¿Eso también es cierto? "

Thea asintió y bajó la cabeza.

"¿por qué no fuiste franco conmigo? ¿no me lo merecía?"

Ella se estremeció. Sus hombros encorvados temblaron. "no lo sé", murmuró. "no quise ser así. No podría. No puedo. Es diferente".

"¿quieres decir que es muy personal?" preguntó amablemente.

Ella asintió. "no en la iglesia ni en los funerales, o con personas como el sr. Larsen. Pero contigo fue: personal. No soy como tú y la sra. Harsanyi. Vengo de gente ruda. Soy rudo. Pero soy independiente , también. Era — todo lo que tenía. No sirve de nada que hable, señor harsanyi. No puedo decírselo ".

"no es necesario que me lo digas. Lo sé. Todo artista lo sabe". Harsanyi se quedó mirando la espalda de su alumno, inclinado como si estuviera empujando algo, hacia su cabeza baja. "puedes cantar para esas personas porque con ellas no te comprometes. Pero la realidad, uno no puede descubrir eso hasta que uno está seguro. Uno puede fallar a sí mismo, pero no hay que vivir para ver eso fallar; mejor nunca revelarlo". Déjame ayudarte a asegurarte de que puedo hacerlo mejor que bowers ".

Thea levantó la cara y extendió las manos.

Harsanyi negó con la cabeza y sonrió. "¡oh, no prometas nada! Tendrás mucho que hacer. No habrá solo voz, sino francés, alemán, italiano. Tendrás trabajo suficiente. Pero a veces tendrás que ser entendido; lo que nunca le muestras a nadie necesito compañía. Y luego debes venir a mí ". La miró a la cara con esa mirada penetrante e íntima. "sabes a lo que me refiero, lo que hay en ti que no tiene nada que ver con lo pequeño, que solo tendrá que ver con la belleza y el poder".

Thea extendió las manos con fiereza, como para apartarlo. Hizo un sonido con la garganta, pero no fue articulado. Harsanyi tomó una de sus manos y la besó suavemente en la espalda. Su saludo era de saludo, no de despedida, y era para alguien a quien nunca había visto.

Cuando la sra. Harsanyi entró a las seis en punto, encontró a su esposo sentado con indiferencia junto a la ventana. "¿cansado?" ella preguntó.

"un poco. Acabo de superar una dificultad. Envié a la señorita kronborg; la entregué a bowers, para que le diera voz".

"¿envió a la señorita kronborg? Y o, ¿qué le pasa?"

"no es nada precipitado. Hace tiempo que sé que debería hacerlo. Está hecha para una cantante, no para una pianista".

Señora. Harsanyi se sentó en la silla del piano. Habló con un poco de amargura: "¿cómo puedes estar seguro de eso? Ella era, al menos, lo mejor que tenías. Pensé que tenías la intención de que tocara en el recital de tus alumnos el próximo otoño. Estoy segura de que habría hecho una impresión. Podría haberla vestido de modo que hubiera sido muy llamativa. Tenía tanta individualidad ".

Harsanyi se inclinó hacia adelante, mirando al suelo. "sí, lo sé. La echaré de menos, por supuesto."

Señora. Harsanyi miró la hermosa cabeza de su marido contra la ventana gris. Nunca había sentido una ternura más profunda por él que en ese momento. Le dolía el corazón. "nunca te llevarás bien, ni tampoco", dijo con tristeza.

Harsanyi permaneció inmóvil. "no, nunca lo conseguiré", repitió en voz baja. De repente se levantó de un salto con ese ligero movimiento que ella conocía tan bien, y se quedó en la ventana, con los brazos cruzados. "pero algún día podré mirarla a la cara y reírme porque hice lo que pude por ella. Creo en ella. No hará nada común. Ella es poco común, en un mundo común, común. Eso es lo que salgo de esto. Significa más para mí que si ella tocara en mi concierto y me trajera una docena de alumnos. ¡toda esta monotonía me matará si de vez en cuando no puedo esperar algo, para alguien! Si a veces no puedo ver un pájaro vuela y agito mi mano hacia él ".

Su tono estaba enojado y herido. Señora. Harsanyi comprendió que éste era uno de los momentos en que su esposa era parte de la monotonía, del "mundo común, común".

Había dejado ir algo que le importaba, y sentía amargura por lo que quedaba. El estado de ánimo pasaría y él lo lamentaría. Ella lo conocía. La hirió, por supuesto, pero ese dolor no era nuevo. Era tan antiguo como su amor por él. Ella salió y lo dejó solo.

Viii

Una noche cálida y húmeda de junio, el denver express se dirigía a toda
velocidad hacia el oeste a través de las llanuras de iowa que olían a
tierra. Las luces del coche diurno estaban apagadas y los ventiladores
estaban abiertos, permitiendo que las lluvias de hollín y polvo cayeran
sobre los ocupantes de las estrechas sillas de felpa verde que se
inclinaban en varios ángulos de incomodidad. En cada una de estas
sillas algún ser humano incómodo yacía encogido, estirado o
retorciéndose de una posición a otra. Había hombres cansados con
camisas arrugadas, el cuello descubierto y los tirantes bajados; ancianas
con la cabeza atada con pañuelos negros; mujeres jóvenes desaliñadas
que se fueron a dormir mientras amamantaban a sus bebés y se
olvidaron de abrocharse los vestidos; chicos sucios que aumentaron el
malestar general al quitarse las botas. El guardafrenos, cuando llegó a
medianoche, olisqueó el aire pesado con desdén y miró los
ventiladores. Mientras miraba hacia las filas dobles de figuras
retorcidas, vio un par de ojos que estaban muy abiertos y brillantes, una
cabeza amarilla que no se veía superada por el calor y el olor
estupefacientes del auto. "hay una chica para ti", pensó mientras se
detenía junto a la silla de thea.

"¿le gustaría tener la ventana un poco arriba?" preguntó.

Thea le sonrió, sin malinterpretar su amabilidad. "la chica detrás de mí
está enferma; no soporta una corriente. ¿qué hora es, por favor?"

Sacó su reloj de esfera abierta y lo sostuvo ante sus ojos con una
mirada de complicidad. "¿apurado?" preguntó. "dejaré la puerta del
final abierta y te ventilaré. Mira, el tiempo pasará más rápido".

Thea le dio las buenas noches con la cabeza y apoyó la cabeza en la
almohada, mirando las lámparas de aceite. Iba a volver a moonstone
para sus vacaciones de verano y pasaba toda la noche sentada en un
coche diurno porque parecía una forma muy fácil de ahorrar dinero. A
su edad, la incomodidad era poca cosa, cuando uno ganaba cinco
dólares diarios con ella. Confiadamente había esperado dormir después
de que el auto se calmara, pero en las dos sillas detrás de ella estaban

una niña enferma y su madre, y la niña había estado tosiendo constantemente desde las diez en punto. Venían de algún lugar de pensilvania, y esta era su segunda noche en la carretera. La madre dijo que iban a ir a colorado "por los pulmones de su hija". La hija era un poco mayor que thea, tal vez diecinueve, con pacientes ojos oscuros y cabello castaño rizado. Era bonita a pesar de estar tan sucia y manchada de viaje. Se había puesto un kimono de satén con dibujos feos sobre su ropa suelta. Thea, cuando abordó el tren en chicago, se detuvo y colocó su pesado telescopio en este asiento. No tenía la intención de quedarse allí, pero la niña enferma la miró con una sonrisa ansiosa y dijo: "siéntese allí, señorita. Preferiría no tener un caballero frente a mí".

Después de que la niña comenzó a toser, no quedaron asientos vacíos, y si hubiera habido algo difícilmente podría haber cambiado sin herir sus sentimientos. La madre se puso de costado y se durmió; estaba acostumbrada a la tos. Pero la chica estaba completamente despierta, con los ojos fijos en el techo del coche, como los de thea. Las dos chicas deben haber visto cosas muy diferentes allí.

Thea se puso a repasar su invierno en chicago. Sólo en condiciones inusuales o incómodas como estas podía mantener la mente fija en sí misma o en sus propios asuntos durante un período de tiempo. El movimiento rápido y la vibración de las ruedas debajo de ella parecían darle rapidez y claridad a sus pensamientos. Había recibido veinte lecciones muy caras de madison bowers, pero aún no sabía qué pensaba él de ella o de su habilidad. Él era diferente de cualquier hombre con el que ella hubiera tenido que tratar. Con sus otros profesores había sentido una relación personal; pero con él no lo hizo. Bowers era un hombre frío, amargado y codicioso, pero sabía mucho de voces. Trabajó con una voz como si estuviera en un laboratorio, realizando una serie de experimentos. Era concienzudo y trabajador, incluso capaz de una cierta furia fría cuando trabajaba con una voz interesante, pero harsanyi declaró que tenía el alma de un camarón, y no podía hacer un artista más de lo que un especialista en garganta podría hacer. Thea se dio cuenta de que le había enseñado mucho en veinte lecciones.

Aunque se preocupaba mucho menos por los bowers que por el harsanyi, thea estaba, en general, más feliz desde que había estado estudiando con él que antes. Siempre se había dicho a sí misma que estudió piano para prepararse para ser profesora de música. Pero nunca se preguntó por qué estaba estudiando la voz. Su voz, más que cualquier otra parte de ella, tenía que ver con esa confianza, esa sensación de plenitud y bienestar interior que había sentido en momentos desde que tenía memoria.

De este sentimiento thea nunca había hablado con ningún ser humano hasta el día en que le dijo a harsanyi que "siempre había habido algo". Hasta ese momento no había sentido más que una obligación: el secreto; para protegerlo incluso de ella misma. Siempre había creído que al hacer todo lo que su familia, sus maestros, sus alumnos le exigían, evitaba que esa parte de sí misma quedara atrapada en las mallas de las cosas comunes. Daba por sentado que algún día, cuando fuera mayor, sabría mucho más sobre ello. Era como si tuviera una cita para encontrarse con el resto de sí misma en algún momento, en algún lugar. Se estaba moviendo para encontrarla y ella se estaba moviendo para encontrarla. Ese encuentro la esperaba, con tanta seguridad como, a la pobre muchacha sentada detrás de ella, le esperaba un hoyo en la tierra, ya cavado.

Para thea, tanto había comenzado con un agujero en la tierra. Sí, reflexionó, esta nueva parte de su vida había comenzado toda la mañana cuando se sentó en la orilla de arcilla junto a ray kennedy, bajo la sombra parpadeante del álamo. Recordó la forma en que ray la había mirado esa mañana. ¿por qué le había importado tanto? Y wunsch, y dr. Archie y la española johnny, ¿por qué lo habían hecho? Era algo que tenía que ver con ella lo que les importaba, pero no era ella. Era algo en lo que creían, pero no era ella. Tal vez cada uno de ellos ocultaba a otra persona en sí mismo, al igual que ella. ¿por qué parecían sentir y buscar una segunda persona en ella y no el uno en el otro? Thea frunció el ceño ante la lámpara opaca del techo del coche. ¿qué pasaría si el segundo yo de uno pudiera hablar de alguna manera con todos estos segundos yo? ¿y si uno pudiera sacarlos, como lo hizo el whisky español johnny's? Cuán profundas yacían, estas segundas personas, y cuán poco se sabía de ellas, excepto para protegerlas ferozmente. Fue a la música, más que a cualquier otra cosa, a lo que respondieron estas cosas ocultas en la gente. Su madre, incluso su madre tenía algo por el estilo que respondía a la música.

Thea se encontró escuchando la tos detrás de ella y sin escucharla. Se volvió con cautela y miró hacia atrás por encima del reposacabezas de su silla. La pobre niña se había quedado dormida. Thea la miró intensamente. ¿por qué le tenía tanto miedo a los hombres? ¿por qué se encogía sobre sí misma y apartaba la cara cada vez que un hombre pasaba frente a su silla? Thea pensó que lo sabía; por supuesto, ella lo sabía. Qué horrible consumirse así, en el momento en que uno debería volverse más lleno, más fuerte y más redondo cada día. ¿supongamos que se le hubiera abierto un agujero tan oscuro entre esta noche y ese lugar donde se encontraría? Sus ojos se entrecerraron. Se puso la mano en el pecho y sintió lo caliente que estaba; y dentro de él había una pulsación completa y poderosa. Sonrió —aunque se avergonzaba de ello— con el desprecio natural de la fuerza por la debilidad, con la sensación de seguridad física que vuelve despiadado al salvaje. Nadie podía morir mientras se sintieran así por dentro. Los resortes estaban tan apretados que pasaría mucho tiempo antes de que se aflojaran. La vida allí estaba profundamente arraigada. Iba a tener algunas cosas antes de morir. Se dio cuenta de que había una gran cantidad de trenes que corrían hacia el este y el oeste en la faz del continente esa noche, y que todos llevaban a jóvenes que querían tener cosas. ¡pero la diferencia era que los iba a conseguir! Eso fue todo. ¡que la gente intente detenerla! Frunció el ceño a las filas de cuerpos irresponsables que yacían desparramados en las sillas. Déjalos intentarlo una vez! Junto con el anhelo que venía de una parte profunda de ella, que era desinteresada y exaltada, thea tenía una especie de arrogancia dura, una determinación para salir adelante. Bueno, hay pasajes en la vida en los que esa autoafirmación feroz y obstinada se mantendrá firme después de que el sentimiento más noble sea abrumado y derrotado.

Habiéndose dicho a sí misma una vez más que tenía la intención de agarrar algunas cosas, se fue a dormir.

La despertaba por la mañana la luz del sol, que golpeaba ferozmente a través del cristal de la ventanilla del coche en su rostro. Se limpió lo más que pudo y, mientras la gente que la rodeaba sacaba comida fría de sus canastas, se escapó al vagón comedor. Su ahorro no llegó al punto de permitirle llevar una canasta de almuerzo. A esa hora temprana había poca gente en el vagón comedor. La ropa de cama era blanca y limpia, los morenos elegantes y sonrientes, y la luz del sol brillaba agradablemente sobre las botellas de agua plateadas y de cristal. En cada mesa había un jarrón delgado con una sola rosa rosa en él. Cuando thea se sentó miró dentro de su rosa y pensó que era la cosa más hermosa del mundo; estaba abierta de par en par, ofreciendo imprudentemente su corazón amarillo, y había gotas de agua en los pétalos. Todo el futuro estaba en esa rosa, todo lo que a uno le gustaría ser. La flor la puso de un humor absolutamente regio. Tomó una taza de café y huevos revueltos con jamón picado, sin tener en cuenta el asombroso precio que costaban. Tenía suficiente fe en lo que podía hacer, se dijo a sí misma, para tener huevos si los quería. En la mesa frente a ella estaban sentados un hombre, su esposa y su niño pequeño; thea los clasificó como "del este". Hablaban en ese rápido y seguro entrecortado, que thea, como ray kennedy, fingía despreciar y secretamente admiraba. Las personas que podían usar las palabras de esa manera confiada y que las hablaban con elegancia tenían una gran ventaja en la vida, reflexionó. Había tantas palabras que no podía pronunciar al hablar como tenía que hacerlo al cantar. El lenguaje era como la ropa; podría ser una ayuda para uno, o podría delatarlo. Pero lo más importante era que uno no debía pretender ser lo que no era.

Cuando pagó su cuenta consultó al camarero. "camarero, ¿cree que podría comprar una de esas rosas? Salgo de la diligencia y hay una niña enferma allí. Me gustaría llevarle una taza de café y una de esas flores. "

Nada le gustaba más al camarero que asesorar a viajeros menos sofisticados que él. Le dijo a thea que quedaban algunas rosas en la nevera y que conseguiría una. Llevó la flor y el café al carruaje. Thea señaló a la niña, pero ella no lo acompañó. Odiaba las gracias y nunca las recibió con gracia. Se paró afuera en la plataforma para que entrara aire fresco en sus pulmones. El tren cruzaba ahora el río platte, y la luz del sol era tan intensa que parecía temblar en pequeñas llamas sobre los bancos de arena relucientes, los sauces matorrales y los bajíos ondulados y agrietados.

Thea sintió que volvía a su propia tierra. A menudo había escuchado a la sra. Kronborg dice que ella "creía en la inmigración", y también thea creía en ella. Esta tierra le parecía joven, fresca y amable, un lugar donde los refugiados de países viejos y tristes tenían otra oportunidad. La mera ausencia de rocas le dio al suelo una especie de amabilidad y generosidad, y la ausencia de límites naturales le dio al espíritu una gama más amplia. Las cercas de alambre pueden marcar el final del pasto de un hombre, pero no pueden encerrar en sus pensamientos como pueden hacerlo las montañas y los bosques. Sobre tierras llanas como ésta, tendidas para beber el sol, cantaban las alondras, y el corazón también cantaba allí. Thea se alegró de que este fuera su país, incluso si uno no aprendía a hablar con elegancia allí. Era, de alguna manera, un país honesto, y había una nueva canción en ese aire azul que nunca antes se había cantado en el mundo. Era difícil saberlo, porque no tenía nada que ver con las palabras; era como la luz del desierto al mediodía o el olor de la artemisa después de la lluvia; intangible pero poderoso. Tenía la sensación de volver a un suelo amistoso, cuya amistad de alguna manera la iba a fortalecer; un país ingenuo y generoso que le dio a uno su fuerza alegre, su poder de amor de gran corazón e infantil, como le dio a uno sus flores toscas y brillantes.

Mientras aspiraba ese aire glorioso, la mente de thea volvió a ray kennedy. Él también tenía esa sensación de imperio; como si todo el sudoeste realmente le perteneciera porque lo había golpeado tanto, y lo conocía, como dijo, "como las ampollas de sus propias manos". Ese sentimiento, reflexionó, era el verdadero elemento de compañerismo entre ella y ray. Ahora que regresaba a colorado, se dio cuenta de esto como no lo había hecho antes.

Ix

Thea alcanzó la piedra lunar a última hora de la tarde, y todos los kronborgs estaban allí para recibirla excepto sus dos hermanos mayores. Gus y charley eran jóvenes ahora, y al mediodía habían declarado que "parecería una tontería si todo el grupo bajara al tren". "no sirve de nada hacer un escándalo por thea sólo porque ha estado en chicago", le advirtió charley a su madre. "de todos modos, tiende a pensar bastante bien de sí misma, y si la tratas como una compañía, no podrás vivir en la casa con ella". Señora. Kronborg simplemente miró a charley con la mirada y él se desvaneció, murmurando. Ella tenía, como mr. Kronborg siempre decía con una inclinación de cabeza, buen control sobre sus hijos. Anna también quiso ausentarse de la fiesta, pero al final su curiosidad se apoderó de ella. Así que cuando thea bajó del taburete del portero, una representación de kronborg muy meritoria se agrupó en la plataforma para saludarla. Después de que todos la habían besado (gunner y axel tímidamente), el sr. Kronborg se apresuró a llevar a su rebaño al ómnibus del hotel, en el que los llevarían ceremoniosamente a casa, mientras los vecinos miraban por las ventanas para verlos pasar.

Toda la familia habló con ella a la vez, excepto thor —impresionante con pantalones nuevos—, que guardaba un grave silencio y se negaba a sentarse en el regazo de thea. Una de las primeras cosas que anna le dijo fue que maggie evans, la niña que solía toser en las reuniones de oración, murió ayer y había pedido que cantaran en su funeral.

La sonrisa de thea se congeló. "no voy a cantar nada este verano, excepto mis ejercicios. Bowers dice que puse a prueba mi voz el invierno pasado, cantando tanto en los funerales. Si empiezo el primer día después de llegar a casa, no habrá fin para puede decirles que me resfrié en el tren o algo así ".

Thea vio que anna miraba a su madre. Thea recordaba haber visto esa expresión en el rostro de anna a menudo antes, pero nunca había pensado en eso porque estaba acostumbrada. Ahora se dio cuenta de que la mirada era claramente rencorosa, incluso vengativa. De repente se dio cuenta de que a anna siempre le había desagradado.

Señora. Kronborg pareció no darse cuenta de nada y cambió el rumbo de la conversación, diciéndoles que el dr. Archie y mr. Upping, el joyero, iban a venir a verla esa noche, y que ella había invitado a johnny español, porque se había portado bien durante todo el invierno y había que animarlo.

A la mañana siguiente, thea se despertó temprano en su propia habitación, se acomodó bajo el alero y se quedó mirando la luz del sol brillar sobre las rosas de su papel de pared. Se preguntó si alguna vez le gustaría una habitación enlucida además de esta llena de cuartones. Era cómodo y estrecho, como la cabina de un pequeño bote. Su cama miraba hacia la ventana y estaba apoyada contra la pared, bajo la inclinación del techo. Cuando se marchaba, podía tocar el techo con la punta de los dedos; ahora podía tocarlo con la palma de su mano. Era tan pequeño que parecía una cueva soleada, con rosas corriendo por todo el techo. A través de la ventana baja, mientras yacía allí, podía ver a la gente que pasaba por el otro lado de la calle; hombres, yendo al centro para abrir sus tiendas. Thor estaba allí, haciendo sonar su vagón expreso por la acera. Tillie había puesto un ramo de rosas francesas en un vaso de agua sobre su tocador, y daban un perfume agradable. Los arrendajos azules peleaban y chillaban en el álamo fuera de su ventana, como siempre lo hacían, y podía oír al viejo diácono bautista del otro lado de la calle llamando a sus gallinas, como le había oído hacer todas las mañanas de verano desde que tenía memoria. Era agradable despertar en esa cama, en esa habitación, y sentir el brillo de la mañana, mientras la luz temblaba por el techo bajo empapelado en puntos dorados, refractada por el espejo roto y el vaso de agua que contenía las rosas. . "im leuchtenden sommermorgen"; esas líneas, y el rostro de su antigua maestra, volvieron a aparecer, tal vez flotaron hasta ella mientras dormía. Había estado soñando algo agradable, pero no recordaba qué. Iría a visitar a la sra. Kohler hoy, y ver a las palomas lavarse las patas rosadas en el goteo debajo del tanque de agua y volar por su casa que seguramente tendrá una nueva capa de pintura blanca para el verano. De camino a casa se detenía a ver a la sra. Tellamantez. El domingo convencería al artillero para que la llevara a las colinas de arena. Los había echado de menos en chicago; había sentido nostalgia por su brillante dorado matutino y por sus suaves colores al atardecer. El lago, de alguna manera, nunca había ocupado su lugar.

Mientras yacía planeando, relajada en una cálida somnolencia, escuchó un golpe en la puerta. Supuso que era tillie, que a veces se acercaba a ella antes de que saliera de la cama para ofrecerle algún servicio que la familia habría ridiculizado. Pero en cambio, la sra. Kronborg entró en persona con una bandeja con el desayuno de thea sobre una de las mejores servilletas blancas. Thea se sentó con algo de vergüenza y se juntó el camisón sobre el pecho. Señora. Kronborg siempre estaba ocupada abajo por las mañanas, y thea no recordaba cuándo había venido su madre a su habitación antes.

"pensé que estarías cansado, después de viajar, y por una vez me gustaría tomártelo con calma". Señora. Kronborg puso la bandeja en el borde de la cama. "tomé un poco de crema espesa para ti antes de que los chicos lo tomaran. Ellos lanzaron un aullido". Se rió entre dientes y se sentó en la gran mecedora de madera. Su visita los hizo sentirse mayores y, de alguna manera, importantes.

Señora. Kronborg le preguntó sobre bowers y harsanyis. Ella sintió un gran cambio en thea, en su rostro y en sus modales. Señor. Kronborg también lo había notado, y se lo había dicho a su esposa con gran satisfacción mientras se desnudaban anoche. Señora. Kronborg se sentó mirando a su hija, que yacía de costado, apoyándose en un codo y bebiendo perezosamente su café de la bandeja que tenía ante ella. Su camisón de manga corta se había abierto de nuevo por la garganta, y la señora. Kronborg notó lo blancos que estaban sus brazos y hombros, como si los hubieran sumergido en leche nueva. Su pecho estaba más lleno que cuando se fue, sus pechos más redondos y firmes, y aunque estaba tan blanca donde estaba descubierta, parecían rosados a través de la fina muselina. Su cuerpo tenía la elasticidad que proviene de estar altamente cargado de ganas de vivir. Su cabello, colgando en dos trenzas sueltas, una a cada mejilla, estaba lo suficientemente desordenado como para captar la luz en todos sus rizados extremos.

Thea siempre se despertaba con un rubor rosado en las mejillas, y esta mañana su madre pensó que nunca había visto sus ojos tan abiertos y brillantes; como claros manantiales verdes en el bosque, cuando la luz del sol temprana brilla en ellos. Ella sería una mujer muy hermosa, señora. Kronborg se dijo a sí misma, si tan sólo pudiera deshacerse de esa mirada feroz que tenía a veces. Señora. Kronborg disfrutaba mucho de la buena apariencia, dondequiera que los encontrara. Todavía recordaba que, cuando era un bebé, thea había sido el "mejor formado" de cualquiera de sus hijos.

"tendré que conseguirte una cama más larga", comentó, mientras dejaba la bandeja sobre la mesa. "te estás alargando demasiado para eso".

Thea miró a su madre y se echó a reír, dejándose caer sobre la almohada con un magnífico estiramiento de todo su cuerpo. Señora. Kronborg volvió a sentarse.

"no me gusta presionarte, thea, pero creo que será mejor que cantes en ese funeral mañana. Me temo que siempre te arrepentirás si no lo haces. A veces una cosita como esa, eso no parece nada en ese momento, vuelve en uno después y lo molesta mucho. No quiero decir que la iglesia te lleve a la muerte este verano, como solía hacerlo. Le he dicho a tu padre lo que pienso sobre eso , y él es muy razonable. Pero maggie habló mucho de ti con la gente este invierno; siempre me preguntaba qué palabra habíamos tenido y decía cuánto extrañaba tu canto y todo eso. Supongo que deberías hacer mucho por ella ".

"está bien, madre, si tú lo crees." thea yacía mirando a su madre con ojos intensamente brillantes.

"eso es, hija." señora. Kronborg se levantó y fue a buscar la bandeja, deteniéndose para poner su mano sobre el pecho de thea. "estás llenando bien", dijo, sintiendo. "no, no me preocuparía por los botones. Déjalos apagados. Este es un buen momento para endurecer tu pecho".

Thea se quedó quieta y escuchó el paso firme de su madre alejarse por el suelo desnudo del desván del baúl. No había ninguna farsa sobre su madre, reflexionó. Su madre sabía muchas cosas de las que ella nunca hablaba, y toda la gente de la iglesia hablaba sin cesar de cosas de las que no sabían nada. Le gustaba su madre.

Ahora para el pueblo mexicano y los kohlers! Tenía la intención de correr hacia la anciana sin previo aviso y abrazarla.

X

El español johnny no tenía tienda propia, pero tenía una mesa y un libro de pedidos en un rincón de la farmacia donde se vendían pinturas y papel de pared, y a veces lo encontraban allí durante una hora aproximadamente al mediodía. . Thea había ido a la farmacia para tener una charla amistosa con el propietario, que solía prestarle libros de sus estanterías. Allí encontró a johnny, recortando rollos de papel de pared para el salón de la nueva casa del banquero smith. Ella se sentó en la parte superior de su mesa y lo miró.

"johnny", dijo de repente, "quiero que escribas las palabras de esa serenata mexicana que solías cantar; ya sabes, 'rosa de noche'. Es una canción inusual. La voy a estudiar. Sé suficiente español para eso ".

Johnny levantó la vista de su rodillo con su brillante y afable sonrisa. "si, pero es bajo para ti, creo; voz contralto. Es bajo para mí."

"tonterías. Puedo hacer más con mi voz baja de lo que solía hacer. Te lo mostraré. Siéntate y escríbelo, por favor." thea le hizo una seña con el lápiz amarillo corto atado a su libro de pedidos.

Johnny se pasó los dedos por el pelo negro y rizado. "si quieres. No sé si esa serenata está bien para las señoritas. Allí abajo es más para las casadas. La cantan para los maridos ... O para alguien más, may-bee". Los ojos de johnny brillaron y se disculpó con gracia con los hombros. Se sentó a la mesa y, mientras thea miraba por encima de su brazo, comenzó a escribir la canción en una letra larga e inclinada, con mayúsculas muy ornamentales. Luego miró hacia arriba. "esta, una canción no exactamente mexicana", dijo pensativo. "viene de más abajo; brasil, venezuela, may-bee. Lo aprendí de un tipo de allá y él lo aprendió de otro. Es ... Muy parecido al mexicano, pero no del todo". Thea no lo soltó, pero señaló el papel. Había tres versos de la canción en total, y cuando johnny los había escrito, se sentó mirándolos meditativamente, con la cabeza inclinada hacia un lado. "no creo que sea una voz alta, señorita", objetó con educada persistencia. "¿cómo acompañas con piano?"

"oh, eso será bastante fácil."

"para ti, may-bee!" johnny sonrió y tamborileó sobre la mesa con la punta de sus ágiles dedos morenos. "¿sabes algo? Escucha, te lo digo". Se levantó y se sentó en la mesa junto a ella, poniendo el pie en la silla. Le encantaba hablar a la hora del mediodía. "cuando eras una niña, no más grande que eso, llegaste a mi casa un día al mediodía, así, y yo estaba en la puerta, tocando la guitarra. Estabas descalza, descalza; te escapaste de casa. Quédate ahí y frunce el ceño y escúchame. Al decirme que cante. Yo canto un poco, y luego te digo que cantes conmigo. No sabes las palabras, por supuesto. , pero tomas el aire y lo cantas simplemente hermoso! Nunca vi a un niño hacer eso, fuera de méxico. Tenías, oh, lo sé, siete años, may-bee. Por el predicador, ven te busco y empiezo a regañar. Yo digo, 'no regañes, meester kronborg. Ella vino a escuchar la guitarra. Tiene algo de música en ella, ese niño. ¿de dónde viene?' luego me habló de tu abuelo tocando el oboe en el viejo país. Nunca me olvido de esa vez ". Johnny se rió suavemente.

Thea asintió. "también recuerdo ese día. Me gustó más tu música que la música de la iglesia. ¿cuándo vas a bailar allí, johnny?"

Johnny inclinó la cabeza. "bueno, el sábado por la noche los chicos españoles tienen una pequeña fiesta, un poco de danza. ¿sabes miguel ramas? Tiene unos primos jóvenes, dos chicos, muy simpáticos-a, vienen de torreón. Van a salt lake por un trabajo-a , y quédate con él dos o tres días, y debe tener una fiesta. ¿te gustaría venir?

Así fue como llegó thea para ir al baile mexicano. El pueblo mexicano se había incrementado en media docena de nuevas familias durante los últimos años, y los mexicanos habían levantado un salón de baile de adobe, que se parecía exactamente a una de sus propias viviendas, excepto que era un poco más largo y era tan sin pretensiones de que nadie en la piedra lunar supiera de su existencia. Los "chicos españoles" son reticentes sobre sus propios asuntos. Ray kennedy conocía todas sus pequeñas cosas, pero desde su muerte no había nadie a quien los mexicanos consideraran simpático.

El sábado por la noche, después de la cena, thea le dijo a su madre que iba a ir a ver a la sra. Tellamantez's para ver bailar a los mexicanos un rato, y que johnny la llevaría a casa.

Señora. Kronborg sonrió. Notó que thea se había puesto un vestido blanco y se había peinado el cabello con un cuidado inusual, y que llevaba su mejor bufanda azul. "tal vez tú mismo quieras dar un giro, ¿eh? No me importaría verlos mexicanos. Son bailarines encantadores".

Thea hizo una débil sugerencia de que su madre podría ir con ella, pero la sra. Kronborg era demasiado sabio para eso. Sabía que la pasaría mejor si iba sola, y vio a su hija salir por la puerta y bajar por la acera que conducía al depósito.

Thea caminó lentamente. Fue una tarde suave y rosada. Las colinas de arena eran lavanda. El sol se había ocultado como un brillante disco de cobre, y las velludas nubes del este eran del color de una rosa ardiente, salpicadas de oro. Thea pasó el álamo y luego el depósito, donde dejó la acera y tomó el camino arenoso hacia el pueblo mexicano. Podía oír el roce de los violines afinados, el tintineo de las mandolinas y el gruñido de un contrabajo. ¿de dónde sacaron un contrabajo? Ella no sabía que había uno en piedra lunar. Más tarde descubrió que era propiedad de uno de los primos jóvenes de ramas, que se lo estaba llevando a utah para animarlo en su "trabajo-a".

Los mexicanos nunca esperan a que oscurezca para empezar a bailar, y thea no tuvo dificultad en encontrar el nuevo salón, porque todas las demás casas del pueblo estaban desiertas. Incluso los bebés habían ido al baile; un vecino siempre estaba dispuesto a cargar al bebé mientras la madre bailaba. Señora. Tellamantez salió a recibir a thea y la hizo entrar. Johnny le hizo una reverencia desde la plataforma al final de la habitación, donde estaba tocando la mandolina junto con dos violines y el bajo. El pasillo era una habitación larga y baja, con paredes encaladas, un piso de tablones bastante estrecho, bancos de madera a los lados y algunas lámparas de soporte atornilladas a las vigas del marco. Debía de haber cincuenta personas allí, contando a los niños. Los bailes mexicanos eran muy familiares. Los padres siempre bailaban una y otra vez con sus hijas pequeñas, así como con sus esposas. Una de las muchachas se acercó a saludarla con las mejillas oscuras encendidas de placer y cordialidad, y le presentó a su hermano, con quien acababa de bailar. "será mejor que lo lleves cada vez que te lo pida", susurró. "él es el mejor bailarín aquí, excepto johnny".

Thea pronto decidió que la bailarina más pobre era ella misma. Incluso la sra. Tellamantez, que siempre le sujetaba los hombros con tanta rigidez, bailaba mejor que ella. Los músicos no permanecieron mucho tiempo en su puesto. Cuando uno de ellos tenía ganas de bailar, llamaba a otro chico para que tomara su instrumento, se ponía el abrigo y se tiraba al suelo. Johnny, que vestía una amplia camisa de seda blanca, ni siquiera se puso el abrigo.

Los bailes que daban los ferroviarios en el salón de los bomberos eran los únicos bailes a los que se les había permitido asistir, y eran muy diferentes de éste. Los chicos hacían bromas rudas y pensaban que era inteligente ser torpe y encontrarse en el suelo. Para los bailes cuadrados siempre estaba la voz chillona del que llamaba, que también era el subastador del condado.

Este baile mexicano fue suave y silencioso. No hubo llamadas, la conversación fue muy baja, el ritmo de la música fue suave y atractivo, los hombres fueron graciosos y corteses. A algunos de ellos thea nunca los había visto sin sus ropas de trabajo, manchadas con grasa de la casa circular o arcilla de la fábrica de ladrillos. A veces, cuando la música resultó ser una canción popular de vals mexicano, los bailarines la cantaron suavemente mientras se movían. Había tres niñas menores de doce años, con sus vestidos de primera comunión, y una de ellas tenía una caléndula naranja en su cabello negro, justo sobre la oreja. Bailaron con los hombres y entre ellos. Había una atmósfera de tranquilidad y placer amistoso en la habitación baja y tenuemente iluminada, y thea no pudo evitar preguntarse si los mexicanos no tenían celos o rencores hacia los vecinos como la gente de moonstone. Esta noche no había ninguna restricción de ningún tipo, sino una especie de armonía natural en sus movimientos, sus saludos, su conversación en voz baja, sus sonrisas.

Ramas trajo a sus dos primos jóvenes, silvo y felipe, y se los presentó. Eran unos jóvenes guapos y sonrientes, de dieciocho y veinte años, de piel dorada pálida, mejillas tersas, rasgos aquilinos y cabello negro ondulado, como el de johnny. Iban vestidos de la misma manera, con chaquetas de terciopelo negro y camisas de seda suave, con botones de ópalo y corbatas negras sueltas enrolladas en anillos de oro. Tenían modales encantadores y voces bajas como de guitarra. Casi no sabían inglés, pero un niño mexicano puede hacer muchos cumplidos con un vocabulario muy limitado. Los chicos de las ramas pensaron que la hermosa era deslumbrante. Nunca antes habían visto a una niña escandinava, y su cabello y su piel clara los embrujaban. "blanco y oro, semejante la pascua!" (¡blanco y dorado, como pascua!) Se exclamaron el uno al otro. Silvo, el más joven, declaró que nunca podría ir a utah; que él y su contrabajo habían llegado a su destino final. El mayor fue más astuto; le preguntó a miguel ramas si habría "muchas más chicas así un lago salado, ¿tal vez?"

Silvo, al oírlo, lanzó a su hermano una mirada de desprecio. "¡mucho más un paraiso may-bee!" replicó. Cuando no bailaban con ella, sus ojos la seguían, sobre los peinados de sus otras parejas. Eso no fue difícil; una cabeza rubia moviéndose entre tantas oscuras.

Thea no había tenido la intención de bailar mucho, pero los chicos ramas bailaban tan bien y eran tan guapos y adorables que ella cedió a sus ruegos. Cuando se sentó a bailar con ellos, le hablaron sobre su familia en casa y le contaron cómo su madre había hecho un juego de palabras con su nombre. Rama, en español, significaba una rama, explicaron. Una vez, cuando eran pequeños, su madre se los llevó cuando fue a ayudar a las mujeres a decorar la iglesia para la pascua. Alguien le preguntó si había traído flores y ella respondió que había traído sus "ramas". Evidentemente, esta era una historia familiar apreciada.

Cuando era casi medianoche, johnny anunció que todos iban a ir a su casa a tomar "un poco de helado y algo de música". Comenzó a apagar las luces y la sra. Tellamantez abrió el camino a través de la plaza hasta su casa. Los hermanos ramas escoltaron a thea, y cuando salieron por la puerta, silvo exclamó: "¡hace frio!" y le echó su abrigo de terciopelo sobre los hombros.

La mayor parte de la empresa siguió a la sra. Tellamantez, y se sentaron en la grava de su pequeño patio mientras ella, johnny y la sra. Miguel ramas sirvió el helado. Thea se sentó en el abrigo de felipe, ya que el de silvo ya estaba sobre sus hombros. Los jóvenes se tumbaron en la brillante grava junto a ella, uno a su derecha y otro a su izquierda. Johnny ya los llamaba "los acolitos", los monaguillos. La conversación sobre ellos era baja e indolente. Una de las niñas tocaba la guitarra de johnny, otra tocaba suavemente una mandolina. La luz de la luna era tan brillante que uno podía ver cada mirada y sonrisa, y el destello de sus dientes. Las flores de la luna sobre la sra. La puerta de tellamantez estaba abierta de par en par y de un blanco sobrenatural. La luna misma parecía una gran flor pálida en el cielo.

Despúes de que se acabó todo el helado, johnny se acercó a thea, con la guitarra bajo el brazo, y el niño ramas mayor cortésmente cedió su lugar. Johnny se sentó, respiró hondo, tocó una cuerda feroz y luego la silenció con la otra mano. "ahora tenemos un poco de serenata, ¿eh? ¿quieres probar?"

Cuando thea comenzó a cantar, se hizo un silencio instantáneo sobre el grupo. Sintió todos esos ojos oscuros fijarse en ella intensamente. Podía verlos brillar. Los rostros salieron de la sombra como las flores blancas sobre la puerta. Felipe apoyó la cabeza en la mano. Silvo se dejó caer de espaldas y se quedó mirando a la luna, con la impresión de que todavía la miraba. Cuando terminó el primer verso, thea le susurró a johnny, "de nuevo, puedo hacerlo mejor que eso".

Había cantado para iglesias, funerales y maestros, pero nunca antes había cantado para un pueblo realmente musical, y esta fue la primera vez que sintió la respuesta que ese pueblo puede dar. Se entregaron a ella y todo lo que tenían. Por el momento no les importaba nada en el mundo que no fuera lo que estaba haciendo. Sus rostros se enfrentaron a ella, abiertos, ansiosos, desprotegidos. Sintió como si todas estas personas de sangre caliente desembocaran en ella. Señora. La fatídica resignación de tellamantez, la locura de johnny, la adoración del niño que yacía inmóvil en la arena; en un instante estas cosas parecieron estar dentro de ella en lugar de afuera, como si vinieran de ella en primer lugar.

Cuando terminó, sus oyentes rompieron en murmullos emocionados. Los hombres empezaron a buscar febrilmente cigarrillos. Famos serranos, el albañil baritoneo, tocó el brazo de johnny, le lanzó una mirada inquisitiva y luego exhaló un profundo suspiro. Johnny se dejó caer sobre un codo y se secó la cara, el cuello y las manos con el pañuelo. "señorita", jadeó, "si usted canta así una vez en la ciudad de méxico, simplemente se vuelven locos. En la ciudad de méxico no se sientan como tocones cuando escuchan eso, no mucho ! Cuando quieren, te dan la ciudad ".

Thea se rió. Ella también estaba emocionada. "¿eso crees, johnny? Ven, canta algo conmigo. El parreno; no he cantado eso en mucho tiempo".

Johnny se rió y abrazó su guitarra. "¿no lo olvidas?" empezó a jugar con sus cuerdas. "¡ven!" echó la cabeza hacia atrás, "anoche-ee-"

"anoche me confesse con un padre carmelite, y me dio penitencia que besaras tu boquita".

(anoche me confesé con un padre carmelita, y me dio la absolución por los besos que me imprimiste).

Johnny tenía casi todos los defectos que puede tener un tenor. Su voz era débil, inestable, ronca en los tonos medios. Pero era claramente una voz, ya veces lograba sacar algo muy dulce de ella. Ciertamente le hacía feliz cantar. Thea seguía mirándolo mientras yacía sobre su codo. Sus ojos parecían dos veces más grandes de lo habitual y tenían luces como las que la luz de la luna produce en el agua corriente negra. Thea recordó las viejas historias sobre sus "hechizos". Nunca lo había visto cuando su locura estaba sobre él, pero esta noche sintió algo en su codo que le dio una idea de cómo podría ser. Por primera vez entendió completamente la explicación críptica que la sra. Tellamantez había hecho al dr. Archie, hace mucho tiempo. Había las mismas conchas a lo largo del camino; ella creía que podía elegir el mismo. Allá arriba había la misma luna, y jadeando junto a su codo estaba el mismo johnny, ¡engañado por las mismas cosas de siempre!

Cuando terminaron, famos, el baritono, murmuró algo a johnny; quien respondió, "seguro que podemos cantar 'trovatore'. No tenemos alto, pero todas las chicas pueden cantar alto y hacer algo de ruido ".

Las mujeres se rieron. Las mujeres mexicanas de la clase más pobre no cantan como los hombres. Tal vez sean demasiado indolentes. Por la noche, cuando los hombres cantan en seco en el umbral de la puerta o alrededor de la fogata al lado del tren de trabajo, las mujeres suelen sentarse y peinarse.

Mientras johnny gesticulaba y les decía a todos qué cantar y cómo cantarlo, thea sacó el pie y tocó el cadáver de silvo con la punta de su zapatilla. "¿no vas a cantar, silvo?" preguntó en broma.

El niño se volvió de costado y se incorporó sobre su codo por un momento. "no esta noche, señorita", suplicó suavemente, "¡esta noche no!" se dejó caer de nuevo y se tumbó con la mejilla apoyada en el brazo derecho, con la mano pasiva sobre la arena sobre la cabeza.

"¿cómo se aplasta contra el suelo de esa manera?" se preguntó thea. "ojalá lo supiera. Es muy efectivo, de alguna manera".

Al otro lado del barranco, la casita de los kohlers dormía entre sus árboles, una mancha oscura en la cara blanca del desierto. Las ventanas del dormitorio del piso de arriba estaban abiertas y paulina había escuchado la música de baile durante mucho tiempo antes de quedarse dormida. Tenía el sueño ligero, y cuando se despertó de nuevo, pasada la medianoche, el concierto de johnny estaba en su apogeo. Se quedó quieta hasta que no pudo soportarlo más. Luego despertó a fritz, se acercaron a la ventana y se asomaron. Allí podían oír claramente.

"muere thea", susurró la sra. Kohler; "debe ser. ¡ach, wunderschon!"

Fritz no estaba tan despierto como su esposa. Gruñó y arañó el suelo con el pie descalzo. Estaban escuchando una canción mexicana; el tenor, luego la soprano, luego los dos juntos; la baritona se une a ellos, se enfurece, se apaga; el tenor expira entre sollozos y la soprano acaba sola. Cuando se apagó la última nota de la soprano, fritz hizo un gesto con la cabeza a su esposa. "ja", dijo; "schon".

Hubo silencio por unos momentos. Luego la guitarra sonó ferozmente, y varias voces masculinas comenzaron el sextette de "lucia". El tenor agudo de johnny que conocían bien, y el baritono grande y opaco del albañil; los otros podrían ser cualquiera de allí, solo voces mexicanas. Luego, en el momento señalado, en el agudo, la voz de soprano, como un chorro de agua, se disparó hacia la luz. "¡horch! ¡horch!" susurraron los viejos, ambos a la vez. ¡cómo saltó de entre esas oscuras voces masculinas! Cómo jugaba dentro y alrededor y alrededor y sobre ellos, como un pez dorado que se lanza entre los pececillos de los arroyos, como una mariposa amarilla que se eleva sobre un enjambre de peces oscuros. "ah", dijo la sra. Kohler en voz baja, "el querido hombre; ¡si pudiera oírla ahora!"

Xi

Señora. Kronborg le había dicho que no debía molestar a thea el domingo por la mañana, y durmió hasta el mediodía. Cuando bajó las escaleras, la familia estaba sentada a cenar, sr. Kronborg en un extremo de la mesa larga, la sra. Kronborg en el otro. Anna, rígida y ceremoniosa, vestida con sus sedas de verano, se sentó a la derecha de su padre, y los niños estaban colgados a ambos lados de la mesa. Había un lugar dejado para thea entre su madre y thor. Durante el silencio que precedió a la bendición, sintieron algo incómodo en el aire. Anna y sus hermanos mayores habían bajado la mirada cuando ella entró. La señora. Kronborg asintió alegremente y, después de la bendición, mientras comenzaba a servir el café, se volvió hacia ella.

"espero que la hayas pasado bien en ese baile, thea. Espero que hayas dormido bien".

"alta sociedad, eso", comentó charley, dándole al puré de papas una palmada brutal. La boca y las cejas de anna se convirtieron en medias lunas.

Thea miró al otro lado de la mesa al rostro intransigente de sus hermanos mayores. "¿por qué, qué les pasa a los mexicanos?" preguntó, sonrojándose. "no molestan a nadie, son amables con sus familias y tienen buenos modales".

"gente agradable y limpia; tienen algo de estilo. ¿de verdad te gusta ese tipo, thea, o simplemente finges? Eso es lo que me gustaría saber". Gus la miró con dolorida pregunta. Pero al menos la miró.

"son tan limpios como los blancos, y tienen perfecto derecho a sus propias costumbres. Por supuesto que me gustan. No pretendo cosas".

"todos según su propio gusto", comentó charley con amargura. "deja de desmenuzar tu pan, thor. ¿no has aprendido a comer todavía?"

"niños, niños!" dijo el sr. Kronborg con nerviosismo, levantando la vista del pollo que estaba desmembrando. Miró a su esposa, de quien esperaba mantener la armonía en la familia.

"está bien, charley. Déjelo ahí", dijo la sra. Kronborg. "no sirve de nada estropear tu cena dominical con prejuicios raciales. Los mexicanos me quedan muy bien y los mexicanos son muy útiles. Son gente útil. Ahora puedes hablar de otra cosa".

La conversación, sin embargo, no prosperó en esa cena. Todos comieron lo más rápido posible. Charley y gus dijeron que tenían compromisos y dejaron la mesa tan pronto como terminaron su tarta de manzana. Anna se sentó con recato y comió con gran elegancia. Cuando hablaba, hablaba con su padre, de asuntos eclesiásticos, y siempre con tono compasivo, como si se hubiera encontrado con alguna desgracia. Señor. Kronborg, bastante inocente de sus intenciones, respondió amable y distraídamente. Despúes del postre se fue a tomar su siesta habitual de los domingos por la tarde, y la señora. Kronborg llevó algo de cena a un vecino enfermo. Thea y anna comenzaron a limpiar la mesa.

"creo que mostrarías más consideración por la posición de padre, thea", comenzó anna tan pronto como ella y su hermana estuvieron solas.

Thea le dio una mirada de soslayo. "¿por qué, qué le he hecho a papá?"

"todo el mundo en la escuela dominical hablaba de que ibas allí y cantabas con los mexicanos toda la noche, cuando no cantas para la iglesia. Alguien te escuchó y lo contó por toda la ciudad. Por supuesto, todos tenemos la culpa para ello."

"¿hay algo vergonzoso en cantar?" thea preguntó con un provocador bostezo.

"¡debo decir que eliges tu compañía! Siempre tuviste esa vena en ti, thea. Todos esperábamos que irse te mejorara. Por supuesto, se refleja en papá cuando eres poco cortés con la gente agradable de aquí y te reconcilias los alborotadores ".

"oh, ¿es mi canto con los mexicanos lo que objetas?" thea dejó una bandeja llena de platos. "bueno, me gusta cantar allá y no me gusta acá. Cantaré para ellos cada vez que me lo pidan. Ellos saben algo de lo que estoy haciendo. Son gente talentosa. "

"¡talentoso!" anna hizo que la palabra sonara como un escape de vapor. "¡supongo que piensas que es inteligente volver a casa y tirarle eso a tu familia!"

Thea recogió la bandeja. Para entonces estaba tan blanca como el mantel de los domingos. "bueno", respondió ella en un tono frío y uniforme, "tendré que decírselo tarde o temprano. Es sólo una cuestión de cuándo, y podría ser ahora como en cualquier momento". Llevó la bandeja a ciegas a la cocina.

Tillie, que siempre la escuchaba y cuidaba, le quitó los platos con una mirada furtiva y asustada a su rostro pétreo. Thea subió lentamente las escaleras traseras hasta su loft. Sus piernas parecían tan pesadas como el plomo mientras subía las escaleras, y sintió como si todo dentro de ella se hubiera solidificado y endurecido.

Después de cerrar la puerta y trabarla, se sentó en el borde de la cama. Este lugar siempre había sido su refugio, pero ahora había una hostilidad en la casa que esta puerta no podía cerrar. Este sería su último verano en esa habitación. Sus servicios habían terminado; su tiempo se acabó. Se levantó y puso la mano en el techo bajo. Dos lágrimas corrieron por sus mejillas, como si vinieran de hielo que se derritió lentamente. No estaba lista para dejar su pequeño caparazón. Estaba siendo sacada demasiado pronto. Nunca sería capaz de pensar en ningún otro lugar tan bien como aquí. Nunca dormiría tan bien ni tendría esos sueños en ninguna otra cama; incluso anoche, sueños tan dulces y sin aliento, thea escondió su rostro en la almohada. Dondequiera que fuera le gustaría llevarse esa camita con ella. Cuando se alejara de él para siempre, dejaría algo que nunca podría recuperar; recuerdos de placentera excitación, de felices aventuras en su mente; de sueño cálido en las aulladoras noches de invierno y despertares gozosos en las mañanas de verano. Había ciertos sueños que podrían negarse a venir a ella en absoluto, excepto en una pequeña cueva matutina, frente al sol, donde le llegaban con tanta fuerza, ¡donde la golpeaban con un triunfo!

La habitación estaba caliente como un horno. El sol golpeaba ferozmente sobre las tejas detrás del techo de tablas. Se desvistió, y antes de echarse en la cama en camisola, se frunció el ceño durante un largo rato en su espejo. Sí, ella y ella deben luchar juntos. Lo que la miraba con sus propios ojos era el único amigo con el que podía contar. ¡oh, haría que estas personas se arrepintieran lo suficiente! Llegaría un momento en que querrían reconciliarse con ella. ¡pero nunca más! No tenía pequeñas vanidades, solo una grande, y nunca perdonaría.

Su madre estaba bien, pero su madre era parte de la familia y ella no. En la naturaleza de las cosas, su madre tenía que estar en ambos lados. Thea sintió que había sido traicionada. Se había roto una tregua a sus espaldas. Nunca había sentido mucho afecto individual por ninguno de sus hermanos, excepto por thor, pero nunca había sido desleal, nunca sintió desprecio ni guardo rencor. De niña siempre había sido buena amiga de gunner y axel, siempre que tenía tiempo para jugar. Incluso antes de tener su propia habitación, cuando todos dormían y se vestían juntos, como cachorros, y desayunaban en la cocina, había llevado una vida personal absorbente. Pero ella tenía una lealtad de cachorro a los otros cachorros. Pensaba que eran buenos chicos y trató de hacer que recibieran sus lecciones. Una vez luchó contra un matón que "se metió con" axel en la escuela. Nunca se burló de los rizos, rizos y ritos de belleza de anna.

Thea siempre había dado por sentado que su hermana y sus hermanos reconocían que tenía habilidades especiales y que estaban orgullosos de ello. Les había hecho el honor, se dijo con amargura, de creer que aunque no tenían dotes particulares, eran de su especie, y no de la clase de piedra lunar. Ahora todos habían crecido y se habían convertido en personas. Se enfrentaron como individuos, y ella vio que anna, gus y charley estaban entre las personas a las que siempre había reconocido como sus enemigos naturales. Sus ambiciones y propiedades sagradas carecían de sentido para ella. Había olvidado felicitar a charley por haber sido ascendida del departamento de comestibles de commings's store al departamento de drygoods. Su madre la había reprendido por esta omisión. ¿y cómo iba a saber, se preguntó thea, que anna esperaba que se burlaran de ella porque bert rice venía y se sentaba en la hamaca con ella todas las noches? No, todo estaba lo suficientemente claro. Nada de lo que ella haría en el mundo les parecería importante, y nada de lo que ellos harían le parecería importante a ella.

Thea permaneció pensando intensamente durante toda la sofocante tarde. Tillie susurró algo fuera de su puerta una vez, pero ella no respondió. Se acostó en su cama hasta que sonó la segunda campana de la iglesia, y vio a la familia subir en tropel por la acera en el lado opuesto de la calle, anna y su padre a la cabeza. Anna parecía haber adoptado una actitud de libro de cuentos hacia su padre; condescendiente y condescendiente, le pareció a los los chicos mayores no estaban en la banda familiar. Ahora llevaban a sus hijas a la iglesia. Tillie se había quedado en casa a cenar. Thea se levantó, se lavó la cara y los brazos calientes y se puso el vestido de organdí blanco que había usado la noche anterior; se estaba quedando demasiado pequeño para ella, y bien podría gastarlo. Después de vestirse abrió la puerta y bajó con cautela las escaleras. Sintió como si escalofriantes hostilidades pudieran estar esperándola en el desván del baúl, en la escalera, casi en cualquier lugar. En el comedor encontró a tillie, sentada junto a la ventana abierta, leyendo las noticias dramáticas en un periódico dominical de denver. Tillie guardaba un álbum de recortes en el que pegaba recortes sobre actores y actrices.

"ven a ver esta foto de pauline hall en mallas, thea", llamó. "¿no es linda? Es una lástima que no fueras más al teatro cuando estabas en chicago; ¡qué buena oportunidad! ¿ni siquiera pudiste ver a clara morris o modjeska?"

"no, no tuve tiempo. Además, cuesta dinero, tillie", respondió thea con cansancio, mirando el papel que tillie le tendió.

Tillie miró a su sobrina. "no te vayas y te enojes por ninguna de las nociones de anna. Ella es una de esas estrechas. Tu padre y tu madre no prestan atención a lo que dice. Anna es quisquillosa; ella está conmigo, pero yo no cuidado con ella ".

"oh, no me preocupo por ella. Está bien, tillie. Supongo que daré un paseo".

Thea sabía que tillie esperaba que se quedara a hablar con ella un rato, y le hubiera gustado complacerla. Pero en una casa tan pequeña como esa, todo era demasiado íntimo y confuso. La familia era la familia, una cosa integral. No se podía hablar de anna allí. Se sentía diferente hacia la casa y todo lo que había en ella, como si los viejos muebles estropeados que parecían tan amables, y las viejas alfombras sobre las que había jugado, hubieran estado alimentando un resentimiento secreto contra ella y ya no se pudiera confiar en ella.

Salió sin rumbo fijo por la puerta principal, sin saber qué hacer consigo misma. El pueblo mexicano, de alguna manera, estaba mimado para ella en ese momento, y sintió que se escondería si veía a silvo o felipe venir hacia ella. Caminó por la calle principal vacía. Todas las tiendas estaban cerradas, las persianas bajadas. En las escaleras del banco estaban sentados unos muchachos ociosos, contando historias repugnantes porque no había nada más que hacer. Varios de ellos habían ido a la escuela con thea, pero cuando ella les hizo un gesto con la cabeza, bajaron la cabeza y no hablaron. El cuerpo de thea a menudo expresaba con curiosidad lo que estaba pasando en su mente, y esta noche había algo en su andar y su carruaje que hizo que estos chicos sintieran que estaba "enganchada". Si se hubiera detenido a hablar con ellos, se habrían descongelado al instante y habrían sido amables y agradecidos. Pero thea se sintió herida de nuevo y siguió caminando con la barbilla más alta que nunca. Al pasar por el duke block, vio una luz en dr. Archie, subió las escaleras y abrió la puerta de su estudio. Lo encontró con un montón de papeles y libros de cuentas delante de él. Le señaló su vieja silla al final de su escritorio y se reclinó en la suya, mirándola con satisfacción. ¡qué guapa estaba creciendo!

"todavía estoy persiguiendo el escurridizo metal, thea" - señaló los papeles que tenía delante - "estoy metido hasta el cuello en las minas y algún día voy a ser un hombre rico".

"espero que lo hagas; terriblemente rico. Eso es lo único que cuenta". Miró inquieta por el consultorio. "para hacer cualquiera de las cosas que uno quiere hacer, uno tiene que tener mucho, mucho dinero".

Dr. Archie fue directo. "¿qué te pasa? ¿necesitas algo?"

Thea se encogió de hombros. "oh, puedo llevarme bien, de alguna manera". Miró fijamente por la ventana a la farola en arco que estaba empezando a chisporrotear. "pero es una tontería vivir para las pequeñas cosas", agregó en voz baja. "vivir es demasiado problema a menos que uno pueda sacar algo importante de ello".

Dr. Archie apoyó los codos en los brazos de la silla, apoyó la barbilla en las manos entrelazadas y la miró. "¡vivir no es un problema para la gente pequeña, créeme!" el exclamó. "¿qué quieres sacar de esto?"

"¡oh, tantas cosas!" thea se estremeció.

"¿pero qué? ¿dinero? Mencionaste eso. Bueno, puedes ganar dinero, si eso te importa más que cualquier otra cosa". Asintió proféticamente por encima de sus dedos entrelazados.

"pero no lo hago. Eso es sólo una cosa. De todos modos, no podría si lo hiciera". Se bajó el vestido por el cuello como si se estuviera ahogando.

"solo quiero cosas imposibles", dijo con brusquedad. "los demás no me interesan".

Dr. Archie la miró contemplativamente, como si fuera un vaso lleno de químicos funcionando. Hace unos años, cuando ella solía sentarse allí, la luz de debajo de la pantalla de su lámpara verde solía caer de lleno sobre su rostro ancho y coletas amarillas. Ahora su rostro estaba en la sombra y la línea de luz caía debajo de su garganta desnuda, directamente a través de su pecho. La encogida organdía blanca subía y bajaba como si estuviera luchando por liberarse y escapar por completo. Sintió que el corazón de ella debía estar trabajando pesadamente allí, pero tenía miedo de tocarla; lo era, de hecho. Nunca la había visto así antes. Su cabello, recogido en lo alto de su cabeza, le daba una mirada autoritaria, y sus ojos, que solían ser tan inquisitivos, estaban tormentosos.

"thea", dijo lentamente, "no diré que puedes tener todo lo que quieres, eso significa no tener nada, en realidad. Pero si decides qué es lo que más quieres, puedes conseguirlo". Su mirada captó la de ella por un momento. "no todo el mundo puede, pero tú puedes. Sólo que, si quieres algo grande, tienes que tener el valor suficiente para eliminar todo lo que es fácil, todo lo que se puede conseguir barato". Dr. Archie hizo una pausa. Cogió un cortador de papel y, palpando suavemente el borde con los dedos, añadió lentamente, como para sí mismo:

"o teme demasiado su destino, o sus desiertos son pequeños, quién no se atreve a ponerlo al tacto para ganar ... O perderlo todo".

Los labios de thea se separaron; ella lo miró con el ceño fruncido, escudriñando su rostro. "¿también te propones soltarte y... hacer algo?" preguntó en voz baja.

"me refiero a hacerme rico, si a eso le llamas hacer cualquier cosa. He descubierto lo que puedo prescindir. Primero haces esos negocios en tu mente".

Thea se levantó de un salto y tomó el cortador de papel que él había dejado, retorciéndolo en sus manos. "un largo tiempo primero, a veces", dijo con una breve risa. "pero supongamos que uno nunca puede sacar lo que tienen en ellos. Supongamos que al final lo arruinan;

¿luego qué?" arrojó el cortador de papel sobre el escritorio y dio un paso hacia el médico, hasta que su vestido lo tocó. Ella se quedó mirándolo. "¡oh, es fácil fallar!" respiraba por la boca y la garganta le palpitaba de emoción.

Mientras la miraba, el dr. Las manos de archie se apretaron en los brazos de su silla. Había pensado que conocía bastante bien a thea kronborg, pero no conocía a la chica que estaba parada allí. Era hermosa, como nunca lo había sido su pequeño sueco, pero lo asustaba. Sus mejillas pálidas, sus labios entreabiertos, sus ojos centelleantes, de repente parecieron significar una cosa: no sabía qué. Una luz pareció caer sobre ella desde muy lejos, o quizás desde muy adentro. Parecía hacerse más alta, como una bufanda alargada; parecía como si la persiguieran y huyera, y ... Sí, parecía atormentada. "es fácil fallar", la escuchó decir de nuevo, "y si fallo, será mejor que te olvides de mí, porque seré una de las peores mujeres que jamás haya existido. ¡seré una mujer horrible!"

En la penumbra sobre la pantalla de la lámpara volvió a captar su mirada y la mantuvo un momento. Por salvajes que fueran sus ojos, ese destello amarillo en la parte posterior de ellos era tan duro como la punta de un taladro de diamante. Se levantó con una risa nerviosa y dejó caer su mano suavemente sobre su hombro. "no, no lo harás. ¡serás espléndido!"

Ella se apartó de él antes de que pudiera decir nada más y salió por la puerta con una especie de salto. Ella se fue tan rápido y con tanta ligereza que él ni siquiera pudo oír sus pasos en el pasillo exterior. Archie se dejó caer en su silla y permaneció inmóvil durante un largo rato.

Así fue; uno amaba a una niña pintoresca, alegre, trabajadora, siempre a la carrera y apresurada en sus tareas; y de repente se la perdió. Había pensado que conocía a ese niño como el guante en su mano. Pero sobre esta chica alta que levantó la cabeza y brillaba así por todas partes, no sabía nada. La aguijoneaban los deseos, las ambiciones, las repulsiones que le resultaban oscuras. Una cosa sabía: el viejo camino de la vida, usado de forma segura y cómoda, abrazando las laderas soleadas, apenas la volvería a sujetar.

Después de esa noche thea podría haberle preguntado casi cualquier cosa. No podría haberle negado nada. Años atrás, un hábil mechón de pelo y sonrisas le habían mostrado lo que ella quería, y él se había casado rápidamente con ella. Aquella noche, una chica muy diferente —enloquecida por las dudas y la juventud, por la pobreza y la riqueza— le había dejado ver la fiereza de su naturaleza. Ella salió aún angustiada, sin saber o sin importarle lo que le había mostrado. Pero tener conocimiento de ese tipo era una obligación. ¡oh, era el mismo howard archie!

Ese domingo de julio fue el punto de inflexión; la tranquilidad de thea no volvió. Le resultaba difícil incluso practicar en casa. Había algo en el aire que le heló la garganta. Por la mañana, caminaba todo lo que podía. En las calurosas tardes se acostaba en la cama en camisón, planeando ferozmente. Ella frecuentaba la oficina de correos. Ese verano debió de tener un camino en la acera que conducía a la oficina de correos. Ella estaba allí en el momento en que los sacos de correo salieron del depósito, por la mañana y por la noche, y mientras se clasificaban y distribuían las cartas, caminaba de un lado a otro afuera, bajo los álamos, escuchando los golpes, golpes, golpes del sr. . Sello de thompson. Se aferró a cualquier tipo de palabra de chicago; una tarjeta de bowers, una carta de la sra. Harsanyi, del sr. Larsen, de su casera, cualquier cosa para asegurarle que chicago todavía estaba allí. Empezó a sentir la misma inquietud que la había torturado la primavera pasada cuando estaba enseñando en piedra lunar. ¿supongo que, después de todo, nunca más se fue? Supongamos que uno se rompió una pierna y tuvo que permanecer en la cama en su casa durante semanas, o tuvo neumonía y murió allí. El desierto era tan grande y sediento; si un pie resbalaba, podía beberlo como una gota de agua.

Esta vez, cuando thea dejó moonstone para regresar a chicago, se fue sola. Cuando el tren arrancó, miró a su madre, a su padre ya thor. Estaban tranquilos y alegres; no sabían, no entendían. Algo tiró de ella y se rompió. Lloró todo el camino hasta denver, y esa noche, en su litera, siguió llorando y despertando. Pero cuando salió el sol por la mañana, ella estaba lejos. Todo estaba detrás de ella, y sabía que nunca volvería a llorar así. La gente vive ese dolor solo una vez; el dolor vuelve, pero encuentra una superficie más dura. Thea recordó cómo se había ido la primera vez, con qué confianza en todo y qué lamentable ignorancia. ¡qué tonto! Se sentía resentida con ese niño estúpido y bondadoso. ¡cuánto mayor era ahora y cuánto más dura! Se iba a pelear y se iba para siempre.

Parte iii. Caras estúpidas

Yo

¡tantas caras sonrientes y estúpidas! Thea estaba sentada junto a la ventana en el estudio de bowers, esperando a que volviera del almuerzo. Sobre sus rodillas estaba el último número de una revista musical ilustrada en la que músicos grandes y pequeños anunciaban estridentemente sus productos. Todas las tardes tocaba acompañamientos para personas que se veían y sonreían así. Se estaba cansando del semblante humano.

Thea había estado en chicago durante dos meses. Tenía una pequeña posición en la iglesia que pagaba en parte sus gastos de subsistencia, y pagaba sus lecciones de canto tocando los acompañamientos de bowers todas las tardes desde las dos hasta las seis. Se había visto obligada a dejar a sus viejos amigos la sra. Lorch y la sra. Andersen, porque el largo viaje desde el norte de chicago hasta el estudio de bowers en michigan avenue tomó demasiado tiempo: una hora por la mañana y por la noche, cuando los autos estaban llenos de gente, una hora y media. Durante el primer mes se había aferrado a su antigua habitación, pero el mal aire de los coches, al final de un largo día de trabajo, la fatigaba mucho y era perjudicial para su voz. Desde que dejó a la sra. Lorch, se había alojado en un club de estudiantes al que la presentó la señorita adler, la acompañante matutina de bowers, una inteligente joven judía de evanston.

Thea tomó su lección de bowers todos los días desde las once y media hasta las doce. Luego salió a almorzar con una gramática italiana bajo el brazo y regresó al estudio para comenzar su trabajo a las dos. Por la tarde, bowers entrenaba a profesionales y enseñaba a sus alumnos avanzados. Su teoría era que thea debería poder aprender mucho manteniendo los oídos abiertos mientras tocaba para él.

El público de chicago que asiste a conciertos todavía recuerda el rostro alargado, cetrino y descontento de madison bowers. Rara vez se perdía un concierto nocturno, y por lo general se le veía holgazaneando en algún lugar de la parte trasera de la sala de conciertos, leyendo un periódico o una crítica e ignorando de manera notoria los esfuerzos de los artistas. Al final de un número, levantó la vista de su periódico el tiempo suficiente para barrer a la audiencia que aplaudía con una mirada despectiva. Su rostro era inteligente, con una mandíbula inferior estrecha, una nariz fina, ojos grises descoloridos y un bigote castaño bien cortado. Su cabello era gris acero, delgado y de aspecto muerto. Iba a conciertos principalmente para darse por satisfechos de lo mal que se hacían las cosas y de lo crédulo que era el público. Odiaba a toda la raza de artistas; el trabajo que hacían, los salarios que recibían y la forma en que gastaban su dinero. Su padre, el viejo hiram bowers, todavía estaba vivo y trabajando, un viejo y genial director de coro de boston, lleno de entusiasmo a los setenta años. Pero madison era del tipo más frío de su abuelo, una larga lista de granjeros de new hampshire; trabajadores, comerciantes cercanos, con buenas mentes, naturaleza mezquina y ojos de piedra. De niño, madison tenía una fina voz de baritono, y su padre hizo grandes sacrificios por él, enviándolo a alemania a una edad temprana y manteniéndolo en el extranjero en sus estudios durante años. Madison trabajó con los mejores maestros y luego cantó en inglaterra en oratorio. Su naturaleza fría y sus métodos académicos estaban en su contra. Su público siempre fue consciente del desprecio que sentía por ellos. Una docena de cantantes más pobres lo consiguieron, pero bowers no.

Bowers tenía todas las cualidades necesarias para ser un buen maestro, excepto la generosidad y la calidez. Su inteligencia era de primer orden, su gusto nunca fallaba. Raras veces trabajaba con una voz sin mejorarla, y en la enseñanza de la pronunciación del oratorio no tenía rival. Los cantantes venían de lejos y de cerca para estudiar bach y convivir con él. Incluso las sopranos y contraltos de moda de chicago, st. Paul y st. Louis (por lo general eran damas con maridos muy ricos, y bowers las llamaba los "jades mimados de asia") soportó humildemente su humor sarcástico por lo que podía hacer por ellas. No estaba en absoluto por encima de ayudar a una cantante muy coja a cruzar, si la chequera de su marido lo justificaba. Tenía un montón de trucos para la gente estúpida, "salvavidas", los llamaba. "reparaciones baratas por una" onu barata ", solía decir, pero los maridos nunca encontraron las reparaciones muy baratas. Aquellos eran los días en que las hijas de los leñadores y las esposas de los cerveceros se peleaban cantando; estudió en alemania y luego flotó de sangerfest a sangerfest. Las sociedades corales florecieron en todas las ricas ciudades de los lagos y ríos. Los solistas venían a chicago para entrenar con bowers, y con frecuencia hacía largos viajes para escuchar e instruir un coro. Era intensamente avaro, y de estos semiprofesionales cosechó una cosecha dorada. Alimentaron sus bolsillos y alimentaron su siempre hambriento desprecio, su desprecio hacia sí mismo y sus cómplices. Cuanto más dinero ganaba, más parsimonioso se volvía. Su esposa estaba tan mal que nunca fue a ningún lado con él, lo cual le sentaba exactamente a él. Como sus clientes eran lujosos y extravagantes, se complacía vengativo en que le pusieran los zapatos a media suela por segunda vez y en quitarse el último desgaste de un cuello roto. Él se había interesado por primera vez en thea kronborg debido a su franqueza, su rudeza rural y su manifiesto cuidado con el dinero. La mención del nombre de harsanyi siempre le hacía poner una mueca. Por primera vez, thea tenía una amiga que, a su manera fría y cautelosa, le agradaba por lo menos admirable que había en ella.

Thea todavía estaba mirando el papel musical, su gramática sin abrir en el alféizar de la ventana, cuando las glorietas se acercaron un poco antes de las dos. Fumaba un cigarrillo barato y llevaba el mismo sombrero de fieltro suave que había llevado todo el invierno pasado. Nunca llevaba bastón ni llevaba guantes.

Thea lo siguió desde la sala de recepción hasta el estudio. "puedo cortar mi lección mañana, sr. Bowers. Tengo que buscar un nuevo lugar de embarque".

Bowers levantó la vista lánguidamente de su escritorio donde había comenzado a repasar un montón de cartas. "¿qué pasa con el club de estudio? ¿he estado peleando con ellos otra vez?"

"el club está bien para la gente a la que le gusta vivir de esa manera. Yo no".

Bowers enarcó las cejas. "¿por qué tanto temperamento?" preguntó mientras sacaba un cheque de un sobre con matasellos de "minneapolis".

"no puedo trabajar con muchas chicas alrededor. Son demasiado familiares. Nunca pude llevarme bien con chicas de mi edad. Es demasiado amistoso. Me pone de los nervios. No vine aquí a jugar al jardín de infancia juegos." thea comenzó enérgicamente a arreglar la música dispersa en el piano.

Bowers le hizo una mueca de buen humor sobre los tres cheques que estaba juntando. Le gustaba jugar a bromear con ella. Se enorgullecía de haberla hecho más dura de lo que era cuando llegó por primera vez a él; que se había quitado un poco de la capa de azúcar que el harsanyi siempre ponía en sus pupilas.

"el arte de ser agradable nunca está mal, señorita kronborg. Debo decir que necesita un poco de práctica en ese sentido. Cuando se trata de comercializar sus productos en el mundo, un poco de suavidad va más allá que una gran cantidad de talento a veces . Si resulta que estás maldito con un talento real, entonces tienes que ser muy suave, o nunca recuperarás tu dinero ". Bowers rompió la banda elástica alrededor de su libreta de ahorros.

Thea le dirigió una mirada aguda y de reconocimiento. "bueno, ese es el dinero sin el que tendré que prescindir", respondió.

"¿a qué te refieres?"

"me refiero al dinero por el que la gente tiene que sonreír. Yo conocía a un ferroviario que decía que había dinero en todas las profesiones que no se podía tomar. Había probado muchos trabajos", agregó thea pensativamente; "quizás era demasiado exigente con el tipo que podía tomar, porque nunca aprendió mucho. Estaba orgulloso, pero me agradaba por eso".

Bowers se levantó y cerró su escritorio. "la señora sacerdote llega tarde otra vez. Por cierto, señorita kronborg, recuerde no fruncir el ceño cuando juegue para la señora sacerdote. No se acordó de ayer."

"¿quieres decir que cuando alcanza un tono con su respiración como ese? ¿por qué la dejas? No me dejaste a mí".

"ciertamente no lo haría. Pero ese es un manierismo de la sra. Sacerdote. Al público le gusta, y pagan una gran cantidad de dinero por el placer de escucharla hacerlo. Ahí está. ¡recuerda!"

Bowers abrió la puerta de la sala de recepción y entró una mujer alta e imponente, trayendo consigo un resplandor de animación que invadió la habitación como si media docena de personas, todas hablando alegremente, hubieran entrado en lugar de una. Era grande, hermosa, expansiva, descontrolada; uno sintió esto en el momento en que cruzó el umbral. Brillaba con cuidado y limpieza, vigor maduro, autoridad indiscutible, buen humor amable y absoluta confianza en su persona, sus poderes, su posición y su estilo de vida; una autocomplacencia resplandeciente y abrumadora, que solo se encuentra donde la sociedad humana es joven y fuerte y sin ayeres. Su rostro tenía una especie de belleza pesada e irreflexiva, como una peonía rosa a punto de comenzar a desvanecerse. Su cabello castaño estaba ondulado al frente y peinado hacia atrás en un gran giro, sostenido por un peine de carey con filigrana dorada. Llevaba un hermoso sombrerito verde con tres largas plumas verdes que sobresalían al frente, una pequeña capa hecha de terciopelo y piel con una rosa de satén amarilla en ella. Sus guantes, sus zapatos, su velo, de alguna manera se hicieron sentir. Daba la impresión de llevar un cargamento de espléndida mercancía.

Señora. El sacerdote asintió cortésmente a thea, coquetamente a las hileras y le pidió que le desatara el velo. Arrojó su espléndido abrigo sobre una silla, con el forro amarillo hacia fuera. Thea ya estaba en el piano. Señora. El sacerdote estaba detrás de ella.

"'regocíjate mucho' primero, por favor. Y por favor, no te apresures allí", puso su brazo sobre el hombro de thea e indicó el pasaje con un movimiento de su guante blanco. Sacó el pecho, se tapó el abdomen con las manos, levantó la barbilla, movió los músculos de las mejillas hacia adelante y hacia atrás por un momento, y luego comenzó con convicción: "¡re-jo-oice! Re-jo-oice!"

Bowers caminaba por la habitación con su paso felino. Cuando revisó a la sra. La vehemencia del sacerdote en absoluto, la trató con rudeza; empujó y golpeó a su enorme persona con fría satisfacción, casi como si estuviera guardando rencor por esta espléndida creación. Tal trato a la imponente dama no le molestaba en absoluto. Lo intentó más y más duro, sus ojos se volvían cada vez más brillantes y sus labios más rojos. Thea siguió jugando como le dijeron, ignorando las luchas de la cantante.

Cuando escuchó por primera vez a la sra. Sacerdote canta en la iglesia, thea la admiraba. Desde que descubrió lo aburrida que era realmente la soprano bondadosa, sintió un profundo desprecio por ella. Ella sintió que la sra. El sacerdote debe ser censurado e incluso castigado por sus defectos; que debería ser expuesta —al menos para sí misma— y no permitirle vivir y brillar en la feliz ignorancia de lo pobre que era lo que ella traía tan radiantemente. Las frías miradas de reproche de thea se perdieron en la sra. Sacerdote; aunque la dama murmuró un día cuando se llevó a casa a casa en su carruaje, "qué guapa sería tu chica de la tarde si no tuviera ese desafortunado entrecerrar los ojos; le da ese aire de sueco vago, como un animal". Que divirtió a bowers. Le gustaba observar la germinación y el crecimiento de las antipatías.

Una de las primeras decepciones que tuvo que afrontar thea cuando regresó a chicago ese otoño, fue la noticia de que los harsanyis no volverían. Habían pasado el verano en un campamento en las adirondacks y se estaban mudando a nueva york. Un viejo profesor y amigo de harsanyi, uno de los profesores de piano más conocidos de nueva york, estaba a punto de jubilarse debido a problemas de salud y había hecho arreglos para entregar a sus alumnos a harsanyi. Andor iba a dar dos recitales en nueva york en noviembre, para dedicarse a sus nuevos alumnos hasta la primavera, y luego realizar una pequeña gira de conciertos. Los harsanyis habían alquilado un apartamento amueblado en nueva york, ya que no intentarían establecerse en un lugar propio hasta que terminaran los recitales de andor. El primero de diciembre, sin embargo, thea recibió una nota de la sra. Harsanyi, pidiéndole que llame al viejo estudio, donde estaba empacando sus mercancías para su envío.

La mañana siguiente a la llegada de esta invitación, thea subió las escaleras y llamó a la puerta familiar. Señora. La misma harsanyi la abrió y abrazó cálidamente a su visitante. Llevando a thea al estudio, que estaba lleno de excelsior y cajas de embalaje, se quedó de pie cogiéndola de la mano y mirándola a la fuerte luz de la gran ventana antes de permitirle sentarse. Su ojo rápido vio muchos cambios. La niña era más alta, su figura se había vuelto definida, su porte positivo. Se había acostumbrado a vivir en el cuerpo de una mujer joven, y ya no intentaba ignorarlo y comportarse como si fuera una niña. Con esa mayor independencia del cuerpo se había producido un cambio en su rostro; una indiferencia, algo duro y escéptico. Su ropa también era diferente, como el atuendo de una dependienta que trata de seguir las modas; un traje morado, un trozo de piel barata, un sombrero morado de tres picos con un pompón al frente. La extraña ropa de campo que solía llevar le quedaba mucho mejor, señora. Pensó harsanyi. Pero esas tonterías, después de todo, eran accidentales y remediables. Ella puso su mano sobre el hombro fuerte de la chica.

"¡cuánto ha hecho el verano por ti! Sí, por fin eres una jovencita. Y estarás muy contenta de saber de ti".

Thea miró alrededor al desorden de la habitación familiar. Los cuadros estaban apilados en un rincón, el piano y la chaise longue habían desaparecido. "supongo que debería alegrarme de que se haya marchado", dijo, "pero no lo estoy. Es algo bueno para el sr. Harsanyi, supongo".

Señora. Harsanyi le dio una mirada rápida que decía más que palabras. "¡si supiera cuánto tiempo he querido sacarlo de aquí, señorita kronborg! Ahora nunca está cansado, nunca se desanima".

Thea suspiró. "me alegro por eso, entonces." sus ojos recorrieron las tenues decoloraciones de las paredes donde habían colgado los cuadros. "puedo huir yo mismo. No sé si puedo soportarlo aquí sin ti".

"esperamos que puedas venir a estudiar a nueva york en poco tiempo. Hemos pensado en eso. Y debes decirme cómo te está yendo con bowers. O querrás saberlo todo".

"supongo que me llevo más o menos. Pero no me gusta mucho mi trabajo. Nunca parece tan serio como mi trabajo con el sr. Harsanyi. Toco los acompañamientos de bowers por las tardes, ya sabes. Pensé que aprendería mucho de la gente que trabaja con él, pero no creo que obtenga mucho ".

Señora. Harsanyi la miró inquisitivamente. Thea sacó un pañuelo cuidadosamente doblado de la pechera de su vestido y comenzó a separar las esquinas. "cantar no parece ser una profesión muy inteligente, sra. Harsanyi", dijo lentamente. "la gente que veo ahora no es ni un poco como la que solía conocer aquí. Los alumnos del señor harsanyi, incluso los más tontos, tenían más ... Bueno, más de todo, me parece a mí. Las personas con las que tengo que tocar acompañamientos porque son desalentadores. Los profesionales, como katharine priest y miles murdstone, son los peores de todos. Si tengo que interpretar a 'el mesías' mucho más tiempo para la sra. Priest, ¡me volveré loca! " thea bajó su pie bruscamente sobre el suelo desnudo.

Señora. Harsanyi miró el pie con perplejidad. "no debes usar tacones tan altos, querida. Te estropearán el caminar y te harán caminar. ¿no puedes al menos aprender a evitar lo que no te gusta de estos cantantes? Nunca pude cuidar de la sra. Canto."

Thea estaba sentada con la barbilla baja. Sin mover la cabeza miró a la sra. Harsanyi y sonrió; una sonrisa demasiado fría y desesperada para ser vista en un rostro joven, la sra. Harsanyi sintió. "sra. Harsanyi, me parece que lo que aprendo es simplemente a disgustar. Me disgusta tanto y es tan fuerte que me cansa. No tengo corazón para nada". Levantó la cabeza de repente y se sentó desafiante, con la mano apretada en el brazo de la silla. "el señor harsanyi no podía soportar a esta gente ni una hora, sé que no podría. Los echaría por la ventana allí, con frizz y plumas y todo. Ahora, tome esa nueva soprano que todos están haciendo tanto jessie darcey. Ella se va de gira con una orquesta sinfónica y está mejorando su repertorio con bowers. Está cantando algunas canciones de schumann. El sr. Harsanyi solía ir conmigo. Bueno, no sé qué haría él. Si la escuchó ".

"pero si tu propio trabajo va bien y sabes que estas personas están equivocadas, ¿por qué dejas que te desanimen?"

Thea negó con la cabeza. "eso es lo que yo mismo no entiendo. Solo que, después de haberlos escuchado toda la tarde, salgo congelada. De alguna manera le quita el brillo a todo. La gente quiere a jessie darcey y el tipo de cosas que ella hace; así que ¿cual es el uso?"

Señora. Harsanyi sonrió. "ese estilo por el que simplemente debes saltar. No debes empezar a preocuparte por los éxitos de la gente barata. Después de todo, ¿qué tienen que ver contigo?"

"bueno, si tuviera a alguien como el sr. Harsanyi, tal vez no me preocuparía por ellos. Él fue el maestro para mí. Por favor, dígaselo".

Thea rose y la sra. Harsanyi volvió a tomar su mano. "lamento que tenga que pasar por este momento de desánimo. Ojalá pudiera hablar con usted, él lo entendería muy bien. Pero quiero instarlo a que se mantenga alejado de la sra. Sacerdote y jessie darcey y todas sus obras. "

Thea se rió discordantemente. "no sirve de nada animarme. No me llevo con ellos en absoluto. Mi columna vertebral se vuelve como una barandilla de acero cuando se acercan a mí. Me gustaron al principio, ya sabes. Su ropa y sus modales eran tan finos, y la sra. .el sacerdote es guapo. Pero ahora sigo queriendo decirles lo estúpidos que son. Parece que deberían estar informados, ¿no te parece? " hubo un destello de la astuta sonrisa que la sra. Harsanyi recordó. Thea le apretó la mano. "debo irme ahora. Tuve que dar mi hora de lección esta mañana a una mujer tonta que ha venido a entrenar, y debo ir a jugar 'en potentes bolígrafos' para ella. Por favor, dígale al sr. Harsanyi que creo que el oratorio es una gran oportunidad para los fanfarrones ".

Señora. Harsanyi la detuvo. "pero él querrá saber mucho más que eso sobre ti. ¿estás libre a las siete? Vuelve esta noche, entonces, e iremos a cenar a algún lugar, a algún lugar alegre. Creo que necesitas una fiesta".

Thea se iluminó. "¡oh, sí! Me encantaría venir; eso será como en los viejos tiempos. Verás", se demoró un momento, suavizándose, "no me importaría si solo hubiera uno de ellos a quien realmente pudiera admirar".

"¿qué tal bowers?" señora. Preguntó harsanyi mientras se acercaban a la escalera.

"bueno, no hay nada que le guste como un buen fakir, y nada que odie como un buen artista. Siempre recuerdo algo que dijo el señor harsanyi sobre él. Dijo que bowers era el panecillo frío que había quedado en el plato".

Señora. Harsanyi se detuvo en seco en lo alto de las escaleras y dijo decididamente: "creo que yo cometí un error. No puedo creer que ese sea el ambiente adecuado para ti. Te lastimaría más que a la mayoría de la gente. Todo está mal".

"algo anda mal", respondió thea mientras bajaba las escaleras con sus tacones altos.

Ii

Durante ese invierno thea vivió en tantos lugares que a veces, de noche, cuando salía del estudio de bowers y salía a la calle, tenía que detenerse y pensar por un momento para recordar dónde vivía ahora y cuál era la mejor manera de llegar allí.

Cuando se mudó a un nuevo lugar, sus ojos desafiaron las camas, las alfombras, la comida, la dueña de la casa. Las pensiones se llevaron a cabo de forma miserable y las quejas de thea a veces adoptaron una forma insultante. Se peleó con una casera tras otra y siguió adelante. Cuando se mudó a una nueva habitación, estaba casi segura de que lo odiaría al verlo y comenzaría a planear buscar otro lugar antes de desempacar su baúl. Se mostraba malhumorada y despectiva con sus compañeros de internado, excepto con los jóvenes, a quienes trataba con una familiaridad descuidada que generalmente no entendían. Sin embargo, les agradaba y cuando salió de la casa después de una tormenta, la ayudaron a mover sus cosas y fueron a verla después de que se instaló en un nuevo lugar. Pero se movía con tanta frecuencia que pronto dejaron de seguirla. No veían ninguna razón para seguir el ritmo de una chica que, bajo su jocosidad, era fría, egocéntrica e impasible. Pronto sintieron que ella no los admiraba.

Thea solía despertarse por la noche y preguntarse por qué estaba tan infeliz. Se habría asombrado si hubiera sabido cuánto tenían que ver las personas que conoció en el estudio de bowers con su desánimo. Nunca había sido consciente de esos estándares instintivos que se llaman ideales, y no sabía que estaba sufriendo por ellos. A menudo se encontraba mofándose cuando iba en un tranvía, o cuando se cepillaba el cabello ante el espejo, cuando algún comentario tonto o un manierismo demasiado familiar pasaba por su mente.

No sentía bondad de criatura, ninguna buena voluntad tolerante hacia la sra. Sacerdote o jessie darcey. Después de uno de los conciertos de jessie darcey, los resplandecientes avisos de prensa y los comentarios de admiración que flotaban en el estudio de bowers causaron una amarga infelicidad. No fue el tormento de los celos personales. Nunca se había considerado una posible rival de la señorita darcey. Ella era una pobre estudiante de música, y jessie darcey era una profesional popular y cariñosa. Señora. El sacerdote, fuera lo que fuera lo que se le reprochaba, tenía una voz fina, grande, vistosa y una presencia impresionante. Leía con indiferencia, era inexacta y siempre ponía mal a otras personas, pero al menos tenía el material con el que se pueden hacer cantantes. Pero a la gente parecía gustarle jessie darcey exactamente porque no sabía cantar; porque, como decían, era "tan natural y poco profesional". Su canto se pronunciaba "ingenuo", su voz "como de pájaro". La señorita darcey era delgada y torpe en persona, con un rostro afilado y cetrino. Thea notó que su sencillez se contaba en su haber y que la gente hablaba de ella con afecto. La señorita darcey estaba cantando en todas partes en ese momento; uno no podía evitar escuchar sobre ella. Estaba respaldada por algunas personas de la empacadora y por el ferrocarril del noroeste de chicago. Sólo un crítico levantó la voz contra ella. Thea fue a varios conciertos de jessie darcey. Era la primera vez que había tenido la oportunidad de observar los caprichos del público por los que los cantantes viven interesantes. Vio que a la gente le gustaba en miss darcey todas las cualidades que una cantante no debería tener, y especialmente la complacencia nerviosa que la marcaba como una joven vulgar. Parecían tener un sentimiento más cálido por jessie que por la sra. Sacerdote, una mirada cariñosa y cariñosa. Chicago no era muy diferente de moonstone, después de todo, y jessie darcey era sólo lily fisher con otro nombre.

Thea odiaba especialmente acompañar a la señorita darcey porque cantaba fuera de tono y no le importaba en lo más mínimo. Era insoportable sentarse allí día tras día y escucharla; había algo desvergonzado e indecente en no cantar la verdad.

Una mañana la señorita darcey vino con cita previa para repasar el programa de su concierto de peoria. Era una chica de aspecto tan frágil que debería haber sentido pena por ella. Cierto, tenía un arco, modales pequeños y vivaces, y un destello de color rosa salmón en cada mejilla morena. Pero una mandíbula superior estrecha le daba a su rostro una apariencia de pellizco, y sus párpados estaban pesados y relajados. A la luz de la mañana, los círculos de color marrón violáceo debajo de sus ojos eran lo suficientemente patéticos y no auguraban un futuro brillante o largo. Un cantante con mala digestión y poca vitalidad; no necesitaba un vidente para elaborar su horóscopo. Si thea alguna vez se hubiera tomado la molestia de estudiarla, habría visto que, bajo todas sus sonrisas y malicia, la pobre señorita darcey estaba realmente muerta de miedo. No podía comprender su éxito más de lo que ella podía; seguía recuperando el aliento y levantando las cejas y tratando de creer que era verdad. Su locuacidad no era natural, se obligó a hacerlo, y cuando te contó cuántos defectos podía superar con su inusual dominio de la resonancia de la cabeza, no estaba tanto tratando de persuadirte como de persuadirse a sí misma.

Cuando tomaba una nota que era alta para ella, la señorita darcey siempre levantaba la mano derecha en el aire, como si estuviera indicando altura, o dando una medida exacta. Algún maestro temprano le había dicho que podía "ubicar" un tono con más seguridad con la ayuda de tal gesto, y ella creía firmemente que era de gran ayuda para ella. (incluso cuando cantaba en público, mantenía su mano derecha hacia abajo con dificultad, juntando nerviosamente sus dedos blancos de niña cuando tomaba una nota alta. Thea siempre podía ver sus codos rígidos). Invariablemente ejecutó este gesto con una sonrisa de graciosa confianza, como si estuviera poniendo el dedo en el tono: "¡ahí está, amigos!"

Esta mañana, en el "ave maria" de gounod, cuando la señorita darcey se acercó a su b natural: -

Dans — nos — a — lar — mes!

Salió la mano, con el gesto seguro y aireado, aunque un poco por encima de lo que consiguió con la voz, lo que tocara con el dedo. A menudo, los inclinados dejan pasar tales cosas, con las personas adecuadas, pero esta mañana apretó las mandíbulas y murmuró: "¡dios!" la señorita darcey volvió a intentarlo, con el mismo gesto de poner el toque de coronación, inclinando la cabeza y sonriendo radiante a bowers, como diciendo, "¡es por ti yo hago todo esto!"

Dans — nos a — lar ——— mes!

Esta vez hizo si bemol, y continuó con la feliz creencia de que lo había hecho bastante bien, cuando de repente se dio cuenta de que su acompañante no seguía con ella, y esto la desconcertó por completo.

Se volvió hacia thea, cuyas manos habían caído en su regazo. "¡oh, por qué te detuviste ahí! ¡es demasiado difícil! Ahora será mejor que regresemos a ese otro crescendo y lo intentemos desde allí".

"le pido perdón", murmuró thea. "pensé que querías que eso fuera natural". Empezó de nuevo, como indicó la señorita darcey.

Después de que la cantante se fue, bowers se acercó a thea y preguntó lánguidamente: "¿por qué odias tanto a jessie? Sus pequeñas variaciones del tono son entre ella y su público; no te hacen daño. ¿alguna vez te ha hecho algo excepto ser muy agradable? "

"sí, me ha hecho cosas", replicó thea con vehemencia.

Bowers pareció interesado. "¿que por ejemplo?"

"no puedo explicarlo, pero lo tengo en cuenta".

Bowers se rió. "no hay duda de eso. Tendré que sugerirle que lo oculte un poco más eficazmente. Eso es… necesario, señorita kronborg", agregó, mirando por encima del hombro del abrigo que se estaba poniendo.

Salió a almorzar y thea pensó que el tema estaba cerrado. Pero a última hora de la tarde, cuando estaba tomando su tableta para la dispepsia y un vaso de agua entre lecciones, miró hacia arriba y dijo con una voz irónicamente persuasiva:

"señorita kronborg, me gustaría que me dijera por qué odia a jessie."

La tomó por sorpresa, dejó la partitura que estaba leyendo y respondió antes de saber lo que estaba diciendo: "la odio por lo que solía pensar que podría ser una cantante".

Bowers balanceó la tableta en el extremo de su largo dedo índice y silbó suavemente. "¿y cómo se formó su concepción de lo que debería ser un cantante?" preguntó.

"no lo sé." thea se sonrojó y habló en voz baja; "pero supongo que obtuve la mayor parte de harsanyi".

Bowers no hizo ningún comentario sobre esta respuesta, pero abrió la puerta para el próximo alumno, que estaba esperando en la sala de recepción.

Estaba oscuro cuando thea salió del estudio esa noche. Sabía que había ofendido a bowers. De alguna manera ella también se había lastimado. Se sentía diferente a la mesa de la pensión, la estudiante de teología furtiva que estaba sentada a su lado y había intentado besarla en las escaleras anoche. Se acercó a la orilla de la avenida michigan y caminó junto al lago. Era una noche de invierno clara y helada. El gran espacio vacío sobre el agua era tranquilo y hablaba de libertad. Si tuviera algo de dinero, se marcharía. Las estrellas brillaban sobre el ancho agua negra. Ella los miró con cansancio y negó con la cabeza. Creía que lo que sentía era desesperación, pero era sólo una de las formas de esperanza. Se sentía, en efecto, como si estuviera despidiéndose de las estrellas; pero ella estaba renovando una promesa. Aunque su desafío es universal y eterno, las estrellas no obtienen otra respuesta que eso: la breve luz les devolvió el relámpago de los ojos de los jóvenes que inexplicablemente aspiran.

La ciudad rica, ruidosa, llena de comida y bebida, es cosa gastada; su principal preocupación es su digestión y su pequeño juego de escondite con el enterrador. El dinero, el cargo y el éxito son los consuelos de la impotencia. La fortuna se vuelve amable con personas tan sólidas y les permite chuparse los huesos en paz. Lanza su látigo sobre carne más viva, sobre ese torrente de niños y niñas hambrientos que vagabundean por las calles de cada ciudad, reconocibles por su orgullo y descontento, que son el futuro, y que poseen el tesoro del poder creativo.

Iii

Mientras que sus arreglos de vivienda eran tan casuales y fortuitos, el estudio de bowers era lo único fijo en la vida de thea. Salió de él a las incertidumbres y se apresuró a llegar a él desde una confusión nebulosa. Estaba más influenciada por bowers de lo que creía. Inconscientemente, empezó a asumir algo de su seco desprecio y a compartir su resentimiento sin comprender exactamente de qué se trataba. Su cinismo le parecía honesto y la amabilidad de sus pupilas artificial. Admiraba el tratamiento drástico de sus pupilas aburridas. Los estúpidos se merecían todo lo que tenían y más. Bowers sabía que ella lo consideraba un hombre muy inteligente.

Una tarde, cuando bowers regresó de la comida, thea le entregó una tarjeta en la que decía: "sr. Philip frederick ottenburg".

"dijo que volvería mañana y que quería algo de tiempo. ¿quién es? Me gusta más que los demás".

Bowers asintió. "yo también. No es cantante. Es un príncipe de la cerveza: hijo de la gran cervecera de st. Louis. Ha estado en alemania con su madre. No sabía que había vuelto".

"¿toma lecciones?"

"de vez en cuando. Canta bastante bien. Está a la cabeza de la sucursal de chicago del negocio de ottenburg, pero no puede seguir trabajando y siempre está huyendo. Tiene grandes ideas en la cerveza, me dice la gente. Llaman a un hombre de negocios imaginativo; va a bayreuth y parece no hacer nada más que dar fiestas y gastar dinero, y trae más buenas nociones para la cervecería que los tipos que se quedan quietos excavan en cinco años. Yo nací hace demasiado tiempo. Que me engañen mucho estos chicos pechugones con chalecos de flores, pero me gusta fred, de todos modos ".

"yo también", dijo thea positivamente.

Bowers emitió un sonido entre tos y risa. "¡oh, es un asesino de mujeres, está bien! Las chicas de aquí siempre lo miran. No serás la primera". Arrojó algunas partituras sobre el piano. "mejor mira eso; el acompañamiento es un poco complicado. Es para esa nueva mujer de detroit. Y la sra. Sacerdote estará esta tarde".

Thea suspiró. "'sé que mi redentor vive'?"

"lo mismo. Ella comienza su gira de conciertos la semana que viene, y descansaremos. Hasta entonces, supongo que tendremos que repasar su programa".

Al día siguiente, thea se apresuró a preparar su almuerzo en una panadería alemana y regresó al estudio a la una y diez. Estaba segura de que el joven cervecero llegaría temprano, antes de que llegara el momento de la llegada de los bowers. No había dicho que lo haría, pero ayer, cuando abrió la puerta para irse, había echado un vistazo a la habitación ya ella, y algo en sus ojos había transmitido esa sugerencia.

Efectivamente, a la una y veinte se abrió la puerta de la sala de recepción, y un joven alto y robusto, con bastón, sombrero inglés y abrigo, miró expectante. "¡ah-ja!" exclamó, "pensé que si llegaba temprano podría tener buena suerte. ¿y cómo está usted hoy, señorita kronborg?"

Thea estaba sentada en la silla de la ventana. A su codo izquierdo había una mesa, y sobre esta mesa se sentó el joven, con el sombrero y el bastón en la mano, aflojando su largo abrigo para que se le cayera de los hombros. Era un joven reluciente y florido. Su cabello, espeso y amarillo, estaba muy corto, y lucía una barba muy recortada, lo suficientemente larga en la barbilla para rizarse un poco. Incluso sus cejas eran espesas y amarillas, como vellón. Tenía vivos ojos azules; thea los miró con gran interés mientras se sentaba a charlar y balanceaba el pie rítmicamente. Él era fácilmente familiar, y francamente. Dondequiera que la gente se encontraba con el joven ottenburg, en su oficina, a bordo de un barco, en un hotel extranjero o en un compartimento de ferrocarril, siempre sentían (y por lo general les gustaba) esa presunción ingenua que parecía decir: "en este caso podemos renunciar a las formalidades. Es hora. Esto es hoy, pero pronto será mañana, y entonces podemos ser personas muy diferentes, y en algún otro país ". Tenía una manera de sacar a la gente de situaciones aburridas o incómodas, de su propio letargo, coacción o desánimo. Se trataba de un marcado talento personal, de valor casi incalculable en el representante de un gran negocio fundado en las amenidades sociales. A thea le había gustado ayer por la forma en que la había sacado de sí misma y de su gramática alemana durante unos momentos emocionantes.

"por cierto, ¿podrías decirme tu nombre de pila, por favor? ¿thea? ¡oh, entonces eres sueco, seguro! Eso pensé. Déjame llamarte señorita thea, a la manera alemana. ¿no te importará? ¡por supuesto no!" por lo general, hacía que su suposición de un entendimiento especial pareciera un tributo a la otra persona y no a sí mismo.

"¿cuánto tiempo llevas aquí con bowers? ¿te gusta el viejo cascarrabias? Yo también. Vengo a contarle sobre una nueva soprano que escuché en bayreuth. Él fingirá que no le importa, pero sí. ¿gorjeas con él? ¿tienes algo de voz? ¿honesto? Lo pareces, ya sabes. ¿qué vas a hacer, algo grande? ¿ópera? "

Thea se sonrojó carmesí. "oh, no voy a hacer nada. Estoy tratando de aprender a cantar en los funerales".

Ottenburg se inclinó hacia adelante. Sus ojos brillaron. "la invitaré a cantar en la mía. No puede engañarme, señorita thea. ¿puedo escucharle tomar su lección esta tarde?"

"no, puede que no. Lo tomé esta mañana."

Cogió un rollo de música que estaba detrás de él en la mesa. "¿es esto tuyo? Déjame ver lo que estás haciendo".

Abrió el broche y comenzó a pasar las canciones. "todo muy bien, pero dócil. ¿para qué te trajo en estas cosas de mozart? No creo que se adapte a tu voz. ¡oh, puedo adivinar lo que te conviene! Esto de 'gioconda' es más en tu línea. ¿qué es este grito? Parece interesante. Tak por ditt rod. ¿qué significa eso? "

"'gracias por su consejo.' ¿no lo sabes? "

"no, en absoluto. Intentémoslo". Se levantó, abrió la puerta de la sala de música e indicó a thea que entrara antes que él. Ella se quedó atrás.

"no podría darte mucha idea. Es una gran canción".

Ottenburg la tomó suavemente del codo y la empujó a la otra habitación. Se sentó descuidadamente al piano y miró la música por un momento. "creo que puedo ayudarte a superarlo. Pero qué estúpido no tener las palabras en alemán. ¿de verdad puedes cantar en noruego? Qué idioma infernal para cantar. Traduce el texto para mí". Le entregó la música.

Thea lo miró, luego a él, y negó con la cabeza. "no puedo. La verdad es que no sé ni inglés ni sueco muy bien, y el noruego es aún peor", dijo en tono confidencial. No pocas veces se negaba a hacer lo que se le pedía que hiciera, pero no era propio de ella explicar su negativa, incluso cuando tenía una buena razón.

"entiendo. Los inmigrantes nunca hablamos bien ningún idioma. Pero sabes lo que significa, ¿no?"

"¡por supuesto que sí!"

"entonces no me frunzas el ceño así, pero dímelo".

Thea continuó frunciendo el ceño, pero también sonrió. Estaba confundida, pero no avergonzada. No le tenía miedo a ottenburg. No era una de esas personas que la convertían en un raíl de acero. Al contrario, hizo a uno emprendedor.

"bueno, dice algo como esto: ¡gracias por tu consejo! Pero prefiero dirigir mi bote hacia el estruendo de las rompientes rugientes. Incluso si el viaje es el último, puedo encontrar lo que nunca antes había encontrado. Adelante debo ir , porque anhelo el mar salvaje. Anhelo luchar para abrirme paso a través de las olas furiosas, y ver qué tan lejos y cuánto tiempo puedo hacer que me lleven ".

Ottenburg tomó la música y comenzó: "espera un momento. ¿es demasiado rápido? ¿cómo lo tomas? ¿verdad?" se subió las esposas y comenzó de nuevo el acompañamiento. Se había vuelto completamente serio y jugaba con gran entusiasmo y comprensión.

El talento de fred valía casi tanto para el viejo otto ottenburg como la constante laboriosidad de sus hijos mayores. Cuando fred cantó la canción del premio en una reunión interestatal de turnverein, diez mil torneros salieron comprometidos con la cerveza ottenburg.

Cuando thea terminó la canción, fred volvió a la primera página, sin levantar la vista de la música. "ahora, una vez más", llamó. Empezaron de nuevo, y no oyeron inclinaciones cuando él entró y se paró en la puerta. Se quedó quieto, parpadeando como un búho ante sus dos cabezas brillando al sol. No podía ver sus caras, pero había algo en la espalda de su chica que no había notado antes: un movimiento muy leve pero muy libre, de los dedos de los pies hacia arriba. Toda su espalda parecía de plástico, parecía amoldarse al ritmo galopante de la canción. Bowers percibía esas cosas a veces, de mala gana. Hoy había sabido que algo estaba en marcha. El río de sonido que tenía su origen en su pupila lo había atrapado dos pisos más abajo. Se detuvo y escuchó con una especie de burlona admiración. Desde la puerta la miró con una sonrisa medio incrédula y medio maliciosa.

Cuando tocó las teclas por última vez, ottenburg dejó caer las manos sobre las rodillas y miró hacia arriba con un suspiro rápido. "te hice pasar. ¡qué canción tan impresionante! ¿la toqué bien?"

Thea estudió su rostro emocionado. Había mucho significado en ello, y había mucho en el suyo cuando le respondió. "me sentiste bien", dijo a regañadientes.

Después de que ottenburg se fue, thea notó que bowers era más agradable que de costumbre. Había escuchado al joven cervecero pedirle a bowers que cenara con él en su club esa noche, y vio que esperaba la cena con placer. Dejó caer un comentario en el sentido de que fred sabía tanto sobre comida y vinos como cualquier hombre en chicago. Dijo esto con jactancia.

"si es un gran hombre de negocios, ¿cómo tiene tiempo para correr escuchando lecciones de canto?" preguntó thea con sospecha.

Mientras regresaba a su casa de huéspedes a través del aguanieve de febrero, deseó ir a cenar con ellos. A las nueve levantó la vista de su gramática para preguntarse qué iban a comer bowers y ottenburg. En ese momento estaban hablando de ella.

Iv

Thea notó que bowers se preocupaba más por ella ahora que fred ottenburg solía pasar a las once y media para escuchar su lección. Después de la lección, el joven se llevó a los honderos a almorzar con él, ya los bocadillos les gustaba la buena comida cuando otro hombre la pagaba. Alentó las visitas de fred, y thea pronto vio que fred sabía exactamente por qué.

Una mañana, después de su lección, ottenburg se volvió hacia bowers. "si me presta, señorita thea, creo que tengo un compromiso para ella. La señora henry nathanmeyer va a dar tres veladas musicales en abril, los tres primeros sábados, y me ha consultado acerca de los solistas. Tiene un violinista joven, y estaría encantada de tener a la señorita kronborg. Pagará cincuenta dólares. No mucho, pero la señorita thea conocería a algunas personas que podrían ser útiles. ¿qué dices? "

Bowers pasó la pregunta a thea. "supongo que le vendría bien el cincuenta, ¿no es así, señorita kronborg? Puede trabajar fácilmente en algunas canciones".

Thea estaba perpleja. "necesito muchísimo el dinero", dijo con franqueza; "pero no tengo la ropa adecuada para ese tipo de cosas. Supongo que será mejor que intente conseguir algo".

Ottenburg habló rápidamente, "oh, no sacarías nada si fueras a comprar ropa de noche. He pensado en eso. La señora nathanmeyer tiene un grupo de hijas, un serrallo perfecto, de todas las edades y tamaños. Estaré encantado de prepararte, si no eres sensible a usar ropa kosher. Déjame llevarte a verla, y verás que ella lo arreglará con bastante facilidad. Le dije que debía presentar algo agradable , azul o amarillo, y con el corte adecuado. Hace dos semanas le traje media docena de vestidos valiosos a la aduana, y no es desagradecida. ¿cuándo podemos ir a verla?

"no tengo tiempo libre, excepto por la noche", respondió thea con cierta confusión.

"¿mañana por la noche, entonces? Te llamaré a las ocho. Trae todas tus canciones; ella querrá que le demos un pequeño ensayo, tal vez. Tocaré tus acompañamientos, si no tienes ninguna objeción. Le ahorrará dinero a usted y a la sra. Nathanmeyer. Ella lo necesita ". Ottenburg se rió entre dientes mientras anotaba el número de la pensión de thea.

Los nathanmeyer eran tan ricos y grandes que incluso thea había oído hablar de ellos, y ésta parecía una oportunidad muy notable. Ottenburg lo había provocado simplemente levantando un dedo, aparentemente. Era un príncipe de la cerveza, como había dicho bowers.

La noche siguiente, a las ocho menos cuarto, thea estaba vestida y esperando en el salón de la pensión. Estaba nerviosa e inquieta y le resultaba difícil sentarse quieta en la dura y convexa tapicería de las sillas. Los probó uno tras otro, moviéndose por la habitación mohosa y mal iluminada, donde el gas siempre se filtraba suavemente y cantaba en los quemadores. En el salón no había nadie más que el estudiante de medicina, que tocaba una de las marchas de sousa con tanta fuerza que los adornos de porcelana de la parte superior del piano tintineaban. En unos momentos entraban algunas de las muchachas de la oficina de pensiones y comenzaban a dar dos pasos. Thea deseaba que ottenburg viniera y la dejara escapar. Se miró en el espejo largo y sombrío. Llevaba su vestido de iglesia de paño azul claro, que no era impropio, pero ciertamente era demasiado pesado para llevarlo en casa por la noche. Sus pantuflas estaban atropelladas por el talón y no había tenido tiempo de remendarlas, y sus guantes blancos no estaban tan limpios como deberían estar. Sin embargo, sabía que olvidaría estas cosas tan molestas en cuanto llegara ottenburg.

María, la doncella húngara, se acercó a la puerta, se detuvo entre las cortinas de felpa, hizo una seña a thea e hizo un sonido inarticulado con la garganta. Thea se levantó de un salto y corrió hacia el pasillo, donde ottenburg estaba sonriendo, con la capa abierta y el sombrero de seda en la mano de niño blanco. La muchacha húngara permanecía de pie como un monumento sobre sus tacones planos, mirando el clavel rosa del abrigo de ottenburg. Su rostro ancho y picado de viruela tenía la única expresión de que era capaz, una especie de asombro animal. Mientras el joven seguía a thea, miró hacia atrás por encima del hombro a través de la rendija de la puerta; el hun se tapó el estómago con las manos, abrió la boca y emitió otro sonido estridente con la garganta.

"¿no es horrible?" thea exclamó. "creo que es medio tonta. ¿puedes entenderla?"

Ottenburg se rió mientras la ayudaba a subir al carruaje. "¡oh, sí, puedo entenderla!" se acomodó en el asiento delantero frente a thea. "ahora, quiero contarles sobre la gente que vamos a ver. Puede que algún día tengamos un público musical en este país, pero hasta ahora solo están los alemanes y los judíos. Todas las demás personas van a escuchar a jessie darcey canta, 'oh, prométeme!' los nathanmeyer son el mejor tipo de judíos. Si haces algo por la señora henry nathanmeyer, debes ponerte en sus manos. Todo lo que ella diga sobre la música, la ropa, la vida, será correcto. Y puedes sentirte cómodo con ella. Ella no espera nada de la gente; ha vivido en chicago veinte años. Si te comportaras como el magiar que estaba tan interesado en mi ojal, ella no se sorprendería. Si tuvieras que cantar como jessie darcey, ella no lo haría. Sorprenderse; pero ella se las arreglaría para no volver a oírle ".

"¿lo haría? Bueno, ese es el tipo de gente que quiero encontrar". Thea sintió que se volvía más atrevida.

"estarás bien con ella siempre y cuando no trates de ser algo que no eres. Sus estándares no tienen nada que ver con chicago. Sus percepciones, o las de su abuela, que es lo mismo, estaban entusiastas cuando todo esto era un pueblo indio. Así que sé tú mismo, y ella te gustará. Le agradarás a ella porque los judíos siempre sienten el talento y —agregó irónicamente— admiran ciertas cualidades de sentimiento que sólo se encuentran en los de piel blanca. Razas."

Thea miró el rostro del joven mientras la luz de una farola entraba en el carruaje. Su manera un tanto académica la divertía.

"¿qué te hace interesarte tanto por los cantantes?" preguntó con curiosidad. "pareces tener una pasión perfecta por escuchar lecciones de música. ¡ojalá pudiera intercambiar trabajos contigo!"

"no me interesan los cantantes". Su tono fue ofendido. "me interesa el talento. De todos modos, sólo hay dos cosas interesantes en el mundo; y el talento es una de ellas".

"¿cuál es el otro?" la pregunta vino dócilmente de la figura frente a él. Otro arco de luz brilló en la ventana.

Fred vio su rostro y se echó a reír. "¡vaya, me estás engañando, pequeño desgraciado! No me dejas comportarme como es debido." él dejó caer su mano enguantada suavemente sobre su rodilla, la quitó y la dejó colgando entre las suyas. "¿sabes?", dijo confidencialmente, "creo que soy más serio sobre todo esto que tú".

"¿sobre todo qué?"

"todo lo que tienes ahí en la garganta".

"¡oh! Lo digo en serio, está bien; solo que nunca fui muy bueno hablando. Jessie darcey es la que habla con suavidad. 'Te das cuenta del efecto que obtengo allí", si tan solo los entendiera, sería una maravilla , ¡ya sabes!"

Señor. Y la sra. Nathanmeyer estaban solos en su gran biblioteca. Sus tres hijas solteras habían partido en vagones sucesivos, una a una cena, otra a un club nietszche, la otra a un baile para las chicas empleadas en los grandes almacenes. Cuando entraron ottenburg y thea, henry nathanmeyer y su esposa estaban sentados en una mesa en el extremo más alejado de la larga sala, con una lámpara de lectura y una bandeja de cigarrillos y vasos cordiales entre ellos. Las luces del techo eran demasiado suaves para resaltar los colores de las grandes alfombras, y ninguna de las luces de los cuadros estaba encendida. Simplemente se podía ver que había fotografías allí. Fred susurró que eran rousseaus y corots, unos preciosos que el viejo banquero había comprado hacía mucho tiempo por casi nada. En el vestíbulo, ottenburg la había detenido ante un cuadro de una mujer comiendo uvas de una bolsa de papel, y le había dicho con gravedad que existía el manet más hermoso del mundo. La hizo quitarse el sombrero y los guantes en el pasillo y la miró un poco antes de acogerla. Pero una vez que estuvieron en la biblioteca, pareció perfectamente satisfecho con ella y la condujo por el largo salón hasta su anfitriona.

Señora. Nathanmeyer era una vieja judía fuerte y poderosa, con un gran copete de cabello blanco, una tez morena, una nariz de águila y ojos brillantes y afilados. Llevaba un vestido de terciopelo negro con una cola larga, un collar de diamantes y aretes. Ella llevó a thea al otro lado de la mesa y se la presentó al sr. Nathanmeyer, quien se disculpó por no levantarse, señalando un pie con pantuflas sobre un cojín; dijo que sufría de gota. Tenía una voz muy suave y hablaba con un acento que habría sido pesado si no hubiera sido tan cariñoso. Mantuvo a thea de pie junto a él durante algún tiempo. Notó que ella se paraba con facilidad, lo miró directamente a la cara y no se avergonzó. Incluso cuando la sra. Nathanmeyer le dijo a ottenburg que trajera una silla para thea, el anciano no soltó su mano y ella no se sentó. La admiraba tal como era, cuando estaba de pie, y ella lo sentía. Era mucho más guapo que su esposa, pensó thea. Su frente era alta, su cabello suave y blanco, su piel rosada, un poco hinchada bajo sus ojos azul claro. Notó lo cálidas y delicadas que eran sus manos, agradables al tacto y hermosas a la vista. Ottenburg le había dicho que el sr. Nathanmeyer tenía una excelente colección de medallas y camafeos, y parecía que sus dedos nunca habían tocado nada más que superficies delicadamente cortadas.

Le preguntó a thea dónde estaba la piedra lunar; cuántos habitantes tenía; cuál era el negocio de su padre; de qué parte de suecia vino su abuelo; y si hablaba sueco cuando era niña. Le interesó saber que la madre de su madre aún vivía y que su abuelo había tocado el oboe. Thea se sintió como en casa de pie junto a él; ella sintió que él era muy sabio, y que de alguna manera él tomaba la vida de uno y lo miraba con amabilidad, como si fuera una historia. Lo lamentó cuando lo dejaron para entrar en la sala de música.

Cuando llegaron a la puerta de la sala de música, la sra. Nathanmeyer encendió un interruptor que encendió muchas luces. La habitación era incluso más grande que la biblioteca, todas superficies relucientes, con dos pianos steinway.

Señora. Nathanmeyer llamó a su propia doncella. "selma la llevará arriba, señorita kronborg, y encontrará algunos vestidos en la cama. Pruebe varios y elija el que más le guste. Selma la ayudará. Tiene mucho gusto. Cuando esté vestida , venga y permítanos repasar algunas de sus canciones con el sr. Ottenburg ".

Después de que thea se fue con la criada, ottenburg se acercó a la sra. Nathanmeyer y se paró a su lado, apoyando su mano en el respaldo alto de su silla.

"bueno, gnadige frau, ¿te gusta?"

"creo que sí. Me gustaba cuando hablaba con papá. Siempre se lleva mejor con los hombres".

Ottenburg se inclinó sobre su silla. "¡profetisa! ¿ves lo que quise decir?"

"¿sobre su belleza? Tiene grandes posibilidades, pero nunca se puede hablar de esas mujeres del norte. Se ven tan fuertes, pero se golpean fácilmente. La cara cae tan pronto bajo esos pómulos anchos. Una sola idea: odio o codicia. , o incluso el amor, puede hacerlos pedazos. ¿tiene diecinueve años? Bueno, en diez años puede tener una belleza bastante real, o puede tener un rostro pesado y descontento, todo excavado en canales. Eso dependerá del tipo de ideas con las que vive ".

"¿o el tipo de gente?" sugirió ottenburg.

La anciana judía cruzó los brazos sobre su enorme pecho, echó hacia atrás los hombros y miró al joven. "¿con ese brillo intenso en sus ojos? La gente no importará mucho, me imagino. Vendrán y se irán. Ella está muy interesada en sí misma, como debería estar".

Ottenburg frunció el ceño. "espera hasta que la oigas cantar. Sus ojos son diferentes entonces. Ese brillo que entra en ellos es curioso, ¿no? Como dices, es impersonal".

El objeto de esta discusión entró sonriendo. No había elegido ni el vestido azul ni el amarillo, sino un color rosa pálido con mariposas plateadas. Señora. Nathanmeyer levantó su lorgnette y la estudió mientras se acercaba. Captó enseguida las cosas características: el andar libre y fuerte, el porte tranquilo de la cabeza, la blancura lechosa de los brazos y hombros de la niña.

"sí, ese color es bueno para ti", dijo con aprobación. "¿el amarillo probablemente te mató el pelo? Sí; esto realmente funciona muy bien, así que no necesitamos pensar más en ello."

Thea miró inquisitivamente a ottenburg. Sonrió y se inclinó, parecía perfectamente satisfecho. Le pidió que se parara en el codo del piano, frente a él, en lugar de detrás de él, como le habían enseñado a hacer.

"sí", dijo la anfitriona con sentimiento. "esa otra posición es bárbara".

Thea cantó un aria de 'gioconda', algunas canciones de schumann que había estudiado con harsanyi, y el "tak for dit rod", que le gustaba a ottenburg.

"eso debes hacer de nuevo", declaró cuando terminaron esta canción. "lo hiciste mucho mejor el otro día. Lo acentuaste más, como un baile o un galope. ¿cómo lo hiciste?"

Thea se rió, mirando de reojo a la sra. Nathanmeyer. "lo quieres rudo, ¿verdad? A bowers le gusta que lo cante más en serio, pero siempre me hace pensar en una historia que solía contar mi abuela".

Fred señaló la silla detrás de ella. "¿no quieres descansar un momento y contarnos sobre eso? Pensé que tenías alguna noción al respecto cuando me lo cantaste por primera vez".

Thea se sentó. "en noruega, mi abuela conoció a una chica que estaba tremendamente enamorada de un joven. Ella entró en servicio en una gran granja lechera para ganar suficiente dinero para su atuendo. Se casaron en navidad y todos estaban contentos, porque habían han estado suspirando el uno por el otro durante tanto tiempo. Ese mismo verano, el día antes del día de san juan, su esposo la sorprendió con otro peón de la granja. La noche siguiente, todos los campesinos tuvieron una fogata y un gran baile en la montaña, y todo el mundo bailaba y cantaba. Supongo que todos estaban un poco borrachos, porque llegaron a ver qué tan cerca podían hacer bailar a las chicas hasta el borde del acantilado. Ole, él era el marido de la chica, parecía el más alegre y el más borracho de todos.él bailó a su esposa más y más cerca del borde de la roca, y su esposa comenzó a gritar para que los demás dejaran de bailar y la música se detuviera; pero ole siguió cantando, y él la bailó sobre el borde. Del acantilado y cayeron cientos de pies y fueron todos aplastados en pedazos ".

Ottenburg se volvió hacia el piano. "¡esa es la idea! Ahora, ven, señorita thea. ¡suéltalo!"

Thea tomó su lugar. Se rió y se quitó los corsés, echó los hombros en alto y los dejó caer de nuevo. Nunca antes había cantado con un vestido bajo, y lo encontraba cómodo. Ottenburg hizo un gesto con la cabeza y comenzaron la canción. El acompañamiento sonaba más que nunca como golpes y raspaduras de pies pesados.

Cuando se detuvieron, escucharon un golpe de simpatía al final de la habitación. Viejo mr. Nathanmeyer había llegado a la puerta y estaba sentado en la sombra, justo dentro de la biblioteca, aplaudiendo con su bastón. Thea le lanzó una sonrisa brillante. Continuó sentado allí, con el pie en pantuflas sobre una silla baja, el bastón entre los dedos y ella lo miraba de vez en cuando. La puerta le sirvió de marco, y parecía un hombre en un cuadro, con la habitación larga y en sombras detrás de él.

Señora. Nathanmeyer volvió a llamar a la doncella. "selma empacará ese vestido en una caja para usted, y puede llevárselo a casa en el carruaje del señor ottenburg".

Thea se volvió para seguir a la doncella, pero vaciló. "¿debo usar guantes?" preguntó, volviéndose de nuevo hacia la sra. Nathanmeyer.

"no, creo que no. Tus brazos son buenos y te sentirás más libre sin ellos. Necesitarás pantuflas livianas, rosas o blancas, si las tienes, también te servirán".

Thea subió las escaleras con la criada y la sra. Nathanmeyer se levantó, tomó a ottenburg del brazo y caminó hacia su marido. "esa es la primera voz real que escucho en chicago", dijo decididamente. "no cuento a esa estúpida cura. ¿qué dices, padre?"

Señor. Nathanmeyer movió su blanca cabeza y sonrió suavemente, como si estuviera pensando en algo muy agradable. "svensk sommar", murmuró. "ella es como un verano sueco. Pasé casi un año allí cuando era joven", explicó a ottenburg.

Cuando ottenburg metió a thea y su gran caja en el carruaje, se le ocurrió que debía tener hambre, después de tanto cantar. Cuando él le preguntó, ella admitió que tenía mucha hambre, de hecho.

Sacó su reloj. "¿te importaría pasarte en algún lugar conmigo? Son solo las once".

"¿te importa? Por supuesto, no me importaría. No me criaron así. Puedo cuidar de mí misma".

Ottenburg se rió. "y puedo cuidar de mí mismo, para que podamos hacer muchas cosas divertidas juntos". Abrió la puerta del carruaje y habló con el conductor. "estoy atascado en la forma en que cantas esa canción triste", declaró.

Cuando thea se metió en la cama esa noche, se dijo a sí misma que era la noche más feliz que había tenido en chicago. Había disfrutado de los nathanmeyer y su gran casa, su vestido nuevo y ottenburg, su primer paseo en carruaje real y la buena cena cuando tenía tanta hambre. ¡y ottenburg estaba alegre! Te hizo querer volver con él. No siempre estabas atrapado y desconcertado. Cuando empezaste con él, fuiste; cortas la brisa, como solía decir ray. Tenía algunos en él.

Philip frederick ottenburg fue el tercer hijo del gran cervecero. Su madre era katarina furst, hija y heredera de un negocio cervecero más antiguo y rico que el de otto ottenburg. De joven había sido una figura destacada en la sociedad germano-americana de nueva york, y no había sido ajena al escándalo. Era una muchacha hermosa y testaruda, una fuerza rebelde y violenta en una sociedad provinciana. Era brutalmente sentimental y muy romántica. Su libertad de expresión, sus ideas continentales y su propensión a defender nuevas causas, incluso cuando no sabía mucho de ellas, la convertía en objeto de sospecha. Ella siempre iba al extranjero en busca de afinidades intelectuales y era una del grupo de mujeres jóvenes que seguían a wagner en su vejez, manteniéndose a una distancia respetuosa, pero recibiendo de vez en cuando un agradecido reconocimiento de que apreciaba su homenaje. Cuando murió el compositor, katarina, entonces matrona con una familia, se fue a la cama y no vio a nadie durante una semana.

Después de haberse comprometido con un actor estadounidense, un agitador socialista galés y un oficial del ejército alemán, fraulein furst finalmente se puso a sí misma y a sus grandes intereses en la cervecería en las manos confiables de otto ottenburg, que había sido su pretendiente desde que él era empleado. , aprendiendo su negocio en la oficina de su padre.

Sus dos primeros hijos eran exactamente como su padre. Incluso de niños eran pequeños comerciantes laboriosos y serios. Como dijo frau ottenburg, "tuvo que esperar a su fred, pero finalmente lo consiguió", el primer hombre que la había complacido por completo. Frederick entró en harvard cuando tenía dieciocho años. Cuando su madre fue a boston a visitarlo, no solo le consiguió todo lo que deseaba, sino que también le hizo hermosos y, a menudo, embarazosos regalos a todos sus amigos. Organizaba cenas y cenas para el club glee, hacía que la tripulación dejara de entrenar y era una influencia perturbadora en general. En su tercer año, fred abandonó la universidad debido a una grave escapada que, desde entonces, había obstaculizado un poco su vida. Entró de inmediato en el negocio de su padre, donde, a su manera, se había hecho muy útil.

Fred ottenburg tenía ahora veintiocho años, y la gente solo podía decir de él que la indulgencia de su madre lo había herido menos que la mayoría de los niños. Nunca había querido nada que no pudiera tener, y podría haber tenido muchas cosas que nunca había querido. Era extravagante, pero no pródigo. Convirtió la mayor parte del dinero que su madre le dio en el negocio y vivió de su generoso salario.

Fred nunca se había aburrido en un día entero en su vida. Cuando estaba en chicago o st. Louis, iba a juegos de pelota, peleas de premios y carreras de caballos. Cuando estaba en alemania, iba a conciertos y a la ópera. Pertenecía a una larga lista de clubes deportivos y clubes de caza, y era un buen boxeador. Tenía tantos intereses naturales que no tenía afectaciones. En harvard se mantuvo alejado del círculo estético que ya había descubierto a francis thompson. No le gustaba la poesía sino la poesía alemana. La energía física era lo que estaba lleno hasta el borde, y la música era una de sus formas naturales de expresión. Tenía un amor saludable por el deporte y el arte, por la comida y la bebida. Cuando estaba en alemania, apenas sabía dónde terminaba la sopa y comenzaba la sinfonía.

V

La marcha empezó mal para thea. Tuvo un resfriado durante la primera semana, y después de terminar sus deberes en la iglesia el domingo tuvo que irse a la cama con amigdalitis. Todavía estaba en la pensión a la que había ido el joven ottenburg cuando la llevó a ver a la señora. Nathanmeyer. Se había quedado allí porque su habitación, aunque era inconveniente y muy pequeña, estaba en la esquina de la casa y tenía luz solar.

Desde que dejó a la sra. Lorch, este era el primer lugar donde se había alejado de una luz del norte. Sus habitaciones estaban todas tan húmedas y mohosas como oscuras, con cimientos profundos de tierra debajo de las alfombras y paredes sucias. En su habitación actual no había agua corriente ni armario de ropa, y tuvo que sacar el tocador para dejar espacio para su piano. Pero había dos ventanas, una al sur y otra al oeste, un empapelado liviano con enredaderas de gloria de la mañana, y en el suelo una estera limpia. La casera había intentado que la habitación pareciera alegre, porque era difícil alquilarla. Era tan pequeño que thea podía mantenerlo limpio ella misma, después de que el hun había hecho lo peor. Colgaba sus vestidos en la puerta debajo de una sábana, usaba el lavabo como cómoda, dormía en un catre y abría las dos ventanas cuando practicaba. Se sentía menos amurallada que en las otras casas.

El miércoles era su tercer día en la cama. La estudiante de medicina que vivía en la casa había ido a verla, le había dejado unas pastillas y unas gárgaras espumosas y le había dicho que probablemente podría volver a trabajar el lunes. La casera asomaba la cabeza una vez al día, pero thea no animaba sus visitas. La camarera húngara le trajo sopa y tostadas. Fingió descuidadamente poner la habitación en orden, pero era una criatura tan sucia que thea no la dejaba tocar su catre; se levantaba todas las mañanas, daba vuelta al colchón y hacía la cama ella misma. El esfuerzo hizo que se sintiera miserablemente enferma, pero al menos pudo permanecer tranquila y tranquila durante un largo rato. Odiaba la sensación de envenenamiento en la garganta, y no importaba con qué frecuencia hiciera gárgaras, se sentía sucia y repugnante. Aun así, si tenía que estar enferma, casi se alegraba de tener una enfermedad contagiosa. De lo contrario, habría estado a merced de la gente de la casa. Sabía que no les agradaba, pero ahora que estaba enferma, se encargaron de llamar a su puerta, enviarle mensajes, libros, incluso una flor miserable o dos. Thea sabía que su simpatía era una expresión de justicia propia y los odiaba por eso. El estudiante de teología, que siempre le susurraba cosas suaves, le envió "la sonata kreutzer".

El estudiante de medicina había sido amable con ella: sabía que ella no quería pagarle a un médico. Sus gárgaras la habían ayudado y le dio cosas para que durmiera por la noche. Pero también había sido un tramposo. Se había excedido en sus derechos. No tenía dolor en el pecho y se lo había dicho con tanta claridad. Todos estos golpes de espalda y escuchar su respiración se hicieron para satisfacer la curiosidad personal. Lo había mirado con una sonrisa despectiva. Estaba demasiado enferma para preocuparse; si le divertía, ella le hacía lavarse las manos antes de tocarla; nunca estuvo muy limpio. De todos modos, la hirió y le hizo sentir que el mundo era un lugar bastante repugnante. "la sonata de kreutzer" no la hizo sentir más alegre. Lo tiró a un lado con odio. No podía creer que fuera escrito por el mismo hombre que escribió la novela que la había emocionado.

Su catre estaba al lado de la ventana sur, y el miércoles por la tarde se quedó pensando en los harsanyis, en el viejo sr. Nathanmeyer, y sobre cómo se estaba perdiendo las visitas de fred ottenburg al estudio. Eso era lo peor de estar enfermo. Si ella fuera al estudio todos los días, podría tener encuentros agradables con fred. Siempre estaba huyendo, dijo bowers, y podría estar planeando irse tan pronto como la sra. Las veladas de nathanmeyer habían terminado. Y aquí estaba perdiendo todo este tiempo!

Al cabo de un rato oyó el torpe trote del cazador en el pasillo y luego un golpe en la puerta. Mary entró, haciendo sus habituales sonidos groseros, llevando una caja larga y una canasta grande. Thea se sentó en la cama y arrancó las cuerdas y el papel. La canasta estaba llena de frutas, con una gran piña hawaiana en el medio, y en la caja había capas de rosas rosadas con tallos largos y leñosos y hojas de color verde oscuro. Llenaron la habitación con un olor fresco que hizo respirar otro aire. Mary estaba parada con su delantal lleno de papel y cartón. Cuando vio a thea sacar un sobre de debajo de las flores, lanzó una exclamación, señaló las rosas y luego la pechera de su propio vestido, en el lado izquierdo. Thea se rió y asintió. Ella entendió que mary asociaba el color con el boutonniere de ottenburg. Señaló la jarra de agua —no tenía nada más grande para contener las flores— e hizo que mary la pusiera en el alféizar de la ventana junto a ella.

Después de que mary se fue thea cerró la puerta. Cuando la casera llamó a la puerta, fingió estar dormida. Permaneció inmóvil toda la tarde y con ojos somnolientos miró abrirse las rosas. Eran las primeras flores de invernadero que había tenido. La fragancia fresca que liberaban era relajante, y cuando los pétalos rosados se curvaban hacia atrás, eran lo único entre ella y el cielo gris. Se acostó de lado, dejando atrás la habitación y la pensión. Fred sabía dónde estaban todas las cosas agradables del mundo, reflexionó, y conocía el camino hacia ellas. Tenía las llaves de todos los lugares bonitos en el bolsillo y parecía hacerlas sonar de vez en cuando. Y luego, era joven; y sus amigos siempre habían sido mayores. Su mente volvió sobre ellos.

Todos habían sido maestros; maravillosamente amables, pero aún maestros. Ray kennedy, lo sabía, había querido casarse con ella, pero era el más protector y más parecido a un maestro de todos. Se movió impaciente en su catre y tiró sus trenzas lejos de su cuello caliente, sobre su almohada. "no lo quiero como maestro", pensó, frunciendo el ceño con petulancia por la ventana. "he tenido una serie de ellos. Lo quiero como un amor".

Vi

"thea", dijo fred ottenburg una tarde lluviosa de abril, mientras esperaban su té en un restaurante del edificio pullman, con vistas al lago, "¿qué vas a hacer este verano?"

"no lo sé. Trabajo, supongo."

"¿con bowers, quieres decir? Incluso bowers va a pescar durante un mes. Chicago no es un lugar para trabajar, en verano. ¿no has hecho ningún plan?"

Thea se encogió de hombros. "no sirve de nada tener planes cuando no tienes dinero. Son impropios".

"¿no te vas a casa?"

Ella sacudió su cabeza. "no. No será cómodo allí hasta que tenga algo que mostrar por mí mismo. No me estoy llevando nada bien, ya sabes. Este año ha sido una gran pérdida".

"estás rancio; eso es lo que te pasa. Y ahora estás muerto de cansancio. Hablarás más racionalmente después de tomar un poco de té. Descansa la garganta hasta que venga". Estaban sentados junto a una ventana. Cuando ottenburg la miró a la luz gris, recordó lo que la sra. Nathanmeyer había dicho sobre el rostro sueco "rompiendo temprano". Thea estaba tan gris como el clima. Su piel se veía enferma. Su cabello también, aunque en un día húmedo se rizaba encantadoramente sobre su rostro, estaba pálido.

Fred hizo una seña al camarero y aumentó su pedido de comida. Thea no lo escuchó. Estaba mirando por la ventana, hacia el techo del instituto de arte y los leones verdes, goteando bajo la lluvia. El lago era una niebla ondulante, con un suave brillo de azul huevo de petirrojo en el gris. Un barco de madera, con dos mástiles muy altos, emergía demacrado y negro de la niebla. Cuando llegó el té, thea comió con avidez y fred la miró. Pensó que sus ojos se volvieron un poco menos sombríos. La tetera cantó alegremente sobre la lámpara de alcohol, y ella pareció concentrar su atención en ese agradable sonido. Ella seguía mirándolo con indiferencia y con indulgencia, de una manera que le hizo comprender su soledad. Fred encendió un cigarrillo y fumó pensativo. Thea y él estaban solos en la habitación silenciosa y oscura llena de mesas blancas. En aquellos días la gente de chicago nunca se detenía a tomar el té. "ven", dijo al fin, "¿qué harías este verano si pudieras hacer lo que quisieras?"

"¡iría muy lejos desde aquí! Al oeste, creo. Tal vez podría recuperar algo de mi primavera. Todo este clima frío y nublado" - miró hacia el lago y se estremeció - "no sé, me hace cosas a mí ", finalizó abruptamente.

Fred asintió. "lo sé. Has estado enfermando desde que tuviste amigdalitis. Lo he visto. Lo que necesitas es sentarte al sol y hornear durante tres meses. Tienes la idea correcta. Recuerdo una vez cuando estaban cenando en algún lugar y me preguntaba por las ruinas de los habitantes del acantilado. ¿todavía le interesan?

"por supuesto que sí. Siempre he querido ir allí, mucho antes de que me metiera en esto".

"no creo que te lo haya dicho, pero mi padre es dueño de todo un cañón lleno de ruinas de habitantes de acantilados. Tiene un gran rancho sin valor en arizona, cerca de una reserva navajo, y hay un cañón en el lugar al que llaman panther canyon , lleno hasta los topes de ese tipo de cosas. A menudo voy allí a cazar. Henry biltmer y su esposa viven allí y mantienen un lugar ordenado. Es un viejo alemán que trabajó en la cervecería hasta que perdió la salud. Ahora maneja algunas ganado. A henry le gusta hacerme un favor. He hecho algunos por él ". Fred ahogó el cigarrillo en su platillo y estudió la expresión de thea, que era nostálgica e intensa, envidiosa y admiradora. Prosiguió con satisfacción: "si bajabas allí y te quedabas dos o tres meses con ellos, no te dejaban pagar nada. Podría enviarle a henry una nueva pistola, pero ni siquiera yo podría ofrecerle dinero por poner un amigo mío. Te conseguiré transporte. Te convertiría en una nueva chica. Déjame escribirle a henry, y tú empacarás tu baúl. Eso es todo lo que se necesita. No hay burocracia al respecto. ¿qué dices, thea ? "

Se mordió el labio y suspiró como si estuviera despertando.

Fred arrugó la servilleta con impaciencia. "bueno, ¿no es lo suficientemente fácil?"

"ese es el problema; es demasiado fácil. No parece probable. No estoy acostumbrado a conseguir cosas por nada".

Ottenburg se rió. "oh, si eso es todo, te mostraré cómo empezar. No obtendrás esto por nada, absolutamente. Te pediré que me dejes parar y verte de camino a california. Quizás para ese momento te alegrarás de verme. Mejor déjame darle la noticia a bowers. Puedo manejarlo. Él necesita un poco de transporte de vez en cuando. Debes conseguir cosas de montar de pana y calzas de cuero. Hay algunas serpientes por ahí. ¿por qué sigues frunciendo el ceño ? "

"bueno, no veo exactamente por qué te tomas la molestia. ¿qué obtienes de eso? No te he gustado tanto en las últimas dos o tres semanas".

Fred dejó caer su tercer cigarrillo y miró su reloj. "si no ves eso, es porque necesitas un tónico. Te mostraré lo que sacaré. Ahora tomaré un taxi y te llevaré a casa. Estás demasiado cansado para caminar un paso. Será mejor que te vayas a la cama tan pronto como llegues. Por supuesto, no me gustas tanto cuando estás medio anestesiado todo el tiempo. ¿qué te has estado haciendo? "

Thea rose. "no lo sé. Estar aburrido me devora el corazón, supongo." caminó dócilmente frente a él hasta el ascensor. Fred notó por centésima vez cuán vehementemente su cuerpo proclamaba su estado de ánimo. Recordó lo notablemente brillante y hermosa que había sido cuando le cantaba a la sra. Nathanmeyer's: sonrojado y reluciente, redondo y flexible, algo que no se puede atenuar ni bajar. Y ahora parecía una figura conmovedora de desánimo. Los mismos camareros la miraron con aprensión. No era que hiciera un escándalo, pero su espalda era extraordinariamente vocal. Uno nunca necesitaba ver su rostro para saber de qué estaba llena ese día. Sin embargo, ciertamente no era voluble. Su carne pareció cambiar de humor y "endurecerse", como yeso. Cuando la metió en el taxi, fred pensó una vez más que "la entregó". La atacaría cuando su lanza fuera más brillante.

Parte iv. La gente antigua

Yo

La montaña de san francisco se encuentra en el norte de arizona, sobre el asta de la bandera, y sus laderas azules y su cumbre nevada atraen la atención por cien millas a través del desierto. En su base se encuentran los pinares de los navajos, donde los grandes árboles de troncos rojos viven sus siglos de paz en ese aire chispeante. Los pinos y los matorrales comienzan solo donde termina el bosque, donde el campo se abre en claros pedregosos y la superficie de la tierra se agrieta en profundos cañones. Los grandes pinos se encuentran a una distancia considerable unos de otros. Cada árbol crece solo, murmura solo, piensa solo. No se entrometen entre sí. Los navajos no suelen dar ni pedir ayuda. Su lenguaje no es comunicativo y nunca intentan un intercambio de personalidad en el habla. Sobre sus bosques existe la misma reserva inexorable. Cada árbol tiene su exaltado poder para soportar.

Eso fue lo primero que sintió thea kronborg sobre el bosque, mientras lo atravesaba una mañana de mayo en la carreta demócrata de henry biltmer, y fue el primer gran bosque que había visto en su vida. Ella se había bajado del tren en el asta de la bandera esa mañana, y se había lanzado al aire alto y frío cuando todos los pinos de la montaña estaban encendidos al amanecer, de modo que pareció caer del sueño directamente al bosque.

El viejo biltmer siguió un tenue rastro de carromatos que corría hacia el sureste y que, a medida que viajaban, descendía continuamente, alejándose de la meseta en cuya pendiente se asienta el asta de la bandera. El pico blanco de la montaña, las gargantas de nieve sobre la madera, ahora desaparecían de vez en cuando cuando el camino descendía y descendía, y el bosque se cerraba detrás del carro. Más que la montaña desapareció cuando el bosque se cerró así. Thea parecía llevarse muy poco a través del bosque con ella. La personalidad de la que estaba tan cansada pareció soltarla. El aire alto y chispeante lo absorbió como papel secante. Se perdió en el emocionante azul del cielo nuevo y el canto del viento tenue en los pinos. Las viejas líneas trasteadas que marcaban a una, que la definían —la convertían en thea kronborg, acompañante de bowers, una soprano con una voz media defectuosa— se borraron todas.

Hasta ahora había fallado. Sus dos años en chicago no habían resultado en nada. Había fracasado con harsanyi y no había hecho grandes progresos con su voz. Había llegado a creer que todo lo que bowers le había enseñado era de importancia secundaria, y que en las cosas esenciales no había avanzado. Su vida de estudiante se cerró detrás de ella, como el bosque, y dudaba que pudiera volver a él si lo intentaba. Probablemente enseñaría música en pequeños pueblos rurales toda su vida. El fracaso no fue tan trágico como ella habría supuesto; estaba lo suficientemente cansada como para no importarle.

Estaba volviendo a las primeras fuentes de alegría que podía recordar. Ella había amado el sol, y las soledades brillantes de la arena y el sol, mucho antes de que estas otras cosas vinieran para prenderse y atormentarla. Esa noche, cuando se subió a su gran cama de plumas alemanas, se sintió completamente liberada del deseo esclavizante de seguir adelante en el mundo. La oscuridad volvía a tener la dulce maravilla que tenía en la infancia.

La vida de thea en el rancho de ottenburg era simple y llena de luz, como los días mismos. Se despertaba todas las mañanas cuando los primeros rayos feroces de luz solar entraban como una flecha por las ventanas sin cortinas de su habitación en el rancho. Despúes del desayuno tomó su cesta del almuerzo y bajó al cañón. Por lo general, no regresaba hasta el atardecer.

El cañón de la pantera era como otros mil, una de esas abruptas fisuras con las que está plagada la tierra en el suroeste; tan abrupto que podrías pasar por encima del borde de cualquiera de ellos en una noche oscura y nunca saber qué te había pasado. Este cañón se dirigía hacia el rancho ottenburg, a una milla de la casa del rancho, y solo se podía acceder a él desde su cabecera. Las paredes del cañón, durante los primeros doscientos pies por debajo de la superficie, eran acantilados perpendiculares, rayados con estratos rocosos uniformes. Desde allí hasta el fondo, los lados eran menos abruptos, formaban estanterías y estaban ligeramente bordeados de pinones y cedros enanos. El efecto era el de un cañón más suave dentro de otro más salvaje. La ciudad muerta se encontraba en el punto donde el muro exterior perpendicular cesaba y comenzaba el desfiladero interior en forma de v. Allí un estrato de roca, más blando que los de arriba, había sido excavado por la acción del tiempo hasta convertirlo en un profundo surco que recorría los lados del cañón. En este hueco (como un gran pliegue en la roca) los antiguos habían construido sus casas de piedra y argamasa amarillentas. El acantilado que colgaba por encima formaba un techo de sesenta metros de espesor. El duro estrato de abajo era un suelo eterno. Las casas estaban alineadas, como los edificios de una manzana o como un cuartel.

En ambas paredes del cañón se había borrado la misma franja de roca blanda, y el largo surco horizontal se había construido con casas. La ciudad muerta tenía así dos calles, una en cada acantilado, enfrentadas a través del barranco, con un río de aire azul entre ellas.

El cañón se retorcía y serpenteaba como una serpiente, y estas dos calles continuaban durante cuatro millas o más, interrumpidas por los abruptos giros de la garganta, pero comenzando de nuevo en cada curva. El cañón tenía una docena de estos finales falsos cerca de su cabeza. Más allá, los devanados eran más grandes y menos perceptibles, y avanzaba cien millas, demasiado estrecho, escarpado y terrible para que el hombre lo siguiera. A los habitantes de los acantilados les gustaban los cañones anchos, donde los grandes acantilados reflejaban el sol. El cañón de la pantera había estado desierto durante cientos de años cuando los primeros misioneros españoles llegaron a arizona, pero la mampostería de las casas seguía siendo maravillosamente firme; se había derrumbado solo donde un deslizamiento de tierra o una roca rodante lo había roto.

Todas las casas del cañón estaban limpias con la limpieza de los lugares bañados por el sol y barridos por el viento, y todas olían a los pequeños cedros duros que se retorcían en las mismas puertas. Una de estas salas de piedra que thea tomó como suya. Fred le había dicho cómo hacerlo cómodo. Al día siguiente de su llegada, el viejo henry trajo en uno de los ponis de manada un rollo de mantas navajo que pertenecían a fred, y thea cubrió su cueva con ellas. La habitación no medía más de dos por tres metros y podía tocar el techo de piedra con la punta de los dedos. Esta era su vieja idea: un nido en un alto acantilado, lleno de sol. Durante toda la mañana el sol golpeaba su acantilado, mientras que las ruinas del lado opuesto del cañón estaban en la sombra. Por la tarde, cuando tenía la sombra de sesenta metros de pared de roca, las ruinas del otro lado del golfo se destacaban a la luz del sol. Ante su puerta corría el estrecho y sinuoso sendero que había sido la calle de los antiguos. La yuca y el cactus niggerhead crecían por todas partes. Desde la puerta de su casa miraba la pendiente de color ocre que corría varios cientos de pies hasta el arroyo, y esta roca caliente estaba escasamente poblada de árboles enanos. Sus colores eran tan pálidos que las sombras de los árboles pequeños en la roca se destacaban más nítidas que los árboles mismos. Cuando llegó la primera vez, los arbustos de chokecherry estaban en flor, y el olor de ellos era casi repugnantemente dulce después de una ducha. En el mismo fondo del cañón, a lo largo del arroyo, había un hilo de plántulas de madera de algodón brillante, parpadeante, de color verde dorado. Ellos se ganaban la vida, parloteando, detrás de la cual ella se bañaba todas las mañanas.

Thea bajó al arroyo por el sendero indio del agua. Había encontrado una piscina con fondo de arena, donde el arroyo estaba condenado por árboles caídos. La subida fue larga y empinada, y cuando llegaba a su casita en el acantilado siempre sentía un nuevo placer por su comodidad e inaccesibilidad. Para cuando llegó allí, las mantas de lana roja y gris estaban saturadas de luz solar y, a veces, se dormía tan pronto como estiraba el cuerpo sobre sus cálidas superficies. Solía preguntarse por su propia inactividad. Podía tumbarse allí hora tras hora al sol y escuchar el zumbido estridente de las grandes langostas y la risa ligera e irónica de los áspides temblorosos. Toda su vida había estado apurada y farfullando, como si hubiera nacido atrasada y hubiera estado tratando de ponerse al día. Ahora, reflexionó, mientras se estiraba mucho sobre las alfombras, era como si estuviera esperando que algo la alcanzara. Había llegado a un lugar en el que estaba fuera de la corriente de actividad sin sentido y esfuerzo no dirigido.

Aquí podía permanecer medio día sin distracciones, con concepciones agradables e incompletas en su mente, casi en sus manos. Eran apenas lo suficientemente claros como para llamarlos ideas. Tenían algo que ver con la fragancia, el color y el sonido, pero casi nada que ver con las palabras. Cantaba muy poco ahora, pero una canción le pasaba por la cabeza toda la mañana, como un manantial no deja de brotar, y era como una sensación placentera que se prolongaba indefinidamente. Era mucho más una sensación que una idea o un acto de recordar. La música nunca antes le había llegado en esa forma sensual. Siempre había sido algo con lo que luchar, siempre había traído ansiedad, exaltación y disgusto, nunca satisfacción e indolencia. Thea comenzó a preguntarse si las personas no podrían perder por completo el poder para trabajar, ya que pueden perder la voz o la memoria. Siempre había sido un poco laboriosa, corriendo de una tarea a otra, ¡como si importara! Y ahora su poder de pensar parecía convertido en un poder de sensación sostenida. Podría convertirse en un mero receptáculo de calor, o convertirse en un color, como las lagartijas brillantes que se lanzaban sobre las piedras calientes fuera de su puerta; o podría convertirse en una repetición continua de sonido, como las cigarras.

La facultad de observación nunca estuvo muy desarrollada en thea kronborg. Muchas cosas se le escaparon a los ojos mientras pasaba por el mundo. Pero las cosas que eran para ella, ella vio; los experimentó físicamente y los recordó como si alguna vez hubieran sido parte de sí misma. Las rosas que solía ver en las floristerías de chicago eran simplemente rosas. Pero cuando pensó en las flores de luna que crecieron sobre la sra. Puerta de tellamantez, era como si ella hubiera sido esa enredadera y se hubiera abierto en flores blancas todas las noches. Había recuerdos de luz en las colinas de arena, de masas de flores de tuna que había encontrado en el desierto en la primera infancia, del sol de la tarde que se filtraba a través de las hojas de parra y el lecho de menta en la señora. Jardín de kohler, que nunca perdería. Estos recuerdos eran parte de su mente y personalidad. En chicago no había conseguido casi nada que entrara en su yo subconsciente y echara raíces allí. Pero aquí, en el cañón de la pantera, había de nuevo cosas que parecían estar destinadas a ella.

El cañón de la pantera era el hogar de innumerables golondrinas. Construyeron nidos en la pared muy por encima del surco hueco en el que se encontraba la propia cámara de roca de thea. Rara vez se aventuraban por encima del borde del cañón, hacia la meseta plana azotada por el viento. Su mundo era el aire-río azul entre las paredes del cañón. En ese golfo azul los pájaros en forma de flecha nadaban todo el día, con sólo un movimiento ocasional de las alas. Lo único triste de ellos era su timidez; la forma en que vivían sus vidas entre los resonantes acantilados y nunca se atrevieron a salir de la sombra de las paredes del cañón. Cuando pasaban nadando frente a su puerta, thea a menudo sentía lo fácil que sería soñar la vida en alguna grieta del mundo.

De la antigua morada venía siempre una tristeza digna y discreta; ahora más fuerte, ahora más tenue —como el olor aromático que desprenden los cedros enanos al sol—, pero siempre presente, una parte del aire que se respira. De noche, cuando soñaba con el cañón, o de madrugada, cuando se apresuraba hacia él, anticipándolo, su concepción era de rocas amarillas que se horneaban al sol, las golondrinas, el olor a cedro y esa peculiar tristeza ... Una voz del pasado, no muy fuerte, que seguía diciendo algunas cosas sencillas a la soledad eternamente.

De pie en su casa de campo, thea podía con la uña del pulgar desprender las escamas de carbón del techo de roca, el humo de la cocina de los pueblos antiguos. ¡estaban tan cerca! Un pueblo tímido, constructor de nidos, como las golondrinas. Con qué frecuencia thea recordaba las moralejas de ray kennedy sobre las ciudades de los acantilados. Solía decir que nunca sintió la dureza de la lucha humana ni la tristeza de la historia como la sintió entre esas ruinas. Solía decir, también, que hacía que uno se sintiera obligado a hacer lo mejor. El primer día que subió por el sendero del agua empezó a tener intuiciones sobre las mujeres que habían desgastado el camino y que habían pasado gran parte de su vida subiéndolas y bajando por él. Se encontró tratando de caminar como ellos debieron caminar, con una sensación en sus pies, rodillas y lomos que nunca antes había conocido, que debió surgirle del acostumbrado polvo de ese sendero rocoso. Podía sentir el peso de un bebé indio colgando de su espalda mientras subía.

Las casas vacías, entre las que deambulaba por la tarde, la cobija en la que yacía toda la mañana, estaban obsesionadas por ciertos miedos y deseos; sentimientos sobre el calor y el frío y el agua y la fuerza física. A thea le pareció que una cierta comprensión de aquellos ancianos le llegó desde la plataforma de roca en la que estaba; que le transmitían ciertos sentimientos, sugerencias sencillas, insistentes y monótonas, como el redoble de los tambores indios. No se podían expresar con palabras, sino que parecían traducirse en actitudes corporales, en grados de tensión o relajación muscular; la fuerza desnuda de la juventud, aguda como los rayos del sol; la timidez agazapada de la vejez, el malhumor de las mujeres que esperaban a sus captores. En la primera curva del cañón había una torre medio derruida de mampostería amarilla, una torre de vigilancia sobre la que los jóvenes solían tentar águilas y atraparlas con redes. A veces, durante toda una mañana, thea podía ver el pecho y los hombros cobrizos de un joven indio contra el cielo; míralo tirar la red y observa la lucha con el águila.

El viejo henry biltmer, en el rancho, había sido un gran negocio entre los indígenas del pueblo que son descendientes de los habitantes de los acantilados. Después de la cena solía sentarse y fumar su pipa junto a la estufa de la cocina y hablar con thea sobre ellos. Nunca antes había encontrado a nadie interesado en sus ruinas. Todos los domingos, el anciano merodeaba por el cañón, y había llegado a saber mucho más sobre él de lo que podía explicar. Había reunido un cofre lleno de reliquias de los habitantes de los acantilados que tenía la intención de llevarse a alemania algún día. Les enseñó a hallar cosas entre las ruinas: piedras de moler y taladros y agujas de huesos de pavo. Había fragmentos de cerámica por todas partes. El viejo henry le explicó que los pueblos antiguos habían desarrollado la mampostería y la cerámica mucho más allá de cualquier otra artesanía. Después de haber construido sus casas, lo siguiente fue albergar el agua preciosa. Le explicó cómo todas sus costumbres y ceremonias y su religión volvían al agua. Los hombres proporcionaban la comida, pero el agua era el cuidado de las mujeres. Las estúpidas mujeres llevaron agua la mayor parte de sus vidas; los más inteligentes hicieron las vasijas para contenerlo. Su cerámica era su recurso más directo al agua, la envoltura y la vaina del elemento precioso en sí. La necesidad más fuerte de los indios se expresaba en esas graciosas tinajas, modeladas lentamente a mano, sin la ayuda de una rueda.

Cuando thea se bañaba en el fondo del cañón, en la piscina soleada detrás del biombo de álamos, a veces sentía que el agua debía tener cualidades soberanas, por haber sido objeto de tanto servicio y deseo. Ese arroyo era el único ser vivo que quedaba del drama que se había desarrollado en el cañón hacía siglos. En su corazón rápido e inquieto, fluyendo más rápido que el resto, había una continuidad de vida que se remontaba a los tiempos antiguos. El hilo brillante de la corriente tenía una especie de personalidad ligeramente gastada, suelta, graciosa y risueña. El baño de thea llegó a tener una gravedad ceremonial. La atmósfera del cañón era ritualista.

Una mañana, mientras estaba de pie en la piscina, salpicando agua entre los omóplatos con una gran esponja, algo pasó por su mente que la hizo levantarse y quedarse quieta hasta que el agua se secó por completo sobre su piel enrojecida. El arroyo y la alfarería rota: ¿qué era un arte sino un esfuerzo para hacer una vaina, un molde en el que aprisionar por un momento el elemento brillante y escurridizo que es la vida misma, la vida que pasa apresuradamente y huye, demasiado fuerte para detente, demasiado dulce para perder? Las mujeres indias lo habían guardado en sus tinajas. En la escultura que había visto en el instituto de arte, había sido captada en un destello de movimiento detenido. Al cantar, uno hacía un recipiente con la garganta y las fosas nasales y lo contenía en la respiración, atrapaba la corriente en una escala de intervalos naturales.

Iv

Thea tenía un sentimiento supersticioso acerca de los tiestos y le gustaba más dejarlos en las viviendas donde los encontraba. Si se llevaba algunos trozos a su propio albergue y los escondía debajo de las mantas, lo hacía con sentimiento de culpa, como si la estuvieran vigilando. Era una invitada en estas casas y debería comportarse como tal. Casi todas las tardes iba a las cámaras que contenían los fragmentos de cerámica más interesantes, se sentaba y los miraba un rato. Algunos de ellos estaban bellamente decorados. Este cuidado, gastado en vasijas que no podían contener mejor la comida o el agua por el trabajo adicional que se les hacía, hizo que su corazón se sintiera conmovido por aquellos antiguos alfareros. No solo habían expresado su deseo, sino que lo habían expresado de la manera más hermosa posible. Comida, fuego, agua y algo más, ¡incluso aquí, en esta grieta del mundo, tan atrás en la noche del pasado! Aquí abajo al principio esa cosa dolorosa ya se estaba moviendo; semilla de dolor y de tanto deleite.

Había tarros hechos con una delicada superposición, como piñas; y había muchos dibujos en bajorrelieve, como cestería. Parte de la cerámica estaba decorada en colores, rojo y marrón, blanco y negro, con elegantes patrones geométricos. Un día, en un fragmento de un cuenco poco profundo, encontró una cabeza de serpiente con cresta, pintada de rojo sobre terracota. De nuevo encontró medio cuenco con una amplia franja de acantilados blancos pintados sobre un fondo negro. Apenas estaban convencionalizados; allí estaban en el borde negro, tal como estaban en la roca frente a ella. La acercó siglos a esta gente al descubrir que veían sus casas exactamente como ella las veía.

Sí, ray kennedy tenía razón. Todas estas cosas le hacían sentir a uno que debía dar lo mejor de sí mismo y ayudar a satisfacer algún deseo del polvo que allí dormía. Un sueño había sido soñado allí hacía mucho tiempo, en la noche de las edades, y el viento había susurrado alguna promesa a la tristeza del salvaje. A su manera, esas personas habían sentido los comienzos de lo que estaba por venir. Estos tiestos eran como grilletes que nos ataban a una larga cadena de esfuerzos humanos.

No sólo el mundo le parecía más viejo y rico ahora, sino que ella misma parecía mayor. Nunca antes había estado sola durante tanto tiempo, ni había pensado tanto. Nada la había absorto más profundamente que la contemplación diaria de esa hilera de casas de color amarillo pálido escondidas en la arruga del acantilado. Moonstone y chicago se habían vuelto vagos. Aquí todo era sencillo y definido, como habían sido las cosas en la infancia. Su mente era como una bolsa de trapo en la que había estado metiendo frenéticamente todo lo que podía agarrar. Y aquí debe tirar esta madera. Las cosas que eran realmente suyas se separaban del resto. Sus ideas se simplificaron, se hicieron más nítidas y claras. Se sentía unida y fuerte.

Cuando thea había estado en el rancho de ottenburg durante dos meses, recibió una carta de fred en la que le anunciaba que "podría estar aquí casi en cualquier momento". La carta llegó por la noche, ya la mañana siguiente se la llevó al cañón. Estaba encantada de que él viniera pronto. Nunca se había sentido tan agradecida con nadie, y quería contarle todo lo que le había sucedido desde que había estado allí, más de lo que había sucedido en toda su vida antes. Ciertamente le gustaba fred más que nadie en el mundo. Había harsanyi, por supuesto, pero harsanyi siempre estaba cansado. Justo ahora, y aquí, quería a alguien que nunca se hubiera cansado, que pudiera captar una idea y ejecutarla.

Se avergonzaba de pensar en el esclavo aprensivo que siempre debió haber parecido ser fred, y se preguntó por qué se había preocupado por ella en absoluto. Tal vez nunca volvería a ser tan feliz ni tan guapa, y le gustaría que fred la viera, por una vez, en su mejor momento. No había estado cantando mucho, pero sabía que su voz era más interesante que nunca. Había empezado a comprender que —en ella, al menos— la voz era, ante todo, vitalidad; una ligereza en el cuerpo y una fuerza motriz en la sangre. Si tuviera eso, podría cantar. Cuando se sentía tan intensamente viva, acostada en ese insensible estante de piedra, cuando su cuerpo rebotaba como una pelota de goma alejándose de su dureza, entonces podía cantar. Esto también, podría explicarle a fred. Él sabría lo que ella quería decir.

Pasó otra semana. Thea hizo las mismas cosas que antes, sintió las mismas influencias, repasó las mismas ideas; pero había un movimiento más vivo en sus pensamientos y una sensación refrescante, como el brillo que llega a la maleza después de una ducha. Una persistente afirmación —o negación— estaba sucediendo en ella, como el golpeteo del pájaro carpintero en el único pino alto al otro lado del abismo. Frases musicales se pasaban rápidamente por su mente, y el canto de la cigarra era ahora demasiado largo y agudo. Todo pareció repentinamente tomar la forma de un deseo de acción.

Fue mientras estaba en este estado abstraído, esperando a que sonara el reloj, cuando finalmente decidió lo que iba a intentar hacer en el mundo, y que iba a estudiar a alemania sin más pérdida de conocimiento. Hora. Sólo por la más mínima oportunidad había llegado al cañón de la pantera. Ciertamente, no hubo una providencia amable que dirigiera la vida de uno; ya los padres de uno no les importaba en lo más mínimo lo que fuera de uno, siempre y cuando uno no se portara mal y pusiera en peligro su comodidad. La vida de uno estaba a merced del azar ciego. Más le valdría tomarlo en sus propias manos y perderlo todo que arrastrar dócilmente el arado bajo la vara de la guía paterna. Lo había visto cuando estaba en casa el verano pasado: la hostilidad de la gente cómoda y satisfecha de sí misma hacia cualquier esfuerzo serio. Incluso a su padre le pareció indecoroso. Cada vez que hablaba en serio, él se disculpaba. Sin embargo, se había aferrado rápidamente a lo que quedaba de piedra lunar en su mente. ¡no más de eso! Los habitantes de los acantilados habían alargado su pasado. Tenía obligaciones más antiguas y más elevadas.

V

Un domingo por la tarde, a fines de julio, el viejo henry biltmer descendía reumáticamente hacia la cabecera del cañón. El domingo anterior había sido uno de esos días nublados, afortunadamente raros, en los que la vida sale de ese país y se convierte en un fantasma gris, una incertidumbre vacía y temblorosa. Henry había pasado el día en el granero; su cañón era una realidad sólo cuando se inundaba con la luz de su gran lámpara, cuando las rocas amarillas proyectaban sombras violáceas y la resina se cocinaba bastante en los cedros sacacorchos. Las yucas estaban ahora en flor. De cada grupo de afiladas hojas de bayoneta se elevaba un tallo alto del que colgaban campanillas de un blanco verdoso con pétalos gruesos y carnosos. El cactus niggerhead asomaba sus flores carmesí por todas las grietas de las rocas.

Henry había salido con el pretexto de cazar una pala y un pico que el joven ottenburg había pedido prestado, pero mantenía los ojos abiertos. Realmente sentía mucha curiosidad por los nuevos ocupantes del cañón y lo que encontraban para hacer allí durante todo el día. Dejó que su mirada recorriera el golfo durante un kilómetro y medio hasta el primer desvío, donde la fisura salía en zigzag y luego retrocedía detrás de un promontorio de piedra en el que se alzaba la ruina amarillenta y desmoronada de la vieja torre de vigilancia.

Desde la base de esta torre, que ahora proyectaba su sombra hacia adelante, trozos de roca seguían volando hacia el golfo abierto, patinando en el aire hasta que perdían el impulso, luego caían como esquirlas hasta que sonaban sobre las repisas en la parte inferior del desfiladero o salpicado en el arroyo. Biltmer se protegió los ojos con la mano. Allí, en el promontorio, contra el acantilado color crema, había dos figuras que se movían ágilmente en la luz, esbeltas y ágiles, completamente absortas en su juego. Parecían dos niños. Ambos estaban sin sombrero y ambos vestían camisas blancas.

Henry olvidó su pico y siguió el rastro que había ante las casas de los acantilados hacia la torre. Detrás de la torre, como bien sabía, había montones de piedras, grandes y pequeñas, apiladas contra la pared del acantilado. Siempre había creído que los vigilantes indios los amontonaban allí para obtener municiones. Thea y fred se habían encontrado con estos misiles y los estaban lanzando a distancia. Cuando biltmer se acercó, pudo oírlos reír y captó la voz de thea, aguda y excitada, con un tono de disgusto. Fred le estaba enseñando a lanzar una piedra pesada como un disco. Cuando le tocó el turno a fred, lanzó una piedra de forma triangular al aire con considerable habilidad. Thea lo miró con envidia, de pie en una postura medio desafiante, con las mangas arremangadas por encima de los codos y la cara enrojecida por el calor y la emoción. Después de que el tercer misil de fred hubiera sonado sobre las rocas de abajo, ella agarró una piedra y salió con impaciencia a la cornisa frente a él. La agarró por los codos y tiró de ella hacia atrás.

"¡no tan cerca, tonto! Te darás la vuelta en un minuto."

"estuviste tan cerca. Ahí tienes la marca del talón", replicó.

"bueno, yo sé cómo. Eso hace la diferencia". Hizo una marca en el polvo con el dedo del pie. "ahí, así es. No pases por encima de eso. Gírate sobre tu columna y da media vuelta. Cuando hayas girado tu longitud, déjalo ir".

Thea colocó el trozo de roca plana entre la muñeca y los dedos, se enfrentó a la pared del acantilado, estiró el brazo en posición, giró sobre su pie izquierdo hasta el estiramiento completo de su cuerpo y dejó que el misil girara sobre el golfo. Colgaba expectante en el aire, olvidándose de echar el brazo hacia atrás, sus ojos siguiendo la piedra como si llevara consigo su fortuna. Su camarada la miraba; no había muchas chicas que pudieran mostrar una línea como esa desde la punta del pie hasta el muslo, desde el hombro hasta la punta de la mano extendida. La piedra se agotó y comenzó a caer. Thea se echó hacia atrás y se golpeó furiosamente la rodilla con la palma.

"¡ahí va otra vez! No tan lejos como el tuyo. ¿qué me pasa? Dame otro." se enfrentó al acantilado y volvió a girar. La piedra giró, no tan lejos como antes.

Ottenburg se rió. "¿por qué sigues trabajando después de tirarlo? Entonces no puedes evitarlo".

Sin responder, thea se inclinó y eligió otra piedra, respiró hondo y dio otra vuelta. Fred miró el disco y exclamó: "¡buena chica! Pasaste el pino esa vez. Ese es un buen lanzamiento".

Sacó su pañuelo y se secó la cara y la garganta radiantes, deteniéndose para sentir su hombro derecho con la mano izquierda.

"ah-ja, te has hecho dolorido, ¿no? ¿qué te dije? Te esfuerzas demasiado. Te diré lo que voy a hacer, thea", fred se sacudió las manos y comenzó a meterse la blusa de su camisa, "voy a hacer algunos palos simples y te enseñaré a esgrima. Estarías bien allí. Eres ligero y rápido y tienes mucho impulso tú. Me gustaría que vinieras a mí con láminas, te verías tan feroz ", se rió entre dientes.

Ella le dio la espalda y obstinadamente envió otra piedra, que quedó suspendida en el aire después de su vuelo. Su furia divirtió a fred, que se tomaba todos los juegos a la ligera y los jugaba bien. Respiraba con dificultad y pequeñas gotas de humedad se habían acumulado en su labio superior. La rodeó con el brazo. "si te ves tan bonita como esa…" inclinó la cabeza y la besó. Thea se sobresaltó, le dio un empujón enojado, lo empujó con la mano libre de una manera bastante hostil. Fred estaba en su temple en un instante. Le sujetó ambos brazos y la besó resueltamente.

Cuando la soltó, ella se volvió y habló por encima del hombro. "eso fue malo de tu parte, pero supongo que me merecía lo que obtuve."

"debo decir que te lo merecías", jadeó fred, "¡volviéndote salvaje de esa manera! ¡debo decir que te lo merecías!"

Vio que sus hombros se endurecían. "bueno, acabo de decir que me lo merecía, ¿no? ¿qué más quieres?"

"¡quiero que me digas por qué me atacaste así! No estabas jugando; parecía como si quisieras asesinarme".

Se echó el pelo hacia atrás con impaciencia. "no quise decir nada, de verdad. Me interrumpiste cuando estaba mirando la piedra. No puedo saltar de una cosa a otra. Te empujé sin pensar".

Fred pensó que su espalda expresaba contrición. Se acercó a ella, se paró detrás de ella con la barbilla sobre su hombro y le dijo algo al oído. Thea se rió y se volvió hacia él. Abandonaron el montón de piedras descuidadamente, como si nunca les hubiera interesado, rodearon la torre amarilla y desaparecieron en la segunda curva del cañón, donde la ciudad muerta, interrumpida por el promontorio saliente, comenzaba de nuevo.

El viejo biltmer se había sentido algo avergonzado por el giro que había tomado el juego. No había oído su conversación, pero la pantomima contra las rocas era bastante clara. Cuando los dos jóvenes desaparecieron, su anfitrión se retiró rápidamente hacia la cabecera del cañón.

"supongo que esa jovencita puede cuidarse sola", se rió entre dientes. "el joven fred, sin embargo, tiene bastante talento con ellos".

Vi

Amanecía sobre el cañón de la pantera. El golfo estaba frío y lleno de un crepúsculo denso y violáceo. El humo de la madera que se desprendía de una de las casas de los acantilados colgaba en un pañuelo azul a través del abismo, hasta que la corriente lo atrapó y se lo llevó. Thea estaba agachada en la entrada de su casa de piedra, mientras ottenburg cuidaba el crepitante fuego en la siguiente cueva. Estaba esperando a que se convirtiera en brasas antes de poner el café a hervir.

Habían salido de la casa del rancho esa mañana poco después de las tres, habiendo empacado su equipo de campamento el día anterior, y habían cruzado la tierra de pasto abierto con su linterna mientras las estrellas aún brillaban. Durante el descenso al cañón a la luz de los faroles, se enfriaron a través de sus abrigos y suéteres. La linterna se deslizó lentamente por el sendero de rocas, donde el aire pesado parecía ofrecer resistencia. La voz del arroyo en el fondo del desfiladero era hueca y amenazadora, mucho más fuerte y profunda que nunca durante el día, otra voz en conjunto. La hosquedad del lugar parecía decir que el mundo se podía llevar muy bien sin gente, roja o blanca; que bajo el mundo humano existía un mundo geológico que realizaba sus silenciosas e inmensas operaciones, indiferentes al hombre. Thea había visto a menudo la salida del sol en el desierto, un acontecimiento alegre, donde el sol sale de la cama y el mundo se vuelve dorado en un instante. Pero este cañón pareció despertar como un anciano, con rheum y rigidez de las articulaciones, con pesadez y una mente maligna y embotada. Se agachó contra la pared mientras las estrellas se desvanecían, y pensó en el coraje que debieron haber tenido las primeras razas para soportar tanto por lo poco que obtuvieron de la vida.

Por fin, una especie de esperanza estalló en el aire. En un momento, los pinos del borde del borde destellaron con un fuego cobrizo. Las delgadas nubes rojas que colgaban sobre sus puntas puntiagudas comenzaron a hervir y moverse rápidamente, entrando y saliendo como humo. Las golondrinas salieron disparadas de sus casas de roca como a una señal y volaron hacia arriba, hacia el borde. Los pajaritos marrones empezaron a piar en los arbustos a lo largo del curso de agua que bajaba al fondo del barranco, donde todo estaba todavía pálido y oscuro. Al principio, la luz dorada parecía colgar como una ola sobre el borde del cañón; los árboles y arbustos allá arriba, que apenas se notaban al mediodía, resaltaban magnificados por los rayos oblicuos. Rayos de luz largos y delgados comenzaron a llegar temblorosos al cañón. El sol rojo se elevó rápidamente sobre las copas de los pinos ardientes, y su resplandor irrumpió en el golfo, cerca del mismo umbral en el que se sentó thea. Perforaba la maleza oscura y húmeda. Los cerezos que goteaban, los álamos pálidos y los pinos helados brillaban y temblaban, nadando en el oro líquido. Todas las pálidas y polvorientas pequeñas hierbas de la familia de las judías, nunca vistas por nadie más que por un botánico, se volvieron por un momento individuales e importantes, sus hojas sedosas bastante hermosas con rocío y luz. El arco del cielo en lo alto, pesado como el plomo un poco antes, se levantó, se volvió cada vez más transparente, y uno podía mirar hacia las profundidades de un azul perlado.

El sabor del café y el tocino se mezclaba con el olor de los cedros mojados secándose, y fred le dijo a thea que estaba listo para recibirla. Se sentaron en la puerta de su cocina, con el calor de las brasas detrás de ellos y la luz del sol en sus rostros, y comenzaron su desayuno, sra. Gruesas tazas de café de bilmer y la botella de crema entre ellas, la cafetera y la sartén manteniéndose calientes entre las brasas.

"pensé que estabas retrocediendo en toda la proposición, thea, cuando estabas arrastrándote junto con esa linterna. No pude sacarte una palabra".

"lo sé. Tenía frío y hambre, y de todos modos no creía que fuera a haber ninguna mañana. ¿no te sentías raro en absoluto?"

Fred entrecerró los ojos por encima de su taza humeante. "bueno, nunca soy fuerte para levantarme antes del sol. El mundo parece sin muebles. Cuando encendí el fuego por primera vez y te miré fijamente, pensé que me había equivocado de chica. Pálida, sombría, eras una ¡visión!"

Thea se reclinó en la sombra de la sala de rocas y se calentó las manos sobre las brasas. "fue bastante triste. Qué cálidas están estas paredes, todo el camino; y tu desayuno es tan bueno. Estoy bien ahora, fred."

"sí, estás bien ahora". Fred encendió un cigarrillo y la miró críticamente mientras su cabeza emergía al sol de nuevo. "te levantas cada mañana un poco más guapa que el día anterior. Te amaría tanto si no te estuvieras convirtiendo en una de las mujeres más hermosas que he visto en mi vida; pero lo eres, y eso es un hecho a tener en cuenta ". La miró a través de la delgada línea de humo que salió de sus labios. "¿qué va a hacer con toda esa belleza y todo ese talento, señorita kronborg?"

Se volvió hacia el fuego de nuevo. "no sé de qué estás hablando", murmuró con una torpeza que no ocultó su placer.

Ottenburg rió suavemente. "¡oh, sí, lo sabes! ¡nadie mejor! Eres cercano, pero a veces te delatas, como todos los demás. ¿sabes? He decidido que nunca haces una sola cosa sin un motivo oculto". Tiró su cigarrillo, sacó su tabaquera y empezó a llenar su pipa. "usted monta y esgrima y camina y trepa, pero sé que todo el tiempo está llegando a algún lugar en su mente. Todas estas cosas son instrumentos; y yo también soy un instrumento". Miró hacia arriba a tiempo para interceptar una rápida y sorprendida mirada de thea. "oh, no me importa", se rió entre dientes; "ni un poco. Toda mujer, toda mujer interesante, tiene motivos ocultos, muchos de ellos menos dignos de crédito que los tuyos. Es tu constancia lo que me divierte. Debes haberlo estado haciendo desde que medías medio metro".

Thea miró lentamente la cara de buen humor de su compañera. Sus ojos, a veces demasiado inquietos y comprensivos en la ciudad, se habían vuelto más firmes y claros al aire libre. Su barba corta y rizada y su cabello amarillo se habían enrojecido con el sol y el viento. El agradable vigor de su persona siempre le resultaba agradable, algo para señalar y con lo que reír en un mundo de personas negativas. Con fred nunca se calmó. Siempre había vida en el aire, siempre algo que iba y venía, un ritmo de sentimiento y acción, más fuerte que el acorde natural de la juventud. Mientras lo miraba, apoyada contra la pared soleada, sintió el deseo de ser franca con él. Ella no estaba reteniendo nada deliberadamente. Pero, por otro lado, no podía forzar las cosas que se contenían. "sí, era así cuando era pequeña", dijo al fin. "tenía que estar cerca, como tú lo llamas, o hundirme. Pero no sabía que había sido así desde que llegaste. No he tenido nada de qué estar cerca. No he pensado en nada más que tener un buen rato contigo. Me he desviado ".

Fred soltó un rastro de humo en la brisa y miró con conocimiento. "sí, vas a la deriva como una bola de rifle, querida. Es tu ... Tu dirección lo que más me gusta de todo. La mayoría de los compañeros no lo harían, ya sabes. Soy inusual".

Ambos se rieron, pero thea frunció el ceño inquisitivamente. "¿por qué a la mayoría de los compañeros no les habría gustado a otros compañeros?"

"sí, muchachos serios. Tú mismo me dijiste que eran todos viejos, o solemnes. Pero los muchachos joviales quieren ser todo el objetivo. Dirían que eres todo cerebro y músculo; que no tienes sentimientos".

Ella lo miró de reojo. "oh, lo harían, ¿verdad?"

"por supuesto que lo harían", continuó fred con suavidad. "los chicos alegres no tienen imaginación. Quieren ser la fuerza animadora. Cuando no están cerca, quieren que una chica se extinga", agitó la mano. "los viejos como el señor nathanmeyer entienden a los de tu clase; pero entre los jóvenes, tienes suerte de haberme encontrado. Incluso yo no siempre fui tan sabio. He tenido mi tiempo de pensar que no me aburriría ser el apolo de un piso hogareño, y he pagado un poco para aprender mejor. Todas esas cosas se vuelven muy tediosas a menos que estén enganchadas con una idea de algún tipo. Es porque no venimos aquí solo para mirar el uno al otro y tomar un café que es tan agradable ... Mirarnos ". Fred dio una calada a su pipa durante un rato, estudiando la abstracción de thea. Estaba mirando hacia la pared más alejada del cañón con una expresión preocupada que hizo que sus ojos se estrecharan y su boca se endureciera. Sus manos descansaban en su regazo, una sobre la otra, los dedos entrelazados. "supongo", dijo fred por fin, "supongo que te ofrecería lo que la mayoría de los jóvenes que conozco le ofrecerían a una chica con la que habían estado sentados por las noches: un cómodo apartamento en chicago, un campamento de verano en el bosque, veladas musicales y una familia que criar. ¿te parecería atractivo? "

Thea se enderezó y lo miró con alarma, lo miró a los ojos. "¡perfectamente horrible!" ella exclamo.

Fred se dejó caer contra la vieja mampostería y se echó a reír profundamente. "bueno, no te asustes. No se los ofreceré. No eres un pájaro constructor de nidos. Sabes que siempre me gustó tu canción, '¡yo por la sacudida de las rompientes!' entiendo."

Se levantó con impaciencia y caminó hasta el borde del acantilado. "no es tanto. Es despertarse cada mañana con la sensación de que tu vida es tuya, y tu fuerza es tuya, y tu talento es tuyo; que estás ahí y que no hay nada en ti. " ella se quedó de pie un momento como si fuera torturada por la incertidumbre, luego se volvió repentinamente hacia él. "no hables más de estas cosas ahora", suplicó. "no es que quiera ocultarte nada. El problema es que no tengo nada que guardar, excepto (tú lo sabes tan bien como yo) ese sentimiento. Te lo dije una vez en chicago. Pero siempre me hace infeliz hablar de ello. Me estropeará el día. ¿irás a escalar conmigo? " extendió las manos con una sonrisa tan ansiosa que hizo que ottenburg sintiera cuánto necesitaba alejarse de sí misma.

Se levantó de un salto y cogió las manos que ella le tendía con tanta cordialidad y se quedó balanceándolas de un lado a otro. "no te molestaré. Una palabra es suficiente para mí. Pero me encanta, de todos modos. ¿entiendes?" le apretó las manos y las dejó caer. "ahora, ¿adónde me vas a arrastrar?"

"quiero que me arrastres. Allí, a las otras casas. Son más interesantes que estas". Señaló al otro lado del desfiladero hacia la hilera de casas blancas en el otro acantilado. "el sendero está roto, pero llegué allí una vez. Es posible. Tienes que ir al fondo del cañón, cruzar el arroyo y luego subir mano sobre mano".

Ottenburg, recostado contra la pared soleada, con las manos en los bolsillos de la chaqueta, miraba las distantes viviendas. "es una escalada horrible", suspiró, "cuando podría ser perfectamente feliz aquí con mi pipa. Sin embargo ...", tomó su bastón y su sombrero y lo siguió por el sendero del agua. "¿subes por este camino todos los días? Seguro que te ganas un baño. Bajé y eché un vistazo a tu piscina la otra tarde. Un lugar limpio, con todos esos pequeños álamos. Debe ser muy agradable".

"¿eso creo?" thea dijo sobre su hombro, mientras giraba en una curva.

"sí, y tú también, evidentemente. Me estoy volviendo experto en leer tu significado en tu espalda. Estoy tan detrás de ti en estos senderos de un solo pie. No usas tirantes, ¿verdad?"

"aqui no."

"yo no lo haría, en cualquier parte, si fuera tú. Te harán menos elástica. Los músculos laterales se vuelven flácidos. Si vas a la ópera, hay una fortuna en un cuerpo flexible. La mayoría de los cantantes alemanes son torpes, incluso cuando están bien configurados ".

Thea le devolvió una rama de pino. "¡oh, nunca engordaré! Eso te lo prometo".

Fred sonrió, mirándola. "cumpla esa promesa, no importa cuántas otras rompa", dijo arrastrando las palabras.

La subida, después de cruzar el arroyo, fue al principio una trepidante trepidación a través de la maleza. Cuando llegaron a los grandes cantos rodados, ottenburg fue primero porque tenía el alcance más largo para las piernas, y le dio una mano a thea cuando el escalón estaba bastante más allá de ella, balanceándola hasta que pudo sostenerse. Por fin llegaron a una pequeña plataforma entre las rocas, con sólo treinta metros de pared irregular e inclinada entre ellos y las casas del acantilado.

Ottenburg se acostó debajo de un pino y declaró que iba a tener una pipa antes de ir más lejos. "es bueno saber cuándo parar, thea", dijo significativamente.

"no voy a detenerme ahora hasta que llegue allí", insistió thea. "seguiré solo".

Fred apoyó el hombro contra el tronco del árbol. "continúa si quieres, pero estoy aquí para divertirme. Si te encuentras con un cascabel en el camino, hazlo con él".

Ella vaciló, abanicándose con su sombrero de fieltro. "nunca he conocido a uno".

"hay un razonamiento para ti", murmuró lánguidamente fred.

Thea se volvió resueltamente y comenzó a subir la pared, usando una hendidura irregular en la roca como camino. El acantilado, que parecía casi perpendicular desde el fondo, en realidad estaba formado por cornisas y cantos rodados, y detrás de ellos pronto desapareció. Fred fumó durante un largo rato con los ojos entrecerrados y sonreía para sí de vez en cuando. De vez en cuando levantaba una ceja al escuchar el traqueteo de pequeñas piedras entre las rocas de arriba. "de mal genio", concluyó; "hazle bien". Luego cundió en una cálida somnolencia y escuchó las langostas en las yucas, y el taconeo del viejo pájaro carpintero que nunca se cansaba de asaltar el gran pino.

Fred había terminado su pipa y se preguntaba si quería otra, cuando escuchó una llamada desde el acantilado muy por encima de él. Mirando hacia arriba, vio a thea parada en el borde de un risco saliente. Lo saludó con la mano y se pasó el brazo por la cabeza, como si estuviera chasqueando los dedos en el aire.

Cuando la vio allí entre el cielo y el golfo, con esa gran corriente de aire y la luz de la mañana a su alrededor, fred recordó la brillante figura de la sra. Nathanmeyer's. Thea fue una de esas personas que emergen, inesperadamente, más grandes de lo que estamos acostumbrados a verlas. Incluso a esta distancia se daba la impresión de energía muscular y audacia, una especie de brillantez de movimiento, de una personalidad que se extendía por grandes espacios y se expandía entre grandes cosas. Inmóvil, con las manos debajo de la cabeza, ottenburg se dirigió retóricamente a la figura en el aire. "eres de los que solían correr salvajemente en alemania, vestidos con su pelo y un trozo de piel. Los soldados los atrapaban con redes. El viejo nathanmeyer", reflexionó, "quisiera echarle un vistazo ahora. Viejo conocedor". Siempre comprando esos grabados de zorn de muchachas campesinas bañándose. Tampoco se comban. Debe ser el clima frío ". Se sentó. "ella empezará a lanzarme piedras si no me muevo". En respuesta a otro gesto impaciente desde el risco, se levantó y comenzó a balancearse lentamente por el sendero.

Era la tarde de ese largo día. Thea estaba acostada sobre una manta en la puerta de su casa de piedra. Ella y ottenburg habían regresado de su ascenso y habían almorzado, y él se había ido a dormir una siesta en una de las casas de los acantilados más abajo del camino. Dormía plácidamente, con el abrigo bajo la cabeza y la cara vuelta hacia la pared.

Thea también estaba somnolienta y yacía mirando con los ojos entornados el arco azul resplandeciente sobre el borde del cañón. Ella no pensaba en nada en absoluto. Su mente, como su cuerpo, estaba llena de calidez, lasitud, contenido físico. De repente, un águila, leonada y de gran tamaño, navegó sobre la hendidura en la que yacía, cruzando el arco del cielo. Se dejó caer por un momento en el abismo entre las paredes, luego giró y montó hasta que su plumaje estuvo tan empapado de luz que parecía un pájaro dorado. Siguió avanzando, siguiendo el curso del cañón un poco y luego desapareciendo más allá del borde. Thea se puso de pie de un salto como si la acción volcánica la hubiera arrojado de la roca. Se quedó rígida en el borde del estante de piedra, forzando la vista después de ese vuelo fuerte y leonado. ¡oh águila de águilas! Esfuerzo, logro, deseo, glorioso esfuerzo del arte humano! Desde una hendidura en el corazón del mundo ella lo saludó ... Había llegado hasta el final; cuando los hombres vivían en cuevas, estaba allí. Una raza desaparecida; pero a lo largo de los senderos, en el arroyo, bajo los cactus que se extendían, aún brillaban al sol los pedazos de sus frágiles vasijas de arcilla, fragmentos de su deseo.

Vii

Desde el día de la llegada de fred, thea y él estuvieron incesantemente activos. Dieron largos paseos por los bosques de pinos navajos, compraron turquesas y brazaletes de plata a los pastores indios errantes y cabalgaron veinte millas hasta el asta de la bandera con el menor pretexto. Thea nunca antes había sentido esta agradable excitación por ningún hombre, y se encontró tratando de complacer al joven ottenburg. Nunca estaba cansada, nunca aburrida. Había entusiasmo por despertarse por la mañana y vestirse, por caminar, montar a caballo, incluso por dormir.

Una mañana, cuando thea salió de su habitación a las siete en punto, encontró a henry y fred en el porche, mirando al cielo. El día ya estaba caluroso y no había brisa. El sol brillaba, pero pesadas nubes marrones colgaban en el oeste, como el humo de un incendio forestal. Fred y ella tenían la intención de cabalgar hasta el asta de la bandera esa mañana, pero biltmer lo desaconsejó, ya que presagiaba una tormenta. Después del desayuno, deambularon por la casa, esperando que el tiempo se decidiera. Fred había traído su guitarra, y como tenían el comedor para ellos solos, les hizo repasar algunas canciones con él. Se interesaron y lo mantuvieron hasta que la sra. Biltmer vino a poner la mesa para la cena. Ottenburg sabía algunas de las cosas mexicanas que solía cantar johnny español. Thea nunca antes le había contado sobre el español johnny, y parecía más interesado en johnny que en el dr. Archie o wunsch.

Después de la cena estaban demasiado inquietos para soportar más la casa del rancho, y huyeron al cañón para practicar con un solo palo. Fred llevaba un impermeable y un suéter, y les hizo ponerse uno de los sombreros de goma que colgaban en la sala de armas de biltmer. Mientras atravesaban la tierra de pasto, el torpe resbalón seguía enganchando los cordones de sus calzas.

"¿por qué no sueltas esa cosa?" preguntó thea. "no me importará una ducha. He estado mojado antes."

"no sirve de nada correr riesgos".

Desde el cañón no podían mirar el cielo, ya que solo se veía una franja del cenit. La cornisa plana alrededor de la torre de vigilancia era el único punto nivelado lo suficientemente grande para el ejercicio de un solo palo, y todavía estaban practicando allí cuando, alrededor de las cuatro en punto, un tremendo trueno resonó entre los acantilados y la atmósfera de repente se volvió grueso.

Fred metió los palos en una hendidura de la roca. "nos espera, thea. Será mejor que vayas a tu cueva donde hay mantas." la agarró del codo y la llevó apresuradamente por el sendero que había delante de las casas del acantilado. Hicieron la media milla a un rápido trote, y mientras corrían, las rocas y el cielo y el aire entre los acantilados se volvieron de un verde turbio, como el color de una ágata musgosa. Cuando llegaron a la sala de rocas cubierta con mantas, se miraron y se rieron. Sus rostros habían adquirido una palidez verdosa. El cabello de thea, incluso, era verde.

"aquí está oscuro como la brea", exclamó fred mientras se apresuraban a cruzar la puerta de piedra. "pero hace calor. Las rocas aguantan el calor. Va a hacer mucho frío afuera, de acuerdo". Fue interrumpido por un trueno ensordecedor. — ¡señor, qué eco! Suerte que no le importa. Vale la pena verlo ahí fuera. No es necesario que entremos todavía.

La luz verde se volvió más y más turbia. La vegetación más pequeña fue borrada. Las yucas, los cedros y los pinones estaban oscuros y rígidos, como el bronce. Las golondrinas volaron hacia arriba con agudos y aterrorizados gorjeos. Incluso los áspides temblorosos estaban quietos. Mientras fred y thea miraban desde la puerta, la luz cambió a púrpura. Nubes de vapor oscuro, como cloro gaseoso, empezaron a descender flotando desde la cabecera del cañón y colgaban entre ellas y las casas de los acantilados de la pared opuesta. Antes de que se dieran cuenta, la pared misma había desaparecido. El aire tenía un aspecto claramente venenoso y se enfriaba cada minuto. El trueno pareció estrellarse contra un acantilado, luego contra el otro, y alejarse chillando hacia el interior del cañón.

En el momento en que rompió la lluvia, derribó los vapores. En el golfo que tenían ante ellos, el agua caía a chorros y se precipitaba desde los altos acantilados en lo alto. Arrancó álamos y arbustos de chokecherry del suelo y dejó las yucas colgando de sus duras raíces. Sólo los pequeños cedros permanecían negros e inmóviles en los torrentes que caían desde tan lejos. La cámara de rocas estaba llena del fino rocío de los chorros de agua que salían disparados sobre la puerta. Thea se arrastró hasta la pared del fondo y se envolvió en una manta, y fred la cubrió con las mantas más pesadas. La lana de la oveja navajo pronto se encendió con el calor de su cuerpo y era impenetrable a la humedad. Su cabello, donde colgaba debajo del sombrero de goma, recogía la humedad como una esponja. Fred se puso el impermeable, se ató el jersey alrededor del cuello y se sentó con las piernas cruzadas a su lado. La cámara estaba tan oscura que, aunque podía ver el contorno de su cabeza y hombros, no podía ver su rostro. Encendió una cerilla de cera para encender su pipa. Mientras lo protegía entre sus manos, chisporroteó y chisporroteó, lanzando un destello amarillo sobre thea y sus mantas.

"te ves como un gitano", dijo mientras soltaba el fósforo. "¿con alguien con quien preferirías estar callado que conmigo? ¿no? ¿seguro de eso?"

"creo que sí. ¿no tienes frío?"

"no especialmente." fred fumaba en silencio, escuchando el rugido del agua afuera. "puede que no salgamos de aquí de inmediato", comentó.

"no me importará. ¿quieres?"

Se rió sombríamente y se puso la pipa. "¿sabe dónde está, señorita thea kronborg?" dijo al fin. "me tienes yendo bastante duro, supongo que lo sabes. He tenido muchos amores, pero nunca había estado tan absorto antes. ¿qué vas a hacer al respecto?" no escuchó nada de las mantas. "¿vas a jugar limpio o se trata de mi señal para cortar?"

"jugaré limpio. No veo por qué quieres ir".

"¿para qué me quieres cerca? - ¿para jugar?"

Thea luchó por levantarse entre las mantas. "te quiero para todo. No sé si soy lo que la gente llama enamorado de ti o no. En piedra lunar eso significaba sentarme en una hamaca con alguien. No quiero sentarme en una hamaca contigo, pero quiero hacer casi todo lo demás. ¡oh, cientos de cosas! "

"si me escapo, ¿me acompañarás?"

"no lo sé. Tendré que pensar en eso. Tal vez lo haga". Se liberó de sus envoltorios y se puso de pie. "no está lloviendo tan fuerte ahora. ¿no sería mejor que empecemos ahora mismo? Será de noche antes de que lleguemos a biltmer's".

Fred encendió otra cerilla. "son las siete. No sé cuánto del camino puede ser arrastrado. Ni siquiera sé si debería dejarte probarlo sin una linterna".

Thea fue a la puerta y miró hacia afuera. "no hay nada más que hacer. El suéter y el impermeable me mantendrán seco, y esta será mi oportunidad de averiguar si estos zapatos son realmente impermeables. Cuestan el salario de una semana". Ella se retiró al fondo de la cueva. "se vuelve más negro cada minuto".

Ottenburg sacó una petaca de brandy del bolsillo de su abrigo. "será mejor que tomes un poco de esto antes de empezar. ¿puedes tomarlo sin agua?"

Thea se la llevó obedientemente a los labios. Se puso el suéter y fred la ayudó a ponerse el torpe impermeable encima. Lo abrochó y abrochó el cuello alto. Podía sentir que sus manos estaban apresuradas y torpes. El abrigo era demasiado grande, se quitó la corbata y se la abrochó en la cintura. Mientras ella acomodaba su cabello con más seguridad debajo del sombrero de goma, él se paró frente a ella, entre ella y la puerta gris, sin moverse.

"¿estas listo para ir?" preguntó descuidadamente.

"si es así", habló en voz baja, sin moverse, excepto para inclinar un poco la cabeza hacia adelante.

Thea se rió y puso sus manos sobre sus hombros. "sabes cómo manejarme, ¿no?" ella susurró. Por primera vez, lo besó sin restricciones ni vergüenza.

"¡thea, thea, thea!" fred susurró su nombre tres veces, sacudiéndola un poco como para despertarla. Estaba demasiado oscuro para ver, pero podía sentir que ella estaba sonriendo.

Cuando lo besó, no había escondido el rostro en su hombro, se había puesto un poco de puntillas y estaba erguida y libre. En ese momento en que se acercó a su personalidad real, sintió en ella la misma expansión que había notado en la sra. Nathanmeyer's. Se volvió más libre y más fuerte bajo los impulsos. Cuando ella se levantó para encontrarse con él de esa manera, la sintió destellar en todo lo que le había sugerido, como si llenara su propia sombra.

Ella lo empujó y salió disparado junto a él hacia la lluvia. "ahora, fred", respondió exultante. La lluvia caía constantemente a través del crepúsculo gris agonizante, y arroyos fangosos brotaban y echaban espuma por el acantilado.

Fred la atrapó y la retuvo. "mantente detrás de mí, thea. No sé sobre el camino. Puede que se haya ido por completo. No puedo decir qué hay debajo de esta agua".

Pero el camino era más antiguo que la arizona del hombre blanco. El torrente de agua había lavado el polvo y las piedras que yacían en la superficie, pero el esqueleto rocoso del sendero indio estaba allí, listo para el pie. Donde los arroyos fluían a través de barrancos, siempre había un cedro o un pinón al que agarrarse. Vadeando, resbalando y trepando, se llevaban bien. A medida que se acercaban a la cabecera del cañón, donde el camino se elevaba y subía en curvas pronunciadas hasta la superficie de la meseta, la subida se hizo más difícil. La tierra de arriba se había desprendido y arrastrado por el sendero, trayendo rocas y arbustos e incluso árboles jóvenes. El último fantasma de la luz del día estaba muriendo y no había tiempo que perder. El cañón detrás de ellos ya estaba negro.

"tenemos que atravesar la copa de este pino, thea. No hay tiempo para dar una vuelta. Dame la mano". Después de que se estrellaron contra la masa de ramas, fred se detuvo abruptamente. "¡dios, qué agujero! ¿puedes saltarlo? Espera un minuto".

Limpió el desagüe, resbaló sobre la roca húmeda del otro lado y se contuvo justo a tiempo para escapar de una caída. "si pudiera encontrar algo a lo que agarrarme, podría echarte una mano. Está tan malditamente oscuro, y no hay árboles aquí donde se necesitan. Aquí hay algo; es una raíz. Se mantendrá bien". Se apoyó en la roca, agarró la raíz torcida con una mano y se balanceó hacia el, extendiendo el brazo. "¡buen salto! Debo decir que no pierdes los nervios en un lugar apretado. ¿puedes seguir así un poco más? Estamos casi fuera. Tengo que hacer el próximo saliente. Pon tu pie en mi rodilla y agarra algo para tirar. "

Thea subió por encima de su hombro. "es terreno duro aquí", jadeó. "¿entonces te desgarré el brazo cuando resbalé? Lo agarré de un cactus y me asusté".

"ahora, un tirón más y estamos al nivel".

Emergieron jadeando sobre la meseta negra. En los últimos cinco minutos la oscuridad se había solidificado y parecía como si los cielos estuvieran virtiendo agua negra. No podían ver dónde terminaba el cielo o comenzaba la llanura. La luz de la casa del rancho ardía con una chispa constante a través de la lluvia. Fred pasó el brazo de thea por el suyo y se dirigieron hacia la luz. No se podían ver, y la lluvia a sus espaldas parecía empujarlos. Siguieron riendo mientras tropezaban con matas de hierba o se metían en charcos resbaladizos. Estaban encantados el uno con el otro y con la aventura que les esperaba.

"ni siquiera puedo ver el blanco de tus ojos, thea. Pero sabría quién estaba aquí saliendo conmigo, en cualquier lugar. En parte coyote eres, por lo que sientes. Cuando te decidas a saltar, ¡saltas! Dios mío, ¿qué le pasa a tu mano?

"espinas de cactus. ¿no te dije cuando agarré el cactus? Pensé que era una raíz. ¿vamos derecho?"

"no lo sé. En algún lugar cercano, creo. Estoy muy cómodo, ¿no es así? Estás caliente, excepto tus mejillas. Qué graciosas son cuando están mojadas. Aún así, siempre te sientes como a ti. Me gusta esto. Podría caminar hasta el asta de la bandera. Es divertido, no poder ver nada. Me siento más seguro de ti cuando no puedo verte. ¿te escaparías conmigo? "

Thea se rió. "no correré muy lejos esta noche. Lo pensaré. Mira, fred, viene alguien".

Henry, con su linterna. ¡bastante bueno! ¡halloo! Gritó fred.

La luz en movimiento se inclinó hacia ellos. En media hora thea estaba en su gran colchón de plumas, bebiendo sopa de lentejas caliente, y casi antes de que la sopa fuera tragada se durmió.

Viii

El primer día de septiembre, fred ottenburg y thea kronborg salieron de flagstaff en el expreso con dirección este. A medida que avanzaba la luminosa mañana, se sentaron solos en la plataforma trasera del coche de observación, viendo cómo las millas amarillas se desarrollaban y desaparecían. Con completo contenido vieron pasar el brillante y vacío país. Estaban cansados del desierto y las razas muertas, de un mundo sin cambios ni ideas. Fred dijo que estaba contento de poder sentarse y dejar que santa fe hiciera el trabajo por un tiempo.

"¿y a dónde vamos, de todos modos?" añadió.

"a chicago, supongo. ¿a dónde más iríamos?" thea buscó un pañuelo en su bolso.

"no estaba seguro, así que hice que revisaran los baúles a albuquerque. Podemos volver a revisar allí a chicago, si quieres. ¿por qué chicago? Nunca volverás a bowers. ¿por qué no sería un buen momento para hacer ¿una carrera? Podríamos tomar la sucursal sur en albuquerque, bajar a el paso, y luego a méxico. Somos excepcionalmente libres. Nadie nos espera en ningún lado ".

Thea avistó a lo largo de los rieles de acero que temblaban con la luz detrás de ellos. "no veo por qué no podría casarme contigo en chicago, así como en cualquier otro lugar", dijo con cierta vergüenza.

Fred sacó el bolso de su nervioso broche y lo hizo girar en su dedo. "no tienes un amor particular por ese lugar, ¿verdad? Además, como te dije, mi familia haría una pelea. Son un grupo excitable. Discuten y discuten eternamente. La única forma en que puedo poner algo a través es seguir adelante y convencerlos después ".

"sí; lo entiendo. No me importa eso. No quiero casarme con tu familia. Estoy seguro de que no querrías casarte con la mía. Pero no veo por qué tenemos que ir tan lejos". "

"cuando llegamos a winslow, miras los patios de carga y probablemente veas varios autos amarillos con mi nombre en ellos. Por eso, querida. Cuando tu tarjeta de visita está en cada botella de cerveza, no puedes hacer las cosas en silencio. Las cosas llegan a los periódicos ". Mientras observaba su expresión preocupada, se puso ansioso. Se inclinó hacia delante en su silla de campaña y siguió haciendo girar el bolso entre las rodillas. "aquí hay una sugerencia, thea", dijo al poco tiempo. "deséchelo si no le gusta: suponga que vamos a méxico si tenemos la oportunidad. Nunca ha visto nada como la ciudad de méxico; será una broma para usted, de todos modos. Si cambia de opinión y no lo hace" si quieres casarte conmigo, puedes volver a chicago, y yo tomaré un vapor de vera cruz e iré a nueva york.cuando llegue a chicago, estarás en el trabajo y nadie se enterará jamás. . No hay ninguna razón por la que los dos no debamos viajar a méxico, ¿verdad? Viajará solo. Simplemente le diré los lugares correctos para detenerse y vendré a llevarlo a conducir. No presionaré tú. ¿alguna vez? " giró la bolsa hacia ella y miró debajo de su sombrero.

"no, no lo has hecho", murmuró. Pensaba que su propia posición podría ser menos difícil si él hubiera usado lo que él llamaba presión. Claramente deseaba que ella asumiera la responsabilidad.

"tienes tu propio futuro en el fondo de tu mente todo el tiempo", comenzó fred, "y yo lo tengo en el mío. No voy a intentar llevarte, como haría con otra chica. Si quisieras déjame, no podría abrazarte, no importa cuántas veces te hayas casado conmigo. No quiero persuadirte. Pero me gustaría mucho poder llevarte a esa alegre ciudad vieja, donde todo complacería. Tú, y darme una oportunidad. Entonces, si pensaras que podrías pasar un mejor momento conmigo que sin mí, trataría de agarrarte antes de que cambies de opinión. No eres una persona sentimental ".

Thea se echó el velo sobre la cara. "creo que soy, un poco, sobre ti", dijo en voz baja. La ironía de fred de alguna manera la lastimó.

"¿qué hay en el fondo de tu mente, thea?" preguntó apresuradamente. "no puedo decir. ¿por qué lo consideras en absoluto, si no estás seguro? ¿por qué estás aquí conmigo ahora?"

Su rostro estaba medio apartado. Estaba pensando que parecía más viejo y más firme, casi duro, bajo un velo.

"¿no es posible hacer cosas sin tener una razón muy clara?" preguntó ella lentamente. "no tengo ningún plan en el fondo de mi mente. Ahora que estoy contigo, quiero estar contigo; eso es todo. No puedo conformarme con estar solo otra vez. Estoy aquí hoy porque quiero estar contigo hoy ". Ella hizo una pausa. "una cosa, sin embargo, si te di mi palabra, la cumpliría. Y podrías abrazarme, aunque no parece que lo creas. Tal vez no soy sentimental, pero no soy muy ligero, tampoco. Si me fuera contigo así, no sería para divertirme ".

Los ojos de ottenburg cayeron. Sus labios trabajaron nerviosamente por un momento. "¿quieres decir que realmente te preocupas por mí, thea kronborg?" preguntó vacilante.

"supongo que sí. Es como cualquier otra cosa. Se apodera de ti y tienes que seguir adelante, incluso si tienes miedo. Tenía miedo de dejar la piedra lunar y miedo de dejar harsanyi. Pero tenía que hacerlo llevar un proyecto a cabo."

"¿y tienes miedo ahora?" fred preguntó lentamente.

"sí; más de lo que nunca he sido. Pero no creo que pueda volver atrás. El pasado se cierra detrás de uno, de alguna manera. Uno preferiría tener un nuevo tipo de miseria. El viejo tipo parece la muerte o la inconsciencia." no puedes forzar tu vida a volver a ese molde otra vez. No, no se puede volver ". Se levantó y se detuvo junto a la rejilla trasera de la plataforma, con la mano en la barandilla de latón.

Fred fue a su lado. Ella se levantó el velo y volvió su rostro más radiante hacia él. Tenía los ojos húmedos y lágrimas en las pestañas, pero sonreía con la rara sonrisa de corazón que él había visto una o dos veces antes. Él miró sus ojos brillantes, sus labios entreabiertos, su barbilla un poco levantada. Era como si estuvieran coloreados por un amanecer que él no podía ver. Él puso su mano sobre la de ella y la apretó con una fuerza que ella sintió. Sus pestañas temblaron, su boca se suavizó, pero sus ojos aún brillaban.

"¿siempre serás como si estuvieras ahí abajo, si voy contigo?" preguntó en voz baja.

Sus dedos apretaron los de ella. "¡por dios, lo haré!" él murmuró.

"esa es la única promesa que te pediré. Ahora vete por un tiempo y déjame pensarlo. Vuelve a la hora del almuerzo y te lo diré. ¿te bastará?"

"cualquier cosa servirá, thea, si me dejas vigilarte. El resto del mundo no me interesa mucho. Me has metido en lo más profundo".

Fred soltó su mano y se volvió. Cuando miró hacia atrás desde la parte delantera del coche de observación, vio que ella todavía estaba allí, y cualquiera habría sabido que estaba cavilando sobre algo. La seriedad de su cabeza y sus hombros tenía cierta nobleza. Se quedó mirándola por un momento.

Cuando llegó al vagón humeante de proa, fred se sentó al final, donde podía apartar a los demás pasajeros de su vista. Se puso la gorra de viaje y se sentó cansado, manteniendo la cabeza cerca de la ventana. "en cualquier caso, la ayudaré más de lo que la lastimaré", se decía a sí mismo. Admitió que ese no era el único motivo que lo impulsaba, pero era uno de ellos. "haré que mi negocio en la vida sea conseguirla. No hay nada más que me importe tanto como verla tener su oportunidad. Aún no ha tocado su fuerza real. Ni siquiera se da cuenta. Señor , ¿no sé algo sobre ellos? No hay uno de ellos que tenga tanta profundidad de donde extraer. Ella será una de las grandes artistas de nuestro tiempo. ¡tocando acompañamientos para ese chivato de cara de queso! I ' la llevaré a alemania este invierno, o la llevaré. Ahora no tiene tiempo que perder. Lo compensaré, está bien ".

Ottenburg ciertamente tenía la intención de compensarla, en la medida de lo posible. Su sentimiento era tan generoso como es probable que sean los fuertes sentimientos humanos. El único problema era que ya estaba casado y lo había estado desde que tenía veinte años.

Sus amigos mayores en chicago, personas que habían sido amigos de su familia, conocían el lamentable estado de sus asuntos personales; pero eran personas con las que, en el curso natural de las cosas, thea kronborg apenas se encontraría. Señora. Frederick ottenburg vivía en california, en santa barbara, donde se suponía que su salud era mejor que en cualquier otro lugar, y su marido vivía en chicago. Visitaba a su esposa todos los inviernos para reforzar su posición, y su devota madre, aunque su odio por su nuera era apenas abordable en palabras, iba todos los años a santa bárbara para mejorar las cosas y relevar a su hijo.

Cuando frederick ottenburg comenzaba su tercer año en harvard, recibió una carta de dick brisbane, un chico de la ciudad de kansas que conocía, diciéndole que su prometida, la señorita edith beers, iba a nueva york a comprar su ajuar. Estaría en la casa de holanda, con su tía y una chica de kansas city que iba a ser dama de honor, durante dos semanas o más. Si ottenburg iba a ir a nueva york, ¿llamaría a miss beers y le "mostraría un buen momento"?

Fred pasó a ir a nueva york. Iba a bajar de un nuevo refugio, después del juego de acción de gracias. Visitó a miss beers y la encontró, cuando esa noche telegrafió a brisbane, una "belleza desgarradora, no hay duda". La llevó a ella, a su tía ya su amiga poco interesante al teatro ya la ópera, y les invitó a almorzar con él en el waldorf. No se esmeró en arreglar el almuerzo con el jefe de camareros. Miss beers era el tipo de chica con la que a un joven le gusta parecer experimentado. Era morena, delgada y fogosa. Ella era ingeniosa y sarcástica; dijo cosas atrevidas y se las llevó con indiferencia. Su extravagancia infantil y su desprecio por todos los hechos serios de la vida podían imputarse a la generosidad de su padre y a su larga bolsa de empaque. Monstruos que habrían sido vulgares y ostentosos en una chica más simple, en miss beers parecían caprichosos y pintorescos. Se movía con magníficas pieles, zapatos de tacón y vestidos ceñidos, aunque ese era el día de las faldas amplias. Sus sombreros eran grandes y flexibles. Cuando se quitó el abrigo de piel de topo durante el almuerzo, parecía una delgada comadreja negra. Su vestido de satén era una simple vaina, tan llamativa por su severidad y escasez que todos en el comedor miraban. No comió nada más que ensalada de pera de cocodrilo y uvas de invernadero, bebió un poco de champán y tomó coñac en su café. Ridiculizó, en la jerga más picante, a los cantantes que habían escuchado en la ópera la noche anterior, y cuando su tía fingió reprenderla, murmuró con indiferencia: "¿qué te pasa, viejo amigo?" seguía hablando con una locuacidad tenue, siempre manteniendo la voz baja y monótona, siempre mirando por el rabillo del ojo y hablando, por así decirlo, por separado, con el rabillo de la boca. Despreciaba todo, lo que se convirtió en sus cejas. Su rostro era móvil y descontento, sus ojos rápidos y negros. Había una especie de fuego ardiente a su alrededor, pensó el joven ottenburg. Ella lo entretuvo prodigiosamente.

Después del almuerzo, la señorita beers dijo que se iba a la zona alta para que le hicieran la prueba y que iría sola porque su tía la ponía nerviosa. Cuando fred le sostuvo el abrigo, ella murmuró "gracias, alphonse", como si se dirigiera al camarero. Mientras entraba en un cabriolé, con un largo tramo de fina media de seda, dijo con negligencia, por encima del cuello de piel, "mejor déjame llevarte y llevarte a algún lado". Él saltó detrás de ella y ella le dijo al conductor que fuera al parque.

Era un brillante día de invierno y un frío terrible. Miss beers le pidió a fred que le contara sobre el juego en new haven, y cuando lo hizo no prestó atención a lo que dijo. Se hundió de nuevo en el cabriolé y se llevó el manguito a la cara, bajándolo de vez en cuando para pronunciar comentarios lacónicos sobre la gente en los carruajes por los que pasaban, interrumpiendo la narración de fred de una manera desconcertante. Cuando entraron en el parque, él miró bajo su ancho sombrero negro sus ojos y cabello negros —el manguito escondía todo lo demás— y descubrió que estaba llorando. A su solícita pregunta ella respondió que "bastaba para empaparte, para ir a probarte vestidos para casarte con un hombre que no te gustaba".

Siguieron más explicaciones. Ella había pensado que estaba "perfectamente loca" con brisbane, hasta que conoció a fred en la casa de holanda hace tres días. Entonces supo que le arrancaría los ojos a brisbane si se casaba con él. Que iba a hacer ella

Fred le dijo al conductor que siguiera adelante. ¿qué quería hacer ella? Bueno, ella no lo sabía. Había que casarse con alguien, después de que toda la maquinaria se hubiera puesto en marcha.

Tal vez ella podría rayar brisbane tanto como cualquier otra persona; por cero lo haría, si no conseguía lo que quería.

Por supuesto, asintió fred, había que casarse con alguien. Y ciertamente esta chica venció a todo lo que había enfrentado antes. Nuevamente le dijo al conductor que siguiera adelante. ¿quería decir que pensaría en casarse con él, por casualidad? Por supuesto que sí, alphonse. ¿no había visto eso en toda su cara hace tres días? Si no lo había hecho, era una bola de nieve.

Para entonces fred comenzaba a sentir lástima por el conductor. Miss beers, sin embargo, fue despiadada. Después de algunos turnos más, fred sugirió tomar té en el casino. Él mismo tenía mucho frío y, al recordar las medias de seda brillante y los zapatos de tacón, se preguntó si la chica no estaba helada. Cuando salieron del coche, le entregó una factura al conductor y le dijo que tomara algo caliente mientras esperaba.

En la mesa del té, en un cómodo recinto de cristal, con el vapor chisporroteando en las tuberías a su lado y un brillante atardecer invernal afuera, desarrollaron su plan. Miss beers llevaba mucho dinero, destinado a comerciantes, que estaba dispuesta a desviar hacia otros canales; de todos modos, la primera emoción de comprar un ajuar se había esfumado. Era muy parecido a cualquier otra compra. Fred tenía su mesada y unos cientos que había ganado en el juego. Lo encontraría mañana por la mañana en el ferry de jersey. Podrían tomar uno de los trenes de pensilvania con destino al oeste e ir a cualquier lugar, a algún lugar donde las leyes no fueran demasiado exigentes. Fred ni siquiera había pensado en las leyes. Todo estaría bien para su padre; conocía a la familia de fred.

Ahora que estaban comprometidos, pensó que le gustaría conducir un poco más. Fueron sacudidos en el taxi durante otra hora a través del parque desierto. Miss beers, habiéndose quitado el sombrero, se reclinó sobre el hombro de fred.

A la mañana siguiente salieron de la ciudad de jersey en el último tren rápido. Tuvieron algunas desventuras, cruzaron varios estados antes de encontrar un juez lo suficientemente complaciente como para casarse con dos personas cuyos nombres automáticamente instigaron la investigación. La familia de la novia estaba bastante satisfecha con su originalidad; además, cualquiera de los chicos de ottenburg era claramente mejor pareja que el joven brisbane. Con otto ottenburg, sin embargo, el asunto fue difícil, y para su esposa, la otra vez orgullosa katarina furst, tal decepción fue casi insoportable. Sus hijos siempre habían sido arcilla en sus manos, y ahora el geliebter sohn se le había escapado.

Beers, el empacador, le dio a su hija una casa en st. Louis, y fred entró en el negocio de su padre. Al final de un año, estaba pidiendo en silencio a su madre simpatía. Al cabo de dos, estaba bebiendo y en abierta rebelión. Había aprendido a detestar a su esposa. Su despilfarro y crueldad le repugnaban. La ignorancia y la presunción fatua que se escondía detrás de su máscara de argot y burla haciendo muecas lo humillaron tan profundamente que se volvió absolutamente imprudente. Su gracia no era más que un retorcimiento inquietante, su audacia era el resultado de la insolencia y la envidia, y su ingenio era un rencor inquieto. A medida que sus gestos personales se volvían cada vez más odiosos para él, empezó a embotar sus percepciones con champán. Lo tomó para el té, lo tomó con la cena y durante la noche tomó lo suficiente para asegurarse de estar bien aislado cuando llegara a casa. Este comportamiento sembró la alarma entre sus amigos. Fue escandaloso y no ocurrió entre los cerveceros. Estaba violando la nobleza obliga de su gremio. Su padre y los socios de su padre parecían alarmados.

Cuando la madre de fred se acercó a él y con las manos juntas le suplicó una explicación, él le dijo que el único problema era que no podía contener suficiente vino para hacer la vida soportable, por lo que iba a salir de abajo y alistarse en la marina. No quería nada más que la camisa en la espalda y aire limpio y salado. Su madre podía cuidar; iba a hacer un escándalo.

Señora. Otto ottenburg fue a kansas city para ver al sr. Cervezas, y tuvo la satisfacción de decirle que había criado a su hija como un salvaje, eine ungebildete. Todos los ottenburgs y todas las cervezas, y muchos de sus amigos, se involucraron en la pelea. Sin embargo, fue a la opinión pública, y no a las actividades de su madre, a la que fred le debía su escape parcial de la esclavitud. El cosmopolita mundo cervecero de st. Louis tenía estándares conservadores. Los amigos de los ottenburg no estaban predispuestos a favor del grupo de kansas city que se hundía, y no les agradaba la esposa del joven fred desde el día en que la trajeron entre ellos. La encontraron ignorante, mala e insoportablemente impertinente. Cuando se dieron cuenta de cómo iban las cosas entre ella y fred, no omitieron ninguna oportunidad para desairarla. El joven fred siempre había sido popular, y st. El pueblo de luis asumió su causa con entusiasmo. Incluso los hombres más jóvenes, entre los que la sra. Fred trató de conseguir seguidores, al principio la evitó y luego la ignoró. Su derrota fue tan notoria, su vida se convirtió en un desierto tan grande, que finalmente consintió en aceptar la casa en santa bárbara que la sra. Otto ottenburg había poseído y apreciado durante mucho tiempo. Esta villa, con sus frondosos jardines, era el precio de la licencia de fred. Su madre estaba encantada de ofrecerlo en su nombre. Tan pronto como su esposa se estableció en california, fred fue trasladado de st. Louis a chicago.

Un divorcio era lo único que edith nunca, nunca, le daría. Ella se lo dijo y se lo dijo a su familia, y su padre estaba detrás de ella. No llegaría a ningún acuerdo que eventualmente pudiera conducir al divorcio. Había insultado a su marido ante los invitados y los criados, le había rascado la cara, le había arrojado espejos de mano, cepillos para el pelo y tijeras para uñas con bastante frecuencia, pero sabía que fred no era el tipo que iría a la corte y ofrecería ese tipo de pruebas. . En su comportamiento con otros hombres era discreta.

Después de que fred se fue a chicago, su madre lo visitaba a menudo y le decía unas palabras a sus viejos amigos allí, que ya estaban amablemente dispuestos hacia el joven. Chismorreaban tan poco como era compatible con el interés que sentían, se comprometían a hacer la vida agradable para fred y contaban su historia sólo donde sentían que sería bueno: a las chicas que parecían encontrar atractivo al joven cervecero. Hasta ahora, se había portado bien y se había mantenido alejado de enredos.

Desde que lo trasladaron a chicago, fred había estado varias veces en el extranjero y se había ido acostumbrando cada vez más a la forma de andar entre los artistas jóvenes, personas con las que las relaciones personales eran incidentales. Con las mujeres, e incluso con las niñas, que tenían carreras que seguir, un joven podía tener amistades agradables sin ser considerado un posible pretendiente o amante. Entre los artistas su posición no era irregular, porque para ellos su matrimonio no era un problema. Sus gustos, su entusiasmo y su agradable personalidad le hicieron sentir bienvenido.

Con thea kronborg se había permitido más libertad de la que solía tener en sus amistades o galanterías con artistas jóvenes, porque ella le parecía claramente que no era de las que se casaban. Ella lo impresionó como preparado para ser un artista y no ser nada más; ya dirigido, concentrado, formado como hábito mental. Él era generoso y comprensivo, y ella se sentía sola y necesitaba amistad; necesitaba alegría. No tenía mucho poder para llegar a personas útiles o experiencias útiles, no veía oportunidades. No tenía tacto para buscar buenos puestos o atraer el interés de personas influyentes. Antagonizaba a la gente en lugar de conciliarla. Descubrió de inmediato que tenía un lado alegre, un humor robusto, profundo y cordial, como su risa, pero que dormía la mayor parte del tiempo bajo sus propias dudas y la monotonía de su vida. No tenía lo que se llama "sentido del humor". Es decir, no tenía humor intelectual; ningún poder para disfrutar de los absurdos de la gente, ningún placer por sus pretensiones e inconsistencias, lo que sólo la deprimía. Pero su jovialidad, pensó fred, era una ventaja y debería desarrollarse. Descubrió que ella era más receptiva y más eficaz bajo un estímulo agradable que bajo la rutina gris que ella consideraba su salvación. Todavía era lo bastante metodista como para creer que si algo era difícil y fastidioso, debía ser bueno para ella. Y sin embargo, todo lo que hizo bien fue espontáneo. Bajo el menor resplandor de excitación, como en la sra. Nathanmeyer's, había visto al aprensivo y fruncido esclavo del estudio de bowers convertirse en una mujer ingeniosa y conscientemente hermosa.

Su interés por el teatro era serio, casi desde el principio, y tan sincero que no desconfiaba de sí mismo. Creía que sabía mucho más sobre sus posibilidades de lo que sabía bowers, y le gustaba pensar que le había dado un control más fuerte sobre la vida. Nunca se había visto a sí misma ni se había conocido a sí misma como lo hacía en mrs. Veladas musicales de nathanmeyer. Ella había sido una chica diferente desde entonces. No había previsto que ella se encariñaría más con él de lo que justificaba su utilidad inmediata. Él pensó que conocía las costumbres de los artistas y, como dijo, ella debió de estar "en ello desde la cuna". Había imaginado, tal vez, pero nunca creyó realmente, que la encontraría esperándolo en algún momento como la encontró esperando el día en que llegara al rancho biltmer. Una vez que la encontró tan ... Bueno, no pretendió ser nada más o menos que un joven razonablemente bien intencionado. Una chica enamorada o una mujer coqueta que podría haber manejado con bastante facilidad. Pero una personalidad así, que inconscientemente se revela por primera vez bajo la exaltación de un sentimiento personal, ¿qué se puede hacer sino mirarlo? Como solía decirse a sí mismo, en momentos imprudentes allá en el cañón, "no se puede apagar un amanecer". Tenía que mirarlo, y luego tenía que compartirlo.

Además, ¿realmente iba a hacerle daño? ¡el señor sabía que se casaría con ella si pudiera! El matrimonio sería un incidente, no un final para ella; él estaba seguro de eso. Si no fuera él, sería otro; alguien que le pondría un peso en el cuello, probablemente; que la retendría, la golpearía y la desviaría de la primera zambullida para la que él sentía que estaba reuniendo todas sus energías. Tenía la intención de ayudarla, y no podía pensar en otro hombre que lo hiciera. Repasó a sus amigos solteros, al este y al oeste, y no podía pensar en uno que supiera a qué se dirigía ella ... O que le importara. Los inteligentes eran egoístas, los bondadosos eran estúpidos.

"maldita sea, si se va a enamorar de alguien, será mejor que sea yo que cualquiera de los demás, del tipo que ella encontraría. Que la amarre con un imbécil engreído que intentaría cambiarla". ¡entrénala como a un cachorro! Dale a uno de ellos una naturaleza tan grande como esa, y se horrorizaría.no mostraría su rostro en los clubes hasta que la hubiera ido tras ella y la hubiera peinado para conformarse con algún tonto. Idea en su propia cabeza, puesta allí por otra mujer, también, su primer amor o su abuela o una tía soltera. Al menos, la entiendo. Sé lo que necesita y adónde va, y quiero ver que ella tiene una oportunidad de luchar ".

Su propia conducta parecía torcida, admitió; pero se preguntó si, entre hombres y mujeres, todos los caminos no eran más o menos torcidos. Creía que los que se llaman heterosexuales eran los más peligrosos de todos. Le parecía, en su mayor parte, estar entre muros de piedra sin ventanas, y su rectitud se había logrado a expensas de la luz y el aire. En su indiscutible regularidad acechaba toda clase de crueldad y mezquindad humana, y toda clase de humillación y sufrimiento. Preferiría que cualquier mujer que cuidara fuera herida antes que aplastada. No la engañaría ni una vez, se dijo con fiereza, sino cien veces, para mantenerla libre.

Cuando fred regresó al vagón de observación a la una en punto, después de la llamada del almuerzo, estaba vacío y encontró a thea sola en la plataforma. Ella extendió la mano y lo miró a los ojos.

"es como dije. Las cosas se han cerrado detrás de mí. No puedo volver, así que me voy, ¿a méxico?" ella levantó su rostro con una sonrisa ansiosa e interrogante.

Fred lo recibió con el corazón hundido. ¿de verdad había esperado que ella le diera otra respuesta? Habría dado casi cualquier cosa, pero eso no sirvió de nada. Sólo podía dar lo que tenía. Las cosas nunca estuvieron completas en este mundo; había que arrebatarlos cuando llegaban o se iban sin ellos. Nadie podía mirarla a la cara y echarse atrás, nadie que tuviera valor. Tenía el coraje suficiente para cualquier cosa: ¡mira su boca, barbilla y ojos! ¿de dónde salió esa luz? ¿cómo podría un rostro, un rostro familiar, convertirse en un cuadro de esperanza, pintarse con los colores mismos de la exaltación de la juventud? Ella tenía razón; ella no era una de las que retrocedían. Algunas personas continúan evitando peligros, otras cabalgando a través de ellos.

Se pararon junto a la barandilla mirando hacia atrás a los niveles de arena, ambos sintiendo que el tren avanzaba muy rápido. La mente de fred era una confusión de imágenes e ideas. Sólo dos cosas estaban claras para él: la fuerza de su determinación y la creencia de que, a pesar de lo discapacitado que estaba, podría hacerlo mejor con ella que cualquier otro hombre. Sabía que siempre la recordaría, allí de pie con esa sonrisa expectante y progresista, suficiente para convertir el futuro en verano.

Parte v. Dr. La aventura de archie

Yo

Dr. Howard archie había ido a denver para una reunión de
accionistas de la mina de plata de san felipe. No era
absolutamente necesario que viniera, pero no tenía casos muy
urgentes en casa. El invierno se estaba cerrando en piedra lunar y
temía lo aburrido que era. El día 10 de enero, por lo tanto, fue
registrado en el hotel brown palace. La mañana del 11 bajó a
desayunar y encontró las calles blancas y el aire cargado de
nieve. Un salvaje noroeste soplaba desde las montañas, una de
esas hermosas tormentas que envuelven denver en nieve seca y
peluda, y hacen de la ciudad una piedra de carga para miles de
hombres en las montañas y en las llanuras. Los guardafrenos en
sus furgones, los mineros en sus excavaciones, los colonos
solitarios en las colinas de arena de los condados de yucca y kit
carson, comienzan a pensar en denver, envueltos en nieve, llenos
de comida y bebida y buen humor, y añorarla con esa admiración
que la convierte, más que otras ciudades americanas, en objeto
de sentimiento.

Howard archie se alegró de haber entrado antes de que llegara la
tormenta. Se sentía tan alegre como si hubiera recibido un legado
esa mañana, y saludó al empleado con mayor amabilidad que de
costumbre cuando se detuvo en el escritorio a buscar su correo.
En el comedor encontró a varios viejos amigos sentados aquí y
allá antes de sus abundantes desayunos: ganaderos e ingenieros
de minas de extraños rincones del estado, todos frescos y muy
satisfechos de sí mismos. Habló con uno y otro antes de sentarse
a la mesita junto a la ventana, donde el jefe de camareros

austríaco estaba atento detrás de una silla. Despúes de que le sirvieran el desayuno, el médico empezó a repasar sus cartas. Había uno escrito con la letra de thea kronborg, reenviado desde moonstone. Vio con asombro, mientras echaba otro terrón de azúcar en su taza, que esta carta tenía matasellos de nueva york. Sabía que thea estaba en méxico, viajando con gente de chicago, pero nueva york, para un hombre de denver, parece mucho más lejana que la ciudad de méxico. Puso la carta detrás de su plato, en posición vertical contra el pie de su copa de agua, y la miró pensativo mientras bebía su segunda taza de café. Había estado un poco preocupado por el tema; no le había escrito durante mucho tiempo.

Como nunca tomaba un buen café en casa, el médico siempre tomaba tres tazas para desayunar cuando estaba en denver. Oscar sabía cuándo llevarle una segunda olla, fresca y humeante. "y más crema, oscar, por favor. Sabes que me gusta mucha crema", murmuró el médico, mientras abría el sobre cuadrado, marcado en la esquina superior derecha, "everett house, union square". El texto de la carta era el siguiente:

Querido doctor archie: -

No le he escrito en mucho tiempo, pero no ha sido accidental. No podría escribirle con franqueza, por lo que no escribiría nada. Puedo ser franco con usted ahora, pero no por carta. Es mucho pedir, pero me pregunto si podrías venir a nueva york para ayudarme. Me he metido en dificultades y necesito tu consejo. Necesito tu amistad. Me temo que incluso debo pedirle que me preste dinero, si puede sin serios inconvenientes. Tengo que ir a alemania a estudiar, y no se puede posponer más. Mi voz está lista. No hace falta decir que no quiero que mi familia se entere de esto. Son las últimas personas a las que recurriría, aunque amo mucho a mi madre. Si puede venir, por favor telegrafíeme a este hotel. No desesperes de mi. Te lo compensaré todavía.

Tu viejo amigo

Thea kronborg.

Esto con una letra audaz e irregular con un giro gótico en las letras, algo entre una mano muy sofisticada y una muy poco sofisticada, no en lo más mínimo suave o fluida.

El médico mordió nerviosamente la punta de un cigarro y volvió a leer la carta, hurgando distraídamente en sus bolsillos en busca de fósforos, mientras el camarero trataba de llamar su atención sobre la caja que acababa de colocar frente a él. Por fin salió oscar, como si se le acabara de ocurrir la idea, "¿fósforos, señor?"

"si, gracias." el médico deslizó una moneda en su palma y se levantó, arrugó la carta de thea en su mano y metió las otras en su bolsillo sin abrir. Volvió al escritorio del vestíbulo e hizo una seña al empleado, a cuya amabilidad se arrojó en tono de disculpa.

"harry, tengo que salir inesperadamente. Llame al burlington, ¿quiere? Y pídales que me lleven a nueva york de la manera más rápida, y que nos lo hagan saber. Pregunte por la hora a la que llegaré. Tengo que cablear ".

"ciertamente, dr. Archie. Lo tengo para usted en un minuto." el rostro pálido y limpio del joven mostraba todo un interés compasivo cuando cogió el teléfono. Dr. Archie extendió la mano y lo detuvo.

"espera un minuto. Dime, primero, ¿el capitán harris ya ha bajado?"

—no, señor. El capitán aún no ha bajado esta mañana.

"lo esperaré aquí. Si no lo atrapo, lo clavo y atrapeme. Gracias, harry."

El médico habló agradecido y se alejó. Comenzó a caminar por el vestíbulo, con las manos detrás de él, mirando las puertas de bronce del ascensor como un halcón. Por fin salió de uno de ellos el capitán harris, alto e imponente, con un stetson y feroces bigotes, un abrigo de piel en el brazo, un solitario brillando en el dedo meñique y otro con su pañuelo de raso negro. Era uno de los grandes fanfarrones de aquellos buenos tiempos. Tan crédulo como un colegial, se las había arreglado, con su mirada aguda, su aire sabio y sus bigotes rubios retorcidos, para hacerse pasar por un financiero astuto, y los periódicos de denver se referían respetuosamente a él como el hijo de rothschild de cripple creek.

Dr. Archie detuvo al capitán cuando se dirigía a desayunar. "debo verlo un minuto, capitán. No puedo esperar. Quiero venderle algunas acciones en san felipe. Tengo que recaudar dinero".

El capitán otorgó grandiosamente su sombrero a un portero ansioso que ya se había quitado el abrigo de piel con ternura de su brazo y se lo estaba cuidando. Al quitarse el sombrero, el capitán dejó al descubierto una cúpula calva y enrojecida, cubierta de paja alrededor de las orejas con cabello gris amarillento. "mal momento para vender, doctor. Usted quiere quedarse con san felipe y comprar más. ¿qué tiene que recaudar?"

"oh, no es una gran suma. Cinco o seis mil. He estado comprando de cerca y me he quedado corto".

"ya veo, ya veo. Bueno, doctor, tendrá que dejarme pasar por esa puerta. Salí anoche, y voy a buscar mi tocino, si pierde el mío". Le dio una palmada a archie en el hombro y lo empujó delante de él. "ven conmigo y hablaremos de negocios".

Dr. Archie asistió al capitán y esperó mientras éste daba su orden, tomando asiento que le indicaba el antiguo promotor.

"ahora, señor", el capitán se volvió hacia él, "no quiere vender nada. Debe tener la impresión de que soy uno de esos malditos tiburones de nueva inglaterra que obtienen su libra de carne de la viuda y el huérfano.. Si eres un poco bajito, firma una nota y yo escribiré un cheque. Así es como hacen los negocios los caballeros. Si quieres poner un poco de san felipe como garantía, déjala ir, pero no tocaré una comparte. Plumas y tinta, por favor, oscar ", - levantó un gran índice hacia el austriaco.

El capitán sacó su chequera y un libro de notas en blanco y se ajustó las pinzas de la nariz. Escribió algunas palabras en un libro y archie escribió algunas en el otro. Luego, cada uno rasgó las perforaciones e intercambió trozos de papel.

"esa es la forma. Ahorra alquiler de oficina", comentó el capitán con satisfacción, devolviendo los libros a su bolsillo. "y ahora, archie, ¿a dónde vas?"

"tengo que ir al este esta noche. Un trato me espera en nueva york". Dr. Archie rose.

El rostro del capitán se iluminó al ver que oscar se acercaba con una bandeja y comenzó a meter la esquina de la servilleta dentro del cuello, sobre el pañuelo. "no permita que le descarguen nada allá atrás, doctor", dijo afablemente, "y no permita que lo releven de nada tampoco. No permita que le saquen nada paralítico. Nosotros podemos manejar nuestra poseer plata aquí, y vamos a sacarlo por toneladas, señor! "

El médico salió del comedor y, tras otra consulta con el recepcionista, escribió su primer telegrama a la:

Miss thea kronborg, everett house, nueva york.

Llamará a su hotel a las once de la mañana del viernes. Contento de venir. Gracias.

Archie

Se puso de pie y escuchó el mensaje en el cable, con la sensación de que ella estaba escuchando el clic en el otro extremo. Luego se sentó en el vestíbulo y escribió una nota a su esposa y otra al otro médico en piedra lunar. Cuando por fin salió a la tormenta, lo hizo con un sentimiento de júbilo más que de ansiedad. Fuera lo que fuera lo que estaba mal, podía arreglarlo. Su carta prácticamente lo había dicho.

Caminó por las calles nevadas, desde el banco hasta la estación sindical, donde metió el dinero debajo de la rejilla de la ventanilla de boletos como si no pudiera deshacerse de él lo suficientemente rápido. Nunca había estado en nueva york, nunca más al este que un búfalo. "eso es una lástima", reflexionó juvenilmente mientras se guardaba los largos billetes en el bolsillo, "para un hombre de casi cuarenta años". Sin embargo, pensó mientras caminaba hacia el club, en general se alegraba de que su primer viaje tuviera un interés humano, de que iba por algo y porque lo querían. Amaba las vacaciones. Se sentía como si él mismo fuera a alemania. "raro" - lo repasó con la nieve en la cara - "pero ese tipo de cosas es más interesante que las minas y hacer tu pan de cada día. Vale la pena pagar para participar, — para un tipo como yo. Y cuando es el… ¡oh, la apoyo! " se rió a carcajadas cuando irrumpió en la puerta del club de atletismo, cubierto de nieve.

Archie se sentó ante los periódicos de nueva york y repasó los anuncios de los hoteles, pero estaba demasiado inquieto para leer. Probablemente sería mejor que se pusiera un abrigo nuevo, y no estaba seguro de la forma de sus cuellos. "no quiero verme diferente a ella de todos los demás allí", reflexionó. "supongo que bajaré y haré que van me revise. Él me corregirá".

De modo que volvió a sumergirse en la nieve y se dirigió a la casa de su sastre. Cuando pasaba por una floristería se detuvo y miró por la ventana, sonriendo; cómo las cosas naturalmente agradables se recordaban unas a otras. En la sastrería seguía silbando, "fluya suavemente, dulce afton", mientras van dusen le aconsejaba, hasta que ese ingenioso sastre y mercero exclamó: "debe tener una cita allá, doctor; usted se comporta como un novio", y le recuerda que él no era uno.

Antes de dejarlo ir, van puso su dedo en el alfiler masónico en la solapa de su cliente. "no debe usar eso, doctor. Muy mal estado allá".

Ii

Fred ottenburg, elegantemente vestido para la tarde, con un largo abrigo negro y polainas, estaba sentado en el polvoriento salón de la casa de los everett. Sus modales no estaban de acuerdo con su frescura personal, las buenas líneas de su ropa y la brillante suavidad de su cabello. Su actitud era de profundo abatimiento, y su rostro, aunque tenía la serenidad e impecable imparcialidad que sólo puede ser posible para un joven muy rubio, no era de ninguna manera feliz. Una página entró en la habitación y miró a su alrededor. Cuando distinguió la figura oscura en un rincón sombrío, trazando sobre el patrón de la alfombra con un bastón, dijo: "la señora dice que puede subir, señor".

Fred recogió su sombrero y guantes y siguió a la criatura, que parecía un niño de edad avanzada en uniforme, a través de pasillos oscuros que olían a alfombras viejas. El paje llamó a la puerta de la sala de estar de thea y luego se alejó. Thea llegó a la puerta con un telegrama en la mano. Le pidió a ottenburg que pasara y señaló una de las sillas torpes y de aspecto hosco que eran tan gruesas como altas. La habitación estaba marrón por el tiempo, oscura a pesar de dos ventanas que se abrían en la plaza de la unión, con cortinas y alfombras opacas, y muebles pesados de apariencia respetable en colores sombríos. El lugar fue salvado de la absoluta tristeza por un fuego de carbón bajo la repisa de la chimenea de mármol negro, reflejado brillantemente en un espejo largo que colgaba entre las dos ventanas. Ésta era la primera vez que fred había visto la habitación, y la asimiló rápidamente, mientras dejaba su sombrero y guantes.

Thea se sentó en el escritorio de nogal, todavía sosteniendo el papel amarillo. "el dr. Archie viene", dijo. Estará aquí el viernes por la mañana.

"bueno, eso es bueno, en cualquier caso", respondió su visitante con un decidido esfuerzo por la alegría. Luego, volviéndose hacia el fuego, añadió sin comprender: "si lo quieres".

"por supuesto que lo quiero. Nunca le habría pedido tal cosa si no lo hubiera querido mucho. Es un viaje muy caro". Thea habló severamente. Luego prosiguió, en un tono más suave. "no dice nada sobre el dinero, pero creo que su venida significa que puede dejarme tenerlo".

Fred estaba de pie frente a la repisa de la chimenea, frotándose las manos nerviosamente. "probablemente. ¿todavía estás decidido a visitarlo?" se sentó tentativamente en la silla que thea le había indicado. "no veo por qué no me pide prestado y deja que él firme con usted, por ejemplo. Eso constituiría una transacción comercial perfectamente normal. Podría entablar una demanda contra cualquiera de ustedes por mi dinero".

Thea se volvió hacia él desde el escritorio. "no volveremos a hablar de eso, fred. Debería tener un sentimiento diferente al respecto si apostara por tu dinero. De alguna manera me sentiré más libre con el dr. Archie, y de otra manera me sentiré más atado. I se esforzará aún más ". Ella hizo una pausa. "es casi como mi padre", agregó con indiferencia.

"aún así, no lo es, ya sabes", insistió fred. "no sería nada nuevo. He prestado dinero a estudiantes antes y también lo recuperé".

"sí; sé que eres generoso", se apresuró a decir thea, "pero esta será la mejor manera. Él estará aquí el viernes, ¿te lo dije?"

"creo que lo mencionaste. Eso es bastante pronto. ¿puedo fumar?" sacó una pequeña pitillera. "¿supongo que saldrás la semana que viene?" preguntó mientras encendía un fósforo.

"tan pronto como pueda", respondió con un movimiento inquieto de sus brazos, como si su vestido azul oscuro fuera demasiado ajustado para ella. "parece como si hubiera estado aquí desde siempre".

"y sin embargo", reflexionó el joven, "llegamos hace sólo cuatro días. Los hechos realmente no cuentan mucho, ¿verdad? Todo depende de cómo se siente la gente: incluso en las cosas pequeñas".

Thea hizo una mueca, pero ella no le respondió. Volvió a guardar el telegrama en su sobre y lo colocó con cuidado en uno de los casilleros del escritorio.

"supongo", dijo fred con esfuerzo, "¿que tu amigo está en tu confianza?"

"siempre lo ha sido. Tendré que hablarle de mí. Ojalá pudiera hacerlo sin arrastrarte."

Fred se sacudió. "no te preocupes por dónde me arrastras, por favor", intervino, sonrojándose. "no doy—" se calmó de repente.

"me temo", continuó thea con gravedad, "que no lo entenderá. Será duro contigo".

Fred estudió la ceniza blanca de su cigarrillo antes de apagarlo. "quieres decir que me verá peor que yo. Sí, supongo que lo veré muy bajo: un sinvergüenza de quinto grado. Pero eso solo importa en la medida en que hiere sus sentimientos".

Thea suspiró. "ambos nos veremos bastante bajos. Y después de todo, realmente debemos ser casi como lo veremos".

Ottenburg se incorporó y arrojó el cigarrillo a la chimenea. "eso lo niego. ¿alguna vez has sido realmente franco con este preceptor de tu infancia, incluso cuando eras un niño? Piensa un minuto, ¿verdad? ¡por supuesto que no! Desde tu cuna, como te dije una vez, has sido 'haciéndolo' a un lado, viviendo tu propia vida, admitiéndote a ti mismo cosas que lo horrorizarían. Siempre lo has engañado hasta el punto de dejarlo pensar que eres diferente de lo que eres. Él no podía entender entonces, él no puedo entender ahora. ¿por qué no te ahorras a ti ya él? "

Ella sacudió su cabeza. "por supuesto, yo he tenido mis propios pensamientos. Tal vez él también haya tenido los suyos. Pero nunca había hecho nada antes que a él le importara mucho. Debo ponerme bien con él, - tan bien como pueda, - para empezar de nuevo. Él me hará concesiones. Siempre lo ha hecho. Pero me temo que no lo hará por ti ".

"déjamelo a él ya mí. ¿supongo que quieres que lo vea?" fred se sentó de nuevo y comenzó a trazar distraídamente el patrón de la alfombra con su bastón. "en el peor de los casos", dijo de forma vaga, "pensé que tal vez me dejarías entrar en el negocio e invertir contigo. Pondrías tu talento, ambición y trabajo duro, y yo poner el dinero y ... Bueno, los buenos deseos de nadie deben ser despreciados, ni siquiera los míos. Entonces, cuando todo salió bien, podríamos compartir juntos. Su amigo médico no se ha preocupado tanto por su futuro como yo. . "

"le importó mucho. No sabe tanto sobre esas cosas como tú. Por supuesto que me has ayudado mucho más que nadie", dijo thea en voz baja. El reloj negro de la repisa de la chimenea empezó a dar las horas. Escuchó los cinco golpes y luego dijo: "me hubiera gustado que me ayudaras hace ocho meses. Pero ahora, simplemente me quedarías".

"no estabas listo para eso hace ocho meses". Fred se reclinó por fin en su silla. "simplemente no estabas preparada para eso. Estabas demasiado cansada. Eras demasiado tímida. Todo tu tono era demasiado bajo. No podías levantarte de una silla así", se había levantado con aprensión y se dirigió hacia la ventana. .— "estabas torpe y torpe. Desde entonces has entrado en tu personalidad. Siempre estabas enloqueciendo con eso antes. Eras un pequeño y hosco esclavo hace ocho meses, con miedo de ser sorprendido por verte o moverte como tú. Nadie podría decir nada sobre ti. Una voz no es un instrumento que se encuentre listo para usar. Una voz es personalidad. Puede ser tan grande como un circo y tan común como la suciedad. También hay buen dinero en ese tipo, pero yo no te interesen. Nadie sabía mucho sobre lo que podrías hacer el invierno pasado. Yo adiviné más que nadie ".

"sí, sé que lo hiciste." thea se acercó a la anticuada repisa de la chimenea y bajó las manos hacia el resplandor del fuego. "te debo mucho, y eso es lo que dificulta las cosas. Por eso tengo que alejarme de ti por completo. Depende de ti para tantas cosas. ¡oh, lo hice incluso el invierno pasado, en chicago!" se arrodilló junto a la rejilla y acercó las manos a las brasas. "y una cosa lleva a la otra".

Ottenburg la miró mientras se inclinaba hacia el fuego. Su mirada se iluminó un poco. "de todos modos, no podías tener el aspecto que tienes ahora, antes de conocerme. Eras torpe. Y todo lo que haces ahora, lo haces espléndidamente. Y no puedes llorar lo suficiente como para estropearte la cara durante más de diez minutos. Vuelve enseguida, a pesar de ti. Es sólo desde que me conoces que te has dejado ser bella ".

Sin levantarse volvió la cara. Fred prosiguió impetuosamente. "oh, puedes apartarlo de mí, thea; ¡puedes quitármelo! De todos modos ..." su arrebato murió y cayó hacia atrás. "¿cómo puedes volverme tan, después de todo?" él suspiró.

"no lo he hecho. Pero cuando acordó con usted mismo acogerme así, no podría haber estado pensando muy amablemente en mí. No puedo entender cómo lo logró, cuando yo era tan fácil, y todo las circunstancias fueron tan fáciles ".

Su posición agachada junto al fuego se volvió amenazadora. Fred se levantó y thea también se levantó.

"no", dijo, "no puedo hacerte ver eso ahora. Algún tiempo después, tal vez, lo entenderás mejor. Por un lado, honestamente, no podía imaginar que las palabras, los nombres, significaran tanto para ti". Fred hablaba con la desesperación de un hombre que se ha equivocado y que, sin embargo, siente que había una idea de verdad en su conducta. "suponga que se ha casado con su guardafrenos y vivido con él año tras año, cuidándolo incluso menos de lo que lo hace con su médico o harsanyi. Supongo que se habría sentido bastante bien al respecto, porque ese pariente tiene un nombre en buen estado. Para mí, eso parece ... ¡repugnante! " dio una vuelta rápida por la habitación y luego, mientras ella permanecía de pie, hizo rodar una de las sillas elefantinas hasta la chimenea para ella.

"siéntate y escúchame un momento, thea". Él comenzó a caminar desde la alfombra de la chimenea hasta la ventana y viceversa, mientras ella se sentaba complaciente. "¿no sabes que la mayoría de las personas en el mundo no son individuos? Nunca tienen una idea o experiencia individual. Muchas chicas van juntas al internado, salen en la misma temporada, bailan en las mismas fiestas , se casan en grupos, tienen a sus bebés casi al mismo tiempo, envían a sus hijos a la escuela juntos, y así la cosecha humana se renueva. Estas mujeres saben tanto sobre la realidad de las formas que atraviesan como sobre la guerras aprenden las fechas de. Obtienen sus experiencias más personales de las novelas y obras de teatro. Todo es de segunda mano con ellos. Por qué, no se puede vivir así ".

Thea estaba sentada mirando hacia la repisa de la chimenea, con los ojos medio cerrados, la barbilla al nivel, la cabeza inclinada como si estuviera soportando algo. Sus manos, muy blancas, descansaban pasivas sobre su vestido oscuro. Desde la esquina de la ventana fred los miró a ellos ya ella. Sacudió la cabeza y lanzó una mirada furiosa y atormentada hacia el crepúsculo azul sobre la plaza, a través de la cual llegaban desde la calle gritos y llamadas ahogados y el sonido de las campanas de los coches. Se volvió de nuevo y empezó a caminar por el suelo, con las manos en los bolsillos.

"di lo que quieras, thea kronborg, no eres ese tipo de persona. Nunca te sentarás solo con un chupete y una novela. No subsistirás con lo que las ancianas te han puesto en el biberón. Irrumpir en las realidades.eso fue lo primero que descubrió harsanyi sobre ti; que no podías quedarte afuera.si hubieras vivido en piedra lunar toda tu vida y te hubieras llevado bien con el discreto guardafrenos, habrías si tuvieras la misma naturaleza. Tus hijos habrían sido la realidad entonces, probablemente. Si hubieran sido un lugar común, los habrías matado conduciendo. Te las habrías arreglado de alguna manera para vivir veinte veces más que las personas que te rodean. Tú."

Fred hizo una pausa. Buscó palabras a lo largo del techo en sombras y pesadas molduras. Cuando empezó de nuevo, su voz era más baja, y al principio habló con menos convicción, aunque de nuevo creció en él. "ahora sabía todo esto, ¡oh, lo sabía mejor de lo que nunca puedo hacerte entender! Has estado corriendo una desventaja. No tenías tiempo que perder. Quería que tuvieras lo que necesitas y que avanzaras rápido. Si es necesario; contaba con eso. No tienes tiempo para sentarte y analizar tu conducta o tus sentimientos. Otras mujeres dan toda su vida a eso. No tienen nada más que hacer. Ayudar a un hombre a conseguir su divorcio es una carrera para ellos, el tipo de ejercicio intelectual que les gusta ".

Fred se zambulló ferozmente en sus bolsillos como si fuera a arrancarlos y esparcir su contenido al viento. Deteniéndose ante ella, respiró hondo y prosiguió de nuevo, esta vez lentamente. "todo ese tipo de cosas te son ajenas. No estarías en ninguna parte. No tienes ese tipo de mente. Las sutilezas gramaticales de la conducta son oscuras para ti. Eres simple y poético". La voz de fred parecía vagar en el espeso crepúsculo. "no jugarás mucho. Quizás no amarás muchas veces". El pauso. "y me amaste, ya sabes. Tu amigo del ferrocarril me habría entendido. Podría haberte echado hacia atrás. Lo contrario estaba ahí, —me miró a la cara—, pero no pude hacerlo. Te dejé conducir adelante ". Extendió las manos. Lo que thea notó, curiosamente, fue el destello de la luz del fuego en su gemelo. Se volvió de nuevo. "y siempre conducirás adelante", murmuró. "es tu camino".

Hubo un largo silencio. Fred se había dejado caer en una silla. Después de semejante explosión, parecía que no le quedaba ni una palabra. Thea se llevó la mano a la nuca y la apretó, como si le dolieran los músculos.

"bueno", dijo finalmente, "al menos paso más por alto en ti que en mí misma. Siempre te estoy disculpando. No hago mucho más".

"entonces, ¿por qué, en el nombre del cielo, no me dejas ser tu amigo? Te burlas de mí, pidiendo dinero prestado a otro hombre para salir de mis garras".

"si le pido prestado, es para estudiar. Cualquier cosa que te quite sería diferente. Como dije antes, me quedarías".

Me gusta tu lenguaje. Es pura piedra de luna, thea, como tu punto de vista. Me pregunto cuánto tiempo vas a ser metodista. Se volvió amargamente.

"bueno, nunca dije que no era piedra de luna, ¿verdad? Lo soy, y por eso quiero al dr. Archie. No puedo ver nada tan gracioso en la piedra de luna, ¿sabes?" apartó un poco la silla de la chimenea y juntó las manos sobre la rodilla, sin dejar de mirar pensativa las brasas rojas. "siempre volvemos a lo mismo, fred. El nombre, como lo llamas, hace una diferencia para mí cómo me siento conmigo mismo. Hubieras actuado de manera muy diferente con una chica de tu propia especie, y por eso puedo no te quito nada ahora. Lo has hecho todo imposible. Estar casado es una cosa y no estar casado es la otra cosa, y eso es todo. No veo cómo razonaste contigo mismo, si se tomó la molestia de razonar. Dices que estaba demasiado solo y, sin embargo, lo que hiciste fue aislarme más de lo que nunca había estado. Ahora voy a tratar de hacer las cosas bien con mis amigos. Eso es todo. Me queda ".

"¡haz el bien a tus amigos!" fred estalló. "¿qué le importa a uno de ellos como a mí me importa, o cree como yo creo? Te dije que nunca te pediré una palabra de gracia hasta que pueda pedírsela con todas las iglesias de la cristiandad a mi espalda".

Thea miró hacia arriba, y cuando vio la cara de fred, pensó con tristeza que él también parecía como si las cosas estuvieran estropeadas para él. "si me conoces tan bien como dices, fred", dijo lentamente, "entonces no estás siendo honesto contigo mismo. Sabes que no puedo hacer las cosas a medias. Si me retuviste en absoluto, tú" me quedaría ". Dejó caer la cabeza con cansancio sobre la mano y se sentó con la frente apoyada en los dedos.

Fred se inclinó sobre ella y dijo en voz alta: "entonces, cuando me divorcie, ¿volverás a hablar conmigo? Al menos me avisarás, adviérteme, antes de que haya una pregunta seria de alguien. ¿más?"

Sin levantar la cabeza, thea le respondió. "oh, no creo que jamás haya una pregunta sobre nadie más. No si puedo evitarlo. Supongo que les he dado todas las razones para pensar que habrá, a la vez, a bordo, en cualquier momento. "

Ottenburg se irguió como un tiro. "¡basta, thea!" dijo bruscamente. "eso es algo que nunca has hecho. Es como cualquier mujer común". Vio que sus hombros se levantaban un poco y se calmaban. Luego fue al otro lado de la habitación y tomó su sombrero y guantes del sofá. Regresó alegremente. "no vine para intimidarte esta tarde. Vine para convencerte de que salieras a tomar el té conmigo en algún lugar." él esperó, pero ella no miró ni levantó la cabeza, todavía hundida en la mano.

Se le había caído el pañuelo. Fred lo recogió y se lo puso en la rodilla, presionando sus dedos sobre él. "buenas noches, querida y maravillosa", susurró. "¡maravillosa y querida! ¿cómo puedes alejarte de mí cuando siempre te seguiré, a través de cada pared, a través de cada puerta, a donde quiera que vayas?" él miró su cabeza inclinada y la curva de su cuello que era tan triste. Se inclinó y con los labios solo tocó su cabello donde la luz del fuego lo hacía más rubicundo. "no sabía que lo tenía en mí, thea.

Pensé que todo era un cuento de hadas. Ya no me conozco".
Cerró los ojos y respiró profundamente. "la sal se ha ido de tu
cabello. Está lleno de sol y viento de nuevo. Creo que tiene
recuerdos". De nuevo lo escuchó respirar profundamente.
"podría prescindir de ti toda la vida, si eso te diera a ti misma.
Una mujer como tú no se encuentra sola".

Ella empujó su mano libre hacia él. La besó suavemente, como si
ella estuviera dormida y tuviera miedo de despertarla.

Desde la puerta se volvió irrelevante. "en cuanto a tu viejo
amigo, thea, si va a estar aquí el viernes, ¿por qué?" - sacó su
reloj y lo mantuvo presionado para captar la luz de la rejilla -
"¡ahora está en el tren! Eso debería animarme". Buenas noches."
oyó cerrarse la puerta.

Iii

El viernes por la tarde, thea kronborg caminaba con entusiasmo
de un lado a otro de su salón, que a esa hora estaba inundado por
un sol claro y tenue. Ambas ventanas estaban abiertas y el fuego
en la rejilla era bajo, porque el día era uno de esos manantiales
falsos que a veces soplan en nueva york desde el mar en medio
del invierno, suave, cálido, con una persuasiva humedad salada
en el aire. Y un relajante deshielo bajo los pies. Thea estaba
sonrojada y animada, y parecía tan inquieta como los gorriones
llenos de hollín que gorjeaban y piaban distraídamente alrededor
de las ventanas. Siguió mirando el reloj negro y luego hacia la
plaza. La habitación estaba llena de flores y ella se detenía de
vez en cuando para colocarlas o trasladarlas a la luz del sol.
Después de que el botones vino a anunciar una visita, tomó unos

jacintos romanos de un vaso y se los puso en la parte delantera de su vestido azul oscuro.

Cuando por fin apareció fred ottenburg en la puerta, ella lo recibió con una exclamación de placer. "me alegro de que hayas venido, fred. Tenía miedo de que no recibieras mi nota, y quería verte antes de que veas al dr. Archie. ¡es tan agradable!" juntó las manos para enfatizar su declaración.

"¿lo es? Me alegro. Ya ves, estoy bastante sin aliento. No esperé el ascensor, sino que corrí escaleras arriba. Estaba tan contento de que me llamaran". Se quitó el sombrero y el abrigo. "¡sí, debería decir que es agradable! No parece reconocer todos estos", agitando su pañuelo hacia las flores.

"sí, las trajo él mismo, en una caja grande. Trajo muchas cosas con él además de flores. ¡oh, muchas cosas! La vieja sensación de la piedra lunar" - thea movió la mano hacia adelante y hacia atrás en el aire, agitando los dedos - "la sensación de empezar, temprano en la mañana, para tomar mi lección".

"¿y has tenido todo con él?"

"no, no lo he hecho."

"¿no?" miró consternado.

"¡no, no lo he hecho!" thea habló con entusiasmo, moviéndose sobre los parches soleados de la mugrienta alfombra. "le he mentido, tal como dijiste que siempre le había mentido, y por eso estoy tan feliz. Le dejé pensar lo que le gusta pensar. Oh, no pude hacer nada más, fred "- ella negó con la cabeza enfáticamente. "si lo hubieras visto cuando entró, ¡tan contento y emocionado! Verás que esta es una gran aventura para él. Desde el momento en que comencé a hablar con él, me suplicó que no dijera demasiado, que no estropeara su noción de mí. No con tantas palabras, por supuesto. ¡pero si hubieras visto sus ojos, su rostro, sus amables manos! ¡oh, no! No podría ". Respiró hondo, como si tuviera una renovada sensación de su estrecho escape.

"entonces, ¿qué le dijiste?" fred demandó.

Thea se sentó en el borde del sofá y comenzó a cerrar y abrir las manos nerviosamente. "bueno, le dije lo suficiente, y no demasiado. Le conté todo lo bueno que fuiste conmigo el invierno pasado, consiguiéndome compromisos y cosas, y cómo me habías ayudado con mi trabajo más que nadie. Luego le dije sobre cómo me enviaste al rancho cuando no tenía dinero ni nada ". Hizo una pausa y arrugó la frente. "y le dije que quería casarme contigo y me escapé a méxico contigo, y que estaba tremendamente feliz hasta que me dijiste que no podías casarte conmigo porque ... Bueno, le dije por qué". Thea bajó los ojos y movió la punta de su zapato inquieta sobre la alfombra.

"y te lo quitó, así?" fred preguntó, casi con asombro.

"sí, así como así, y no hizo preguntas. Estaba herido; tuvo algunos momentos horribles. Podía verlo retorciéndose y retorciéndose y tratando de superarlo. Seguía cerrando los ojos y frotándose la frente. Pero cuando le dije le dijo que sabía absolutamente que querías casarte conmigo, que lo harías siempre que pudieras, eso pareció ayudarlo mucho ".

"y eso le satisfizo?" fred preguntó asombrado. No podía imaginarse qué tipo de persona dr. Archie podría serlo.

"me tomó por los hombros una vez y me preguntó, oh, de una manera tan asustada, 'thea, ¿fue bueno contigo, este joven?' cuando le dije que sí, me miró de nuevo: 'y te preocupas mucho por él, ¿crees en él?' luego pareció satisfecho ". Thea hizo una pausa. "verá, es tremendamente bueno, y tremendamente temeroso de las cosas, de algunas cosas. De lo contrario, se habría deshecho de la sra. Archie". Ella levantó la vista de repente: "sin embargo, tenías razón; no se le puede decir a la gente cosas que aún no saben".

Fred estaba en la ventana, de espaldas a la luz del sol, toqueteando los junquillos. "sí, puedes, querida. Pero debes contarlo de tal manera que ellos no sepan que lo estás contando y que no sepan que lo están escuchando".

Thea sonrió a su lado, hacia el aire. "ya veo. Es un secreto. Como el sonido de la concha."

"¿que es eso?" fred la miraba y pensaba en lo conmovedora que resultaba esa expresión lejana en ella. "¿qué dijiste?"

Ella regresó. "¡oh, algo viejo y de piedra lunar! Casi lo he olvidado yo misma. Pero me siento mejor de lo que pensé que podría volver a estar. No puedo esperar para irme. Oh, fred", se levantó de un salto, "quiero conseguir en eso! "

Cuando estalló con esto, levantó la cabeza y se puso un poco de puntillas. Fred se ruborizó y la miró con miedo, vacilante. Sus ojos, que miraban por la ventana, estaban brillantes, no tenían recuerdos. No, ella no recordaba. Esa elevación momentánea no tenía asociaciones para ella. Estaba inconsciente.

La miró de arriba abajo, se rió y sacudió la cabeza. "eres todo lo que quiero que seas, y eso es, ¡no para mí! No te preocupes, lo conseguirás. ¡estás en eso! ¡dios mío! ¿alguna vez, por un momento, has estado en ¿algo más?"

Thea no le respondió, y claramente ella no lo había escuchado. Estaba mirando algo a la tenue luz del falso resorte y su aire traicioneramente suave.

Fred esperó un momento. "¿vas a cenar con tu amigo esta noche?"

"sí. Nunca ha estado en nueva york antes. Quiere ir. ¿adónde le digo que vaya?"

"¿no sería un mejor plan, ya que deseas que lo conozca, que ambos cenen conmigo? Parecería natural y amigable. Tendrás que estar un poco a la altura de su idea de nosotros". Thea pareció considerar la sugerencia favorablemente. "si quieres que sea tranquilo en su mente", prosiguió fred, "eso ayudaría. Yo mismo creo que somos bastante agradables juntos. Ponte uno de los vestidos nuevos que tienes allí y déjale ver qué hermosa puedes ser. Le debes algo de placer, después de todos los problemas que se ha tomado ".

Thea se echó a reír y pareció encontrar la idea emocionante y agradable. "¡oh, muy bien! Haré mi mejor esfuerzo. Solo que no uses un abrigo de vestir, por favor. Él no tiene uno, y está nervioso por eso".

Fred miró su reloj. "tu monumento allá arriba es rápido. Estaré aquí con un taxi a las ocho. Estoy ansioso por conocerlo. Me has dado la idea más extraña de su inocencia inexperta y su vieja indiferencia".

Ella sacudió su cabeza. "no, no es nada de eso. Es muy bueno, y no admitirá cosas. Lo amo por eso. Ahora, cuando miro hacia atrás, veo que siempre, incluso cuando era pequeño, me protegí él."

Mientras ella reía, fred captó la brillante chispa en sus ojos que él conocía tan bien, y la sostuvo por un instante feliz. Luego le lanzó un beso con la punta de los dedos y huyó.

Iv

A las nueve de la noche, nuestros tres amigos estaban sentados
en el balcón de un restaurante francés, mucho más alegre e
íntimo que cualquiera que exista hoy en nueva york. Este antiguo
restaurante fue construido por un amante del placer, que sabía
que para cenar alegremente los seres humanos deben tener la
tranquilidad de ciertas limitaciones de espacio y de un cierto
estilo definido; que las paredes deben estar lo suficientemente
cerca para sugerir refugio, el techo lo suficientemente alto como
para dar un ambiente a los candelabros. El lugar estaba lleno de
gente que cena tarde y bien, y el dr. Archie, mientras observaba a
los grupos animados en la larga sala debajo del balcón, encontró
que esta era la escena más festiva que jamás había visto. Se dijo
a sí mismo, con un humor jovial algo sostenido por el júbilo de
la junta, que solo esta noche valía la pena su largo viaje. Siguió
atentamente a la orquesta, instalada en el extremo más alejado
del balcón, y le dijo a los tíos que le hizo sentir "bastante
musical" reconocer "la invitación al baile" o "el danubio azul", y
que podía recordar exactamente de qué tipo de día fue cuando la
escuchó practicarlos en casa, y se quedó en la puerta para
escuchar.

Durante los primeros momentos, cuando le presentaron al joven
ottenburg en el salón de la casa de los everett, el médico se había
mostrado torpe e inflexible. Pero fred, como su padre había
observado a menudo, "no era un buen mezclador por nada".
Había traído al dr. Archie durante el corto viaje en taxi, y en una
hora se habían hecho viejos amigos.

Desde el momento en que el médico levantó su copa y, mirando
conscientemente a thea, dijo "por tu éxito", le agradó a fred.
Sintió su cualidad; comprendió su coraje en algunas direcciones

y lo que thea llamó su timidez en otras, su juventud no gastada y milagrosamente preservada. Los hombres nunca podrían imponerse al médico, supuso, pero las mujeres siempre podrían. A fred también le gustó el trato del médico con thea, su tímida admiración y la pequeña vacilación con la que delataba su conciencia del cambio en ella. Era precisamente este cambio lo que, en la actualidad, interesaba a fred más que a cualquier otra cosa. Eso, en su opinión, era su "valor creado", y era su mejor oportunidad para tener tranquilidad. Si eso no era real, obvio para un viejo amigo como archie, entonces tenía una figura muy pobre, de hecho.

Fred también consiguió un buen trato de su charla sobre la piedra lunar. A partir de sus preguntas y las respuestas del médico pudo formarse una concepción del pequeño mundo que era casi la medida de la experiencia de thea, el único fragmento del drama humano que ella había seguido con simpatía y comprensión. Mientras los dos repasaban la lista de sus amigos, el mero sonido de un nombre parecía recordarles los volúmenes a cada uno de ellos, indicar las minas de conocimiento y observación que tenían en común. De algunos nombres se reían encantados, de otros con indulgencia e incluso con ternura.

"ustedes dos jóvenes deben venir a moonstone cuando thea regrese", dijo el médico hospitalario.

"¡oh, lo haremos!" fred lo alcanzó. "estoy ansioso por conocer a todas estas personas. Es muy tentador escuchar solo sus nombres".

"¿le interesarían mucho a un forastero, cree, dr. Archie?" thea se inclinó hacia él. "¿no es sólo porque los conocemos desde que era pequeño?"

El médico la miró con deferencia. Fred había notado que parecía un poco asustado de mirarla directamente, tal vez un poco avergonzado por un modo de vestir al que no estaba acostumbrado. "bueno, tú mismo eres prácticamente un forastero, thea, ahora", observó sonriendo. "oh, lo sé", prosiguió rápidamente en respuesta a su gesto de protesta, "sé que no cambias hacia tus viejos amigos, pero ahora puedes vernos a todos desde la distancia. Es todo para tu ventaja que todavía puede tomar su antiguo interés, ¿no es así, señor ottenburg?

"esa es exactamente una de sus ventajas, dra. Archie. Nadie podrá quitárselo jamás, y ninguno de los que llegamos después puede esperar rivalizar con la piedra lunar en la impresión que damos. Su escala de valores siempre será la escala de la piedra lunar". . Y, con un artista, eso es una ventaja ". Fred asintió.

Dr. Archie lo miró con seriedad. "¿quieres decir que evita que se vean afectados?"

"sí; evita que se salgan de la pista en general".

Mientras el camarero llenaba los vasos, fred señaló a thea un gran baritone francés negro que estaba comiendo anchoas por el rabo en una de las mesas de abajo, y el médico miró a su alrededor y estudió a sus compañeros de mesa.

"¿sabe, señor ottenburg", dijo profundamente, "todas estas personas me parecen más felices que nuestra gente occidental? ¿son simplemente buenos modales de su parte, o obtienen más de la vida?"

Fred se rió a thea por encima del vaso que acababa de levantar. "algunos de ellos están obteniendo mucho provecho ahora, doctor. Esta es la hora en que la alegría del banco se ilumina".

Thea se rió entre dientes y le lanzó una mirada rápida. "¡benjoy! ¿de dónde sacaste ese argot?

"eso resulta ser una jerga muy antigua, querida. Más antigua que la piedra lunar o el estado soberano de colorado. Nuestro viejo amigo, el sr. Nathanmeyer, podría decirnos por qué te golpea". Se inclinó hacia adelante y tocó la muñeca de thea, "mira ese abrigo de piel que acaba de llegar, thea. Es d'albert. Acaba de regresar de su gira por el oeste. Buena cabeza, ¿no?"

"para volver", dijo el dr. Archie; "insisto en que la gente se ve más feliz aquí. Lo he notado incluso en la calle, y especialmente en los hoteles".

Fred se volvió hacia él alegremente. "la gente de nueva york vive mucho en la cuarta dimensión, dr. Archie. Es lo que se nota en sus caras".

El doctor estaba interesado. "la cuarta dimensión", repitió lentamente; "¿y eso también es jerga?"

"no" - fred negó con la cabeza - "eso es solo una cifra. Quiero decir que la vida no es tan personal aquí como lo es en tu parte del mundo. La gente está más ocupada por pasatiempos, intereses que son menos temáticos a reveses que a sus asuntos personales. Si está interesado en la voz de thea, por ejemplo, o en las voces en general, ese interés es el mismo, incluso si sus acciones mineras bajan ".

El médico lo miró con detenimiento. "crees que esa es la principal diferencia entre la gente del campo y la gente de la ciudad, ¿no?"

Fred estaba un poco desconcertado por ser seguido tan resueltamente, e intentó despedirlo con una broma. —nunca he pensado mucho en eso, doctor. Pero debo decir, de improviso, que esa es una de las principales diferencias entre las personas en cualquier lugar. Es el consuelo de tipos como yo que no logran mucho. La cuarta dimensión no es buena para los negocios, pero creemos que lo pasamos mejor ".

Dr. Archie se reclinó en su silla. Sus hombros pesados eran contemplativos. "y ella", dijo lentamente; "¿deberías decir que ella es una de esas a las que te refieres?" inclinó la cabeza hacia el brillo del vestido verde pálido a su lado. Thea estaba inclinada, en ese momento, sobre la barandilla del balcón, su cabeza a la luz de los candelabros de abajo.

"¡nunca nunca!" protestó fred. "ella es tan testaruda como el peor de ustedes, con una diferencia".

El doctor suspiró. "sí, con una diferencia; algo que da muchas vueltas a la segunda. Cuando era pequeña le tocaba la cabeza para intentar localizarla".

Fred se rió. "¿lo hizo? ¿entonces estaba en la pista? ¡oh, está ahí! No podemos evitarlo, señorita", mientras thea miraba hacia atrás inquisitivamente. "dr. Archie, hay un vecino suyo por el que siento un verdadero parentesco". Presionó un cigarro sobre el dr. Archie y le prendió una cerilla. "háblame de la española johnny".

El doctor sonrió benignamente a través de las primeras oleadas de humo. "bueno, johnny es un viejo paciente mío, y él es un antiguo admirador de thea. Ella nació cosmopolita, y espero que aprendió mucho de johnny cuando solía huir e ir a la ciudad mexicana. Monstruo raro entonces ".

El médico se lanzaba a una larga historia, en la que a menudo era interrumpido ansiosamente o confirmado alegremente por thea, que bebía su café y abría los pétalos de las rosas con mano ardiente y bastante grosera. Fred se dispuso a disfrutar de la comprensión de sus invitados. Thea, viendo al dr. Archie e interesada en su presentación, inconscientemente se hacía pasar por su amiga suave y teñida de oro. Fue delicioso verla tan radiante y receptiva de nuevo. Había cumplido su promesa de lucir lo mejor posible; cuando uno podía combinar tan fácilmente los colores de una rama de manzano a principios de la primavera, eso no era difícil de hacer. Incluso el dr. Archie sentía, cada vez que la miraba, una nueva conciencia. Reconoció la fina textura de la piel de su madre, con la diferencia de que, cuando ella se inclinó sobre la mesa para darle un racimo de uvas, su brazo no solo estaba blanco, sino de alguna manera un poco deslumbrante. Le parecía más alta y más libre en todos sus movimientos. Ahora tenía una forma de respirar profundamente cuando estaba interesada, eso la hacía parecer muy fuerte, de alguna manera, y la llevó a uno de manera abrumadora. Si parecía tímido, no era que se sintiera intimidado por su ropa mundana, sino que su mayor positividad, todo su yo aumentado, le hacía sentir que su actitud acostumbrada hacia ella era inadecuada.

Fred, por su parte, estaba pensando que la incómoda posición en la que la había colocado no la confinaría ni la irritaría por mucho tiempo. Miró a otras personas, a otras mujeres, con curiosidad. No estaba muy segura de sí misma, pero no tenía miedo ni se disculpaba en lo más mínimo. Parecía estar sentada en el borde, emergiendo de un mundo a otro, orientándose, captando una idea del movimiento concertado que la rodeaba, pero con absoluta confianza en sí misma. Lejos de encogerse, se expandió. El mero esfuerzo por complacer al dr. Archie fue suficiente para sacarla.

En ese momento se hablaba mucho del aurae, y fred reflexionó que toda mujer hermosa, toda mujer irresistiblemente bella, tenía un aura, tanto si otras personas la tenían como si no. Ciertamente había en la mujer que había traído de méxico, tal emanación. Existía en más espacio del que ocupaba por medida. El aire envolvente de su cabeza y hombros estaba subvencionado, era más conmovedor que ella misma, porque en él vivían los despertares, toda la primera dulzura que la vida mata en las personas. Uno sentía en ella tal riqueza de jugendzeit, todas esas flores de la mente y la sangre que florecen y mueren por miríadas en los pocos años inagotables en que la imaginación se enciende por primera vez. Fue al verla emerger así, al estar cerca y no demasiado cerca, que uno consiguió, por un momento, tanto que había perdido; entre otras cosas legendarias, el tema legendario del poder absolutamente mágico de una mujer hermosa.

Después de que dejaron a thea en su hotel, el dr. Archie admitió a fred, mientras caminaban por broadway a través del aire rápidamente helado, que una vez antes había visto a su joven amigo convertirse en un yo más potente, pero de un humor más oscuro. Fue en su oficina una noche, cuando ella estuvo en casa el verano anterior. "y entonces se me ocurrió la idea", agregó simplemente, "que ella no viviría como otras personas: que, para bien o para mal, tenía dones poco comunes".

"oh, veremos que es para mejor, tú y yo", le aseguró fred. "¿no vendrás a mi hotel conmigo? Creo que deberíamos tener una larga charla".

"sí, de hecho", dijo el dr. Archie agradecidamente; "creo que deberíamos".

V

Thea zarparía el martes al mediodía y el sábado fred ottenburg organizó su pasaje, mientras que ella y el dr. Archie fue de compras. Con alfombras y ropas de mar que ya le habían proporcionado; fred había conseguido todo lo que necesitaba para el viaje desde vera cruz. El domingo por la tarde thea fue a ver a los harsanyis. Cuando regresó a su hotel, encontró una nota de ottenburg, diciendo que había llamado y que volvería mañana.

El lunes por la mañana, mientras ella desayunaba, entró fred. Supo por su aire apresurado y distraído al entrar en el comedor que algo había salido mal. Acababa de recibir un telegrama de casa. Su madre había sido arrojada de su carruaje y herida; una conmoción cerebral de algún tipo, y estaba inconsciente. Se iba a st. Louis esa noche en el tren de las once. Tenía mucho que atender durante el día. Vendría esa noche, si podía, y se quedaría con ella hasta la hora del tren, mientras ella hacía las maletas. Apenas esperando su consentimiento, se apresuró a alejarse.

Durante todo el día thea estuvo algo abatida. Sentía lástima por fred y extrañaba la sensación de que ella era la única persona en su mente. Apenas la había mirado cuando intercambiaron palabras en la mesa del desayuno. Se sentía como si la dejaran a un lado, y ni siquiera para ella misma parecía tan importante como ayer. Ciertamente, reflexionó, ya era hora de que comenzara a cuidarse de nuevo. Dr. Archie vino a cenar, pero ella lo despidió temprano, diciéndole que estaría lista para ir al barco con él a las diez y media de la mañana siguiente. Cuando subió, miró con tristeza el baúl abierto de su sala de estar y las bandejas apiladas en el sofá. Se paró junto a la ventana y observó una tranquila tormenta de nieve que se extendía sobre la ciudad. Más que cualquier otra cosa, la nieve que caía siempre la hacía pensar en la piedra lunar; del jardín de los kohlers, del trineo de thor, de vestirse a la luz de la lámpara y partir hacia la escuela antes de que se rompan los caminos.

Cuando llegó fred, parecía cansado y le tomó la mano casi sin verla.

"lo siento mucho, fred. ¿has tenido más palabras?"

"todavía estaba inconsciente a las cuatro de la tarde. No parece muy alentador". Se acercó al fuego y se calentó las manos. Parecía haberse contraído, y no tenía sus modales habituales. "¡pobre madre!" el exclamó; "nada como esto debería haberle sucedido. Tiene mucho orgullo de persona. No es en absoluto una anciana, ya sabes. Nunca ha pasado de una edad madura vigorosa y bastante elegante". Se volvió bruscamente hacia thea y por primera vez la miró de verdad. "¡qué mal salen las cosas! A ella le hubiera gustado como nuera. Oh, hubieran luchado como el diablo, pero se habrían respetado". Se hundió en una silla y empujó los pies hacia el fuego. "aun así", prosiguió pensativo, pareciendo dirigirse al techo, "podría haber sido malo para usted. Nuestras grandes casas alemanas, nuestra buena cocina alemana ... Es posible que se haya perdido en la tapicería. Ese consuelo sustancial podría llevar el temperamento fuera de ti, embota tu filo. Sí ", suspiró," supongo que estabas destinado a la sacudida de las olas ".

"supongo que me darán muchas sacudidas", murmuró thea, volviéndose hacia su baúl.

"estoy bastante contento de no quedarme hasta mañana", reflexionó fred. "creo que es más fácil para mí deslizarme así. Ahora siento como si todo fuera bastante casual, de todos modos. Una cosa así embota los sentimientos".

Thea, de pie junto a su baúl, no respondió. Luego se sacudió y se levantó. "¿quieres que te ponga esas bandejas?"

"no, gracias. Aún no estoy listo para ellos."

Fred se acercó al sofá, cogió una bufanda de una de las bandejas y se quedó de pie, distraídamente, pasándola por los dedos. "has sido tan amable estos últimos días, thea, que comencé a tener la esperanza de que te ablandaras un poco; que podrías pedirme que vinieras a verte este verano".

"si pensabas eso, estabas equivocado", dijo lentamente. "me he endurecido, en todo caso. Pero no me llevaré ningún rencor, si lo dices en serio".

Dejó caer la bufanda. "¿y no hay nada, nada en absoluto que me dejes hacer?"

"sí, hay una cosa, y es un buen negocio pedir. Si me noquean, o nunca subo, me gustaría que vieran que el dr. Archie recupera su dinero. Voy a aceptar tres mil dólares de su."

"por qué, por supuesto que lo haré. Puedes descartar eso de tu mente. Lo quisquilloso que eres con el dinero, eso es lo que dices." se volvió bruscamente y caminó hacia las ventanas.

Thea se sentó en la silla que había dejado. "sólo los pobres se sienten así por el dinero y son realmente honestos", dijo con gravedad. "a veces pienso que, para ser sincero, debes haber sido tan pobre que te has sentido tentado a robar".

"¿a qué?"

"para robar. Yo solía ser, cuando fui por primera vez a chicago y vi todas las cosas en las grandes tiendas de allí. Nunca nada grande, pero pequeñas cosas, del tipo que nunca había visto antes y que nunca podría pagar. Algo una vez, antes de que me diera cuenta ".

Fred se acercó a ella. Por primera vez tenía toda su atención, en el grado en que estaba acostumbrada a tenerla. "¿lo hiciste? ¿qué fue?" preguntó con interés.

"una bolsita. Una bolsita de seda azul de polvo de raíz de lirio. Había un montón de ellos, rebajados a cincuenta centavos. Nunca había visto ninguno antes, y me parecían irresistibles.

Tomé uno y deambulé por el guardar con él. Nadie pareció darse cuenta, así que me lo llevé ".

Fred se rió. "¡niño loco! Vaya, tus cosas siempre huelen a lirio; ¿es una penitencia?"

"no, me encanta. Pero vi que la empresa no perdió nada por mí. Volví y lo compré allí cada vez que tenía un cuarto para gastar. Tengo mucho para llevar a arizona. Lo compensé hasta ellos."

"¡apuesto a que sí!" fred tomó su mano. "¿por qué no te encontré ese primer invierno? ¡te hubiera amado tal como llegaste!"

Thea negó con la cabeza. "no, no lo harías, pero tal vez me haya divertido. Los harsanyis dijeron ayer por la tarde que yo usaba una capa tan divertida y que mis zapatos siempre rechinaban. Creen que he mejorado. Les dije que era cosa tuya si yo tenía, y luego parecían asustados ".

"¿cantaste para harsanyi?"

"sí. Él cree que yo también he mejorado allí. Me dijo cosas bonitas. ¡oh, fue muy amable! Está de acuerdo contigo en que vaya a lehmann, si ella me lleva. Salió al ascensor conmigo, después de despedirnos. Él también dijo algo agradable, pero parecía triste ".

"¿qué fue lo que dijo?"

"él dijo, 'cuando la gente, la gente seria, cree en usted, le dan lo mejor de sí, así que ... Ocúpese, señorita kronborg'. Luego agitó las manos y regresó ".

"si cantaras, desearía que me hubieras llevado contigo. ¿cantaste bien?" fred se apartó de ella y volvió a la ventana. "me pregunto cuándo te volveré a escuchar cantar". Cogió un ramo de violetas y las olió. "ya sabes, me estás dejando así, bueno, es casi inhumano poder hacerlo de manera tan amable e incondicional".

"supongo que lo es. Fue casi inhumano poder salir de casa también, la última vez, cuando supe que era para siempre. Pero de todos modos, me importaba mucho más que cualquier otra persona. A través de él. No tengo otra opción ahora. No importa cuánto me rompa, tengo que irme. ¿parece que lo disfruto? "

Fred se inclinó sobre su baúl y recogió algo que resultó ser una partitura, torpemente atado. "¿qué es esto? ¿intentaste cantar esto alguna vez?" lo abrió y en la portada grabada leyó la inscripción de wunsch, "einst, o wunder!" miró bruscamente a thea.

"wunsch me lo dio cuando se fue. Te he hablado de él, mi antiguo maestro en piedra lunar. Le encantaba la ópera".

Fred fue hacia la chimenea, el libro bajo el brazo, cantando suavemente: -

"einst, o wunder, entbluht auf meinem grabe, eine blume der asche meines herzens";

"no tienes ni idea de dónde está, ¿verdad?" se apoyó contra la repisa de la chimenea y la miró.

"no, desearía haberlo hecho. Él puede estar muerto en este momento. Eso fue hace cinco años, y se usó mucho. La sra. Kohler siempre tuvo miedo de que muriera solo en algún lugar y se quedara atrapado bajo la pradera. Escuché de él, estaba en kansas ".

"si lo encontraran, me gustaría hacer algo por él. Parece que obtengo mucho de él con esto". Volvió a abrir el libro, donde mantuvo el lugar con el dedo, y escudriñó la tinta violeta. "¡qué parecido a un alemán! ¿alguna vez te había cantado la canción?"

"no. No sabía de dónde eran las palabras hasta una vez, cuando harsanyi me las cantó, las reconocí".

Fred cerró el libro. "déjame ver, ¿cómo se llama tu noble guardafrenos?"

Thea miró hacia arriba con sorpresa. "ray, ray kennedy".

"¡ray kennedy!" él rió. "¡no podría haber sido mejor! Wunsch y el dr. Archie, ray, y yo" - les dijo con los dedos - "¡tus postes de silbidos! No lo has hecho tan mal. Nosotros te apoyé como pudimos, algunos en nuestra debilidad y otros en nuestro poder. En tus horas oscuras, y los tendrás, tal vez te guste recordarnos ". Sonrió caprichosamente y dejó caer la partitura en el maletero. "¿te lo llevas contigo?"

"seguramente lo soy. No tengo tantos recuerdos que pueda permitirme dejarlos. No tengo muchos que valore tanto".

"que valoras tanto?" fred repitió juguetonamente su gravedad. "estás delicioso cuando caes en tu lengua vernácula". Se rió a medias para sí mismo.

"¿qué pasa con eso? ¿no es un inglés perfectamente bueno?"

"piedra de luna perfectamente buena, querida. Como la ropa confeccionada que cuelga en las ventanas, hecha para adaptarse a todos y no a nadie, una frase que se puede usar en todas las ocasiones. Oh," - comenzó a cruzar la habitación de nuevo, - "eso es ¡una de las cosas buenas de tu participación! Estarás con el tipo de personas adecuadas y aprenderás un alemán bueno, vivo y cálido, que será como tú. Obtendrás un nuevo discurso lleno de matices y color. Como tu voz; vivo, como tu mente. Será casi como nacer de nuevo, thea ".

Ella no se ofendió. Fred le había dicho esas cosas antes y quería aprender. En el curso natural de las cosas, nunca habría amado a un hombre de quien no pudiera aprender mucho.

"harsanyi dijo una vez", comentó pensativa, "que si uno se convierte en artista tiene que nacer de nuevo, y que no le debe nada a nadie".

"exactamente. Y cuando te vuelva a ver no te veré a ti, sino a tu hija. ¿puedo?" levantó interrogativamente su pitillera y luego empezó a fumar, retomando la canción que corría por su cabeza:

"¡deutlich schimmert auf jedem, purpurblattchen, adelaide!"

"tengo media hora contigo todavía, y luego, sal de fred". Caminaba por la habitación, fumando y cantando las palabras en voz baja. "te gustará el viaje", dijo abruptamente. "ese primer acercamiento a una costa extranjera, escabullirse y encontrarlo, no hay nada como eso. Despierta todo lo que está dormido en ti. ¿no te importará que les escriba a algunas personas en berlín? Serán amables tú."

"desearía que lo hicieras." thea dio un profundo suspiro. "me gustaría que uno pudiera mirar hacia adelante y ver lo que le espera".

"¡oh no!" fred fumaba nerviosamente; "eso nunca funcionaría. Es la incertidumbre lo que hace que uno lo intente. Nunca ha tenido ningún tipo de oportunidad, y ahora me imagino que lo compensará. Encontrará la manera de salir en una larga vuelo."

Thea puso su mano sobre su corazón. "y luego caer como las piedras que solíamos lanzar, en cualquier lugar". Dejó la silla y se acercó al sofá, buscando algo en las bandejas del baúl. Cuando regresó encontró a fred sentado en su lugar. "aquí tienes unos pañuelos tuyos. Me quedé con uno o dos. Son más grandes que los míos y útiles si uno tiene dolor de cabeza".

"gracias. ¡qué bien huelen tus cosas!" miró los cuadrados blancos por un momento y luego se los guardó en el bolsillo. Él se quedó en la silla baja y, mientras ella estaba a su lado, le tomó las manos y se sentó mirándolas intensamente, como si las examinara con algún propósito especial, trazando los largos dedos redondos con las puntas de los suyos. "por lo general, ya sabes, hay arrecifes que un hombre atrapa y mantiene la nariz fuera del agua. Pero este es un caso en sí mismo. Parece que no hay límite en cuanto a lo mucho que puedo estar enamorado de ti. Sigo adelante . " no apartó los ojos de sus dedos, que continuó estudiando con el mismo fervor. —todo tipo de instrumento de cuerda se toca en tus manos, thea —susurró, apretándolos contra su rostro.

Ella se dejó caer a su lado y se deslizó en sus brazos, cerrando los ojos y levantando su mejilla hacia la de él. "dime una cosa", susurró fred. "esa noche en el barco, cuando te lo dije por primera vez, dijiste que si pudieras, lo aplastarías todo en tus manos y lo arrojarías al mar. ¿lo harías, todas esas semanas?"

Ella sacudió su cabeza.

"respóndeme, ¿quieres?"

"no, estaba enojado entonces. No lo estoy ahora. Nunca los dejaría. No me hagas pagar demasiado". En ese abrazo revivieron todos los demás. Cuando thea se apartó de él, dejó caer el rostro entre las manos. "eres bueno conmigo", suspiró, "¡lo eres!"

Poniéndose de pie, le puso las manos debajo de los codos y la levantó suavemente. La arrastró hacia la puerta con él. "consigue todo lo que puedas. Sé generoso contigo mismo. No te detengas en cosas espléndidas. Las quiero para ti más de lo que quiero cualquier otra cosa, más de lo que quiero una cosa espléndida para mí. No puedo evitar sentir que tú ganaré, de alguna manera, por perder tanto. Que tú ganarás exactamente lo que pierdo. Cuídala, como dijo harsanyi. ¡es maravillosa! " la besó y salió por la puerta sin mirar atrás, como si regresara mañana.

Thea entró rápidamente en su dormitorio. Sacó un montón de cosas de muselina, se arrodilló y empezó a ponerlas en las bandejas. De repente se detuvo, se dejó caer hacia adelante y se apoyó contra el tronco abierto, con la cabeza apoyada en los brazos. Las lágrimas caían sobre la vieja alfombra oscura. Se le ocurrió cuántas personas debían haber dicho adiós y sentirse infelices en esa habitación. Otras personas, antes de su tiempo, habían alquilado esta habitación para llorar. Cuartos extraños y calles y rostros extraños, ¡qué angustiado formaban uno! ¿por qué iba tan lejos, cuando lo que quería era un lugar familiar en el que esconderse? La casa de la roca, su pequeña habitación de piedra lunar, su propia cama. Oh, qué bueno sería acostarse en esa camita, cortar el nervio que lo mantiene a uno luchando, que tira de uno a uno, para hundirse en la paz allí, con toda la familia a salvo y feliz abajo. Después de todo, ella era una niña de piedra lunar, una de las hijas del predicador. Todo lo demás estaba en la imaginación de fred. ¿por qué fue llamada a correr tales riesgos? Cualquier trabajo sencillo y seguro que no la comprometiera sería mejor. Pero si fallaba ahora, perdería su alma. No había ningún lugar donde caer, después de que uno diera ese paso, excepto en los abismos de la miseria. Sabía qué abismos, porque aún podía escuchar al anciano jugando en la tormenta de nieve, se soltó en ella como una pasión de nostalgia. Todos los nervios de su cuerpo se emocionaron. La hizo ponerse de pie, la llevó de alguna manera a la cama y a un sueño inquietante.

Esa noche volvió a enseñar en piedra lunar: golpeó a sus alumnos con espantosas rabias, siguió golpeándolos. Cantaba en los funerales y luchaba al piano con harsanyi. En un sueño, estaba mirando en un espejo de mano y pensando que se estaba volviendo mejor, cuando el vidrio comenzó a hacerse cada vez más pequeño y su propio reflejo a encogerse, hasta que se dio cuenta de que estaba mirando a los ojos de ray kennedy, viendo su rostro en esa mirada de él que nunca podría olvidar. De repente, los ojos eran los de fred ottenburg y no los de ray. Toda la noche escuchó el chirrido de los trenes, que entraban y salían de la piedra lunar, como solía escucharlos en sueños cuando soplaban estridentes en el aire invernal. Pero aquella noche eran terroríficos, los espectrales y predestinados trenes que "corrían con la muerte", por los que solía rezar la anciana del depósito.

Por la mañana se despertó sin aliento después de una pelea con la sra. La hija de livery johnson. Se levantó de un salto, echó las mantas hacia atrás y se sentó en el borde de la cama, con el camisón abierto y las largas trenzas colgando sobre el pecho, parpadeando a la luz del día. Después de todo, no era demasiado tarde. Sólo tenía veinte años y el barco zarpaba al mediodía. ¡aún había tiempo!

Parte vi. Kronborg

Yo

Es un glorioso día de invierno. Denver, de pie en su altiplano bajo un emocionante cielo azul verdoso, está enmascarada en la nieve y brillando con la luz del sol. El edificio del capitolio está en realidad en una armadura y arroja los rayos del sol hasta que el espectador se deslumbra y los contornos del edificio se pierden en un resplandor de luz reflejada. La terraza de piedra es un campo blanco sobre el que bailan reflejos ardientes, y los árboles y arbustos se repiten fielmente en la nieve, en cada ramita negra una línea blanca suave y borrosa. Desde la terraza se mira directamente hacia donde las montañas se rompen en sus líneas afiladas y familiares contra el cielo. La nieve llena las gargantas, cuelga en bufandas en las grandes laderas, y en los picos el sol ardiente se recoge como por un cristal encendido.

Howard archie está de pie en la ventana de su habitación privada en las oficinas de la empresa minera san felipe, en el sexto piso del edificio raton, mirando las glorias montañosas de su estado mientras le da dictado a su secretaria. Es diez años mayor que la última vez que lo vimos y, enfáticamente, diez años más próspero. Una década de entrar en las cosas no lo ha envejecido tanto como lo ha fortalecido, suavizado y asegurado. Su pelo color arena e imperial esconden las canas que albergan. No se ha vuelto más pesado, sino más flexible, y sus enormes hombros llevan cincuenta años y el control de sus grandes intereses mineros más a la ligera de lo que llevaron cuarenta años y una práctica en el campo. En definitiva, es uno de los amigos a los que nos sentimos agradecidos por habernos llevado bien en el mundo, por ayudarnos a mantener la temperatura general y nuestra propia confianza en la vida. Es un conocido al que uno se apresuraría a adelantar y saludar entre cien. En su cálido apretón de manos y su generosa sonrisa está la estimulante cordialidad de los buenos compañeros que llegan a la buena fortuna y están deseosos de transmitirla; algo que hace que uno piense mejor en la lotería de la vida y resuelva intentarlo de nuevo.

Cuando archie terminó su correo matutino, se apartó de la ventana y miró a su secretaria. "¿surgió algo ayer por la tarde mientras estaba fuera, tb?"

Thomas burk pasó la hoja de su calendario. "el gobernador alden envió a decir que quería verte antes de enviar su carta a la junta de indultos. Le preguntó si podía ir a la cámara de representantes esta mañana".

Archie se encogió de hombros. "lo pensare."

El joven sonrió.

"¿algo más?" prosiguió su jefe.

Tb se volvió en su silla con una mirada de interés en su rostro astuto y bien afeitado. "el viejo vuelo de jasper estaba aquí, dr. Archie. Nunca esperé volver a verlo con vida. Parece que está escondido durante el invierno con una hermana que es ama de llaves en oxford. Está paralizado por el reumatismo, pero tan feroz como alguna vez. Quiere saber si usted o la compañía no volverán a apostarlo. Dice que esta vez está seguro; había localizado algo cuando la nieve se cerró sobre él en diciembre. Quiere salir arrastrándose en el primer descanso en el clima, con el mismo burro de la oreja partida. Consiguió que alguien le hiciera el invierno a la bestia. También es supersticioso con ese burro; piensa que es guiado por dios. Deberías escuchar la línea de conversación que puso aquí ayer; dijo cuando iba en su carruaje, ese burro iba a viajar con él ".

Archie se rió. "¿te dejó su dirección?"

"no descuidó nada", respondió cínicamente el empleado.

"bueno, mándale una línea y dile que vuelva. Me gusta escucharlo. De todos los buscadores locos que he conocido, es el más interesante, porque está realmente loco. Es una convicción religiosa para él, y con la mayoría de ellos es una fiebre de juego o pura vagancia. Pero jasper flight cree que el todopoderoso guarda el secreto de los depósitos de plata en estas colinas y se lo da a los que lo merecen. Él es una figura francamente noble. Por supuesto que lo haré ¡estacalo! Mientras pueda gatear en la primavera. Él y ese burro son un espectáculo juntos. La bestia es casi tan blanca como el jaspe; debe tener veinte años ".

"si lo apostas esta vez, no tendrás que hacerlo de nuevo", dijo tb a sabiendas. —graceará allí, fíjate en mi palabra. Dice que ahora nunca ata el burro por la noche, por temor a que lo llamen repentinamente y la bestia se muera de hambre. Disfrútala."

"supongo que si supiéramos las cosas que esos dos han comido, y no han comido, en su tiempo, tb, nos haría vegetarianos". El médico se sentó y pareció pensativo. "ese es el camino que debe seguir el anciano. Sería bastante mala suerte si tuviera que morir en un hospital. Ojalá pudiera encontrar algo antes de cobrar. Pero los de su clase rara vez lo hacen; están hechizados. , estaba stratton. He estado conociendo a jasper flight, y su carne y sartenes de hojalata, en las montañas durante años, y lo extrañaría. Siempre creo a medias los cuentos de hadas que me cuenta. Old jasper flight, "murmuró archie, como si le gustara el nombre o la imagen que mostraba.

Entró un empleado de la oficina exterior y le entregó una tarjeta a archie. Se levantó de un salto y exclamó: "¿señor ottenburg? Tráigalo".

Fred ottenburg entró, vestido con un abrigo largo forrado de piel, con un sombrero de tela a cuadros en la mano, las mejillas y los ojos brillantes por el frío del exterior. Los dos hombres se encontraron frente al escritorio de archie y su apretón de manos fue más largo que las indicaciones de la amistad, excepto en las regiones donde la sangre se calienta y se acelera para enfrentarse al frío seco. Bajo el aumento general de la altitud, los modales adquieren una cordialidad, una vivacidad, que es una expresión de la emoción medio inconsciente que la gente de colorado pierde cuando se sumerge en las capas más bajas del aire. El corazón, se nos dice, se desgasta temprano en esa alta atmósfera, pero mientras bombea, no emite una corriente lenta. Nuestros dos amigos se agarraron de la mano y sonrieron.

"¿cuándo entraste, fred? ¿y para qué has venido?" archie le lanzó una mirada burlona.

"he venido a averiguar qué crees que estás haciendo aquí", declaró enfáticamente el joven. "quiero ser el siguiente, quiero. ¿cuándo puedes verme?"

"¿algo de esta noche? Entonces supongamos que cenas conmigo. ¿dónde puedo recogerte a las cinco y media?"

"oficina de bixby, agente de transporte general de burlington". Ottenburg empezó a abrocharse el abrigo y se puso los guantes. "tengo que tener una oportunidad contigo antes de irme, archie. ¿no te dije que pinky alden era un chorrito barato?"

El partidario de alden se rió y negó con la cabeza. "oh, es peor que eso, fred. No es de buena educación mencionar lo que es, fuera de las noches árabes. Supuse que vendrías a frotármelo."

Ottenburg hizo una pausa, su mano en el pomo de la puerta, su color intenso desafiando la calma del doctor. "estoy disgustado contigo, archie, por entrenar con un cachorro así. ¡un hombre de tu experiencia!"

"bueno, ha sido una experiencia", murmuró archie. "no soy tímido para admitirlo, ¿verdad?"

Ottenburg abrió la puerta de golpe. —un poco mérito para usted. Hasta las mujeres buscan capital y corrupción, según he oído. Su gobernador ha hecho más por las cervecerías unidas en seis meses de lo que yo he podido hacer en seis años. Él es de los que viven como lirios. Estoy buscando. Buenos días ".

Esa tarde a las cinco en punto dr. Archie salió de la casa de gobierno después de su conversación con el gobernador alden y cruzó la terraza bajo un cielo color azafrán. La nieve, golpeada con fuerza, estaba azul en el crepúsculo; un día de luz solar cegadora ni siquiera había iniciado el deshielo. Las luces de la ciudad titilaban pálidas debajo de él en el tembloroso aire violeta, y la cúpula de la casa del estado detrás de él todavía estaba roja por la luz del oeste. Antes de subir a su coche, el médico se detuvo para mirar a su alrededor en la escena de la que nunca se cansaba. Archie vivía en su propia casa en la avenida colfax, donde tenía amplios terrenos y un jardín de rosas y un invernadero. Tres muchachos japoneses, devotos e ingeniosos, se encargaban de las tareas del hogar y podían organizar las cenas de archie, asegurarse de que cumpliera con sus compromisos y hacer que los visitantes que se quedaban en la casa se sintieran tan cómodos que siempre se resistían a irse.

Archie nunca supo lo que era el consuelo hasta que quedó viudo, aunque con la delicadeza característica o la deshonestidad, insistió en acreditar su tranquilidad al san felipe, a tiempo, a todo menos a su liberación de la sra. Archie.

Señora. Archie murió justo antes de que su esposo dejara moonstone y viniera a vivir a denver, hace seis años. La lucha de la pobre mujer contra el polvo fue finalmente su ruina. Un día de verano, cuando frotaba la tapicería del salón con gasolina —el médico le había prohibido a menudo que la usara por cualquier motivo, por lo que ese era uno de los placeres de los que se apoderaba en su ausencia— se produjo una explosión. Nadie supo nunca exactamente cómo sucedió, para la sra. Archie estaba muerta cuando los vecinos se apresuraron a salvarla de la casa en llamas. Ella debió inhalar el gas ardiente y murió instantáneamente.

La severidad de la piedra lunar cedió hacia ella un poco después de su muerte. Pero incluso mientras sus viejos compinches en mrs. La sombrerería de smiley dijo que era algo terrible, agregaron que nada más que un poderoso explosivo podría haber matado a la sra. Archie, y que era justo que el médico tuviera una oportunidad.

El pasado de archie fue literalmente destruido cuando murió su esposa. La casa se quemó hasta los cimientos, y todos esos recordatorios materiales que tienen tanto poder sobre las personas desaparecieron en una hora. Sus intereses mineros ahora lo llevaban a denver con tanta frecuencia que parecía mejor establecer su sede allí. Abandonó su práctica y dejó la piedra lunar para siempre. Seis meses después, mientras el dr. Archie vivía en el hotel brown palace, la mina de san felipe empezó a ceder ese tesoro de plata que el viejo capitán harris siempre le había acusado de ocultar, y san felipe encabezó la lista de cotizaciones mineras de todos los diarios de oriente y occidente. En unos años dr. Archie era un hombre muy rico. Su mina era un elemento tan importante en la producción de minerales del estado, y archie participó en tantas de las nuevas industrias de colorado y nuevo méxico, que su influencia política fue considerable. Lo había echado todo, hace dos años, al nuevo partido reformista, y había provocado la elección de un gobernador de cuya conducta ahora se avergonzaba de corazón. Sus amigos creían que el propio archie tenía ambiciosos planes políticos.

Ii

Cuando ottenburg y su anfitrión llegaron a la casa de la avenida colfax, fueron directamente a la biblioteca, una larga habitación doble en el segundo piso que archie había dispuesto exactamente a su gusto. Estaba lleno de libros y ejemplares montados de caza salvaje, con un gran escritorio en cada extremo, grabados rígidos y anticuados, pesadas cortinas y tapizados profundos.

Cuando uno de los muchachos japoneses trajo los cócteles, fred se apartó del fino espécimen de peccoray que había estado examinando y dijo: "un hombre es un búho para vivir solo en un lugar así, archie. ¿por qué no te casas? Yo, solo porque no puedo casarme, encuentro el mundo lleno de mujeres encantadoras y solteras, cualquiera de las cuales podría acondicionar una casa con presteza ".

"tú sabes más que yo". Archie habló cortésmente. "no estoy muy despierto acerca de las mujeres. Es probable que elija una de las incómodas, y hay algunas, ya sabes". Bebió su cóctel y se frotó las manos de manera amistosa. "mis amigos aquí tienen esposas encantadoras, y no me dan la oportunidad de sentirme solo. Son muy amables conmigo y tengo muchas amistades agradables".

Fred dejó su vaso. "sí, siempre he notado que las mujeres tienen confianza en ti. Tienes la forma del médico de ser el siguiente. ¿y disfrutas ese tipo de cosas?"

"¿la amistad de mujeres atractivas? ¡oh, dios mío, sí! Dependo mucho de ella".

El mayordomo anunció la cena y los dos hombres bajaron al comedor. Dr. Las cenas de archie eran siempre buenas y bien servidas, y sus vinos eran excelentes.

"vi a la gente del combustible y el hierro hoy", dijo ottenburg, levantando la vista de su sopa. "su corazón está en el lugar correcto. No puedo ver por qué en la travesura te metiste con esa pandilla reformadora, archie. No tienes nada que reformar aquí. La situación siempre ha sido tan simple como dos y dos en colorado; principalmente una cuestión de entendimiento amistoso ".

"bueno" - habló archie con tolerancia - "algunos de los jóvenes parecían tener convicciones al rojo vivo, y pensé que era mejor dejar que probaran sus ideas".

Ottenburg se encogió de hombros. "unos pocos jóvenes aburridos que no tienen la habilidad suficiente para jugar el viejo juego a la vieja usanza, por lo que quieren montar un nuevo juego que no requiera tanta inteligencia y dé más publicidad, eso es lo que dice su liga anti-salón. Y vicecomisión asciende a. Proporcionan notoriedad para los becarios que no pueden distinguirse en la gestión de un negocio o la práctica de la abogacía o el desarrollo de una industria. Aquí tiene un abogado mediocre sin cerebro y sin práctica, tratando de obtener una mirada en algo. Se le ocurre la propuesta novedosa de que la prostituta lo pasa mal, pone su foto en el periódico, y lo primero que sabes es que es una celebridad. Él se lleva la raja y ella está donde estaba. Antes. ¿cómo pudiste caer en una trampa para ratones como pink alden, archie? "

Dr. Archie se rió mientras comenzaba a tallar. "el rosa parece meterse debajo de la piel. No vale la pena hablar de él. Ha superado su límite. La gente ya no leerá sobre su vida sin culpa. Sabía que esas entrevistas que concedió lo cocinarían. Eran un último recurso. I podría haberlo detenido, pero en ese momento había llegado a la conclusión de que defraudaría a los reformistas. No estoy en contra de una sacudida general, pero el problema con la multitud de pinky es que nunca van más allá de un escrito general -up. Les dimos la oportunidad de hacer algo, y siguieron escribiendo sobre los demás y sobre las tentaciones que habían superado ".

Mientras archie y su amigo estaban ocupados con la política de colorado, el impecable japonés asistió rápida e inteligentemente a sus deberes, y la cena, como ottenburg finalmente comentó, fue digna de una conversación más provechosa.

"así es", admitió el médico. "bueno, subiremos por nuestro café y cortaremos esto. Trae un poco de coñac y arak, tai", agregó mientras se levantaba de la mesa.

Se detuvieron para examinar la cabeza de un alce en la escalera, y cuando llegaron a la biblioteca, los leños de pino de la chimenea estaban encendidos y el café burbujeaba delante de la chimenea. Tai colocó dos sillas frente al fuego y trajo una bandeja de cigarrillos.

"traiga los puros en el cajón inferior de mi escritorio, muchacho", ordenó el doctor. "hay demasiada luz aquí, ¿no es así, fred? Enciende la lámpara en mi escritorio, tai". Apagó la luz eléctrica y se acomodó profundamente en la silla opuesta a la de ottenburg.

"volvamos a nuestra conversación, doctor", comenzó fred mientras esperaba que el primer vapor saliera de su café; "¿por qué no te decides a ir a washington? No habría ninguna pelea contra ti. No necesito decir que las cervecerías unidas te apoyarían. También nos felicitarían; un candidato a la reforma ".

Dr. Archie midió su longitud en su silla y empujó sus grandes botas hacia el crujiente pino. Bebió su café y encendió un gran puro negro mientras su invitado miraba el surtido de cigarrillos en la bandeja. "usted dice por qué no lo hago", habló el médico con la deliberación de un hombre en la posición de tener varios cursos para elegir, "pero, por otro lado, ¿por qué debería?" resoplaba y parecía, con los ojos entornados, mirar varios caminos largos con la intención de rechazarlos lujosamente y quedarse donde estaba. "estoy harto de la política. Estoy desilusionado acerca de servir a mi gente, y no quiero particularmente servir a la tuya. No hay nada que quiera en particular; y un hombre no es efectivo en política a menos que quiera algo para sí mismo, y lo quiere mucho. Puedo llegar a mi fin por caminos más rectos. Hay muchas cosas que me mantienen ocupado. No hemos comenzado a desarrollar nuestros recursos en este estado; aún no los hemos analizado. Lo único que no es falso: hacer funcionar a los hombres y las máquinas y, de hecho, producir un producto ".

El médico se sirvió un poco de cordial blanco y miró por encima del vasito hacia el fuego con una expresión que llevó a ottenburg a creer que estaba consiguiendo algo en su propia mente. Fred encendió un cigarrillo y dejó que su amigo tanteara su idea.

"mis muchachos, aquí", continuó archie, "me han interesado bastante en japón. Creo que saldré en la primavera y volveré por el otro lado, a través de siberia. Siempre he querido ir a rusia. . " sus ojos todavía buscaban algo en su gran chimenea. Con un lento giro de cabeza, se los devolvió a su huésped y se los fijó. "justo ahora, estoy pensando en correr a nueva york por unas semanas", terminó abruptamente.

Ottenburg levantó la barbilla. "¡ah!" exclamó, como si comenzara a ver la deriva de archie. "¿verás thea?"

"si." el doctor volvió a llenar su cordial vaso. "de hecho, sospecho que la voy a ver exactamente. Me estoy volviendo obsoleto con las cosas aquí, fred. La mejor gente del mundo y siempre estoy haciendo las cosas por mí. También los quiero, pero he he estado con ellos demasiado. Me estoy poniendo de mal genio, y lo primero que sé es que heriré los sentimientos de la gente. Le grité a la señora dandridge por teléfono esta tarde cuando me pidió que fuera a colorado springs el el domingo para conocer a unos ingleses que se quedan en el asta. Muy amable de su parte al quererme, y yo estaba tan amargado como si hubiera estado tratando de trabajar conmigo para algo. Tengo que salir por un tiempo, para salvar mi reputación ".

Ottenburg no había prestado mucha atención a esta explicación. Parecía estar mirando a un punto fijo: los ojos amarillos de vidrio de un hermoso gato montés sobre una de las estanterías. "nunca la has escuchado en absoluto, ¿verdad?" preguntó reflexivamente. "curioso, cuando esta es su segunda temporada en nueva york".

"iba a ir en marzo pasado. Tenía todo arreglado. Y luego el viejo cap harris pensó que podía conducirnos a mí y a su coche a través de un poste de luz y estuve postrado con una fractura compuesta durante dos meses. Así que no llegué a ver thea ".

Ottenburg estudió con atención la punta roja de su cigarrillo. "ella podría haber salido a verte. Recuerdo que cubriste la distancia como una racha cuando ella te quería".

Archie se movió inquieta. "oh, no podía hacer eso. Tenía que regresar a viena para trabajar en algunas piezas nuevas para este año. Zarpó dos días después de que cerrara la temporada de nueva york".

"bueno, entonces ella no podría, por supuesto." fred fumó su cigarrillo más cerca y arrojó la punta al fuego. "estoy tremendamente contento de que te vayas ahora. Si estás rancio, ella te excitará. Esa es una de sus especialidades. En diciembre pasado me sacó un aumento que me duró todo el invierno".

"por supuesto", se disculpó el médico, "usted sabe mucho más sobre esas cosas. Me temo que será un desperdicio para mí. No soy un juez de música".

"olvida eso." el joven se incorporó en su silla. "se lo comunica a personas que no son jueces. Eso es lo que hace". Recayó en su antigua lasitud. "si estuvieras sordo como una piedra, no todo sería en vano. Es mucho verla. Por cierto, ya sabes, es muy hermosa. Las fotografías no te dan idea".

Dr. Archie juntó sus grandes manos debajo de su barbilla. "oh, cuento con eso. No creo que su voz me suene natural. Probablemente no lo sabría".

Ottenburg sonrió. "lo sabrás, si alguna vez lo supiste. Es la misma voz, solo que más. Lo sabrás".

"¿lo hiciste en alemania esa vez, cuando me escribiste? Hace siete años, ahora. Eso debe haber sido desde el principio".

"sí, en algún lugar cerca del principio. Cantó una de las hijas del rin". Fred hizo una pausa y volvió a incorporarse. "claro, lo supe desde la primera nota. Había escuchado muchas voces jóvenes salir del rin, pero, por favor, ¡no había escuchado una como esa!" buscó a tientas otro cigarrillo. "mahler estaba dirigiendo esa noche. Lo conocí cuando salía de la casa y hablé con él. 'Voz interesante que probó esta noche', dije. Se detuvo y sonrió. 'Señorita kronborg, ¿quiere decir? Sí, muy. Ella parece cantar por la idea. Inusual en una joven cantante. Nunca lo había escuchado admitir antes que una cantante pudiera tener una idea. Ella no solo la tenía, sino que la transmitió. La música del rin, que conocía desde que era niño, era nueva para mí, vocalizada por la primera vez. Te diste cuenta de que ella estaba comenzando esa larga historia, adecuadamente, con el final a la vista. Cada frase que cantaba era básica. Simplemente era la idea de la música del rin ". Ottenburg se levantó y se quedó de espaldas al fuego. "y al final, donde no ves para nada a las doncellas, vuelve a ser lo mismo: dos voces bonitas y la voz del rin". Fred chasqueó los dedos y dejó caer la mano.

El médico lo miró con envidia. "verá, todo eso se perdería en mí", dijo con modestia. "no conozco el sueño ni su interpretación. Estoy fuera de él. Es una lástima que tan pocos de sus viejos amigos puedan apreciarla".

"pruébalo", le animó fred. "te adentrarás más de lo que puedes explicarte a ti mismo. Las personas sin interés personal hacen eso".

"supongo", dijo archie tímidamente, "que el alemán universitario, que se ha ido a la semilla, no me ayudaría mucho. Antes podía hacer que mis pacientes alemanes me entendieran".

"¡seguro que lo haría!" gritó ottenburg de todo corazón. "no te preocupes por saber tu libreto. Eso está muy bien para los músicos, pero los mortales comunes como tú y yo tenemos que saber de qué está cantando. Consigue tu diccionario y hazlo como lo harías en cualquier otra propuesta. La dicción es hermosa, y si conoces el texto, obtendrás mucho. Siempre que la escuches, obtén todo lo que te viene. ¡apuesto a que en alemania la gente se sabe sus libretos de memoria! Tanto miedo de agacharse para aprender algo ".

"estoy un poco avergonzado", admitió archie. "supongo que esa es la forma en que enmascaramos nuestra ignorancia general. Sin embargo, esta vez me rebajaré; me avergüenza más no poder seguirla. Los periódicos siempre dicen que es una excelente actriz". Tomó las tenazas y comenzó a reorganizar los troncos que se habían quemado y caído a pedazos. "¿supongo que ha cambiado mucho?" preguntó distraídamente.

"todos hemos cambiado, mi querida archie, ella más que la mayoría de nosotros. Sí y no. Ella está allí, solo que hay mucho más de ella. Solo he tenido unas pocas palabras con ella en varios años. . Es mejor que no, cuando estoy atado de esta manera. Las leyes son bárbaras, archie ".

"¿tu esposa sigue siendo la misma?" preguntó el médico con simpatía.

"absolutamente. No ha salido de un sanatorio durante siete años. No hay perspectivas de que ella alguna vez salga, y mientras ella esté allí, yo estaré atada de pies y manos. ¿qué obtiene la sociedad de tal estado de cosas, me gustaría saber, ¿excepto una maraña de irregularidades? ¡si quieres reformarte, hay una vacante para ti! "

"es malo, oh, muy malo; estoy de acuerdo contigo!" dr. Archie negó con la cabeza. "pero también habría complicaciones bajo otro sistema. Toda la cuestión del matrimonio de un joven me ha parecido bastante grave durante mucho tiempo. ¿cómo tienen el coraje de seguir haciéndolo? Ahora me deprime comprar regalos de boda . " durante algún tiempo el médico observó a su huésped, sumido en amargos reflejos. "creo que esas cosas solían ir mejor que ahora. Me parece que todas las personas casadas que conocí cuando era niño eran lo suficientemente felices". Volvió a hacer una pausa y mordió la punta de un puro nuevo. "nunca viste a la madre de thea, ¿verdad, ottenburg? Es una lástima. La señora kronborg era una mujer excelente. Siempre he temido que thea cometiera un error, no volver a casa cuando la señora kronborg estaba enferma, cueste lo que cueste su."

Ottenburg se movía inquieto. "no podía, archie, definitivamente no podía. Sentí que nunca entendiste eso, pero yo estaba en dresde en ese momento, y aunque no la veía mucho, podía evaluar la situación por mí mismo. Fue por una suerte que pudo cantar a elizabeth esa vez en la ópera de dresde, una complicación de las circunstancias.si se hubiera escapado, por cualquier motivo, habría esperado años para que volviera a tener esa oportunidad. Dio una actuación maravillosa y causó una gran impresión, le ofrecieron ciertos términos, tenía que tomarlos y seguirlos en ese momento. En ese juego no se puede perder ni un solo truco. Ella misma estaba enferma, pero cantaba. Su madre estaba enferma y cantaba. No, no debes reprocharle eso, archie. Hizo lo correcto allí ". Ottenburg sacó su reloj. "¡hola! Debo estar viajando. ¿escuchas de ella regularmente?"

"más o menos regularmente. Nunca fue una gran escritora de cartas. Me cuenta sus compromisos y contratos, pero sé tan poco sobre ese negocio que no significa mucho para mí más allá de las cifras, que parecen muy impresionantes .hemos tenido una gran cantidad de correspondencia de negocios, sobre poner una piedra a su padre y su madre, y, últimamente, sobre su hermano menor, thor. Ahora está conmigo; conduce mi coche. En la mina ".

Ottenburg, que había recogido su abrigo, lo dejó caer. "conduce su coche?" preguntó incrédulo.

"sí. Thea y yo nos hemos preocupado mucho por thor. Probamos una escuela de negocios y una escuela de ingeniería, pero no sirvió de nada. Thor nació como chofer antes de que hubiera automóviles para conducir. Nunca fue bueno para cualquier otra cosa; se quedó en casa y coleccionó sellos postales y desarmó bicicletas, esperando que se inventara el automóvil. Él es tan parte de un automóvil como el mecanismo de dirección. No puedo averiguar si le gusta su trabajo conmigo o no, o si siente curiosidad por su hermana. Hoy en día no se puede averiguar nada de una kronborg. La madre era diferente ".

Fred se hundió en su abrigo. "bueno, es un mundo extraño, archie. Pero lo pensarás mejor si vas a nueva york. Ojalá fuera contigo. Iré a verte por la mañana a eso de las once. Quiero un te comunico este proyecto de ley de comercio interestatal. Buenas noches ".

Dr. Archie acompañó a su invitado al motor que esperaba abajo, y luego regresó a su biblioteca, donde volvió a encender el fuego y se sentó a fumar un largo rato. Un hombre de carácter modesto y bastante crédulo de archie se desarrolla tarde y obtiene su mayor ganancia entre los cuarenta y los cincuenta. De hecho, a los treinta años, como hemos visto, archie era un chico de buen corazón bajo un exterior varonil, que todavía silbaba para mantener su valor. Prosperidad y grandes responsabilidades, sobre todo, librarse de la pobre señora. Archie, había sacado mucho más de lo que sabía que había en él. Estaba pensando esta noche sentado frente al fuego, en la comodidad que tanto le gustaba, que de no ser por las oportunidades y los agujeros afortunados en el suelo, seguiría siendo un practicante rural, leyendo sus viejos libros junto a la lámpara de su oficina. Y, sin embargo, no estaba tan fresco y enérgico como debería ser. Estaba cansado de los negocios y de la política. Peor que eso, estaba cansado de los hombres con los que tenía que lidiar y de las mujeres que, como él decía, habían sido amables con él. Se sentía como si todavía estuviera buscando algo, como el viejo vuelo de jaspe. Sabía que este era un estado de ánimo impropio e ingrato, y se reprochó a sí mismo por ello. Pero no pudo evitar preguntarse por qué la vida, incluso cuando daba tanto, al fin y al cabo daba tan poco. ¿qué era lo que esperaba y se perdió? ¿por qué estaba él, más que cualquier otra cosa, decepcionado?

Se puso a mirar atrás a su vida y a preguntarse qué años de ella le gustaría volver a vivir, tal como habían sido, y no eran muchos. Sus años universitarios los volvería a vivir, con mucho gusto. Después de ellos, no había nada que quisiera repetir hasta que llegara a la kronborg. Había habido algo conmovedor en esos años en piedra lunar, cuando él era un joven inquieto a punto de irrumpir en empresas más grandes, y cuando ella era una niña inquieta a punto de convertirse en algo desconocido. Se dio cuenta ahora de que ella había contado mucho más para él de lo que sabía en ese momento. Era una especie de relación continua. Siempre la estaba buscando mientras iba por la ciudad, siempre esperándola vagamente mientras se sentaba en su oficina por la noche. Entonces nunca se había preguntado si era extraño que encontrara a un niño de doce años como la persona más interesante y sociable de moonstone. Le había parecido una solicitud agradable y natural. Lo explicó entonces por el hecho de que no tenía hijos propios. Pero ahora, al mirar hacia atrás en esos años, los otros intereses estaban desvaídos e inanimados. La idea de ellos era pesada. Pero dondequiera que su vida había tocado la de thea kronborg, todavía quedaba un poco de calidez, un poco de brillo. Su amistad parecía correr sobre esos años de descontento como un patrón de hojas, aún brillante y fresco cuando los otros patrones se habían desvanecido en un fondo opaco. Sus paseos, paseos y confidencias, la noche que vieron al conejo a la luz de la luna, ¿por qué estas cosas eran tan emocionantes para recordar? Cada vez que pensaba en ellos, eran claramente diferentes de los otros recuerdos de su vida; siempre parecía divertido, alegre, con un poco de emoción de anticipación y misterio en ellos. Se acercaron más a ser secretos tiernos que cualquier otro que poseyera. Más cerca que cualquier otra cosa, correspondían a lo que había esperado encontrar en el mundo y no había encontrado. Se le ocurrió ahora que los inesperados favores de la fortuna, por deslumbrantes que fueran, no significan mucho para nosotros. Pueden emocionarnos o distraernos por un tiempo, pero cuando miramos hacia atrás, las únicas cosas que apreciamos son aquellas que de alguna manera satisfacían nuestro deseo original; el deseo que se formó en nosotros en nuestra temprana juventud, no dirigido y por sí mismo.

Iii

Durante los primeros cuatro años después de que thea se fue a alemania, las cosas siguieron como de costumbre con la familia kronborg. Señora. La tierra de kronborg en nebraska aumentó de valor y le trajo un buen alquiler. La familia pasó a una forma de vida más fácil, la mitad sin darse cuenta, como lo harán las familias. Entonces mr. Kronborg, que nunca había estado enfermo, murió repentinamente de cáncer de hígado, y después de su muerte la sra. Kronborg entró, como decían sus vecinos, en un declive. Al escuchar informes desalentadores sobre ella del médico que se había hecho cargo de su práctica, el dr. Archie subió desde denver para verla. La encontró en la cama, en la habitación donde más de una vez la había atendido, una mujer guapa de sesenta años con un cuerpo todavía firme y blanco, su cabello, ahora descolorido a una prímula muy pálida, en dos gruesas trenzas por la espalda, sus ojos claros y tranquilos. Cuando llegó el médico, ella estaba sentada en su cama, tejiendo. Sintió de inmediato lo feliz que estaba de verlo, pero pronto se dio cuenta de que ella no había tomado ninguna determinación para mejorar. Ella le dijo, de hecho, que no podría arreglárselas muy bien sin el sr. Kronborg. El médico la miró con asombro. ¿era posible que echara tanto de menos al tonto viejo? Le recordaba a sus hijos.

"sí", respondió ella; "los niños están todos muy bien, pero no son padre. Nos casamos jóvenes".

El doctor la miraba asombrado mientras seguía tejiendo, pensando en lo mucho que se parecía a ella. La diferencia era de grado más que de tipo. La hija tenía un entusiasmo irresistible, la madre ninguno. Pero su marco, su fundamento, era muy parecido.

En un momento la sra. Kronborg habló de nuevo. "¿has escuchado algo de thea últimamente?"

Durante su conversación con ella, el médico dedujo que lo que la sra. Kronborg realmente quería ver a su hija thea. Acostada allí día tras día, lo deseaba tranquila y continuamente. Él le dijo que, como ella se sentía así, pensó que podrían pedirle a thea que volviera a casa.

"he pensado mucho en ello", dijo la sra. Kronborg lentamente. "odio interrumpirla, ahora que ha comenzado a progresar. Supongo que ha pasado por momentos bastante difíciles, aunque nunca fue de las que se quejaron. Tal vez sienta que le gustaría venir. Sería difícil perder los dos mientras ella está fuera ".

Cuando el dr. Archie regresó a denver y le escribió una larga carta a thea, explicando el estado de su madre y cuánto deseaba verla, y pidiéndole que viniera, aunque solo fuera por unas pocas semanas. Thea le había devuelto el dinero que le había pedido prestado, y él le aseguró que si no tenía suficientes fondos para el viaje, sólo tenía que enviarle un telegrama.

Un mes después recibió una especie de respuesta frenética de thea. Las complicaciones en la ópera de dresde le habían dado una oportunidad inesperada de continuar en gran parte. Antes de que esta carta llegara al médico, habría debutado como elizabeth, en "tannhauser". Quería ir con su madre más de lo que quería cualquier otra cosa en el mundo, pero, a menos que fracasara, lo que no haría, no podía irse de dresde durante seis meses. No es que ella eligiera quedarse; tenía que quedarse, o perderlo todo. Los meses siguientes la pondrían cinco años por delante, o la retrasarían tanto que no sería útil seguir luchando. Tan pronto como estuviera libre, iría a moonstone y se llevaría a su madre a alemania con ella. Su madre, estaba segura, podría vivir muchos años, y le gustaría la gente alemana y las costumbres alemanas, y podría estar escuchando música todo el tiempo. Thea dijo que le estaba escribiendo a su madre y le rogaba que la ayudara por última vez; para tomar fuerzas y esperarla seis meses, y luego ella (thea) haría todo. Su madre nunca más tendría que hacer un esfuerzo.

Dr. Archie subió a la piedra lunar de inmediato. Tenía una gran confianza en la sra. El poder de voluntad de kronborg, y si el atractivo de thea se apoderaba de ella lo suficiente, creía que podría mejorar. Pero cuando lo llevaron a la habitación familiar junto al salón, su corazón dio un vuelco. Señora. Kronborg yacía serena y fatídica sobre sus almohadas. En el tocador a los pies de su cama había una gran fotografía de thea en el personaje en el que debutaría. Señora. Kronborg lo señaló.

"¿no es encantadora, doctor? Es bueno que no haya cambiado mucho. La he visto así muchas veces".

Hablaron un rato sobre la buena suerte de thea. Señora. Kronborg había recibido un cablegrama que decía: "primera actuación bien recibida. Gran alivio". En su carta thea dijo; "si solo te recuperas, querida madre, no hay nada que no pueda hacer. Tendré un gran éxito, si lo intentas conmigo. Tendrás todo lo que quieras y siempre estaremos juntos. Tengo una casita escogida donde vamos a vivir ".

"criar una familia no es todo lo que parece", dijo la sra. Kronborg con un destello de ironía, mientras guardaba la carta debajo de la almohada. "los niños que no necesitas especialmente, los tienes siempre contigo, como los pobres. Pero los brillantes se alejan de ti. Ellos tienen su propia manera de hacer en el mundo. Parece que cuanto más brillantes son, más lejos están vaya. Solía sentir lástima de que no tuviera familia, doctor, pero tal vez sea usted más acomodado ".

"el plan de thea me parece sólido, sra. Kronborg. No hay ninguna razón por la que pueda ver por qué no debería detenerse y vivir durante años, bajo la atención adecuada. Allí tendría los mejores médicos del mundo, y sería maravilloso vivir con alguien que se vea así ". Asintió con la cabeza hacia la fotografía de la joven que debió estar cantando "dich, theure halle, gruss 'ich wieder", sus ojos mirando hacia arriba, sus hermosas manos extendidas con placer.

Señora. Kronborg se rió con bastante alegría. "sí, ¿no? Si mi padre estuviera aquí, podría despertarme. Pero a veces es difícil volver. O si ella estuviera en problemas, tal vez podría despertarme".

"pero, querida sra. Kronborg, ella está en problemas", protestó su viejo amigo. "como ella dice, nunca te necesitó como te necesita ahora. Supongo que nunca antes le había rogado a nadie que la ayudara".

Señora. Kronborg sonrió. "sí, es bonita de su parte. Pero eso pasará. Cuando estas cosas suceden muy lejos, no dejan tal huella; especialmente si tienes las manos ocupadas y tienes tus propios deberes en los que pensar. Mi propio padre murió en nebraska cuando gunner nació —entonces vivíamos en iowa, — y lo lamenté, pero el bebé me lo compensó. Yo también era el favorito de mi padre. Eso es lo que sucede, ¿sabe?

El médico sacó la carta de thea y se la leyó a la sra. Kronborg. Ella parecía escuchar y no escuchar.

Cuando terminó, ella dijo pensativa: "contaba con escucharla cantar de nuevo. Pero siempre tomaba mis placeres como venían. Siempre disfrutaba de su canto cuando ella estaba aquí por la casa. Mientras ella practicaba, solía dejar mi trabajo y sentarme en una mecedora y entregarme, igual que si hubiera estado en un espectáculo. Nunca fui una de esas amas de llaves que dejan que su trabajo los lleve a la muerte. Y cuando ella tenía a los mexicanos por aquí, siempre lo asimilaba. Primero y último ", - miró judicialmente la fotografía," supongo que saqué tanto de la voz de thea como cualquiera podrá obtener ".

"¡supongo que lo hiciste!" el médico asintió de todo corazón; "y yo también conseguí un buen trato. ¿recuerdas cómo solía cantarme esas canciones escocesas y guiarnos con la cabeza y el pelo ondulado?"

"'fluye suavemente, dulce afton', puedo escucharlo ahora", dijo la sra. Kronborg; "¡y el pobre padre nunca supo cuando cantaba fuerte! Solía decir, 'madre, ¿cómo sabes siempre cuando cometen errores en la práctica?'". Kronborg se rió entre dientes.

Dr. Archie le tomó la mano, todavía firme como la mano de una mujer joven. "fue una suerte para ella que lo supieras. Siempre pensé que recibía más de ti que de cualquiera de sus profesores".

"excepto wunsch; era un verdadero músico", dijo la sra. Kronborg respetuosamente. "le di todas las oportunidades que pude, en una casa llena de gente. Mantuve a los otros niños fuera de la sala para ella. Eso era todo lo que podía hacer. Si no la molestaban, no necesitaba que la vigilaran. Fue tras ella como un terrier detrás de las ratas desde la primera, pobre niña. Le tenía mucho miedo. Por eso siempre la alentaba a que se llevara a thor a lugares extravagantes. Cuando estaba fuera de la casa, se deshacía de él ".

Después de haber recordado juntos muchos recuerdos agradables, la sra. Kronborg dijo de repente: "siempre entendí que se fue sin venir a vernos esa vez. ¡oh, lo sé! Tenías que seguir tu propio consejo. Eras un buen amigo para ella. Nunca lo he olvidado". Le dio unas palmaditas en la manga al médico y prosiguió distraídamente. "había algo que no quería decirme, y por eso no vino. Algo pasó cuando estaba con esa gente en méxico. Me preocupé un buen rato, pero supongo que ella salió bien .. Ella lo había pasado bastante mal, arrastrándose así sola cuando era tan joven, y mis granjas en nebraska estaban tan bajas que no pude ayudarla. Esa no es forma de enviar a una chica. Pero yo supongo que, sea lo que sea, no tendría miedo de decírmelo ahora ". Señora. Kronborg miró la fotografía con una sonrisa. "ella no parece estar contemplando a nadie, ¿verdad?"

"no lo es, sra. Kronborg. Nunca lo ha sido. Por eso me pidió prestado el dinero".

"oh, sabía que nunca te habría llamado si hubiera hecho algo para avergonzarnos. Siempre estuvo orgullosa". Señora. Kronborg hizo una pausa y se volvió un poco de lado. "ha sido una gran satisfacción para usted y para mí, doctor, que su voz salga tan bien. Las cosas que espera no siempre resultan así, a la vista de todos. Mientras la anciana sra. Kohler viviera, ella solía traducir siempre lo que decía sobre thea en los periódicos alemanes que ella enviaba. Yo misma podría hacer algo de eso, no es muy diferente del sueco, pero a la anciana le gustó. Dejó a thea su foto de la quema de moscú. Se lo he guardado en bolas de naftalina para ella, junto con el oboe que su abuelo trajo de suecia. Quiero que se lleve el oboe de mi padre allí algún día ". Señora. Kronborg se detuvo un momento y apretó los labios. "¡pero supongo que se llevará un instrumento más fino que ese, de regreso a suecia!" ella añadió.

Su tono sorprendió bastante al doctor, estaba tan vibrante con un tipo de orgullo feroz y desafiante que había escuchado a menudo en la voz de thea. Miró con asombro a su viejo amigo y paciente. Después de todo, uno nunca conoció a la gente hasta la médula. ¿escondía ella en su interior algo de esa pasión inmóvil de la que su hija era totalmente compacta?

"ese último verano en casa no fue muy agradable para ella", dijo la sra. Kronborg comenzó tan plácidamente como si el fuego nunca hubiera saltado dentro de ella. "los otros niños estaban actuando mal porque pensaron que yo podría hacer un escándalo por ella y darle la cabeza grande. Le dimos el desafío, de alguna manera, todos nosotros, porque no podíamos entender que cambiara de maestros y todo ése. Ése es el problema de darles el reto a esos niños tranquilos y desvergonzados; nunca se sabe hasta dónde los llevará. Bueno, no deberíamos quejarnos, doctor; nos ha dado mucho en qué pensar.

La próxima vez que el dr. Archie llegó a moonstone, llegó a ser un portador del féretro en mrs. Funeral de kronborg. La última vez que la miró, estaba tan serena y majestuosa que regresó a denver sintiéndose casi como si hubiera ayudado a enterrar a thea kronborg ella misma. La hermosa cabeza en el ataúd le parecía mucho más realmente thea que la radiante joven de la imagen, mirando las bóvedas góticas y saludando al salón de la canción.

Iv

Una mañana brillante a fines de febrero, el dr. Archie estaba desayunando cómodamente en el waldorf. Había llegado a jersey city en un tren temprano, y un amanecer rojo y ventoso sobre el río del norte le había dado un buen apetito. Consultó el periódico de la mañana mientras tomaba su café y vio que "lohengrin" iba a ser cantado en la ópera esa noche. En la lista de los artistas que aparecerían estaba el nombre "kronborg". Tal brusquedad lo sobresaltó. "kronborg": fue impresionante y, sin embargo, de alguna manera, irrespetuoso; algo grosero y descarado, en la última página del periódico matutino. Después del desayuno, fue a la taquilla del hotel y le preguntó a la chica si podía darle algo por "lohengrin", "cerca del frente". Sus modales eran un poco incómodos y se preguntó si la chica lo notó. Incluso si lo hiciera, por supuesto, apenas podría sospechar. Antes de la taquilla vio un montón de carteles azules que anunciaban los elencos de ópera de la semana. Había "lohengrin", y debajo vio:

Elsa von brabant ... Thea kronborg.

Que se veía mejor. La chica le dio un boleto para un asiento que dijo que era excelente. Lo pagó y salió a la parada de taxis. Le mencionó al conductor un número en riverside drive y se subió a un taxi. Por supuesto, no sería correcto llamar a thea cuando iba a cantar por la noche. Él sabía mucho, ¡gracias a dios! Fred ottenburg le había insinuado que, más que casi cualquier otra cosa, eso haría que uno se equivocara.

Cuando alcanzó el número al que dirigía sus cartas, despidió al taxi y salió a caminar. La casa en la que vivía thea era tan impersonal como el waldorf y bastante grande. Estaba por encima de la calle 116, donde el camino se estrecha, y frente a él, el banco de estanterías descendía hacia el río norte. Mientras archie paseaba por los senderos que atravesaban esta pendiente, por debajo del nivel de la calle, los catorce pisos del apartotel se elevaban sobre él como un acantilado perpendicular. No tenía ni idea de en qué piso vivían, pero reflexionó, mientras recorría con la mirada las muchas ventanas, que la perspectiva estaría bien desde cualquier piso. La imponente inmensidad de la casa le hacía sentir como si hubiera esperado encontrarse con thea en una multitud y la hubiera extrañado. Realmente no creía que ella estuviera escondida detrás de ninguna de esas ventanas relucientes, o que la iba a escuchar esta noche. Su caminar era curiosamente aburrido y poco sugerente. Al recordar que ottenburg lo había animado a estudiar su lección, bajó al teatro de la ópera y compró un libreto. Incluso había traído su antiguo "alemán e inglés de adler" en el baúl, y después del almuerzo se instaló en su suite dorada en el waldorf con un gran puro y el texto de "lohengrin".

Se anunció la ópera para las siete cuarenta y cinco, pero a las siete y media archie tomó asiento en la parte delantera derecha del círculo de la orquesta. Nunca antes había entrado en el teatro metropolitano de la ópera, y la altura de la sala de audiencias, el color intenso y la amplitud de los balcones no dejaban de afectarle. Observó cómo la casa se llenaba de un creciente sentimiento de expectativa. Cuando se levantó el telón de acero y los hombres de la orquesta ocuparon sus lugares, se sintió claramente nervioso. El estallido de aplausos que recibió al director le hizo subir aún más. Descubrió que se había quitado los guantes y los había convertido en una cuerda. Cuando se apagaron las luces y los violines comenzaron la obertura, el lugar parecía más grande que nunca; un gran pozo, sombrío y solemne. Toda la atmósfera, reflexionó, era de alguna manera más seria de lo que había anticipado.

Después de que las cortinas se corrieron sobre la escena junto al esqueleto, se metió rápidamente en el ritmo de la historia. Estaba tan interesado en el bajo que cantaba king henry que casi se había olvidado por lo que estaba esperando con tanto nerviosismo, cuando el heraldo empezó en tonos estentóreos a convocar a elsa von brabant. Luego empezó a darse cuenta de que estaba bastante asustado. Hubo un aleteo de blanco en la parte de atrás del escenario, y empezaron a entrar mujeres: dos, cuatro, seis, ocho, pero no la correcta. Se le ocurrió que era algo así como la fiebre del ciervo, el momento paralizante que le sobreviene a un hombre cuando su primer alce lo mira a través de los arbustos, bajo sus grandes astas; el momento en que la mente de un hombre está tan llena de disparos que se olvida del arma en la mano hasta que el macho se despide de él desde una colina distante.

De repente, antes de que el macho lo dejara, ella estaba allí. Sí, sin duda fue ella. Tenía la mirada baja, pero la cabeza, las mejillas, la barbilla ... No podía haber ningún error; avanzó lentamente, como si caminara dormida. Alguien le habló; ella solo inclinó la cabeza. Volvió a hablar y ella inclinó la cabeza aún más. Archie había olvidado su libreto y no había contado con esas largas pausas. Había esperado que ella apareciera, cantara y lo tranquilizara. Parecían estar esperándola. Ella alguna vez olvidó? ¿por qué demonios no ella? Ella hizo un sonido, uno débil. Las personas en el escenario murmuraban juntas y parecían confundidas. Su nerviosismo era absurdo. Ella debe haber hecho esto a menudo antes; ella conocía su orientación.

Ella hizo otro sonido, pero él no pudo entenderlo. Luego el rey le cantó, y archie comenzó a recordar dónde estaban en la historia. Llegó al frente del escenario, levantó los ojos por primera vez, juntó las manos y comenzó: "einsam in truben tagen".

Sí, era exactamente como la fiebre del ciervo. Su rostro estaba allí, ahora hacia la casa, ante sus ojos, y él definitivamente no podía verlo. Estaba cantando, por fin, y él definitivamente no podía oírla. No era consciente de nada más que un temor incómodo y una sensación de aplastante decepción. Después de todo, la había extrañado. Fuera lo que fuera, ella no estaba allí, para él.

El rey la interrumpió. Empezó de nuevo, "en lichter waffen scheine". Archie no supo cuándo pasó su fiebre del ciervo, pero al poco tiempo se dio cuenta de que estaba sentado tranquilamente en una casa a oscuras, sin escuchar sino soñando con un río de sonido plateado. Se sentía apartado de los demás, a la deriva solo en la melodía, como si hubiera estado solo con ella durante mucho tiempo y lo hubiera sabido todo antes. Su poder de atención no era grande en ese momento, pero en la medida de lo posible, parecía estar mirando a través de una exaltada calma a una hermosa mujer de lejos, de otro tipo de vida, sentimiento y comprensión que el suyo, que tenía en su rostro era algo que él había conocido mucho tiempo atrás, mucho más iluminado y embellecido. De niño solía creer que los rostros de las personas que morían eran así en el otro mundo; los mismos rostros, pero brillando con la luz de un nuevo entendimiento. No, ¡ottenburg no lo había preparado!

Lo que sintió fue admiración y distanciamiento. La reunión hogareña, que de alguna manera había esperado, ahora parecía una tontería. En lugar de sentirse orgulloso de conocerla mejor que todas las personas que lo rodeaban, se sintió disgustado por su propia ingenuidad. Porque no la conocía mejor. Esta mujer que nunca había conocido; de alguna manera había devorado a su pequeño amigo, como el lobo se comía la capucha roja. Bella, radiante, tierna como era, heló su antiguo cariño; ese tipo de sentimiento no era apropiado. Parecía mucho, mucho más lejos de él de lo que había parecido todos esos años cuando estuvo en alemania. El océano que podía cruzar, pero había algo aquí que no podía cruzar. Hubo un momento, cuando se volvió hacia el rey y sonrió con esa rara sonrisa de amanecer de su infancia, cuando él pensó que volvería con él. Después de la segunda llamada del heraldo a su campeón, cuando ella se arrodilló en su oración apasionada, hubo de nuevo algo familiar, una especie de asombro salvaje que había tenido el poder de invocar hace mucho tiempo. Pero ella simplemente le recordaba a thea; esta no era la chica misma.

Una vez que llegó el tenor, el médico dejó de intentar que la mujer que tenía ante él encajara en cualquiera de sus preciados recuerdos. La tomó, en la medida de lo posible, por lo que era en ese momento. Cuando el caballero levantó a la chica arrodillada y le puso la mano envuelta en malla en el pelo, cuando ella le mostró un rostro lleno de adoración y apasionada humildad, archie renunció a su última reserva. Él no sabía más de ella que los cientos que lo rodeaban, que estaban sentados en la sombra y miraban, mientras él miraba, algunos con más comprensión, otros con menos. Sabía tanto de ortrude o lohengrin como de elsa; más, porque ella fue más lejos que ellos, sostuvo la legendaria belleza de su concepción de manera más consistente. Incluso él podía ver eso. Actitudes, movimientos, su rostro, sus brazos y dedos blancos, todo estaba impregnado de una ternura rosada, una humildad cálida, una belleza graciosa y, sin embargo, para él, completamente alejada.

Durante el canto del balcón en el segundo acto, los pensamientos del doctor estaban tan lejos de la piedra de luna como sin duda lo estaban los del cantante. De hecho, había comenzado a sentir la euforia de liberarse de las personalidades, de ser liberado tanto de su propio pasado como del de thea kronborg. Era mucho, se dijo a sí mismo, como un funeral militar, exaltante e impersonal. Algo viejo murió en uno, y de él nació algo nuevo. Durante el dúo con ortrude, y los esplendores de la procesión nupcial, este nuevo sentimiento creció y creció. Al final del acto hubo muchos llamados a telón y elsa los reconoció, brillante, graciosa, enérgica, con su sonrisa lejana; pero en general era más dura y más autosuficiente ante la cortina que en la escena detrás de ella. Archie hizo su parte en el aplauso que la recibió, pero fue el nuevo y maravilloso lo que aplaudió, no el viejo y querido. Su orgullo personal y propietario por ella se había congelado.

Caminó por la casa durante el entr'acte, y aquí y allá, entre la gente del vestíbulo, oyó el nombre de "kronborg". En la escalera, frente a la cafetería, un joven de pelo largo y rostro gordo le hablaba a un grupo de ancianas sobre "die kronborg". Dr. Archie dedujo que había cruzado en el barco con ella.

Después de que terminó la actuación, archie tomó un taxi y se dirigió a la orilla del río. Tenía la intención de llevarlo a cabo esta noche. Cuando entró en el vestíbulo de recepción del hotel por el que había paseado esa mañana, el portero lo desafió. Dijo que estaba esperando a la señorita kronborg. El portero lo miró con recelo y le preguntó si tenía cita. Respondió descaradamente que sí. No estaba acostumbrado a que lo interrogaran los chicos del pasillo. Archie se sentó primero en una silla tapizada y luego en otra, sin perder de vista a las personas que entraban y subían por los ascensores. Caminó y miró su reloj. Una hora arrastrada. Nadie había entrado desde la calle desde hacía unos veinte minutos, cuando entraron dos mujeres, cargando muchas flores y seguidas por un joven alto con uniforme de chófer. Archie avanzó hacia la más alta de las dos mujeres, que estaba velada y llevaba la cabeza con mucha firmeza. La confrontó justo cuando llegaba al ascensor. Aunque él no se interpuso directamente en su camino, algo en su actitud la obligó a detenerse. Ella le dirigió una mirada desafiante y penetrante a través del pañuelo blanco que le cubría la cara. Luego levantó la mano y se apartó el pañuelo de la cabeza. Todavía había negro en sus cejas y pestañas. Estaba muy pálida y su rostro estaba demacrado y profundamente arrugado. Miraba, se dijo el médico con el corazón hundido, cuarenta años. Su mirada sospechosa y desconcertada se aclaró lentamente.

"perdóname", murmuró el médico, sin saber muy bien cómo dirigirse a ella aquí ante los porteadores, "vine de la ópera. Sólo quería darte las buenas noches".

Sin hablar, aún con expresión de incredulidad, lo empujó hacia el ascensor. Mantuvo su mano en su brazo mientras la jaula se disparaba, y apartó la mirada de él, frunciendo el ceño, como si estuviera tratando de recordar o darse cuenta de algo. Cuando la jaula se detuvo, lo empujó fuera del ascensor a través de otra puerta, que abrió una doncella, hacia un pasillo cuadrado. Allí se hundió en una silla y lo miró.

"¿por qué no me lo hiciste saber?" preguntó con voz ronca.

Archie se escuchó a sí mismo reír con la vieja risa avergonzada que rara vez le ocurría ahora. "oh, quería arriesgarme contigo, como cualquier otra persona. ¡ha pasado tanto tiempo, ahora!"

Ella tomó su mano a través de su grueso guante y su cabeza se inclinó hacia adelante. "sí, ha pasado mucho tiempo", dijo con la misma voz ronca, "y han pasado tantas cosas".

"y usted está tan cansado, y yo soy un viejo torpe para interrumpirlo esta noche", agregó el doctor con simpatía. "perdóname, esta vez." se inclinó y puso su mano en su hombro con dulzura. Sintió un fuerte escalofrío recorrerla de la cabeza a los pies.

Todavía envuelta en su abrigo de piel como estaba, lo abrazó con ambos brazos y lo abrazó. "oh, dr. Archie, dr. Archie" - ella lo sacudió, - "no me dejes ir. Espera, ahora estás aquí", se rió, separándose de él en el mismo momento y deslizándose hacia afuera. De su abrigo de piel. Lo dejó para que lo recogiera la criada y empujó al médico al salón, donde encendió las luces. "déjame mirarte. Sí; manos, pies, cabeza, hombros, de todos modos. No has envejecido. No puedes decir tanto de mí, ¿verdad?"

Estaba de pie en medio de la habitación, con una camisola de seda blanca y una falda corta de terciopelo negro, lo que de alguna manera sugería que le habían "cortado las enaguas por todos lados". Parecía claramente recortada y depilada. Su cabello estaba dividido en el medio y muy cerca de su cabeza, ya que lo había usado debajo de la peluca. Parecía un fugitivo, que se había escapado de algo en ropa atrapado en peligro. Brilló a través del dr. Archie que estaba huyendo de la otra mujer en el teatro de la ópera, que la había utilizado con dificultad.

Dio un paso hacia ella. "no puedo decir nada en el mundo sobre ti, thea, si aún puedo llamarte así".

Ella agarró el cuello de su abrigo. "sí, llámame así. Sí: me gusta escucharlo. Me asustas un poco, pero espero que te asuste más. Siempre soy un espantapájaros después de cantar una parte larga como esa, también muy alto". Distraídamente sacó el pañuelo que sobresalía del bolsillo de su pecho y comenzó a limpiarse la pintura negra de sus cejas y pestañas. "no puedo llevarte mucho esta noche, pero debo verte por un rato". Ella lo empujó a una silla. Mañana seré más reconocible. No debes pensar en mí como me ves esta noche. Ven a las cuatro de la tarde y toma el té conmigo. ¿puedes? Eso está bien.

Se sentó en una silla baja a su lado y se inclinó hacia adelante, juntando los hombros. Le parecía inapropiadamente joven y inapropiadamente vieja, despojada de sus largos cabellos en un extremo y de sus largas túnicas en el otro.

"¿cómo es que estás aquí?" preguntó ella abruptamente. "¿cómo puedes dejar una mina de plata? ¡no podría! ¿seguro que nadie te engañará? Pero mañana puedes explicarlo todo". Ella hizo una pausa. "¿recuerdas cómo me cosiste en una cataplasma una vez? Ojalá pudieras esta noche. Necesito una cataplasma, de la cabeza a los pies. Algo muy desagradable sucedió allí abajo. ¿dijiste que estabas al frente? Oh, no". No digo nada al respecto. Siempre sé exactamente cómo va, desafortunadamente. Estaba podrido en el balcón. Nunca lo entiendo. ¿no lo notó? Probablemente no, pero lo hice ".

Aquí apareció la doncella en la puerta y su ama se levantó. "¿mi cena? Muy bien, iré. Le pediría que se quedara, doctor, pero no habría suficiente para dos. Rara vez envían lo suficiente para uno" - dijo con amargura. "todavía no tengo una idea de ti" - volviéndose directamente a archie de nuevo. "no has estado aquí. Solo te has anunciado y me has dicho que vendrás mañana. Tampoco me has visto. Este no soy yo. Pero estaré aquí esperando que ... Mañana, todas mis obras! Buenas noches, hasta entonces ". Le dio una palmadita distraída en la manga y le dio un pequeño empujón hacia la puerta.

V

Cuando archie regresó a su hotel a las dos de la mañana, encontró la tarjeta de fred ottenburg debajo de su puerta, con un mensaje escrito en la parte superior: "cuando entre, por favor llame a la habitación 811, este hotel". Un momento después, la voz de fred le llegó por teléfono.

"¿eres tú, archie? ¿no vas a subir? Estoy cenando y quiero compañía. ¿tarde? ¿qué importa? No te entretendré mucho".

Archie se quitó el abrigo y se dirigió a la habitación 811. Encontró a ottenburg en el momento de tocar una cerilla contra un frotador, en una mesa para dos en su sala de estar. "estoy sirviendo comida aquí", anunció alegremente. "dejé que el camarero se fuera a la medianoche, después de que me tendió una trampa. Tendrás que rendir cuentas por ti mismo, archie".

Rió el doctor, señalando tres vinotecas debajo de la mesa. "¿estás esperando invitados?"

"si, dos." ottenburg levantó dos dedos, - "tú y mi yo superior. Él es un chico sediento, y no lo invito a menudo. Se sabe que me da dolor de cabeza. Ahora, ¿dónde has estado, archie, hasta esto? Hora impactante? "

"bah, has estado bromeando!" exclamó el médico, sacando sus guantes blancos mientras buscaba su pañuelo y tirándolos en una silla. Ottenburg vestía ropa de noche y zapatos de vestir muy puntiagudos. Su chaleco blanco, sobre el que el médico había fijado una mirada desafiante, le bajaba directamente del botón superior y vestía una camelia. Estaba brillantemente cepillado, recortado y pulido. Su excitación, suavemente controlada, era completamente diferente de su habitual cordialidad, aunque tenía su rostro, así como su figura, bien controlados. Sobre la mesa de servicio había una pinta de champán vacía y una copa. Había estado tomando un pequeño arranque, se dijo el médico, y probablemente estaría funcionando a toda velocidad antes de terminar. Incluso ahora había un aire de velocidad a su alrededor.

"¿has estado, freddy?" - el doctor finalmente tomó su pregunta. "supongo que he estado exactamente donde tú. ¿por qué no me dijiste que ibas?"

"no lo estaba, archie." fred levantó la tapa del chafingdish y removió el contenido. Se paró detrás de la mesa, sosteniendo la tapa con su pañuelo. "nunca había pensado en algo así. Pero landry, un chico joven que toca sus acompañamientos y que está atento a mí, me telegrafió que madame rheinecker se había ido a atlantic city con un problema de garganta y que podría tener una oportunidad para cantar a elsa. Ella lo ha cantado solo dos veces aquí antes, y me lo perdí en dresde. Así que entré. Llegué a las cuatro esta tarde y te vi inscrito, pero pensé que no iba a entrometerme. Qué suerte tienes llegó justo cuando ella venía para esto. No podría haber tenido un mejor momento ". Ottenburg agitó el contenido del plato más rápido y echó más jerez. "¿y dónde has estado desde las doce, puedo preguntar?"

Archie parecía bastante cohibido, mientras se sentaba en una frágil silla dorada que se mecía debajo de él, y estiraba sus largas piernas. "bueno, si me creen, tuve la brutalidad de ir a verla. Quería identificarla. No podía esperar".

Ottenburg colocó rápidamente la tapa sobre el frotador y dio un paso hacia atrás. "¿lo hiciste, viejo amigo? ¡mi palabra! Nadie más que los valientes merecen la feria. Bueno" - se agachó para girar el vino - "¿y cómo estuvo ella?"

"parecía bastante aturdida y bastante agotada. Parecía decepcionada de sí misma y dijo que no se había hecho justicia en la escena del balcón".

"bueno, si no lo hizo, no es la primera. Cosas horribles para cantar allí mismo; se encuentra en el 'descanso' de la voz". Fred sacó una botella del hielo y sacó el corcho. Levantando su copa miró significativamente a archie. "usted sabe quién, doctor. ¡aquí va!" bebió de su vaso con un suspiro de satisfacción. Después de apagar la lámpara bajo el frotador, permaneció de pie, mirando pensativo la comida en la mesa. "bueno, ¡ella lo logró! Como patrocinadora, eres un ganador, archie. Te felicito". Fred se sirvió otro vaso. "ahora debes comer algo, y yo también. Aquí, sal de esa jaula de pájaros y busca una silla estable. Esto debería ser bastante bueno; sugerencia del jefe de camareros. Huele bien". Se inclinó sobre la freidora y empezó a servir el contenido. "perfectamente inocuo: champiñones y trufas y un poco de carne de cangrejo. Y ahora, a nivel, archie, ¿cómo te pegó?"

Archie dirigió una sonrisa franca a su amigo y negó con la cabeza. "todo estaba a millas más allá de mí, por supuesto, pero me dio pulso. La emoción general se apoderó de mí, supongo. Me gusta tu vino, freddy". Dejó su vaso. "va al lugar esta noche. ¿ella estaba bien, entonces? ¿no te decepcionó?"

"¿desilusionado? Mi querido archie, esa es la voz aguda con la que soñamos; tan pura y, sin embargo, tan viril y humana. Esa combinación casi nunca ocurre con las sopranos". Ottenburg se sentó y se volvió hacia el médico, hablando con calma y tratando de disipar el manifiesto desconcierto de su amigo. "ves, archie, está la voz en sí, tan hermosa e individual, y luego hay algo más; la cosa en ella que responde a cada tono de pensamiento y sentimiento, de manera espontánea, casi inconsciente. Ese color tiene que nacer en un cantante , no se puede adquirir; muchas voces hermosas no tienen un vestigio. Es casi como otro regalo, el más raro de todos. La voz simplemente es la mente y es el corazón. No puede fallar en la interpretación , porque tiene lo que hace toda interpretación. Por eso te sientes tan seguro de ella. Después de haberla escuchado durante una hora más o menos, no tienes miedo de nada. Todas las pequeñas rastas que tienes con otros artistas desaparecen, te inclinas hacia atrás y te dices a ti mismo: 'no, esa voz nunca te traicionará'. Treulich gefuhrt, treulich bewacht ".

Archie miró con envidia el rostro emocionado y triunfante de fred. Qué satisfactorio debe ser, pensó, saber realmente lo que estaba haciendo y no tener que aceptarlo de oídas. Tomó su copa con un suspiro. "parece que necesito un buen rato para refrescarme esta noche. Me olvidaría de la fiesta de reforma por una vez.

"sí, fred", prosiguió con seriedad; "pensé que sonaba muy hermoso, y pensé que ella también era muy hermosa. Nunca imaginé que pudiera ser tan hermosa".

"¿no era ella? Cada actitud era una imagen, y siempre el tipo correcto de imagen, llena de esa cosa legendaria y sobrenatural en la que se mete. Nunca escuché la oración cantada así antes. Esa mirada que apareció en sus ojos; salió por la parte de atrás del tejado. Por supuesto, tienes una elsa que puede mirar a través de las paredes de esa manera, y las visiones y los caballeros del grial suceden naturalmente. Ella se convierte en abadesa, esa chica, después de que lohengrin la deja. Vive con ideas y entusiasmo, no con un marido ". Fred se cruzó de brazos, se reclinó en su silla y comenzó a cantar suavemente:

"ein ritter nahte da".

"¿no muere, entonces, al final?" preguntó el médico con cautela.

Fred sonrió, buscando debajo de la mesa. "algunas elsas lo hacen; ella no lo hizo. Me dejó con la clara impresión de que estaba comenzando. Ahora, doctor, aquí hay una fría". Giró suavemente una servilleta sobre el cristal verde, el corcho cedió y se deslizó con una suave explosión. "y ahora debemos hacer otro brindis. Esta vez depende de ti".

El médico observó la agitación en su vaso. "lo mismo", dijo sin levantar los ojos. "eso es lo suficientemente bueno. No puedo criarte".

Fred se inclinó hacia delante y lo miró fijamente a la cara. "ese es el punto; ¿cómo pudiste criarme? ¡una vez más!"

"una vez más, ¡y siempre igual!" el médico dejó su vaso. "esto no parece producirme ningún síntoma esta noche". Encendió un puro. "en serio, freddy, desearía saber más sobre a qué se dirige. Me pone celoso, cuando tú estás tan metido y yo no".

"¿en eso?" fred comenzó. "dios mío, ¿no la has visto esta noche bendita? - cuando hubiera pateado a cualquier otro hombre por el hueco del ascensor, si la conociera. Déjame algo; al menos por lo que puedo pagar mis cinco dólares".

"me parece que obtienes un buen trato por tus cinco dólares", dijo archie con pesar. "y eso, después de todo, es lo que le importa, lo que la gente recibe".

Fred encendió un cigarrillo, dio una o dos caladas y luego lo tiró. Estaba recostado en su silla, y su rostro estaba pálido y tenso por ese humor de intensa concentración que acecha bajo las soleadas aguas poco profundas del viñedo. En su voz había una perspectiva más larga de lo habitual, una leve lejanía. "verás, archie, todo es muy simple, un desarrollo natural. Es exactamente lo que dijo mahler al principio, cuando cantaba woglinde. Es la idea, la idea básica, palpitando detrás de cada compás que canta. Simplifica un personaje hasta la idea musical sobre la que se basa, y hace que todo se ajuste a eso. Las personas que hablan de que ella es una gran actriz no parecen entender de dónde saca la idea. Todo se remonta a su dotación original, su tremendo talento musical.en lugar de inventar muchos negocios y expedientes para sugerir carácter, ella conoce la cosa en la raíz y deja que el patrón musical la cuide.la partitura la vierte en todas esas hermosas posturas, hace que la luz y la sombra pasa por su rostro, la levanta y la deja caer. Ella se acuesta sobre ella, como solía acostarse en la música del rin. ¡habla de ritmo! "

El doctor frunció el ceño dubitativo cuando un tercer frasco apareció sobre la tela. "¿no vas a entrar bastante fuerte?"

Fred se rió. "no, me estoy volviendo demasiado sobrio. Verás, esto es desayuno ahora; una especie de desayuno de boda. Me siento un poco nupcial. No me importa. Ya sabes", continuó mientras el vino borboteaba, "estaba pensando esta noche, cuando lanzaron la música de la boda, cómo cualquier tonto puede tener esas cosas sobre él cuando camina por el pasillo con una pequeña traviesa con cara de pasta que lo ha enganchado. Pero no todos los tipos pueden ver ... Bueno, lo que vimos esta noche. Hay compensaciones en la vida, dr. Howard archie, aunque vienen disfrazadas. ¿la notaste cuando bajó las escaleras? ¿me pregunto de dónde saca esa mirada de estrella brillante y matutina? Fila del círculo familiar. Me moví por toda la casa. Te diré un secreto, archie: que llevar el poder fue una de las primeras cosas que me pusieron sabio. Lo noté allí en arizona, al aire libre. , dije, pertenece solo a los grandes ". Fred se levantó y comenzó a moverse rítmicamente por la habitación, con las manos en los bolsillos. El médico se asombró de su tranquilidad y firmeza, pues había ligeros lapsos en su habla. "verás, archie, elsa no es una parte que se adapte particularmente a la voz de thea en absoluto, como veo su voz. Es demasiado lírica para ella. Lo hace, pero no hay nada en ella que le quede como un guante, excepto, tal vez, ese largo dueto en el tercer acto. Ahí, por supuesto, "- extendió las manos como si estuviera midiendo algo -" sabemos exactamente dónde estamos. Pero espere hasta que le den la oportunidad de hacer algo. Eso reside correctamente en su voz, y me verás más rosada de lo que estoy esta noche ".

Archie alisó el mantel con la mano. "estoy seguro de que no quiero verte más optimista, fred".

Ottenburg echó la cabeza hacia atrás y se rió. "es entusiasmo, doctor. No es el vino. Tengo tanto inflado como esto para una docena de cosas basura: cenas de cerveceros y orgías políticas.

Tú también tienes tus extravagancias, archie. Y lo que más me gusta de ti es este entusiasmo particular, que no es en absoluto práctico ni sensato, que es francamente quijotesco. No eres del todo lo que pareces, y tienes tus reservas. Viviendo entre los lobos, no te has convertido en uno. Lupibus vivendi non lupus sum. "

El doctor pareció avergonzado. "estaba pensando en lo cansada que se veía, arrancada de todas sus finas plumas, mientras nos divertimos mucho. En lugar de sentarnos aquí de juerga, deberíamos irnos solemnemente a la cama".

"entiendo tu idea." ottenburg se acercó a la ventana y la abrió. "buena noche afuera; una bruja de luna que se está poniendo. Empieza a oler a mañana. Despúes de todo, archie, piensa en las horas solitarias y bastante solemnes que pasamos esperando todo esto, mientras ella ha estado ... Jolgándose".

Archie arqueó las cejas. "de alguna manera no tuve la idea esta noche de que ella se deleita mucho".

"no me refiero a este tipo de cosas." fred se volvió hacia la luz y se quedó de espaldas a la ventana. "eso", con un gesto hacia el enfriador de vino, "es sólo una imitación barata, que cualquier pobre tonto de dedos rígidos puede comprar y sentir que su caparazón se adelgaza. Por mucho que le parezca conveniente mentir al respecto, el verdadero, el maestro deleite es suyo ". Se reclinó contra el alféizar de la ventana y se cruzó de brazos. "cualquiera con toda esa voz y todo ese talento y toda esa belleza, tiene su hora. Su hora", prosiguió deliberadamente, "cuando ella puede decir, 'ahí está, por fin, wie im traum ich. Como en mi sueño lo soñé, como en mi testamento fue '".

Se quedó en silencio un momento, retorciendo la flor de su abrigo por el tallo y mirando la pared en blanco con demacrada abstracción. "hasta yo puedo decir esta noche, archie", dijo

lentamente, "como en mi sueño lo soñé, como en mi testamento".
Ahora, doctor, puede dejarme. Estoy maravillosamente borracho,
pero no con nada que haya crecido en francia ".

El doctor se levantó. Fred arrojó su flor por la ventana detrás de
él y se acercó a la puerta. "digo", llamó, "¿tienes una cita con
alguien?"

El doctor hizo una pausa, su mano en el pomo. "¿con thea,
quieres decir? Sí. Voy a ir a verla a las cuatro esta tarde, si no me
has paralizado".

"bueno, no me comerás, ¿verdad, si entro y envío mi tarjeta?
Probablemente me rechazará, pero eso no herirá mis
sentimientos. Si me esquiva, dile por yo, que para fastidiarme
ahora tendría que cortar más de lo que puede gastar. Buenas
noches, archie.

Vi

Era tarde en la mañana después de la noche que cantó elsa,
cuando thea kronborg se agitó inquieta en su cama. La
habitación estaba oscurecida por dos juegos de persianas, y
afuera el día era espeso y nublado. Se volvió y trató de recuperar
la inconsciencia, sabiendo que no sería capaz de hacerlo. Temía
despertarse rancia y decepcionada después de un gran esfuerzo.
Lo primero que venía era siempre la sensación de la futilidad de
tal esfuerzo y de lo absurdo de esforzarse demasiado. Hasta
cierto punto, digamos ochenta grados, el esfuerzo artístico puede
ser gordo y cómodo, metódico y prudente. Pero si iba más allá, si
se elevaba hacia los noventa grados, se separaba de sus defensas
y quedaba expuesto a la desgracia. La leyenda decía que en esos

tramos superiores podrías ser divino; pero es mucho más probable que seas ridículo. Su público quería unos ochenta grados; si le diste más se sonaba la nariz y te ponía un nudo. Por la mañana, especialmente, le parecía muy probable que todo lo que luchaba por encima del buen promedio no era del todo correcto. Ciertamente, muy poco de ese ardor superfluo, que costaba tanto, cruzó las candilejas. Estos recelos esperaban para abalanzarse sobre ella cuando se despertara. Revoloteaban alrededor de su cama como buitres.

Buscó debajo de la almohada su pañuelo, sin abrir los ojos. Tenía un recuerdo vago de que iba a haber algo inusual, que ese día tenía posibilidades más inquietantes de las que se tenían comúnmente. Había algo que temía; ¿qué era? Oh, sí, dr. Archie vendría a las cuatro.

Una realidad como la del dr. Archie, emergiendo del pasado, le recordaba a uno las decepciones y las pérdidas, una libertad que ya no existía: le recordaba las mañanas azules y doradas de hace mucho tiempo, cuando solía despertar con un estallido de alegría al recuperar su precioso yo y su precioso mundo; cuando nunca se acostaba sobre sus almohadas a las once en punto como algo que las olas habían arrastrado. Después de todo, ¿por qué había venido? Había pasado tanto tiempo y habían pasado tantas cosas. Las cosas que ella había perdido, las extrañaría con bastante facilidad. Lo que había ganado, apenas lo percibiría. Él, y todo lo que recordaba, vivía para ella como recuerdos. En el sueño, y en las horas de enfermedad o cansancio, volvía a ellos y los sostenía contra su corazón. Pero eran mejores como recuerdos. No tenían nada que ver con la lucha que constituía su vida real. Sentía tristemente que no era lo suficientemente flexible para ser la persona que su viejo amigo esperaba que fuera, la persona que ella misma deseaba estar con él.

Thea alcanzó el timbre y tocó dos veces, una señal a su doncella para que ordenara su desayuno. Se levantó, corrió hacia las cortinas de la ventana y abrió el grifo del baño, mirándose al espejo con aprensión al pasar. Su baño solía animarla, incluso en mañanas bajas como esta. Su baño blanco, casi tan grande como su dormitorio, lo consideraba un refugio. Cuando giró la llave detrás de ella, dejó la preocupación y la irritación al otro lado de la puerta. Ni su criada, ni la gerencia, ni sus cartas, ni su acompañante podían alcanzarla ahora.

Cuando se prendió las trenzas alrededor de la cabeza, se dejó caer el camisón y salió para comenzar sus movimientos suecos, volvió a ser una criatura natural, y fue para que se gustara más a sí misma. Ella se deslizó en la bañera con anticipación y chapoteó y dio vueltas por un buen rato. Cualquier otra cosa que se apurara, nunca apresuró su baño. Usaba sus cepillos, esponjas y jabones como juguetes, jugando de manera justa en el agua. Su propio cuerpo siempre fue un espectáculo para ella. Cuando estaba preocupada, cuando su mente se sentía vieja y cansada, la frescura de su yo físico, sus líneas largas y firmes, la tersura de su piel, la tranquilizaban. Esta mañana, debido a los recuerdos despertados, se miró a sí misma con más atención que de costumbre, y no se desanimó. Mientras estaba en la bañera, empezó a silbar suavemente el aria tenor, "¡ah! Fuyez, douce image", de alguna manera apropiada para el baño. Después de un momento ruidoso bajo la ducha fría, salió a la alfombra sonrojada y resplandeciente, echó los brazos por encima de la cabeza y se puso de puntillas, manteniendo la elevación el mayor tiempo posible. Cuando se dejó caer sobre sus talones y empezó a frotarse con las toallas, retomó el aria y se sintió muy de humor por ver al dr. Archie. Después de regresar a su cama, la criada le trajo las cartas y los periódicos de la mañana con el desayuno.

"llame al señor landry y pregúntele si puede venir a las tres y media, theresa, y pedir que le traigan el té a las cinco".

Cuando howard archie fue admitido en el apartamento de thea esa tarde, lo llevaron a la sala de música en la parte trasera de la pequeña sala de recepción. Thea estaba sentada en un diván detrás del piano, hablando con un joven a quien más tarde presentó como su amigo el sr. Landry. Cuando se levantó y fue a su encuentro, archie sintió un profundo alivio, un repentino agradecimiento. Ya no parecía recortada y depilada, ni aturdida y huyendo.

Dr. Archie se olvidó de tener en cuenta al joven al que fue presentado. Mantuvo las manos de thea y la sostuvo donde la conoció, contemplando el ligero y vivo peinado de su cabello, sus claros ojos verdes y su garganta que brotaba fuerte y deslumbrantemente blanca de su vestido de terciopelo verde. La barbilla estaba tan hermosa como siempre, las mejillas tan suaves. Todas las líneas de la noche anterior habían desaparecido. Sólo en las esquinas exteriores de sus ojos, entre el ojo y la sien, había los indicios más débiles de un futuro ataque, meros rasguños de un gatito que insinuaban juguetonamente dónde algún día el gato la arañaría. La estudió sin ninguna vergüenza. La noche anterior todo había sido incómodo; pero ahora, mientras le tomaba las manos, se produjo una especie de armonía entre ellos, un restablecimiento de la confianza.

"después de todo, thea ... A pesar de todo, todavía te conozco", murmuró.

Ella lo tomó del brazo y lo condujo hacia el joven que estaba de pie junto al piano. "el sr. Landry lo sabe todo sobre usted, dr. Archie. Él lo conoce desde hace muchos años". Mientras los dos hombres se daban la mano, ella se interpuso entre ellos, uniéndolos con su presencia y sus miradas. "cuando fui por primera vez a alemania, landry estaba estudiando allí. Solía ser lo suficientemente bueno para trabajar conmigo cuando yo no podía permitirme tener un acompañante por más de dos horas al día. Empezamos a trabajar juntos. También es cantante y tiene su propia carrera que cuidar, pero aún así se las arregla para darme algo de tiempo. Quiero que sean amigos ". Ella sonrió de uno a otro.

Archie advirtió que las habitaciones, llenas de flores de anoche, estaban amuebladas con colores claros, la desolación de hotel de ellos un poco suavizada por un magnífico piano steinway, estanterías blancas llenas de libros y partituras, algunos dibujos de bailarines de ballet y el muy profundo sofá detrás del piano.

"por supuesto", preguntó archie en tono de disculpa, "¿has visto los papeles?"

"muy cordiales, ¿no? Evidentemente no esperaban tanto como yo. Elsa no está realmente en mi voz. Puedo cantar la música, pero tengo que ir tras ella".

"eso es exactamente", dijo el médico audazmente, "lo que dijo fred ottenburg esta mañana".

Se habían quedado los tres junto al piano, donde la luz gris de la tarde era más fuerte. Thea se volvió hacia el médico con interés. "¿fred está en la ciudad? Eran de él, entonces, unas flores que llegaron anoche sin tarjeta". Señaló las lilas blancas del alféizar de la ventana. "sí, él lo sabría, ciertamente", dijo pensativa. "¿por qué no nos sentamos? Habrá un poco de té para ti en un minuto, landry. Él depende mucho de él", dijo con desaprobación a archie. "ahora dígame, doctor, ¿realmente lo pasó bien anoche, o estaba incómodo? ¿se sintió como si estuviera tratando de sujetar el sombrero por las cejas?"

Él sonrió. "tuve todo tipo de momentos. Pero no tenía ese sentimiento. No podía estar muy seguro de que eras tú. Por eso vine aquí anoche. Sentí como si hubiera perdido tú."

Ella se inclinó hacia él y le acarició la manga para tranquilizarla. "¿entonces no te di la impresión de una lucha dolorosa? Landry estaba cantando en weber and field's anoche. No entró hasta que la actuación terminó a la mitad. Pero veo que el tribuno sintió que estaba trabajando bastante duro. ¿viste ese aviso, oliver? "

Dr. Archie miró de cerca al joven pelirrojo por primera vez y se encontró con sus vivaces ojos castaños, llenos de una especie de humor divertido y confiado. Señor. Landry no era atractivo. Era demasiado pequeño y de complexión torpe, con la cara enrojecida y brillante y una nariz pequeña y afilada que parecía haber sido tallada en madera y siempre estaba en el aire, oliendo algo. Sin embargo, era este curioso y pequeño pico, con sus ojos, lo que convertía su rostro en algo parecido a un rostro. Desde la distancia parecía el repartidor del supermercado en una pequeña ciudad. Su vestido parecía un reconocimiento de lo grotesco: un abrigo corto, como la rotonda de un niño pequeño, y un chaleco fantásticamente adornado con ramitas y puntos sobre una camisa lavanda.

Ante el sonido de un zumbido ahogado, el sr. Landry saltó.

"¿puedo contestar el teléfono por usted?" se acercó al escritorio y cogió el auricular. "el señor ottenburg está abajo", dijo, volviéndose hacia thea y sosteniendo el micrófono contra su abrigo.

"dile que suba", respondió ella sin dudarlo. "¿cuánto tiempo vas a estar en la ciudad, dr. Archie?"

"oh, varias semanas, si me dejas quedarme. No me quedaré y seré una carga para ti, pero quiero tratar de educarme para ti, aunque espero que sea tarde para comenzar".

Thea se levantó y le tocó ligeramente en el hombro. "bueno, nunca serás más joven, ¿verdad?"

"no estoy tan seguro de eso", respondió galantemente el médico.

La criada apareció en la puerta y anunció el sr. Frederick ottenburg. Fred entró, se levantó mucho, reflexionó el médico, mientras lo veía inclinarse sobre la mano de thea. Todavía estaba pálido y parecía algo castigado, y el mechón de cabello que le caía sobre la frente estaba claramente húmedo. Pero su chaqueta negra de tarde, su corbata gris y polainas eran de una corrección que el dr. Archie nunca pudo lograrlo con todos los esfuerzos de su fiel esclavo, van deusen, el mercero de denver. Para estar a la altura de esos trucos, supuso el médico, había que aprenderlos joven. Si tuviera que comprar un sombrero de seda que fuera el gemelo de ottenburg, estaría desgreñado en una semana, y nunca podría llevarlo como fred sostenía el suyo.

Ottenburg había saludado a thea en alemán, y mientras ella respondía en el mismo idioma, archie se unió al sr. Landry en la ventana. "¿conoce al señor ottenburg, me dice?"

Señor. Los ojos de landry brillaron. "sí, lo sigo con regularidad cuando está en la ciudad. Lo haría, incluso si no me enviara esos maravillosos regalos de navidad: ¡media docena de vodka ruso!"

Thea les gritó, "ven, el señor ottenburg nos está llamando a todos. Aquí está el té".

La criada abrió la puerta y aparecieron dos camareros de la planta baja con bandejas tapadas. La mesa de té estaba en el salón. Thea sacó a ottenburg con ella y fue a inspeccionarlo. "¿dónde está el ron? ¡oh, sí, en esa cosa! Todo parece estar aquí, pero envíe algunas conservas de grosellas y queso crema para el señor ottenburg. Y en unos quince minutos, traiga unas tostadas frescas. Eso es todo, gracias. "

Durante los siguientes minutos hubo un ruido de tazas de té y respuestas sobre el azúcar. "landry siempre toma ron. Me alegro de que el resto de ustedes no. Estoy seguro de que es malo".

Thea sirvió el té de pie y terminó con él lo más rápido posible, como si fuera un refrigerio arrebatado entre trenes. La mesa de té y la pequeña habitación en la que se encontraba parecían estar fuera de escala con su paso largo, su largo alcance y la energía de sus movimientos. Dr. Archie, de pie junto a ella, se percató gratamente de la animación de su figura. Bajo el terciopelo que le pegaba, su cuerpo parecía independiente e indiferente.

Volvieron, con sus platos y tazas, a la sala de música. Cuando thea los siguió, ottenburg dejó su té de repente. "¿no estás tomando nada? Por favor déjame". Volvió a la mesa.

"no, gracias, nada. Voy a repasar ese aria por ti en este momento, para convencerte de que puedo hacerlo. ¿cómo fue el dueto, con schlag?"

Estaba parada en la puerta y fred se acercó a ella: "que nunca lo harás mejor. Has trabajado tu voz a la perfección. Cada matiz, ¡maravilloso!"

"¿eso creo?" ella lo miró de reojo y habló con cierta timidez áspera que no engañaba a nadie, ni tenía la intención de engañar. El tono era equivalente a "sigue así. Me gusta, pero me siento incómodo".

Fred la sujetó por la puerta y siguió así, furiosamente, durante cinco minutos completos. Ella lo tomó con algo de confusión, todo el tiempo parecía vacilar, ser detenida en su curso y tratar de adelantarlo. Pero en realidad no intentó pasar, y su color se intensificó. Fred habló en alemán, y archie captó de ella un ja? ¿entonces? Murmurando en lugar de hablado.

Cuando se reunieron con landry y el dr. Archie, fred tomó su té de nuevo. "veo que estás cantando venus el sábado por la noche. ¿nunca te dejarán tener una oportunidad con elizabeth?"

Ella se encogió de hombros. "no aquí. Hay tantos cantantes aquí, y nos ponen a prueba de una manera tan tacaña. Piensa en ello, el año pasado vine en octubre, ¡y era el primero de diciembre antes de continuar!" a menudo siento haberme ido de dresde ".

"aún", argumentó fred, "dresde es limitada".

"así es, y he comenzado a suspirar por esas mismas limitaciones. En nueva york todo es impersonal. Tu audiencia nunca conoce su propia mente, y su mente nunca es dos veces igual. Prefiero cantar donde la gente es cerdo -con cabeza y te tira zanahorias si no lo haces como a ellos les gusta. La casa aquí es espléndida y el público nocturno es emocionante. Odio las matinés; como cantar en un kaffeklatsch ". Se levantó y encendió las luces.

"¡ah!" fred exclamó: "¿por qué haces eso? Esa es una señal de que el té ha terminado". Se levantó y sacó sus guantes.

"en absoluto. ¿estarás aquí el sábado por la noche?" se sentó en el banco del piano y apoyó el codo en el teclado. "necker canta elizabeth. Haz que la dra. Archie se vaya. Todo lo que ella canta es digno de ser escuchado".

"pero está fallando. La última vez que la escuché no tenía voz. ¡es una pobre vocalista!"

Thea lo interrumpió. "ella es una gran artista, ya sea que tenga voz o no, y ella es la única aquí. Si quieres una voz grande, puedes tomar mi ortografía de anoche; eso es lo suficientemente grande y lo suficientemente vulgar".

Fred se rió y se alejó, esta vez con decisión. "¡no la quiero!" protestó enérgicamente. "solo quería hacerte sentir enojado. Me gusta bastante elizabeth de necker. También me gusta bastante tu venus".

"es una parte hermosa, y a menudo se canta terriblemente. Es muy difícil de cantar, por supuesto".

Ottenburg se inclinó sobre la mano que ella le tendió. "para un invitado no invitado, me ha ido muy bien. Fuiste amable en dejarme subir. Me habría cortado terriblemente si me hubieras enviado lejos. ¿puedo?" le besó la mano suavemente y retrocedió hacia la puerta, todavía sonriendo y prometiendo vigilar a archie. "no se puede confiar en él en absoluto, thea. Uno de los camareros de martin le echó una liebre de turismo en el almuerzo de ayer, durante las siete y veinticinco".

Thea rompió a reír, la profunda que reconoció. "¿tenía una cinta puesta, esta liebre? ¿lo trajeron en una jaula dorada?"

"no", dijo archie por sí mismo, "lo trajeron en salsa marrón, que estaba muy buena. No sabía muy diferente a cualquier conejo".

"probablemente vino de un carro de empuje en el lado este". Thea miró a su viejo amigo con lástima. "sí, mantén un ojo en él, fred. No tenía ni idea", sacudiendo la cabeza. "sí, te lo agradeceré."

"¡cuenta conmigo!" sus ojos se encontraron en una alegre sonrisa, y fred hizo una reverencia.

Vii

El sábado por la noche el dr. Archie fue con fred ottenburg a escuchar "tannhauser". Thea tuvo un ensayo el domingo por la tarde, pero como no estaba en el cartel de nuevo hasta el miércoles, prometió cenar con archie y ottenburg el lunes, si podían hacer la cena temprano.

Poco después de las ocho de la noche del lunes, los tres amigos regresaron al apartamento de thea y se sentaron para una hora de conversación tranquila.

"lamento que no pudiéramos haber tenido landry con nosotros esta noche", dijo thea, "pero ahora está en weber and fields todas las noches. Debería escucharlo, dr. Archie. Él a menudo canta los viejos aires escoceses. Que solías amar ".

"¿por qué no bajar esta noche?" fred sugirió esperanzado, mirando su reloj. "es decir, si quieres ir. Puedo telefonear y averiguar a qué hora viene".

Thea vaciló. "no, creo que no. Di una caminata larga esta tarde y estoy bastante cansado. Creo que puedo dormirme temprano y estar muy por delante. No me refiero a la vez, sin embargo", al ver al dr. La mirada decepcionada de archie. "siempre me gusta escuchar a landry", agregó. "nunca ha tenido mucha voz y está gastada, pero tiene una dulzura y canta con mucho gusto".

"sí, ¿no es así? ¿puedo?" fred sacó su pitillera. "¿realmente no te molesta la garganta?"

"un poco no lo hace. Pero el humo del cigarro sí. ¡pobre dr. Archie! ¿le parece bien uno de esos?"

"estoy aprendiendo a gustarme", declaró el médico, tomando uno del caso que le ofreció fred.

"landry es el único tipo que conozco en este país que puede hacer ese tipo de cosas", prosiguió fred. "como los mejores cantantes de baladas inglesas. Puede cantar incluso temas populares con luces más altas, por así decirlo".

Thea asintió. "sí; a veces lo hago cantar sus cosas más tontas para mí. Es relajante, ya que él lo hace. Ahí es cuando siento nostalgia, dr. Archie".

"lo conociste en alemania, thea?" dr. Archie había abandonado silenciosamente su cigarrillo como un artículo incómodo. "cuando fuiste por primera vez?"

"sí. Era un buen amigo de una chica verde. Me ayudó con mi alemán, mi música y mi desánimo general. Parecía preocuparse más por mi vida que por él mismo. Tampoco tenía dinero. Una tía mayor había le presté un poco para que estudiara. ¿podrías responder a eso, fred?

Fred tomó el teléfono y detuvo el zumbido mientras thea seguía hablando con el dr. Archie sobre landry. Diciéndole a alguien que sostuviera el cable, dejó el instrumento y se acercó a thea con una expresión de asombro en el rostro.

"es la gerencia", dijo en voz baja. "gloeckler se ha descompuesto: desmayos. Madame rheinecker está en atlantic city y schramm está cantando en filadelfia esta noche. Quieren saber si puedes bajar y terminar sieglinde".

"¿que hora es?"

"las ocho y cincuenta y cinco. El primer acto acaba de terminar. Pueden mantener el telón veinticinco minutos".

Thea no se movió. "veinticinco y treinta y cinco son sesenta", murmuró. "diles que iré si sujetan la cortina hasta que esté en el camerino. Diles que tendré que ponerme sus disfraces y que el tocador debe tener todo listo. Entonces llama un taxi, por favor".

Thea no había cambiado de posición desde que la interrumpió por primera vez, pero se había puesto pálida y estaba abriendo y cerrando las manos rápidamente. Ella miró, pensó fred, aterrorizada. Se volvió a medias hacia el teléfono, pero colgó de un pie.

"¿alguna vez has cantado la parte?" preguntó.

"no, pero lo he ensayado. Está bien. Toma el taxi." todavía ella no hizo ningún movimiento. Ella simplemente volvió los ojos perfectamente en blanco al dr. Archie y dijo distraídamente: "es curioso, pero en este momento no puedo recordar un compás de 'walkure' después del primer acto. Y dejé salir a mi doncella". Ella se levantó de un salto e hizo una seña a archie sin tanto, estaba seguro, como saber quién era. "ven conmigo." entró rápidamente en su dormitorio y abrió una puerta de un baúl. "¿ves ese baúl blanco? No está cerrado. Está lleno de pelucas, en cajas. Mira hasta que encuentres una marcada con 'anillo 2'. ¡tráelo rápido! " mientras lo dirigía, abrió un baúl cuadrado y empezó a tirar zapatos de todas las formas y colores.

Ottenburg apareció en la puerta. "¿puedo ayudarte?"

Le arrojó unas sandalias blancas con cordones largos y medias de seda prendidas. "pon eso en algo, y luego ve al piano y dame algunas medidas allí, ya sabes". Ahora se estaba comportando como un ciclón, y mientras abría los cajones y las puertas del armario de un tirón, ottenburg llegó al piano lo más rápido posible y comenzó a anunciar la reaparición de la pareja volsung, confiando en la memoria.

En unos momentos thea salió envuelta en su largo abrigo de piel con un pañuelo en la cabeza y guantes de lana de punto en sus manos. Sus ojos vidriosos captaron el hecho de que fred estaba jugando de memoria, e incluso en su estado distraído, una leve sonrisa se dibujó en sus labios incoloros. Ella extendió una mano lanuda, "la partitura, por favor. Detrás de ti, ahí".

Dr. Archie lo siguió con una caja de lona y una cartera. Mientras atravesaban el pasillo, los hombres recogieron sus sombreros y abrigos. Salieron de la sala de música, advirtió fred, sólo siete minutos después de recibir el mensaje telefónico. En el ascensor, dijo thea con ese ronco susurro que tanto había dejado perplejo al dr. Archie cuando lo escuchó por primera vez, "dígale al conductor que debe hacerlo en veinte minutos, menos si puede. Debe dejar la luz encendida en el taxi. Puedo hacer un buen trato en veinte minutos. Si no lo hubiera hecho me hizo comer, ¡maldito sea ese pato! Estalló amargamente; "¿por qué lo hiciste?"

"¡ojalá me lo devolviera! Pero no te molestará, esta noche. Necesitas fuerza", suplicó consolador.

Pero ella solo murmuró enojada en voz baja, "¡idiota, idiota!"

Ottenburg se adelantó e instruyó al conductor, mientras el médico metía a thea en la cabina y cerraba la puerta. No volvió a hablar con ninguno de los dos. Cuando el conductor se subió a su asiento, ella abrió la partitura y clavó los ojos en ella. Su rostro, a la luz blanca, parecía tan sombrío como una cantera de piedra.

Mientras su taxi se alejaba, ottenburg empujó a archie a un segundo taxi que esperaba junto a la acera. "será mejor que la sigamos", explicó. "podría haber algún tipo de atraco". Cuando el taxi zumbó, estalló en una erupción de blasfemias.

"¿qué te pasa, fred?" preguntó el doctor. Estaba bastante aturdido por las rápidas evoluciones de los últimos diez minutos.

"importa lo suficiente!" fred gruñó, abrochándose el abrigo con un escalofrío. "¡qué manera de cantar una parte por primera vez!

Ese pato realmente está en mi conciencia. ¡será una maravilla si puede hacer algo más que graznar! ¡luchando en medio de una actuación como esta, sin ensayo! Cosas en las que tiene que cantar hay un susto, ritmo, tono, e intervalos terriblemente difíciles ".

"parecía asustada", dijo el dr. Archie dijo pensativamente, "pero pensé que se veía determinada".

Fred resopló. "¡oh, decidida! Ese es el tipo de trato duro que convierte a los cantantes en salvajes. Aquí está una parte en la que ha trabajado y se preparó durante años, y ahora le dan la oportunidad de seguir adelante y matarla. Dios sabe cuando la mira la partitura al final, o si puede usar el negocio que ha estudiado con este elenco. Necker's singhilde; puede ayudarla, si no es una de sus noches dolorosas ".

"¿está dolorida en thea?" dr. Archie preguntó con asombro.

"querido amigo, a necker le duele todo. Está rompiendo; demasiado pronto; justo cuando debería estar en su mejor momento. Hay una historia de que está luchando contra una enfermedad grave, otra de que aprendió un mal método en el conservatorio de praga y ha arruinado su órgano. Es la cosa más dolorosa del mundo. Si pasa el invierno durante este invierno, será el último. Lo pagará con los últimos jirones de su voz. Y luego ... "fred silbó suavemente.

"bueno, ¿entonces qué?"

"entonces nuestra chica puede entrar por algo. Es perro come perro, en este juego como en cualquier otro".

El taxi se detuvo y fred y el dr. Archie se apresuró a llegar a la taquilla. La casa del lunes por la noche estaba agotada. Compraron espacio para estar de pie y entraron en el auditorio justo cuando el representante de prensa de la casa agradecía al público su paciencia y les decía que aunque madame gloeckler estaba demasiado enferma para cantar, la señorita kronborg había amablemente consentido en terminar su parte. Este anuncio fue recibido con vehementes aplausos de los círculos superiores de la casa.

"ella tiene sus - constituyentes", el dr. Archie murmuró.

Sí, allá arriba, donde son jóvenes y tienen hambre. Esta gente de aquí abajo ha cenado demasiado bien. Sin embargo, no les importará. Les gustan los incendios, los accidentes y las diversiones. Dos sieglindes son más inusuales que uno, así que ... Estarás satisfecho ".

Después de la desaparición definitiva de la madre de siegfried, ottenburg y el médico se abrieron paso entre la multitud y abandonaron la casa. Cerca de la entrada del escenario, fred encontró al conductor que había traído a thea. Lo despidió y consiguió un coche más grande. Él y archie esperaban en la acera, y cuando kronborg salió solo, la subieron al taxi y saltaron tras ella.

Thea se hundió en una esquina del asiento trasero y bostezó. "bueno, pasé, ¿eh?" su tono era tranquilizador. "en general, creo que les he dado a ustedes, caballeros, una velada muy animada, para alguien que no tiene logros sociales".

"más bien! Hubo algo así como un levantamiento popular al final del segundo acto. Archie y yo no pudimos seguir así mientras el resto de ellos lo hicieron. Un aullido como ese debería mostrar a la gerencia en qué dirección está el viento". Soplando. Probablemente sepas que eras magnífico. "

"pensé que había ido bastante bien", dijo con imparcialidad. "fui bastante inteligente para captar su ritmo allí, al comienzo del primer recitativo, cuando llegó demasiado pronto, ¿no crees? Es complicado allí, sin un ensayo. ¡oh, estaba bien! Esa síncopa demasiado rápido al principio. Algunos cantantes se lo toman rápido allí, creen que suena más apasionado. ¡esa es una forma! " ella resopló y fred lanzó una mirada alegre a archie. Su jactancia habría sido infantil en un colegial. A la luz de lo que había hecho, de la tensión que habían vivido durante las últimas dos horas, hacía reír, casi llorar. Prosiguió enérgicamente: "y realmente no sentí mi cena, fred. Tengo hambre otra vez, me da vergüenza decirlo, y olvidé pedir algo en mi hotel".

Fred puso su mano en la puerta. "¿a dónde? Debes tener comida".

"¿conoces algún lugar tranquilo donde no me miren? Todavía tengo maquillaje".

"sí. Bonito restaurante inglés en la calle cuarenta y cuatro. No hay nadie por la noche, salvo gente del teatro después del espectáculo y algunos solteros". Abrió la puerta y habló con el conductor.

Cuando el coche giró, thea se acercó al asiento delantero y dibujó al dr. El pañuelo de archie del bolsillo del pecho.

"esto me viene naturalmente", dijo, frotándose las mejillas y las cejas. "cuando era pequeño siempre me encantaron tus pañuelos porque eran de seda y olían a agua de colonia. Creo que deben haber sido los únicos pañuelos realmente limpios en piedra lunar. Siempre me limpiabas la cara con ellos, cuando me conociste en el polvo, lo recuerdo. ¿nunca tuve ninguno? "

"creo que casi siempre habías gastado el tuyo en tu hermano menor".

Thea suspiró. "sí, thor tenía tal manera de ensuciarse. ¿dices que es un buen chofer?" cerró los ojos por un momento como si estuvieran cansados. De repente miró hacia arriba. "¿no es gracioso, cómo viajamos en círculos? Aquí estás, todavía me limpia, y fred todavía me está dando de comer. Me habría muerto de hambre en esa pensión de la avenida indiana si no me hubiera llevado fuera a buckingham y me llenaba de vez en cuando. Qué caverna tenía que llenar también. Los camareros solían lucir asombrados. Todavía estoy cantando sobre esa comida ".

Fred se apeó y le dio el brazo a thea mientras cruzaban la acera helada. Los llevaron arriba en un ascensor anticuado y encontraron el alegre comedor medio lleno de cenas. Acababa de llegar una compañía inglesa que jugaba en el imperio. Los camareros, con chalecos rojos, se apresuraban. Fred consiguió una mesa al fondo de la habitación, en un rincón, e instó a su camarero a que sirviera las ostras de inmediato.

"tarda unos minutos en abrirlos, señor", protestó el hombre.

"sí, pero que sea lo menos posible, y primero trae la de la señora. Luego chuletas asadas con riñones y ensalada".

Thea comenzó a comer tallos de apio a la vez, desde la base hasta el follaje. "necker me dijo algo agradable esta noche. Es posible que haya pensado que la gerencia diría algo, pero no ellos". Miró a fred por debajo de sus pestañas ennegrecidas. "fue un truco, saltar y cantar ese segundo acto sin ensayar. No canta solo".

Ottenburg miraba sus ojos brillantes y su rostro. Era mucho más guapa de lo que había sido temprano en la noche. Esta clase de excitación la enriquecía. Pensó que sólo bajo tal excitación ella estaba completamente iluminada, o completamente presente. Otras veces había algo un poco frío y vacío, como una gran habitación sin gente. Incluso en sus estados de ánimo más afables había una sombra de inquietud, como si esperara algo y ejercitara la virtud de la paciencia. Durante la cena había sido tan amable como sabía ser, con él y con archie, y les había dado todo lo que podía de sí misma. Pero, claramente, solo conocía una forma de ser realmente amable, desde el fondo de su corazón; y había una sola forma en la que podía entregarse a la gente en gran medida y con alegría, de forma espontánea. Incluso de niña había estado en su mejor momento en vigoroso esfuerzo, recordó; esfuerzo físico, cuando no había otro a mano. Solo podía ser expansiva en explosiones. El viejo nathanmeyer lo había visto. En la primera canción que fred le había oído cantar, inconscientemente la había declarado.

Thea kronborg se apartó de repente de su conversación con archie y miró con recelo hacia el rincón donde ottenburg estaba sentada con los brazos cruzados, observándola. "¿qué te pasa, fred? Te tengo miedo cuando estás callado, por desgracia, casi nunca lo estás. ¿en qué estás pensando?"

"me preguntaba cómo lograste con la orquesta tan rápido, ahí al principio. Tuve un destello de terror", respondió fácilmente.

Ella atornilló su última ostra y agachó la cabeza. "¡yo también! No sé cómo lo atrapé. Desesperación, supongo; de la misma manera que los bebés indios nadan cuando los arrojan al río. Tuve que hacerlo. Ahora se acabó, me alegro de haberlo hecho". A. Aprendí mucho esta noche ".

Archie, que por lo general sentía que le convenía estar en silencio durante tales discusiones, se sintió alentada por su genialidad a aventurarse: "no veo cómo puedes aprender nada en semejante confusión; o cómo puedes concentrarte en ello, para esa materia."

Thea miró alrededor de la habitación y de repente se llevó la mano al cabello. "¡dios mío, no tengo sombrero! ¿por qué no me lo dijiste? ¡y parece que estoy usando un vestido de noche arrugado, con toda esta pintura en mi cara! Debo lucir como algo que recogiste en la segunda avenida. Espero que no haya reformadores de colorado por aquí, dr. Archie. ¡qué terrible pareja de ancianos debe estar pensando esta gente en usted! Bueno, tuve que comer ". Olió el sabor de la parrilla cuando el camarero la destapó. "sí, cerveza de barril, por favor. No, gracias, fred, nada de champán. Para volver a su pregunta, dr. Archie, puede creer que mantengo mi mente en ello. Ese es todo el truco, en lo que respecta al escenario". La experiencia va; manteniéndome ahí cada segundo. Si pienso en cualquier otra cosa por un instante, me voy, estoy acabado. Pero al mismo tiempo, uno puede asimilar las cosas, con otra parte de su cerebro, tal vez. Es diferente de lo que se obtiene en el estudio, más práctico y concluyente. Hay algunas cosas que se aprenden mejor en la calma y otras en la tormenta. Se aprende la entrega de una parte sólo ante una audiencia ".

"que el cielo nos ayude", jadeó ottenburg. "¡aunque no tenías hambre! Es hermoso verte comer".

"me alegro de que te guste. Por supuesto que tengo hambre. ¿te quedarás para 'rheingold' el viernes por la tarde?"

"mi querida thea" - fred encendió un cigarrillo - "ahora soy un hombre de negocios serio. Tengo que vender cerveza. Estoy en chicago el miércoles. Volvería para escucharte, pero fricka es no es una parte atractiva ".

"entonces nunca lo has escuchado bien hecho". Habló acaloradamente. "mujer alemana gorda regañando a su marido, ¿eh? Esa no es mi idea. Espera a escuchar mi fricka. Es una parte hermosa". Thea se inclinó sobre la mesa y tocó el brazo de archie. "¿recuerda, dra. Archie, cómo mi madre siempre usaba el cabello, con raya en el medio y bajo en el cuello por detrás, para que usted tuviera la forma de su cabeza y una frente blanca y tranquila? Yo uso la mía así por fricka. Un poco más de efecto corona, construido un poco más alto a los lados, pero la idea es la misma. Creo que lo notarás ". Se volvió hacia ottenburg con reproche: "es música noble, fred, desde el primer compás. No hay nada más hermoso que el wonniger hausrath. Es un tipo de música tan completo, fatídico. Por supuesto, fricka lo sabe", finalizó thea en voz baja.

Fred suspiró. Ahí, has estropeado mi itinerario. Ahora tendré que volver, por supuesto. Archie, será mejor que te ocupes de los asientos mañana.

"puedo conseguirle palcos en alguna parte. No conozco a nadie aquí, y nunca pido ninguno". Thea comenzó a buscar entre sus abrigos. "¡oh, qué gracioso! Solo tengo estos guantes cortos de lana, y sin mangas. Primero ponte mi abrigo. Esos ingleses no pueden distinguir de dónde sacaste a tu dama, ella está hecha de contradicciones". Se levantó riendo y hundió los brazos en el abrigo del dr. Archie sostuvo para ella. Mientras se acomodaba y se lo abrochaba bajo la barbilla, le dio una vieja señal con el párpado. "me gustaría cantar otra parte esta noche. Este es el tipo de velada que me gusta, cuando hay algo que hacer. Déjame ver: tengo que cantar en 'trovatore' el miércoles por la noche, y hay ensayos para el ' ring 'todos los días de esta semana.
Considérame muerto hasta el sábado, dr. Archie. Los invito a los dos a cenar conmigo el sábado por la noche, el día después de' rheingold '. Y fred debe irse temprano, porque quiero hablar contigo a solas. Llevas aquí casi una semana y no he tenido una palabra seria contigo. Tak por loco, fred, como dicen los noruegos.

Viii

El "anillo de los niebelungs" se iba a dar en el metropolitan
cuatro viernes por la tarde sucesivos. Después de la primera de
estas actuaciones, fred ottenburg se fue a casa con landry a tomar
el té. Landry fue uno de los pocos artistas públicos que poseen
bienes raíces en nueva york. Vivía en una casita de ladrillo de
tres pisos en jane street, en greenwich village, que le había
dejado la misma tía que pagó su educación musical.

Landry nació y pasó los primeros quince años de su vida en una
granja rocosa de connecticut, no lejos de cos cob. Su padre era
un hombre ignorante y violento, un granjero chapucero y un
marido brutal. La granja, ruinosa y húmeda, se encontraba en un
hueco junto a un estanque pantanoso. Oliver había trabajado
duro mientras vivía en casa, aunque nunca estaba limpio ni
caliente en invierno y tenía una comida horrible todo el año. Su
figura esbelta y seca, su laringe prominente y el peculiar color
rojo de su rostro y sus manos pertenecían al chico de las tareas
domésticas al que nunca había dejado atrás. Era como si la
granja, sabiendo que escaparía de ella tan pronto como pudiera,
hubiera dejado su marca en él profundamente. Cuando tenía
quince años, oliver se escapó y se fue a vivir con su tía católica,
en jane street, a quien su madre nunca le permitió visitar. El
sacerdote de st. La parroquia de joseph descubrió que tenía voz.

Landry sentía afecto por la casa de jane street, donde había
aprendido por primera vez lo que eran la limpieza, el orden y la
cortesía. Cuando murió su tía, hizo renovar el lugar, consiguió
un ama de llaves irlandés y vivió allí con una gran cantidad de
cosas hermosas que había reunido. Sus gastos de subsistencia
nunca fueron elevados, pero no pudo evitar comprar objetos
elegantes e inútiles. Era un coleccionista por la misma razón que
era católico, y era católico principalmente porque su padre solía
sentarse en la cocina y leer en voz alta a sus jornaleros las

"exposiciones" repugnantes de la iglesia romana, disfrutando igualmente de las horribles historias y la indignación a los sentimientos de su esposa.

Al principio landry compraba libros; luego alfombras, dibujos, porcelana. Tenía una hermosa colección de viejos fans franceses y españoles. Los guardaba en un escritorio que había traído de españa, pero siempre había algunos tirados en su salón.

Mientras landry y su invitado esperaban que les trajeran el té, ottenburg tomó uno de estos abanicos del bajo estante de mármol de la chimenea y lo abrió a la luz del fuego. Un lado estaba pintado con un cielo perlado y nubes flotantes. En el otro había un jardín formal donde una elegante pastora con máscara y cayado huía con tacones altos de un pastor vestido de satén.

"no deberías mantener estas cosas, así, oliver. El polvo de tu parrilla debe llegar a ellos".

"lo hace, pero consigo que los disfruten, no que los tengan. Es agradable mirarlos y jugar con ellos en momentos raros como este, cuando uno está esperando el té o algo".

Fred sonrió. La idea de landry tendido ante su fuego jugando con sus fans, le divertía. Señora. Mcginnis trajo el té y lo puso delante de la chimenea: tazas de té viejas que eran aterciopeladas al tacto y una jarra de crema plateada y barrigón de estilo georgiano temprano, que siempre se traía, aunque landry tomaba ron.

Fred bebió su té paseando, examinando el suntuoso escritorio de landry en la alcoba y el dibujo de boucher con tiza roja sobre la repisa de la chimenea. "no veo cómo puedes soportar este lugar sin una heroína. Me daría una sed rabiosa de galantería".

Landry se estaba sirviendo una segunda taza de té. "funciona al revés conmigo. Me consuela la falta de ella. Es lo suficientemente femenino como para ser agradable volver a hacerlo. ¿no más té? Entonces siéntate y juega para mí. Siempre juego para otras personas , y nunca tengo la oportunidad de sentarme aquí en silencio y escuchar ".

Ottenburg abrió el piano y comenzó a retumbar suavemente la oscura introducción a la ópera que acababan de escuchar. "¿eso servirá?" preguntó en broma. "parece que no puedo sacarlo de mi cabeza."

"¡oh, excelentemente! Thea me dijo que era maravilloso, la forma en que se pueden hacer partituras de wagner en el piano. Así que pocas personas pueden dar una idea de la música. Adelante, siempre que quiera. Yo también puedo fumar . " landry se acomodó en sus cojines y se abandonó a la situación de quien nunca se ha acostumbrado a la comodidad.

Ottenburg siguió jugando, como recordó. Ahora entendía por qué thea deseaba que la escuchara en "rheingold". Lo había tenido claro en cuanto fricka se levantó del sueño y miró hacia el mundo joven, estirando un brazo blanco hacia el nuevo gotterburg que brillaba en las alturas. "¡wotan! Gemahl! Erwache!" ella era puramente escandinava, esta fricka: "verano sueco"! Recordó al viejo sr. La frase de nathanmeyer. Había deseado que él la viera porque tenía una clase distinta de belleza para esta parte, una belleza brillante como la luz del atardecer en velas lejanas. Parecía adoptar el aspecto de la belleza inmortal, la juventud de las manzanas de oro, el cuerpo brillante y la mente brillante. Fricka había sido una esposa celosa para él durante tanto tiempo que había olvidado que ella se refería a la sabiduría antes que al orden doméstico y que, en cualquier caso, ella siempre fue una diosa. El fricka de esa tarde fue tan claro y soleado, tan noblemente concebido, que creó una atmósfera completa a su alrededor y redimió completamente de la pobreza la impotencia y la falta de escrúpulos de los dioses. Sus reproches a wotan eran los ruegos de una mente templada, un sentido constante de la belleza. En los largos silencios de su parte, su brillante presencia fue un complemento visible a la discusión de la orquesta. A medida que los temas que iban a ayudar a tejer el drama hasta su final llegaban por primera vez vagamente al oído, se veía su importancia y tendencia en el rostro de este dios de la visión más clara.

En la escena entre fricka y wotan, ottenburg se detuvo. "parece que no puedo conseguir las voces, ahí."

Landry se rió entre dientes. "no lo intentes. Lo sé lo suficientemente bien. Supongo que he pasado por eso con ella mil veces. Estaba jugando para ella casi todos los días cuando ella estaba trabajando en ello por primera vez. Cuando comienza con una parte, es difícil trabajar con: tan lento que pensarías que es estúpida si no la conocieras. Por supuesto que culpa de todo a su acompañante. A veces sigue así durante semanas. Esto sucedió. Seguía sacudiendo la cabeza y mirando y luciendo sombría. De una vez, consiguió su línea (por lo general viene de repente, después de períodos de no llegar a ninguna parte) y después de eso siguió cambiando y aclarando. A medida que trabajaba con su voz, se volvió más y más esa cualidad 'dorada' que la hace fricka tan diferente ".

Fred comenzó de nuevo el primer aria de fricka. "ciertamente es diferente. Es curioso cómo lo hace. Una idea tan hermosa, de una parte que siempre ha sido tan ingrata. Es una cosa encantadora, pero nunca fue tan hermosa como eso, de verdad. Nadie lo es". Repitió la frase más hermosa. "¿cómo se las arregla, landry? Has trabajado con ella".

Landry dio una calada cariñosa al último cigarrillo que pretendía permitirse antes de cantar. "oh, es una cuestión de una gran personalidad, y todo lo que la acompaña. Cerebro, por supuesto.

Imaginación, por supuesto. Pero lo importante es que nació llena de color, con una rica personalidad. Eso es un regalo de los dioses, como una nariz fina. Lo tienes, o no lo tienes. En contra, la inteligencia y la maestría musical y los hábitos de la industria no cuentan en absoluto. Los cantantes son una raza convencional. Cuando thea estudiaba en berlín las otras chicas le tenían un miedo mortal. Tiene una mano bastante áspera con las mujeres, las aburridas, ¡y podría ser grosera también! Las chicas solían llamarla muerta loba ".

Fred se metió las manos en los bolsillos y se recostó contra el piano. "por supuesto, incluso una mujer estúpida podría obtener efectos con tal maquinaria: tal voz, cuerpo y rostro. Pero no podrían pertenecer a una mujer estúpida, ¿verdad?"

Landry negó con la cabeza. "es personalidad; eso es lo más cercano a él. Eso es lo que constituye un equipo real. Lo que hace es interesante porque lo hace. Incluso las cosas que descarta son sugerentes. Lamento algunas de ellas. Sus concepciones están teñidas de tal manera de muchas maneras diferentes. ¿la has escuchado elizabeth? Maravilloso, ¿no? Ella estaba trabajando en esa parte hace años cuando su madre estaba enferma. Pude ver su ansiedad y dolor cada vez más en la parte. El último acto es desgarrador. Es tan hogareño como una reunión de oración en el campo: podría ser cualquier mujer solitaria preparándose para morir. Está lleno de cosas que toda criatura simple descubre por sí misma, pero eso nunca se escribe. Es un recuerdo inconsciente, tal vez; memoria heredada, como la música popular. Yo la llamo personalidad ".

Fred se rió y, volviéndose hacia el piano, comenzó a sonar de nuevo la fricka música. "llámalo como quieras, muchacho. Yo mismo tengo un nombre, pero no te lo diré". Miró por encima del hombro a landry, tendido junto al fuego. "te lo pasas muy bien viéndola, ¿no?"

"¡oh si!" respondió landry simplemente. "no me interesa mucho de lo que sucede en nueva york. Ahora, si me disculpan, tendré que vestirme". Se levantó con un suspiro de mala gana. "¿puedo traerte algo? ¿un poco de whisky?"

"gracias, no. Me divertiré aquí. No suelo tener la oportunidad de tocar un buen piano cuando estoy fuera de casa. No has tenido este por mucho tiempo, ¿verdad? La acción es un poco dura. Digo, "detuvo a landry en la puerta," ¿alguna vez ha estado aquí? "

Landry se volvió. "sí. Ella vino varias veces cuando yo tenía erisipela. Yo era un lío agradable, con dos enfermeras. Ella derribó algunas jardineras dentro, plantadas con azafranes y cosas así. Muy animada, solo que yo no podía verlas ni a ella". "

"¿no le gustó tu casa?"

"ella pensó que sí, pero me imagino que era un buen negocio desordenado para su gusto. Podía escucharla pasearse como algo en una jaula. Empujó el piano contra la pared y las sillas en las esquinas, y rompió mi elefante ámbar ". Landry tomó un objeto amarillo de unos diez centímetros de alto de una de sus estanterías bajas. "se puede ver dónde está pegada la pierna, un recuerdo. Sí, es ámbar limón, muy fino".

Landry desapareció detrás de las cortinas y en un momento fred escuchó el silbido de un atomizador. Puso el elefante ámbar en el piano a su lado y pareció divertirse mucho con la bestia.

Cuando archie y ottenburg cenaron con thea el sábado por la noche, los sirvieron abajo en el comedor del hotel, pero iban a tomar el café en su propio apartamento. Mientras subían en el ascensor después de la cena, fred se volvió de repente hacia thea. "¿y por qué, por favor, rompiste el elefante ámbar de landry?"

Ella pareció culpable y comenzó a reír. "¿no lo ha superado todavía? Realmente no quise romperlo. Quizás fui descuidado. Sus cosas están tan sobrecargadas que estuve tentado a ser descuidado con muchas de ellas".

"¿cómo puedes ser tan despiadado, cuando son todo lo que tiene en el mundo?"

"él me tiene. Soy una gran diversión para él; todo lo que necesita. Ahí", dijo mientras abría la puerta de su propio pasillo, "no debería haber dicho eso antes del ascensorista".

"ni siquiera un ascensorista podría armar un escándalo sobre oliver. Es un hombre de hierba gatera".

Dr. Archie se echó a reír, pero thea, que de repente parecía haber pensado en algo molesto, repitió sin comprender: "¿catnip man?"

"sí, vive de hierba gatera y té de ron. Pero no es el único. Eres como una anciana excéntrica que conozco en boston, que va en la primavera alimentando hierba gatera a los gatos callejeros. Se la dispensa a muchos amigos, su atracción parece ser más con los hombres que con las mujeres, ya saben; con hombres experimentados, de mi edad o mayores. Incluso los viernes por la tarde seguí encontrándome con ellos, chicos viejos que no había visto en años, flacos en la parte y gruesa en la circunferencia, hasta que me quedé quieto en la corriente de aire y me sostuve el pelo. Siempre están ahí; los escucho hablar de ti en la sala de fumadores. Probablemente no llegamos al punto de aprehender nada bueno hasta los cuarenta. Entonces, a la luz de lo que está pasando, y de lo que viene, ¡dios nos ayude !, llegamos al entendimiento ".

"no veo por qué la gente va a la ópera, de todos modos, gente seria". Habló con descontento. "supongo que obtienen algo, o creo que sí. Aquí está el café. Allí, por favor", le indicó al camarero. Yendo a la mesa comenzó a servir el café, poniéndose de pie. Llevaba un vestido blanco adornado con cristales que había vibrado mucho durante la cena, ya que todos sus movimientos habían sido impacientes y nerviosos, y se había torcido la rosa de terciopelo oscuro en su cintura hasta que parecía arrugada y fatigada. Sirvió el café como si fuera una ceremonia en la que no creía. "¿puede hacer algo con las tonterías de fred, dra. Archie?" preguntó ella, mientras él se acercaba a tomar su taza.

Fred se acercó a ella. "mis tonterías están bien. La misma marca ha ido contigo antes. Eres tú quien no se alegrará. ¿qué te pasa? Tienes algo en la cabeza".

"tengo un buen trato. Demasiado para ser una anfitriona agradable". Se apartó rápidamente del café y se sentó en el banco del piano, frente a los dos hombres. "por un lado, hay un cambio de reparto para el viernes por la tarde. Me van a dejar cantar sieglinde". Su ceño fruncido no ocultó el placer con el que hizo este anuncio.

"¿vas a mantenernos colgando aquí para siempre, thea? Se supone que archie y yo tenemos otras cosas que hacer". Fred la miró con una emoción tan evidente como la suya.

"aquí he estado listo para cantar sieglinde durante dos años, mantenido en tormento, y ahora se quita en dos semanas, justo cuando quiero ver algo del dr. Archie. No sé cuáles son sus planes. Allí. Después del viernes pueden dejarme enfriar durante varias semanas, y pueden apurarme. Supongo que depende un poco de cómo vayan las cosas el viernes por la tarde ".

"¡oh, irán lo suficientemente rápido! Eso se adapta mejor a tu voz que cualquier cosa que hayas cantado aquí. Eso te brinda todas las oportunidades que he esperado". Ottenburg cruzó la habitación y, de pie junto a ella, empezó a tocar "du bist der lenz".

Con un movimiento violento, thea lo agarró por las muñecas y apartó las manos de las teclas.

"fred, ¿no puedes hablar en serio? Pueden pasar mil cosas entre este y el viernes que me molesten. Algo pasará. Si esa parte se cantara bien, como debería ser, sería una de las más cosas hermosas en el mundo. Por eso nunca se canta bien, y nunca lo será ". Apretó las manos y las abrió con desesperación, mirando por la ventana abierta. "¡es inaccesiblemente hermoso!" dijo bruscamente.

Fred y dr. Archie la miró. En un momento se volvió hacia ellos. "es imposible cantar una parte así bien por primera vez, excepto para el tipo que nunca la cantará mejor. Todo depende de esa primera noche, y eso seguramente será malo. Ahí estás", se encogió de hombros con impaciencia. "por un lado, cambian el elenco a la hora undécima y luego ensayan mi vida".

Ottenburg dejó la taza con exagerado cuidado. "aún así, realmente quieres hacerlo, ¿sabes?"

"¿querer?" repitió indignada; "¡por supuesto que quiero! Si esto fuera solo el próximo jueves por la noche, pero entre ahora y el viernes no haré nada más que agotar mis fuerzas. ¡oh, no estoy diciendo que no necesito los ensayos! ¡pero no los necesito! No es necesario que estén colgados durante una semana. Ese sistema es lo suficientemente bueno para cantantes flemáticos; solo me agota. Cada rasgo de la rutina operística es perjudicial para mí. Por lo general, sigo como un caballo que ha sido arreglado para perder una carrera. Trabajar duro para hacer lo peor, y mucho menos lo mejor. Desearía que pudieras escucharme cantar bien, una vez ", se volvió hacia fred desafiante; "lo he hecho, algunas veces en mi vida, cuando no había nada que ganar con eso".

Fred se acercó a ella de nuevo y le tendió la mano. "recuerdo mis instrucciones, y ahora te dejaré para que luches con archie. Él no puede representar una estupidez gerencial para ti, ya que parece que tengo un don para hacerlo".

Al sonreírle, su buen humor, sus buenos deseos, su comprensión, la avergonzaron y la recordó para sí. Ella mantuvo su asiento, todavía sosteniendo su mano. "de todos modos, fred, ¿no es una lástima que haya tantas cosas?" se interrumpió con un movimiento de cabeza.

"mi querida niña, si pudiera superar la agonía entre ahora y el viernes por ti, pero ya conoces las reglas del juego; ¿por qué atormentarte? Viste la otra noche que tenías el papel bajo tu pulgar. Ahora camina, duerme , juega con archie, mantén a tu tigre hambriento y ella saltará bien el viernes. Estaré allí para verla, y habrá más de los que sospecho. Harsanyi's está en el wilhelm der grosse; entra el jueves."

"¿harsanyi?" el ojo de thea se iluminó. "no lo he visto en años. Siempre nos extrañamos". Hizo una pausa, dudando. "sí, me gustaría. ¿pero estará ocupado, tal vez?"

"da su primer concierto en el carnegie hall, semana tras semana. Mejor envíale una caja si puedes".

"sí, me las arreglaré". Thea tomó su mano de nuevo. "¡oh, me gustaría eso, fred!" añadió impulsivamente. "incluso si me molestaran, él captaría la idea" - echó hacia atrás la cabeza - "¡porque hay una idea!"

"que no penetrará aquí", se tocó la frente y comenzó a reír. "¡eres un ingrato ingrato, comme les autres!"

Thea lo detuvo mientras se alejaba. Ella sacó una flor de un ramo en el piano y distraídamente pasó el tallo a través de la solapa de su abrigo. "estaré caminando en el parque mañana por la tarde, en el camino del embalse, entre las cuatro y las cinco, si quieres acompañarme. Sabes que después de harsanyi prefiero complacerte a ti que a cualquier otra persona. Tú sabes mucho, pero él sabe incluso más que tú ".

"gracias. No intentes analizarlo. ¡schlafen sie wohl!" le besó los dedos y saludó desde la puerta, cerrándola detrás de él.

"él es el tipo correcto, thea". Dr. Archie miró cálidamente a su amigo desaparecido. "siempre he esperado que te reconciliaras con fred".

"bueno, ¿no? Oh, me casaré con él, quieres decir! Tal vez pueda suceder, algún día. Justo en este momento él no está en el mercado matrimonial más que yo, ¿verdad?"

—no, supongo que no. Es una lástima que un hombre como ottenburg esté atado como está, desperdiciando los mejores años de su vida. Una mujer con paresia general debería estar legalmente muerta.

"no dejes que hablemos de la esposa de fred, por favor. No tenía por qué meterse en un lío así, y no tenía por qué quedarse en él. Siempre ha sido un blando en lo que a mujeres se refiere".

"la mayoría de nosotros lo somos, me temo", dijo el dr. Archie admitió dócilmente.

"hay demasiada luz aquí, ¿no? Cansa los ojos. Las luces del escenario son duras para las mías". Thea comenzó a sacarlos. "dejaremos al pequeño, sobre el piano". Se hundió junto a archie en el profundo sofá. "los dos tenemos tanto de qué hablar que nos mantenemos alejados por completo; ¿lo has notado? Ni siquiera mordisqueamos los bordes. Ojalá tuviéramos landry aquí esta noche para tocar para nosotros. Es muy reconfortante".

"me temo que no tienes suficiente vida personal, fuera de tu trabajo, thea". El médico la miró con ansiedad.

Ella le sonrió con los ojos medio cerrados. "mi querido doctor, no tengo ninguno. Su trabajo se convierte en su vida personal. No es muy bueno hasta que lo hace. Es como estar entretejido en una gran red. No puede separarse, porque todos sus pequeños zarcillos son entretejido en la imagen. Te toma, y te usa, y te hace girar; y esa es tu vida. No te puede pasar mucho más ".

"¿no pensaste en casarte, hace varios años?"

"¿te refieres a nordquist? Sí; pero cambié de opinión. Habíamos estado cantando mucho juntos. Es una criatura espléndida".

"¿estabas muy enamorado de él, thea?" preguntó el médico esperanzado.

Ella sonrió de nuevo. "no creo que sepa lo que significa esa expresión. Nunca pude averiguarlo. Creo que estaba enamorado de ti cuando era pequeño, pero no de nadie desde entonces. Hay muchos formas de cuidar a las personas. Después de todo, no es un estado simple, como el sarampión o la amigdalitis. Nordquist es una especie de hombre que toma. Él y yo estuvimos una vez en un bote de remos durante una terrible tormenta. El lago fue alimentado por glaciares, —agua helada —y no hubiéramos podido nadar ni un trazo si el bote se hubiera llenado. Si los dos no hubiéramos sido fuertes y mantuvimos la cabeza, nos hubiéramos hundido. Tiramos por cada onza que había en nosotros, y acabamos de salir con nuestras vidas. Siempre estábamos juntos así, bajo algún tipo de presión. Sí, por un tiempo pensé que él haría todo bien ". Hizo una pausa y se hundió, apoyando la cabeza en un cojín, presionando los párpados hacia abajo con los dedos. "ya ves", prosiguió bruscamente, "él tenía esposa y dos hijos. No había vivido con ella durante varios años, pero cuando escuchó que quería casarse de nuevo, ella comenzó a crear problemas. Mucho dinero, pero era descuidado y siempre lamentablemente endeudado. Vino a verme un día y me dijo que pensaba que su esposa se conformaría con cien mil marcos y consentiría en el divorcio. Me enojé mucho y lo despedí. Al día siguiente volvió y dijo que pensaba que ella aceptaría cincuenta mil ".

Dr. Archie se apartó de ella, hasta el final del sofá.

"dios mío, thea" - se pasó el pañuelo por la frente. "¿qué clase de gente-" se detuvo y negó con la cabeza.

Thea se levantó y se paró a su lado, con la mano en su hombro. "eso es exactamente lo que me sorprendió", dijo en voz baja. "oh, tenemos cosas en común, cosas que desaparecen, debajo de todo. Entiendes, por supuesto. Nordquist no lo hizo. Él pensó que yo no estaba dispuesto a desprenderme del dinero. No podía permitirme comprarlo de fru nordquist, y no podía ver por qué. Él siempre había pensado que yo estaba cerca del dinero, así que lo atribuyó a eso. Tengo cuidado ", pasó su brazo por el de archie y cuando se levantó comenzó a caminar por el habitación con él. "no puedo ser descuidado con el dinero. Empecé el mundo con seiscientos dólares, y fue el precio de la vida de un hombre. Ray kennedy había trabajado duro, había estado sobrio y se había negado a sí mismo, y cuando murió tenía seiscientos dólares para demostrarlo. Siempre mido las cosas por esos seiscientos dólares, al igual que mido los edificios altos por el tubo vertical de piedra lunar. Hay normas de las que no podemos escapar ".

Dr. Archie le tomó la mano. "no creo que deberíamos ser más felices si nos alejamos de ellos. Creo que te da algo de tu aplomo, tener ese ancla. Te ves", mirando hacia abajo a su cabeza y hombros, "a veces tan como tu madre."

"gracias. No podrías decirme nada mejor que eso. El viernes por la tarde, ¿no te parece?"

"sí, pero en otras ocasiones también. Me encanta verlo. ¿sabes lo que pensé en la primera noche en que te escuché cantar? Seguí recordando la noche en que te cuidé cuando tenías neumonía, cuando estabas diez años. Eras un niño terriblemente enfermo y yo era un médico rural sin mucha experiencia. No había tanques de oxígeno en ese entonces. Casi te escapas de mí. Si tuvieras ... "

Thea dejó caer la cabeza sobre su hombro. "me habría ahorrado a usted ya mí un montón de problemas, ¿no? ¡querido dr. Archie!" ella murmuró.

"en cuanto a mí, la vida hubiera sido un tramo bastante sombrío, sin usted". El médico tomó uno de los colgantes de cristal que colgaban de su hombro y lo miró pensativamente. "supongo que en el fondo soy un viejo romántico. Y tú siempre has sido mi romance. Esos años en los que crecías fueron los más felices. Cuando sueño contigo, siempre te veo como una niña".

Se detuvieron junto a la ventana abierta. Casi todos mis sueños, excepto los de derrumbarse en el escenario o perder trenes, son sobre piedra lunar. Me dices que la vieja casa ha sido derribada, pero está en mi mente, cada palo y madera. Duermo, hago todo lo posible, y busco en los cajones y armarios correctos para todo. A menudo sueño que estoy buscando mis gomas en ese montón de chanclos que siempre estaba debajo de la perrera en el pasillo. Recojo cada chanclo y sé de quién es, pero no encuentro el mío. Entonces la campana de la escuela comienza a sonar y me pongo a llorar. Esa es la casa en la que descanso cuando estoy cansado. Todos los muebles viejos y las manchas gastadas en la alfombra. —me descansa la cabeza repasarlos ".

Estaban mirando por la ventana. Thea mantuvo su brazo. Abajo en el río, cuatro acorazados estaban anclados en línea, brillantemente iluminados, y las lanchas iban y venían, llevando a los hombres a tierra. Un reflector de uno de los acorazados iluminaba el gran promontorio río arriba, donde hace su primer giro decidido. Arriba, el cielo azul nocturno era intenso y claro.

"hay tantas cosas que quiero contarte", dijo al fin, "y es difícil de explicar. Mi vida está llena de celos y desilusiones, ya sabes. Llegas a odiar a la gente que hace un trabajo despreciable y que se lleva bien tan bien como tú. ¡hay muchas desilusiones en mi profesión, y amargos, amargos desprecios! " su rostro se endureció y parecía mucho mayor. "si amas lo bueno de manera vital, lo suficiente como para renunciar a todo lo que hay que renunciar a ello, entonces debes odiar lo barato con la misma fuerza. ¡te digo que existe el odio creativo! Un desprecio que te impulsa a atravesar el fuego, te hace arriesgarlo todo y perderlo todo, te hace ver a largo plazo mejor de lo que nunca imaginaste que podrías ser " mientras miraba al dr. Archie, thea se detuvo en seco y volvió su propia cara. Sus ojos siguieron el camino del reflector río arriba y se posaron en el promontorio iluminado.

"ya ves", prosiguió con más calma, "las voces son cosas accidentales. Hay muchas buenas voces en mujeres comunes, con mentes comunes y corazones comunes. Mira a esa mujer que cantó o fue grosera conmigo la semana pasada. Es nueva aquí y la gente está loca por ella. '¡Qué hermoso volumen de tono!' ellos dicen. Te doy mi palabra que es tan estúpida como un búho y tan tosca como un cerdo, y cualquiera que sepa algo de canto lo vería en un instante. Sin embargo, es tan popular como necker, que es una gran artista. ¿puedo obtener mucha satisfacción del entusiasmo de una casa a la que le gusta su actuación atrozmente mala al mismo tiempo que finge que le gusta la mía? Si les gusta, entonces deberían silbarme fuera del escenario. Nosotros defendemos las cosas que son irreconciliable, absolutamente. No puedes intentar hacer las cosas bien y no despreciar a las personas que las hacen mal. ¿cómo puedo ser indiferente? Si eso no importa, entonces nada importa. Bueno, a veces he llegado a casa como yo lo hice la otra noche cuando me viste por primera vez, tan lleno de amargura que fue como si mi mente estuviera llena de dagas.y me fui a dormir y me desperté en el jardín de los kohlers, con las palomas y los conejos blancos, tan feliz! Y eso me salva. " se sentó en el banco del piano. Archie pensó que se había olvidado por completo de él, hasta que lo llamó por su nombre. Su voz era suave ahora y maravillosamente dulce. Parecía provenir de algún lugar profundo dentro de ella, había vibraciones tan fuertes en él. "verá, dra. Archie, lo que uno realmente busca en el arte no es el tipo de cosas que probablemente encontrará cuando asista a una función en la ópera. Lo que uno busca está tan lejos, tan profundo, tan hermosa —levantó los hombros con un largo suspiro, cruzó las manos en el regazo y se sentó a mirarlo con una resignación que hizo que su rostro se volviera noble—, que no hay nada que se pueda decir al respecto, doctora archie.

Sin saber muy bien de qué se trataba, archie se conmovió apasionadamente por ella. "siempre he creído en ti, thea; siempre he creído", murmuró.

Ella sonrió y cerró los ojos. "me salvan: las cosas viejas, cosas como el jardín de los kohlers. Están en todo lo que hago".

"¿en lo que cantas, quieres decir?"

"sí. No de forma directa", - habló apresuradamente, - "la luz, el color, la sensación. Sobre todo la sensación. Viene cuando estoy trabajando en una pieza, como el olor de un jardín entrando por la ventana. Pruebo todas las cosas nuevas y luego vuelvo a las viejas. Quizás mis sentimientos eran más fuertes entonces. La actitud de un niño hacia todo es la actitud de un artista. Soy más o menos un artista ahora, pero luego yo no era nada más. Cuando fui contigo a chicago la primera vez, llevaba conmigo lo esencial, la base de todo lo que hago ahora. El punto al que podía llegar estaba rayado en mí entonces. No lo he alcanzado sin embargo, por un largo camino ".

Archie tuvo un rápido destello de memoria. Imágenes pasaban ante él. "¿quieres decir", preguntó con asombro, "que sabías entonces que eras tan dotado?"

Thea lo miró y sonrió. "¡oh, no sabía nada! No era suficiente para pedirte mi baúl cuando lo necesitaba. Pero ya ves, cuando salí de moonstone contigo, había tenido un pasado rico y romántico. Había vivido una larga , la vida llena de acontecimientos, y la vida de un artista, cada hora de ella. Wagner dice, en su ópera más hermosa, que el arte es sólo una forma de recordar la juventud. Y cuanto más envejecemos, más precioso nos parece, y más rico podemos presentar ese recuerdo. Cuando lo hayamos sacado todo, —la última, la más fina emoción, la más brillante esperanza de eso —ella levantó la mano por encima de la cabeza y la dejó caer—, entonces nos detenemos. No hacemos nada más que repetir después de eso. La corriente ha alcanzado el nivel de su fuente. Esa es nuestra medida ".

Hubo un largo y cálido silencio. Thea miraba fijamente al suelo, como si estuviera viendo años y años, y su vieja amiga se quedó mirando su cabeza inclinada. Su mirada era una con la que solía mirarla hace mucho tiempo y que, incluso al pensar en ella, se había convertido en un hábito de su rostro. Estaba lleno de solicitud y una especie de gratitud secreta, como para agradecerle algún placer inefable del corazón. Thea se volvió hacia el piano y comenzó a despertar suavemente un aire viejo:

"ca 'los yowes a los conocidos,

ca 'donde crece el brezo,

ca 'donde los burnie rowes,

mi bonnie querida-ie. "

Archie se sentó y se protegió los ojos con la mano. Ella volvió la cabeza y le habló por encima del hombro. "vamos, sabes las palabras mejor que yo. Eso es correcto."

"vamos a descender por el lado de clouden, a través de los avellanos que se extienden ampliamente, sobre las olas que se deslizan dulcemente, a la luna con toda claridad. Ghaist ni bogle temerás, amarás y cielos queridos, ¡la noche del mal puede acercarte, mi bonnie querida! "

"podemos seguir adelante sin landry. Intentémoslo de nuevo, tengo todas las palabras ahora. Entonces tendremos 'dulce afton'". Ven: 'ca' los yowes a los conocidos '- "

X

Ottenburg dejó su taxi en la entrada de la calle 91 del parque y atravesó el camino a trompicones a través de una salvaje tormenta de nieve primaveral. Cuando llegó al camino del embalse, vio a thea delante de él, caminando rápidamente contra el viento. A excepción de esa figura, el camino estaba desierto. Una bandada de gaviotas se cernía sobre el embalse, aparentemente desconcertadas por las corrientes de nieve que se arremolinaban sobre el agua negra y luego desaparecían en su interior. Cuando casi había alcanzado a thea, fred la llamó, y ella se volvió y lo esperó de espaldas al viento. Su pelo y pieles estaban empolvados con copos de nieve, y parecía un animal de piel rica, con sangre caliente, que hubiera salido corriendo del bosque. Fred se rió mientras tomaba su mano.

"no sirve de nada preguntar cómo estás. Seguramente no necesitas sentir mucha ansiedad por el viernes, cuando puedes lucir así".

Se acercó a la verja de hierro para dejarle espacio a su lado y volvió a enfrentarse al viento. "oh, estoy bastante bien, en lo que respecta a eso. Pero no tengo suerte con las apariciones en el escenario. Me enojo fácilmente y suceden las cosas más perversas".

"¿qué te pasa? ¿todavía te pones nervioso?"

"por supuesto que sí. No me importan tanto los nervios como el adormecimiento", murmuró thea, protegiendo su rostro por un momento con su manguito. "estoy bajo un hechizo, ya sabes, hoodooed. Es lo que quiero hacer que nunca podré hacer. Cualquier otro efecto que pueda obtener fácilmente".

"sí, obtienes efectos, y no solo con tu voz. Ahí es donde los tienes sobre el resto de ellos; te sientes tan en casa en el escenario como lo estabas en panther canyon, como si salido de una jaula. ¿no sacaste algunas de tus ideas ahí abajo? "

Thea asintió. "¡oh, sí! Por partes heroicas, al menos. De las rocas, de la gente muerta. Te refieres a la idea de hacer frente a las cosas, ¿no es así, encontrarte con una catástrofe? Sin inquietud. Me parece que deben haber sido un pueblo reservado, sombrío, con sólo un lenguaje musculoso, todos sus movimientos con un propósito; simple, fuerte, como si estuvieran lidiando con el destino con las manos desnudas ". Ella puso sus dedos enguantados en el brazo de fred. "no sé cómo podré agradecerte lo suficiente. No sé si hubiera llegado a algún lado sin panther canyon. ¿cómo sabías que eso era lo único que podía hacer por mí? Es el tipo de cosas nadie ayuda a nadie en este mundo. Uno puede aprender a cantar, pero ningún profesor de canto puede dar a nadie lo que tengo allí. ¿cómo lo supiste? "

"no lo sabía. Cualquier otra cosa habría servido también. Era tu hora creativa. Sabía que estabas obteniendo mucho, pero no me di cuenta de cuánto".

Thea siguió caminando en silencio. Ella parecía estar pensando.

"¿sabes lo que realmente me enseñaron?" ella salió de repente. "me enseñaron la inevitable dureza de la vida humana. Ningún artista llega lejos si no sabe eso. Y no puedes saberlo con tu mente. Tienes que darte cuenta de ello en tu cuerpo, de alguna manera; profundo. Es una especie de animal de sentimiento. A veces pienso que es el más fuerte de todos. ¿sabes a qué me dirijo? "

"creo que sí. Incluso tu público siente, vagamente, que en algún momento te has enfrentado a cosas que te hacen diferente".

Thea le dio la espalda al viento y se secó la nieve que se le pegaba a las cejas y las pestañas. "¡ugh!" ella exclamo; "no importa cuánto respire, la tormenta tiene más tiempo. Aún no he firmado para la próxima temporada, fred. Estoy esperando un gran contrato: cuarenta actuaciones. Necker no podrá hacer mucho el próximo invierno. Va a ser uno de esos entre temporadas; los viejos cantantes son demasiado viejos y los nuevos son demasiado nuevos. Bien podrían arriesgarme a mí como a cualquiera. Así que quiero buenos términos. Los próximos cinco o seis años va a ser lo mejor que pueda ".

"obtendrá lo que exige, si es intransigente. Estoy seguro de felicitarlo ahora".

Thea se rió. "es un poco temprano. Puede que no lo entienda en absoluto. No parece que se estén rompiendo el cuello para encontrarme. Puedo volver a dresde".

Al doblar la curva y caminar hacia el oeste, recibieron el viento de un lado y hablar fue más fácil.

Fred se bajó el cuello y se sacudió la nieve de los hombros. "oh, no me refiero al contrato en particular. Te felicito por lo que puedes hacer, thea, y por todo lo que hay detrás de lo que haces. Por la vida que te ha llevado, y por ser capaz de cuidar tanto mucho. Eso, después de todo, es lo inusual ".

Ella lo miró fijamente, con cierta aprensión. "¿me importa? ¿por qué no debería importarme? Si no lo hiciera, estaría mal. ¿qué más tengo?" ella se detuvo con un interrogatorio desafiante, pero ottenburg no respondió. "¿quieres decir", insistió ella, "que no te importa tanto como antes?"

"me preocupo por tu éxito, por supuesto." fred tomó un paso más lento. Thea sintió de inmediato que estaba hablando en serio y había abandonado el tono de exageración medio irónica que había usado con ella en los últimos años. "y te agradezco lo que te exiges a ti mismo, cuando podrías salir tan fácilmente. Exige más y más todo el tiempo, y harás más y más. Uno está agradecido con cualquiera por eso; hace la vida en general un poco menos sórdida. Pero, de hecho, no me interesa mucho cómo alguien canta algo ".

"eso es una lástima de tu parte, cuando estoy empezando a ver lo que vale la pena hacer y cómo quiero hacerlo". Thea habló en un tono ofendido.

"eso es por lo que te felicito. Esa es la gran diferencia entre los de tu clase y el resto de nosotros. Es cuánto tiempo eres capaz de seguir así lo que cuenta la historia. Cuando necesitabas entusiasmo del exterior, pude dar a ti. Ahora debes dejarme retirarme ".

"no te estoy atando, ¿verdad?" ella brilló. "¿pero retirarte a qué? ¿qué quieres?"

Fred se encogió de hombros. "podría preguntarte, ¿qué tengo? Quiero cosas que no te interesen; que probablemente no entenderías. En primer lugar, quiero que críe un hijo".

"puedo entender eso. Me parece razonable. ¿también has encontrado a alguien con quien te quieres casar?"

"no particularmente." doblaron otra curva, lo que trajo el viento a sus espaldas, y caminaron en relativa calma, con la nieve pasando a su lado. "no es tu culpa, thea, pero te he tenido demasiado en mi mente. No me he dado una oportunidad justa en otras direcciones. Estaba en roma cuando tú y nordquist estaban allí. Si eso hubiera continuado, podría haberme curado ".

"podría haber curado muchas cosas", comentó thea con gravedad.

Fred asintió con simpatía y continuó. "en mi biblioteca en st. Louis, sobre la chimenea, tengo una lanza de propiedad que había copiado de una en venecia, -oh, hace años, después de que te fuiste al extranjero, mientras estudiabas. Probablemente estarás cantando brunnhilde muy pronto, y te lo enviaré, si puedo. Puedes tomarlo y su historial por lo que valen. Pero tengo casi cuarenta años y ya cumplí mi turno. Hice lo que esperaba por ti, lo que honestamente estaba dispuesto a perderte, entonces. Ahora soy mayor y creo que era un idiota. No lo volvería a hacer si tuviera la oportunidad, no mucho ! Pero no lo siento. Se necesitan muchas personas para hacer una, brunnhilde ".

Thea se detuvo junto a la cerca y miró hacia el negro picado sobre el que caían los copos de nieve y desaparecían con mágica rapidez. Su rostro estaba a la vez enojado y preocupado. "así que realmente sientes que he sido ingrata. Pensé que me habías enviado a buscar algo. No sabía que querías que trajera algo fácil. Pensé que querías algo", respiró hondo y se encogió de hombros. Espalda. "¡pero ahí! ¡nadie en la tierra de dios lo quiere, de verdad! Si otra persona lo quisiera", extendió la mano ante él y la apretó, "dios mío, ¡qué podría hacer!"

Fred rió tristemente. "¡incluso en mis cenizas me siento empujándote! ¿cómo puede alguien evitarlo? Mi querida niña, ¿no ves que alguien más que lo quisiera como tú sería tu rival, tu peligro más mortal? ¿no puedes ver eso? ¿es tu gran suerte que a otras personas no les importe tanto? "

Pero thea pareció no captar su protesta en absoluto. Ella siguió reivindicándose. "me ha llevado mucho tiempo hacer cualquier cosa, por supuesto, y apenas he empezado a ver la luz del día. Pero todo lo bueno es ... Caro. No ha parecido mucho. Siempre me he sentido responsable ante ti".

Fred la miró a la cara intensamente, a través del velo de los copos de nieve, y negó con la cabeza. "¿para mí? Eres una mujer sincera, y no quieres mentirme. Pero después de la única responsabilidad que sientes, ¡dudo que te quede lo suficiente para sentirte responsable ante dios! Aún así, si has alguna vez en una hora ociosa te engañaste pensando que yo tenía algo que ver con eso, dios sabe que estoy agradecido ".

"incluso si me hubiera casado con nordquist", continuó thea, girando por el camino de nuevo, "habría quedado algo fuera. Siempre lo hay. En cierto modo, siempre he estado casado contigo. No estoy muy flexible; nunca lo fui y nunca lo serás. Me atrapaste joven. Nunca podría volver a tener eso. Uno no puede, después de que uno comienza a saber algo. Pero miro hacia atrás. Mi vida no ha sido gay uno, más que el tuyo. Si te excluyo las cosas, tú las excluyes de mí. Hemos sido una ayuda y un obstáculo el uno para el otro. Supongo que siempre es así, lo bueno y lo malo se mezclan . Sólo hay una cosa que es hermosa, ¡y siempre hermosa! Por eso mi interés sigue alto ".

"sí, lo sé." fred miró de reojo el contorno de su cabeza contra la atmósfera cada vez más espesa. "y le da a uno la impresión de que eso es suficiente. Poco a poco, poco a poco me he ido abandonando".

"mira, las luces se están apagando". Thea señaló hacia donde parpadeaban, destellos violetas a través de las copas de los árboles grises. Más abajo, los globos a lo largo de los caminos se estaban volviendo de un color limón pálido. "sí, no veo por qué alguien quiere casarse con un artista, de todos modos. Recuerdo que ray kennedy solía decir que no veía cómo una mujer podía casarse con un jugador, porque ella solo se casaría con lo que quedara del juego". Sacudió los hombros con impaciencia. "quién se casa con quién es un asunto menor, después de todo. Pero espero poder recuperar tu interés en mi trabajo. Te has preocupado por más tiempo y más que nadie, y me gustaría tener a alguien humano a quien hacer un informe de vez en cuando. Puedes enviarme tu lanza. Haré lo mejor que pueda. Si no estás interesado, haré lo mejor que pueda de todos modos. Solo tengo unos pocos amigos, pero puedo perderlos a todos. , si tiene que ser. Aprendí a perder cuando murió mi madre. Debemos darnos prisa ahora. Mi taxi debe estar esperando ".

La luz azul que los rodeaba se hacía más profunda y oscura, y la nieve que caía y los árboles tenues se habían vuelto violetas. Hacia el sur, sobre broadway, había un reflejo naranja en las nubes. Los motores y las luces de los carruajes pasaban destellando en el camino por debajo del camino del embalse, y el aire estaba estridente con bocinas y chillidos de los silbidos de los policías montados.

Fred le dio a thea su brazo mientras descendían del terraplén. "supongo que nunca conseguirás perderme a mí ni a archie, thea. Tienes a los queer. Pero amarte es una disciplina heroica. Agota a un hombre. Dime una cosa: ¿podría haberte retenido, una vez, si pusiera todos los tornillos? "

Thea lo apresuró, hablando rápido, como para terminar. "quizás me hayas mantenido en la miseria por un tiempo, tal vez. No sé. Tengo que pensar bien de mí mismo, para trabajar. Podrías haberlo hecho difícil. No soy un ingrato. Fue una propuesta difícil para mí". Lidiar con. Ahora entiendo, por supuesto. Ya que no me dijiste la verdad al principio, no podrías volver atrás después de que yo hubiera puesto mi cabeza. Al menos, si hubieras sido del tipo que podría, no habría tenido que hacerlo, porque no me habría importado un botón para ese tipo, incluso entonces ". Se detuvo junto a un coche que esperaba junto a la acera y le dio la mano. "ahí. ¿nos separamos amigos?"

Fred la miró. "ya sabes. Diez años."

"no soy una desagradecida", repitió thea mientras se subía a su taxi.

"sí", reflexionó, mientras el taxi se adentraba en la carretera del parque, "no tenemos cuentos de hadas en este mundo y, después de todo, él se ha preocupado más y más que nadie". Afuera estaba oscuro ahora, y la luz de las luces a lo largo del camino se encendió en la cabina. Los copos de nieve revoloteaban como enjambres de abejas blancas alrededor de los globos.

Thea se sentó inmóvil en un rincón mirando por la ventana las luces de la cabina que se entrelazaban entre los árboles, todas parecían inclinarse hacia cursos alegres. Los taxis eran todavía nuevos en nueva york y el tema de la juglaría popular. Landry le había cantado una canción que escuchó en un teatro de la tercera avenida, sobre:

"pero le pasó un taxi de ojos brillantes con la chica de su corazón dentro".

Casi inaudible, thea comenzó a tararear en el aire, aunque estaba pensando en algo serio, algo que la había tocado profundamente. Al comienzo de la temporada, cuando no cantaba a menudo, había ido una tarde a escuchar el recital de paderewski. Frente a ella estaba sentada una pareja de ancianos alemanes, evidentemente gente pobre que había hecho sacrificios para pagar sus excelentes asientos. Su disfrute inteligente de la música y su amabilidad mutua le habían interesado más que nada en el programa. Cuando el pianista comenzó una hermosa melodía en el primer movimiento de la sonata menor de beethoven, la anciana extendió su mano regordeta y tocó la manga de su marido y se miraron en reconocimiento. Ambos llevaban gafas, ¡pero qué look! Como nomeolvides, y tan lleno de recuerdos felices. Thea quiso rodearlos con sus brazos y preguntarles cómo habían podido mantener una sensación así, como un ramillete en un vaso de agua.

Dr. Archie no vio nada de thea durante la semana siguiente. Después de varios esfuerzos infructuosos, logró hablar con ella por teléfono, pero parecía tan distraída y motivada que él se alegró de decirle buenas noches y colgar el instrumento. Había, le dijo, ensayos no solo para "walkure", sino también para "gotterdammerung", en los que debía cantar waltraute dos semanas después.

El jueves por la tarde thea llegó tarde a casa, después de un ensayo agotador. Ella no estaba en un estado de ánimo feliz. Madame necker, quien había sido muy amable con ella esa noche cuando pasó a completar la interpretación de sieglinde de göckler, desde que se eligió a thea para cantar el papel en lugar de göckler en la producción del "anillo", se mostró fría y desaprobatoria. Claramente hostil. Thea siempre había sentido que ella y necker representaban el mismo tipo de esfuerzo, y ese necker lo reconoció y tuvo un sentimiento cordial por ella. En alemania había cantado varias veces brangaena a la isolda de necker, y el artista mayor le había hecho saber que pensaba que la cantaba maravillosamente. Fue una amarga decepción descubrir que la aprobación de un artista tan honesto como necker no podía resistir la prueba de ningún reconocimiento significativo por parte de la dirección. Madame necker tenía cuarenta años y su voz fallaba justo cuando sus poderes estaban en su apogeo. Cada nueva voz joven era un enemigo, y éste iba acompañado de dones que ella no podía dejar de reconocer.

Thea hizo que le enviaran la cena a su apartamento, y fue muy pobre. Probó la sopa y luego indignada se puso el abrigo para salir a cazar una cena. Mientras se dirigía al ascensor, tuvo que admitir que se estaba comportando como un tonto. Se quitó el sombrero y el abrigo y pidió otra cena. Cuando llegó, no fue mejor que el primero. Incluso había una cerilla quemada debajo de la tostada de leche. Tenía dolor de garganta, lo que hacía que tragar fuera doloroso y era un mal presagio para el día siguiente. Aunque había estado hablando en susurros todo el día para salvar su garganta, ahora llamó perversamente al ama de llaves y le exigió cuentas de una colada que se había perdido. El ama de llaves se mostró indiferente e impertinente, y thea se enojó y regañó violentamente. Sabía que era muy malo para ella enfurecerse justo antes de acostarse, y después de que el ama de llaves se fuera, se dio cuenta de que por diez dólares en ropa interior no se había estado preparando para una actuación que eventualmente podría significar muchos miles. Lo mejor ahora era dejar de reprocharse a sí misma su falta de sentido común, pero estaba demasiado cansada para controlar sus pensamientos.

Mientras se desvestía —therese se cepillaba la peluca sieglinde en el baúl— siguió reprendiéndose amargamente. "¿y cómo voy a llegar a dormir en este estado?" se preguntaba ella misma. "si no duermo, seré completamente inútil mañana. Iré allí mañana y haré el ridículo. Si dejara la ropa sola con el negro que la haya robado, ¿por qué? ¿me comprometí a reformar la dirección de este hotel esta noche? Mañana después podría hacer las maletas y salir del lugar. Ahí está el phillamon, me gustaron más las habitaciones allí, de todos modos, y el umberto ... Ventajas y desventajas de los diferentes apartahoteles. De repente se detuvo. "¿para qué estoy haciendo esto? No puedo mudarme a otro hotel esta noche. Seguiré así hasta la mañana. No dormiré ni un ojo".

¿debería darse un baño caliente o no? A veces la relajaba, a veces la despertaba y la ponía fuera de sí. Entre la convicción de que debía dormir y el miedo a no poder, colgaba paralizada. Cuando miró a su cama, se encogió en todos sus nervios. Le tenía mucho más miedo que nunca al escenario de cualquier teatro de ópera. Bostezaba ante ella como la carretera hundida en waterloo.

Corrió a su baño y cerró la puerta. Se arriesgaría al baño y aplazaría un poco más el encuentro con la cama. Se acostó en el baño durante media hora. El calor del agua penetró hasta sus huesos, indujo agradables reflejos y una sensación de bienestar. Fue muy bueno tener al dr. Archie en nueva york, después de todo, y verlo obtener tanta satisfacción de la pequeña compañía que ella pudo brindarle. Le gustaba la gente que se llevaba bien y que se volvía más interesante a medida que crecían. Estaba fred; era mucho más interesante ahora que a los treinta. Era inteligente en la música, y debía ser muy inteligente en su negocio, o no estaría a la cabeza de la confianza de los cerveceros. Respetaba ese tipo de inteligencia y éxito. Cualquier éxito fue bueno. Ella misma había tenido un buen comienzo, en cualquier caso, y ahora, si podía conciliar el sueño, sí, todos eran más interesantes de lo que solían ser. Mire a harsanyi, que había estado retrasado durante tanto tiempo; qué lugar se había hecho en viena. Si pudiera dormirse, mañana le mostraría algo que él entendería.

Se metió rápidamente en la cama y se movió libremente entre las sábanas. Sí, estaba caliente por todas partes. Una brisa fría y seca venía del río, ¡gracias a dios! Trató de pensar en su casita de piedra y el sol de arizona y el cielo azul. Pero eso me llevó a recuerdos que todavía eran demasiado perturbadores. Se volvió de costado, cerró los ojos y probó un dispositivo antiguo.

Entró por la puerta principal de su padre, colgó el sombrero y el abrigo en el perchero y se detuvo en el salón para calentarse las manos en la estufa. Luego salió por el comedor, donde los chicos estaban recibiendo sus lecciones en la mesa larga; a través de la sala de estar, donde thor dormía en su catre, con el vestido y la media colgando de una silla. En la cocina se detuvo a buscar su linterna y su ladrillo caliente. Se apresuró a subir las escaleras traseras y atravesó el ventoso desván hasta su propia habitación glacial. La ilusión se vio empañada sólo por la conciencia de que debía cepillarse los dientes antes de irse a la cama, y que nunca solía hacerlo. Por qué-? El agua estaba congelada en la jarra, así que lo superó. Una vez entre las mantas rojas hubo una corta y feroz batalla con el frío; luego, más cálido — más cálido. Podía oír a su padre sacudiendo el quemador de carbón para pasar la noche y el viento que azotaba la calle del pueblo. Las ramas del álamo, duras como un hueso, chocaban contra su frontón. La cama se volvió más suave y cálida. Todo el mundo estaba cálido y bien abajo. La enorme casa vieja los había reunido a todos, como una gallina, y se había asentado sobre sus crías. Todos estaban calientes en la casa de su padre. Más suave y más suave. Ella estaba dormida. Durmió diez horas sin darse la vuelta. De un sueño así, uno se despierta con una armadura brillante.

El viernes por la tarde hubo una audiencia inspiradora; no había una silla vacía en la casa. Ottenburg y dr. Archie tenía asientos en el círculo de la orquesta, obtenidos de un corredor de boletos. Landry no había podido conseguir un asiento, de modo que deambulaba por la parte trasera de la casa, donde solía estar parado cuando llegaba después de que terminaba su turno de vodevil. Estaba allí con tanta frecuencia y en horarios tan irregulares que los acomodadores pensaban que era el marido de un cantante o que tenía algo que ver con la planta eléctrica.

Harsanyi y su esposa estaban en un palco, cerca del escenario, en el segundo círculo. Señora. El cabello de harsanyi era notablemente gris, pero su rostro estaba más lleno y más guapo que en esos primeros años de lucha, y estaba hermosamente vestida. El propio harsanyi había cambiado muy poco. Se había puesto su mejor abrigo de tarde en honor a su alumno y lucía una perla en su pañuelo negro. Su cabello era más largo y tupido de lo que solía usar, y ahora había un mechón gris en el lado derecho. Siempre había sido una figura elegante, incluso cuando andaba con ropas raídas y estaba abrumado por el trabajo. Antes de que se levantara el telón, estaba inquieto y nervioso, y siguió mirando su reloj y deseando haber recibido algunas cartas más antes de salir del hotel. No había estado en nueva york desde la llegada del taxi y se había permitido demasiado tiempo. Su esposa sabía que tenía miedo de sentirse decepcionado esta tarde. No iba a menudo a la ópera porque las estupideces que hacían los cantantes le fastidiaban tanto, y siempre le ponía furioso si el director mantenía el tempo o acomodaba de alguna manera la partitura al cantante.

Cuando se apagaron las luces y los violines empezaron a temblar largamente contra la tosca figura de los bajos, la sra. Harsanyi vio los dedos de su marido revoloteando sobre su rodilla en un rápido tatuaje. En el momento en que sieglinde entró por la puerta lateral, se inclinó hacia él y le susurró al oído: "¡oh, la hermosa criatura!" pero no respondió, ni por voz ni por gesto. Durante la primera escena estuvo sentado hundido en su silla, con la cabeza hacia adelante y su único ojo amarillo rodando inquieto y brillando como el de un tigre en la oscuridad. Su ojo siguió a sieglinde por el escenario como un satélite, y mientras ella se sentaba a la mesa escuchando la larga narración de siegmund, nunca la abandonó. Cuando preparó el somnífero y desapareció después de hundirse, harsanyi inclinó la cabeza aún más y se tapó el ojo con la mano para descansarlo. Prosiguió el tenor, un joven que cantaba con gran vigor:

"¡walse! Walse! Wo ist dein schwert?"

Harsanyi sonrió, pero no volvió a mirar hacia adelante hasta que reapareció sieglinde. Pasó por la historia de su vergonzoso banquete nupcial y entró en la música de walhall, que siempre cantaba con tanta nobleza, y la entrada del extraño tuerto:

"mir allein weckte das auge".

Señora. Harsanyi miró a su esposo, preguntándose si el cantante en el escenario no podía sentir su mirada dominante. Vino el crescendo: -

"fue je ich verlor, fue je ich beweint war 'mir gewonnen".

(todo lo que he perdido, todo lo que he llorado, ¿habría ganado entonces?)

Harsanyi tocó suavemente el brazo de su esposa.

Sentados a la luz de la luna, la pareja de volsung comenzó su amorosa inspección de las bellezas del otro, y la música nacida del murmullo pasó a su rostro, como dijo el viejo poeta, y también a su cuerpo. En una actitud encantadora tras otra la música la arrastró, el amor la impulsó. Y la voz emitió todo lo mejor en ella. Como la primavera, de hecho, floreció en recuerdos y profecías, contó y predijo, mientras cantaba la historia de su vida sin amigos, y de cómo la cosa que era verdaderamente ella misma, "brillante como el día, salió a la superficie". Cuando en el mundo hostil vio por primera vez a su amiga. Ella se elevó con fervor hacia el sentimiento más fuerte de acción y atrevimiento, el orgullo de la fuerza del héroe y la sangre del héroe, hasta que en un estallido espléndido, alto y brillante como una victoria, lo bautizó:

"siegmund, ¡así que nenn ich dich!"

Su impaciencia por la espada aumentó con la anticipación de su acto, y alzando los brazos por encima de la cabeza, casi arrancó una espada del aire vacío para él, antes de que nada hubiera abandonado el árbol. En hochster trunkenheit, de hecho, estalló con el llanto llameante de su parentesco: "¡si tú eres siegmund, yo soy sieglinde!" riendo, cantando, brincando, exultando, con su pasión y su espada, los volsungs salieron corriendo a la noche primaveral.

Cuando cayó el telón, harsanyi se volvió hacia su esposa. "por fin", suspiró, "¡alguien con suficiente! Suficiente voz, talento y belleza, suficiente poder físico. ¡y un estilo tan noble, noble!"

"apenas puedo creerlo, y no puedo verla ahora, esa chica torpe, encorvada sobre tu piano. Puedo ver sus hombros. Ella siempre parecía esforzarse tanto con su espalda. Y nunca olvidaré esa noche cuando tú encontró su voz. "

El público mantuvo su clamor hasta que, después de muchas reapariciones con el tenor, kronborg apareció solo ante el telón. La casa la recibió con un rugido, un saludo que fue casi salvaje en su fiereza. Los ojos de la cantante, barriendo la casa, se posaron por un momento en harsanyi, y ella agitó su manga larga hacia su palco.

"ella debería estar contenta de que esté aquí", dijo la sra. Harsanyi. "me pregunto si ella sabrá cuánto te debe".

"no me debe nada", respondió rápidamente su marido. "ella pagó su camino. Siempre devolvió algo, incluso entonces".

"recuerdo que dijo una vez que ella no haría nada común", dijo la sra. Harsanyi pensativo.

"solo así. Ella podría fallar, morir, perderse en la manada. Pero si lo lograra, no sería nada común. Hay personas en las que uno puede confiar para eso. Hay una forma en la que nunca fallarán". Harsanyi se retiró a sus propias reflexiones.

Después del segundo acto, fred ottenburg llevó a archie al palco de los harsanyis y lo presentó como un viejo amigo de la señorita kronborg. Se les unió el director de una editorial musical, trayendo consigo a un periodista y al presidente de una sociedad de canto alemana. La conversación fue principalmente sobre la nueva sieglinde. Señora. Harsanyi era amable y entusiasta, su marido estaba nervioso y poco comunicativo. Sonrió mecánicamente y respondió cortésmente a las preguntas que se le dirigían. "sí, bastante." "oh, ciertamente." todos, por supuesto, decían cosas muy habituales con gran convicción. Señora.

Harsanyi estaba acostumbrado a escuchar y pronunciar los lugares comunes que tales ocasiones exigían. Cuando su esposo se retiró a la sombra, ella cubrió su retiro con simpatía y cordialidad. En respuesta a una pregunta directa de ottenburg, harsanyi dijo, estremeciéndose, "¿isolde? Sí, ¿por qué no? Ella cantará todos los grandes papeles, creo".

El director del coro dijo algo sobre "temperamento dramático". El periodista insistió en que se trataba de "fuerza explosiva", "poder proyectivo".

Ottenburg se volvió hacia harsanyi. "¿qué es, señor harsanyi? La señorita kronborg dice que si hay algo en ella, usted es el hombre que puede decir qué es".

El periodista olió la copia y estaba ansioso. "sí, harsanyi. Sabes todo sobre ella. ¿cuál es su secreto?"

Harsanyi se revolvió el cabello con irritación y se encogió de hombros. "¿su secreto? Es el secreto de todo artista" - agitó la mano - "pasión. Eso es todo. Es un secreto a voces y perfectamente seguro. Como el heroísmo, es inimitable en materiales baratos".

Las luces se apagaron. Fred y archie abandonaron el palco cuando empezó el segundo acto.

El crecimiento artístico es, más que cualquier otra cosa, un refinamiento del sentido de veracidad. Los estúpidos creen que ser veraz es fácil; sólo el artista, el gran artista, sabe lo difícil que es. Esa tarde no llegó nada nuevo a thea kronborg, ni iluminación ni inspiración. Simplemente tomó posesión de las cosas que había estado refinando y perfeccionando durante tanto tiempo. Sus inhibiciones resultaron ser menores de lo habitual y, dentro de sí misma, entró en la herencia que ella misma había acumulado, en la plenitud de la fe que había mantenido antes de conocer su nombre o su significado.

A menudo, cuando cantaba, lo mejor que tenía no estaba disponible; no podía atravesarlo, y todo tipo de distracciones y desgracias se interponían entre ella y ella. Pero esta tarde se abrieron los caminos cerrados, se cayeron las puertas. Lo que había intentado alcanzar con tanta frecuencia, estaba bajo su mano. Solo tenía que tocar una idea para hacerla realidad.

Mientras estaba en el escenario era consciente de que cada movimiento era el movimiento correcto, que su cuerpo era absolutamente el instrumento de su idea. No por nada la había mantenido tan severamente, la había mantenido llena de tanta energía y fuego. Toda esa vitalidad profundamente arraigada florecía en su voz, en su rostro, en la punta de sus dedos. Se sentía como un árbol floreciendo. Y su voz era tan flexible como su cuerpo; igual a cualquier demanda, capaz de todos los matices. Con el sentido de su perfecta compañía, su total confiabilidad, había sido capaz de entregarse a las dramáticas exigencias del papel, todo en ella en su mejor momento y todo trabajando en conjunto.

Llegó el tercer acto y pasó la tarde. Los amigos de thea kronborg, viejos y nuevos, sentados por la casa en diferentes pisos y niveles, disfrutaron de su triunfo según sus naturalezas. Había uno allí, a quien nadie conocía, que quizás disfrutó más esa tarde que el propio harsanyi. Arriba, en la galería superior, un pequeño mexicano de cabello gris, marchito y brillante como un hilo de pimientos junto a la puerta de un dobe, seguía rezando y maldiciendo en voz baja, golpeando la barandilla de bronce y gritando "¡bravo! Hasta que fue reprimido por sus vecinos.

Estaba allí porque una banda mexicana iba a ser una característica del circo de barnum y bailey ese año. Uno de los encargados del espectáculo había viajado por el suroeste, contratando a muchos músicos mexicanos por bajos salarios, y los había traído a nueva york. Entre ellos estaba johnny español. Despúes de la sra. Tellamantez murió, johnny abandonó su oficio y salió con su mandolina a ganarse la vida por uno. Sus irregularidades se habían convertido en su modo de vida habitual.

Cuando thea kronborg salió de la entrada del escenario en la calle cuarenta, el cielo todavía ardía con los últimos rayos del sol que se hundía detrás del río norte. Una pequeña multitud de personas se demoraba en la puerta: músicos de la orquesta que esperaban a sus camaradas, jóvenes curiosos y algunas muchachas mal vestidas que esperaban ver al cantante. Se inclinó gentilmente ante el grupo, a través de su velo, pero no miró ni a la derecha ni a la izquierda mientras cruzaba la acera hacia su taxi. Si hubiera levantado los ojos un instante y hubiera mirado a través de su bufanda blanca, debió haber visto al único hombre entre la multitud que se había quitado el sombrero cuando ella salió y que estaba de pie con él aplastado en la mano. Y ella lo habría conocido, cambiado como estaba. Su lustroso cabello negro estaba lleno de canas, y su rostro estaba bastante desgastado por el éxtasis, de modo que parecía haberse alejado de sus brillantes ojos y dientes y los había dejado demasiado prominentes. Pero ella lo habría conocido. Pasó tan cerca que él podría haberla tocado, y no se puso el sombrero hasta que el taxi se alejó resoplando. Luego caminó por broadway con las manos en los bolsillos de su abrigo, con una sonrisa que abarcaba toda la corriente de vida que pasaba a su lado y las torres iluminadas que se elevaban hacia el límpido azul del cielo vespertino. Si la cantante, volviendo a casa exhausta en su taxi, se preguntaba qué tenía de bueno todo eso, esa sonrisa, podría haberla visto, le habría contestado. Es la única respuesta acorde.

Aquí debemos dejar thea kronborg. A partir de este momento, la historia de su vida es la historia de su logro. El crecimiento de un artista es un desarrollo intelectual y espiritual que difícilmente se puede seguir en una narrativa personal. Esta historia intenta tratar solo con los comienzos simples y concretos que colorean y acentúan el trabajo de un artista, y dar algún relato de cómo una niña de piedra lunar encontró la manera de salir de un mundo vago y tranquilo hacia una vida de esfuerzo disciplinado. Cualquier relato de la lealtad de los corazones jóvenes a algún ideal exaltado, y la pasión con la que se esfuerzan, siempre, en algunos de nosotros, reavivarán emociones generosas.

Epílogo

Piedra de luna de nuevo, en el año 1909. Los metodistas están dando un helado sociable en la arboleda alrededor del nuevo palacio de justicia. Es una cálida noche de verano de luna llena. Los faroles de papel que cuelgan entre los árboles son juguetes tontos, sólo atenuando, en pequeños círculos espeluznantes, la gran suavidad de la luz lunar que inunda los cielos azules y el altiplano. Al este, las colinas de arena lucen blancas como antaño, pero el imperio de la arena está disminuyendo gradualmente. La hierba se vuelve más espesa sobre las dunas que antes, y las calles de la ciudad son más duras y firmes que hace veinticinco años. Los viejos habitantes le dirán que las tormentas de arena son poco frecuentes ahora, que el viento sopla con menos persistencia en la primavera y toca una melodía más suave. El cultivo ha modificado el suelo y el clima, ya que modifica la vida humana.

La gente sentada bajo los álamos es mucho más inteligente que los metodistas que solíamos conocer. El interior de la nueva iglesia metodista parece un teatro, con piso inclinado, y como dice la congregación con orgullo, "sillas de ópera". Las matronas que atienden a servir los refrescos esta noche parecen más jóvenes para sus años que las mujeres de la sra. El tiempo de kronborg, y todos los niños parecen niños de ciudad. Los niños pequeños llevan "buster browns" y las niñas blusas rusas. El niño del campo, en cambios de imagen y recortes, parece haber desaparecido de la faz de la tierra.

En una de las mesas, con sus gemelos de corte holandés, se sienta una matrona de cabello rubio y hoyuelos que una vez fue pescador de lirios. Su esposo es el presidente del nuevo banco y ella "va al este durante sus veranos", práctica que genera envidia y descontento entre sus vecinos. Los gemelos son niños educados, dóciles, mansos, pulcros con su ropa y siempre conscientes de las decoro que han aprendido en los hoteles de verano. Mientras comen su helado y tratan de no retorcerse la cuchara en la boca, un chillido de risa se rompe en una mesa adyacente. Los gemelos miran hacia arriba. Allí está sentada una solterona vivaz a la que conocen bien. Tiene un mentón largo, una nariz larga, y está vestida como una niña, con una faja rosa y un sombrero de encaje de jardín con capullos de rosas rosas. Está rodeada de una multitud de chicos, sueltos y larguiruchos, bajos y gruesos, que bromean con ella con rudeza, pero no con crueldad.

"mamá", dice uno de los gemelos con un agudo agudo, "¿por qué tillie kronborg siempre habla de mil dólares?"

Los muchachos, al escuchar esta pregunta, estallan en carcajadas, las mujeres se ríen detrás de sus servilletas de papel, e incluso de tillie se oye un pequeño grito de agradecimiento. La observación del niño había hecho que todos se dieran cuenta de repente de que tillie nunca dejaba de hablar de esa suma de dinero en particular. En primavera, cuando fue a comprar fresas tempranas y le dijeron que costaban treinta centavos la caja, estaba segura de recordarle al tendero que, aunque se llamaba kronborg, no ganaba mil dólares la noche. En otoño, cuando fue a comprar carbón para el invierno, expresó su asombro por el precio que le cotizaba y le dijo al comerciante que debió de confundirla con su sobrina para pensar que podía pagar esa suma. Cuando hacía sus regalos navideños, nunca dejaba de preguntarles a las mujeres que entraban en su tienda qué podían hacer por cualquiera que ganara mil dólares por noche. Cuando los periódicos de denver anunciaron que thea kronborg se había casado con frederick ottenburg, el director del fideicomiso de los cerveceros, la gente de la piedra lunar esperaba que la vanagloria de tillie tomara otra forma. Pero tillie había esperado que thea se casara con un título, y no se jactaba mucho de ottenburg, al menos no hasta después de su memorable viaje a kansas city para escuchar a thea cantar.

Tillie es el último kronborg que queda en piedra lunar. Vive sola en una casita con un jardín verde y tiene una tienda de sombrerería y trabajos de lujo. Sus métodos comerciales son informales y nunca saldría del armario ni siquiera al final del año, si no recibiera un giro por una buena suma redonda de su sobrina en navidad. La llegada de este borrador siempre renueva la discusión sobre qué haría thea por su tía si realmente hiciera lo correcto. La mayoría de la gente de la piedra lunar piensa que thea debería llevar a tillie a nueva york y tenerla como compañera. Mientras sienten lástima por tillie porque no vive en la plaza, tillie trata de no herir sus sentimientos al mostrar claramente cuánto se da cuenta de la superioridad de su posición. Trata de ser modesta cuando se queja al director de correos de que su periódico de nueva york tiene más de tres días de retraso. Significa bastante, a primera vista, que ella es la única persona en moonstone que toma un periódico de nueva york o que tiene alguna razón para tomar uno. Una joven tonta, tillie vivió en los espléndidos dolores de "wanda" y "strathmore"; vieja tonta, vive de los triunfos de su sobrina. Como suele decir, ella misma echaba de menos ir al escenario.

Esa noche, después de lo sociable, cuando tillie volvía a casa con una multitud de chicos y chicas ruidosos, quizás estaba un poco preocupada. La pregunta de la gemela se quedó más bien en sus oídos. ¿ella, quizás, insistió demasiado en esos mil dólares? Seguramente, la gente no pensó ni por un minuto que era el dinero que le importaba. En cuanto a eso, tillie movió la cabeza, no le importaba un comino. Deben entender que este dinero era diferente.

Cuando el pequeño grupo que la traía a casa, que se reía, había ido zigzagueando por la acera entre las sombras frondosas y había desaparecido, tillie sacó una mecedora y se sentó en su porche. En las gloriosas y suaves noches de verano como ésta, cuando la luna es opulenta y llena, el día sumergido y olvidado, le encanta sentarse detrás de su rosal y dejar que su fantasía divague por donde quiera. Si por casualidad pasara por esa calle de piedra lunar y viera esa figura blanca alerta meciéndose detrás del biombo de rosas y demorándose hasta altas horas de la noche, podría sentir pena por ella, ¡y qué equivocado estaría! Tillie vive en un pequeño mundo mágico, lleno de secretas satisfacciones. Thea kronborg ha dado mucho placer noble a un mundo que necesita todo lo que puede conseguir, pero a nadie le ha dado más que a su vieja tía extraña en piedra lunar. La leyenda de kronborg, el artista, llena la vida de tillie; ella se siente rica y exaltada en ella. ¡qué cosas tan maravillosas pasan en su mente mientras está sentada meciéndose! Ella se remonta a esos primeros días de arena y sol, cuando thea era una niña y tillie era ella misma, por lo que le parece, "joven". Cuando se apresuraba a ir a la iglesia para escuchar al sr. Los maravillosos sermones de kronborg, y cuando thea solía pararse junto al órgano de un brillante domingo por la mañana y cantar "ven, desconsolados". O piensa en ese momento maravilloso cuando la compañía de ópera metropolitana cantó el compromiso de una semana en la ciudad de kansas, y thea envió a buscarla y la hizo quedarse con ella en la casa de los coates y asistir a todas las funciones en el salón de convenciones. Thea dejó que tillie revisara sus baúles y se probara las pelucas y las joyas. Y la amabilidad del sr. Ottenburg! Cuando thea cenaba en su propia habitación, él bajaba a cenar con tillie y nunca parecía aburrida o distraída cuando ella charlaba. La llevó al pasillo la primera vez que cantó allí, se sentó en el palco con ella y la ayudó a pasar "lohengrin". Después del primer acto, cuando tillie lo miró con ojos llorosos y estalló, "no me importa, ella siempre parecía tan grandiosa, incluso cuando era una niña. Supongo que estoy loca, pero ella simplemente me parece ¡llena de todos esos viejos tiempos! "- ottenburg fue tan comprensiva y le dio unas palmaditas en la mano y dijo," pero eso es lo que ella es, llena de los viejos tiempos, y eres una mujer sabia al verlo ". Sí, él le dijo eso. Tillie a menudo se preguntaba cómo había podido soportarlo cuando thea bajaba las escaleras con el traje de boda bordado en plata, con una cola tan larga que se necesitaban seis mujeres para llevarla.

Tillie había vivido cincuenta y tantos años esa semana, pero lo consiguió, y ningún milagro fue más milagroso que ese. Cuando solía trabajar en los campos de la granja de minnesota de su padre, no podía evitar creer que algún día tendría que ver con lo "maravilloso", aunque sus posibilidades de conseguirlo parecían escasas.

A la mañana siguiente, el sociable tillie, acurrucado en la cama, fue despertado por el traqueteo del carro de la leche calle abajo. Luego, un chico vecino bajó por la acera fuera de su ventana, cantando "casey jones" como si no le importara nada en el mundo. Para entonces tildie estaba completamente despierto. La pregunta del gemelo, y la risa subsiguiente, regresaron con una leve punzada. Tillie sabía que era miope con respecto a los hechos, pero esta vez ... Bueno, estaban sus álbumes de recortes, llenos de artículos de periódicos y revistas sobre thea, y cortes de medio tono, instantáneas de ella en tierra y mar, y fotografías de ella. En todas sus partes. Allí, en su salón, estaba el fonógrafo que había venido del sr. Ottenburg en junio pasado, en el cumpleaños de thea; sólo tenía que entrar y encenderlo, y dejar que thea hablara por sí misma. Tillie terminó de cepillar su cabello blanco y se rió mientras le daba un giro inteligente y lo ponía en su habitual toque francés. Si moonstone dudaba, tenía pruebas suficientes: en blanco y negro, en figuras y fotografías, evidencia en líneas de cabello en discos de metal. Para alguien que tantas veces había visto dos y dos haciendo seis, que tantas veces se había estirado un punto, había agregado un toque, en el buen juego de tratar de hacer que el mundo fuera más brillante de lo que es, había una felicidad positiva en tener cimientos tan profundos de apoyo. No tiene por qué temblar en secreto, no sea que en algún momento exagere un punto a favor de thea. Oh, el consuelo, para un alma demasiado celosa, de tener al fin una rosa tan roja que no podría pintarse más, un lirio tan verdaderamente aurífero ¡ninguna cantidad de dorado podría exceder el hecho!

Tillie salió apresuradamente de su dormitorio, abrió las puertas y ventanas y dejó que la brisa matinal entrara por su casita.

En dos minutos un fuego de mazorca rugía en la estufa de su cocina, en cinco había puesto la mesa. En su trabajo doméstico, tillie estaba siempre a punto de estallar con estridentes fragmentos de canción, y se detenía de repente, justo en medio de una frase, como si se hubiera quedado muda. Salió al porche trasero con una de estas explosiones y se inclinó para sacar la mantequilla y la nata de la nevera. El gato ronroneaba en el banco y las glorias de la mañana empujaban sus trompetas purpúreas a través del enrejado de manera amistosa. Le recordaron a tillie que mientras esperaba a que hirviera el café podía conseguir algunas flores para la mesa del desayuno. Miró con incertidumbre un arbusto de brezo dulce que crecía en el borde de su jardín, a través de la hierba alta y las enredaderas de tomates. El porche delantero, sin duda, estaba lleno de vagabundos carmesí que deberían cortarse por el bien de las vides; ¡pero nunca la rosa en la mano para tiltie! Cogió las tijeras de cocina y salió corriendo a través de la hierba y el rocío empapado. Recortar, recortar; las zarzas de tallo corto, rosa salmón y corazón dorado, con su perfume amaderado único e inimitable, cayeron en su delantal.

Después de poner los huevos y las tostadas en la mesa, tillie tomó el periódico neoyorquino del domingo pasado del estante al lado del armario y se sentó, con él como compañía. En el periódico dominical siempre había una página sobre cantantes, incluso en verano, y esa semana la página musical comenzaba con un relato comprensivo de la primera actuación de isolde de madame kronborg en londres. Al final del aviso, había un breve párrafo acerca de que ella había cantado para el rey en el palacio de buckingham y que su majestad le había regalado una joya.

Cantando para el rey; ¡pero dios mío! ¡ella siempre estaba haciendo cosas así! Tillie movió la cabeza. Durante todo el desayuno siguió metiendo su afilada nariz en el vaso de brezo dulce, con la vieja e increíble ligereza del corazón, como un globo infantil tirando de su cuerda. Ella siempre había insistido, contra toda evidencia, que la vida estaba llena de cuentos de hadas, ¡y así era! Se había sentido un poco deprimida, tal vez, y thea le había respondido, desde muy lejos. De una persona común, ahora, si estaba preocupado, podría recibir una carta. Pero thea casi nunca escribía cartas. Ella respondió a todos, amigos y enemigos por igual, de una manera, a su manera, su única manera. Una vez más, tillie tiene que recordarse a sí misma que todo es verdad y que no es algo que haya "inventado". Como todas las novelas, está un poco aterrorizada al ver que uno de sus más salvajes engreídos es admitido por el mundo terco. Si nuestro sueño se hace realidad, casi nos da miedo creerlo; porque ésa es la mejor de todas las buenas fortunas, y nada mejor puede sucedernos a ninguno de nosotros.

Cuando la gente de sylvester street se cansa de las historias de tillie, ella va a la parte este de la ciudad, donde sus leyendas siempre son bienvenidas. La gente más humilde de moonstone todavía vive allí. Las mismas casitas se sientan bajo los álamos;

los hombres fuman sus pipas en las puertas de entrada y las mujeres lavan la ropa en el patio trasero. Las mujeres mayores recuerdan a thea, y cómo solía venir pateando su vagón expreso por la acera, manejando de la lengua y sosteniendo a thor en su regazo. No pasa mucho en esa parte de la ciudad, y la gente tiene una larga memoria. Un niño creció en una de esas calles que fue a omaha y construyó un gran negocio, y ahora es muy rico. La gente de la piedra lunar siempre habla de él y de thea juntos, como ejemplos de empresa de piedra lunar. Sin embargo, hablan más a menudo de thea. Una voz tiene un atractivo incluso más amplio que una fortuna. Es el único don que todas las criaturas poseerían si pudieran. La triste maggie evans, muerta casi veinte años, todavía se recuerda porque cantó en su funeral "después de haber estudiado en chicago".

Por mucho que le sonrían, los viejos habitantes echarían de menos a tillie. Sus historias les dan algo de qué hablar y conjeturar, aislados como están de las inquietas corrientes del mundo. Los muchos pequeños bancos de arena desnudos que se encuentran entre venecia y el continente, en el agua aparentemente estancada de las lagunas, se vuelven habitables y saludables solo porque, cada noche, un pie y medio de marea se arrastra desde el mar y arroja su fresca salmuera. A través de toda esa red de vías fluviales brillantes. Así, en todos los pequeños asentamientos de gente tranquila, las noticias de lo que están haciendo sus niños y niñas en el mundo traen un verdadero refresco; traer recuerdos a los viejos y sueños a los jóvenes.

El fin